HEYNE
BÜCHER

Das Buch

Der Kalender der Maya ist eines der großen Menschheitsrätsel. Vor mehr als 2500 Jahren von einem Volk erschaffen, welcher das Rad nicht kannte, ist er doch präziser als jener Kalender, den wir heute benutzen. Der Archäologe Julius Gabriel, der seit mehr als 30 Jahren versucht, die geheimen Botschaften des Kalenders zu entschlüsseln, macht bei seiner Arbeit eine schreckliche Entdeckung: Eine Prophezeiung sagt das Ende der Menschheit für den 21. Dezember 2012 voraus. Sowohl die ägyptischen Pyramiden, Stonehenge, als auch eine geheimnisvolle Pyramide auf der Halbinsel Yukatan sollen Teile eines weltumspannenden Rätsels sein, das die Menschheit vor dem Untergang bewahren könnte.
Von seinen Kollegen verlacht, stirbt Julius, bevor er das Geheimnis entschlüsseln kann. Jetzt kann nur noch eine Person die Welt vor dem Untergang retten: Julius' Sohn Michael. Der ist jedoch Insasse einer psychiatrischen Klinik...

Steve Alten ist ein faszinierender Thriller gelungen, der durch seine genaue Recherche und die glaubwürdige Darstellung der Thesen Julius Gabriels ein beunruhigendes Bild von der Zukunft der Menschheit entwirft.

Der Autor

Steve Alten wuchs in Philadelphia auf. Nach dem Studium der Sportmedizin versuchte er sich in verschiedenen Jobs, bevor er mit dem Schreiben begann. *meg – Die Angst aus der Tiefe* wurde sofort ein Bestseller, der Autor über Nacht zum gefeierten Medienstar. Seine Romane zeichnen sich durch genaue Recherche aus, bei der Alten mit Experten aus verschiedensten Gebieten zusammenarbeitet.
Steve Alten lebt mit seiner Frau und seinen drei Kindern in Boca Raton, Florida.

Von Steve Alten ist im Wilhelm Heyne Verlag erschienen:

meg – Die Angst aus der Tiefe (01/10747)
Höllenschlund (01/13207)

STEVE ALTEN

SCHATTEN DER VERDAMMNIS

Roman

Aus dem Amerikanischen von
BERNHARD KLEINSCHMIDT

WILHELM HEYNE VERLAG
MÜNCHEN

HEYNE ALLGEMEINE REIHE
Band-Nr. 01/13415

Die Originalausgabe
DOMAIN
erschien 2001 bei Tom Doherty Associates,
LLC, New York

Umwelthinweis:
Dieses Buch wurde auf chlor- und
säurefreiem Papier gedruckt.

Deutsche Erstausgabe 12/2001

Printed in Norway 2001
Umschlagillustration: René Borst, Hamburg
Umschlaggestaltung: Nele Schütz Design, München
Satz: Schaber Satz- und Datentechnik, Wels
Druck und Bindung: AIT, Trondheim

ISBN 3-453-19922-7

htp://www.heyne.de

Für Ken Atchity,
den Manager,
den Mentor und den Freund

DANKSAGUNG DES AUTORS

Mit Stolz und Dankbarkeit denke ich an die Menschen, die zur Entstehung dieses Buches beigetragen haben.

An erster Stelle danke ich meinem literarischen Manager Ken Atchity und seinem Team für ihre harte Arbeit und ihre Ausdauer. Ein besonderer Dank an Michael Wichman für seine Ideen und Ed Stackler für seine nützlichen Kommentare.

Als Nächstes nennen möchte ich Tom Doherty und seine Mitarbeiter bei TOR Books, meinen Lektor Bob Gleason, Brian Callaghan, Matthew Snyder von der Creative Arts Agency in Los Angeles und Danny Baror von Baror International. Bob und Sara Schwager haben das Manuskript großartig redigiert.

Die folgenden Personen haben besonders mit ihrer Sachkenntnis zu diesem Buch beigetragen: Gary Thompson, Dr. Robert Chitwood und weitere Mitarbeiter des Psychiatrischen Zentrums von Südflorida: Rabbi Richard Agler, Barbara Esmedina, Jeffrey Moe, Lou McKellan, Jim Kimball, Shawn Coyne und Dr. Bruce Wishnov. Drei Autoren, deren Werk die Story vieles zu verdanken hat, sind Graham Hancock, John Major Jenkins und Erich von Däniken.

Bill und Lori McDonald von Argonaut-Grey Wolf Productions (Website: www.AlienUFOart.com) verdanke ich die großartigen Zeichnungen in diesem Buch. Außerdem haben sie bei der Redaktion mitgewirkt. Matt Herrmann von VILLAINDESIGN hat die Fotos bearbeitet.

Dank schulde ich auch Donna und Justin Lahey, die mir mit ihrer Kreativität und ihrem Know-how geholfen haben, Informationen über meine Romane ins Internet zu stellen.

Und schließlich danke ich all meinen Lesern für ihre briefliche Kontaktaufnahme. Ich freue mich immer über ihre Kommentare und Anregungen.

STEVE ALTEN

Ausführliche Informationen über Steve Altens Romane und die E-Mail-Adresse des Autors finden sich auf seiner Homepage www.stevealten.com.

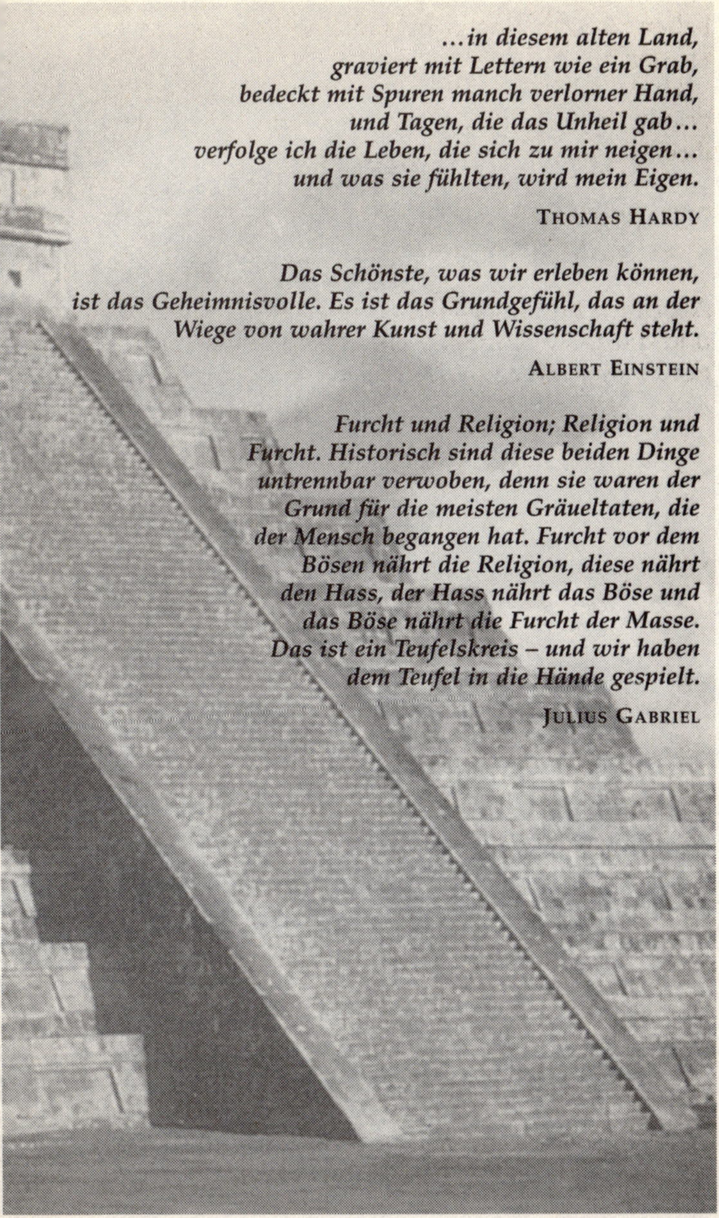

…in diesem alten Land,
graviert mit Lettern wie ein Grab,
bedeckt mit Spuren manch verlorner Hand,
und Tagen, die das Unheil gab…
verfolge ich die Leben, die sich zu mir neigen…
und was sie fühlten, wird mein Eigen.

THOMAS HARDY

Das Schönste, was wir erleben können, ist das Geheimnisvolle. Es ist das Grundgefühl, das an der Wiege von wahrer Kunst und Wissenschaft steht.

ALBERT EINSTEIN

Furcht und Religion; Religion und Furcht. Historisch sind diese beiden Dinge untrennbar verwoben, denn sie waren der Grund für die meisten Gräueltaten, die der Mensch begangen hat. Furcht vor dem Bösen nährt die Religion, diese nährt den Hass, der Hass nährt das Böse und das Böse nährt die Furcht der Masse. Das ist ein Teufelskreis – und wir haben dem Teufel in die Hände gespielt.

JULIUS GABRIEL

AUS DEM TAGEBUCH VON JULIUS GABRIEL

Ich stehe vor der gewaltigen Leinwand mit demselben Gefühl der Einsamkeit, das ihr Schöpfer vor Jahrtausenden empfunden haben muss. Vor mir liegen die Antworten auf Rätsel, die am Ende entscheiden könnten, ob unsere Spezies weiterleben oder zugrunde gehen wird. Die Zukunft des Menschengeschlechts – könnte es etwas Wichtigeres geben? Und doch stehe ich hier ganz alleine. Meine Mission hat mich in dieses Fegefeuer aus Fels und Sand verbannt, in dem ich ein Zwiegespräch mit der Vergangenheit suche, um die Gefahr zu begreifen, die vor uns liegt.

Die Jahre sind nicht spurlos an mir vorbeigegangen. Welch elende Kreatur ich geworden bin! Einst ein bekannter Archäologe, muss ich nun das Gespött meiner Kollegen über mich ergehen lassen. Dass ich einmal ein Ehemann, ein Liebhaber gewesen bin, ist nur noch eine weit entfernte Erinnerung. Bin ich ein Vater? Kaum. Eher ein gequälter Mentor, ein armseliges Lasttier, das sich von seinem Sohn umherführen lassen muss. Bei jedem Schritt über die mit Steinen übersäte Öde schmerzen meine Knochen, während Gedanken, die für immer in meinem Geist eingekerkert sind, das

ekelhafte Mantra des Verhängnisses hervorbringen, wieder und wieder. Welch höhere Macht hat gerade meine Familie ausgewählt, um sie zu foltern? Weshalb sind wir mit Augen gesegnet, die die Vorzeichen des Todes sehen, während andere durch die Welt stolpern, als seien sie blind?

Bin ich wahnsinnig? Dieser Gedanke geht mir nie aus dem Sinn. Jedes Mal, wenn die Morgendämmerung anbricht, muss ich mich zwingen, erneut die Kernpunkte meiner Aufzeichnungen zu studieren – und sei es auch nur, um mich daran zu erinnern, dass ich zunächst einmal Wissenschaftler bin, nein, nicht einfach Wissenschaftler, sondern Archäologe, jemand, der auf der Suche nach der Vergangenheit des Menschen ist. Und nach der Wahrheit.

Aber was nützt die Wahrheit, wenn man sie nicht akzeptieren kann? In den Augen meiner Kollegen bin ich zweifellos kaum mehr als ein Dorftrottel, der die Passagiere der Titanic kreischend vor Eisbergen warnen will, während das unsinkbare Schiff aus dem Hafen ausläuft.

Ist es mein Schicksal, die Menschheit zu retten, oder ist mir einfach nur vorbestimmt, als Narr zu sterben? Ist es denn möglich, dass ich mein ganzes Leben damit verbracht habe, die Zeichen falsch zu deuten?

Das scharrende Geräusch von Schritten auf Kieselerde und Fels lässt den besagten Narren im Schreiben innehalten.

Es ist mein Sohn, dem meine geliebte Frau vor fünfzehn Jahren den Namen eines Erzengels gegeben hat. Michael nickt mir zu und wärmt damit vorübergehend die verdorrte Grube meines Herzens. Michael ist der Grund, weshalb ich beharrlich weitermache, der Grund, weshalb ich meinem elenden Dasein nicht einfach ein Ende setze. Der Wahnsinn meiner Suche hat ihn seiner Kindheit beraubt, doch viel schlimmer war die Freveltat, die ich vor Jahren beging. Es ist seine Zukunft, der ich mich verpflichtet fühle, sein Schicksal, das ich ändern will.

Gott, lass dieses schwache Herz so lange schlagen, bis mir das gelungen ist.

Michael deutet nach vorne, um mich daran zu erinnern, dass dort das nächste Bruchstück des Rätsels winkt. Vorsichtig, um die Grasbüschel nicht zu zertreten, gehen wir weiter, bis wir an dem Ort stehen, den ich für den Anfangspunkt der dreitausend Jahre alten Botschaft halte. Im Mittelpunkt der Hochebene von Nazca, die geprägt ist von geheimnisvollen Linien und gewaltigen Bildern von Tieren, liegt dies vor uns: ein vollkommener Kreis, tief in den von schwarzer Patina bedeckten Fels geschnitten. Von dieser mysteriösen Mitte gehen dreiundzwanzig Linien aus wie Sonnenstrahlen auf dem Bild eines Kindes. Sie sind gleich weit voneinander entfernt und mit einer Ausnahme etwa hundertachtzig Meter lang. Eine der Linien deutet auf den Punkt der Sonnenwende, eine zweite auf den des Äquinoktiums, verschiedene weitere auf die anderen prähistorischen Stätten, die ich Zeit meines Lebens erforscht habe.

Am faszinierendsten jedoch ist die dreiundzwanzigste Linie, die kühn in die wüste Ebene geschnitten wurde. Volle siebenunddreißig Kilometer weit erstreckt sie sich über Felsen und Hügel!

Michael stößt einen Ruf aus. Sein Metalldetektor spielt verrückt, während wir uns dem Zentrum des Kreises nähern. Da ist etwas unter der Oberfläche vergraben! Mit frischer Kraft wühlen wir uns durch Gips und Stein, um die gelbe Erde darunter frei zu legen. Es ist eine schändliche Tat, besonders für einen Archäologen, doch ich sage mir, dass der Zweck am Ende die Mittel heiligen wird.

Und da liegt er gleißend in der glühenden Sonne. Ein hohler Metallzylinder, glatt und weiß, einen halben Meter lang, der genauso wenig in die Wüste von Nazca gehört wie ich. Ein Muster mit drei Enden, das an einen Leuchter erinnert, schmückt das eine Ende des Objekts. Mein schwaches Herz flattert, denn ich kenne das Symbol so gut wie den vom Wetter gegerbten Rücken meiner Hand. Es ist der Dreizack von Paracas – das Zeichen unseres kosmischen Lehrers. In Stein geritzt, schmückt ein ähnliches Bild, hundertachtzig Meter lang und sechzig Meter breit, nicht weit von hier einen ganzen Berghang.

Michael hält seine Kamera bereit, während ich den Behälter öffne. Zitternd ziehe ich etwas heraus, das wie ein Stück ausgedörrte Leinwand aussieht. Meine Finger spüren, wie es sich aufzulösen beginnt, während es sich langsam entrollt.

Es ist eine alte Weltkarte, ähnlich wie jene, die der türkische Admiral Piri Re'is vor fünfhundert Jahren besaß und die Kolumbus als Inspiration für seine wagemutige Expedition im Jahre 1492 gedient haben soll. Bis heute ist die aus dem 14. Jahrhundert stammende Karte des Piri Re'is ein Geheimnis, denn darauf erscheint die damals noch nicht entdeckte Landmasse der Antarktis, und nicht nur dies – auch die gesamte geologische Struktur des sechsten Kontinents ist sichtbar, als habe man ihn ohne seine Eisdecke gezeichnet. Von Satelliten aufgenommene Radarbilder haben inzwischen bestätigt, wie unglaublich genau die Karte ist, sodass sich die Wissenschaft verblüfft fragt, wie man so etwas ohne die Hilfe eines Flugzeugs hat zeichnen können.

Vielleicht auf dieselbe Weise, wie die Figuren hier in Nazca entstanden sind.

Wie die Karte des Piri Re'is, so wurde auch die Zeichnung auf dem Pergament, das ich in der Hand halte, mithilfe des fortgeschrittenen Wissens der sphärischen Trigonometrie hergestellt. War der mysteriöse Kartograf unser prähistorischer Lehrer? Daran zweifle ich nicht. Die eigentliche Frage aber lautet: Weshalb hat er uns gerade diese Karte hinterlassen?

Michael drückt rasch auf den Auslöser seiner Polaroid, während das uralte Dokument Flecken bekommt und in meinen Händen zu Staub zerfällt. Wenige Augenblicke später können wir nur noch auf das Foto blicken. Uns fällt auf, dass etwas eindeutig hervorgehoben ist, offenbar ein Objekt von großer Bedeutung. Es ist ein kleiner Kreis, gezeichnet ins Wasser des Golfs von Mexiko, gleich im Nordwesten der Halbinsel Yukatan.

Die Lage dieses Zeichens lässt mich zusammenzucken. Das ist keine prähistorische Stätte, sondern etwas ganz anderes. Kalter Schweiß tritt mir auf die Haut; eine vertraute Taubheit wandert an meinem Arm empor.

Michael fühlt, dass mir der Tod nahe ist. Er durchsucht meine Taschen, findet rasch eine Pille und legt sie unter meine Zunge.

Mein Puls beruhigt sich, die Taubheit zieht sich zurück. Ich streiche meinem Sohn über die Wange, dann überrede ich ihn dazu, wieder an die Arbeit zu gehen. Stolz beobachte ich, wie er den Metallbehälter untersucht, sehe seine schwarzen Augen, die Tore eines unglaublich beherrschten Geistes sind. Nichts entgeht dem Blick meines Sohnes. Nichts.

Wenige Augenblicke später macht er eine weitere Entdeckung, die erklären könnte, was es mit der im Golf von

Mexiko hervorgehobenen Stelle auf sich hat. Die Spektralanalyse, die der Metalldetektor inzwischen durchgeführt hat, lässt die molekulare Zusammensetzung des kompakten weißen Metalls erkennen. Sie birgt ihre ureigene Geschichte.

Der prähistorische Zylinder besteht aus Iridium.

Aus reinem Iridium.

Auszug aus dem Tagebuch von Prof. Julius Gabriel
14. Juni 1990

PROLOG

Vor 65 Millionen Jahren
In der Milchstraße

Eine Spiralgalaxie, eine von hundert Milliarden Sterneninseln, die sich durch die dunkle Substanz des Universums bewegen. Wie ein kosmisches Feuerrad, das sich leuchtend in der Weite des Raumes dreht, zieht die Galaxie mehr als zweihundert Milliarden Sterne und zahllose andere Himmelskörper in ihren gewaltigen Wirbel.

Untersuchen wir diese galaktische Drehscheibe einmal genauer. Wenn wir das Gebilde mit unserer begrenzten dreidimensionalen Wahrnehmung betrachten, fällt unser Blick zuerst auf die dickere Nabe. Sie besteht aus Milliarden roter und orangefarbener Sterne in einem Wirbel aus Wolken galaktischen Staubs und hat einen Durchmesser von etwa fünfzehntausend Lichtjahren. Ein Lichtjahr wiederum erstreckt sich über etwa neuneinhalb Billionen Kilometer. Um diese linsenförmige Region dreht sich die flachere, kreisförmige Scheibe der Galaxis, zweitausend Lichtjahre dick und mit einem Durchmesser von hundertzwanzigtausend Lichtjahren. Sie enthält den größten Teil der galaktischen Masse. Um die Scheibe winden sich spiralförmig die Arme der Galaxis. Sie sind die Heimat heller Sterne und leuchtender Wolken aus Gas und Staub, kosmischer Brutstätten, die neue Sterne hervorbringen. Jenseits der Arme erstreckt sich eine gewaltige Halo, eine spärlich bevölkerte Region mit Kugelsternhaufen, die die älteren Mitglieder der galaktischen Familie enthalten.

Kehren wir ins zentrale Herz der Galaxis zurück, in eine komplexe Region, die von wirbelnden Wolken aus Gas und Staub umgeben ist. In diesem Kern verbirgt sich das wahre Kraftzentrum der Himmelsformation – ein ungeheures Schwarzes Loch, ein dichter, kreisender Strudel aus Gravitationsenergie, drei Millionen Mal schwerer als die Sonne. Diese gefräßige kosmische Maschine saugt alles an, was sich in ihrer fast unermesslichen Reichweite befindet: Sterne, Planeten, Materie, ja sogar Licht, das die Himmelskörper der Spiralgalaxie umwirbelt.

Betrachten wir die Galaxis nun aus einer höheren Perspektive, aus einer vierten Dimension von Zeit und Raum. Wie Arterien, Venen und Kapillaren verzweigen sich unsichtbare Energiekanäle im galaktischen Körper. Manche sind so breit, dass sie einen Stern befördern könnten, andere gleichen zarten, mikroskopisch kleinen Fäden. Alle aber erhalten ihre Energie von der unvorstellbaren Schwerkraft des Schwarzen Lochs, das sich im galaktischen Zentrum befindet. Wäre es möglich, durch eine Luke in einen dieser Kanäle zu gelangen, so hätte man Zugang zu einer Straße in der vierten Dimension gefunden, auf der man die Grenzen von Zeit und Raum überschreiten könnte – vorausgesetzt natürlich, man hätte ein Fahrzeug, das diese Reise überstehen würde.

Wie die Galaxis sich um ihren immensen Mittelpunkt dreht, so bewegen sich auch diese schlangengleichen Energieströme. Beständig kreisend, setzen sie ihre zeitlose Reise über die galaktische Ebene fort wie die bizarren Speichen eines ewig rotierenden kosmischen Rades.

Wie ein Sandkorn, das in der mächtigen Strömung eines Gravitationsflusses gefangen ist, rast das Projektil durch die vierdimensionale Röhre. Diese Straße durch Zeit und Raum befindet sich momentan in dem Arm der Spiralgalaxie, in dem auch der Große Nebel im Sternbild Orion liegt. Das ovale Objekt, das sie befördert, hat die Größe eines Asteroiden und einen Durchmesser von gut elf Kilometern. Ein smaragdgrünes Antigravitationsfeld schützt es vor der erdrückenden Umarmung des Zylinders.

Der himmlische Reisende ist nicht allein.

Verborgen im magnetisch aufgeladenen Kielwasser des sphärischen Objekts und damit noch geschützt vom hinteren Ende seines Kraftfelds, befindet sich ein zweites Fahrzeug. Es ist kleiner und schlank; seine flache, dolchförmige Hülle besteht aus leuchtend goldenen Sonnenkollektoren.

Auf ihrer Reise durch die Dimension von Zeit und Raum deponiert die kosmische Straße ihre Passagiere in einer Region der Galaxis, die am inneren Rand des Orion-Armes gelegen ist. Vor den Fahrzeugen taucht ein Sonnensystem mit neun Planeten auf, regiert von einem einzelnen, gelblich-weißen Stern.

Das gewaltige Iridiumfahrzeug rast mitten durch das Gravitationsfeld des Sterns und nähert sich rasch seinem Ziel. Es ist die Venus, der zweite Planet von der Sonne aus gesehen, eine Welt extremer Hitze, umhüllt von einer Schale aus dichten schwefelsauren Wolken und Kohlendioxid.

Das kleinere Fahrzeug verringert seine Distanz zum ersten und zeigt sich dadurch seinem Feind.

Sofort ändert der Iridiumfrachter seinen Kurs und steigert sein Tempo, indem er die Schwerkraft des dritten Planeten des Systems anzapft, einer wässrigen blauen Welt mit einer giftigen Atmosphäre aus Sauerstoff.

Aus einer langen, flossenähnlichen Antenne, die sich hinter seinem Bug erhebt, stößt das kleinere Raumschiff einen weiß glühenden Energiestrahl aus. Er rast durch den Ionenstrom um das elektromagnetische Heck des Frachters wie ein Blitz durch einen Blitzableiter.

Die elektrische Ladung flackert in den Farben des Nordlichts um die Iridiumhülle und verursacht einen Kurzschluss im Antriebssystem des Fahrzeugs. Wie von einem Faustschlag getroffen, kommt die gewaltige Kugel von ihrem Kurs ab. Innerhalb weniger Augenblicke wird das defekte Fahrzeug von der tödlichen Umarmung der Schwerkraft gepackt, die die blaue Welt ausstrahlt.

Außer Kontrolle rast das riesige Projektil auf die Erde zu.

Mit einem Überschallknall tritt die Iridiumkugel in die gefährliche Atmosphäre ein. Die spiegelnde Außenhülle bekommt Risse und Löcher, dann flammt das Fahrzeug kurz zu einer blendenden Feuerkugel auf, bevor es in ein seichtes tropisches Meer stürzt. Durch die Wasserschicht nur minimal gebremst, trifft es in einem Sekundenbruchteil auf dem Boden auf. Einen surrealen Augenblick lang entsteht mitten im Meer ein gewaltiges rundes Loch.

Eine Nanosekunde später detoniert das fremde Fahrzeug mit einem leuchtend weißen Blitz, der eine Energie von hundert Millionen Megatonnen freisetzt.

Die gewaltige Explosion erschüttert den gesamten Planeten und erzeugt Temperaturen von über siebzehntausend Grad Celsius, heißer als die Oberfläche der Sonne. Sofort entzünden sich zwei von Gasen gespeiste Feuerbälle. Der erste ist eine Staubwolke aus heißem, pulverisiertem Gestein und Iridiumpartikeln, die von der zerborstenen Außenhülle des Fahrzeugs stammen; ihr folgen aufquellende Wolken aus unter starkem Druck stehendem Dampf und Kohlendioxid. Die Gase bilden sich, während das Meer und sein Kalksteinbett verdampfen.

Trümmer und extrem heiße Gase schießen in die verwüstete Atmosphäre hoch, emporgezogen von dem Vakuum, das der Absturz des Objekts geschaffen hat. Gewaltige Druckwellen durchzucken das Meer und lassen monströse Flutwellen entstehen, die eine Höhe von hundert oder mehr Metern erreichen, wenn sie auf seichtes Wasser treffen und aufs Land zurasen.

An der Südküste von Nordamerika

Mit tödlichem Schweigen umzingelt das Rudel Velociraptoren seine Beute, einen neuneinhalb Meter langen weiblichen Corythosaurus. Das Pflanzen fressende Reptil spürt die Gefahr, stellt seinen gewaltigen, fächerförmigen Kamm auf, hebt den Kopf mit dem Entenschnabel und saugt die feuchte Luft ein. Sofort nimmt es den Geruch des Rudels wahr, trompetet dem Rest seiner Herde einen warnenden Schrei zu, bricht durch den Wald und galoppiert zum Meer hinüber.

Unvermutet blendet ein gleißender Blitz das flüchtende Reptil. Taumelnd schüttelt es den dicken Kopf, um sich wieder orientieren zu können. Kaum hat es sein Sehvermögen wiedererlangt, als schon zwei seiner Verfolger aus dem Gebüsch springen und sich kreischend vor ihm aufbauen. Sie schneiden dem Corythosaurus den Fluchtweg ab, während der Rest des Rudels sich auf seinen Rücken stürzt und ihm mit den tödlichen, sichelförmigen Klauen der Füße das Fleisch zerfetzt. Einer der ersten Jäger schnappt nach dem Hals seines Opfers und verbeißt sich in seiner Kehle, während er die Klauen in das weiche Fleisch unter dem Brustbein schlägt. Das verwundete Reptil stößt einen erstickten Schrei aus und würgt an seinem eigenen Blut; schon schlägt ein zweiter

Räuber die Zähne in seine flache Schnauze und gräbt die Krallen der Vorderglieder in seine Augen. Ächzend sinkt das schwere Tier zu Boden.

Nach wenigen Momenten ist es vorbei. Mit wütendem Knurren schnappen die Räuber nacheinander, während sie große Fleischfetzen aus ihrer noch zitternden Beute reißen. Mit ihrer Mahlzeit beschäftigt, achten die Velociraptoren nicht auf den bebenden Boden unter ihren Füßen und auf den heranrollenden Donner.

Ein Schatten verdunkelt den Himmel. Gleichzeitig heben die Dinosaurier die Köpfe. Blut tropft von ihren Lefzen, während sie die gewaltige Wasserwand anknurren.

Die riesige Flutwelle bricht und stürzt in sich zusammen, prasselt direkt auf die erschrockenen Jäger nieder. Mit einem donnernden Knall werden ihre Leiber in den Sand gepresst. Dann schäumt die Welle nordwärts und vernichtet mit ihrer Wucht alles, was ihr im Weg steht.

Die Welle überschwemmt die ganze Region, reißt Pflanzen, Sedimente und Tiere donnernd mit sich. Über Hunderte von Kilometern versinkt die tropische Küste in den Fluten. Die wenigen Waldstücke, die dem Pfad der Verwüstung entkommen, gehen in Flammen auf, als Schockwellen die Luft in einen Glutofen verwandeln. Ein Pteranodon-Paar versucht vergeblich, der Hölle zu entkommen. Als es sich über die Bäume erhebt, fangen seine Schwingen Feuer und verglühen im heißen Wind.

Hoch oben treten die Bruchstücke aus Iridium und Fels, die in den Himmel geschleudert wurden, als glühende Meteoriten wieder in die Atmosphäre ein. Wenige Stunden später ist der gesamte Planet von einer dichten Wolke aus Staub, Rauch und Asche umhüllt.

Die Wälder werden noch Monate brennen. Fast ein Jahr lang wird keinerlei Sonnenlicht durch den schwarzen Himmel dringen und die Oberfläche der einst tropischen Welt erreichen. Aufgrund der vorübergehend extrem reduzierte Photosynthese gehen Tausende von Pflanzen- und Tierarten an Land und im Meer zugrunde. Als die Sonne sich schließlich wieder zeigt, folgt ein jahrelanger strenger Winter.

Im Katastrophenchaos eines einzigen Augenblicks hat die hundertvierzig Jahrmillionen dauernde Herrschaft der Dinosaurier ein jähes Ende gefunden.

Tagelang bleibt das schlanke goldene Fahrzeug hoch über der verwüsteten Erde in einer Umlaufbahn. Unablässig untersuchen seine Sensoren den Ort des Einschlags. Die Straße in der vierten Dimension ist schon lange verschwunden, da das zu ihr führende Tor durch die Rotation der Galaxis jetzt mehrere Lichtjahre weit entfernt ist.

Am siebten Tag bildet sich ein smaragdgrünes Leuchten unterhalb des zerborstenen Meeresbodens. Sekunden später schießt ein kraftvolles Funksignal in den Raum. Es ist ein Notruf, gerichtet an einen Ort im Außenbereich der Galaxis.

Die Wesen in dem Fahrzeug, das die Erde umkreist, versuchen, das Signal zu stören – zu spät.

Wieder hat das Unheil Wurzeln in einem himmlischen Garten geschlagen. Es ist nur eine Frage der Zeit, wann es erwachen wird.

Das goldene Raumschiff positioniert sich in einer geosynchronen Umlaufbahn direkt über seinem Feind. Ein mit Sonnenenergie gespeistes automatisches Hyperwave-Signal wird aktiviert, das alle abgehenden und ankommenden Übertragungen blockiert. Dann wird das Fahrzeug in den Schlafzustand versetzt. Die Kraft seiner Energiezellen wird zu den Ruhekapseln umgeleitet.

Für die Insassen des Raumschiffs steht die Zeit nun still.

Und für den Planeten Erde hat die Uhr zu ticken begonnen…

1

8. September 2012
Miami, Florida

Das Psychiatrische Zentrum von Südflorida ist ein siebenstöckiger weißer Betonbau, der sich, umgeben von immergrünen Hecken, inmitten eines verwahrlosten Minderheitenviertels westlich der City von Miami erhebt. Ebenso wie bei den meisten Geschäftsbauten der Gegend sind der Rand der Flachdächer und die Mauerkronen mit Rollen aus Stacheldraht geschützt. Hier dient der Draht allerdings nicht dazu, Eindringlinge fern zu halten; er soll die Insassen an der Flucht hindern.

Dominique Vazquez, einunddreißig Jahre alt, wechselt ständig die Fahrspur, um rascher durch den dichten Berufsverkehr zu kommen. Laut fluchend rast sie auf Route 441 nach Süden. Es ist der erste Tag ihres Praktikums, und schon kommt sie zu spät. Kaum hat sie die Einfahrt zum Besucherparkplatz erreicht, als sie das Steuer herumreißen muss, um einem Teenager auszuweichen, der ihr auf motorbetriebenen Skates in der falschen Richtung entgegenkommt. Sie stellt den Wagen ab und zieht ihr pechschwarzes, bis zur Hüfte reichendes Haar zu einem engen Knoten zusammen, während sie auf den Eingang zutrabt.

Magnetische Türflügel teilen sich und geben den Zugang zu einer klimatisierten Rezeption frei.

Eine Kubanerin Ende vierzig sitzt hinter dem Empfangstisch und studiert an einem millimeterdünnen Monitor von der Größe eines Telefonbuchs die Morgennachrichten. Ohne aufzublicken, fragt sie: »Kann ich was für Sie tun?«

»Ja. Ich habe eine Besprechung mit Margaret Reinike.«

»Na, da irren Sie sich wohl. Dr. Reinike ist hier nämlich nicht mehr tätig.« Die Frau drückt auf eine Taste, um den nächsten Artikel aufzurufen.

»Das verstehe ich nicht. Ich hab erst vor zwei Wochen mit Dr. Reinike gesprochen.«

Endlich hebt die Empfangsdame den Kopf. »Ihr Name?«

»Vazquez, Dominique Vazquez. Ich bin Doktorandin an der FSU und will hier ein einjähriges Praktikum machen. Dr. Reinike sollte mich betreuen.«

Die Frau greift nach dem Telefonhörer und tippt die Nummer einer Nebenstelle ein. »Dr. Foletta, eine junge Frau namens Domino Vass…«

»Vazquez. Dominique Vazquez.«

»Tschuldigung. Dominique Vazquez. Nein, Sir, sie ist hier unten an der Rezeption und behauptet, sie soll bei Dr. Reinike ein Praktikum machen. Ja, Sir.« Die Empfangsdame legt auf. »Setzen Sie sich doch da drüben hin. Dr. Foletta kommt in ein paar Minuten runter.« Sie dreht Dominique den Rücken zu, um sich wieder ihrem Nachrichtenmonitor zu widmen.

Zehn Minuten vergehen, bis ein großer Mann Ende fünfzig einen Flur entlangkommt.

Anthony Foletta sieht nicht so aus, als würde er in den Flur einer staatlichen Einrichtung gehören, die geisteskranke Kriminelle beherbergt. Besser könnte man ihn sich als Trainer der Verteidigerriege eines Footballteams vorstellen. Eine Mähne aus dichtem grauem Haar bedeckt einen Quadratschädel, der direkt auf den Schultern zu sitzen scheint. Zwischen schläfrigen Lidern und fleischigen Backen blinzeln blaue Augen hervor. Trotz seines Übergewichts ist der Oberkörper muskulös; der Bauch ragt nur ein kleines Stück aus dem offenen weißen Arztmantel.

Mit gezwungenem Lächeln streckt er Dominique seine Pranke entgegen.

»Anthony Foletta. Ich bin der neue Chefarzt der Psychiatrie.« Die Stimme ist tief und rau und erinnert an einen alten Rasenmäher.

»Was ist mit Dr. Reinike passiert?«

»Persönliche Gründe. Es heißt, bei ihrem Mann sei Krebs im Endstadium diagnostiziert worden. Da hat sie offenbar beschlossen, sich ein paar Jahre früher pensionieren zu lassen. Reinike hat Sie schon angekündigt. Falls Sie keine Einwände haben, werde ich Ihr Praktikum betreuen.«

»Keine Einwände.«

»Gut.« Er dreht sich um und marschiert wieder den Flur entlang. Dominique muss sich anstrengen, um Schritt zu halten.

»Dr. Foletta, wie lange sind Sie hier schon tätig?«

»Zehn Tage. Bisher war ich bei einer staatlichen Anstalt in Massachusetts beschäftigt.«

Sie nähern sich dem Wärter an der ersten Sperre. »Geben Sie dem Mann ihren Führerschein.«

Dominique kramt in ihrer Handtasche und überreicht dem Wärter die laminierte Karte, für die sie einen Besucherausweis erhält. »Benutzen Sie den vorläufig«, sagt Foletta. »Wenn Sie abends gehen, geben Sie ihn einfach wieder ab. Bis zum Wochenende besorgen wir Ihnen eine codierte Praktikantenmarke.«

Sie klemmt den Ausweis an ihre Bluse und folgt Foletta in den Aufzug.

Der Chefarzt hält drei Finger an eine Kamera über seinem Kopf. Die Türen schließen sich. »Sind Sie schon mal hier gewesen? Kennen Sie sich im Gebäude aus?«

»Nein. Dr. Reinike und ich haben nur telefonisch miteinander gesprochen.«

»Das Gebäude hat sieben Stockwerke. Im Erdgeschoss sind die Verwaltung und die Sicherheitszentrale untergebracht. Von dort aus werden auch die Aufzüge fürs Personal und die Insassen überwacht. Auf der zweiten Ebene befindet sich eine kleine Station für die Alten und unheilbar Kranken. Darüber liegen unsere Kantine und die anderen Aufenthaltsräume fürs Personal. Außerdem kommt man von hier aus zum Außengang, auf den Hof und in die Therapieräume. Auf den Ebenen vier, fünf, sechs und sieben wohnen die Patienten.« Foletta gluckst. »Dr. Blackwell bezeichnet sie als ›Kunden‹. Eine nette Umschreibung, wenn man daran denkt, dass man sie in Handschellen hier reinschleppt.«

Sie verlassen den Aufzug und kommen an einem Checkpoint vorbei, der genauso aussieht wie der im Erdgeschoss. Foletta winkt und geht einen kurzen Flur entlang, der zu seinem Arbeitszimmer führt. Hier stapeln sich überall Pappkartons, voll gestopft mit Unterlagen, gerahmten Diplomen und persönlichen Gegenständen.

»Entschuldigen Sie das Durcheinander, ich bin noch am Einräumen.« Foletta nimmt einen Computerdrucker von einem Sessel und fordert Dominique mit einer Geste auf, sich darauf niederzulassen. Dann zwängt er sich mühsam hinter seinen Schreibtisch und kippt den Ledersessel nach hinten, um seinem Bauch mehr Raum zu lassen.

Er schlägt ihre Akte auf. »Hmm... Sie promovieren also an der Florida State, sehe ich gerade. Gehen Sie da oft zum Football?«

»Eigentlich weniger.« *Nutz deine Chance.* »Sie sehen so

aus, als hätten sie früher selbst ein wenig Football gespielt.«

Offenbar hat sie den richtigen Einstieg gefunden, denn Folettas pausbäckige Miene hellt sich auf. »Bei den ›Fighting Blue Hens of Delaware‹, Class of '79. Ich hab als Tackle angefangen. Wenn ich mir gegen Lehigh nicht das Knie ruiniert hätte, wäre ich womöglich in die NFL vorgedrungen.«

»Wie sind Sie zur forensischen Psychiatrie gekommen?«

»Mein älterer Bruder hat unter einer pathologischen Obsession gelitten. Ist ständig mit dem Gesetz in Konflikt gekommen. Sein Psychiater hatte an der Uni von Delaware studiert und war ein großer Footballfan. Nach den Spielen hat ihn mein Bruder immer zu uns in die Umkleide mitgebracht, und als ich mir das Knie verletzt hatte, war er so nett an ein paar Strippen zu ziehen, um mir den Weg zum Medizinstudium zu ebnen.« Foletta beugt sich vor und legt Dominiques Akte auf den Tisch. »Aber jetzt sprechen wir mal ein wenig über Sie. Ich bin recht neugierig. Schließlich gibt es mehrere andere Institutionen, die näher an Ihrer Uni liegen als unsere. Wie sind Sie auf uns gekommen?«

Dominique räuspert sich. »Meine Eltern wohnen drüben in Sanibel. Das sind von hier aus nur zwei Autostunden. Bisher konnte ich leider nicht so oft nach Hause fahren.«

Foletta streicht mit seinem dicken Zeigefinger über ihre Akte. »Hier steht, Sie stammen ursprünglich aus Guatemala.«

»Stimmt.«

»Wie hat es Sie nach Florida verschlagen?«

»Meine Eltern – meine richtigen Eltern – sind gestorben, als ich erst sechs war. Da hat man mich zu einem Cousin nach Tampa geschickt.«

»Aber das ist nicht lange gut gegangen?«

»Ist das so wichtig?«

Foletta hebt den Kopf. Seine Augen sehen nicht mehr schläfrig aus. »Ich stehe nicht besonders auf Überraschungen, Ms. Vazquez. Bevor ich meinen Leuten Patienten zuweise, will ich über ihren psychischen Zustand Bescheid wissen. Die meisten Insassen machen uns nicht viel Probleme, aber man muss immer im Hinterkopf behalten, dass manche von ihnen gewalttätig werden könnten. Die Sicherheit meiner Leute steht für mich an erster Stelle. Was ist in Tampa vorgefallen? Weshalb sind Sie in einem Waisenhaus gelandet?«

»Sagen wir mal, die Sache mit meinem Cousin hat nicht allzu gut geklappt.«

»Hat er Sie vergewaltigt?«

Dominique ist verblüfft von seiner Direktheit. »Wenn Sie es unbedingt wissen müssen – ja. Da war ich gerade mal zehn Jahre alt.«

»Und dann kamen Sie in psychiatrische Behandlung?«

Sie erwidert seinen forschenden Blick. *Bleib cool, er stellt dich auf die Probe.* »Ja, bis zu meinem achtzehnten Lebensjahr.«

»Fällt es Ihnen schwer, darüber zu sprechen?«

»Es ist nun mal passiert, aber jetzt ist es vorbei. Bestimmt hat es meine Berufswahl beeinflusst, wenn Sie darauf hinauswollen.«

»Ihre Hobbys hat es offenbar auch beeinflusst. Hier steht, sie haben den zweiten Dan in Taekwondo. Wenden Sie Ihre Fähigkeiten manchmal an?«

»Nur bei Turnieren.«

Die Lider öffnen sich weit; die Intensität der blauen Augen zieht sie in den Bann. »Sagen Sie mal, Ms. Vazquez, taucht eigentlich das Gesicht Ihres Cousins vor Ihnen auf, wenn Sie Ihren Gegnern einen Tritt versetzen?«

»Manchmal.« Sie streicht eine Haarsträhne aus dem Gesicht. »Wen hatten Sie denn im Sinn, als Sie Football bei den ›Fighting Blue Hens‹ gespielt haben?«

»Eins zu null für Sie.« Der Blick kehrt zu ihren Unterlagen zurück. »Gehen Sie oft aus?«

»Mein gesellschaftliches Leben interessiert Sie also auch?«

Foletta lehnt sich zurück. »Traumatische sexuelle Erfahrungen, wie Sie sie gemacht haben, führen oft zu sexuellen Störungen. Ich will einfach nur wissen, mit wem ich zusammenarbeite.«

»Ich habe keine Abneigung gegen Sex, wenn Sie das vermuten. Allerdings hab ich tatsächlich ein gesundes Misstrauen gegenüber zudringlichen Männern.«

»Das ist kein Reha-Zentrum hier, Ms. Vazquez. Um mit kriminellen Insassen umzugehen, brauchen Sie eine dickere Haut, als Sie womöglich meinen. Wir haben hier Männer, die sich einen Namen gemacht haben, weil sie nicht allzu zart mit hübschen Studentinnen wie Ihnen umgesprungen sind. Da Sie von der FSU kommen, wissen Sie wohl, was ich meine.«

Dominique atmet tief durch, um ihre angespannten Muskeln zu lockern. *Verdammt, sei nicht so empfindlich und pass endlich auf.* »Sie haben Recht, Dr. Foletta. Entschuldigung.«

Foletta klappt die Akte zu. »Ehrlich gesagt, hab ich eine spezielle Aufgabe für Sie im Sinn, aber ich muss mir absolut sicher sein, dass Sie dafür geeignet sind.«

Dominique horcht auf. »Probieren Sie's mal.«

Foletta zieht einen dicken braunen Aktendeckel aus der obersten Schreibtischschublade. »Wie Sie wissen, hält man in dieser Anstalt viel von multidisziplinärer Teamarbeit. Jedem Patienten werden ein Psychiater, ein klinischer Psychologe, ein Sozialpädagoge, ein psychiatrischer Pfleger und ein Rehabilitationstherapeut zugeteilt. Als ich hier angekommen bin, hab ich zuerst gedacht, das wäre etwas übertrieben, aber das Ergebnis hat mich überzeugt – besonders in den Fällen, in denen es um Drogenabhängige geht und um Leute, die wir auf ein anstehendes Gerichtsverfahren vorbereiten müssen.«

»In diesem Fall liegt die Sache aber anders?«

»Genau. Der Insasse, den Sie betreuen sollen, ist ein Patient von mir. Er stammt aus der Anstalt, in dem ich als Chef der psychologischen Betreuung fungiert habe.«

»Das versteh ich nicht. Sie haben ihn einfach mitgebracht?«

»Die Institution, von der ich komme, erhält seit sechs Monaten keine öffentlichen Gelder mehr. Für ein Leben in der Gesellschaft ist er keinesfalls geeignet, weshalb er irgendwohin verlegt werden musste. Da ich mich mit seiner Geschichte besser auskenne als irgendjemand anders, hab ich gedacht, es wäre weniger traumatisch für alle Betroffenen, wenn er weiter in meiner Obhut bleibt.«

»Wer ist das?«

»Haben Sie schon mal von Professor Julius Gabriel gehört?«

»Gabriel?« Der Name klang vertraut. »Moment mal – war das nicht der Archäologe, der vor ein paar Jahren bei einem Vortrag in Harvard tot umgefallen ist?«

»Vor über zehn Jahren.« Foletta grinst. »Nachdem er drei Jahrzehnte lang von Forschungsgeldern gelebt hatte, ist Julius Gabriel in die Staaten zurückgekehrt, hat sich vor einen Saal voller Kollegen gestellt und behauptet, die alten Ägypter und Maya hätten ihre Pyramiden mit Unterstützung von Außerirdischen gebaut – und zwar, um die Menschheit vor der Vernichtung zu bewahren. Können Sie sich das vorstellen? Das Publikum hat ihn mit brüllendem Gelächter einfach von der Bühne getrieben. Wahrscheinlich ist er an der Demütigung gestorben.« Folettas Wangen zittern, während er vor sich hin gluckst. »Julius Gabriel war ein echtes Musterbeispiel für paranoide Schizophrenie.«

»Und wer ist der Patient?«

»Sein Sohn.« Foletta schlägt die Akte auf. »Michael

Gabriel, vierunddreißig Jahre alt. Wird lieber Mick genannt. Die ersten fünfundzwanzig Jahre seines Lebens hat er damit verbracht, seine Eltern bei archäologischen Ausgrabungen zu begleiten. So was hätte wahrscheinlich ausgereicht, um jedes Kind psychotisch zu machen.«

»Weshalb hat man ihn eingesperrt?«

»Beim letzten Vortrag seines Vaters ist er ausgerastet. Das Gericht hat die gestellte Diagnose – paranoide Schizophrenie – anerkannt und ihn ins psychiatrische Gefängnis von Massachusetts geschickt, wo ich als klinischer Psychiater tätig war. Dort ist er auch geblieben, als man mich vor sechs Jahren zum Direktor befördert hat.«

»Dieselben Wahnvorstellungen wie sein Vater?«

»Natürlich. Vater und Sohn waren – beziehungsweise sind – beide davon überzeugt, dass irgendeine furchtbare Katastrophe alles menschliche Leben auf der Erde auslöschen wird. Außerdem leidet Mick am üblichen Verfolgungswahn, der hauptsächlich vom Tod seines Vaters und seiner eigenen Haft ausgelöst wurde. Er behauptet, eine politische Verschwörung sei Schuld daran, dass man ihn seit so vielen Jahren unter Verschluss hält. Aus seiner eigenen Perspektive ist Mick Gabriel ein Opfer par excellence, ein unschuldiger Mensch, der die Welt retten will, sich aber in den unmoralischen Ambitionen eines selbstsüchtigen Politikers verfangen hat.«

»Tut mir Leid, den letzten Satz hab ich nicht ganz kapiert.«

Foletta blättert in der Akte und fischt eine Reihe Polaroid-Aufnahmen aus einem braunen Umschlag. »Das ist der Mann, über den er hergefallen ist. Schauen Sie sich das Bild hier gut an, Ms. Vazquez, aber passen Sie auf, dass Ihnen nicht schlecht wird.«

Es ist die Nahaufnahme eines übel zugerichteten männlichen Gesichts. Die rechte Augenhöhle ist mit Blut bedeckt.

»Mick hat das Mikrofon aus dem Pult gerissen und das Opfer damit bewusstlos geschlagen. Dabei hat der arme Mann ein Auge verloren. Ich glaube, Sie kennen den Namen des Opfers. Pierre Borgia.«

»Borgia? Wollen Sie mich auf den Arm nehmen? Der Außenminister?«

»Das war vor fast elf Jahren, noch bevor Borgia zum Vertreter der USA bei den Vereinten Nationen ernannt wurde. Damals wollte er gerade Senator werden. Manche Leute meinen, der Angriff habe ihm bei der Wahl geholfen. Bekanntlich hatte die Familie, aus der er stammt, schon immer großen politischen Einfluss, aber bevor man ihn auf die politische Bühne geschoben hat, war Borgia offenbar ein respektabler Wissenschaftler. Er und Julius Gabriel haben gemeinsam in Cambridge promoviert und – ob Sie's glauben oder nicht – anschließend fünf oder sechs Jahre lang Seite an Seite in alten Ruinen gestöbert, bis es zu einem üblen Zerwürfnis kam. Irgendwann hat die Familie Borgias ihn dazu gebracht, in die Staaten zurückzukehren, um in die Politik zu gehen, aber das hat den Konflikt zwischen ihm und Gabriel keineswegs beendet.«

Foletta macht eine kleine Pause, dann fährt er fort. »Interessanterweise war es Borgia, der den Vortrag von Gabriel eingeleitet hat. Dabei hat er wahrscheinlich ein paar Dinge gesagt, die er nicht hätte sagen sollen und die das Publikum zusätzlich aufgestachelt haben. Julius Gabriel hatte ein schwaches Herz. Als er hinter dem Podium tot umgefallen ist, hat Mick sich gerächt. Es hat sechs Cops gebraucht, um ihn von seinem Opfer abzubringen. Steht alles in den Akten.«

»Eigentlich klingt das mehr nach einem isolierten Gefühlsausbruch, verursacht von…«

»Eine derartige Wut braucht Jahre, um sich aufzustauen, Ms. Vazquez. Michael Gabriel war wie ein Vulkan, der darauf wartete, auszubrechen. Er war ein Einzelkind, das von zwei führenden Archäologen in den entlegensten Gebieten der Welt aufgezogen wurde. Tatsächlich hat er weder eine Schule besucht noch die Gelegenheit gehabt, mit anderen Kindern umzugehen. All das hat zu einem extremen Fall von antisozialer Persönlichkeitsstörung geführt. Teufel, Mick ist wahrscheinlich nie mit einem Mädchen auch nur ausgegangen. Alles, was er je gelernt hat, haben ihm seine einzigen Gefährten beigebracht – seine Eltern. Und von denen war mindestens ein Teil unzurechnungsfähig.«

Foletta überreicht ihr die Akte.

»Was ist aus seiner Mutter geworden?«

»Die ist an Pankreaskrebs gestorben, als die Familie in Peru lebte. Aus irgendeinem Grund geht ihr Tod ihm immer noch nach. Ein oder zwei Mal im Monat wacht er schreiend auf. Üble Albträume.«

»Wie alt war Mick, als seine Mutter gestorben ist?«

»Zwölf.«

»Irgendeine Vermutung, weshalb ihr Tod noch immer ein derartiges Trauma für ihn darstellt?«

»Nein. Mick weigert sich, darüber zu sprechen.« Foletta setzt sich zurecht. Auf dem zu kleinen Sessel fühlt er sich sichtlich unbehaglich. »Ehrlich gesagt, Ms. Vazquez, mag Michael Gabriel mich nicht besonders.«

»Übertragungsneurose?«

»Nein. Die Beziehung zwischen Mick und mir war nie wirklich die von Arzt und Patient. Ich bin zu seinem Gefängniswärter geworden, zu einem Teil seiner Paranoia. Teilweise hat das zweifellos mit den ersten Jahren seiner Haft zu tun. Mick ist es sehr, sehr schwer gefallen, sich daran zu gewöhnen. Eine Woche vor der Untersuchung, bei der die ersten sechs Monate ausgewertet werden sollten, ist er über einen unserer Wärter hergefallen. Er hat ihm beide Arme gebrochen und ihm wiederholt in die Leisten getreten. Dabei hat er so viel Schaden angerichtet, dass beide Hoden entfernt werden mussten. Irgendwo in der Akte ist ein Foto, falls es Sie interessiert...«

»Nein, danke.«

»Als Strafe für diesen Übergriff hat er den größten Teil der vergangenen zehn Jahre in Einzelhaft verbracht.«

»Das hört sich ein bisschen streng an, nicht wahr?«

»Nicht da, wo ich herkomme. Mick ist wesentlich schlauer als die Männer, die wir einstellen, um ihn zu bewachen. Es ist am besten für alle Betroffenen, wenn er isoliert bleibt.«

»Wird er hier an Gruppenaktivitäten teilnehmen dürfen?«

»Hier hat man strenge Regeln für die Eingliederung der Insassen, aber vorläufig lautet die Antwort: nein.«

Dominique betrachtet noch einmal die Polaroid-Aufnahmen. »Inwiefern muss ich mir Gedanken darüber machen, ob dieser Kerl mich angreift?«

»In unserem Beruf, Ms. Vazquez, muss man sich immer Gedanken machen. Stellt Mick Gabriel eine Gefahr dar? Immer. Glaube ich, dass er Sie angreifen wird? Eher nicht. Die letzten zehn Jahre waren nicht leicht für ihn.«

»Wird man ihm je erlauben, ins normale Leben zurückzukehren?«

Foletta schüttelt den Kopf. »Nie. Dies ist die letzte Station auf Mick Gabriels Lebensweg. Er wird nie in der Lage sein, mit den Anforderungen fertig zu werden, die das Leben draußen mit sich bringt. Mick hat Angst.«

»Angst wovor?«

»Vor seiner eigenen Schizophrenie. Mick behauptet, er könne spüren, wie die Gegenwart des Bösen immer stärker wird. Sie nährt sich, meint er, von dem Hass und der Gewalt, die in der Gesellschaft herrschen. Seine Phobie erreicht immer dann ihren Höhepunkt, wenn wieder mal irgendein wütender Knabe sich die Waffe seines Vaters schnappt und in seiner Highschool Amok läuft. So was nimmt ihn wirklich mit.«

»Mich nimmt so was auch mit.«

»Aber nicht so. Mick wird zu einem Tiger.«

»Wird er sediert?«

»Wir geben ihm Zyprexa, zweimal täglich. Das reicht, um seine Aggression weitgehend zu beherrschen.«

»Und was soll ich nun mit ihm anfangen?«

»Nach dem Gesetzbuch dieses Staates muss er therapiert werden. Nutzen Sie die Gelegenheit, um ein paar wertvolle Erfahrungen zu sammeln.«

Er verbirgt etwas vor mir. »Ich freue mich über diese Chance, Dr. Foletta. Aber warum haben Sie ausgerechnet mich ausgesucht?«

Foletta drückt sich vom Schreibtisch ab und steht auf. Das Möbelstück ächzt unter seinem Gewicht. »Man könnte es für einen Interessenkonflikt halten, wenn ich – als Direktor dieser Anstalt – ihn ganz allein behandle.«

»Aber weshalb weisen Sie ihm nicht ein komplettes Team zu?«

»Unmöglich.« Foletta verliert sichtlich die Geduld. »Michael Gabriel ist immer noch mein Patient, und welche Therapieform am besten für ihn geeignet ist, bestimme ich, nicht irgend Kuratorium. Sie werden bald selbst herausbekommen, dass Mick ein ziemlicher Verstellungskünstler ist – recht clever, sehr redegewandt und sehr intelligent. Sein IQ beträgt fast hundertsechzig.«

»Das ist ziemlich ungewöhnlich für einen Schizophrenen, nicht wahr?«

»Ungewöhnlich, aber nicht ohne Präzedens. Worauf ich hinaus will: Mit einem Sozialarbeiter oder einem Reha-Spezialisten würde er nur spielen. Es braucht jemand mit Ihrer Ausbildung, um ihm auf die Schliche zu kommen.«

»Na schön. Wann lerne ich ihn kennen?«

»Jetzt gleich. Man bringt ihn gerade in einen Beobachtungsraum, damit ich Ihre erste Begegnung observieren kann. Ich hab ihm heute Morgen schon von Ihnen erzählt. Er freut sich darauf, mit Ihnen zu sprechen. Aber passen Sie auf.«

Die obersten vier Stockwerke der Anstalt, von deren Personal als ›Einheiten‹ bezeichnet, beherbergen jeweils achtundvierzig Insassen. Jede Einheit ist in einen Nord- und einen Südflügel unterteilt und jeder Flügel in drei Stationen. Eine Station besteht aus einem kleinen Aufenthaltsbereich mit Sofas und einem Fernseher, um den sich acht Einzelzellen gruppieren. Jedes Stockwerk ist mit einer eigenen Sicherheitszentrale und einer Station für die Pfleger ausgestattet. Fenster gibt es keine.

Foletta und Dominique fahren im Personalaufzug in den sechsten Stock. An der Zentrale unterhält sich ein schwarzer Wärter mit einer Pflegerin. Der Beobachtungsraum liegt zu seiner Linken.

Der Direktor begrüßt den Wärter und stellt ihm die neue Praktikantin vor. Er heißt Marvis Jones und hat freundliche braune Augen, die ein durch Erfahrung gewonnenes Selbstvertrauen ausstrahlen. Dominique fällt auf, dass er unbewaffnet ist. Foletta erklärt, dass auf den Wohnebenen keinerlei Waffen zugelassen sind.

Marvis führt die beiden durch die Zentralstation zu einem einseitig verspiegelten Fenster, durch das man in den Beobachtungsraum blicken kann.

Michael Gabriel hockt auf dem Boden und hat sich mit dem Rücken an die hintere Wand gelehnt, direkt gegenüber dem Fenster. Er trägt ein weißes T-Shirt und passende Hosen. Mit seinem muskulösen Oberkörper sieht er erstaunlich fit aus. Er ist hoch gewachsen, einen Meter fünfundneunzig groß, und wiegt etwa hundert Kilo. Sein dunkelbraunes, relativ langes Haar geht an den Spitzen in Locken über; sein hübsches Gesicht ist glatt rasiert. Eine acht Zentimeter lange Narbe verläuft nahe des Ohrs über den rechten Unterkiefer. Den Blick hat er auf den Boden geheftet.

»Der schaut aber nett aus.«

»Das war bei Ted Bundy auch der Fall«, sagt Foletta, »und der hat sechzig Frauen umgebracht. Also, ich beobachte Sie von hier aus. Bestimmt wird Mick seinen Charme spielen lassen, weil er Eindruck auf Sie machen will. Wenn ich das Gefühl habe, dass es reicht, schicke ich die Schwester rein, um ihm sein Medikament zu verabreichen.«

»Okay.« Ihre Stimme zittert. *Bleib locker, verflucht noch mal.*

Foletta lächelt. »Sind Sie nervös?«

»Nein, nur ein bisschen aufgeregt.«

Sie tritt aus der Zentrale und gibt Marvis mit einem Zeichen zu verstehen, dass er die Tür zum Beobachtungsraum aufschließen soll. Als die Tür aufgeht, regt sich ein flaues Gefühl in ihrem Magen. Sie bleibt einen Moment stehen, bis ihr Puls sich beruhigt hat, dann tritt sie ein. Mit einem Schauder registriert sie, wie die Tür mit einem zweifachen Klicken hinter ihr verschlossen wird.

Der Beobachtungsraum ist drei mal vier Meter groß. Direkt vor Dominique ist ein eisernes Bettgestell an Boden und Wand befestigt. Eine dünne Auflage dient als Matratze. Gegenüber dem Bett steht ein einzelner Stuhl, der ebenfalls am Boden befestigt ist. Eine Rauchglasscheibe an der Wand zu ihrer Rechten lässt keinen Zweifel daran, dass es sich um das Beobachtungsfenster handelt. Das Zimmer riecht nach Desinfektionsmitteln.

Mick Gabriel ist aufgestanden und hält den Kopf leicht geneigt, sodass sie ihm nicht in die Augen blicken kann.

Dominique streckt ihm die Hand entgegen und zwingt sich zu einem Lächeln. »Dominique Vazquez.«

Mick hebt den Kopf und lächelt ebenfalls. Tierhafte Augen werden sichtbar, so unergründlich schwarz, dass nicht zu erkennen ist, wo die Pupillen enden und wo die Iris beginnt.

»Dominique Vazquez. Dominique Vazquez.« Der Patient spricht jede Silbe bedächtig aus, als wolle er sie in sein Gedächtnis schweißen. »Es ist wirklich schön, Sie…«

Mit einem Mal verschwindet das Lächeln und der starre Gesichtsausdruck wird leer.

Dominique spürt das Blut in ihren Ohren pochen. *Bleib ruhig. Beweg dich nicht.*

Mick schließt die Augen. Etwas Unerwartetes geschieht mit ihm. Dominique sieht, wie sein Kiefer sich leicht hebt, wobei die Narbe hervortritt. Seine Nasenlöcher beben wie die eines Tieres, das seine Beute verfolgt.

»Darf ich näher kommen, bitte?« Die Worte sind ganz leise, fast ein Flüstern. Sie spürt, wie eine emotionale Barriere hinter der Stimme zu brechen beginnt.

Dominique kämpft gegen den Drang an, sich der Rauchglasscheibe zuzuwenden.

Die Augen öffnen sich wieder. »Ich schwöre beim Andenken meiner Mutter, dass ich Ihnen nichts antun werde.«

Pass auf seine Hände auf. Dann kannst du ihm das Knie reinrammen, wenn er sich auf dich stürzt. »Sie können näher kommen, aber keine plötzlichen Bewegungen, okay? Dr. Foletta beobachtet uns.«

Mick geht zwei Schritte auf sie zu und bleibt eine Armeslänge von ihr entfernt stehen. Er streckt den Kopf vor, schließt die Augen und atmet ein, als sei ihr Gesicht ein Glas exquisiten Weins.

Die Nähe des fremden Mannes lässt die Härchen auf ihren Armen sich aufrichten. Sie beobachtet, wie seine Gesichtsmuskeln sich entspannen. Verlässt er in Gedanken das Zimmer? Wasser steigt hinter den geschlossenen Augenlidern auf. Mehrere Tränen quellen hervor und rinnen ungehindert an seinen Wangen herab.

Einen kurzen Augenblick verleitet ihr mütterlicher

Instinkt sie dazu, ihren Schutzschild sinken zu lassen. *Spielt er mir etwas vor?* Ihre Muskeln entspannen sich.

Mick öffnet die Augen, die nun schwarzen Seen gleichen. Die tierhafte Intensität ist verschwunden.

»Danke. Ich glaube, meine Mutter hat dasselbe Parfüm benutzt.«

Sie tritt einen Schritt zurück. »Es ist von Calvin Klein. Ruft das glückliche Erinnerungen in Ihnen wach?«

»Ein paar üble ebenfalls.«

Der Bann ist gebrochen. Mick tritt zu der Liege. »Möchten Sie lieber auf dem Stuhl oder auf dem Bett sitzen?«

»Ich nehme den Stuhl.« Er wartet, bis sie sich gesetzt hat, dann lässt er sich so auf dem Rand der Liege nieder, dass er sich mit dem Rücken an die Wand lehnen kann. Mick bewegt sich wie ein Athlet.

»Ich habe den Eindruck, es ist Ihnen gelungen, in Form zu bleiben.«

»Wenn man in Einzelhaft sitzt, kann man das durchaus schaffen – vorausgesetzt, die mentale Disziplin ist da. Ich mache täglich tausend Liegestützen und Situps.« Sie spürt, wie sein Blick über ihre Konturen gleitet. »Sie schauen aber auch recht sportlich aus.«

»Ich versuch's zumindest.«

»Vazquez… Mit ›s‹ oder mit ›z‹?«

»Mit ›z‹.«

»Aus Puerto Rico?«

»Ja. Mein… mein biologischer Vater ist in Arecibo aufgewachsen.«

»Da steht das größte Radioteleskop der Welt. Aber Ihr Akzent klingt nach Guatemala.«

»Da hab ich meine Kindheit verbracht.« *Er hat das Gespräch völlig unter Kontrolle.* »Offenbar sind Sie schon mal in Mittelamerika gewesen?«

»Ich war in vielen Ländern.« Mick kreuzt die Beine zum Lotussitz. »Sie sind also in Guatemala aufgewachsen. Wie haben Sie denn ins Land der unbegrenzten Möglichkeiten gefunden?«

»Meine Eltern sind gestorben, als ich noch ein Kind war. Da hat man mich zur Familie eines Cousins nach Florida geschickt. Aber jetzt reden wir mal über Sie.«

»Sie haben von Ihrem biologischen Vater gesprochen. Es ist also wichtig für Sie, ihn so zu definieren. Wer ist der Mann, den Sie als Ihren eigentlichen Vater bezeichnen würden?«

»Isadore Axler. Er und seine Frau haben mich adoptiert. Nach der Zeit bei meinem Cousin war ich eine Weile in einem Waisenhaus. Iz und Edith Axler sind wunderbare Menschen. Sie arbeiten beide als Meeresbiologen. Sie betreiben eine SOSUS-Station auf Sanibel Island.«

»SOSUS?«

»Das ist ein Unterwasser-Überwachungssystem, ein globales Netz aus unterseeischen Mikrofonen. Ursprünglich hat die Navy es während des Kalten Kriegs eingerichtet, um feindliche U-Boote aufzuspüren. Anschließend haben es Biologen übernommen und benutzen es, um die Meeresfauna zu belauschen. Die Mikrofone sind so sensibel, dass man hören kann, wie eine Hunderte von Kilometern entfernte Walherde…«

Der durchdringende Blick unterbricht ihren Redefluss. »Weshalb sind Sie nicht bei Ihrem Cousin geblieben? Da muss doch irgendwas Traumatischen passiert sein, wenn Sie im Waisenhaus gelandet sind.«

Der ist ja noch schlimmer als Foletta. »Mick, eigentlich bin ich hier, um mich mit Ihnen über Ihre Probleme zu unterhalten.«

»Ja, aber vielleicht hab ich ebenfalls eine traumatische Kindheit hinter mir. Vielleicht könnte Ihre Geschichte mir helfen.«

»Das bezweifle ich. Schließlich hat sich alles zum Guten gewendet. Die Axlers haben mir meine Kindheit zurückgegeben und ich…«

»Aber nicht Ihre Unschuld.«

Dominique spürt, dass sie bleich wird. »Na schön, da uns jetzt beiden klar ist, dass Sie eine rasche Auffassungsgabe besitzen, wollen wir doch mal schauen, ob Sie Ihren erstaunlichen IQ auch für die Selbstbeobachtung nutzen können.«

»Sie meinen, damit es Ihnen möglich ist, mir zu helfen?«

»Vielleicht uns gegenseitig zu helfen.«

»Meine Akte haben Sie wohl noch nicht gelesen, oder?«

»Noch nicht, nein.«

»Wissen Sie, warum Direktor Foletta mich Ihnen zugewiesen hat?«

»Wie wär's, wenn Sie mir das erklären?«

Mick starrt auf seine Hände. Offenbar denkt er über seine Antwort nach. »Es gibt da eine Studie, verfasst von einem Psychologen namens Rosenhan. Haben Sie die gelesen?«

»Nein.«

»Würde es Ihnen was ausmachen, sie zu lesen, bevor wir das nächste Mal zusammenkommen? Ich bin sicher, dass Dr. Foletta in einer der Pappkisten, die er als sein Archiv bezeichnet, eine Kopie davon aufbewahrt.«

Sie lächelt. »Wenn es wichtig für Sie ist, werde ich sie lesen.«

»Danke.« Er beugt sich vor. »Ich mag Sie, Dominique. Wissen Sie, weshalb ich Sie mag?«

»Nein.« Das bleiche Spiegelbild der Neonröhren tanzt in seinen Augen.

»Ich mag Sie, weil Sie noch nicht durch die Arbeit in einer solchen Anstalt abgeschliffen sind. Sie wirken noch frisch und das ist wichtig für mich, weil ich Ihnen wirklich vertrauen will. Jetzt geht das nicht, zumindest nicht in diesem Zimmer, in dem Foletta uns beobachtet. Außerdem glaube ich, dass Sie sich womöglich mit einigen der Erlebnisse, die ich hinter mir habe, identifizieren können. Deshalb würde ich gern über viele Dinge mit Ihnen sprechen, über sehr wichtige Dinge. Meinen Sie, wir können uns das nächste Mal privat unterhalten? Vielleicht unten im Hof?«

»Ich werde Dr. Foletta fragen.«

»Erinnern Sie ihn an die Regeln dieser Institution, wenn Sie das tun. Würden Sie ihn außerdem bitten, Ihnen das Tagebuch meines Vaters zu überlassen? Wenn Sie mich therapieren sollen, ist es für mich von entscheidender Bedeutung, dass Sie es lesen. Könnten Sie mir diesen Gefallen erweisen?«

»Ich werde es sehr gerne lesen.«

»Danke. Könnten Sie das bald tun, vielleicht übers Wochenende? Ich möchte Ihnen zwar ungern gleich Hausaufgaben geben, vor allem, weil das Ihr erster Tag hier ist, aber es ist extrem wichtig, dass Sie es sofort lesen.«

Die Tür geht auf und eine Schwester tritt ein. Draußen steht der Wärter und beobachtet die Szene. »Zeit für Ihre Pille, Mr. Gabriel.« Die Schwester reicht ihm einen Pappbecher mit Wasser und eine weiße Tablette.

»Mick, ich muss jetzt wieder gehen. War schön, Sie kennen zu lernen. Ich werde versuchen, meine Hausaufgaben bis Montag zu erledigen, okay?« Sie steht auf und wendet sich der Tür zu.

Mick starrt auf die Tablette. »Dominique, Ihre Familie mütterlicherseits... Die stammt von den Quiché-Maya ab, stimmt's?«

»Von den Maya? Ich... hab keine Ahnung.« *Er weiß, dass du lügst.* »Ich meine, möglich wär es schon. Aber meine Eltern sind gestorben, als ich noch ganz...«

Plötzlich hebt sich sein Blick. Die Wirkung ist entwaffnend. »Vier *Ahau*, drei *Kankin*. Sie wissen doch, was für ein Tag das ist, nicht wahr, Dominique?«

Ach, du Scheiße... »Ich... also, bis bald.« Dominique

schiebt sich an dem Wärter vorbei und verlässt das Zimmer.

Michael Gabriel legt sich bedächtig die Tablette in den Mund. Dann leert er den Becher Wasser und zerknüllt ihn in der linken Hand. Er öffnet den Mund, damit die Schwester ihn mit einem Spatel und einer bleistiftdünnen Taschenlampe untersuchen kann, um sich zu vergewissern, dass er das Medikament geschluckt hat.

»Danke, Mr. Gabriel. Der Wärter wird Sie in ein paar Minuten in Ihr Zimmer zurückbringen.«

Michael bleibt auf der Liege sitzen, bis die Schwester die Tür hinter sich geschlossen hat. Dann steht er auf, tritt zur hinteren Wand und wendet dem Fenster den Rücken zu. Unauffällig fischt er mit dem Zeigefinger der linken Hand die weiße Tablette aus dem leeren Becher und lässt sie in seine Handfläche gleiten. Dann hockt er sich mit gekreuzten Beinen auf den Boden und wirft den zerknüllten Becher aufs Bett, während er die Tablette in seinem Schuh verschwinden lässt.

Das Zyprexa wird er später ordentlich in der Toilette entsorgen, wenn er wieder in seiner Zelle ist.

2

8. September 2012
Weißes Haus

Außenminister Pierre Robert Borgia mustert im Spiegel über dem Waschbecken sein Gesicht. Er rückt die Klappe über der rechten Augenhöhle zurecht, dann streicht er die kurzen grauen Haarbüschel glatt, die ihm an beiden Seiten seines sonst kahlen Kopfes geblieben sind. Der schwarze Anzug und die passende Krawatte sind makellos wie immer.

Borgia verlässt die Toilette für die oberste Regierungsmannschaft und wendet sich nach rechts. Mit einem Kopfnicken begrüßt er mehrere Mitarbeiter, während er durch den Flur zum Oval Office geht.

Patsy Goodman blickt von ihrem Computer auf. »Gehen Sie nur rein. Er erwartet Sie.«

Borgia nickt und tritt ein.

Mark Mallers hageres, bleiches Gesicht lässt die Spuren erkennen, die die fast vier Jahre seiner Amtszeit als Präsident der Vereinigten Staaten hinterlassen haben. Das pechschwarze Haar ist an den Schläfen ergraut, um die stechend blauen Augen haben sich zusätzliche Fältchen gebildet. Doch obwohl der zweiundfünfzig Jahre alte Politiker wesentlich hagerer geworden ist, hält er den Körper noch immer straff aufrecht.

Borgia sagt ihm, er habe schon wieder Gewicht verloren.

Maller zieht eine Grimasse. »Das ist die Viktor-Grosny-Stressdiät. Haben Sie schon den letzten Bericht der CIA gelesen?«

»Noch nicht. Was hat Russlands neuester Präsident nun wieder angestellt?«

»Er hat die militärischen Führer von China, Nordkorea, Iran und Indien zu einem Gipfeltreffen aufgefordert.«

»Zu welchem Zweck?«

»Um eine gemeinsame atomare Abschreckung zu entwickeln, als Reaktion auf unsere letzten Tests mit der Raketenabwehr.«

»Grosny spielt sich nur auf. Er kocht noch immer, weil der Internationale Währungsfonds ihm seinen Kredit über zwanzig Milliarden Dollar gestrichen hat.«

»Was immer sein Motiv ist, er schafft es, in Asien eine nukleare Paranoia zu entfachen.«

»Mark, heute Nachmittag trifft sich der Sicherheitsrat. Sie haben mich also bestimmt nicht nur herbestellt, um über die Außenpolitik zu diskutieren.«

Maller nickt und leert seine dritte Tasse Kaffee. »Jeb hat sich entschlossen, als Vizepräsident zurückzutreten. Stellen Sie bitte keine Fragen. Nennen wir es persönliche Gründe.«

Borgias Herz setzt einen Schlag aus. »Du lieber Himmel, in weniger als zwei Monaten sind Wahlen…«

»Ich hatte bereits eine inoffizielle Besprechung mit den maßgeblichen Stellen. Zwei Personen kommen in Frage: Sie und Ennis Chaney.«

Meine Güte… »Haben Sie schon mit Chaney gesprochen?«

»Nein. Ich dachte, ich schulde es Ihnen, Sie zuerst zu informieren.«

Mit nervösem Lächeln zuckt Borgia die Schultern. »Senator Chaney ist ein guter Mann, aber was die Außenpolitik betrifft, kann er mir sicher nicht das Wasser reichen. Zudem hat meine Familie immer noch viel Einfluss…«

»Nicht so viel, wie Sie meinen. Außerdem wird aus den Umfragen deutlich, dass die meisten Amerikaner sich nicht besonders für die chinesische Aufrüstungspolitik interessieren. Sie halten den Raketenabwehrschild für das perfekte Ende der atomaren Bedrohung.«

»Dann will ich ganz offen sein, Sir. Meint die Republikanische Partei tatsächlich, dass unser Land bereit für einen afroamerikanischen Vizepräsidenten ist?«

»Das Wahlergebnis wird in jedem Fall knapp sein. Und denken Sie daran, was Gore mit seiner Entscheidung für Lieberman bewirkt hat. Mit Chaney würden wir nicht nur in Pennsylvania, sondern auch in den Südstaaten den Trumpf bekommen, den wir dringend brauchen. Jetzt regen Sie sich mal nicht auf, Pierre. In den nächsten ein- bis anderthalb Monaten wird keine Entscheidung fallen.«

»Das ist clever. Dann hat die Presse weniger Zeit, uns auseinanderzunehmen.«

»Gibt es bei Ihnen eigentlich irgendwelche Leichen im Keller, über die wir uns Sorgen machen müssten?«

»Ich bin sicher, Ihre Leute sind schon dabei, sich damit zu beschäftigen. Mark, sagen Sie mal offen: Ist Chaney mir gegenüber im Vorteil?«

»Die Umfragen zeigen, dass seine Popularität über die Grenzen von Partei und Rasse hinweggeht. Chaney ist einfach ein bodenständiger Typ. Die Leute vertrauen ihm noch mehr als damals Colin Powell.«

»Verwechseln Sie Vertrauen nicht mit Kompetenz.« Borgia steht auf und schreitet im Zimmer auf und ab. »Aus den Umfragen wird auch deutlich, dass die Amerikaner sich Sorgen wegen des Zusammenbruchs der russischen Wirtschaft und der Folgen für den europäischen Markt machen.«

»Immer mit der Ruhe, Pierre. In anderthalb Monaten kann viel passieren.«

Borgia atmet hörbar aus. »Tut mir Leid, Herr Präsident. Es ist eine große Ehre für mich, überhaupt in die engere Wahl zu kommen. Aber jetzt sollte ich los. Ich muss vor der Sitzung heute Nachmittag noch mit General Fecondo sprechen.«

Borgia schüttelt seinem Mentor die Hand, dann geht er auf die getäfelte Tür zu. Bevor er den Raum verlässt, wendet er sich noch einmal um. »Mark, haben Sie vielleicht einen guten Rat für mich in petto?«

Der Präsident seufzt. »Keine Ahnung. Heidi hat beim Frühstück so eine Bemerkung gemacht. Haben Sie schon mal darüber nachgedacht, sich statt der schwarzen Klappe ein Glasauge zu besorgen?«

Als Dominique aus dem Eingang der Anstalt tritt, schlägt ihr die Sommerhitze von Südflorida ins Gesicht. In der Ferne zuckt ein Blitz über den bedrohlichen Nachmittagshimmel. Sie nimmt das in Leder gebundene Tagebuch in die linke Hand und legt den rechten Daumen an einen Sensor, um die Fahrertür des nagelneuen schwarzen Pronto Spyder zu entriegeln. Das Cabrio ist ein vorzeitiges Geschenk von Edie und Iz zu ihrem Studienabschluss. Sie legt das Tagebuch auf den Beifahrersitz und schnallt sich an. Als sie den Daumen an den Sensor der Zündung drückt, spürt sie wie üblich einen kaum wahrnehmbaren, aber lästigen Stich.

Der Monitor am Armaturenbrett flackert auf:

Zündsequenz wird aktiviert.

Identifikation bestätigt. Diebstahlsicherung deaktiviert.

Sie spürt das inzwischen vertraute doppelte Klacken, als die beiden Achsen entsperrt werden.

Alkoholspiegel wird überprüft. Bitte warten...

Dominique lässt den Kopf an den Ledersitz zurücksinken und sieht zu, wie die ersten schweren Regentropfen auf der Kunststoffkarosserie ihres Roadsters aufschlagen, die ganz aus Polyäthylen-Terephthalat gefertigt ist. Das neue Sicherheitssystem erfordert Geduld, aber sie weiß, dass die zusätzlichen drei Minuten es absolut wert sind. Trunkenheit am Steuer ist zur häufigsten Todesursache in den Vereinigten Staaten geworden. Vom Herbst des kommenden Jahres an werden alle Fahrzeuge mit dem Alkotest-System ausgestattet sein.

Der Motor springt an.

Alkoholspiegel akzeptabel. Bitte fahren Sie vorsichtig.

Dominique reguliert die Klimaanlage und drückt die Ein-Taste ihres digitalen DJ-CD-Spielers. Sein eingebauter Prozessor ist in der Lage, am Tonfall oder beim Kontakt mit dem Finger des Fahrers dessen Stimmung abzulesen, um aus Hunderten vorprogrammierter Zusammenstellungen die passende Musik auswählen zu können.

Der schwere Bass des neuesten Rolling-Stones-Gedächtnisalbums – *Past Our Prime* – dröhnt aus den Surround-Lautsprechern. Dominique stößt zurück, verlässt den Besucherparkplatz und begibt sich auf die vierzigminütige Fahrt nach Hause.

Es ist ihr nicht leicht gefallen, Dr. Foletta zu überreden, ihr Julius Gabriels Tagebuch auszuhändigen. Anfänglich hat er sich mit dem Argument gesperrt, die Arbeit des verstorbenen Archäologen sei von den Universitäten

Harvard und Cambridge gesponsert worden, weshalb er aus rechtlichen Gründen gezwungen sei, von den dortigen Fachbereichen eine schriftliche Erlaubnis einzuholen, bevor er ihr irgendwelche Forschungsdokumente überlassen könne. Dominique hat gekontert, einen Einblick in das Tagebuch brauche sie nicht nur, um ihrer Aufgabe gerecht zu werden, sondern auch, um das Vertrauen von Michael Gabriel zu gewinnen. Nachdem sie den Nachmittag damit verbracht hat, mit den Dekanen der beiden Fachbereiche zu telefonieren, hat sich ergeben, dass das Tagebuch eher eine Sammlung persönlicher Erinnerungen als ein wissenschaftliches Dokument darstellt. Sie kann es also benutzen, solange sie keinerlei darin enthaltene Informationen veröffentlicht. Am Ende des Nachmittags hat Foletta sich schließlich geschlagen gegeben und ihr den über fünf Zentimeter dicken Band ausgehändigt, allerdings erst, nachdem sie eine vierseitige Vereinbarung unterschrieben hat, strengstes Stillschweigen über den Inhalt zu bewahren.

Der Regen hat nachgelassen, als Dominique Hollywood Beach erreicht und ihren Wagen in die dunkle Garage eines Hochhauses lenkt. Sie stellt den Motor ab und starrt auf das gespenstische Bild, das auf dem Monitor an der Windschutzscheibe erscheint. Es stammt von der Infrarotkamera, die vorne am Kühler des Roadsters montiert ist, und bestätigt, dass die Garage menschenleer ist.

Dominique lächelt über ihren eigenen Verfolgungswahn. Sie fährt in dem antiquierten Aufzug in den fünften Stock und hält beim Aussteigen die Tür für Mrs. Jenkins und ihren weißen Zwergpudel auf, die nach unten fahren wollen.

Das Einzimmerapartment, das im Besitz ihrer Adoptiveltern ist, liegt am Ende des Flurs. Es ist die letzte Tür rechts. Während sie den Geheimcode eingibt, öffnet sich die Tür in ihrem Rücken.

»Na, Dominique, wie war dein erster Arbeitstag?«

Rabbi Richard Steinberg umarmt sie. Hinter seinem braunen, leicht ergrauten Bart wird ein warmes Lächeln sichtbar. Der Rabbi und seine Frau sind enge Freunde ihrer Eltern; Dominique kennt die beiden, seit sie vor fast zwanzig Jahren adoptiert wurde.

»Ziemlich anstrengend. Ich glaube, ich verzichte aufs Abendessen und lege mich gleich in die heiße Badewanne.«

»Hör mal, Mindy und ich wollen dich nächste Woche zum Abendessen einladen. Wie wär's mit Dienstag?«

»Das müsste gehen. Danke.«

»Gut, gut. Ach, gestern hab ich mit Iz telefoniert. Hast du gewusst, dass er und deine Mutter vorhaben, zu Jom Kippur herzukommen?«

»Nein, das ist…«

»Tschuldigung, aber ich muss los. Am Sabbat darf ich nicht zu spät kommen. Wir melden uns nächste Woche noch mal.«

Sie winkt ihm zu und sieht ihn den Flur entlangeilen. Dominique mag Steinberg und seine Frau. Sie sind warmherzig und aufrichtig, und sie weiß, dass Iz die beiden gebeten hat, ein wenig auf sie aufzupassen.

Dominique betritt das Apartment und öffnet die Balkontür, damit die Meeresbrise das muffige Zimmer mit einem Schub salziger Luft erfüllen kann. Der nachmittägliche Schauer hat die meisten Strandbesucher verscheucht. Hinter den Wolken lugen die letzten Sonnenstrahlen hervor und werfen einen purpurroten Schein aufs Wasser.

Es ist ihre liebste Tageszeit, denn nun hat sie Gelegenheit, allein zu sein. Sie denkt an einen Strandspaziergang, überlegte es sich dann aber anders. Aus einer Weinflasche, die offen im Kühlschrank steht, gießt sie sich ein Glas ein, streift die Schuhe ab und geht auf den Balkon zurück. Sie stellt das Glas neben das in Leder gebundene Tagebuch auf einen Kunststofftisch, legt sich in ihren Liegestuhl und reckt sich, während ihr Körper in den weichen Polstern versinkt.

Das einförmige Rauschen der Wellen tut bald seine Wirkung. Sie nippt an dem Wein, schließt die Augen und lässt die Gedanken zu ihrer Begegnung mit Michael Gabriel zurückkehren.

Vier *Ahau*, drei *Kankin*. Seit ihrer frühen Kindheit hat Dominique diese Worte nicht mehr gehört.

Gedankenvoll versinkt sie in einem Traum. Sie ist wieder im Hochland von Guatemala, gerade sechs Jahre alt. Neben ihr kniet ihre Großmutter mütterlicherseits. Gemeinsam arbeiten sie in der Nachmittagssonne auf dem Zwiebelbeet. Eine kühle Brise, die *Xocomil*, weht vom Atitlansee herüber. Das Kind lauscht aufmerksam, während die raue Stimme der alten Frau erzählt. »*Den Kalender haben uns unsere Vorfahren, die Olmeken, vererbt. Seine Weisheit stammt von unserem Lehrer, dem großen Kukulkan. Lange bevor die Spanier unser Land eroberten, hinterließ der große Lehrer Warnungen vor kommenden Katastrophen. Vier* Ahau, *drei* Kankin, *der letzte Tag des Maya-Kalenders. Nimm dich vor diesem Tag in Acht, mein Kind. Wenn die Zeit kommt, musst du zu uns, nach Hause reisen, denn im* Popol Vuh *heißt es, nur hier kann uns unser Leben zurückgegeben werden.*«

Dominique schlägt die Augen auf und blickt auf den schwarzen Ozean. Weiße Schaumkronen rollen im Licht des halb hinter Wolken verborgenen Mondes heran.

Vier *Ahau*, drei *Kankin* – der 21. Dezember 2012.

Der Tag, an dem der Menschheit nach den alten Prophezeiungen das Ende droht.

AUS DEM TAGEBUCH VON JULIUS GABRIEL

24. August 2000

Mein Name: Professor Julius Gabriel.

Ich bin Archäologe, ein Forscher, der die Relikte der Vergangenheit studiert, um mehr über uralte Kulturen zu erfahren. Mit Hilfe von Indizien, die uns unsere Vorfahren hinterlassen haben, entwickle ich Hypothesen, formuliere Theorien. Ich suche in Jahrtausende alten Mythen, um einzelne Spuren der Wahrheit zu entdecken.

Im Verlauf der Zeit haben Wissenschaftler wie ich auf brutale Weise erfahren müssen, dass nur allzu oft die Wahrheit unterdrückt wird, weil die Menschen Angst haben. Sie wird als Ketzerei gebrandmarkt und erstickt, bis Kirche und Staat, Richter und Schöffen in der Lage sind, ihre Furcht zu überwinden und zu akzeptieren, wie die Dinge wirklich sind.

Ich bin Wissenschaftler, kein Politiker. Es liegt mir nichts daran, durch jahrelange Forschungen gestützte Theorien in einem Hörsaal voller selbst ernannter Gelehrter zu präsentieren, damit diese Leute abstimmen können, ob die Wahrheit über das Schicksal der Menschheit akzeptabel ist oder nicht. Von ihrem Wesen her hat Wahrheit nichts mit einer demokratischen Prozedur zu tun. Wie ein engagierter Reporter bin ich nur daran interessiert, was tatsächlich geschehen ist und was geschehen könnte. Und wenn die Wahrheit sich als so unglaublich herausgestellt haben sollte, dass man mich als Ketzer brandmarkt, kann ich nichts machen.

Schließlich befinde ich mich in guter Gesellschaft: Darwin hat man als Ketzer bezeichnet, und vor ihm Galileo Galilei; vor genau vierhundert Jahren starb Giordano Bruno auf dem Scheiterhaufen, weil er darauf bestand, dass es andere Welten neben der unseren geben muss.

Wie Bruno werde auch ich tot sein, bevor das bittere Ende der Menschheit naht. Hier liegt Julius Gabriel, Opfer eines kranken Herzens. Mein Arzt drängt mich, besser auf mich aufzupassen; er warnt, mein Herz sei eine Zeitbombe, die jeden Augenblick detonieren könne. Soll es doch detonieren, sage ich. Dieses wertlose Organ hat mir nur Kummer gemacht, seit es vor elf Jahren gebrochen ist, als meine liebe Frau starb, der Mensch, der mir am meisten bedeutet hat.

Dies sind meine Memoiren, der Bericht einer Reise, die vor etwa zweiunddreißig Jahren begonnen hat. Mit der Niederschrift dieser Informationen bezwecke ich zweierlei. Zum Einen ist das Ergebnis meiner Forschungen so kontrovers und so erschreckend hinsichtlich seiner Folgerungen, dass die Wissenschaft, wie mir nun klar ist, alles in ihrer Macht Stehende tun wird, um die Wahrheit über das Schicksal der Menschheit zu unterdrücken, zu ersticken oder glatt zu leugnen. Doch zum Zweiten weiß ich, dass es einzelne Menschen in der Menge gibt, die – wie mein eigener Sohn – lieber kämpfen werden, als untätig zuzusehen, wie das Ende naht. Euch, ihr Kämpfer für die Rettung, hinterlasse ich dieses Tagebuch und gebe damit den Stab der Hoffnung weiter. Jahrzehnte voller Mühsal und Elend verbergen sich in diesen Seiten, in diesem Ausschnitt der Menschheitsgeschichte, den ich Jahrtausende alten Spuren im Kalkstein entrissen habe. Nun liegt das Schicksal unserer Spezies in den Händen meines Sohnes – und vielleicht in denen jener anderen Menschen, die diese Zeilen lesen. Zumindest werden sie – werdet ihr – nicht mehr zu dem Teil der Mehrheit gehören, die Michael als ›unschuldige Ignoranten‹ bezeichnet. Betet, dass Menschen wie mein Sohn das uralte Rätsel der Maya lösen können.

Und dann betet für euch selbst.

Es heißt, die Angst vor dem Tod sei schlimmer als der Tod an sich. Noch schlimmer ist es, glaube ich, den Tod eines geliebten Menschen zu beobachten. Erlebt zu haben, wie das Leben jener verwandten Seele vor meinen Augen verlosch, gespürt zu haben, wie ihr Körper in meinen Armen erkaltete – das war zu viel Verzweiflung für ein einziges Herz. Manchmal bin ich tatsächlich dankbar dafür, dass ich bald sterben werde, denn ich wage es mir nicht einmal vorzustellen, qualvoller Zeuge dessen zu sein, wie die gesamte Menschheit unter der weltweiten Katastrophe leidet, die auf sie zukommt.

Ihr aber, die ihr über meine Worte spottet, seid gewarnt: Der Tag der Abrechnung naht rasch, und Unkenntnis über das, was dann geschieht, wird nichts an den Folgen ändern.

Heute sitze ich hinter dem Podium in Harvard und ordne meine Unterlagen, während ich auf meinen Auftritt warte. So viel hängt von meinem Vortrag ab, so viele Leben. Meine größte Sorge ist, dass die Arroganz meiner Kollegen zu groß ist, als dass sie meinen Schlussfolgerungen unbefangen gegenübertreten könnten. Lässt man mir eine Chance, die Fakten auszubreiten, dann kann ich ihr wissenschaftliches Interesse wecken, das weiß ich. Macht man mich jedoch lächerlich, so fürchte ich, dass alles verloren sein wird.

Furcht. Ich habe keine Zweifel, wie sehr mich diese Emotion inzwischen antreibt, doch als ich meine Reise an jenem schicksalhaften Tag im Mai 1969 begann, geschah das nicht aus Furcht, sondern aus dem Verlangen nach Ruhm und

Reichtum heraus. Damals war ich noch jung und voller Energie und hielt mich für unsterblich. Die Universität Cambridge hatte mir soeben den Doktortitel verliehen, summa cum laude. Während meine Kommilitonen sich damit beschäftigten, gegen den Vietnamkrieg zu protestieren, Liebe statt Krieg zu machen und für die Gerechtigkeit zu kämpfen, trat ich in die Fußstapfen meines Vaters, begleitet von zwei Kollegen, meinem einstigen besten Freund Pierre Borgia und der hinreißenden Maria Rosen. Es war unser Ziel, das große Geheimnis zu enträtseln, das den Kalender der Maya und seine zweieinhalbtausend Jahre alte Prophezeiung des Weltuntergangs umgab.

Ihr habt noch nie von dieser Prophezeiung gehört? Das überrascht mich nicht. Wer hat denn heutzutage noch Zeit, sich mit einem tödlichen Orakel zu beschäftigen, das irgendeine prähistorische Kultur Mittelamerikas hinterlassen hat!

In elf Jahren, wenn ihr und die Menschen, die ihr liebt, sich auf dem Boden winden und verzweifelt zum letzten Mal nach Atem ringen, in diesem Moment, während euer Leben in Sekundenschnelle vor euch vorbeizieht, werdet ihr euch wünschen, ihr hättet euch die Zeit dafür genommen.

Ich werde euch sogar das Datum eures Todestages nennen: Es ist der 21. Dezember 2012.

So, nun seid ihr ganz offiziell gewarnt. Nun könnt ihr handeln oder den Kopf in den Sand der Ignoranz stecken wie der Rest meiner hochgebildeten Kollegen.

Natürlich fällt es einem rationalen Menschen nicht gerade schwer, die düstere Prophezeiung des Maya-Kalenders als abergläubischen Unsinn abzutun. Ich weiß noch immer, wie mein Professor reagierte, als er von meinem Forschungsprojekt erfuhr: Sie vergeuden nur Ihre Zeit, Julius. Die Maya waren Heiden, ein Haufen Wilder, der im Dschungel lebte und an Menschenopfer glaubte. Mein Gott, sie hatten noch nicht einmal das Rad erfunden…

Mein Professor hatte gleichermaßen Recht und Unrecht, das ist ja das Paradox. Wohl wahr, die alten Maya wussten kaum etwas mit der Bedeutung des Rades anzufangen, und doch war es ihnen gelungen, ein fortgeschrittenes Wissen auf dem Gebiet der Astronomie, der Architektur und der Mathematik zu erwerben, das unserem heutigen Stand in vieler Hinsicht gleichkommt oder ihn sogar übertrifft. Bildlich ausgedrückt, waren die Maya wie ein vierjähriges Kind, das Beethovens Mondscheinsonate auf dem Klavier spielen kann, aber noch nicht in der Lage ist, das Wort ›Spaghetti‹ richtig auszusprechen.

Ich weiß, es wird euch schwer fallen, mir Glauben zu schenken. Das gilt für die meisten Menschen, die sich für gebildet halten. Aber die Beweise sind erdrückend. Deshalb habe ich mich ja auf die Suche begeben, denn das reiche Wissen des Kalenders nur wegen seiner unfassbaren Prophezeiung zu ignorieren, wäre so absurd gewesen, als hätte man Einsteins Relativitätstheorie einfach abgetan, nur weil ihr Entdecker damals ein einfacher Angestellter des Schweizer Patentamts war.

Was also ist der Kalender der Maya?

Eine kurze Erklärung:

Würde ich euch bitten, die Funktion eines Kalenders zu definieren, so würdet ihr ihn wohl zuerst als Hilfsmittel bezeichnen, um eure wöchentlichen oder monatlichen Termine einzuhalten. Jenseits dieser ziemlich begrenzten Perspektive ist der Kalender jedoch etwas anderes: ein Werkzeug, um so genau wie möglich den jährlichen Lauf der Erde um die Sonne zu bestimmen.

Unser moderner westlicher Kalender wurde 1582 in Europa eingeführt. Seine Basis war der Gregorianische Kalender, der für die Umlaufbahn der Erde 362,25 Tage berechnete. Darin enthalten war ein winziger Irrtum von 0,0003 zusätzlichen Tagen pro Jahr, was den Gelehrten des 16. Jahrhunderts recht eindrucksvoll vorkam.

Die Maya leiteten ihren Kalender von ihren Vorfahren

ab, den Olmeken, einem geheimnisvollen Volk, dessen Ursprünge etwa dreitausend Jahre zurückreichen. Stellen wir uns einmal vor, wir lebten vor Tausenden von Jahren. Es gibt weder Fernseher noch Radios, Telefone und Armbanduhren, und wir haben die Aufgabe, den Lauf der Sterne zu erfassen, um den Zeitraum einer Erdumlaufbahn zu berechnen. Irgendwie ist es den Olmeken ohne den Besitz von Präzisionsinstrumenten gelungen, das Sonnenjahr auf 365,2420 Tage zu berechnen. Verglichen mit dem europäischen Kalender war das ein noch kleinerer Irrtum von 0,0002 Tagen pro Jahr, diesmal in negativer Richtung.

Ich will diesen Sachverhalt noch einmal präzisieren, damit ihr seine Bedeutung erfassen könnt: Der dreitausend Jahre alte Kalender der Maya ist um das Zehntausendstel eines Tages genauer als der Kalender, den die Welt heute in Gebrauch hat!

Das ist noch nicht alles. Der Sonnenkalender der Maya ist nur ein Teil eines Systems aus drei Kalendern, die parallel verwendet wurden. Der zweite, als ›religiöser Kalender‹ bezeichnete Teil bestand aus zwanzig Monaten mit je dreizehn Tagen; der dritte Teil, ›Venuskalender‹ oder ›Große‹ bzw. ›Lange Zählung‹ benannt, basiert auf der Umlaufbahn des Planeten Venus. Indem sie diese drei Kalender kombinierten, waren die Maya in der Lage, die Vorgänge am Himmel über einen gewaltigen Zeitraum hinweg vorherzusagen, das heißt nicht nur für Tausende, sondern für <u>Millionen</u> von Jahren. So verweist eine Inschrift auf einem mittelamerikanischen Tempel auf eine Ära, die vierhundert Millionen Jahre zurückliegt.

Recht eindrucksvoll, nicht wahr?

Die Maya glaubten an die ›Großen Zyklen‹, an Zeiträume, in denen die Welt jeweils neu erschaffen und zerstört wurde. Ihr Kalender berichtet von fünf ›Großen Zyklen‹ oder ›Sonnen‹ der Erde. Der gegenwärtige Zyklus beginnt mit dem Tag <u>4 Ahau 8 Cumku</u>, dem 13. August des Jahres 3114 v. Chr., den die Maya für das Geburtsdatum des Planeten Venus hielten. Dieser letzte Zyklus soll laut der Vorhersage mit der Vernichtung der Menschheit enden – am Tage 4 Ahau 3 Kankin, dem 21. Dezember 2012, also dem Tag der Wintersonnenwende.

Dem Tag der Toten.

Wie sehr waren die Maya davon überzeugt, dass ihre Prophezeiung eintreffen würde? Nun, nach dem Abschied ihres großen Lehrers Kukulkan begannen sie damit, barbarische Rituale zu praktizieren, bei denen Menschen geopfert wurden. Zehntausenden von Männern, Frauen und Kindern wurde im Lauf der Zeit das Herz herausgeschnitten.

Das war das höchste, endgültige Opfer – dazu gedacht, das Ende der Menschheit zu verhindern.

Ich fordere euch nicht auf, Zuflucht zu derart bizarren Mitteln zu nehmen, sondern nur dazu, mit offenen Ohren zuzuhören. Was ihr nicht wisst, kann euch dennoch treffen, was ihr nicht sehen wollt, kann euch töten. Wir sind von Geheimnissen umgeben, deren Ursprünge wir scheinbar nicht ergründen können. Und doch müssen wir es versuchen! Da sind die Pyramiden von Giseh und Teotihuacán, die Tempel von Angkor in Kambodscha, da sind Stonehenge, die unglaublichen Botschaften in der Wüste von Nazca und vor allem die Kukulkan-Pyramide in Chichén Itzá. All diese uralten Stätten, all diese großartigen, unerklärlichen Wunder sind keine Touristenattraktionen, sondern Teile eines einheitlichen, wenn auch verwirrenden Puzzles, das die Vernichtung unserer Spezies verhindern kann.

Meine Lebensreise geht zu Ende. Diese Aufzeichnungen, die Höhepunkte der überwältigenden Beweise, die ich in über drei Jahrzehnten gesammelt habe, hinterlasse ich meinem Sohn Michael und all jenen, die bereit sind, mein Werk zu Ende zu führen. Ich werde die Indizien in der Reihenfolge präsentieren, in der ich darauf gestoßen bin, mich gleichzeitig aber auch bemühen, ein historisches Bild der Vorgänge entlang der Zeitachse zu zeichnen, auf der sie sich im Verlauf der Menschheitsgeschichte ereignet haben.

Ich möchte betonen, dass es mir keine Genugtuung bereitet, Recht zu behalten. Im Gegenteil – ich bete zu Gott, ich möge Unrecht haben.

Doch das ist nicht der Fall…

Auszug aus dem Tagebuch von Prof. Julius Gabriel
Vgl. Katalog 1969/70, Seite 12–28

3

11. September 2012
Miami, Florida

Michael Gabriel träumt.

Wieder sitzt er mit ausgestreckten Beinen auf dem Boden hinter dem Podium. Der Kopf seines Vaters ruht an seiner Brust, während sie auf den Rettungswagen warten. Julius gibt seinem Sohn mit einer Geste zu verstehen, er solle das Ohr nah an seinen Mund bringen. Er will ihm ein Geheimnis zuflüstern, das er seit dem Tod seiner Frau vor elf Jahren für sich behalten hat.

»Michael… der Mittelstein.«

»Bitte sag jetzt nichts, Dad. Der Rettungswagen ist unterwegs.«

»Hör mir zu, Michael! Der Mittelstein, die Markierung des Ballspielplatzes – ich habe ihn ausgetauscht.«

»Das versteh ich nicht. Welcher Stein?«

»In Chichén Itzá.«

Die erschöpften Augen werden glasig. Michael spürt, wie das Gewicht seines Vaters ganz an seine Brust sinkt.

»Dad… Dad!«

Michael erwacht, am ganzen Körper in Schweiß gebadet.

8.45 Uhr Dominique winkt der Empfangsdame lässig zu und geht dann direkt zur Sicherheitszentrale. Ein mit Muskeln bepackter Wärter lächelt sie an, als er sie näher kommen sieht. Sein rotblonder Schnurrbart hebt und spreizt sich über seine Oberlippe und lässt vergilbte Zähne sichtbar werden.

»Na, guten Morgen, Süße. Ich bin Raymond und ich möchte wetten, Sie sind unsere neue Praktikantin.«

»Dominique Vazquez.« Als sie ihm die schwielige Hand schüttelt, sieht sie Schweißtropfen auf dem dicken, sommersprossigen Unterarm.

»Tschuldigung, ich war gerade im Kraftraum.« Raymond wischt sich mit einem schmalen Handtuch die Arme ab. Er übertreibt die Bewegung, um seine Muskeln spielen zu lassen. »Ich nehme im November an der Ausscheidung zum Mr. Florida teil. Meinen Sie, ich hab 'ne Chance?«

»Na, klar.« *Du lieber Himmel, hoffentlich fängt er nicht auch noch an, zu posieren.*

»Vielleicht haben Sie Lust mitzukommen und mir zuzuschauen? Wäre nett, wenn ich ein bisschen Unterstützung hätte.« Die hellbraunen Augen unter den kurzen blonden Brauen weiten sich.

Sei nett zu ihm. »Kommen viele von den Leuten hier?«

»Ein paar schon, aber ich werd dafür sorgen, dass Sie einen Platz ganz vorn erhalten. Und jetzt kommen Sie mal nach hinten, Süße, ich muss einen Ausweis für Sie machen und ein Thermalbild von Ihrem Gesicht aufnehmen.« Raymond schließt eine Metallschranke auf und hält sie mit gewölbtem Trizeps für sie offen. Dominique spürte seinen Blick auf ihrem Körper, während sie hindurchgeht.

»Setzen Sie sich doch da drüben hin. Wir wollen uns erstmal um Ihren Ausweis kümmern. Dazu brauche ich Ihren Führerschein.«

Sie gibt ihm die Karte und muss sich vor ein schwarzes Gerät von der Größe eines Kühlschranks setzen. Raymond steckt eine rechteckige Karte in einen Seitenschlitz, dann tippt er ihre Daten in den Computer ein.

»Lächeln.« Der Blitz schlägt grell in ihre Augen und hinterlässt einen lästigen weißen Fleck. »Wenn Sie heute Abend heimgehen, hab ich die Karte fertig.« Er gibt ihr den Führerschein zurück. »Okay, jetzt kommen Sie mal hierher und setzen sich vor die Infrarotkamera da. Ist Ihr Gesicht schon mal gescannt worden?«

Hat man dir schon mal den Rücken rasiert? »Hm, nicht, dass ich wüsste.«

»Die Infrarotkamera stellt ein unverwechselbares Bild Ihres Gesichts her, indem sie die Wärme registriert, die von den Blutgefäßen unter der Haut ausgestrahlt wird. Selbst bei eineiigen Zwillingen ist ein Infrarotbild unterschiedlich. Außerdem verändert dieses Muster sich nie. Der Computer zeichnet neunzehnhundert verschiedene Thermalpunkte auf. Ein Pupillenscan verwendet dagegen nur zweihundertsechsundsechzig messbare Kennzeichen, und bei Fingerabdrücken werden nicht mehr als vierzig…«

»Ray, das ist faszinierend, wirklich, aber ist das tatsächlich notwendig? Ich hab hier noch nie mitbekommen, dass jemand ein Infrarotbild von mir wollte.«

»Weil Sie bisher nur tagsüber da waren. Da brauchen Sie nur den Magnetstreifen auf Ihrem Ausweis, um rein- oder rauszukommen. Aber nach halb acht Uhr abends müssen Sie Ihr Passwort eingeben und sich dann vom Infrarotscanner identifizieren lassen. Dabei vergleicht das Gerät die thermale Struktur Ihres Gesichts mit dem Bild, das wir eingespeichert haben. Niemand kommt hier nachts rein oder raus, ohne gescannt zu werden, und das Gerät ist unbestechlich. Lächeln.«

Dominique starrt verdrossen auf die kugelförmige

Kamera hinter der Glasscheibe und kommt sich dämlich vor.

»Gut, jetzt nach links drehen. Und jetzt nach rechts. Schauen Sie nach unten. Fertig. Hey, Süße, stehen Sie auf italienisches Essen?«

Jetzt geht's dahin. »Manchmal.«

»Ganz in der Nähe ist ein tolles Restaurant. Wann sind Sie mit der Arbeit fertig?«

»Heute Abend passt es mir eigentlich nicht so gut...«

»Wann passt es denn?«

»Ray, ehrlich gesagt, mache ich es mir normalerweise zur Regel, mich nicht mit Kollegen zu verabreden.«

»Wer hat denn was von 'ner Verabredung gesagt? Es ging nur um ein Abendessen.«

»Wenn es so ist, dann gehe ich gerne mal mit, aber heute Abend passt es wirklich nicht. Lassen Sie mir erst mal ein paar Wochen, um mich einzugewöhnen.« *Und um mir eine andere Ausrede auszudenken.* Sie schenkt ihm ein charmantes Lächeln, um es ihm leichter zu machen, zurückgewiesen worden zu sein. »Außerdem ist ein italienisches Dinner bestimmt nicht das Richtige für Sie, wenn Sie gerade so hart trainieren.«

»Na schön, Süße, ich werd darauf zurückkommen.« Der massige Rotschopf lächelt. »Hören Sie mal, wenn Sie irgendwas brauchen, fragen Sie mich einfach!«

»Ich brauch bestimmt nichts. Aber jetzt muss ich wirklich los, Dr. Foletta wartet...«

»Foletta kommt erst nachmittags. Heute ist das monatliche Treffen des Kuratoriums. Hey, ich hab gehört, er hat Ihnen diesen Patienten zugewiesen, den er mitgebracht hat. Wie heißt der wieder?«

»Michael Gabriel. Was wissen Sie über ihn?«

»Nicht viel. Er ist mit Foletta aus Massachusetts gekommen. Ich weiß, dass das Kuratorium und die Ärzte stocksauer waren, als er eingetroffen ist. Foletta muss allerhand Strippen gezogen haben.«

»Was wollen Sie damit sagen?«

Raymond dreht den Kopf, um ihrem Blick auszuweichen. »Ach, ist nicht so wichtig.«

»Kommen Sie schon. Erzählen Sie's mir.«

»Nee. Ich muss endlich lernen, meine große Klappe zu halten. Foletta ist Ihr Chef. Ich will nichts sagen, wodurch Sie einen schlechten Eindruck gewinnen könnten.«

»Es bleibt unter uns.«

Zwei andere Wärter betreten die Zentrale und winken Raymond zu.

»Na schön, ich werd's Ihnen erzählen, aber nicht hier. Zu viele Ohren mit großen Mäulern dran. Wir können uns ja beim Abendessen unterhalten. Ich bin um sechs fertig.« Die gelben Zähne blitzen auf, als Raymonds Mund sich zu einem triumphierenden Lächeln verzieht.

Der Wärter hält die Schranke für sie auf, und Dominique verlässt die Sicherheitszentrale. Während sie auf den Personalaufzug wartet, zieht sie eine Grimasse. *Du musst noch viel lernen, Süße. Das hättest du von Anfang an kommen sehen sollen.*

Marvis Jones beobachtet auf seinem Monitor, wie sie aus dem Aufzug steigt. »Morgen, junge Frau. Wenn Sie den Insassen Gabriel sehen wollen – der muss in seinem Zimmer bleiben.«

»Kann ich zu ihm?«

Der Wärter blickt von seinen Unterlagen auf. »Vielleicht sollten Sie lieber warten, bis der Direktor kommt.«

»Nein. Ich will jetzt mit ihm sprechen, und zwar nicht im Beobachtungsraum.«

Marvis sieht verärgert aus. »Davon würde ich dringend abraten. Der Mann ist als gewalttätig bekannt und…«

»Ich weiß nicht, ob ein einziger Vorfall in elf Jahren zu dieser Einschätzung berechtigt.«

Die beiden blicken sich in die Augen. Marvis erkennt, dass Dominique nicht nachgeben wird. »Na schön, Miss, wie Sie wollen. Jason, begleiten Sie Ms. Vazquez zu Zimmer siebenhundertvierzehn. Überlassen Sie ihr Ihren Alarmpiepser und schließen Sie von außen ab.«

Dominique folgt dem zweiten Wärter durch einen kurzen Flur, der zu der mittleren der drei Stationen im Nordflügel führt. Der Aufenthaltsbereich ist leer.

Vor Zelle 714 bleibt der Wärter stehen und spricht ins Mikrofon der Gegensprechanlage. »Mr. Gabriel, bleiben Sie auf Ihrem Bett, damit ich Sie sehen kann.« Er schließt die Tür auf und gibt ihr etwas, das wie ein dicker Kugelschreiber aussieht. »Wenn Sie mich brauchen, klicken Sie einfach zweimal auf dieses Ding da.« Er demonstriert es, worauf der Piepser an seinem Gürtel vibriert. »Passen Sie bloß auf. Lassen Sie ihn nicht zu nah an sich herankommen.«

»Danke.« Sie betritt die Zelle.

Der Raum ist drei mal dreieinhalb Meter groß. Durch ein knapp zehn Zentimeter hohes Band aus durchsichtigem Kunststoff fällt Tageslicht. Fenster gibt es nicht. Das Bett ist aus Metall und am Boden befestigt. Ebenso festgeschraubt sind der Tisch und die beiden Schränkchen daneben. An der rechten Wand sind ein Waschbecken und eine stählerne Toilettenschüssel verankert, in einem Winkel, der dem Benutzer einen gewissen Schutz vor dem Blick vom Flur her bietet.

Das Bett ist gemacht, das Zimmer in perfekter Ordnung. Michael Gabriel sitzt auf der Kante einer Matratze, die nicht dicker ist als ein Taschenbuch. Er steht auf und begrüßt sie mit einem warmen Lächeln. »Guten Morgen, Dominique. Offenbar ist Dr. Foletta noch nicht wieder da. Welch ein Glück!«

»Woher wissen Sie das?«

»Weil wir uns in meiner Zelle unterhalten statt im Beobachtungsraum. Bitte, setzen Sie sich doch aufs Bett, ich nehme mit dem Boden vorlieb. Oder bevorzugen Sie lieber die Toilette?«

Sie erwidert sein Lächeln und setzt sich auf die Kante der Matratze.

Mick lehnt sich an die Wand zu ihrer Linken. Seine schwarzen Augen funkeln im Neonlicht.

Ohne Zeit zu vergeuden fängt er gleich an, sie auszufragen. »Na, wie war Ihr Wochenende? Haben Sie das Tagebuch meines Vaters gelesen?«

»Tut mir Leid, ich hab nur die ersten zehn Seiten geschafft. Die Studie von Rosenhan hab ich aber ganz gelesen.«

»Über das Thema, an einem Ort für Wahnsinnige gesund zu sein. Ihr Kommentar, bitte?«

»Ich fand es interessant, vielleicht sogar ein wenig überraschend. Das Personal hatte es nicht gerade einfach, die Maulwürfe von den Patienten zu unterscheiden. Warum sollte ich den Aufsatz lesen?«

»Was meinen Sie?« Die schwarzen Augen funkeln sie an, strahlend vor tierhafter Intelligenz.

»Offensichtlich sollte ich über die Möglichkeit nachdenken, dass Sie nicht geisteskrank sind.«

»Offensichtlich.« Er setzt sich auf und zieht die Füße in den Lotussitz. »Machen wir mal ein kleines Spiel, ja? Stellen wir uns vor, es ist heute vor elf Jahren und Sie befinden sich an meiner Stelle. Sie sind Michael Gabriel, Sohn des in Bälde berüchtigten und ziemlich toten Archäologen Julius Gabriel. Sie stehen hinter dem Podium eines bis auf den letzten Platz gefüllten Hörsaals der Harvard University und hören zu, wie Ihr Vater den hellsten Köpfen seiner Disziplin die Ergebnisse einer lebenslangen Forschung anvertraut. Das Herz schlägt ihnen bis zum Hals, denn seit Sie laufen können haben Sie Seite an Seite mit ihrem Vater gearbeitet und wissen, wie wichtig dieser Vortrag nicht nur für ihn, sondern für die Zukunft der Menschheit ist. Kaum sind zehn Minuten verstrichen, als Sie sehen, wie ein Mensch, der seit vielen Jahren der Todfeind Ihres Vaters ist, übers Podium zu einem zweiten Pult schreitet. Pierre Borgia, das einstmals schwarze Schaf einer Politikerdynastie, hat beschlossen, die Schlussfolgerungen meines Vaters gleich an Ort und Stelle in Frage zu stellen. Damit ist klar, dass der ganze Vortrag eine abgekartete Sache ist, von Borgia persönlich arrangiert, um meinen Vater zu attackieren und seine Glaubwürdigkeit zu zerstören. Mindestens ein Dutzend Zuhörer sind in den Spaß eingeweiht. Nach weiteren zehn Minuten kann man nicht einmal mehr die Stimme von Julius Gabriel hören, so brüllend lachen seine Kollegen.«

Mick schweigt einen Moment, in Erinnerung versunken. »Mein Vater war ein selbstloser, hochintelligenter Mensch, der sein Leben der Suche nach der Wahrheit gewidmet hatte. Inmitten des wichtigsten Vortrags seines Lebens hat man ihm seine ganze Existenz unter den Füßen weggerissen, hat seinen Stolz zerstört, hat sein ganzes Werk, die Frucht von zweiunddreißig entbehrungsreichen Jahren, innerhalb weniger Minuten völlig in den Dreck gezogen. Können sie sich vorstellen, wie erniedrigt er sich gefühlt haben muss?«

»Was ist dann passiert?«

»Er ist nach hinten getaumelt und mir in die Arme gesunken, die Hände an die Brust gepresst. Mein Vater hatte ein schwaches Herz. Mit dem letzten Rest an Kraft, der ihm verblieben war, hat er mir eine Botschaft zugeflüstert, dann ist er in meinen Armen gestorben.«

»Und da haben Sie sich auf Borgia gestürzt?«

»Der Scheißkerl stand noch immer auf dem Podium und gab hasserfüllte Kommentare von sich. Trotz allem, was man Ihnen bestimmt erzählt hat, bin ich kein gewalttätiger Mensch« – die dunklen Augen weiten sich –, »aber in diesem Augenblick wollte ich ihm das Mikrofon in den Schlund stopfen. Ich weiß noch, wie ich über das Podium geschlichen bin, während alles um mich herum sich wie in Zeitlupe bewegt hat. Ich hab nur noch meinen eigenen Atem gehört, hab nur noch Borgia gesehen, wie durch einen Tunnel hindurch. Dann lag er auf dem Boden, und ich hab ihm mit dem Mikrofon den Schädel eingeschlagen.«

Dominique schlägt die Beine übereinander, um ihr Erschaudern zu verbergen.

»Der Körper meines Vaters ist im öffentlichen Leichenschauhaus gelandet und wurde ohne jede Zeremonie eingeäschert. Borgia hat die folgenden drei Wochen in einem teuren Krankenhauszimmer verbracht, während seine Familie sich um seinen Wahlkampf gekümmert hat. Das Resultat war etwas, was die Presse als ›beispiellose Aufholjagd‹ bezeichnete. Weil ich keine Freunde oder Verwandte hatte, die eine Kaution für mich hinterlegen konnten, bin ich derweil in einer Gefängniszelle vergammelt und hab darauf gewartet, wegen Körperverletzung vor Gericht gestellt zu werden. Aber Borgia hatte etwas anderes mit mir im Sinn. Mithilfe des politischen Einflusses seiner Familie hat er das Gerichtsverfahren manipuliert, das heißt einen Kuhhandel mit dem Staatsanwalt und meinem Pflichtverteidiger abgeschlossen. Bevor ich wusste, was mit mir geschah, hatte man mich schon zum Irren abgestempelt. Anschließend hat der Richter mich in eine verwahrloste Anstalt in Massachusetts geschickt, an einen Ort, an dem Borgia ein Auge auf mich haben konnte. Ein Auge, na ja – verzeihen Sie das Wortspiel.«

»Sie behaupten, Borgia hat die Justiz manipuliert. Wie?«

»Auf dieselbe Weise, wie er Foletta, dem man mich in die Finger gegeben hat, noch heute manipuliert. Pierre Borgia belohnt Loyalität, aber gnade dir Gott, wenn du auf seine schwarze Liste kommst. Wie auch immer, der

Richter, der mich zum kriminellen Irren gestempelt hat, saß innerhalb von drei Monaten nach seiner Entscheidung im Obersten Gerichtshof von Massachusetts. Wenig später hat man unseren guten Doktor zum Direktor der Anstalt gemacht, in der ich saß. Dabei hat er es irgendwie geschafft, etwa ein Dutzend höher qualifizierte Bewerber zu überspringen.«

Die schwarzen Augen lesen ihre Gedanken. »Sagen Sie schon, was Sie wirklich denken, Dominique. Sie denken, ich bin ein total weggetretener, paranoider Schizophrener.«

»Das hab ich nicht gesagt. Was ist mit dem anderen Vorfall? Leugnen Sie, dass Sie brutal über einen Wärter hergefallen sind?«

Mick starrt zu ihr empor. Der Blick in seinen Augen ist entnervend. »Der Mann, von dem Sie sprechen, Robert Griggs, war weniger homosexuell als sadistisch veranlagt. Man hätte sein Verhalten wahrscheinlich als durch Wut und Erregung motivierten Vergewaltigungsdrang diagnostiziert. Einen Monat vor meiner ersten großen Evaluation hat Foletta ihn absichtlich für die Nachtschicht in meiner Station eingeteilt. Es war immer gegen zwei Uhr morgens, dann hat der gute alte Griggsy seine Runde gedreht.«

Dominique spürt ihr Herz pochen.

»Dreißig Insassen pro Station, die alle mit einem Handgelenk und einem Knöchel an die Mittelpfosten ihrer Betten gefesselt sind. Eines Nachts kam Griggs besoffen herein und hat sich nach mir umgesehen. Ich nehme an, er hatte mich als neueste Ergänzung seines Harems auserkoren. Zuerst mal hat er mich ein wenig vorbereitet, indem er mir einen Besenstiel in...«

»Das reicht! Wo waren die anderen Wärter?«

»Griggs war der Einzige. Da ich sonst nichts tun konnte, um ihn aufzuhalten, hab ich ihm Honig ums Maul geschmiert und versucht, ihm beizubringen, dass er die

Sache noch ein wenig mehr genießen könnte, wenn ich beide Beine frei hätte. Da hat das dumme Arschloch doch tatsächlich meine Beinfessel aufgeschlossen. Ich will Sie nicht mit den Details der folgenden Minuten langweilen…«

»Die kenne ich schon. Sie haben sozusagen Rührei aus seinen Geschlechtsteilen gemacht.«

»Ich hätte ihn umbringen können, aber das hab ich nicht getan. Ich bin kein Mörder.«

»Und dafür haben Sie seither in Einzelhaft gesessen?«

Mick nickt. »Elf Jahre im Betonbunker. Kalt und hart, und sonst nichts. Aber jetzt sind Sie dran. Wie alt waren Sie, als Ihr Cousin Sie vergewaltigt hat?«

»Tut mir Leid, aber ich fühle mich nicht wohl dabei, mit Ihnen darüber zu sprechen.«

»Weil Sie die Therapeutin sind und ich der Irre?«

»Nein, ich meine – ja, weil ich die Ärztin bin und Sie sind mein Patient.«

»Sind wir denn wirklich so verschieden, Sie und ich? Glauben Sie, Rosenhans Leute könnten herausbekommen, wer von uns in diese Zelle gehört?« Er lehnt sich an die Wand zurück. »Darf ich Sie Dom nennen?«

»Ja.«

»Dom, die ständige Isolation hinterlässt ihre Spuren. Wahrscheinlich leide ich an Sinnesdeprivation und womöglich mache ich Ihnen sogar ein wenig Angst, aber ich bin geistig genauso gesund wie Sie oder Foletta oder der Wärter da draußen vor der Tür. Was kann ich tun, um Sie davon zu überzeugen?«

»Nicht mich müssen Sie überzeugen, sondern Dr. Foletta.«

»Ich hab Ihnen doch schon gesagt, dass Foletta von Borgia manipuliert wird, und der wird mich nie rauslassen.«

»Ich kann mit Foletta reden, kann ihn drängen, Ihnen dieselben Rechte und Vergünstigungen zuzugestehen wie den anderen Insassen. Mit der Zeit könnte ich dann...«

»Ach, Mensch, mir ist doch jetzt schon klar, was Foletta sagen wird: ›Wachen Sie auf, Ms. Vazquez. Sie fallen bloß auf Gabriels berühmte Verschwörungstheorie herein.‹ Wahrscheinlich hat er Sie schon davon überzeugt, dass ich ein zweiter Ted Bundy bin.«

»Überhaupt nicht. Mick, ich habe Psychiatrie studiert, um Menschen wie Ihnen zu helfen, und...«

»Menschen wie mir. Irren?«

»Lassen Sie mich ausreden. Sie sind kein Irrer, aber ich glaube, Sie brauchen Hilfe. Der erste Schritt wäre, Foletta davon zu überzeugen, dass man Ihnen ein Team zuweisen sollte, das Ihren Zustand neu beurteilen kann.«

»Nein. Das tut Foletta nie, und selbst wenn er es täte, ist keine Zeit dafür.«

»Weshalb denn nicht?«

»Meine jährliche Evaluation und die anschließende Anhörung sind in sechs Tagen. Sind Sie denn noch nicht darauf gekommen, weshalb Foletta ausgerechnet Sie für mich ausgesucht hat? Er meint, eine Praktikantin kann man leicht manipulieren. Ich höre ihn schon! ›Der Patient lässt zwar ermutigende Anzeichen für einen gewissen Fortschritt erkennen, aber er ist noch immer nicht bereit, in die Gesellschaft zurückzukehren.‹ Mit dieser Diagnose werden Sie übereinstimmen, und das ist alles, was der Evaluationsausschuss zu hören braucht.«

Foletta hat Recht, er ist gut. Aber vielleicht ist er nicht so gut, wenn er das Gespräch nicht selber lenkt. »Mick, sprechen wir mal ein wenig über die Arbeit Ihres Vaters, ja? Am Freitag haben Sie den Ausdruck vier *Ahau*, drei *Kankin* gebraucht...«

»Der Tag, an dem die Menschheit untergeht. Ich wusste, dass Sie das Datum kennen.«

»Es ist bloß eine Maya-Legende.«

»Viele Legenden haben einen wahren Kern.«

»Also glauben Sie, dass wir alle in knapp vier Monaten sterben werden?«

Mick starrt auf den Boden und schüttelt den Kopf.

»Ein einfaches Ja oder Nein genügt.«

»Treiben Sie keine Psychospielchen mit mir, Dominique.«

»Wieso treibe ich jetzt irgendwelche Psychospielchen?«

»Sie wissen doch sehr gut, dass diese Frage nach paranoider Schizophrenie und Wahnvorstellungen stinkt...«

»Mick, es ist eine ganz einfache Frage.« *Er verliert die Fassung. Gut.*

»Sie verwickeln mich in einen intellektuellen Schlagabtausch, um Schwächen zu entdecken. Lassen Sie das. Es ist nicht sehr effektiv und außerdem werden Sie verlieren, was bedeutet, dass wir beide verlieren.«

»Sie wollen doch, dass ich Ihre Fähigkeit beurteile, in die Gesellschaft zurückzukehren. Wie kann ich das tun, ohne Fragen zu stellen?«

»Stellen Sie Ihre Fragen, aber locken Sie mich nicht aufs Glatteis. Ich bin gern bereit, mit Ihnen über die Theorien meines Vaters zu diskutieren, aber nur, wenn Sie echtes Interesse daran haben. Falls Ihnen kein anderes Ziel vorschwebt, als festzustellen, wie weit Sie mich an den Rand treiben können, lassen Sie mich lieber so was wie den Rorschach oder den Thematischen Gestaltungstest machen, dann sind wir schneller fertig.«

»Wieso locke ich Sie aufs Glatteis?«

Mick ist aufgestanden und bewegt sich auf sie zu. Dominiques Herz schlägt wie wild. Sie greift nach dem Stift.

»Schon die Art und Weise Ihrer Frage verurteilt mich. Das ist, als würden Sie einen Pfarrer fragen, ob seine Frau weiß, dass er onaniert. Egal, was er antwortet, er schaut immer schlecht aus. Wenn ich Ihre Frage bezüglich der alten Prophezeiung mit nein beantworte, dann muss ich begründen, weshalb ich nach elf Jahren plötzlich meine Meinung geändert habe. Foletta wird das als List interpretieren, mit der ich den Evaluationsausschuss täuschen will. Antworte ich mit ja, schließen Sie daraus, dass ich ein ganz normaler Irrer bin, der meint, der Himmel fällt ihm auf den Kopf.«

»Was schlagen Sie dann vor, wie ich Ihren Zustand beurteilen soll? Ich kann das Thema doch nicht einfach ignorieren.«

»Nein, aber Sie können die Indizien unvoreingenommen überprüfen, statt überstürzt ein Urteil zu fällen. Schließlich hat man einige der klügsten Köpfe der Geschichte als verrückt bezeichnet, bevor die Wahrheit herausgekommen ist.«

Mick lässt sich aufs andere Ende des Betts fallen. Dominiques Haut kribbelt. Sie weiß nicht recht, ob sie aufgeregt ist oder Angst hat. Vielleicht trifft beides zu. Sie setzt sich zurecht, stellt die Beine nebeneinander und wiegt den Stift lässig in der Hand. *Er ist nahe genug, um mich erwürgen zu können, aber wenn wir in einer Kneipe wären, würde ich wahrscheinlich mit ihm flirten…*

»Dominique, es ist wichtig, sehr, sehr wichtig, dass wir uns gegenseitig vertrauen. Ich brauche Ihre Hilfe und Sie brauchen meine, auch wenn Sie's noch nicht wissen. Beim Andenken meiner Mutter schwöre ich, dass ich Sie nie anlügen werde, aber dafür müssen Sie versprechen, mich unbefangen anzuhören.«

»Na schön, ich werde objektiv zuhören. Aber die Frage ist noch immer offen. Glauben Sie, dass die Menschheit am einundzwanzigsten Dezember zugrunde gehen wird?«

Mick beugt sich vor und stützt die Ellbogen auf die Knie. Er starrt auf den Boden und legt die Zeigefinger an beide Seiten seines Nasenbeins. »Ich nehme an, Sie sind katholisch?«

»Ich bin katholisch getauft, aber seit meinem vierzehnten Lebensjahr bei jüdischen Adoptiveltern aufgewachsen. Und Sie?«

»Meine Mutter war Jüdin, mein Vater Protestant. Halten Sie sich für einen religiösen Menschen?«

»Eigentlich nicht.«

»Glauben Sie an Gott?«

»Ja.«

»Glauben Sie an das Böse?«

»An das Böse?« Die Frage erschreckt sie. »Das ist ein wenig vage. Könnten Sie das genauer ausdrücken?«

»Ich spreche nicht über Menschen, die grässliche Verbrechen begehen. Ich beziehe mich auf das Böse als einen eigenständigen Aspekt, der Teil unserer gesamten Existenz ist.« Mick hebt den Kopf und richtet den Blick auf sie. »In der jüdisch-christlichen Überlieferung zum Beispiel manifestiert sich das Böse zuerst als Schlange, die in den Garten Eden eindringt und Eva dazu verlockt, in den berühmten Apfel zu beißen.«

»Als Psychiater glaube ich durchaus nicht, dass wir böse oder gut geboren werden. Ich glaube, wir haben die Anlage zu beidem. Der freie Wille lässt uns die Wahl.«

»Und was wäre, wenn… wenn irgendetwas unseren freien Willen beeinflusst, ohne dass wir es wissen?«

»Was meinen Sie damit?«

»Manche Menschen glauben an die Existenz einer übel wollenden Kraft, die ein Teil der Natur ist. An eine Art Wesen, das im Verlauf der gesamten Menschheitsgeschichte auf diesem Planeten existiert hat.«

»Jetzt komme ich nicht mehr mit. Was hat das Ganze mit dieser Prophezeiung des Weltuntergangs zu tun?«

»Als rationale Person fragen Sie mich, ob ich glaube, dass die Menschheit zugrunde gehen wird. Als rationale Person bitte ich Sie, mir zu erklären, weshalb jede wichtige Kultur des Altertums das Ende der Menschheit vorhergesagt hat. Ich bitte Sie, mir zu erklären, weshalb jede große Religion von einer Apokalypse spricht und auf einen Messias wartet, der zurückkehren soll, um unsere Welt vom Bösen zu befreien.«

»Das kann ich nicht. Wie die meisten Leute weiß ich es einfach nicht.«

»Mein Vater hat's auch nicht gewusst. Aber da er ein rationaler Mann der Wissenschaft war, wollte er es herausbekommen. Deshalb hat er der Suche nach der Wahrheit sein Leben gewidmet und das Glück seiner Familie geopfert. Er hat Jahrzehnte damit verbracht, in uralten Ruinen nach Anhaltspunkten zu suchen. Und schließlich hat er etwas entdeckt, was so unfassbar war, dass es ihn an den Rand des Wahnsinns getrieben hat.«

»Was hat er denn entdeckt?«

Mick schließt die Augen. Sein Tonfall wird weich. »Hinweise. Hinweise, die bewusst und sorgfältig für uns hinterlassen wurden. Dinge, die auf die Existenz eines Wesens hindeuten – eines Wesens, das so böse ist, dass sein Erscheinen das Ende der Menschheit bedeuten wird.«

»Das versteh ich wieder nicht.«

»Ich kann es nicht erklären, ich weiß nur, dass ich – irgendwie – spüren kann, wie sein Einfluss stärker wird.«

Er versucht krampfhaft, rational zu bleiben. Lass ihn weiterreden. »Sie sagen, dieses Wesen ist böse. Woher wissen Sie das?«

»Ich weiß es einfach.«

»Da geben Sie mir aber nicht viel in die Hand, womit ich weitermachen könnte. Und den Kalender der Maya würde ich nicht gerade als Beweismittel bezeichnen…«

»Der Kalender ist nur die Spitze des Eisbergs. Überall auf der Erde sind außergewöhnliche, unerklärliche Zeichen verstreut, astronomisch ausgerichtete Wunder, die allesamt Teile eines einzigen, riesigen Puzzles darstellen. Selbst die größten Skeptiker können ihre Existenz nicht leugnen. Es sind die Pyramiden von Giseh und Chichén Itzá, die Tempel von Angkor Wat und Teotihuacán,

Stonehenge, die Karten des Piri Re'is und die Zeichnungen in der Wüste von Nazca. Um diese Wunder zu schaffen, hat es Jahrzehnte harter Arbeit gebraucht, und es ist noch heute ein Geheimnis, mithilfe welcher Techniken das möglich war. Mein Vater hat herausgefunden, dass eine einheitliche Intelligenz dahinter steht, dieselbe Intelligenz, die für die Erschaffung des Maya-Kalenders verantwortlich war. Noch wichtiger ist die Tatsache, dass all diese Zeichen einem gemeinsamen Zweck dienen, dessen Bedeutung im Lauf der Jahrtausende verloren gegangen ist.«

»Und worin besteht dieser Zweck?«

»In der Rettung der Menschheit.«

Foletta hat Recht; er glaubt tatsächlich daran. »Also, nochmal von vorne. Ihr Vater war der Ansicht, all diese prähistorischen Stätten seien dazu gedacht gewesen, die Menschheit zu retten. Aber wie können eine Pyramide oder ein Haufen Steinzeichnungen uns retten? Und wovor? Vor diesem unheilvollen Wesen?«

Die dunklen Augen dringen in die Tiefe ihrer Seele. »Ja, aber auch vor etwas unendlich Schlimmerem – vor etwas, das am Tag der Wintersonnenwende erscheinen wird, um die Menschheit zu vernichten. Kurz vor dem Tod meines Vaters waren wir nahe daran, das Rätsel zu lösen, aber noch fehlen wichtige Teile des Puzzles. Wenn man nur die Kodizes der Maya nicht zerstört hätte!«

»Wer hat die eigentlich zerstört?«

Mick schüttelt sichtlich enttäuscht den Kopf. »Kennen Sie nicht mal die Geschichte Ihrer eigenen Vorfahren? Der Schöpfer des visionären Kalenders, der große Lehrer Kukulkan, hat in den alten Maya-Kodizes entscheidende Informationen hinterlassen. Vierhundert Jahre nach seinem Abschied eroberten die Spanier die Halbinsel Yukatan. Ihr Anführer Cortés war ein bärtiger weißer Mann. Die Maya hielten ihn fälschlicherweise für Kukulkan, die Azteken für Quetzalcoatl. Beide Kulturen verzichteten auf jede Gegenwehr und ließen sich einfach erobern, weil sie glaubten, ihr weißer Messias sei zurückgekehrt, um die Menschheit zu retten. Dann haben sich die katholischen Priester der Kodizes bemächtigt. Was sie denen entnahmen, muss ihnen ziemliche Angst eingejagt haben, denn die Narren haben alles verbrannt und uns damit im Grunde zum Tode verurteilt.«

Er steigert sich hinein. »Ich weiß nicht recht, Mick. Die Anweisungen für die Rettung der Menschheit wären doch eigentlich zu bedeutsam gewesen, um sie einem Haufen mittelamerikanischer Indianer anzuvertrauen. Wenn Kukulkan so weise war, wieso hat er die Informationen dann nicht noch irgendwo anders hinterlassen?«

»Vielen Dank.«

»Wofür?«

»Fürs Nachdenken. Dafür, dass Sie die logische Hemisphäre Ihres Gehirns benutzt haben. Die Informationen waren tatsächlich zu wichtig, um sie einer gefährdeten Kultur wie der der Maya oder irgendeinem anderen alten Volk zu hinterlassen. Deshalb befindet sich in Peru, in der Wüste von Nazca, eine visuelle symbolische Botschaft, die in Form von über hundert Meter langen Bildern in den Fels gescharrt ist. Mein Vater und ich waren nahe daran, die Bedeutung dieser Botschaft zu entschlüsseln, als er starb.«

Unabsichtlich wirft sie einen Blick auf ihre Armbanduhr.

Mick springt auf wie eine Raubkatze und packt sie an den Schultern. Dominique fährt zusammen.

»Hören Sie endlich auf, mich als Studienobjekt zu betrachten, und sperren Sie die Ohren auf! Wir haben einfach keine Zeit…«

Sie starrt ihm in die Augen, während er hektisch weiterspricht. Sein Gesicht ist nur wenige Zentimeter von ihrem entfernt. »Mick, lassen Sie mich los.« Sie fingert an dem Stift herum.

»Jetzt hören Sie mal zu. Sie haben mich gefragt, ob die Menschheit in vier Monaten dran glauben muss. Die Antwort lautet ja – falls ich es nicht schaffe, das Werk meines Vaters zu vollenden. Kann ich das nicht, werden wir alle sterben.«

Dominique klickt mit dem Stift, immer wieder. Das Herz schlägt ihr bis zum Hals. Angst überflutet ihr Gehirn.

»Dominique, bitte – Sie müssen mich noch vor der Tagundnachtgleiche aus dieser Anstalt befreien!«

»Wieso?« *Halt ihn am Reden…*

»Wir haben nur noch zwei Wochen bis zum Äquinoktium. An diesem Tag werden an jeder der Stätten, die ich erwähnt habe, bestimmte Zeichen auftreten. An der Kukulkan-Pyramide in Chichén Itzá wird an der nördlichen Treppe der Schatten einer Schlange herniedersteigen. In diesem Augenblick wird die Erde in eine extrem seltene galaktische Konstellation eintreten. Im Zentrum des dunklen Bands der Milchstraße wird sich ein Tor öffnen, und das bedeutet für uns, dass der Anfang vom Ende gekommen ist.«

Er redet irre… Ihr kommt das Foto des einäugigen Borgia in den Sinn. Sie verlagert ihr Gewicht und macht ihr Knie bereit.

»Dominique, ich bin nicht wahnsinnig. Sie müssen mich ernst nehmen…«

»Sie tun mir weh!«

»Entschuldigung, Entschuldigung…« Er lockert seinen Griff. »Hören Sie mich doch an, das ist ungeheuer wichtig! Mein Vater hat geglaubt, man könne das Böse noch daran hindern, sich zu erheben. Ich brauche Ihre Hilfe – Sie müssen mich hier noch vor dem Äquinoktium herausbekommen…«

Mick dreht sich um, als Marvis ihm die Faust vors Gesicht hält und ihn mit einer Dosis Pfefferspray blendet.

»Nein! Nein, nein, nein…!«

Zu verstört, um auch nur ein Wort herauszubringen, schiebt Dominique den Wärter beiseite und läuft aus dem Zimmer. Mit klopfendem Herzen bleibt sie im Aufenthaltsbereich stehen.

Marvis verschließt Zelle 714 und führt sie aus der Station.

Mick hört nicht auf, an die Tür zu hämmern. Er brüllt nach Dominique wie ein verwundetes Tier.

AUS DEM TAGEBUCH VON JULIUS GABRIEL

Da sich aber die Menschen begannen zu mehren auf Erden und ihnen Töchter geboren wurden, da sahen die Söhne Gottes nach den Töchtern der Menschen, wie sie schön waren, und nahmen zu Frauen, welche sie wollten. [...] Es waren auch zu den Zeiten die Nephilim *auf Erden; denn da die Söhne Gottes zu den Töchtern der Menschen eingingen und diese ihnen Kinder gebaren, wurden daraus Gewaltige in der Welt und berühmte Männer.*

Genesis 6, 1–2 und 4

Die Bibel. Das heilige Buch der jüdischen und der christlichen Religion. Dem Archäologen, der auf der Suche nach der Wahrheit ist, kann dieses uralte Dokument entscheidende Hinweise geben, die ihm dabei helfen, die Lücken in der Evolution des Menschen zu überbrücken.

Das 6. Kapitel der Genesis mag der am wenigsten verstandene Teil der Bibel sein, aber vielleicht ist es auch der aufschlussreichste. Es spielt kurz vor der Zeit, in der Gott Noah unterwies, und es bezieht sich auf ›Söhne Gottes‹

oder ›Nephilim‹, ein Name, den man wörtlich mit ›die Gefallenen‹ oder ›die mit Feuer vom Himmel Gefallenen‹ übersetzen kann.

Wer waren diese ›Gefallenen‹, diese ›berühmten Männer‹? Ein wichtiger Hinweis könnte sich in den Apokryphen der Genesis befinden, einem der uralten Texte, den man in den Qumran-Rollen entdeckt hat. Im Text einer Schlüsselstelle stellt Lamech, der Vater Noahs, seine Frau zur Rede, weil er glaubt, sein Sohn sei gezeugt worden, indem sie Verkehr mit einem Engel oder dem Kind eines Engels – einem Nephilim – gehabt habe.

Floss außerirdisches Blut in Noahs Körper? Die Vorstellung, ›gefallene Engel‹ oder ›berühmte Männer‹ hätten sich mit menschlichen Frauen vermischt, mag absurd erscheinen, doch sie muss irgendein wahres Element enthalten, da sie – wie die Geschichte von Noah und der Sintflut – in verschiedenen Kulturen und Religionen überall auf der Welt auftaucht.

Wie schon gesagt, habe ich mein Leben damit verbracht, geheimnisvolle Wunder zu erforschen, großartige Bauwerke, die den Verwüstungen der Zeit widerstehen konnten. Ich glaube, dass diese Bauten von jenen ›Gewaltigen‹, jenen ›berühmten Männern‹ geschaffen wurden, und zwar zu einem einzigen Zweck: um unsere Spezies vor der Vernichtung zu retten.

Vielleicht werden wir nie erfahren, wer die Nephilim waren, doch die geologische Forschung erlaubt es uns nun, den Zeitraum zu bestimmen, in dem sie zuerst erschienen sind. Tatsache ist: es gab eine große Flut. Dafür verantwortlich war die letzte Eiszeit der Erde, die vor etwa 1,6 Millionen Jahren begann. In ihrem Verlauf war der Großteil der nördlichen und südlichen Hemisphäre von Gletschern bedeckt, die sich mehrfach weiter ausbreiteten und wieder zurückzogen. Einen Höhepunkt erreichte dieser Vorgang vor etwa siebzehntausend Jahren, als fast ganz Europa von einer über drei Kilometer dicken Eisschicht bedeckt war. In Nordamerika reichten die Gletscher bis ins Tal des Mississippi und bis zum 37. Breitengrad.

Dies war die Zeit von Homo sapiens neanderthalensis, des Neandertalers. Es war aber auch die Zeit in der Geschichte unserer Vorfahren, in der die geheimnisvollen ›Gefallenen‹ auf die Erde kamen.

Vielleicht fanden diese ›berühmten Männer‹ die Horden der frühen Neandertaler nicht besonders eindrucksvoll. Vielleicht meinten die Nephilim, es sei am besten, wenn der Entwurf des Menschen der Frühzeit noch einmal aufs evolutionäre Reißbrett zurückkehrte. Was immer ihre Reaktion gewesen sein mag, wir wissen, dass die Eisschicht auf wundersame Weise und recht unvermittelt zu schmelzen begann.

Das geschah sehr schnell und wurde offenbar durch eine unbekannte, dramatische Entwicklung ausgelöst. Millionen Kubikkilometer Eis, die mehr als vierzigtausend Jahre gebraucht hatten, um sich zu bilden, schmolzen plötzlich in weniger als zwei Jahrtausenden. Der Meeresspiegel stieg um neunzig bis hundertzwanzig Meter an, wodurch große Teile des Festlands überflutet wurden. Teile der Erde, die vom Gewicht einer Milliarden Tonnen schweren Eisschicht niedergedrückt worden waren, hoben sich unter katastrophalen Erdstößen. Vulkane brachen aus und spien gewaltige Mengen Kohlendioxid in die Atmosphäre, was die globale Erwärmung beschleunigte. Große Flutwellen entwurzelten die Urwälder, ließen ganze Tierarten aussterben und verwüsteten das Land.

Die Erde wurde zu einem sehr unwirtlichen Ort.

Zwischen 13000 und 11000 v. Chr. war der Großteil des Eises geschmolzen und das Klima hatte sich stabilisiert. Aus dem Chaos aber war eine neue Unterart entstanden, Homo sapiens sapiens, der heutige Mensch.

Ist es die Evolution oder die biblische Schöpfungsgeschichte, in der die Wahrheit für das Erscheinen des heutigen Menschen liegt? Als Wissenschaftler bin ich gezwungen, an Darwin zu glauben, aber als Archäologe ist mir auch bewusst, dass die Wahrheit oft in Mythen verborgen liegt, die über die Jahrtausende hinweg überliefert wurden. Die Prophezeiung, von der der Kalender der Maya spricht, gehört zu eben dieser Kategorie. Wie schon erwähnt, ist dieser Kalender ein präzises wissenschaftliches Instrument, dessen Berechnungen sich auf fortgeschrittene Kenntnisse der Astronomie und Mathematik stützen. Abgesehen davon bezieht sich der Ursprung des Kalenders auch auf den bedeutendsten Mythos der Maya-Kultur: das Popol Vuh, die Schöpfungsgeschichte der Maya.

Das Popol Vuh ist die Bibel der mittelamerikanischen Indianer. Entstanden ist es mehrere Jahrhunderte nach dem Abschied von Kukulkan. Die Welt, heißt es darin, sei in eine Oberwelt (den Himmel), eine Mittelwelt (die Erde) und eine Unterwelt unterteilt gewesen. Letztere trug den Namen Xibalba (›Schibalba‹ ausgesprochen) und war das Reich des Bösen. Wenn die alten Maya in den Nachthimmel blickten, sahen sie das dunkle Band in der Milchstraße und deuteten es als dunkle Schlange oder als ›Schwarze Straße‹ (Xibalba-Be), die in die Unterwelt führte. Ganz in der Nähe dieses Bandes befinden sich die drei Sterne, die den Gürtel des Orion bilden. In den Mythen der Maya sind diese Sterne die drei Steine der Schöpfung.

Wie schon gesagt, ist der Kalender der Maya in fünf Große Zyklen unterteilt. Die erste dieser Zyklen beginnt vor etwa 25800 Jahren. Das ist kein willkürlicher Zeitraum, sondern die tatsächliche Zahl der Jahre, die die Erde braucht, um einen ganzen Präzessionszyklus zu durchlaufen, der sich auf die extrem langsame Bewegung ihrer Achse bezieht. Mehr darüber später.

Die Schöpfungsgeschichte, die das Popol Vuh erzählt, beginnt also vor etwa 25800 Jahren, als die Erde noch größtenteils von Eis bedeckt war. Der Heros der Legende ist ein primitiver Mensch mit Namen Hun-Hunapu (›Hun‹ bedeutet ›eins‹ oder ›einer‹), der von den Maya später als ›Erster Vater‹ verehrt wurde. Die größte Leidenschaft von Hun-

Hunapu war das uralte Ballspiel Tlachtli. Eines Tages forderten die Herren der Unterwelt, die durch die >Schwarze Straße< Xibalba-Be sprachen, Hun-Hunapu und dessen Bruder zu einem Spiel heraus. Hun-Hunapu nahm an und betrat das Tor zur Schwarzen Straße, die in den Maya-Legenden als Maul einer großen Schlange beschrieben wird.

Doch die Herren der Unterwelt hatten gar nicht vor, das Spiel zu spielen. Durch List und Tücke besiegten sie die Brüder und schlugen ihnen den Kopf ab. Hun-Hunapus Kopf hängten sie in die Krümmung eines Kalebassen-Baumes. Dann stellten sie den Baum an einen fernen Ort und verboten allen, ihn aufzusuchen.

Nach vielen, vielen Jahren wagte eine tapfere junge Frau namens Blutmond sich auf die Schwarze Straße, um herauszufinden, ob die Legende von Hun-Hunapu der Wahrheit entspreche. Als sie zu jenem Baum trat, um ein paar Früchte zu pflücken, entdeckte sie zu ihrem Schrecken den Kopf von Hun-Hunapu, der in ihre Handfläche spie und sie dadurch auf magische Weise schwängerte. Dann floh die Frau, noch bevor die Herren der Unterwelt sie vernichten konnten.

Blutmond, auch >Erste Mutter< genannt, gebar Zwillinge. Die Jahre vergingen, und die Jungen wurden zu starken, fähigen Kriegern. Als sie erwachsen waren, drängte die innere Stimme ihres Erbes sie dazu, die Reise in die Schwarze Straße nach Xibalba zu unternehmen, um die Herren des Bösen herauszufordern und den Tod des Vaters ihrer Söhne zu rächen. Erneut versuchten ihre Gegner es mit List und Tücke, doch diesmal triumphierten die heldenhaften Zwillinge, besiegten das Böse und erweckten ihren verschwundenen Vater wieder zum Leben.

Was können wir diesem Schöpfungsmythos entnehmen? Der Name Hun-Hunapu (>Eins Hunapu<) korrespondiert mit dem Kalendernamen Eins Ahau, der den Tag der >ersten Sonne< bezeichnet. Die >erste Sonne< des neuen Jahres ist die Sonne der Wintersonnenwende, und das vorhergesagte Datum des Weltuntergangs endet mit der Wintersonnenwende des Jahres 2012. Dann sind seit dem allerersten Tag des Maya-Kalenders genau die 25800 Jahre eines Präzessionszyklus vergangen!

Mithilfe eines Computerprogramms, mit der man die Konstellationen im Kosmos zu jedem beliebigen Zeitpunkt der Geschichte darstellen kann, habe ich den Nachthimmel des Jahres 2012 berechnet. Zur Zeit der Herbsttagundnachtgleiche, des Äquinoktiums, wird eine extrem seltene Beziehung zwischen der Ebene der Sonne und jener der Galaxis auftreten. Das dunkle Band der Milchstraße wird sich scheinbar am Erdhorizont befinden und die Sonne wird sich auf sein Zentrum zubewegen. Ihren Höhepunkt wird diese stellare Verschiebung am Tag der Wintersonnenwende erreichen, der in den meisten alten Kulturen als Tag der Toten gefeiert wird. An diesem Tag wird die Sonne zum ersten Mal in 25800 Jahren eine Konjunktion mit dem Punkt bilden, an dem sich die Milchstraße und die Ekliptik im Schützen kreuzen. Dadurch gerät sie in eine Linie mit dem galaktischen Äquator, dem exakten Zentrum der Galaxis.

Irgendwie ist es den Schöpfern des Maya-Kalenders gelungen, diese Konstellation vor mehr als dreitausend Jahren vorherzusagen. Bezieht man den erwähnten Schöpfungsmythos ein, öffnet sich am Höhepunkt der galaktischen Ausrichtung ein kosmisches Tor, das die Kluft zwischen unserem Planeten und Xibalba, der Unterwelt der Maya, überbrückt.

Dies alles mag man Dichtung oder Wahrheit nennen. Ich zumindest bin mir sicher, dass diese intergalaktische Kongruenz im Tod jedes einzelnen Menschen auf unserem Planeten kulminieren wird.

Auszug aus dem Tagebuch von Prof. Julius Gabriel

Vgl. Katalog 1978/79, Seite 43-52
und Katalog 1998/99, Seite 11-75

4

11. September 2012
Miami, Florida

Wachen Sie auf, Ms. Vazquez. Sie fallen bloß auf Gabriels berühmte Verschwörungstheorie herein.«

»Keineswegs.« Dominique erwidert den kalten Blick Dr. Folettas, der hinter seinem Schreibtisch sitzt. »Es gibt keinerlei Gründe, weshalb Mick Gabriel kein vollständiges Therapeutenteam zugeteilt werden sollte.«

Foletta lehnt sich in seinen Drehsessel zurück. Sein Gewicht lässt die Spiralfedern ächzen. »Jetzt beruhigen wir uns mal ein wenig. Überlegen Sie doch – Sie haben gerade zweimal mit dem Patienten gesprochen und stellen schon eine Diagnose. Meiner Meinung nach lassen Sie sich emotional in die Sache hineinziehen. Davor habe ich Sie schon am Freitag gewarnt und das ist auch genau der Grund, weshalb ich dem Ausschuss empfohlen habe, vorläufig kein Team hinzuzuziehen.«

»Dr. Foletta, ich versichere Ihnen, dass von emotionaler Verwicklung keine Rede sein kann. Ich habe bloß den Eindruck, dass man in diesem Fall vorschnell zu einem Urteil gekommen ist. Ja, sicher leidet er an Wahnvorstellungen, aber das könnte gut damit zu tun haben, dass er die vergangenen elf Jahre in Einzelhaft verbracht hat. Und was seine angebliche Gewalttätigkeit betrifft – mit Ausnahme eines einmaligen, relativ simplen Vorfalles habe ich in Micks Akte nichts gefunden, was darauf hindeutet.«

»Was ist mit dem Angriff auf den Wärter?«

»Mick hat mir erzählt, der hätte versucht, ihn zu vergewaltigen.«

Foletta drückt sich mit seinen kurzen, dicken Fingern die Nase zusammen und schüttelt mit einfältigem Grinsen den massigen Kopf. »Er hat Sie reingelegt, Ms. Vazquez. Ich hab Ihnen ja gesagt, er ist clever.«

Dominique wird flau im Magen. »Sie meinen, das war eine Lüge?«

»Natürlich. Er hat mit Ihrem Mutterinstinkt gerechnet und offenbar tatsächlich einen Volltreffer gelandet.«

Dominique starrt entgeistert in ihren Schoß. Hat Mick gelogen? Ist sie tatsächlich so leichtgläubig? *Ich Trottel! Ich wollte ihm einfach glauben, und da hab ich mich selbst reingelegt.*

»Ms. Vazquez, Sie werden mit Ihren Patienten nicht besonders weit kommen, wenn Sie alles glauben, was die Ihnen erzählen. Sonst wird Mick Sie das nächste Mal noch davon überzeugen, dass demnächst die Welt zusammenkracht.«

Dominique lehnt sich in ihren Stuhl zurück. Sie kommt sich töricht vor.

Als Foletta ihre Miene sieht, lacht er laut auf. Seine dicken Backen werden rot und bilden Grübchen. Er atmet durch und wischt sich Lachtränen aus den Augen, während er in eine Pappschachtel am anderen Ende des Tisches greift. Er holt eine Flasche Scotch und zwei Kaffeebecher hervor und schenkt ein.

Dominique leert ihren Becher und spürt die scharfe Flüssigkeit in ihren Magen rinnen.

»Na, fühlen Sie sich jetzt besser?« Die leise, sonore Stimme klingt väterlich.

Sie nickt.

»Trotz allem, was Mick Ihnen erzählt haben mag, Ms. Vazquez, mag ich ihn. Und dass wir ihn isolieren müssen, gefällt mir ebenso wenig wie Ihnen.«

Das Telefon läutet. Foletta nimmt ab und betrachtet sie nachdenklich. »Das ist einer der Wärter. Er sagt, er wartet drunten auf sie.«

Scheiße. »Könnten Sie ihm sagen, dass ich gerade eine wichtige Besprechung habe? Sagen Sie ihm, ich schaffe es heute Abend einfach nicht.«

Foletta gibt die Nachricht weiter und legt auf.

»Dr. Foletta, was ist mit Micks jährlicher Evaluation? War das etwa auch eine Lüge?«

»Nein, das stimmt; es ist sogar eines der Dinge, die ich mit Ihnen besprechen will. Ich weiß, es ist ein wenig ungewöhnlich, aber Sie müssten mir meine Beurteilung bestätigen.«

»Was raten Sie mir?«

»Das hängt von Ihnen selbst ab. Wenn Sie objektiv bleiben können, werde ich beantragen, dass Sie während Ihrer Zeit hier weiterhin als klinischer Psychiater für ihn fungieren.«

»Mick leidet an Sinnesdeprivation. Ich würde mir wünschen, dass er Zutritt zum Hof und zu den anderen Rehabilitationsmöglichkeiten hat.«

»Er hat Sie doch gerade erst angegriffen…«

»Nein, hat er nicht. Er hat sich nur ein wenig aufgeregt und da bin ich in Panik geraten.«

Foletta lehnt sich zurück und blickt an die Decke, als wäge er eine bedeutsame Entscheidung ab. »Na schön, Ms. Vazquez, machen wir es folgendermaßen: Wenn Sie meine jährliche Evaluation unterschreiben, gewähre ich ihm sämtliche Vergünstigungen. Verbessert sich Micks Zustand tatsächlich, weise ich ihm im Januar ein vollständiges Rehabilitationsteam zu. Einverstanden?«

Dominique lächelt. »Einverstanden.«

22. September 2012
Miami, Florida

Der Hof des Psychiatrischen Zentrums von Südflorida besteht aus einer rechteckigen Rasenfläche, die auf allen vier Seiten von Mauern umgeben ist. Das L-förmige Hauptgebäude umschließt sie im Osten und Süden; die nördliche und westliche Grenze bildet eine sechs Meter hohe Betonmauer, deren Krone mit Stacheldrahtrollen geschmückt ist.

Der Hof hat keinerlei Tore. Um die Rasenfläche zu verlassen, muss man drei Betontreppen hinaufsteigen. Sie führen zu einem offenen Gang, der sich an der Südfassade des Gebäudes entlangzieht. Von hier aus gelangt man in den zweiten Stock mit Fitnessräumen, Räumen für Therapiegruppen, einem Zentrum für handwerkliche und künstlerische Aktivitäten, einem Computerraum und einem Kinosaal.

Dominique sucht unter dem Aluminiumdach über dem offenen Gang im zweiten Stock Schutz, als bleigraue Wolken von Osten her heranziehen. Eine Schar Patienten verlässt den Hof, während die ersten Tropfen eines Nachmittagsschauers auf den Rasen klatschen.

Nur eine einsame Gestalt bleibt zurück.

Mick Gabriel umschreitet weiterhin den Hof, die Hände tief in die Taschen geschoben. Er spürt, wie die feuchte Luft abkühlt, als die Wolken am Himmel aufreißen. Innerhalb weniger Sekunden steht er mitten im prasselnden Regen. Die durchnässte weiße Anstaltskleidung klebt an seinem drahtigen, muskulösen Körper.

Er geht weiter, obwohl seine nassen Tennisschuhe im weichen Gras versinken, obwohl er das Regenwasser zwischen den Zehen spürt. Bei jedem Schritt spricht er den Namen eines Jahres aus dem Maya-Kalender aus. Es ist eine Übung, mit deren Hilfe er sich geistig auf Trab hält. Drei *Ix*, vier *Cauac*, fünf *Kan*, sechs *Muluc*...

Die dunklen Augen fixieren die Betonmauer, suchen nach Rissen. Mick überdenkt seine Chancen, zu entkommen.

Dominique betrachtet ihn durch den Regenschleier hindurch und verspürt Gewissensbisse. *Du hast es vermasselt. Er hat dir vertraut und jetzt meint er, du hast ihn hintergangen.*

Foletta nähert sich. Er tauscht Grüße mit mehreren abnorm ausgelassenen Patienten, dann tritt er zu ihr.

»Weigert er sich immer noch, mit Ihnen zu sprechen?«

Dominique nickt. »Jetzt sind es schon fast zwei Wochen. Jeden Tag ist es dasselbe. Er frühstückt, dann trifft er sich mit mir und starrt eine geschlagene Stunde auf den Boden. Sobald er in den Hof kommt, geht er bis zum Abendessen hin und her. Er nimmt nie Kontakt mit anderen Patienten auf und sagt auch nie ein Wort. Er geht nur hin und her.«

»Man sollte meinen, dass er dankbar wäre. Schließlich sind *Sie* für seine neue Freiheit verantwortlich.«

»Das ist keine Freiheit.«

»Nein, aber ein großer Fortschritt gegenüber elf Jahren Einzelhaft.«

»Ich hab den Eindruck, er meint wirklich, ich hätte ihn hier herausholen können.«

Folettas Gesichtsausdruck verrät seine Gedanken.

»Was ist, Dr. Foletta? Hatte er Recht? Hätte ich ihn…«

»He, immer mit der Ruhe, Ms. Vazquez. Mick Gabriel bleibt hier, zumindest vorläufig. Wie Sie selbst gemerkt haben, ist er ziemlich instabil und stellt eine Gefahr für sich selbst und andere dar. Arbeiten Sie weiter mit ihm, machen Sie ihm Mut, an seiner Therapie mitzuwirken. Dann ist alles möglich.«

»Sie haben doch noch immer vor, ihm ein Rehabilitationsteam zuzuteilen, oder?«

»Wir haben uns auf Januar geeinigt, vorausgesetzt, dass er sich benimmt. Sie sollten ihm davon erzählen.«

»Das hab ich schon versucht.« Sie beobachtet Mick, der an der Treppe direkt unter ihr vorbeigeht. »Er vertraut mir nicht mehr.«

Foletta klopft ihr auf den Rücken. »Da müssen Sie drüber hinwegkommen.«

»Es bringt ihm nichts, mit mir zusammen zu sein. Vielleicht braucht er jemand mit mehr Erfahrung.«

»Unsinn. Ich werde seinen Pflegern sagen, dass er sein Zimmer nicht mehr verlassen darf, falls er sich weiterhin weigert, aktiv an seinen Therapiesitzungen mitzuwirken.«

»Es wird nichts nützen, wenn man ihn zwingt, mit mir zu sprechen.«

»Dies ist kein Country-Club, Ms. Vazquez. Wir haben Regeln. Wenn ein Patient jede Kooperation verweigert, verliert er seine Vergünstigungen. Ich kenne solche Fälle. Wenn Sie jetzt nicht handeln, verkriecht Mick sich in seinem Hirn, und dann haben Sie ihn endgültig verloren.«

Foletta winkt einem Pfleger. »Joseph, holen Sie Mr. Gabriel aus dem Regen. Wir können es nicht zulassen, dass unsere Patienten krank werden.«

»Nein, warten Sie, er ist mein Patient. Ich hole ihn.« Dominique zieht ihr Haar zu einem Knoten zusammen, streift ihre Schuhe ab und geht die beiden Treppen zum Hof hinunter. Als sie Mick erreicht hat, ist sie bis auf die Haut durchnässt.

»He, Fremder, haben Sie was dagegen, wenn ich mich zu Ihnen geselle?«

Er ignoriert sie.

Dominique hält mit ihm Schritt. Der Regen schlägt ihr ins Gesicht. »Kommen Sie schon, Mick, sprechen Sie mit mir. Ich hab mich schon die ganze Woche entschuldigt. Was haben Sie von mir erwartet? Ich hatte keine andere Wahl, als Folettas Bericht zu unterschreiben.«

Er wirft ihr einen bösen Blick zu.

Der Regen prasselt heftiger hernieder, sodass sie gezwungen ist, zu brüllen. »Mick, gehen Sie doch mal ein bisschen langsamer!«

Er schreitet einfach weiter.

Sie überholt ihn, baut sich in Kampfstellung vor ihm auf und hebt die Fäuste. »Okay, Kumpel, zwingen Sie mich nicht, Ihnen in den Arsch zu treten!«

Mick bleibt stehen und hebt den Kopf. Der Regen strömt an seinem kantigen Gesicht herab. »Sie haben mich im Stich gelassen.«

»Das tut mir Leid«, flüstert sie und lässt die Fäuste sinken. »Aber warum haben Sie mich in der Sache mit dem Wärter angelogen?«

Ein gequälter Gesichtsausdruck. »Also entscheidet nicht mehr Ihr Herz, was wahr ist und was nicht, sondern ihr Ehrgeiz, ja? Ich dachte, wir wären Freunde.«

Sie spürt einen Kloß im Hals. »Ich will eine Freundin für Sie sein, aber ich bin auch Ihre Therapeutin. Ich hab getan, was ich für das Beste hielt.«

»Dominique, ich habe Ihnen mein Wort gegeben, dass ich Sie nie anlügen werde.« Er hebt den Kopf und deutet auf die acht Zentimeter lange Narbe an seinem Unterkiefer. »Bevor Griggs versucht hat, mich zu vergewaltigen, hat er mir gedroht, er würde mir die Gurgel durchschneiden.«

Foletta, du Scheißkerl. »Mick, meine Güte, es tut mir so Leid. Bei unserem zweiten Treffen, als Sie ausgerastet sind…«

»Das war mein Fehler. Ich hab mich aufgeregt. Ich bin schon so lange eingesperrt, und manchmal, ja, manchmal ist es einfach schwer für mich, ruhig zu bleiben. Ich bin nicht sehr gesellig, aber ich schwöre, ich hätte Ihnen nie was angetan.«

Sie sieht Tränen in seinen Augen. »Ich glaube Ihnen.«

»Wissen Sie, es hat schon was geholfen, hier auf den

Hof rausgehen zu dürfen. Ich hab viel über eine Menge Dinge nachgedacht... nun ja, es waren egoistische Gedanken. Ich hab an meine Kindheit gedacht und daran, wie man mich erzogen hat, wie ich hier gelandet bin und ob ich je wieder rauskommen werde. Und dann sind da so viele Dinge, die ich nie getan habe... so vieles, was ich anders machen würde, wenn ich könnte. Ich hab meine Eltern lieb gehabt, aber zum ersten Mal ist mir klar geworden, dass ich ihnen wirklich übel nehme, was sie getan haben. Ich nehme ihnen übel, dass sie mir nie eine Wahl ließen...«

»Wir können uns unsere Eltern nicht aussuchen, Mick. Wichtig ist nur, dass wir uns nicht selbst die Schuld geben. Keiner von uns hatte irgendeinen Einfluss auf die Karten, die wir in diesem Spiel bekommen haben, aber wir sind voll und ganz dafür verantwortlich, wie wir sie ausspielen. Ich glaube, ich kann Ihnen dabei helfen, wieder besser damit umzugehen.«

Er tritt näher an sie heran. Der Regen strömt über sein Gesicht. »Darf ich Ihnen eine persönliche Frage stellen?«

»Ja.«

»Glauben Sie an ein Schicksal?«

»Ein Schicksal?«

»Glauben Sie, dass unser Leben, unsere Zukunft... Ach, schon gut, lassen wir das.«

»Glaube ich, dass das, was mit uns geschieht, vorbestimmt ist?«

»Ja.«

»Ich glaube, wir haben Optionen. Ich glaube, es liegt an uns, das für uns passende Schicksal auszuwählen.«

»Waren Sie je verliebt?«

Sie starrt ihm hilflos in die glänzenden Hundeaugen. »Ein paarmal war ich nahe dran, aber irgendwie hat es nie geklappt.« Sie lächelt. »Wahrscheinlich waren diese Typen einfach nicht für mich bestimmt.«

»Wenn ich nicht... eingesperrt wäre... wenn wir uns

unter anderen Umständen kennen gelernt hätten – glauben Sie, Sie hätten sich dann in mich verlieben können?«

Ach, du Scheiße. Sie schluckt schwer, weil ihr das Herz bis zum Hals klopft. »Mick, gehen wir ins Trockene. Kommen Sie schon…«

»Sie haben so etwas an sich. Es ist nicht nur die physische Anziehung, es ist, als würde ich Sie schon immer kennen oder als hätte ich Sie schon in einem anderen Leben gekannt.«

»Mick…«

»Manchmal hab ich Vorahnungen, und in dem Augenblick, in dem ich Sie zum ersten Mal gesehen hab, war das auch so.«

»Sie haben doch gesagt, es läge am Parfüm.«

»Da war noch mehr. Ich kann es nicht erklären. Ich weiß bloß, dass Sie mir etwas bedeuten, und diese Gefühle sind verwirrend.«

»Mick, ich fühle mich geschmeichelt, wirklich, aber ich glaube, Sie haben Recht. Ihre Emotionen sind durcheinander und…«

Er lächelt traurig, ohne auf ihre Worte zu achten. »Sie sind so schön.« Er beugt sich vor, berührt ihre Wange, dann streckt er den Arm aus und löst den Knoten in ihrem kohlschwarzen Haar.

Sie schließt die Augen und spürt, wie ihr langes Haar über ihren Rücken fällt und schwer vom Regen wird. *Schluss jetzt! Er ist dein Patient, ist ein psychiatrischer Fall, verflucht noch mal!* »Mick, bitte. Foletta beobachtet uns. Können Sie jetzt einfach mit reinkommen? Sprechen wir drinnen weiter…«

Er starrt sie an. Hinter den verzagten schwarzen Augen zeigt sich eine von verbotener Schönheit gequälte Seele. »›Oh, sie nur lehrt die Kerzen, hell zu glühn! Wie in dem Ohr des Mohren ein Rubin, so hängt der Holden Schönheit an den Wangen…‹«

»Was sagen Sie da?« Dominiques Herz pocht.

»Das ist aus *Romeo und Julia*. Ich hab es früher meiner Mutter vorgelesen, als sie krank im Bett lag.« Er nimmt ihre Hand und führt sie an seine Lippen. »›Schließt sich ihr Tanz, so nah ich ihr: ein Drücken der zarten Hand soll meine Hand beglücken. Liebt ich wohl je? Nein, schwör es ab, Gesicht! Du sahst bis jetzt noch wahre Schönheit nicht.‹«

Der Regen lässt nach. Sie sieht zwei Pfleger kommen. »Mick, hören Sie doch mal zu. Ich hab Foletta dazu gebracht, Ihnen ein Rehabilitationsteam zuzuweisen. In einem halben Jahr können sie schon draußen sein.«

Mick schüttelt den Kopf. »Den Tag werden wir nie erleben, meine Liebe. Morgen ist das Herbstäquinoktium…« Er dreht sich um und wird nervös, als er die beiden Männer in weißer Uniform erblickt. »Lesen Sie das Tagebuch meines Vaters. Das Schicksal dieser Welt wird bald eine Schwelle überschreiten, und dann steht der Mensch ganz oben auf der Liste der vom Aussterben bedrohten Arten.«

Die beiden Pfleger packen ihn an den Armen.

»He, gehen Sie vorsichtig mit ihm um!«

Mick wendet ihr das Gesicht zu, als er fortgeführt wird. Dampfend steigt Feuchtigkeit von seinem Körper auf. »›Wie silbersüß tönt bei der Nacht die Stimme der Liebenden, gleich lieblicher Musik, dem Ohr des Lauschers…‹ Ich habe Sie ins Herz geschlossen, Dominique. Das Schicksal hat uns zusammengeführt. Das kann ich spüren. Ich kann es spüren…«

AUS DEM TAGEBUCH VON JULIUS GABRIEL

Bevor wir unsere Reise durch die Menschheitsgeschichte fortsetzen, würde ich gern einen Begriff vorstellen, der in der Öffentlichkeit weitgehend unbekannt ist: Verbotene Archäologie. Geht es um den Ursprung und die Frühzeit des Menschen, steht die Wissenschaft Hinweisen, die den etablierten Evolutionsmodellen widersprechen, offenbar nicht immer unvoreingenommen gegenüber. Anders gesagt, ist es manchmal leichter, die Fakten zu leugnen, als zu versuchen, eine schlüssige Erklärung für etwas zu finden, was scheinbar nicht erklärt werden kann.

Gut, dass Kolumbus die Karte von Piri Re'is benutzt hat statt die damals gültige europäische Version! Sonst wäre sein Schiff nämlich einfach vom Rand der Welt gefallen.

Glaubt der Mensch, alles zu wissen, hört er auf zu lernen. Diese bedauerliche Tatsache hat dazu geführt, dass viele bedeutsamen Forschungsergebnisse unterdrückt wurden und werden. Weil es unmöglich ist, ohne die Unterstützung einer größeren Universität einen wissenschaftlichen Aufsatz zu veröffentlichen, ist es auch fast unmöglich, die vorherrschende Lehrmeinung in Frage zu stellen. Ich habe gesehen, wie qualifizierte Kollegen es trotzdem versucht haben, nur um deshalb verfemt zu werden. Ihr Ruf wurde zerstört, ihre Karriere war ruiniert, obwohl die Beweise, die ihre umstrittenen Ansichten stützten, scheinbar unangreifbar ausgesehen hatten.

Am schlimmsten sind die ägyptischen Ägyptologen, denen es absolut zuwider ist, wenn andere Wissenschaftler die offizielle Geschichte ihrer historischen Stätten anzweifeln. Besonders ungemütlich werden sie, wenn es Ausländer sind, die Alter und Ursprung der gewaltigen Bauten ihrer Vergangenheit hinterfragen.

Damit kommen wir zu den Datierungsmethoden, dem umstrittensten Aspekt innerhalb der Archäologie. Im Falle von Knochen und Kohleresten ist die Verwendung der Radiokarbonmethode ebenso unproblematisch wie akkurat, doch bei Stein kann die Technik nicht angewendet werden. Deshalb datieren Archäologen eine Grabungsstätte oft nach anderen, leichter datierbaren Funden aus der Nähe der Grabung oder, wenn solche Funde nicht existieren, einfach auf der Basis von Vermutungen. Das führt zu einer Vielzahl menschlicher Irrtümer.

Kehren wir nach diesen kritischen Worten zu unserer Reise durch Geschichte und Zeit zurück.

Irgendwann nach der Sintflut tauchten plötzlich an verschiedenen Stellen der Erde die ersten Kulturen auf. Offiziell ist man heute allgemein der Ansicht, die historische Epoche habe um 4000 v. Chr. in Mesopotamien begonnen, also im fruchtbaren Tal von Euphrat und Tigris. Die frühesten Hinweise auf städtische Siedlungsformen, die man in Jericho gefunden hat, reichen bis 7000 v. Chr. zurück. Neuere Funde weisen jedoch darauf hin, dass am Ufer des Nil in noch früherer Zeit eine andere, überlegene Kultur blühte. Eben diese uralte Kultur und ihr weiser Lehrer haben uns die ersten der geheimnisvollen Wunder hinterlassen, die letztendlich bewirken könnten, dass unsere Art vor der Vernichtung gerettet wird.

Ein Vielzahl von Tempeln, Pyramiden und anderen Monumenten ist über die ägyptische Landschaft verstreut, doch nichts davon ist vergleichbar mit den fantastischen Bauten, die in Giseh errichtet wurden. Hier, am Westufer des Nils, wurde ein unglaublicher Plan verwirklicht, bestehend aus der Sphinx, ihren beiden Tempeln und den drei größten ägyptischen Pyramiden.

Weshalb schreibe ich an dieser Stelle über die Pyramiden von Giseh? Wie könnten diese uralten Monumente in Verbindung mit dem Kalender der Maya und damit einer Kultur auf der anderen Seite des Erdballs stehen?

Nach drei Jahrzehnten der Forschung habe ich endlich erkannt, dass es nur einen Weg gibt, das Rätsel jener düsteren Prophezeiung zu lösen: Wollen wir die uralten Belege analysieren, die das größte Geheimnis der Menschheit umgeben, müssen wir alle herkömmlichen Vorstellungen vergessen, die wir uns über die frühen Kulturen machen. Wir müssen alles vergessen, was an der Oberfläche liegt.

Das will ich etwas näher ausführen.

Die größten und unerklärlichsten Bauten, die der Mensch je errichtet hat, sind die Pyramiden von Giseh, die Tempel von Angkor im Dschungel von Kambodscha, die Pyramiden in der alten mittelamerikanischen Stadt Teotihuacán (bekannt auch als ›Ort der Götter‹), Stonehenge, die Zeichnungen von Nazca, die Ruinen von Tiahuanaco und die Kukulkan-Pyramide in Chichén Itzá. Jedes dieser Wunder wurde in vorgeschichtlicher Zeit von verschiedenen Kulturen an verschiedenen Regionen der Erde und in sehr unterschiedlichen Epochen geschaffen, und dennoch beziehen sich alle auf den drohenden Untergang der Menschheit, von dem der Maya-Kalender spricht. Die Architekten und Ingenieure, die diese Bauten errichteten, besaßen ein fortgeschrittenes astronomisches und mathematisches Wissen, das weit über den Stand ihrer Zeit hinausreichte. Außerdem sind Standort und Ausrichtung all dieser Bauten nicht nur sorgfältig in Beziehung zur Tagundnachtgleiche und zur Sonnenwende gesetzt; all diese Stätten stehen auch – so unglaublich das scheinen mag – untereinander in einem bestimmten Zusammenhang. Wollte man die Oberfläche unseres Planeten mit Orientierungspunkten versehen, wären diese Bauten ausgezeichnet dazu geeignet.

Was die gewaltigen Bauten miteinander verbindet, können wir jedoch nicht auf den ersten Blick erkennen, denn den Kern ihres Bauplans bildet eine gemeinsame mathematische Gleichung, die ein fortgeschrittenes Wissen offenbart: das Wissen um die Präzession.

Auch hierzu eine kurze Erklärung:

Während unser Planet auf seiner alljährlichen Reise um die Sonne durch den Raum schwebt, rotiert er einmal alle 24 Stunden um seine eigene Achse. Und während die Erde sich dreht, bewirkt die Schwerkraft des Mondes, dass sie sich um annähernd 23,5 Grad in die Vertikale neigt. Gemeinsam mit der Anziehungskraft der Sonne – sie bewirkt die Ausbauchung am irdischen Äquator – führt das dazu, dass die Erdachse ebenfalls eine leichte Bewegung vollzieht, die mit dem Schwanken eines Kreisels vergleichbar ist. Diese Bewegung nennt man Präzession. Innerhalb von 25800 Jahren zeichnet die Achse ein kreisförmiges Muster in den Himmel, in dessen Verlauf sich die Positionen der Himmelspole und Äquinoktialpunkte verschieben. Dieses langsame Driften in westlicher Richtung führt ferner dazu, dass das die Tierkreiszeichen nicht mehr mit den Konstellationen übereinstimmen, die ihnen ihren Namen gegeben haben.

Ursprünglich hieß es, der griechische Astronom und Mathematiker Hipparchos habe die Präzession im Jahre 127 v. Chr. entdeckt. Heute wissen wir, dass die Ägypter, Maya und Inder dieses Wissen schon Hunderte, wenn nicht Tausende von Jahren vorher besaßen.

In den frühen 1990er Jahren hat die Archäoastronomin Jane Sellers herausgefunden, dass der Osiris-Mythos des alten Ägypten mit Schlüsselzahlen kodiert ist, mit denen die Ägypter den unterschiedlichen Präzessionsgrad der Erde berechneten. Besonders auffällig war dabei die folgende Kombination: 4320.

Mehr als tausend Jahre vor der Geburt von Hipparchos war es sowohl den Ägyptern wie den Maya irgendwie gelungen, den Wert der Zahl Pi zu berechnen, also das Verhältnis des Umfangs eines Kreises, einer Kugel oder Halbkugel zu seinem/ihrem Durchmesser. Multipliziert man die Höhe der Großen Pyramide von Giseh – 146,65 Meter – mit dem zweifachen Wert von Pi, erhält man genau die Gesamtlänge aller vier Seiten, 921,42 Meter. So unglaublich es klingt, entspricht der Umfang der Pyramide damit – bei einer Abweichung von ca. sechs Metern – dem Durchmesser der Erde, wenn dieser im Verhältnis 1:43 200 verkleinert wird. Diese Zahlen repräsentieren unseren mathematischen Präzessionscode. Legt man denselben Maßstab an, entspricht der polare Radius der Erde der Höhe der Großen Pyramide.

Dadurch wird deutlich, dass die Große Pyramide eine geodätische Markierung ist, die fast exakt auf dem 30. Breitengrad liegt. Projiziert man ihre Maße auf eine Fläche, deren Spitze den Nordpol und deren Umfang den Äquator darstellt, entsprechen die Dimensionen des gewaltigen Baus der nördlichen Hemisphäre, wenn diese wiederum im Maßstab 1:43 200 verkleinert wird.

Es ist bekannt, dass die Äquinoktialsonne 4320 Jahre braucht, um eine Präzessionsverschiebung von zwei Konstellationen des Tierkreises – bzw. 60 Grad – zu durchlaufen. Multipliziert man diese Zahl mit 100, so erhält man 43 200 und damit die Zahl der Tage, die in der ›Großen Zählung‹ des Maya-Kalenders 6 Katun entsprechen. Dies aber ist einer der Schlüsselwerte, mit denen die alten Maya die Präzession berechneten. Ein vollständiger Präzessionszyklus dauert 25 800 Jahre. Addiert man sämtliche Jahre der fünf Zyklen im Popol Vuh, entspricht das Ergebnis exakt einem Präzessionszyklus.

Mitten im dichten Dschungel von Kambodscha stehen die großartigen Hindutempel von Angkor. Unter den Reliefs und Statuen, mit denen die Bauten reich geschmückt sind, finden sich ebenfalls Präzessionssymbole. Am bekanntesten ist eine riesenhafte Schlange (naga), deren Mitte sich um einen heiligen Berg im Milchozean – der Milchstraße – windet. Die beiden Enden der Schlange dienen als Seil bei einem kosmischen Seilziehen zweier Mannschaften, von denen die eine das Licht und das Gute repräsentiert, die andere die Dunkelheit und das Böse. Verbunden mit der Drehung der Milchstraße stellt diese Bewegung die hinduistische Interpretation der Präzession dar. In den Puranas, den heiligen Schriften der Hindus, werden die vier Weltzeitalter als Yugas bezeichnet. Unser derzeitiges Zeitalter, das Kali-Yuga, dauert 432000 Menschenjahre. Am Ende dieser Ära, heißt es in den Schriften, stehe die Menschheit vor der Vernichtung.

Die Zivilisationen der alten Ägypter, Maya und Hindus – drei unterschiedliche Kulturen in verschiedenen Erdteilen, die zu unterschiedlichen Epochen blühten. Es waren drei Kulturen, die ein gemeinsames Wissen auf dem Gebiet der Naturwissenschaft, der Kosmologie und der Mathematik besaßen und die es dazu benutzten, um geheimnisvolle architektonische Wunder zu erschaffen. Jede dieser Bauten aber entstand zu einem einheitlichen, verborgenen Zweck.

Die ältesten dieser Bauten sind die Pyramiden von Giseh und ihre zeitlose Wächterin, die Sphinx. Im Nordwesten des Tempels, der als ›Haus des Osiris‹ bezeichnet wird, liegt diese herrliche Kalksteinfigur eines Löwen mit Menschenkopf. Sie ist die größte Skulptur der Erde, sechs Stockwerke hoch und 72 Meter lang. Auch dieses Wesen ist eine kosmische Markierung, da sein Blick genau nach Osten gerichtet ist, als warte es auf den Sonnenaufgang.

Wie alt ist der Komplex von Giseh? Die Ägyptologen schwören auf das Datum 2475 v. Chr., das zufällig mit der volkstümlichen Überlieferung Ägyptens übereinstimmt. Lange Zeit galt es als unangreifbar, weil weder die Große Pyramide noch die Sphinx irgendwelche Spuren aufwiesen, die eine Datierung ermöglicht hätten.

So dachte man jedenfalls.

Das änderte sich mit dem Auftritt des amerikanischen Forschers John Anthony West. West fand heraus, dass der knapp acht Meter tiefe Graben, der die Sphinx umgibt, ebenso wie der Körper der Skulptur eindeutige Erosionsspuren aufweist. Weitere Untersuchungen eines Teams aus Geologen ergaben, dass weder Wind noch Sand diese Spuren hinterlassen haben können, sondern nur starker Regen.

Die letzte Epoche, in der im Niltal die entsprechenden klimatischen Bedingungen herrschten, liegt etwa 13 000 Jahre zurück. Sie stand noch unter den Auswirkungen der großen Flut – der Sintflut –, die am Ende der letzten Eiszeit eintrat. Um 10 450 v. Chr. war die Region von Giseh nicht nur fruchtbar und grün – ihr Osthimmel lag auch genau gegenüber der Figur der Sphinx, die dem Sternbild Löwe nachgebildet ist.

Während West und seine Kollegen ihre Forschungen durchführten, entdeckte der belgische Bauingenieur Robert Bauval, dass die drei Pyramiden von Giseh – von oben gesehen – genau so angeordnet sind, dass sie den drei Sternen im Gürtel des Orion entsprechen.

Mithilfe eines umfangreichen Computerprogramms, das alle Präzessionsbewegungen aus jeder Perspektive des Nachthimmels an jedem geografischen Ort berechnen konnte, entdeckte Bauval Folgendes: 2475 v. Chr. hat es zwar eine gewisse Übereinstimmung der Anordnung der Pyramiden von Giseh mit den Sternen im Gürtel des Orion gegeben, aber eine wesentlich exaktere Kongruenz ist bereits 10 450 v. Chr. eingetreten. Zu diesem früheren Datum ist nicht nur das dunkle Band der Milchstraße über Giseh erschienen, es hat auch den Lauf des Flusses Nil gespiegelt.

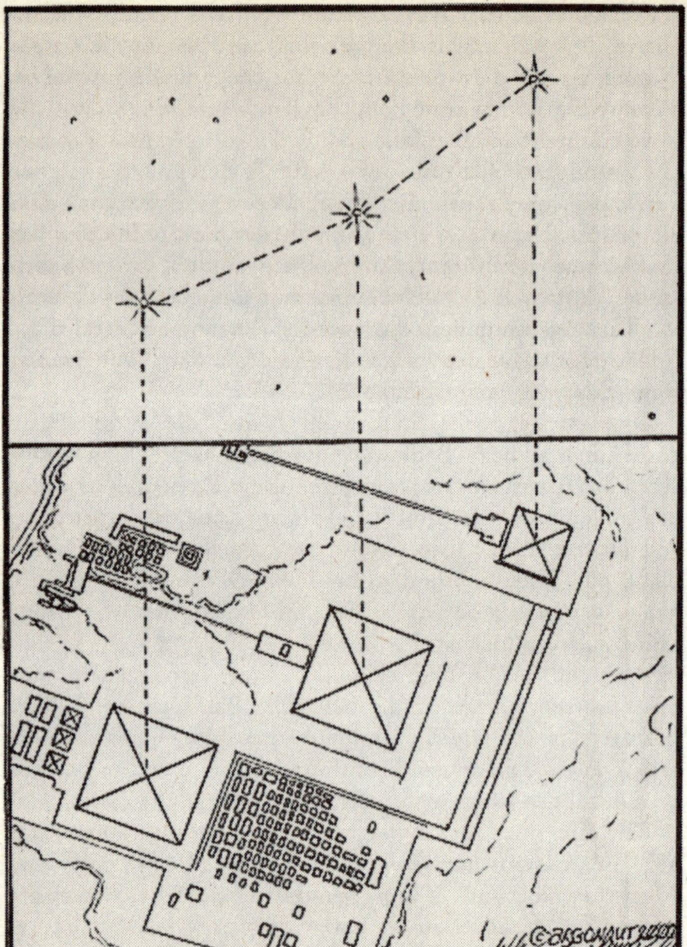
©ARGONAUT

Wie bereits erwähnt, sahen die alten Maya die Milchstraße als kosmische Schlange und deren dunkles Band als Xibalba-Be, als Schwarze Straße zur Unterwelt. Sowohl im Maya-Kalender wie im Popol Vuh wird deutlich, dass die Vorstellung von Schöpfung und Tod ihren Ursprung in diesem kosmischen Geburtskanal hat.

Weshalb wurden die drei Pyramiden von Giseh nach dem Gürtel des Orion ausgerichtet? Was für eine Bedeutung hat die Präzessionszahl 4320? Aus welchem wahren Grund haben unsere Vorfahren die Monumente von Giseh, die Pyramiden von Teotihuacán und die Tempel von Angkor errichtet?

Wie sind diese drei Stätten mit der Maya-Prophezeiung vom Weltuntergang verbunden?

Auszug aus dem Tagebuch von Prof. Julius Gabriel

Vgl. Katalog 1993/94, Seite 3-108
Diskette 4, Datei: ORION-12

5

23. September 2012
Miami, Florida

3.30 Uhr Michael Gabriels Traum entfaltet sich zu einem nächtlichen Schreckensbild, das schlimmer ist als jeder Albtraum. Es ist eine gewalttätige, immer wiederkehrende Vision, die sich in sein Unterbewusstsein einschleicht, ein Flüstern in seinem Hirn, das ihn an einen entscheidenden Augenblick in seiner Vergangenheit zurückbringt.

Er ist wieder in Peru, nicht ganz zwölf Jahre alt. Während er aus dem Fenster seines Zimmers in dem verschlafenen Dorf Ingenio schaut, lauscht er der gedämpften Unterhaltung im Nebenzimmer. Er hört, wie sein Vater auf Spanisch mit dem Arzt spricht; er hört seinen Vater schluchzen.

Die Tür geht auf. »Michael, komm mal rein, bitte.«

Mick kann die Krankheit riechen. Es ist ein ranziger Geruch, ein Geruch nach verschwitzten Laken und Infusionsbeuteln, nach Erbrochenem und Schmerzen und Qual.

Seine Mutter liegt im Bett. Ihr Gesicht ist von der Gelbsucht gezeichnet. Sie sieht ihn mit ihren eingefallenen Augen an und drückt schwach seine Hand.

»Michael, der Arzt wird dir jetzt erklären, wie du deiner

Mutter ihre Medikamente verabreichen sollst. Es ist sehr wichtig, dass du genau aufpasst und es richtig machst.«

Der weißhaarige Arzt mustert ihn. »Er ist noch recht jung, Señor…«

»Zeigen Sie's ihm«, sagt sein Vater

Der Arzt zieht das Bettlaken zurück. In der bandagierten Schulter seiner Mutter sieht Mick einen Infusionsschlauch stecken.

Beim Anblick des Schlauchs bekommt Mick Angst. »Dad, bitte, kann das nicht die Pflegerin…«

»Wir können uns die Pflegerin nicht mehr leisten und ich muss meine Arbeit in Nazca zu Ende bringen. Wir haben doch schon darüber gesprochen, Mick. Du schaffst es. Ich komme jeden Abend nach Hause. Und jetzt konzentrier dich und schau genau hin, was der Doktor dir zeigt.«

Mick steht am Bett und beobachtet, wie der Arzt die Spritze mit Morphin füllt. Er prägt sich die Dosis ein, dann spürt er, wie sich ihm der Magen umdreht, als die Nadel in den Schlauch injiziert wird und die Augen seiner Mutter nach oben rollen…

»Nein! Nein! Nein!«

Michael Gabriels Schreie wecken alle Insassen der Station.

Im Weltraum

Der leichte Satellit, dem die NASA den Namen *Pluto-Kuiper Express* gegeben hat, rast durchs All. Seit seinem Start sind acht Jahre, zehn Monate und dreizehn Tage vergangen und es fehlen nur noch achtundfünfzig Tage und elf Stunden bis zum Ziel, dem Planeten Pluto und seinem Mond Charon. Das Forschungsfahrzeug, das einer komplexen Satellitenschüssel ähnelt, übermittelt seine Informationen mithilfe einer eineinhalb Meter langen High-Gain-Antenne unkodiert zur Erde.

Unvermittelt schießt eine gewaltige Welle aus Funkenergie mit Lichtgeschwindigkeit durchs All. Der Hyperwave-Impuls überschwemmt den Satelliten mit der hohen Frequenz seiner Übertragung. Innerhalb einer Nanosekunde verschmoren das Telekommunikationssystem und die Mikrowellen-Kreise der Sonde vollständig.

Raumüberwachungszentrum der NASA

14.06 Uhr Jonathan Lunine, Chef des wissenschaftlichen Teams der Pluto-Mission, lehnt an einer Reihe von Schaltpulten und hört mit halben Ohr zu, wie Dr. Jeremy Armentrout, der leitende Ingenieur des Teams, neue Mitarbeiter einweist.

»Die High-Gain-Antenne des PKE überträgt ständig einen von drei Tönen. Einfach ausgedrückt, bedeuten diese Folgendes: Alles in Ordnung, bereit zur Datenübertragung oder: es gibt ein ernstes Problem, um das wir uns sofort kümmern müssen. In den vergangenen acht Jahren lag die Überwachung dieser Signale in den Händen von…«

Lunine unterdrückt ein Gähnen. Die letzten drei Tage, in denen er jeweils achtzehn Stunden im Zentrum verbracht hat, haben ihre Spuren hinterlassen, und er freut sich aufs Wochenende. *Noch eine Stunde im Konferenzraum, dann kann ich mich zu Hause ein wenig aufs Ohr legen. Morgen kämpfen die Redskins gegen die Eagles, wird bestimmt ein gutes Spiel…*

»Jon, kommen Sie mal her, bitte!« Ein vor seinem Schaltpult stehender Techniker winkt ihm hektisch zu. Lunine sieht Schweißtropfen auf seiner Stirn. Seine Kollegen links und rechts sind fieberhaft an der Arbeit.

»Was ist passiert?«

»Wir haben den Kontakt mit dem PKE verloren.«

»Sonnenwind?«

»Diesmal nicht. Meine Anzeigen weisen darauf hin, dass eine extreme Überlastung das gesamte Kommunikationssystem und beide Flugcomputer in Mitleidenschaft gezogen hat. Die Sensoren, die gesamte Elektronik, die Effektoren – alles ist außer Funktion. Ich lasse gerade eine vollständige Systemanalyse durchführen, aber momentan ist völlig unklar, wie sich der Vorgang auf die Flugbahn der Sonde auswirken wird.«

Lunine winkt Dr. Armentrout heran. »Wir haben den Kontakt mit dem PKE verloren!«

»Was ist mit den Notfallsystemen?«

»Alles ist außer Funktion.«

»Verdammt.« Armentrout reibt sich die Schläfe. »Zuallererst müssen wir natürlich den Kontakt wiederherstellen. Abgesehen davon müssen wir die Sonde aufspüren und weiterverfolgen, bevor zu viel Zeit vergeht und wir sie im Raum verlieren.«

»Haben Sie einen Vorschlag?«

»Erinnern Sie sich an den Sommer '98, als wir einen Monat lang den Kontakt mit SOHO verloren hatten? Bevor wir den Kontakt wiederherstellen konnten, haben wir die Sonde lokalisiert, indem wir von der großen Schüssel in Arecibo Funksignale in ihre Richtung ausgestrahlt haben, deren Reflexion von der NASA-Station in Kalifornien aufgefangen wurde.«

»Ich spreche gleich mit Arecibo.«

Amerikanisches Zentrum
für Astronomie und Ionosphärenforschung
Arecibo, Puerto Rico

»Verstanden, Jon.« Robert Pasquale, Einsatzleiter in Arecibo, legt den Telefonhörer auf und schneuzt sich zum wiederholten Mal, bevor er seinen Assistenten anpiepst. »Arthur, kommen Sie mal bitte zu mir.«

Der Astrophysiker Arthur Krawitz betritt das Büro seines Chefs. »Mensch, Bob, Sie schauen ja furchtbar aus.«

»Das sind meine verfluchten Nebenhöhlen. Jetzt haben wir gerade mal den ersten Herbsttag, und schon sprengt es mir fast den Kopf. Arbeiten die russischen Astronomen noch mit der großen Schüssel?«

»Die sind seit zehn Minuten fertig. Was ist denn?«

»Ich hab gerade eine dringende Anfrage von der NASA bekommen. Offenbar haben Sie den Kontakt mit Pluto-Kuiper verloren und wir sollen ihnen helfen, das Ding wieder aufzuspüren. Sie übermitteln unserem Computer gerade die letzten bekannten Koordinaten der Sonde und bitten uns, mit der großen Schüssel ein Funksignal in den Raum zu strahlen. Wenn wir Glück haben, wird das Signal von der Sonde zurückgeworfen und kann von der großen Schüssel der NASA in Goldstone aufgefangen werden.«

»Alles klar. Ach, was ist mit SETI? Bestimmt wird Kenny Wong mit dem SERENDIP-System mithören wollen. Macht es was aus, wenn…«

»Ach, Arthur, das ist mir doch piepegal. Wenn der Knabe sein Leben damit vergeuden will, auf einen Anruf von E.T. zu warten, lassen Sie ihn doch. Falls Sie mich brauchen – ich bin in meinem Zimmer und vergnüge mich mit einer Überdosis Nasenspray.«

Als an der Cornell University der Plan entstand, das stärkste Radioteleskop der Welt zu bauen, suchte man jahrelang nach einem Standort, an dem eine natürliche Mulde den ungefähren Dimensionen einer riesigen Reflektorschüssel entsprach. Der Standort sollte zum Hoheitsbereich der USA gehören, und da die Schüssel sich nicht bewegen würde, musste er sich so nah wie möglich am Äquator befinden, damit der Mond und die Planeten fast direkt darüber standen. Bei ihrer Suche stießen die Wissenschaftler auf einen verkarsteten Bergzug im Norden Puerto Ricos. Die mit dichtem Urwald bestandene, abgelegene Region wies tiefe Täler auf, umgeben von Hügeln, die das Teleskop von Interferenzen abschirmen konnten.

1963 erbaut und in den Jahren 1974, 1997 und 2010 modernisiert, sieht das Teleskop von Arecibo auf den ersten Blick wie ein gewaltiger Weltraum-Flughafen aus Beton und Stahl aus. Die mit fast vierzigtausend perforierten Aluminiumplatten verkleidete Schüssel hat einen Durchmesser von dreihundertfünf Metern und ist in der Mitte einundfünfzig Meter tief. Wie eine riesige Salatschüssel füllt sie eine kraterförmige Karstmulde. Hundertdreißig Meter über der Mitte der Schüssel hängt die Detektorfläche samt sekundären und tertiären Schüsseln. Diese sechshundert Tonnen schwere Apparatur wird von zwölf Stahlseilen gehalten, die an drei gewaltigen, obeliskförmigen Türmen befestigt und an zahlreichen Betonblöcken rund um die Mulde verankert sind.

In dem felsigen Hang, der das Teleskop überragt, steht das Forschungszentrum, ein mehrstöckiger Betonbau mit den Computern und der sonstigen Apparatur für den Betrieb der Anlage. In dem vierstöckigen Gebäude daneben befinden sich die Privaträume der Wissenschaftler, eine Cafeteria und eine Bibliothek. Zur Erholung dienen ein beheizter Swimmingpool und ein Tennisplatz.

Das gewaltige Teleskop von Arecibo wurde zu vier unterschiedlichen Forschungszwecken erbaut. Radioastronomen benutzen die Schüssel, um die natürliche Radioenergie zu analysieren, die von Galaxien, Pulsaren und anderen bis zu zehn Millionen Lichtjahre entfernten Himmelskörpern ausgestrahlt wird. Radarastronomen kommen nach Arecibo, um starke Radiostrahlung zu Objekten innerhalb unseres Sonnensystems zu senden und das aufgefangene Echo aufzuzeichnen und zu studieren. Klimaforscher untersuchen mithilfe des Teleskops die Ionosphäre, um diesen oberen Teil der Erdatmosphäre und seine Wechselbeziehung mit unserem Planeten zu erforschen.

Mit dem vierten Forschungsgebiet beschäftigt sich das SETI-Programm. SETI steht für ›Search for Extraterrestrial Intelligence‹, also ›Suche nach außerirdischer Intelligenz‹. Das Ziel, intelligente Lebensformen im Kosmos aufzuspüren, wird mit einer Doppelstrategie verfolgt. Zum einen werden Funksignale in den Raum gesendet, in der Hoffnung, dass irgendeine intelligente Spezies irgendwann unsere friedliche Botschaft empfängt. Zum zweiten werden die von der großen Schüssel und ihren beiden kleineren Ablegern aufgefangenen Radiowellen analysiert, um womöglich ein verständliches Muster zu entdecken, das beweist, dass wir nicht allein im Universum sind.

Astronomen vergleichen die Aufgabe, in der unendlichen Weite des Weltraums Funksignale aufzuspüren, mit der berühmten Suche nach einer Nadel im Heuhaufen. Um die Sache zu vereinfachen, kamen Professor Frank Drake und seine Kollegen beim Projekt Ozma, die Gründer von SETI, zu dem Schluss, dass alle intelligenten Lebensformen im Kosmos logischerweise an das Vorkommen von Wasser gebunden wären. Man stellte also die Hypothese auf, eine außerirdische Intelligenz würde nicht einfach irgendeine der zahllosen möglichen Frequenzen benutzen, sondern ihre Funksignale bei 1,42 Gigahertz abstrahlen, dem Punkt im elektromagnetischen Spektrum, an dem Wasserstoff Energie freisetzt. Drake gab der entsprechenden Region den Namen *waterhole* (Wasserloch), und seither ist sie der einzige Jagdgrund für interstellare Funksignale.

Ein Ableger des SETI-Projekts ist SERENDIP, ein Kürzel für eine langatmige Bezeichnung mit der Bedeutung ›Suche nach außerirdischen Radioemissionen von nahen hoch entwickelten Intelligenzen‹. Da die ausschließliche Benutzung des Teleskops teuer und zeitlich beschränkt ist, nimmt SERENDIP mit seinen Empfängern einfach an allen Beobachtungen teil, die von anderer Seite mit der großen Schüssel ausgeführt werden. Der größte Nachteil für die beteiligten Wissenschaftler liegt darin, dass sie keinerlei Einfluss auf das haben, was sie hören: Das Ziel wird von ihrem ›Gastgeber‹ ausgewählt.

Kenny Wong steht auf der Betonplattform vor den großen, gewölbten Fenstern des Forschungszentrums. Verärgert beugt der Doktorand der Princeton University sich übers Geländer und betrachtet die komplexe Apparatur aus Metall und Kabeln, die über der Mitte der großen Schüssel hängt.

Zum Teufel mit der NASA. Als ob es nicht schon genug wäre, dass die uns die Mittel gekürzt haben, jetzt klauen sie uns auch noch Zeit am Teleskop, um ihre dämliche Sonde aufzuspüren…

»He, Kenny!«

Einfach irgendwo mitzuhören, ist reine Zeitvergeudung, wenn das Ding nicht aufs Waterhole eingestellt ist. Statt unnütz hier herumzuhängen, sollte ich lieber an den Strand fahren…

»Kenny, kommen Sie endlich rein – Ihr Gerät macht mich noch verrückt!«

»Was?«

Wong eilt hinein. Sein Herz schlägt wie wild, als er ein Geräusch vernimmt, das er noch nie gehört hat.

»Ihr verfluchter Computer piept schon seit fünf Minuten so.« Arthur Krawitz nimmt seine Brille ab und wirft Wong einen giftigen Blick zu. »Stellen Sie das blöde Ding ab, sonst krieg ich Kopfschmerzen.«

Wong schiebt sich an ihm vorbei und tippt hastig Befehle ein, um die Such- und Identifikationsfunktion des Computers zu starten. Das SERENDIP-IV-Programm kann alle 1,7 Sekunden gleichzeitig hundertachtundsechzig Millionen Frequenzen überprüfen.

Innerhalb weniger Sekunden flackert ein Ergebnis über den Monitor, bei dem es Wong den Atem verschlägt.

Potenzielles Signal: Entdeckt

»Ach, du lieber Himmel…«

Wong hastet zum Spektralanalysator. Das Blut pocht ihm in den Ohren. Er vergewissert sich, dass das analoge Signal aufgezeichnet und digital formatiert wird.

Potenzielles Signal: Nicht zufällig

»Meine Güte, das ist ein waschechtes Signal! Mensch, Arthur, ich muss mich sofort bei einer anderen Station melden – wir müssen das Ding überprüfen, bevor wir es verlieren!«

Krawitz bekommt fast einen Lachkrampf. »Kenny, das ist bloß die Pluto-Sonde. Wahrscheinlich konnte die NASA wieder Kontakt mit ihr aufnehmen.«

»Wie? Ach, du Scheiße.« Außer Atem sinkt Wong in einen Sessel. »Mein Gott, einen Moment lang…«

»Einen Moment lang haben Sie wie Stan Laurel ausgeschaut, wenn Ollie ihm eins übergebraten hat. Jetzt bleiben Sie mal sitzen und beruhigen Sie sich, während ich bei der NASA anrufe und nachfrage, okay?«

»Okay.«

Der Physiker drückt eine vorprogrammierte Taste an seinem Videokommunikator, um eine direkte Verbindung mit der NASA herzustellen. Auf dem Monitor erscheint das Gesicht von Dr. Armentrout.

»Arthur, schön, Sie mal wieder zu sehen«, sagt Armentrout. »Übrigens – danke für Ihre Hilfe!«

»Wieso? Wie ich sehe, haben Sie schon wieder Verbindung zum PKE.«

»Keineswegs, das Ding schweigt noch immer wie ein Grab. Wie kommen Sie darauf?«

Wong eilt herbei. »NASA, hier spricht Kenny Wong von SETI. Wir haben ein Funksignal aus dem Weltraum aufgefangen und dachten zuerst, es sei der PKE.«

»Von uns kommt es nicht, aber denken Sie daran, dass die Pluto-Sonde eine unkodierte Frequenz benutzt –

außerdem gibt's 'ne Menge Spaßvögel auf der Welt. Wie steht's mit der Frequenz des Signals?«

»Moment mal.« Wong rennt an seinen Computer zurück und tippt eine Reihe von Befehlen ein. »Mein Gott, das sind viertausenddreihundertzwanzig Megahertz. Verdammt, Arthur, dieses Mikrowellenband ist viel zu hoch für jede irdische Quelle oder einen Satelliten auf Erdumlaufbahn. Warten Sie, ich schicke das Signal durch die Lautsprecher, damit wir es hören können.«

»Augenblick, Kenny...«

Ein markerschütternd hoher Ton dringt aus den Lautsprechern. Das schrille Geräusch lässt die Brillengläser von Krawitz zerplatzen. Die Fensterscheiben vibrieren in ihren Rahmen.

Wong zieht den Stecker heraus und reibt sich die dröhnenden Ohren.

Verblüfft starrt Krawitz auf die Glassplitter in seinen Händen. »Unglaublich. Wie stark ist das Signal? Und woher kommt es?«

»Die Quelle wird gerade noch berechnet, aber die Stärke geht weit über meine magere Skala hinaus. Diese Radiowellen sind etwa tausendmal stärker als das stärkste Signal, das wir mit der großen Schüssel ausstrahlen könnten.« Ein Schauer läuft Wongs Rücken entlang. »Mensch, Arthur, das ist es – das ist der absolute Hammer!«

»Jetzt beruhigen Sie sich mal einen Augenblick; schließlich wollen wir nicht wie Dick und Doof im 21. Jahrhundert aussehen. Setzen Sie sich ans Telefon und lassen Sie sich das Signal bestätigen. Fangen sie mit dem VLA in New Mexico an, ich melde mich inzwischen in Ohio...«

»Arthur!«

Krawitz wendet sich dem Videokommunikator zu. »Ja, Jeremy?«

Ein halbes Dutzend Techniker hat sich um den bleichen Dr. Armentrout versammelt. »Arthur, wir haben das Signal gerade selbst empfangen.«

»Sie haben es selbst…« Krawitz wird schwindlig. Die Welt kommt ihm plötzlich wie ein Traum vor. »Haben Sie die Quelle schon ausgemacht?«

»Da arbeiten wir noch dran. Wir stoßen auf starke Interferenzen, weil…«

»Arthur, ich hab vorläufige Koordinaten!« Erregt ist Wong aufgesprungen. »Das Signal kommt aus dem Sternbild Orion, genauer gesagt: irgendwo aus der Nähe des Oriongürtels.«

Chichén Itzá (Halbinsel Yukatan)

16.00 Uhr Die alte Maya-Stadt Chichén Itzá, im Tiefland der Halbinsel Yukatan gelegen, ist eines der großen archäologischen Weltwunder. Mehrere hundert Gebäude umfasst die zwölfhundert Jahre alte, vom Dschungel eingeschlossene Stätte, darunter einige der kunstvollsten Tempel von ganz Mittelamerika.

Der Ursprung einer Siedlung namens Chichén reicht bis ins Jahr 435 n. Chr. zurück. Nachdem die Stadt vorübergehend aufgegeben worden war, wurde sie von den Itza in Besitz genommen, einem zur Sprachfamilie der Maya gehörenden Volk, das die Region bis zum Ende des 8. Jahrhunderts allein bewohnte. Dann wanderten vom im Westen gelegenen Teotihuacán her die Tolteken zu. Unter dem Schutz und der Leitung des großen Lehrers Kukulkan vermischten sich die beiden Kulturen, und die Stadt wurde zum religiösen und kulturellen Mittelpunkt der Region. Als Kukulkan im 11. Jahrhundert verschwand, setzte der Niedergang der Stadt ein. Führerlos verkam die Bevölkerung und gab sich diabolischen Formen des Menschenopfers hin. Das Wenige, was von dem alten Glanz geblieben war, fiel im 16. Jahrhundert rasch in die Hände der Spanier.

Das Zentrum von Chichén Itzá bildet das womöglich prächtigste Bauwerk des prähistorischen Mittelamerika, die Kukulkan-Pyramide, der die Spanier den Namen ›El Castillo‹ gaben. Imposant ragen die neun Stockwerke des gestuften Baus etwa dreißig Meter hoch über einer offenen Rasenfläche auf.

Das Kukulkan gewidmete Heiligtum ist mehr als nur eine Pyramide, es stellt einen Kalender in Stein dar. An jeder seiner vier Seiten führen einundneunzig Stufen empor. Einschließlich der Plattform ergibt sich die Zahl der dreihundertfünfundsechzig Tage des Jahres.

Für die Archäologen und andere Wissenschaftler ist die blutrote Pyramide noch immer ein Rätsel, denn ihr Bauplan verweist auf ein astronomisches und mathematisches Wissen, das dem der heutigen Zeit gleichkommt. Der Bau ist geografisch so ausgerichtet, dass zweimal im Jahr, zur Zeit der Tagundnachtgleiche im Frühling und im Herbst, an seiner Nordseite seltsame Schatten erscheinen. Während sich die Sonne am späten Nachmittag auf den Horizont zu bewegt, gleitet der gewaltige Schatten eines Schlangenkörpers die Stufen herab, bis er auf seinen in Stein gehauenen Kopf trifft, der sich am Fuß des Baus befindet. Diese Bewegung ist im Frühling zu beobachten; im Herbst tritt dieselbe Illusion in umgekehrter Richtung auf.

Auf der obersten Plattform der Pyramide erhebt sich ein quadratischer Tempel, der ursprünglich für die Verehrung der Gottheit gedacht war. Erst später, nach dem Verschwinden Kukulkans, fanden hier Menschenopfer statt. Der wahrscheinlich um 830 n. Chr. entstandene Gesamtbau wurde über einem wesentlich älteren Vorläufer errichtet, dessen Reste nur durch ein Tor an der Nordseite zugänglich sind. Dort führt ein klaustrophobisch enger Gang zu einer schmalen Treppe mit von der Feuchtigkeit schlüpfrigen Stufen. Steigt man sie hinab, gelangt man in zwei enge Kammern. Die erste enthält eine so genannte Chacmol-Skulptur, eine Maya-Statue mit einer kultischen Platte für die Herzen der Geopferten. Hinter dem Schutzgitter der zweiten Kammer steht ein Thron in Gestalt eines roten Jaguars, dessen Jade-Augen grün leuchten.

Brent Nakamura, ein Tourist aus San Francisco, schaltet seine Videokamera ein und schwenkt sie über die wogende Masse schwitzender Körper. *Mensch, was für ein Getümmel. Bestimmt stecke ich nachher stundenlang im Stau.*

Nakamura richtet seine Kamera wieder auf die Nordseite der Pyramide und holt den Schatten des Schlangenschwanzes heran, während dieser seine zweihundertzwei Minuten dauernde Wanderung über die Stufen des zwölfhundert Jahre alten Heiligtums fortsetzt.

Der beißende Geruch menschlichen Schweißes hängt schwer in der feuchten Nachmittagsluft. Nakamura nimmt ein kanadisches Paar auf, das mit zwei Wächtern streitet; dann stellt er seinen Camcorder ab, weil sich eine deutsche Familie an ihm vorbeidrängt.

Nach einem Blick auf seine Armbanduhr beschließt Nakamura, ein paar Aufnahmen des Cenote zu machen, bevor das Licht schwindet. Nachdem er über unzählige Touristenbeine gestiegen ist, erreicht er den nach Norden führenden *Sacbe,* einen in alter Zeit aufgeschütteten Pfad, der in der Nähe der Nordfassade der Kukulkan-Pyramide beginnt. Er führt durch den dichten Dschungel zum zweitwichtigsten Heiligtum von Chichén Itzá, dem ›Heiligen Cenote‹, einem Frischwasserbecken, das den Maya als Opferbrunnen diente.

Nach fünf Minuten hat Nakamura den Rand des knapp sechzig Meter breiten Beckens erreicht, an dem einst Tausende von jungen Frauen geopfert wurden. Er blickt hinab. Das dunkle, veralgte Wasser zwanzig Meter unter ihm stinkt nach Verwesung.

Ein entferntes Donnern veranlasst ihn, nach oben zu blicken.

Komisch, da steht keine einzige Wolke am Himmel. Vielleicht war das ein Düsenflugzeug.

Das Geräusch wird lauter. Die Touristenschar wirft sich unsichere Blicke zu. Eine Frau schreit auf.

Nakamura spürt seinen Körper zittern. Als er aufs Wasser blickt, sieht er, dass sich Ringe auf der gerade noch so ruhigen Oberfläche ausbreiten.

Mensch, das ist ein Erdbeben!

Erregt grinsend richtet Nakamura seine Kamera auf die Mitte des Cenote. Nachdem er in San Francisco das große Beben des Jahres 2005 überlebt hat, braucht es mehr als ein paar Erdstöße, um seine Ruhe zu erschüttern.

Die Menge weicht zurück, als das Beben an Stärke zunimmt. Viele flüchten den *Sacbe* entlang zum Ausgang des Parks, andere schreien auf, als der Boden unter ihren Füßen hochschnellt wie ein Trampolin.

Nakamura vergeht das Grinsen. *Was zum Teufel ist das?*

Das Wasser im Becken kreist, als habe sich ein Strudel gebildet.

Und dann hören die Erschütterungen genauso unvermittelt auf, wie sie begonnen haben.

Hollywood Beach, Florida

Es ist Jom Kippur, der heiligste Tag des jüdischen Kalenders, und die Synagoge hat sich bis auf den letzten Platz gefüllt.

Dominique sitzt zwischen ihren Adoptiveltern Edie und Iz Axler. Rabbi Steinberg steht an seinem Pult und lauscht der melodischen Stimme der Kantorin, die vor der Gemeinde ein eindringliches Gebet angestimmt hat.

Seit bald vierundzwanzig Stunden hat Dominique nichts gegessen, wie es die Fastenregeln des Versöhnungsfestes vorschreiben. Sie hat Hunger und außerdem spürt sie, dass bald ihre Tage beginnen werden. Vielleicht ist sie deshalb so gefühlvoll und kann sich nicht konzentrieren. Vielleicht liegt es daran, dass sie immer wieder an Michael Gabriel denken muss.

Der Rabbi beginnt wieder zu lesen:

»Rosch Haschana ist der Tag des Gedenkens, an Jom Kippur besinnen wir uns. Wer wird um anderer willen leben? Wer wird nach seinem Tod ein Erbe seines Lebens hinterlassen? Wer wird vom Feuer der Gier verzehrt werden, wer wird in den Wassern der Verzweiflung ertrinken? Wer wird nach dem Guten hungern, wer nach Gerechtigkeit dürsten? Wer wird von Lebensangst gepeinigt sein, wer wird aus Mangel an Freunden ersticken? Wer wird am Ende des Tages ruhen und wer sich schlaflos auf einem Bett voll Qual wälzen?«

Dominiques Emotionen kochen hoch, als sie sich vorstellt, wie Mick in seiner Zelle liegt. *Bleib ruhig…*

»Wessen Zunge wird wie ein spitzes Schwert sein und wessen Worte werden Frieden bringen? Wer wird sich auf die Suche nach der Wahrheit machen, wer wird im Kerker seines Selbst eingeschlossen sein?«

Vor ihrem geistigen Auge sieht sie, wie Mick durch den Hof schreitet, während die Sonne der Tagundnachtgleiche hinter der Betonmauer versinkt.

»Die Engel, von Furcht und Beben ergriffen, verkünden voll Scheu: Dies ist der Tag des Gerichtes! Denn selbst die Bewohner des Himmels werden gerichtet, wenn alle, die auf Erden wohnen, vor Dir aufgereiht stehen.«

Der emotionale Damm bricht. Heiße Tränen laufen Dominique übers Gesicht und vermischen sich mit der Farbe ihres Eyeliners. Verwirrt zwängt sie sich an Iz vorbei und hastet durch den Mittelgang aus der Synagoge.

6

25. September 2012
Washington, D.C.

Ennis Chaney ist müde.

Zwei Jahre sind nun schon vergangen, seit der republikanische Senator aus Pennsylvania seine Mutter zu Grabe getragen hat, und noch immer vermisst er sie sehr. Er vermisst seine Besuche im Pflegeheim, bei denen er ihr stets seine Spezialität, nach einem alten Rezept zubereitetes Schweinekotelett, mitgebracht hat, und er vermisst ihr Lächeln. Auch seine Schwester vermisst er, die elf Monate nach seiner Mutter gestorben ist, und seinen jüngeren Bruder, den ihm der Krebs erst im letzten Monat genommen hat.

Er ballt die Hände zu Fäusten, während seine jüngste Tochter ihm den Rücken massiert. Vier lange Tage sind vergangen, seit mitten in der Nacht das Telefon geläutet hat. Vier Tage, seit sein bester Freund Jim an einem schweren Herzanfall gestorben ist.

Durchs Esszimmerfenster sieht er die Limousine und den Begleitwagen die Einfahrt entlangkommen und seufzt. *Keine Ruhe für die Erschöpften, keine Ruhe für die Trauernden.* Er umarmt seine Frau und seine drei Töchter, drückt noch einmal Jims Witwe an sich und verlässt das Haus, begleitet von zwei Bodyguards. Dabei wischt er Tränen aus seinen tief liegenden Augen. Die dunkle Haut, die sie umgibt, lässt den Eindruck eines Waschbärgesichts entstehen. Chaneys Augen sind ein Spiegel seiner Psyche. Sie lassen seine Leidenschaft als Mann und Mensch und seine Klugheit als politischer Führer erkennen. Kommt man ihm in die Quere, werden diese Augen zu unerbittlichen Dolchen.

In letzter Zeit sind Chaneys Augen rot geworden, weil er zu viel geweint hat.

Zögernd setzt sich der Senator auf den Rücksitz der wartenden Limousine; die beiden Leibwächter steigen in das andere Fahrzeug.

Limousinen sind Chaney zuwider. Im Grunde ist ihm alles zuwider, was Aufmerksamkeit auf ihn lenkt oder nach der Art von Vorzugsbehandlung riecht, die hohe Politiker genießen. Er starrt aus dem Fenster und denkt über sein Leben nach. Chaney fragt sich, ob er gerade womöglich einen großen Fehler macht.

Ennis Chaney wurde vor siebenundsechzig Jahren in dem ärmsten Schwarzenviertel von Jacksonville, Florida, geboren. Er wurde von seiner Mutter aufgezogen, die als Putzfrau in den Häusern Weißer für den Lebensunterhalt der Familie sorgte, und von seiner Tante, die er oft als ›Mama‹ bezeichnet hat. Seinen eigentlichen Vater, der wenige Monate nach seiner Geburt verschwand, hat er nie kennen gelernt. Als er zwei Jahre alt war, hat seine Mutter zum zweiten Mal geheiratet und ist mit seinem Stiefvater nach New Jersey gezogen. Dort ist der junge Ennis aufgewachsen, dort hat er seine Führungsqualitäten erworben und sie zurechtgeschliffen.

Der sportliche Wettkampf war das einzige Feld, auf dem Chaney sich zu Hause gefühlt hat, das einzige Feld, wo die Hautfarbe keine Rolle spielte. Kleiner als seine Altersgenossen, hat er sich trotzdem von niemandem einschüchtern lassen. Nach der Schule hat er stundenlang trainiert und seine Aggression kanalisiert, um seine athletischen Fähigkeiten zu entwickeln, hat dabei Disziplin und Selbstbeherrschung erworben. Im letzten Highschool-Jahr hat er als Quarterback im zweiten Footballteam die höchste Auszeichnung bekommen und war der beste Spieler seines Staates im ersten Basketballteam. Es gab nur wenige Verteidiger, die dem aggressiven kleinen Angreifer etwas entgegensetzen konnten, der seinen Gegnern lieber den Knöchel gebrochen hätte, als sich den Ball wegnehmen zu lassen. Außerhalb des Spielfelds aber gab es kaum einen wärmeren, herzlicheren jungen Mann als ihn.

Seine Basketballkarriere fand abrupt ein Ende, als er sich im dritten Collegejahr an der Patellasehne verletzte. Obwohl er lieber Trainer geworden wäre, ließ er sich von seiner Mutter, die in der Zeit der Rassentrennung aufgewachsen war, dazu überreden, in die politische Arena zu steigen. Da er mehr als genug eigene Erfahrungen mit dem Rassismus gemacht hatte, wusste Chaney, dass die Politik der zentrale Bereich war, in dem etwas geändert werden musste.

Sein Stiefvater hatte Beziehungen zur Republikanischen Partei in Philadelphia. Obwohl Chaney ein überzeugter Anhänger der Demokraten war, glaubte er als republikanischer Kandidat mehr bewirken zu können. Mit demselben Arbeitsethos und derselben Leidenschaft und Intensität, die ihn im Sport so weit gebracht hatten, machte Chaney rasch Karriere in der politischen Szene der Industriestadt. Er scheute sich nie, seine Meinung zu äußern, und war immer bereit, sich zu exponieren, um sozial benachteiligten Minderheiten zu helfen.

Da er die Trägheit und die mangelnde Selbstbeherrschung seiner Parteifreunde zutiefst verabscheute, brachte er frischen Wind in die politische Szene und entwickelte sich in Philadelphia zu einem wahren Volkshelden. Bald wurde aus dem stellvertretenden Bürgermeister Chaney der Oberbürgermeister der Großstadt. Jahre später bewarb er sich um den Senatssitz Pennsylvanias und landete einen Erdrutschsieg.

Nun, weniger als zwei Monate vor den Wahlen im November 2012, hat sich der Präsident der Vereinigten Staaten bei ihm gemeldet und ihn gedrängt, sich als Vizepräsident zur Verfügung zu stellen. Ennis Chaney, einst ein bettelarmer Junge aus Jacksonville, Florida, ist nur noch einen Herzschlag vom mächtigsten Amt der Welt entfernt.

Chaney starrt aus dem Fenster, während die Limousine auf den Capital Beltway einbiegt. Der Tod macht Chaney Angst. Man kann sich nicht vor ihm verstecken, nicht mit ihm debattieren. Er liefert keine Antworten, nur Fragen und Verwirrung, Tränen und Grabreden, viel zu viele Grabreden. Wie kann man das Leben eines geliebten Menschen in zwanzig Minuten zusammenfassen? Wie kann von einem Redner erwartet werden, ein ganzes Leben voller Hingabe in nackte Worte zu fassen?

Vizepräsident. Chaney schüttelt den Kopf und ringt in Gedanken mit seiner Zukunft.

Es ist nicht *seine* Zukunft, die ihm so viel Sorgen macht, sondern die Bürde, die seine Kandidatur seiner Frau und seiner Familie auferlegen wird. Senator zu werden war eine Sache; die republikanische Nominierung als erster afro-amerikanischer Vizepräsident zu akzeptieren, ist etwas ganz anderes. Der letzte und einzige Schwarze, der bislang eine echte Chance hatte, ins Weiße Haus gewählt zu werden, war Colin Powell, und der General ist schließlich ausgestiegen, um seine Familie zu schonen. Wenn Maller die Wiederwahl gewinnt, wird Chaney automatisch zum Favoriten des Jahres 2016 werden. Wie Powell ist er sich im Klaren, dass seine Popularität die Grenzen von Partei und Rasse überschreitet, aber es gibt immer einen kleinen Teil der Bevölkerung, mit dem man ebenso wenig debattieren kann wie mit dem Tod.

Außerdem hat er seiner Familie schon so viel zugemutet.

Chaney weiß auch, dass Pierre Borgia nach der Kandidatur giert, und er fragt sich, wie weit der Außenminister gehen wird, um zu bekommen, was er will. Borgia ist alles, was Chaney nicht ist: forsch, auf seinen eigenen Vorteil bedacht, politisch motiviert, egoistisch, unverheiratet, ein Befürworter militärischer Stärke – und er ist ein Weißer.

Chaneys Gedanken kehren zu seinem besten Freund und dessen Angehörigen zurück. Er gibt sich offen seinen Tränen hin, ohne auch nur im Geringsten darauf zu achten, ob sein Fahrer ihn beobachtet oder nicht.

Ennis Chaney trägt seine Gefühle offen zur Schau. Das hat er vor langer Zeit von seiner Mutter gelernt. Innere Stärke und Führungskraft nützen nichts, wenn man sich keine Gefühle erlaubt, und Chaney fühlt alles. Pierre Borgia hingegen fühlt nichts. In einer reichen Familie aufgewachsen, betrachtet der Außenminister das Leben mit Scheuklappen und denkt nie darüber nach, welche Gefühle die anderen haben könnten. Diese Tatsache macht dem Senator große Sorgen. Mit jedem neuen Tag wird die Welt zu einem komplexeren und gefährlicheren Ort. In Asien wächst der nukleare Wahnsinn weiter, und Borgia ist der Letzte, den Chaney in einer Krisensituation an den Schalthebeln der Macht sehen möchte.

»Alles in Ordnung da hinten, Senator?«

»Teufel, nein. Was für 'ne saublöde Frage ist denn das?« Chaneys Stimme klingt rau und tief, wenn er nicht gerade brüllt, was er ziemlich oft tut.

»Tut mir Leid, Sir.«

»Halten Sie den Mund und konzentrieren Sie sich auf die Straße.«

Der Fahrer lächelt. Seit sechzehn Jahren arbeitet Dean Disangro nun schon für Senator Chaney und schätzt ihn wie einen Vater.

»Deano, was zum Teufel kann so wichtig sein, dass die NASA mich am Sonntag nach Goddard ruft?«

»Keine Ahnung. Sie sind Senator, ich bin bloß ein schlecht bezahlter Angestellter...«

»Ach, halten Sie die Klappe. Sie wissen besser als die meisten Trottel im Kongress Bescheid, was gerade läuft.«

»Schließlich sind Sie für die NASA zuständig, Senator. Offenbar ist was Wichtiges passiert, wenn die den Mumm haben, Sie am Wochenende hinzubestellen.«

»Danke, Sherlock. Haben Sie eigentlich 'nen Nachrichtenmonitor da vorne?«

Der Fahrer gibt ihm das etwa zwanzig mal dreißig Zentimeter große Gerät, das bereits auf die *Washington Post* eingestellt ist. Chaney wirft einen Blick auf die Schlagzeilen, die sich mit den Vorbereitungen für das große nukleare Abwehrmanöver in Asien beschäftigen. *Grosny hat die Sache auf die Woche vor Weihnachten gelegt. Das war clever. Zweifellos hofft er, die Festtagsstimmung zu torpedieren.*

Chaney wirft den Monitor neben sich. »Wie geht's Ihrer Frau? Bald kommt das Baby, stimmt's?«

»In zwei Wochen.«

»Wie schön.« Chaney lächelt. In seinen blutunterlaufenen Augen schimmert es wieder feucht.

Raumflugzentrum Goddard der NASA
Greenbelt, Maryland

Senator Chaney spürt die nervösen Blicke der kleinen Versammlung im Konferenzraum auf sich. Die Leute, die ihn umgeben, sind von der NASA, von SETI, aus Arecibo und weiß Gott woher. Er überfliegt den zwanzigseitigen Bericht, dann räuspert er sich und bringt die Anwesenden zum Schweigen. »Sind Sie vollkommen sicher, dass das Radiosignal aus dem Weltraum stammt?«

»Ja, Senator.« Brian Dodds, der geschäftsführende Direktor der NASA, sieht fast so aus, als wolle er sich entschuldigen.

»Aber Sie waren nicht in der Lage, den genauen Ursprung des Signals festzustellen?«

»Nein, Sir, noch nicht. Wir sind ziemlich sicher, dass sich die Quelle im Orionarm befindet, unserem eigenen Spiralarm der Galaxis. Das Signal hat den Orionnebel durchquert, eine Quelle massiver Interferenzen, sodass es schwierig ist, genau zu bestimmen, welche Strecke es zurückgelegt hat. Angenommen, dass es von einem Planeten im Gürtel des Orion stammt, handelt es sich um eine Entfernung von mindestens fünfzehnhundert bis achtzehnhundert Lichtjahren.«

»Und dieses Signal haben Sie drei Stunden lang empfangen?«

»Drei Stunden und zweiundzwanzig Minuten, um genau zu sein, Senator«, platzt Kenny Wong heraus. Der junge Mann hat Haltung angenommen.

Chaney fordert ihn mit einem Wink auf, sich wieder zu setzen. »Und weitere Signale hat es nicht gegeben, Mr. Dodds?«

»Nein, Sir, aber wir überwachen die Frequenz und die Richtung des Signals weiterhin rund um die Uhr.«

»Na schön. Nehmen wir mal an, dass es sich um ein echtes Signal gehandelt hat. Was ergibt das für Schlussfolgerungen?«

»Nun, Sir, die nahe liegendste und aufregendste Erklärung wäre, dass wir nun einen Beweis dafür haben, nicht allein zu sein. Das heißt, irgendwo innerhalb unserer Galaxis existiert mindestens eine weitere intelligente Lebensform. Unser nächster Schritt ist es, zu bestimmen, ob in diesem Signal bestimmte Muster oder Algorithmen verborgen sind.«

»Sie glauben, das Signal könnte irgendeine Art von Kommunikation enthalten?«

»Wir halten das für sehr gut möglich. Senator, das war nicht einfach irgendein Signal, das zufällig in die Galaxis ausgestrahlt wurde. Dieser Strahl wurde absichtlich direkt auf unser Sonnensystem gerichtet. Es gibt also andere intelligente Lebewesen im Raum, die wissen, dass wir existieren. Indem sie ihr Funkfeuer auf die Erde richteten, haben sie uns über ihre Existenz informiert.«

»Das wäre dann also vergleichbar mit einem nachbarschaftlichen ›Hallo, wie geht's‹, ja?«

Der Direktor der NASA lächelt. »Ja, Sir.«

»Und wann werden ihre Leute mit der Analyse fertig sein?«

»Schwer zu sagen. Wenn tatsächlich ein fremder Algorithmus vorhanden ist, bin ich zuversichtlich, dass unser Team aus Mathematikern und Dekodierungsspezialisten ihn mithilfe seiner Computer entschlüsseln wird. Das könnte allerdings Monate oder Jahre dauern – oder auch nie gelingen. Wie soll man sich in die Denkweise eines Außerirdischen versetzen? Das Ganze ist sehr spannend, aber auch ganz neu für uns.«

»Das stimmt doch nicht ganz, oder, Mr. Dodds?« Die dunklen Augen fixieren den Direktor. »Sie wissen ebenso gut wie ich, dass SETI die große Schüssel von Arecibo seit geraumer Zeit dazu benützt, Botschaften in den Weltraum zu senden.«

»Ebenso wie Fernsehsender seit der Erfindung des Mediums ihre Signale mit Lichtgeschwindigkeit in den Raum schicken.«

»Versuchen Sie nicht, mich auf den Arm zu nehmen, Mr. Dodds. Ich bin kein Astronom, aber ich hab genug gelesen, um zu wissen, dass Fernsehsignale viel zu schwach sind, um Orion zu erreichen. Wie auch immer –

sobald diese Entdeckung an die Öffentlichkeit gelangt ist, wird es eine Menge sehr zorniger und sehr erschrockener Leute geben, die behaupten, dass SETI uns diese unbekannte Bedrohung beschert hat.«

Dodds bringt seine Mitarbeiter, die protestieren wollen, zum Schweigen. »Sie haben Recht, Senator. Die SETI-Übertragungen sind stärker, aber Fernsehsignale sind wesentlich breiter gestreut. Sie breiten sich in allen Richtungen im Raum aus. Deshalb ist es auch viel wahrscheinlicher, dass Fernsehsignale einen zufälligen Empfänger erreicht haben, und nicht der enge Funkstrahl von Arecibo. Denken Sie daran, dass die Stärke des Radiosignals, das wir entdeckt haben, von einem fremden Sender hervorgebracht wurde, der unseren Möglichkeiten weit überlegen ist. Wir müssen annehmen, dass die intelligente Lebensform, die hinter diesem Signal steckt, auch Funkempfänger besitzt, die in der Lage sind, unsere schwächeren Signale aufzufangen.«

»Trotzdem, Mr. Dodds, schaut die Situation so aus, dass morgen Millionen nichtsahnender Menschen zu Tode erschrocken aufwachen und darauf warten werden, dass kleine grüne Männchen in ihr Haus einbrechen, ihre Frauen vergewaltigen und ihre Babys rauben. Diese Situation muss mit Feingefühl behandelt werden, sonst gerät sie aus dem Ruder.«

Der Direktor der NASA nickt. »Deshalb haben wir Sie hinzugezogen, Senator.«

Die tief liegenden Augen verlieren ein wenig von ihrer Härte. »Na schön, sprechen wir über dieses neue Teleskop, das Sie vorgeschlagen haben.« Chaney blättert in seiner Kopie des Berichts. »Hier steht, dass die Schüssel einen Durchmesser von vierzig Kilometern haben und auf der dunklen Seite des Mondes errichtet werden soll. Das wird 'ne Menge Kleingeld kosten. Weshalb, um Himmels willen, muss man das Ding denn auf dem Mond bauen?«

»Aus denselben Gründen, aus denen wir das Hubble-Weltraumteleskop im Weltraum platziert haben. Von der Erde gehen zu viele Interferenzen aus, und da die entfernte Seite des Mondes von der Erde abgewandt ist, liegt sie in einer Zone, die auf natürliche Weise frei von Funksignalen bleibt. Wir haben vor, die Schüssel auf dem Grund eines riesigen Kraters zu bauen. Sie würde also ähnlich aussehen wie die große Schüssel in Arecibo, nur wäre sie mehrere tausend Mal größer. Einen Standort haben wir schon ausgewählt, den Saha-Krater, der nur um drei Grad auf der dunklen Seite des Mondes liegt, ganz in der Nähe des lunaren Äquators. Klar ist: Mit einem Gerät auf dem Mond wären wir in der Lage, mit den Wesen zu kommunizieren, die Kontakt mit uns aufgenommen haben.«

»Und weshalb sollten wir das tun?«, dröhnt Chaneys Stimme durch den Konferenzraum; der raue Unterton verschwindet, als sie lauter wird. »Mr. Dodds, dieses Funksignal mag die wichtigste Entdeckung in der Geschichte der Menschheit sein, aber was die NASA da vorschlägt, wird die Leute in Angst und Schrecken versetzen. Was ist, wenn das amerikanische Volk einfach nein sagt? Was ist, wenn es kein Interesse daran hat, ein paar Milliarden Dollar auszugeben, um Kontakt mit E.T. aufzunehmen? Das ist ein ziemlich großer finanzieller Brocken, den der Kongress da schlucken soll!«

Brian Dodds kennt Ennis Chaney und weiß, dass der gerade sein Stehvermögen auf die Probe stellt. »Sie haben Recht, Senator, diese Entdeckung wird einer Menge Menschen Angst machen. Aber ich will Ihnen sagen, was vielen von uns wesentlich mehr Angst macht. Wir haben Angst, wenn wir nach unserem Nachrichtenmonitor greifen und jeden Tag Berichte über iranische Atomwaffen lesen. Wir haben Angst, wenn wir von den wachsenden Ernährungsproblemen in Russland lesen oder davon, dass China sich mit immer mehr strategischen Waffen ausrüstet. Dabei ist das nur eines der Länder, die in der Lage sind, die Welt zu vernichten. Es hat den Anschein, als sei jedes Land, das unter politischen und wirtschaftlichen Unruhen leidet, bis an die Zähne bewaffnet, Senator Chaney, und *diese* Realität ist wesentlich erschreckender als jedes Funksignal, das aus einer Entfernung von achtzehnhundert Lichtjahren kommt.«

Dodds erhebt sich. Gut einen Meter achtzig groß und hundert Kilo schwer, sieht er mehr wie ein Ringer denn wie ein Wissenschaftler aus. »Der Öffentlichkeit muss klar werden, dass wir es mit einer intelligenten Spezies zu tun haben, die uns weit überlegen ist und es geschafft hat, den ersten Kontakt herzustellen. Wie immer diese Wesen aussehen und wo immer sie sich befinden mögen, sie sind viel zu weit von uns entfernt, um bei uns vorbeizuschauen. Durch den Bau dieses Radioteleskops versetzen wir uns in die Lage, mit dieser anderen Spezies zu kommunizieren. Irgendwann gelingt es uns vielleicht, von ihr zu lernen, technologisches Wissen mit ihr auszutauschen und zu einem besseren Verständnis des Universums und möglicherweise sogar unseres eigenen Ursprungs zu gelangen. Diese Entdeckung könnte die Menschheit zusammenschweißen; es könnte der Katalysator sein, der sie vor der atomaren Vernichtung rettet.«

Dodds sieht Chaney direkt in die Augen. »Senator, E.T. hat sich gemeldet, und es ist von entscheidender Bedeutung für die Zukunft der Menschheit, dass wir darauf reagieren.«

7

26. September 2012
Miami, Florida

Im Aufenthaltsbereich von Station 7-C haben sich fünf Insassen versammelt. Zwei hocken auf dem Boden und spielen etwas, das sie für Schach halten, einer sitzt auf dem Sofa. Der vierte steht an der Tür und wartet darauf, dass ein Mitglied seines Rehabilitationsteams erscheint und ihn zu seiner morgendlichen Therapiesitzung abholt.

Der fünfte Insasse von Station 7-C steht reglos vor einem Fernsehgerät, das über seinem Kopf hängt. Er hört zu, wie Präsident Maller die fantastische Arbeit der Männer und Frauen bei NASA und SETI rühmt. Er hört, wie der Präsident erregt über Weltfrieden und Zusammenarbeit spricht, über ein internationales Weltraumprogramm und dessen Auswirkungen auf die Zukunft der Menschheit. Ein neues Zeitalter steht uns bevor, verkündet der Präsident. Wir sind nicht mehr allein.

Im Gegensatz zu den Milliarden von Fernsehzuschauern auf der ganzen Welt, die die Pressekonferenz live verfolgen, ist Michael Gabriel von dem, was er da hört, nicht überrascht. Es macht ihn nur traurig. Seine schwarzen Augen blinzeln nicht, sein steifer Körper bleibt bewegungslos. Auch sein leerer Gesichtsausdruck verändert sich nicht, selbst dann nicht, als auf dem Bildschirm hinter der linken Schulter des Präsidenten das Gesicht von Pierre Borgia erscheint. Es ist schwer zu sagen, ob Mick überhaupt atmet.

Dominique betritt die Station. Sie hält inne und nimmt sich einen Augenblick Zeit, um zu beobachten, wie ihr Patient die Pressekonferenz anschaut. Dabei vergewissert sie sich, dass ihr weißer Arztmantel das kleine Tonband verdeckt, das unter ihrem T-Shirt befestigt ist.

Sie tritt neben ihn. Nun stehen beide Schulter an Schulter vor dem Fernseher; seine rechte Hand berührt ihre linke.

Ihre Finger schlingen sich ineinander.

»Mick, wollen Sie das da zu Ende sehen oder können wir uns unterhalten?«

»In meinem Zimmer.« Er führt sie durch den Flur zu Zelle 714.

Dort schreitet er wie ein gefangenes Tier umher. Sein überreiztes Gehirn versucht, tausend Einzelheiten in irgendeine Ordnung zu bringen.

Dominique setzt sich auf die Bettkante und beobachtet ihn. »Sie wussten, dass das geschehen wird, nicht wahr? Wie? Wie konnten Sie das wissen, Mick...?«

»Ich hab nicht gewusst, was passieren wird, nur *dass* etwas passieren wird.«

»Aber Sie wussten, dass es mit dem Weltraum zu tun haben würde und mit dem Äquinoktium. Mick, könnten Sie wohl aufhören, dauernd herumzugehen; es ist schwer, sich so zu unterhalten. Kommen Sie her. Setzen Sie sich neben mich.«

Er zögert, dann folgt er ihrer Aufforderung. Sie sieht, dass seine Hände zittern.

»Sprechen Sie mit mir.«

»Ich kann es spüren, Dom.«

»Was können Sie spüren?«

»Ich weiß es nicht... ich kann es nicht beschreiben. Da ist etwas, irgendein Wesen. Noch ist es weit entfernt, aber es kommt näher. Ich hab es schon früher gespürt, aber noch nie auf diese Weise.«

Sie berührt das Haar, das ihm in den Nacken fällt, spielt mit einer dicken braunen Locke. »Versuchen Sie, sich zu entspannen. Sprechen wir über dieses Funksignal aus dem Weltraum. Erklären Sie mir, weshalb Sie wussten, dass das größte Ereignis der Menschheitsgeschichte bevorgestanden hat.«

Er schaut sie an. Sein Blick ist voller Angst. »Das ist noch gar nichts. Das ist nur der Anfang des letzten Aktes. Das größte Ereignis wird am einundzwanzigsten Dezember eintreten, wenn Milliarden Menschen sterben.«

»Und woher wissen Sie das? Ich weiß, was der Maya-Kalender behauptet, aber Sie sind zu intelligent, um einfach an eine dreitausend Jahre alte Prophezeiung zu glauben, ohne dass es wissenschaftliche Fakten gäbe, die sie unterstützen. Erklären Sie mir diese Fakten, Mick. Vergessen Sie die Maya-Mythen, bleiben Sie bei den Dingen, die solche Vorhersagen bestätigen können.«

Er schüttelt den Kopf. »Deshalb hab ich Sie ja gebeten, das Tagebuch meines Vaters zu lesen.«

»Ich habe damit angefangen, aber es wäre mir lieber, wenn Sie es mir persönlich erklären würden. Als wir uns das letzte Mal unterhalten haben, warnten sie mich vor irgendeiner seltenen galaktischen Konstellation, in die die Erde seit dem Äquinoktium geraten ist. Erklären Sie mir das.«

Mick schließt die Augen und atmet langsam aus und ein, um seine von Adrenalin gefolterten Muskeln zu entspannen.

Dominique hört das Summen des Tonbands und räuspert sich, um das Geräusch zu überdecken.

Er öffnet wieder die Augen. Sein Blick ist nun sanfter. »Kennen Sie das *Popol Vuh?*«

»Ich weiß, dass es sich um die Schöpfungsgeschichte der Maya handelt, sozusagen um deren Bibel.«

Er nickt. »Die Maya glaubten an fünf Sonnen, das heißt fünf große Schöpfungszyklen. Der fünfte und letzte dieser Zyklen soll am einundzwanzigsten Dezember enden, am Tag der diesjährigen Wintersonnenwende. Nach dem *Popol Vuh* besteht das Universum aus einer Oberwelt, einer Mittelwelt und einer Unterwelt. Die Oberwelt ist der Himmel, die Mittelwelt die Erde. Der Unterwelt gaben die Maya den Namen *Xibalba*. Es war ein dunkler, unheilvoller Ort, beherrscht von Hurakan, dem Totengott. Die Mythen der Maya berichten, der große Lehrer Kukulkan habe einen langen kosmischen Kampf mit Hurakan ausgefochten, bei dem die Kräfte des Guten und des Lichts gegen die Dunkelheit und das Böse angerannt wären. Es heißt, der vierte Zyklus habe ein plötzliches Ende gefunden, als Hurakan eine große Flut geschaffen habe, um die Welt zu verschlingen. Unser Wort ›Hurrikan‹ kommt von dem Maya-Wort ›Hurakan‹. Die Maya glaubten, diese dämonische Kraft lebe in einem zerstörerischen Mahlstrom. Bei den Azteken findet sich derselbe Mythos, nur dass sie ihrem großen Lehrer den Namen Quetzalcoatl gaben und der Gottheit der Unterwelt den Namen Tezcatlipoca. Das bedeutet ›rauchender Spiegel‹.«

»Halt, Mick. Moment mal, bitte. Vergessen Sie doch diese Maya-Mythen. Ich will, dass Sie sich auf die Fakten konzentrieren, die Angaben des Kalenders beweisen, und darauf, was das Ganze mit diesem Funksignal aus dem Weltraum zu tun hat.«

Die dunklen Augen funkeln sie an wie Laserstrahlen. Sein Blick lässt sie zurückschrecken. »Ich kann nicht über die wissenschaftlichen Fakten sprechen, die die Prophezeiung vom Weltuntergang stützen, ohne diesen

Schöpfungsmythos zu erklären. Alles ist miteinander verwoben. Die Kultur der Maya ist von einem Paradoxon gekennzeichnet. Die meisten Leute halten dieses Volk für einen Haufen wilder Dschungelbewohner, der zufällig ein paar hübsche Pyramiden gebaut hat. In Wahrheit waren die Maya unglaublich versierte Astronomen und Mathematiker, die ein unbegreifliches Wissen darüber besaßen, welche Rolle unser Planet in der Galaxis spielt. Aufgrund dieses Wissens waren sie in der Lage, die Konstellation vorherzusagen, die zu dem Radiosignal gestern geführt hat.«

»Das versteh ich nicht…«

Mick zappelt mit Armen und Beinen, dann schreitet er wieder in der Zelle umher. »Es gibt Beweise dafür, dass die Maya und ihre Vorläufer, die Olmeken, die Milchstraße, also unsere Galaxis, als bildliche Basis für die Berechnung ihres Kalenders verwendet haben. Die Milchstraße ist eine Spiralgalaxie mit einem Durchmesser von etwa hunderttausend Lichtjahren. Sie besteht aus annähernd zweihundert Milliarden Sternen. Unsere Sonne befindet sich in einem der Spiralarme, dem Orionarm, und ist etwa fünfunddreißigtausend Lichtjahre vom galaktischen Mittelpunkt entfernt. Nach neueren Erkenntnissen der Astronomie handelt es sich bei diesem Zentrum um ein gewaltiges Schwarzes Loch, direkt im Sternbild Schütze. Das galaktische Zentrum stellt eine Art himmlischen Magneten dar, der die Milchstraße in einen kraftvollen Wirbel zieht. In diesem Moment dreht sich unser Sonnensystem mit einer Geschwindigkeit von zweihundertsiebzehn Kilometern pro Sekunde um dieses Zentrum. Trotz dieses enormen Tempos braucht die Erde gut zweihundertsechsundzwanzig Millionen Jahre, um eine Umdrehung zu vollenden.«

Bald ist das Tonband zu Ende. »Mick, das Signal…«

»Geduld. Während unser Sonnensystem sich durch die Galaxis bewegt, folgt es einem vierzehn Grad breiten

Pfad, den man die Ekliptik nennt. Die Ekliptik durchquert die Milchstraße so, dass sie periodisch in eine Fluchtlinie mit der zentralen Wölbung der Galaxis gerät. Wenn die Maya in den Nachthimmel blickten, sahen sie einen dunklen Graben, ein langes dunkles Band aus dichten interstellaren Wolken, das dort beginnt, wo die Ekliptik die Milchstraße im Sternbild Schütze schneidet. Der Schöpfungsmythos im *Popol Vuh* bezeichnet dieses dunkle Band als *Xibalba Be* oder Schwarze Straße. In Form einer riesenhaften Schlange stellte es für die Maya die Verbindung zwischen Leben und Tod, zwischen der Erde und der Unterwelt dar.«

»Das ist wirklich faszinierend, aber was hat es mit dem Radiosignal aus dem Weltraum zu tun?«

Mick bleibt stehen. »Dominique, dieses Radiosignal – das war keine zufällige Sache, die man einfach ins Universum gestrahlt hat. Es war absichtlich direkt auf unser Sonnensystem gerichtet. Technisch gesehen kann man nicht einfach ein Funksignal durch die halbe Galaxis schicken und hoffen, dass es ihm irgendwie gelingt, ein bestimmtes planetares Stäubchen wie die Erde zu erreichen. Je weiter so ein Signal reisen muss, desto mehr verteilt es sich und verliert an Stärke. Das Radiosignal, das SETI entdeckt hat, war ein sehr kraftvoller, genauer und schmaler Strahl. Zumindest mir ist deshalb klar, dass die Wesen, die ihn geschickt haben, dafür eine besondere galaktische Konstellation brauchten, eine Art himmlische Schleuse, durch die das Signal von seinem Ursprung bis zur Erde gelangen konnte. Kurz gesagt, ist das Signal also durch eine Art kosmischen Korridor gereist. Ich kann nicht erklären, weshalb, und ich kann nicht erklären, wie, aber ich habe *gespürt*, wie das Tor dieses Korridors sich geöffnet hat.«

Dominique sieht die Furcht in seinen Augen. »Sie haben gespürt, wie es sich geöffnet hat? Wie hat es sich denn angefühlt?«

»Es war ein widerwärtiges Gefühl, als würden eisige Finger in meine Eingeweide dringen.«

»Und Sie glauben, dieser kosmische Korridor hat sich gerade weit genug geöffnet, um das Radiosignal durchzulassen?«

»Ja, aber das Tor geht jeden Tag ein wenig weiter auf. Am Tag der Wintersonnenwende wird es vollständig offen stehen.«

»Zur Wintersonnenwende – also an dem Tag, an dem die Maya das Ende der Welt erwarteten?«

»Genau. Die Astronomen wissen seit Jahren, dass unsere Sonne am einundzwanzigsten Dezember 2012, dem letzten Tag des fünften Zyklus im Maya-Kalender, in direkter Konjunktion mit dem galaktischen Zentrum stehen wird. Zur selben Zeit wird sich das dunkle Band der Milchstraße entlang unseres östlichen Horizonts ausrichten und um Mitternacht direkt über der alten Maya-Stadt Chichén Itzá erscheinen. Diese Kombination galaktischer Konstellationen tritt nur einmal alle fünfundzwanzigtausendachthundert Jahre auf, und dennoch waren die Maya irgendwie in der Lage, sie vorherzusagen.«

»Das Funksignal aus dem All – welchen Zweck hatte es?«

»Das weiß ich nicht, aber es ist ein Vorzeichen für Tod und Verderben.«

Du musst seine Schizophrenie irgendwie erklären können. Mach die Eltern verantwortlich. »Mick, mir scheint, dass Ihre lange Haft – einmal abgesehen von einem isolierten Ausbruch von Gewalttätigkeit – vor allem mit Ihrem fanatischen Glauben an den Weltuntergang zu tun hat. Diesen Glauben teilen Sie mit vielen Millionen Menschen. Wenn Sie sagen, dass die Menschheit zugrunde gehen wird, hört sich das nach einem Glaubenssystem an, das man Ihnen seit der Geburt eingetrichtert hat. Wäre es nicht möglich, dass Ihre Eltern…«

»Meine Eltern waren weder religiöse Fanatiker noch Anhänger des Millenniumswahns. Sie haben ihre Zeit nicht damit vergeudet, unterirdische Bunker zu bauen. Sie haben sich nicht mit Waffen und Proviant versorgt, um für die Apokalypse vorbereitet zu sein. Ebensowenig haben sie an die Wiederkunft Christi oder irgendeines anderen Messias geglaubt, und sie haben auch nicht jeden Diktator mit einem geschmacklosen Schnurrbart beschuldigt, der Antichrist zu sein. Sie waren Archäologen, Dominique, Wissenschaftler, die intelligent genug waren, nicht all jene Zeichen zu ignorieren, die auf eine Katastrophe mit tödlichem Ausgang für unsere ganze Spezies hinweisen. Es ist mir völlig egal, ob Sie die Maya-Prophezeiung als Armageddon oder als Apokalypse bezeichnen, aber holen Sie mich endlich hier raus, damit ich was dagegen tun kann!«

»Immer mit der Ruhe, Mick. Ich weiß, dass Sie frustriert sind, und ich versuche Ihnen zu helfen – und zwar mehr, als Ihnen bewusst ist. Aber um Ihre Entlassung zu erreichen, muss ich eine neue psychiatrische Evaluation beantragen.«

»Wie lange wird das dauern?«

»Keine Ahnung.«

»Meine Güte…« Er beschleunigt seine Schritte.

»Nehmen wir mal an, Sie würden morgen frei kommen. Was würden Sie tun? Wo würden Sie hinwollen?«

»Nach Chichén Itzá. Die einzige Chance, die wir haben, wenn wir uns retten wollen, besteht darin, einen Zugang zum Inneren der Kukulkan-Pyramide zu finden.«

»Was ist denn in der Pyramide?«

»Ich weiß es nicht. Das weiß niemand. Man hat den Eingang noch nie entdeckt.«

»Aber woher wissen Sie dann…«

»Weil ich spüren kann, dass etwas da ist. Fragen Sie mich nicht, auf welche Weise, ich spüre es einfach. Es ist so ähnlich, als ob man eine Straße entlanggeht und irgendwie spürt, dass man verfolgt wird.«

»Die Ausschussmitglieder werden etwas Substantielleres als ein Gefühl in die Hand bekommen wollen.«

Mick bleibt stehen und wirft ihr einen verzweifelten Blick zu. »Deshalb hab ich Sie ja gebeten, das Tagebuch meines Vaters zu lesen. Es gibt zwei Bauten in Chichén Itzá, die mit unserer Rettung verbunden sind. Der eine ist der große Ballspielplatz, der genau so ausgerichtet ist, dass er am Datum vier *Ahau*, drei *Kankin* einen Spiegel von *Xibalba Be*, dem dunklen Band der Milchstraße, bilden wird. Der andere ist die Kukulkan-Pyramide, der Schlüssel zur gesamten Prophezeiung. An jeder Tagundnachtgleiche erscheint der Schatten einer Schlange an der Nordseite der Pyramide. Mein Vater war der Ansicht, dieser Effekt sei eine Warnung, die uns Kukulkan hinterlassen hat, also ein Symbol des Unheils, das der Menschheit droht. Der Schatten erscheint genau drei Stunden und zweiundzwanzig Minuten lang, und ebenso lange hat das Funksignal aus dem Weltraum angehalten.«

»Wissen Sie das ganz sicher?« *Vergiss nicht, diese Fakten in deinem Bericht zu dokumentieren.*

»So sicher, wie ich hier in dieser Zelle vor mich hinfaule.« Er schreitet wieder durch den Raum.

Sie hört das Klicken des Tonbands, das voll ist und sich ausschaltet.

»Dom, da kam noch ein anderer Bericht auf CNN, von dem ich allerdings nur das Ende mitbekommen habe. Es ging um ein Erdbeben auf der Halbinsel Yukatan. Ich muss herausbekommen, was da geschehen ist. Ich muss wissen, ob das Zentrum des Bebens in Chichén Itzá war oder im Golf von Mexiko.«

»Wieso im Golf?«

»Offenbar haben Sie noch nicht mal den Tagebucheintrag über die Karten von Piri Re'is gelesen?«

»Tut mir Leid. Ich hatte ziemlich viel um die Ohren.«

»Mein Gott, Dom, wenn *ich* Ihr Praktikum betreuen würde, hätte ich Sie längst rausgeschmissen. Piri Re'is war ein berühmter türkischer Admiral, der Ende des vierzehnten Jahrhunderts irgendwie auf eine Sammlung mysteriöser Weltkarten gestoßen ist. Auf der Basis dieser Karten hat er eine Reihe eigener Karten angefertigt, mit deren Hilfe Kolumbus nach Meinung der Historiker den Weg über den Atlantik gefunden haben soll.«

»Moment mal, diese Karten waren echt?«

»Natürlich. Sie sind noch immer echt, und sie zeigen topografische Einzelheiten, die nur mithilfe hoch entwickelter seismischer Geräte erkennbar sind. Zum Beispiel ist die Küste der Antarktis so dargestellt, als gäbe es keinerlei polare Eiskappe.«

»Was ist daran so bedeutsam?«

»Dom, die Karte ist mehr als fünfhundert Jahre alt, und die Antarktis wurde erst 1818 entdeckt.«

Sie starrt ihn an, ohne recht zu wissen, was sie von all dem halten soll.

»Wenn Sie Zweifel haben, fragen Sie bei der US-Marine nach. Deren Analyse hat die Genauigkeit der Kartografie nämlich bestätigt.«

»Und was hat diese Karte mit dem Golf von Mexiko oder der Weltuntergangsprophezeiung zu tun?«

»Vor fünfzehn Jahren haben mein Vater und ich eine ähnliche Karte gefunden. Das war allerdings ein Original, Tausende von Jahren alt, genau wie die Karten, die Piri Re'is entdeckt hat. Sie steckte in einem Iridiumbehälter, der an einer bestimmten Stelle auf dem Plateau von Nazca vergraben war. Ich hab's gerade noch geschafft, eine Polaroidaufnahme davon zu machen, bevor das Pergament zu Staub zerfallen ist. Das Foto finden Sie ganz hinten im Tagebuch meines Vaters. Wenn Sie genau hinschauen, sehen sie einen roten Kreis, der ein Gebiet im Golf von Mexiko gleich nördlich der Halbinsel Yukatan markiert.«

»Auf was verweist diese Markierung?«

»Das weiß ich nicht.«

Komm jetzt zum Ende. »Mick, ich habe keinen Zweifel an den Dingen, die Sie mir erzählen, aber was ist, wenn… nun, wenn dieses Funksignal aus dem Weltraum überhaupt nichts mit der Maya-Prophezeiung zu tun hat? Die NASA behauptet, es stammt von irgendeinem Ort, der mehr als achtzehnhundert Lichtjahre von uns entfernt ist. Das ist doch ein gewisser Trost, oder? Na ja, ich meine« – sie lächelt –, »es ist wohl ziemlich unwahrscheinlich, dass irgendwelche Außerirdischen aus dem Oriongürtel schon innerhalb der nächsten zwei Monate bei uns eintreffen.«

Micks Augen werden zu zwei dunklen Teichen. Er tritt zurück und presst sich beide Hände an die Schläfen.

Ach, du Scheiße, jetzt flippt er aus. Du hast ihn zu weit getrieben. »Mick, was ist denn? Geht's Ihnen nicht gut?«

Er hebt einen Finger, um ihr mitzuteilen, dass sie von ihm wegbleiben und den Mund halten soll.

Dominique sieht zu, wie er sich auf den Boden kniet. Seine Augen sind dunkle Tore zu einem Geist, der von einem rasenden Wirbel erfasst ist. *Vielleicht hattest du Unrecht. Vielleicht ist er wirklich unzurechnungsfähig.*

Der lange Augenblick geht vorüber. Als Mick den Kopf hebt, ist die Intensität seines starren Blicks eindeutig Furcht erregend.

»Sie haben Recht, Dominique, Sie haben absolut Recht«, flüstert er. »Was immer dazu vorgesehen ist, die Menschheit auszulöschen, wird nicht aus dem Weltraum kommen. – Es liegt im Golf von Mexiko. Es ist schon da.«

AUS DEM TAGEBUCH VON JULIUS GABRIEL

Um die Geheimnisse, die den Kalender der Maya und seine düstere Prophezeiung umgeben, besser verstehen und letztendlich lösen zu können, müssen wir uns mit den Ursprüngen der ersten Kulturen beschäftigen, die in Yukatan aufblühten.

Die ersten Mittelamerikaner waren halb nomadische Stämme, die um 4000 v. Chr. in der Region erschienen. Im Lauf der Zeit wurden sie zu sesshaften Bauern, die den aus einem wilden Gras gezüchteten Mais anbauten, ferner Avocados, Tomaten und Kürbisse.

Irgendwann um das Jahr 2500 v. Chr. erschien dann ›er‹.

›Er‹ war ein weiser Mann mit länglichen europäischen Gesichtszügen, einem wallenden weißen Bart und langem Haar, der nach der Legende übers Meer in das subtropische Tiefland am Golf von Mexiko kam. Es war sein Ziel, die dort lebenden Menschen zu unterrichten und ihnen seine große Weisheit zu vermitteln.

Das einheimische Volk, das er belehrte, bezeichnen wir heute als Olmeken, wörtlich ›Bewohner des Gummilandes‹. Sie wurden zur ›Mutterkultur‹ ganz Mittelamerikas und bildeten die erste komplexe Gesellschaft des gesamten amerikanischen Doppelkontinents. Unter dem Einfluss des ›Bärtigen‹ einten die Olmeken die Region am Golf von Mexiko. Ihre astronomischen, mathematischen und architektonischen Leistungen beeinflussten die Zapoteken, die Maya, die Tolteken und die Azteken, Kulturen, die innerhalb der folgenden Jahrtausende mächtig wurden.

Fast über Nacht begannen diese einfachen, im Dschungel lebenden Bauern damit, komplexe Bauten und große kultische Zentren zu errichten. Ihre öffentliche Architektur und Kunst verweist auf ein fortgeschrittenes technisches Wissen. Es waren die Olmeken, die das berühmte alte Ballspiel erfanden und sich die ersten Methoden zur Aufzeichnung historischer Ereignisse ausdachten. Außerdem schufen sie drei Meter hohe monolithische Köpfe aus Basalt, die oft bis zu dreißig Tonnen wiegen. Wie diese gewaltigen Skulpturen transportiert wurden, ist noch immer unbekannt.

Von noch größerer Bedeutung ist die Tatsache, dass die Olmeken als erstes mittelamerikanisches Volk Pyramiden errichteten, bei deren Bau sie ihr großes astronomisches und mathematisches Wissen einsetzten. Bringt man diese Bauten in Beziehung zu den Sternbildern, wird deutlich, dass die Olmeken die Präzession entdeckt hatten, die ihren Niederschlag im Schöpfungsmythos des Popol Vuh fand.

Es waren also die Olmeken und nicht die Maya, die ihr unerklärliches astronomisches Wissen benutzten, um die ›Lange Zählung‹ und die damit verbundene Prophezeiung vom Weltuntergang zu erschaffen.

Den Kern dieses ominösen Kalenders bildet der Schöpfungsmythos, der sich als historischer Bericht über einen fortlaufenden Kampf des Lichts und des Guten gegen die Dunkelheit und das Böse darstellt. Der Held der Geschichte, Hun-Hunapu, ist ein Krieger mit der Fähigkeit, die Schwarze Straße (Xibalba Be) zu betreten. Für die mittelamerikanischen Ureinwohner entsprach Xibalba Be dem dunklen Band der Milchstraße. Das Tor zu Xibalba Be wird in der Kunst der Olmeken wie der Maya als Maul einer großen Schlange dargestellt.

Man kann sich leicht vorstellen, wie die in vieler Hinsicht primitiven Olmeken in den Nachthimmel blickten und das dunkle Band der Galaxis als kosmische Schlange deuteten.

Um das Jahr 100 v. Chr. beschlossen die Olmeken aus unbekannten Gründen, ihre Städte zu verlassen und sich in zwei Völker aufzuspalten, die sich in zwei getrennten Regionen ausbreiteten. Die Gruppe, die sich weiter westlich in Zentralmexiko niederließ kennen wir als Tolteken; das Volk, das nach Osten in die Dschungel von Yukatan, Belize und Guatemala wanderte, nannte sich Maya. Erst um 900 n. Chr. vereinigten die beiden Kulturen sich erneut unter dem Einfluss des großen Lehrers Kukulkan und schufen dessen grandiose Stadt Chichén Itzá.

Doch gehen wir erst einmal einen Schritt zurück.

Cambridge 1969 – das war der Ort, an dem ich mich mit zwei Kollegen aufmachte, um die Geheimnisse der Maya-Prophezeiung zu ergründen. Einhellig beschlossen wir, uns zuerst der Olmekensiedlung von La Venta zuzuwenden, denn dort hatte der amerikanische Archäologe Matthew Stirling zwanzig Jahre zuvor seine verblüffendste Entdeckung gemacht: eine gewaltige Befestigung, bestehend aus einer Mauer aus sechshundert Säulen, die jeweils mehr als zwei Tonnen wogen. Neben diesem Bauwerk hatte der Forscher einen großen, mit komplexen Ritzzeichnungen bedeckten Felsen entdeckt. Nach zwei anstrengenden Tagen gelang es Stirling und seinen Leuten, die riesige Skulptur auszugraben. Sie war gut vier Meter hoch, drei Meter breit und fast einen Meter tief. Obwohl ein Teil der Bildhauerarbeit durch die Erosion beschädigt war, wurde ein beeindruckendes Porträt erkennbar. Es war eine männliche Gestalt mit europäischen Gesichtszügen, einem langen Schädel, einem hohen Nasenbein und einem wallenden Bart.

Man stelle sich die Überraschung meiner Kollegen vor, als sie ein zweitausend Jahre altes Relief entdeckten, das eindeutig einen Europäer darstellte. Schließlich war das Kunstwerk fünfzehnhundert Jahre vor dem Augenblick geschaffen worden, in dem der erste Spanier Amerika erreichte. Ebenso verblüffend war der Umstand, dass eine olmekische Figur einen Bart hatte, denn es ist eine genetische Tatsache, dass reinblütige Indianer keinen Bartwuchs aufweisen. Da jedes künstlerische Motiv irgendeinen Ursprung haben muss, stellte die Identität des bärtigen weißen Mannes ein weiteres Rätsel dar, das es zu lösen galt.

Was mich betraf, entwickelte ich sofort die Theorie, dass dieser ›Europäer‹ ein früher Vorläufer von Kukulkan, des großen Lehrers der Maya war.

Wir wissen nicht allzu viel über Kukulkan und seine Vorfahren, obgleich offenbar jedes mittelamerikanische Volk eine männliche Gottheit verehrt hat, auf die dieselbe physische Beschreibung passt. Bei den Maya hieß sie Kukulkan, bei den Azteken Quetzalcoatl, doch immer war es ein legendärer weiser Mann mit Bart, der dem Volk Frieden, Wohlstand und große Weisheit brachte. Aus historischen Quellen wird erkennbar, dass Kukulkan/Quetzalcoatl irgendwann um 1000 n. Chr. gezwungen wurde, Chichén Itzá zu verlassen. In den Legenden heißt es, der geheimnisvolle Weise habe seinem Volk vor seinem Abschied versprochen, er werde zurückkehren, um die Welt vom Bösen zu befreien.

Nach dem Verschwinden von Kukulkan breitete sich rasch ein dämonischer Einfluss im Land aus. Sowohl die Maya wie die Azteken wandten sich dem Menschenopfer zu. Zehntausende von Männern, Frauen und Kindern wurden brutal getötet, weil man dadurch hoffte, die Rückkehr des geliebten Gottkönigs zu beschleunigen und das vorhergesagte Ende der Menschheit zu vereiteln.

Im Jahr 1519 kam der spanische Entdecker Hernán Cortés aus Kuba, um Yukatan zu erobern. Obwohl die dortigen Völker ihren Angreifern zahlenmäßig weit überlegen waren, hielten sie den bärtigen Europäer Cortés für den zurückgekehrten Kukulkan/Quetzalcoatl und legten ihre Waffen nieder. Kaum hatte der Konquistador die ›Wilden‹ besiegt, als er spanische Priester herbeirief, die nach ihrer Ankunft voll Schrecken von den Menschenopfern hörten. Ebenso schockiert waren sie von einem weiteren Brauch: Die Maya-Mütter zwängten den Kopf ihrer neugeborenen Kinder in Holzbretter, um den noch in Entwicklung befindlichen Schädel zu deformieren. Dadurch sollte der Schädel verlängert werden und ›gottähnlicher‹ werden. Diese Vorstellung war zweifellos von der Tatsache inspiriert, dass der große Lehrer Kukulkan ebenfalls eine längliche Kopfform besessen hatte.

Die spanischen Priester waren rasch bei der Hand, die Bräuche der Maya auf teuflische Einflüsse zurückzuführen. Sie ließen die Schamanen bei lebendigem Leibe verbrennen und bekehrten die restlichen Indianer unter Androhung der Todesstrafe zum Christentum. Anschließend verbrannten die abergläubischen Narren jeden wichtigen Maya-Kodex, der existierte. Tausende Bände mit Texten wurden zerstört. Zweifellos bezogen diese Texte sich auf die Prophezeiung vom Weltuntergang, und es ist gut möglich, dass sie wichtige Anweisungen enthielten, die uns Kukulkan hinterließ, um unsere Spezies vor der Vernichtung zu retten.

Das also führte dazu, dass uns die Kirche vor fünfhundert Jahren bei dem Versuch, unsere Seelen vor dem Teufel zu retten, höchstwahrscheinlich zur Unwissenheit verdammt hat.

Während Borgia und ich über die Identität des Bärtigen debattierten, den das olmekische Relief darstellte, stieß unsere Kollegin, die schöne Maria Rosen, auf einen Fund, der uns von Mittelamerika zur nächsten Etappe unserer Reise brachte.

Bei Grabungen an einer olmekischen Stätte in La Venta entdeckte Maria ein altes Königsgrab und in diesem die

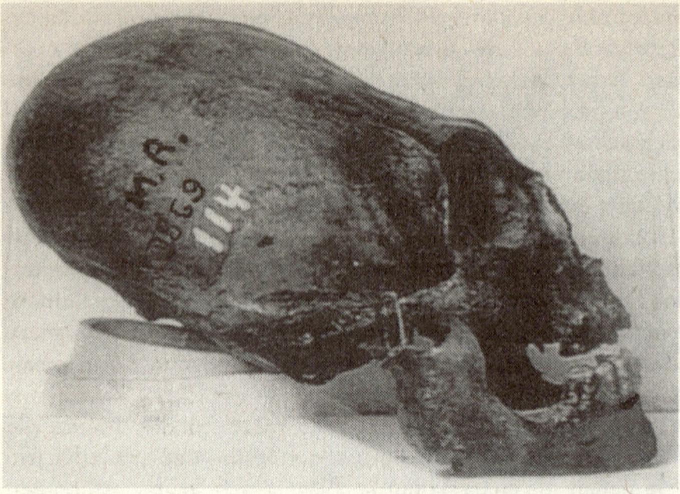

Länglicher Schädel (Artefakt Nr. 114), von Maria Rosen 1969 in La Venta entdeckt.

Überreste eines länglichen Schädels. Zwar war dieses seltsame, kaum menschlich aussehende Objekt nicht das erste seiner Art, das in Mittelamerika gefunden wurde, doch blieb es das einzige aus der Heimat der Olmeken und einem Ort, der als ›Schlangenheiligtum‹ bezeichnet wird.

Maria beschloss, den Schädel dem Anthropologischen Museum von Merida zu stiften. Beim Gespräch mit dem dortigen Kurator erfuhren wir zu unserer Überraschung, dass ähnliche Schädel kürzlich in Grabstätten auf dem peruanischen Nazca-Plateau entdeckt worden waren.

Gab es eine Verbindung zwischen den Kulturen der Maya und der Inka?

Wir standen an einem archäologischen Scheideweg. Sollten wir nach Chichén Itzá weiterreisen, der alten Maya-Stadt, die von zentraler Bedeutung für die düstere Prophezeiung war, oder sollten wir Mexiko verlassen und die Spur verfolgen, die nach Peru führte?

Es war Marias Eingebung, nach Südamerika zu reisen, denn sie glaubte, der Maya-Kalender sei nur ein – allerdings wichtiger – Teil des Rätsels. Und so bestiegen wir ein Flugzeug nach Peru, ohne zu wissen, wohin unsere Reise uns führen würde.

Während wir übers Meer flogen, dachte ich über eine verblüffende Tatsache nach, die ich in Merida erfahren hatte. Nachdem der medizinische Berater des Museums, der einen guten Ruf besaß, mit der Untersuchung des länglichen Schädels betraut worden war, hatte er nachdrücklich behauptet, die extreme Deformierung des Objekts könne nicht auf eine der bekannten Verlängerungsmethoden zurückgeführt werden. Um diese These zu stützen, ließ er die Kiefer von einem Zahnarzt untersuchen, wobei etwas noch wesentlich Erstaunlicheres zum Vorschein kam.

Im Unterkiefer eines erwachsenen Menschen stecken vierzehn Zähne.

Der längliche Schädel, den Maria gefunden hatte, besaß nur zehn.

Auszug aus dem Tagebuch von Prof. Julius Gabriel

Vgl. Katalog 1969–73, Seite 13–347
Fotojournal Diskette 4, Datei: OLMEK-1-7

8

9. Oktober 2012
Washington, D.C.

Präsident Mark Maller tritt aus seinem Arbeitszimmer ins Oval Office und nimmt seinen Platz hinter dem Schreibtisch ein. Vor ihm sitzen wichtige Mitarbeiter des Weißen Hauses.

»Schön, Leute, fangen wir an. Beschäftigen wir uns erst mal mit der Frage, wer als neuer Kandidat für die Vizepräsidentschaft nominiert werden sollte. Kathie?«

Katherine Gleason, Leiterin des Planungsstabs, liest eine Reihe von Informationen von ihrem Laptop ab. »Dies sind die Ergebnisse einer Umfrage, die am vergangenen Donnerstag gemacht wurde. Auf die Frage, wer als Vizepräsident aufgestellt werden sollte, favorisierten die registrierten Wähler Senator Ennis Chaney. Ihn unterstützten dreiundfünfzig Prozent, während sich nur neununddreißig Prozent für Pierre Borgia aussprachen. Der dominierende Faktor ist offenbar die Frage der Vertrauenswürdigkeit. Auf die Frage, was ihrer Meinung nach das zentrale Thema der Wahlen im November sein wird, nannten neunundachtzig Prozent der Befragten die eskalierende Aufrüstung Russlands und Chinas mit strategischen Waffen. Nur vierunddreißig Prozent der registrierten Wähler hatten Interesse daran, den Bau eines Radioteleskops auf dem Mond zu unterstützen. Kurz gesagt, heißt das Folgendes: Wir nominieren Chaney und konzentrieren unseren Wahlkampf auf die Stabilisierung der Beziehungen mit Russland und China. Was das Radioteleskop betrifft, sollten Sie sich zumindest bis zu Ihrer Wiederwahl bedeckt halten.«

»Einverstanden. Gibt es irgendetwas Neues von der NASA?«

»Ja, Sir.« Sam Blumner ist der leitende Wirtschaftsberater des Präsidenten. »Ich habe den Kostenvoranschlag der NASA für den Bau dieser komischen Apparatur auf dem Mond durchgesehen.«

»Wie schlimm sieht's aus?«

»Lassen Sie es mich folgendermaßen formulieren, Herr Präsident: Ihre Chancen, das Projekt durch den Kongress zu bringen, sind bestenfalls minimal. Das heißt, nach dem Rücktritt des Vizepräsidenten sind sie wohl eher inexistent.«

»Ich dachte, die NASA wollte das Projekt mit der geplanten Mondbasis verbinden, die vom Haushaltsausschuss schon genehmigt wurde?«

»Das hat man versucht. Leider sollte die Mondbasis auf der uns zugewandten Seite des Mondes gebaut werden, in der Nähe der Polarregion, wo die NASA Eisformationen aufgespürt hat, und nicht auf der dunklen Seite. Verzeihen Sie das Wortspiel, aber finanziell gesehen ist das ein Unterschied wie zwischen Tag und Nacht, da keine Sonnenkollektoren verwendet werden können, wo die Sonne nicht scheint.«

Kathie Gleason schüttelt protestierend den Kopf. »Sam, einer der Gründe, weshalb die amerikanische Öffentlichkeit so viele Vorbehalte gegen das Projekt hat, ist die Tatsache, dass man es für eine internationale Aufgabe hält. Das Radiosignal war nicht an die Vereinigten Staaten gerichtet, sondern an die ganze Erde.«

»Aber am Ende wird Amerika trotzdem den größten Batzen bezahlen.«

Cal Calixte, der Pressesprecher des Präsidenten, hebt die Hand. »Herr Präsident, meiner Meinung nach verschafft uns das Radioteleskop die Möglichkeit, Geldmittel in die russische Wirtschaft zu pumpen, was besonders angesichts der neuesten Kürzungen durch den Internationalen Währungsfond dringend nötig wäre. Vielleicht könnte man das sogar mit dem neuen START-V-Vertrag verbinden.«

»Das hat man bei der Internationalen Raumstation auch schon behauptet«, mischt Blumner sich ein. »Dieses monströse Spielzeug hat Amerika zwanzig Milliarden Dollar gekostet, ganz zu schweigen von den Milliarden, die wir den Russen geliehen haben, damit sie mitmachen konnten. Und nun sind es die Russen, die ständig die Fertigstellung des Projekts verzögern.«

»Sam, hören Sie doch endlich auf, alles aus der finanziellen Perspektive zu betrachten«, sagt Kathie Gleason. »Es geht hier nicht nur um ein Raumfahrtprogramm, sondern um die politische Situation. Die russische Demokratie zu unterstützen ist wesentlich wichtiger als der Bau dieses Teleskops an sich.«

»Die russische Demokratie? Was soll daran demokratisch sein?« Blumner lockert seine Krawatte. »Ich glaube, Sie brauchen ein wenig Nachhilfe in Gemeinschaftskunde. Wozu wir beigetragen haben, ist eine Wirtschaft, die auf Erpressung basiert. Wer in Russland reich ist, wird reicher, wer arm ist, verhungert, und das ist offenbar allen scheißegal, solange wir das Ganze als Demokratie bezeichnen können. Die Vereinigten Staaten und der IWF haben den Russen Milliarden Dollar geschenkt. Wo ist das ganze Geld gelandet? In finanzieller Hinsicht ist meine dreijährige Tochter vertrauenswürdiger, als es Boris Jelzin oder Viktor Grosny je waren oder sind.«

Blumner sieht den Präsidenten an. Sein rundes Gesicht ist gerötet. »Bevor wir damit anfangen, weitere Milliarden zu genehmigen, sollten wir uns überlegen, ob dieses Radiosignal aus dem Weltraum nicht nur ein reiner Zufallstreffer war. Soweit ich verstanden habe, hat die NASA noch immer kein Schema entdeckt, das darauf hinweisen würde, dass es sich bei der Übertragung tatsächlich um einen Kommunikationsversuch gehandelt hat. Und weshalb haben wir nie etwas von einem zweiten Signal gehört?«

Calixte schüttelt den Kopf. »Sie begreifen den Kern der Sache nicht. Das russische Volk hungert; die politischen Unruhen erreichen allmählich gefährliche Dimensionen. Wir können uns nicht einfach von einer verzweifelten Nation abwenden, die ein Atomwaffenarsenal besitzt, mit dem man die ganze Erde gleich zwölfmal zerstören könnte.«

»Meiner Meinung nach handelt es sich trotzdem um Erpressung«, erwidert Blumner. »Wir sollen da ein Scheinprojekt ins Leben rufen, um einer wankenden Supermacht und ihren korrupten politischen Führern Milliarden Dollar in den Rachen zu werfen, damit die uns nicht mit einem Atomkrieg überziehen, den sie sowieso nicht gewinnen könnten.«

Der Präsident hebt die Hand, um sich einzuschalten. »Ich glaube trotzdem, Cal hat mit seinem Argument nicht Unrecht. Der IWF hat unmissverständlich erklärt, dass er Russland keinen Cent mehr geben wird, falls das Geld nicht in technologische Projekte gesteckt wird, die die Wirtschaft ankurbeln. Außerdem – selbst wenn sich dieses Radiosignal als Ente herausstellen sollte, wäre das Teleskop eine fantastische Möglichkeit, den Weltraum zu erforschen.«

»Es würde dem russischen Volk mehr helfen, wenn

wir ein paar tausend McDonalds-Buden aufmachen und die Leute dort kostenlos abspeisen würden.«

Maller sieht über Blumners Bemerkung hinweg. »In zwei Wochen ist die nächste G9-Konferenz. Bitte bereiten Sie zusammen mit Joyce ein vorläufiges Konzept vor, demzufolge der Bau des Radioteleskops dazu dienen soll, Russland mit Geldern zu versorgen. Zumindest können wir dadurch vielleicht einen Teil der Paranoia zerstreuen, die sich bezüglich der geplanten Militärmanöver in Asien entwickelt hat.« Der Präsident erhebt sich. »Cal, wann findet heute Abend die Pressekonferenz statt?«

»Um neun.«

»Gut. Ich treffe mich in einer Stunde mit unserem neuen Vizepräsidenten und überlasse ihn anschließend Ihnen, damit Sie ihn über die Wahlen informieren. Und sagen Sie ihm, er soll seinen Koffer packen. Chaney muss sofort auf Wahlkampfreise gehen, am besten gleich heute Nacht.«

Florida State University

Dominique sitzt auf dem Flur vor dem Büro ihrer Doktormutter. Unbehaglich rutscht sie auf der ungepolsterten Holzbank hin und her. Während sie noch überlegt, ob sie einen weiteren Ausflug zur Toilette wagen soll, öffnet sich die Tür.

Mit einer Hand hält Dr. Marjorie Owen ihr schnurloses Telefon ans Ohr, mit der anderen winkt sie Dominique rasch herein. Ihr Schützling betritt das mit Regalen voll gestopfte Büro der Dekanin, setzt sich und wartet, bis diese ihr Telefongespräch beendet hat.

Marjorie Owen lehrt seit siebenundzwanzig Jahren klinische Psychiatrie. Sie ist unverheiratet und auch sonst ungebunden. Ihren Körper hält die drahtige, siebenundfünfzig Jahre alte Professorin hinlänglich durch

Bergsteigen in Form. Die wortkarge Frau genießt allgemeinen Respekt, ist bei jenen ihrer Mitarbeiter, die noch keine Dauerstellung haben, ziemlich gefürchtet, und hat den Ruf, ihren Doktoranden gegenüber streng zu sein.

Das Letzte, was Dominique sich wünscht, ist, auf ihre schwarze Liste zu geraten.

Professor Owen legt das Telefon weg und streicht ihr kurz geschnittenes graues Haar hinters Ohr. »Also, junge Dame, ich hab mir Ihre Kassette angehört und Ihren Bericht über Michael Gabriel gelesen.«

»Und?«

»Und was? Er ist genau das, was Dr. Foletta sagt – ein paranoider Schizophrener mit einem ungewöhnlich hohen IQ.« Owen lächelt. »Der offenbar für ein paar hübsche Wahnvorstellungen verantwortlich ist, könnte man hinzufügen.«

»Aber gibt uns das das Recht, ihn weiter einzusperren? Er hat schon elf harte Jahre hinter sich, und ich hab keinerlei Hinweise für ein kriminelles Verhalten finden können.«

»Den Akten zufolge, die Sie mir gezeigt haben, hat Dr. Foletta soeben seine jährliche Evaluation fertig gestellt, und die haben Sie persönlich unterschrieben. Wenn Sie irgendwelche Einwände haben, hätten Sie die früher äußern sollen.«

»Das ist mir inzwischen auch klar. Können Sie mir vielleicht irgendeinen Rat geben – kann ich irgendetwas tun, um Folettas Empfehlungen zu konterkarieren?«

»Sie wollen die Empfehlungen Ihres Betreuers in Frage stellen? Auf welcher Basis?«

Da geht's schon los… »Auf der Basis meiner persönlichen Überzeugung, dass… nun, dass die Behauptungen des Patienten eine nähere Untersuchung verdienen könnten.«

Prof. Owen wirft Dominique ihren berüchtigten umnebelten Blick zu, der schon viele Hoffnungen auf einen erfolgreichen Studienabschluss zunichte gemacht hat. »Junge Frau, wollen Sie mir etwa erklären, Mr. Gabriel hat Sie tatsächlich davon überzeugt, dass uns der baldige Weltuntergang droht?«

Du lieber Himmel, jetzt bin ich erledigt… »Nein, Ma'am, aber offenbar wusste er schon im Voraus von diesem Radiosignal aus dem Weltraum und…«

»Nein. Wie auf der Kassette deutlich wird, hatte er keine Ahnung, was genau geschehen würde. Er hat nur irgendein Ereignis am Tag des Äquinoktiums vorausgeahnt.«

Owen schweigt. In ihre Augen tritt wieder der strenge Blick von vorher, was Schweißperlen in Dominiques Achselhöhlen treibt.

»Professor Owen, es geht mir ausschließlich darum, dass mein Patient die bestmögliche Therapie erhält. Außerdem mache ich mir Sorgen, dass… dass er von vornherein nicht korrekt beurteilt wurde.«

»Aha. Also, wenn ich recht verstehe, behandeln Sie Ihren allerersten Patienten nun seit nahezu einem Monat« – Owen wirft einen Blick in ihre Notizen –, »nein, Moment mal, da hab ich einen Fehler gemacht. Es ist mehr als ein Monat. Fünf Wochen, um genau zu sein.« Owen geht zur Tür ihres Büros und schließt sie nachdrücklich. »Fünf ganze Wochen an Ort und Stelle, und schon zweifeln Sie nicht nur die Behandlung der letzten elf Jahre an, Sie sind auch bereit, dem Direktor der Anstalt Paroli zu bieten, weil Sie hoffen, dass Mr. Gabriel dann auf die Welt losgelassen werden kann.«

»Mir ist bewusst, dass ich nur eine Praktikantin bin, aber wenn ich etwas sehe, was nicht richtig ist, hab ich dann nicht die moralische und berufliche Pflicht, dagegen anzugehen?«

»Na schön. Auf der Basis Ihrer grenzenlosen beruflichen Erfahrung sind Sie also der Meinung, dass Dr. Anthony Foletta, ein angesehener klinischer Psychiater, nicht in der Lage ist, seine eigenen Patienten korrekt einzuschätzen. Richtig?«

Gib keine Antwort. Beiß dir auf die Zunge.

»Sitzen Sie nicht einfach da und beißen sich auf die Zunge. Antworten Sie mir.«

»Ja, Ma'am.«

Owen platziert sich so auf die Kante ihres Schreibtischs, dass sie ihren Schützling bedrohlich überragt. »Ich will Ihnen mal sagen, was ich denke, junge Frau. Ich denke, dass Sie den Überblick verloren haben. Ich denke, Sie haben den Fehler gemacht, sich emotional auf Ihren Patienten einzulassen.«

»Nein, Ma'am, ich…«

»Es handelt sich zweifellos um einen cleveren Burschen. Als er seiner jungen, neuen, *weiblichen* Therapeutin erzählt hat, er sei im Gefängnis sexuell missbraucht worden, hat er gehofft, an eine gewisse Schwäche zu rühren, und das ist ihm wahrlich gelungen. Wachen Sie auf, Dominique. Merken Sie nicht, was da passiert? Aufgrund Ihres eigenen Kindheitstraumas haben Sie Mitgefühl mit Ihrem Patienten. Aber Mr. Gabriel ist nicht drei Jahre lang von seinem Cousin missbraucht worden, oder? Man hat ihn nicht um ein Haar tot geschlagen…«

Hör auf, verdammt noch mal, hör bloß auf…

»Viele Frauen, die ähnliche Erfahrungen wie Sie durchgemacht haben, gehen mit ihren posttraumatischen Symptomen um, indem sie sich in der Frauenbewegung engagieren oder Kampfsport betreiben, wie Sie es tun. Aber der Einfall, sich beruflich der klinischen Psychiatrie zuzuwenden, war ein Fehler, wenn Sie vorhaben, das als alternative Therapiemethode zu verwenden. Wie können Sie hoffen, Ihren Patienten zu helfen, wenn Sie sich emotional derart auf sie einlassen?«

»Ich weiß, was Sie sagen wollen, aber…«

»Kein aber.« Owen schüttelt den Kopf. »Meiner Meinung nach haben Sie Ihre Objektivität bereits verloren.

Um Himmels willen, Dominique, dieser Psychopath hat Sie schon davon überzeugt, dass in zehn Wochen die gesamte Menschheit zugrunde geht!«

Dominique wischt sich Tränen aus den Augen und unterdrückt ein Lachen. Es stimmt, denkt sie. Mick hat sie emotional derart um den Finger gewickelt, dass sie nicht mehr nur im therapeutischen Rahmen auf ihn eingegangen ist. Sie hat sich von seinen Wahnvorstellungen in den Bann ziehen lassen. »Ich schäme mich.«

»Das sollten Sie auch. Weil Mr. Gabriel Ihnen Leid tut, haben Sie die Dynamik der Beziehung zwischen Therapeut und Patient ruiniert. Deshalb bin ich gezwungen, mich mit Dr. Foletta in Verbindung zu setzen und zugunsten von Mr. Gabriel zu intervenieren.«

Ach, du Scheiße. »Was haben Sie vor?«

»Ich werde verlangen, dass Foletta Ihnen einen anderen Insassen zuteilt. Unverzüglich.«

Miami, Florida

Seit sechs Stunden schreitet Mick Gabriel nun schon im Hof umher.

Wie ferngesteuert weicht er der Schar unzurechnungsfähiger oder krimineller Psychopathen aus, während er sich darauf konzentriert, die Stücke des verhängnisvollen Puzzles zusammenzufügen, die in seinem Geist schweben.

Das Radiosignal und das Herabsteigen der gefiederten Schlange. Das dunkle Band und Xibalba. Mach nicht den Fehler, alles einfach wild zusammenzuwerfen. Unterscheide Ursache und Wirkung, Tod und Rettung, das Böse vom Guten. Hier sind zwei Kräfte am Werk, zwei unterschiedliche Faktoren, von denen die Prophezeiung der Maya spricht. Gut und Böse, Böse und Gut. Was ist gut? Warnungen sind gut. Der Maya-Kalender ist eine Warnung, ebenso wie die Zeichnun-

gen von Nazca und der Schatten, der am Tag des Äquinoktiums auf der Kukulkan-Pyramide erscheint. Jede Warnung, die uns ein bärtiger weiser Mann mit europäischen Zügen hinterlassen hat, spricht von der Ankunft des Bösen. Aber das Böse ist schon da, es ist immer da gewesen. Ich hab es früher schon gespürt, aber noch nie so stark. Hat das Funksignal aus dem All es womöglich ausgelöst, es irgendwie verstärkt? Und wenn das stimmt, wo ist es?

Er bleibt stehen und lässt sich von der tief stehenden Sonne das Gesicht wärmen.

Xibalba – die Unterwelt. Ich spüre, wie die Schwarze Straße, die in die Unterwelt führt, stärker wird. Im Popol Vuh *steht, die Herren der Unterwelt hätten das Böse auf Erden verstärkt. Wie ist das möglich … wenn diese böswillige Kraft auf der Erde nicht schon immer dagewesen ist?*

Mick öffnet die Augen.

Was ist, wenn sie doch nicht schon immer dagewesen ist? Wenn sie irgendwann angekommen ist, vor langer Zeit, noch vor der menschlichen Evolution? Was ist, wenn sie einfach untätig geruht und darauf gewartet hat, dass dieses Funksignal sie weckt?

Es ist fünf Uhr geworden. Das Summen des Lautsprechers ruft eine entfernte Erinnerung ans Abendessen wach. In Gedanken ist Mick wieder in der Wüste von Nazca und schreitet mit seinem Metalldetektor über die flache Hochebene. Das elektrische Summen des Detektors fordert ihn auf, in dem weichen gelben Sand zu graben, Seite an Seite mit seinem kranken Vater.

In der Erinnerung entdeckt er im Boden den Iridiumbehälter und zieht die uralte Karte heraus. Sein Blick fällt auf den roten Kreis, der einen mysteriösen Ort im Golf von Mexiko markiert.

Der Golf von Mexiko … der Behälter – er war aus Iridium! Ungläubig weiten sich seine Augen. »Verflucht, Gabriel, wie konntest du bloß so blind sein!«

Mick rennt die Betontreppe empor in den zweiten

Stock, in dem sich das Therapiezentrum befindet. Er drängt sich an einer Gruppe von Insassen vorbei und betritt den Computerraum.

Eine Frau mittleren Alters begrüßt ihn freundlich. »Guten Tag! Ich heiße Dorothy und ich…«

»Ich muss einen von Ihren Computern benutzen!«

Sie geht zu ihrem Laptop. »Ihr Name?«

»Gabriel. Michael Gabriel. Schauen Sie unter ›Foletta‹ nach.« Mick sieht einen freien Terminal. Ohne zu warten, setzt er sich, merkt jedoch gleich, dass die Steuerung durch Stimmbefehle nicht funktioniert. Mit der Maus aktiviert er die Internetverbindung.

»Jetzt warten Sie mal einen Augenblick, Mr. Gabriel. Es gibt bestimmte Regeln hier. Sie können sich nicht einfach auf einen Computer stürzen, Sie brauchen eine Erlaubnis von Ihrem…«

Zugang verweigert.
Bitte geben Sie Ihr Passwort ein.

»Ich brauche ein Passwort, Dorothy. Es dauert nur eine Minute. Können Sie mir nicht Ihr eigenes Passwort sagen, bitte…«

»Nein, Mr. Gabriel, das geht nicht. Es haben sich schon drei Patienten vor Ihnen angemeldet, und ich muss erst mit Ihrem Therapeuten sprechen. Erst dann kann ich…«

Mick blickt auf ihr Namensschild: DOROTHY HIGGINS, Nr. G45927. Er fängt an, diverse Passwörter einzutippen.

»…Sie für einen späteren Termin eintragen. Hören Sie mir überhaupt zu, Mr. Gabriel? Was machen Sie da? He, lassen Sie das!«

Ein Dutzend Passwörter funktioniert nicht. Er blickt wieder auf ihr Namensschild. »Dorothy, was für ein hübscher Name. Hatten Ihre Eltern den womöglich aus dem *Zauberer von Oz*, Dorothy?«

Ihr verblüffter Gesichtsausdruck verrät ihm, dass er Recht hat. Mick tippt OZG45927 ein.

Ungültiges Passwort.

»Hören Sie sofort auf mit diesem Blödsinn, Mr. Gabriel, oder ich rufe die Wärter.«

»Die Hexe des Westens, der Blechmann, die Vogelscheuche... wie wär's, wenn wir den Zauberer persönlich fragen.« Er tippt ZAUG45927 ein.

Die Verbindung zum Internet wird hergestellt...

»Jetzt reicht es aber. Ich hole die Wärter!«

Ohne sie zu beachten, ruft Mick eine Suchmaschine auf und tippt ›Chicxulub-Krater‹ ein, während er daran denkt, was er Dominique erklärt hat. *Das größte Ereignis wird am einundzwanzigsten Dezember eintreten, wenn Milliarden Menschen sterben.* Das stimmt nicht ganz, wird ihm nun klar. Das größte Ereignis der Erdgeschichte – zumindest bislang – hat vor fünfundsechzig Millionen Jahren stattgefunden, und zwar im Golf von Mexiko.

Die erste Website erscheint auf dem Bildschirm. Ohne sich damit abzugeben, sie zu lesen, drückt er auf ALLES DRUCKEN.

Aus dem nahen Flur hört er die Schritte der Wärter. *Mach schon, mach schon...*

Hastig greift Mick nach den drei ausgedruckten Seiten und schiebt sie sich in die Hosentasche, während mehrere Wärter den Computerraum betreten.

»Ich hab ihn dreimal aufgefordert zu gehen. Er hat's sogar geschafft, mir mein Passwort abzuluchsen!«

»Mit dem werden wir schon fertig, Ma'am.« Der muskulöse, rothaarige Gorilla, der diese Worte äußert, nickt seinen zwei Kollegen zu, die Mick an den Armen packen.

Mick leistet keinen Widerstand, während der Gorilla auf ihn zu stolziert und sich vor ihm aufbaut.

»Mister, man hat Sie aufgefordert, diesen Raum zu verlassen. Haben Sie damit irgendein Problem?«

Aus dem Augenwinkel sieht Mick Dr. Foletta hereinkommen. Er wirft einen Blick auf das Namensschild es Wärters und grinst ihn an. »Wissen Sie, Raymond, auch mit noch so viel Muskeln kriegen Sie keine Frau ins Bett, wenn Sie derart nach Knoblauch stinken…«

Foletta tritt näher. »Raymond, lassen Sie das!«

Der Aufwärtshaken trifft Mick direkt am Solarplexus und presst ihm die Luft aus der Lunge. Mit schmerzverzerrtem Gesicht sinkt er gekrümmt nach vorne, von den beiden Wärtern gehalten.

»Verflucht, Raymond, ich hab Ihnen doch gesagt, Sie sollen das lassen!«

»Tut mir Leid, Sir, ich dachte, Sie…«

Mick kommt wieder zu Atem. Mit einer einzigen fließenden Bewegung wölbt er den Rücken und hebt ein Knie zur Brust, dann tritt er zu. Der Absatz seines Tennisschuhs landet mit voller Kraft in Raymonds Gesicht. Nase und Oberlippe des Wärters platzen. Blut schießt hervor.

Raymond sackt auf dem Boden in sich zusammen.

Foletta beugt sich über den fast bewusstlosen Wärter und starrt ihm ins Gesicht. »Das war sehr unklug, Mick.«

»Auge um Auge, nicht wahr, Doktor?«

Zwei weitere Wärter stürzen herein, Elektroschocker in den Hände. Foletta schüttelt den Kopf. »Bringen Sie Mr. Gabriel auf sein Zimmer und bestellen Sie einen Arzt hierher, der sich um diesen Trottel kümmert.«

Es ist schon spät, als Dominique den schwarzen Pronto Spyder auf den Parkplatz der Anstalt lenkt. Sie betritt die Eingangshalle und führt ihre Magnetkarte durch das Lesegerät des Kontrollpunkts im Erdgeschoss.

»Das funktioniert nicht, Süße.«

Die Stimme klingt schwach und leicht gedämpft. »Raymond, sind Sie das?« Dominique kann die große Gestalt hinter der Sperre kaum erkennen.

»Benutzen Sie den Infrarotscan!«

Sie tippt ihren Code ein und drückt das Gesicht an den Gummiwulst, damit der Infrarotstrahl ihre Gesichtszüge scannen kann.

Die Tür geht auf.

Raymond sitzt zurückgelehnt auf seinem Sessel. Um seinen Kopf ist eine dicke Mullbinde gewickelt, die seine ganze Nase bedeckt. Beide Augen sind von Blutergüssen umgeben.

»Mein Gott, Ray, was ist denn mit Ihnen passiert?«

»Ihr Patient ist im Computerraum ausgeflippt und hat mir ins Gesicht getreten. Der Scheißkerl hat mir die Nase gebrochen. Außerdem sind zwei meiner Zähne locker.«

»Mick hat das getan? Weshalb nur?«

»Woher soll denn ich das wissen? Der Kerl ist einfach ein übler Irrer. Schauen Sie mich bloß mal an, Dominique! Wie soll ich an der Wahl zum Mr. Florida teilnehmen, wenn ich so aussehe! Ich schwöre Ihnen bei allem, was mir heilig ist, ich krieg das Arschloch in die Finger, und dann…«

»Lassen Sie das mal hübsch bleiben. Sie werden ihm überhaupt nichts tun, und wenn doch was passieren sollte, werde ich keinen Moment zögern, Sie anzuzeigen.«

Raymond beugt sich drohend vor. »So ist das also zwischen uns? Erst versetzen Sie mich, und jetzt wollen Sie mir auch noch die Bullen auf den Hals hetzen?«

»Hey, ich hab Sie nicht versetzt, ich war gerade in einer Besprechung mit Foletta. Und dann haben Sie sich selbst für die Nachtschicht gemeldet. Aber was Michael Gabriel betrifft – der ist mein Patient, und der Teufel soll mich holen, wenn ich…«

»Das ist vorbei. Heute Nachmittag hat Ihre Professorin bei Foletta angerufen. Schaut ganz so aus, als ob Sie einen anderen Patienten bekämen.«

Verdammt, muss Owen immer so rasend schnell sein? »Ist Foletta noch im Haus?«

»Um diese Zeit? Soll das ein Witz sein?«

»Hören Sie, Ray, ich weiß, Sie sind wütend auf Mick, aber ich... ich mache Ihnen einen Vorschlag. Wenn Sie die Finger von ihm lassen, dann – dann helfe ich Ihnen bei der Vorbereitung für Ihr Bodybuilding-Turnier. Ich schminke Ihnen sogar die Augenringe weg, damit Sie der Jury keine Angst einjagen.«

Raymond verschränkt die Arme vor seiner aufgeblähten Brust. »Das reicht nicht. Sie schulden mir noch immer einen Abend.« Er bleckt lächelnd seine gelben Zähne. »Und damit meine ich nicht nur ein schnelles Essen beim Italiener. Ich will ein bisschen Spaß haben, wissen Sie, ein wenig tanzen gehen, ein wenig Romantik...«

»Ein Abend, das ist alles. Und an Romantik bin ich überhaupt nicht interessiert.«

»Geben Sie mir 'ne Chance, Süße. Wer mich länger kennt, weiß, was er an mir hat.«

Das ist bei Fußpilz auch nicht anders. »Ein Abend – und Hände weg von Gabriel.«

»Abgemacht.«

Sie geht durch die Sperre und betritt den Aufzug.

Raymond blickt ihr hinterher. Seine Augen glänzen lüstern, als er die Konturen ihres Gluteus maximus ins Visier nimmt.

Im siebten Stock hat nur ein Wärter Dienst, und der ist von der Baseballmeisterschaft in Anspruch genommen.

»Hi, Marvis. Wer gewinnt?«

Marvis Jones blickt vom Fernseher auf. »Die Cubs führen mit zwei Punkten und gleich ist das achte Inning vorbei. Was machen Sie denn hier so spät?«

»Ich bin vorbeigekommen, um meinen Patienten zu besuchen.«

Marvis blickt beunruhigt drein. »Ich weiß nicht recht, Dom. Es ist schon ziemlich spät…« Das Gebrüll der Menge zieht seinen Blick magnetisch wieder zum Bildschirm. »Scheiße, die Phillies haben eben ausgeglichen.«

»Kommen Sie, Marvis.«

Marvis blickt auf seine Uhr. »Na schön. Ich schließe Sie eine Viertelstunde mit ihm ein. Aber sobald die Schwester mit seinen Medikamenten kommt, müssen Sie verschwinden.«

»Alles klar.«

Der Wärter führt sie zu Zimmer 714 und reicht ihr den Sendestift, der mit seinem Piepser verbunden ist. »Nehmen Sie das lieber mit. Er ist heute schon mal handgreiflich geworden.«

»Nein, ist nicht nötig.«

»Nehmen Sie den Stift, Dominique, sonst lasse ich Sie nicht rein.«

Sie ist klug genug, nicht mit Marvis zu streiten, denn der ist ebenso gewissenhaft wie freundlich. Der Stift verschwindet in ihrer Tasche.

Marvis schaltet die Gegensprechanlage ein. »Mr. Gabriel, Sie haben Besuch. Ich lasse ihn rein, sobald ich Sie in voller Montur auf der Bettkante sitzen sehe.« Er lugt durchs Guckloch. »Okay, er ist fertig. Rein mit Ihnen.« Marvis öffnet die Tür und verschließt sie hinter ihr.

Das Licht in der Zelle wurde gedimmt. Sie sieht eine dunkle Gestalt auf dem Bett sitzen. »Mick, ich bin's, Dom. Wie geht's Ihnen?«

Mick lehnt mit dem Rücken an der Wand. Als Dominique näher tritt, sieht sie einen großen Bluterguss über dem linken Wangenknochen. Ein Auge ist geschwollen.

Ihr stockt das Herz. »Mein Gott, was hat man Ihnen angetan?« Hastig greift sie nach einem Handtuch, hält es unters kalte Wasser und drückt es ihm ans Gesicht.

»Autsch.«

»Tschuldigung. Halten Sie sich das einfach ans Auge. Was ist passiert?«

»Nach dem offiziellen Bericht bin ich in der Dusche ausgerutscht.« Er sieht sie an; sein halbes Lächeln tut ihm offensichtlich weh. »Ich hab Sie vermisst. Wie ist es in der Uni gelaufen?«

»Nicht gut. Meine Betreuerin meint, ich komme meiner Verantwortung nicht professionell genug nach.«

»Sie meint, Sie lassen sich von mir emotional beeinflussen, stimmt's?«

»Genau. Morgen wird mir ein neuer Patient zugewiesen. Tut mir Leid, Mick.«

Er drückt ihre Hand, dann führt er sie an sein Herz. »Es ist zwar nicht mehr wichtig«, flüstert er, »aber Sie waren der einzige Mensch, dem ich in all den Jahren je vertrauen konnte.«

Sie schluckt an einem Kloß in ihrer Kehle. *Werd bloß nicht wieder weich!* »Was ist passiert, während ich weg war? Mir ist klar, was Sie mit Raymond gemacht haben.«

»Er hat angefangen.«

»Ich hab gehört, Sie haben sich geweigert, den Computerraum zu verlassen.«

»Ich musste unbedingt ins Internet.« Er lässt ihre Hand los und zieht mehrere zerknitterte Blätter aus seiner Hosentasche. »Heute hab ich ein wichtiges Stück des Puzzles gefunden. Es ist so unglaublich, dass ich die Fakten überprüfen musste, bevor ich es akzeptieren konnte.«

Sie nimmt ihm die Seiten aus der Hand und beginnt zu lesen.

DER CHICXULUB-KRATER

1980 stellte der Physik-Nobelpreisträger Luis Alvarez die These vor, der Einschlag eines gewaltigen Asteroiden habe vor 65 Millionen Jahren zu einem Massensterben geführt, durch das die Herrschaft der Dinosaurier ein Ende gefunden habe. Anschließend wäre die Evolution einen anderen Weg gegangen. Diese kühne Theorie stützte Alvarez auf die Entdeckung einer zentimeterdicken Sedimentschicht aus Ton, die zum angenommenen Zeitpunkt des Einschlags – erdgeschichtlich zwischen der Kreidezeit und dem Tertiär gelegen – auf der Erdoberfläche entstanden ist. Diese Tonschicht enthält eine hohe Konzentration an Iridium, eines extrem seltenen Metalls, das man bis dahin vor allem im Erdkern vermutet hatte. Iridium ist das einzige Metall, das Temperaturen von über 2000 Grad Celsius überstehen kann. Außerdem ist es praktisch unlöslich, selbst in den stärksten Säuren. Die Tatsache, dass in Meteoriten hohe Iridiumkonzentrationen entdeckt wurden, veranlasste Alvarez zu seiner These, die fragliche Sedimentschicht bestehe aus den Überresten einer Staubwolke. Diese sei durch den Einschlag eines riesigen Meteoriten mit einem Durchmesser von etwa elf Kilometern entstanden, der vor 65 Millionen Jahren auf die Erde aufgeprallt ist. Um seine These zu belegen, musste Alvarez nur noch die Einschlagstelle finden.

1978 flog der Geophysiker Glenn Pennfield mit seinem Hubschrauber über den Golf von Mexiko, um Luftaufnahmen anzufertigen, mit denen schwache Variationen im Magnetfeld der Erde gemessen werden sollten, verräterische Anzeichen für das Vorhandensein von Öl. Als Pennfield vor der Küste im Nordwesten der Halbinsel Yukatan arbeitete, entdeckte er einen symmetrischen Ring aus stark magnetischem Material, der einen Durchmesser von etwa 160 Kilometern hatte. Der Ring befand sich eineinhalb Kilometer unterhalb des Meeresbodens. Die Analyse dieser riesigen Erscheinung bestätigte später, dass das gesamte Gebiet aus einem Krater bestand, der sich vom Festland bis ins Wasser erstreckte. Es handelte sich um die Einschlagstelle eines gewaltigen Asteroiden.

Der Chicxulub-Krater, benannt nach einer zwischen Progreso und Merida auf der Halbinsel Yukatan gelegenen Stadt, ist die größte Erscheinung seiner Art, die sich innerhalb der letzten Jahrmilliarde auf der Erde gebildet hat. Der ungefähre Mittelpunkt des Kraters (bei 21,4 Grad nördlicher Breite und 89,6 Grad westlicher Länge) befindet sich unter Wasser und ist von einer 300 bis 900 Meter dicken Kalksteinschicht bedeckt.

Der Durchmesser des Kraters, der Teile der Nordwestküste von Yukatan und des Golfs von Mexiko umfasst, beträgt 180 bis 290 Kilometer. Auf dem Festland ist der Kraterrand von einem Ring aus Wasserbecken umgeben. Diese Frischwasserquellen, von der einheimischen Bevölkerung als *cenote* bezeichnet, sind offenbar durch die starke Zertrümmerung des Kalksteinbeckens während des Asteroideneinschlags entstanden.

Irritiert hebt Dominique den Kopf. »Ich versteh nicht, was das Ganze soll. Was ist daran so interessant?«

»Es geht um die Karte, die ich in Nazca gefunden habe. Sie war in einem Iridiumbehälter eingeschlossen.

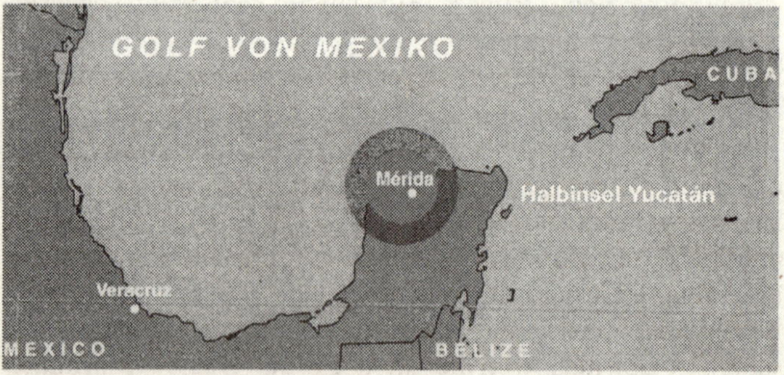

Vor 65 Millionen Jahren befand sich die Landmasse Mittelamerikas noch unter Wasser.

Was jemand auf dieser Karte markiert hatte, war der Chicxulub-Krater. Chichén Itzá liegt direkt an seinem äußeren Rand. Zieht man eine Linie von der Kukulkan-Pyramide zum Mittelpunkt des Kraters, ergibt sich ein Winkel von 23,5 Grad. Das entspricht genau der Neigung der Erdachse, die für die Jahreszeiten verantwortlich ist.«

Jetzt geht's schon wieder los. »Na schön, und was soll das alles bedeuten?«

»Was es bedeuten soll?« Mick zuckt zusammen, als er aufspringt. »Ganz einfach: Die Kukulkan-Pyramide wurde bewusst genau so auf der Halbinsel Yukatan platziert, dass sich eine bestimmte Beziehung zwischen ihr und dem Chicxulub-Krater ergibt. Da bestehen keine Zweifel. Es gibt keine anderen prähistorischen Bauten in der Nähe der Einschlagstelle, und der Winkel ist zu exakt, um zufällig zu sein.«

»Aber wie hätten die alten Maya von einem Asteroideneinschlag wissen sollen, der fünfundsechzig Millionen Jahre zurückliegt? Überlegen Sie mal, wie lange es gedauert hat, bis die moderne Wissenschaft Bescheid wusste!«

»Keine Ahnung. Vielleicht verfügten sie über dasselbe technische Wissen wie der Kartograf der Piri-Re'is-Karten, der die Topografie der Antarktis gezeichnet hat, obwohl die von einer dicken Eisschicht bedeckt ist.«

»Also, wie lautet Ihre Theorie – dass die Menschheit am einundzwanzigsten Dezember von einem Asteroiden vernichtet werden wird?«

Mick kniet zu ihren Füßen auf dem Boden, das geschwollene Gesicht qualvoll verzogen. »Was die Menschheit bedroht, ist kein Asteroid. Die Wahrscheinlichkeit, dass ein zweiter Asteroid an derselben Stelle einschlägt, ist so gering, dass man sie nicht einmal in Betracht ziehen sollte. Außerdem verweist die Maya-Prophezeiung auf das dunkle Band der Milchstraße, nicht auf ein Geschoss aus dem All.«

Er lehnt seinen schmerzenden Kopf an ihr Knie. Dominique streicht ihm die langen braunen Haare zurück, die schlüpfrig vom Schweiß sind.

»Vielleicht sollten Sie sich ein wenig ausruhen?«

»Das geht nicht, meine Gedanken lassen mich nicht zur Ruhe kommen.« Er steht auf und drückt das Handtuch an sein geschwollenes Auge. »Irgendetwas an der Position der Kukulkan-Pyramide hat mich schon immer irritiert. Im Gegensatz zu ihren Gegenstücken in Ägypten, Kambodscha und Teotihuacán steht sie scheinbar an der falschen Stelle. Sie kommt mir vor wie ein gehobener Daumen, der geografisch ohne Sinn herausragt, während die Finger der Hand in nahezu identischen Abständen über die Erdoberfläche verteilt sind. Jetzt, glaube ich, hab ich den Grund begriffen.«

»Und der wäre?«

»Gut und Böse, Dominique, Gut und Böse. Irgendwo im Innern der Kukulkan-Pyramide ruht das Gute, der Schlüssel zu unserer Rettung. Und irgendwo im Chicxulub-Krater befindet sich eine missgünstige Kraft, die stärker wird, je mehr wir uns der Sonnenwende nähern.«

»Woher wissen Sie das eigentlich…? Ach, schon gut, ich hab's vergessen, Sie können es spüren. Entschuldigung.«

»Dom, ich brauche Ihre Hilfe. Sie müssen mich hier rausbekommen!«

»Das hab ich ja versucht…«

»Vergessen Sie irgendwelche Anträge, dafür ist keine Zeit mehr. Ich muss hier raus, und zwar sofort!«

Jetzt verliert er wieder die Beherrschung.

Mick packt sie am Handgelenk. »Helfen Sie mir zu fliehen. Ich muss nach Chichén Itzá…«

»Loslassen!« Mit der freien Hand greift sie nach dem Sender.

»Nein, warten Sie! Nicht den Wärter rufen!«

»Dann lassen Sie mich los; Sie machen mir Angst.«

»Entschuldigung, Entschuldigung.« Er lockert seinen Griff. »Lassen Sie mich einfach ausreden, ja? Ich weiß zwar nicht, was die Menschheit vernichten wird, aber ich glaube jetzt, ich kenne den Sinn dieses Funksignals aus dem All.«

»Nur weiter.«

»Das Signal war ein Alarmruf, der durch die Schwarze Straße gereist ist, das heißt durch einen kosmischen Korridor, der gerade in eine Verbindung mit dem gerät, was im Golf von Mexiko vergraben ist.«

Foletta hat Recht. Seine Wahnvorstellungen werden immer schlimmer. »Mick, beruhigen Sie sich. Da drunten ist doch überhaupt nichts...«

»Doch! Ich spüre es, genau wie ich spüren kann, wie sich die Schwarze Straße nach *Xibalba* immer weiter öffnet. Der Korridor wird immer kraftvoller...«

Er redet völlig wirres Zeug.

»Ich spüre, wie er breiter wird. Ich weiß nicht, wie, aber ich spüre es, das schwöre ich! Und das ist noch nicht alles...«

Sie sieht, wie ihm Tränen der Enttäuschung aus den Augen quellen. Oder ist es echte Furcht?

»Ich spüre etwas, das an der anderen Seite der Schwarzen Straße lauert. Und es spürt mich ebenfalls!«

Die Schwester betritt die Zelle, gefolgt von drei kräftigen Wärtern.

»Guten Abend, Mr. Gabriel. Zeit für Ihre Medikamente.«

Mick sieht die Spritze. »Das ist kein Zyprexa!«

Zwei Wärter packen seine Arme, der dritte seine Beine.

Hilflos sieht Dominique, wie er sich vergeblich wehrt. »Schwester, was geht hier vor?«

»Mr. Gabriel soll täglich drei Injektionen Chlorpromazin bekommen.«

»Drei?«

»Foletta will mich in ein willenloses Wrack verwandeln! Dom, lassen Sie das nicht zu!« Mick bäumt sich so heftig auf dem Bett auf, dass die Wärter Mühe haben, ihn unter Kontrolle zu halten. »Sagen Sie denen, sie sollen aufhören! Dominique, bitte...«

»Schwester, ich bin die Therapeutin von Mr. Gabriel, und ich...«

»Das sind Sie nicht mehr. Dr. Foletta hat ihn wieder selbst übernommen. Mit dem können Sie morgen früh darüber sprechen.« Die Schwester tupft Alkohol auf Micks Arm. »Haltet ihn endlich fest!«

»Das versuchen wir ja. Stecken Sie das Ding einfach rein.«

Mick hebt den Kopf. Die Adern in seinem Nacken treten hervor. »Dom, Sie müssen irgendetwas unternehmen! Der Chicxulub-Krater – die Zeit wird knapp – die Zeit...«

Dominique sieht die dunklen Augen nach oben rollen. Sein Kopf fällt aufs Kissen zurück.

»So, das ist besser«, schnurrt die Schwester und zieht die Nadel heraus. »Sie können jetzt gehen, Ms. Vazquez. Mr. Gabriel braucht Ihre Hilfe nicht mehr.«

9

21. Oktober 2012
Pentagon, Arlington, Virginia

Pierre Borgia betritt das Sitzungszimmer und nimmt an dem ovalen Konferenztisch Platz. Neben ihm sitzen Verteidigungsminister Dick Przystas und General James Adams, Generalstabschef der US-Army, ihm gegenüber CIA-Direktor Patrick Hurley, General Arne Cohen, Generalstabschef der Luftwaffe, und Jeffrey Gordon, leitender Admiral der US-Marine. Der knapp zwei Meter große Marineoffizier begrüßt Borgia mit einem raschen Nicken.

General ›Big Mike‹ Costolo, Kommandant der Marineinfanterie, ist Borgia gefolgt und nimmt rechts neben Gordon Platz.

Am oberen Tischende sitzt General Joseph Fecondo, Chef des Vereinigten Generalstabs. Der Veteran des Vietnamkriegs und des Golfkriegs fährt sich mit seinen gepflegten Händen über die gebräunten, allmählich lichter werdenden Schläfen und wirft Borgia und Costolo einen verärgerten Blick zu. »Na, da wir endlich alle da sind, können wir wohl anfangen. Direktor Hurley?«

Patrick Hurley begibt sich aufs Podium. Auch mit zweiundfünfzig Jahren sieht man seiner athletischen Gestalt noch an, dass er früher professionell Basketball gespielt hat.

Hurley betätigt einen Schalter am Podium. Es wird dunkler im Raum und auf dem großen Bildschirm zur Rechten des CIA-Direktors erscheint ein schwarz-weißes Satellitenfoto.

Borgia erkennt die Struktur des Bildes. Das digitalisierte Foto stammt von der hoch auflösenden Thermalkamera, die auf einem streng geheimen Aufklärungsflugzeug der Luftwaffe mit Namen *Darkstar* montiert ist. Das unbemannte Luftfahrzeug ist mit derselben Technologie wie der Tarnkappenbomber erbaut und hat einen flachen, muschelförmigen Rumpf mit riesigen Tragflächen. *Darkstar* operiert in zwanzigtausend Metern Höhe und kann Tag und Nacht bei allen Wetterbedingungen außerordentlich präzise Aufnahmen liefern.

Ein roter Rahmen erscheint auf dem Bildschirm. Hurley verschiebt ihn, dann vergrößert er den Ausschnitt. Die gestochen scharfe Aufnahme einer kleinen Schule mit Kinderspielplatz wird sichtbar. Neben der Schule befindet sich ein von Mauern umgebener betonierter Parkplatz.

Der CIA-Direktor räuspert sich. »Die Reihe von Aufnahmen, die Sie nun sehen werden, wurde in einem Gebiet an der Westküste Nordkoreas gemacht, nordöstlich von Pjöngjang. Von oben betrachtet, scheint sich hier nicht mehr zu befinden als eine Grundschule. Aber eins Komma drei Kilometer unter diesem Parkplatz verbirgt sich Kim Jong Ils unterirdische Atomwaffenfabrik. Es ist dieselbe Anlage, auf der die Nordkoreaner 1998 ihre ersten Tests mit einer zweistufigen Mittelstreckenrakete durchführten. Wir vermuten, dass hier auch die neue Waffe *Taepodong II* untergebracht ist, eine Interkontinentalrakete mit einer Reichweite von dreitausendfünfhundert Kilometern, die mehrere Sprengköpfe tragen kann.«

Hurley klickt das nächste Foto an. »*Darkstar* hat die Anlage in den vergangenen beiden Wochen überwacht. Nun kommt eine andere Reihe von Aufnahmen, die gestern zwischen elf Uhr mittags und ein Uhr nachts in Seoul entstanden sind.« Hurley vergrößert das Bild. Zwei Männer werden sichtbar, die aus einer schwarzen Mercedes-Limousine steigen.

»Der Herr rechts ist der iranische Präsident Ali Schamchani, der Herr links ist General Li Xiliang, früher Befehlshaber der chinesischen Armee und nun der neue Führer der Kommunistischen Partei des Landes. Wie Pierre Ihnen bestätigen wird, ist der General ein kommunistischer Hardliner.«

Hurley lässt rasch mehrere Fotos durchlaufen, bis ein Mann in einem langen schwarzen Ledermantel erscheint. Er blickt in den Himmel, als sei er sich bewusst, fotografiert zu werden.

»Du lieber Himmel«, flüstert Borgia, »das ist Viktor Grosny.«

»Schaut fast so aus, als würde er in unsere Kamera blicken«, fügt General Cohen hinzu.

»Die Show ist noch nicht ganz zu Ende.« Der CIA-Direktor klickt weiter. »Hier kommt der Gastgeber des Abends.«

Borgias Herz schlägt noch schneller. »Kim Jong Il.«

Hurley dreht das Licht wieder heller und nimmt am Konferenztisch Platz. »Das Gipfeltreffen mit dem Thema atomare Abschreckung, das Viktor Grosny vor ein paar Wochen organisiert hat, ist längst vorbei. Weshalb haben sich die Führer von vier Ländern, die über achtunddreißig Prozent der Atomwaffen auf der Erde verfügen, also insgeheim gerade in Seoul getroffen?«

Verteidigungsminister Dick Przystas lehnt sich zurück und streicht sein widerspenstiges weißes Haar nach hinten. »Admiral Gordon, würden Sie bitte die Informationen weitergeben, über die wir vorher gesprochen haben?«

Der hoch aufgeschossene Admiral betätigt eine Taste auf seinem Laptop. »Die neuesten Aufnahmen unserer Satelliten weisen darauf hin, dass die Iraner ihre militärische Präsenz an der Nordküste des Persischen Golfs verstärkt haben. In letzter Zeit hat der Iran nicht nur seine schweren Geschütze und seine mobilen Boden-Luft-Raketen umgruppiert, sondern auch von China weitere sechsundvierzig Patrouillenboote der Hudong-Klasse gekauft, ausgerüstet mit Marschflugkörpern der Klasse C-802, die gegen andere Schiffe einsetzbar sind. Außerdem sind die Iraner dabei, die Zahl ihrer chinesischen Silkworm-Raketen an der Küste zu verdoppeln. Trotz der UN-Proteste haben sie ferner ihre Batterien auf den Inseln Qeshm, Abu Musa und Sirri ausgebaut, wo man Boden-Luft- und Boden-Boden-Raketen stationiert hat. Kurz gesagt, bereitet sich der Iran darauf vor, eine strategische Sperre am engsten Abschnitt der Straße von Hormus zu errichten, also dort, wo diese nur fünfzig Kilometer breit ist.«

»Die Iraner behaupten, die militärischen Bewegungen dienten der Vorbereitung für Grosnys Manöver im Dezember«, ergänzt Przystas. »Aber wenn im Mittleren Osten Feindseligkeiten ausbrechen sollten, könnten die iranischen Batterien unsere Flotte natürlich daran hindern, in den Persischen Golf zu gelangen.«

»Nicht, dass ich die Paranoia weiter schüren will, aber was ist mit dem Thema Atomwaffen?« General Costolo schiebt seinen Sessel zurück. »Die Israelis behaupten, Grosny hätte den Iranern Raketen mit atomaren Sprengköpfen verkauft, als er vor fünf Jahren den Friedensvertrag im Mittleren Osten vermittelt hat.«

Admiral Gordon wendet sich Costolo zu. »Der Iran besitzt die Stärke und die geografische Position, um sich im Mittleren Osten einen neuen Machtbereich zu schaffen. Wenn Krieg ausbricht, hätten die Russen eine gute Chance, die gesamte Region ihrem Einfluss zu unterwerfen.«

»Jedenfalls macht Grosny durchaus den Anschein, als bereite er sich auf einen Atomkrieg vor«, sagt Borgia.

»Pierre, das tut Russland doch schon seit sechzig Jahren«, mischt sich General Fecondo ein. »Vergessen wir nicht, dass wir mit dem Bau unseres Raketenabwehrschirms selbst zur dortigen Paranoia beigetragen haben.«

»Es könnte eine weitere Unbekannte ins Spiel kommen, Herr General«, sagt der CIA-Chef. »Die NSA hat ein Telefonat zwischen dem russischen Ministerpräsidenten Makaschow und dem chinesischen Verteidigungsminister belauscht. Bei dem Gespräch ging es um eine neue High-tech-Waffe.«

»Um was für eine Waffe?«, fragt Przystas.

»Es ging um Kernfusion, mehr wissen wir nicht.«

Sanibel Island
(Westküste von Florida)

Dominique drosselt das Tempo ihres schwarzen Roadsters und bleibt knapp unter fünfzig Stundenmeilen, während sie die Mautstation an der Brücke zu Sanibel Island passiert. Elektronische Sensoren registrieren das Nummernschild des Wagens und die Kundennummer. Diese Informationen werden sofort an das Verkehrsministerium weitergeleitet, das die entsprechende Maut zu ihrer Monatsrechnung addiert. Auf der nächsten Meile bleibt sie unter fünfzig, wohl wissend, dass sie sich noch in Reichweite der automatischen Radarpistole des Systems befindet.

Dominique lenkt den Roadster über die Brücke nach Sanibel and Captiva Island, einem Wohn- und Urlaubsort, der idyllisch auf einer kleinen Insel vor der Küste Floridas im Golf von Mexiko liegt. Auf der zweispurigen, von hohen, schattigen Bäumen gesäumten Straße fährt sie erst nach Norden und dann in einem Bogen nach Westen. An mehreren großen Hotels vorbei gelangt sie in ein Wohnviertel.

Edith und Isadore Axler wohnen in einer zweistöckigen, würfelförmigen Strandvilla, die auf einem zweitausend Quadratmeter großen Grundstück direkt am Golf von Mexiko steht. Auf den ersten Blick vermittelt die Einfriedung aus Redwood-Planken, die das Haus umgibt, den Eindruck einer riesigen Partylaterne, besonders bei Nacht. Der hölzerne Wall soll den Bau vor Stürmen schützen und lässt gleichzeitig ein Haus im Haus entstehen.

In den renovierten Südflügel der Axler-Villa ist ein hochmodernes Akustiklabor eingebaut worden. Es ist eine von drei Stationen an der Golfküste, die mit SOSUS verbunden sind, dem Unterwasserüberwachungssystem der US-Marine. Die sechzehn Milliarden Dollar teure Anordnung aus Unterwassermikrofonen, die die amerikanische Regierung in der Zeit des Kalten Kriegs aufgebaut hat, um feindliche U-Boote zu belauschen, zieht sich über den ganzen Globus und ist mit einem insgesamt fünfzigtausend Kilometer langen Netz aus Unterseekabeln mit Küstenstationen der Marine verbunden.

Als das militärische Interesse an SOSUS nach 1990 zu schwinden begann, wurden Wissenschaftler, Universitäten und Privatfirmen bei der Marine vorstellig; und tatsächlich bekamen sie Zugang zu dem akustischen Netz. Für die Ozeanografie hat SOSUS seither dieselbe Funktion wie das Hubble-Weltraumteleskop für die Weltraumforschung. Nun ist es möglich, die extrem niederfrequenten Vibrationen zu hören, die entstehen, wenn Eisberge zerbersten, wenn der Meeresboden bebt und wenn Unterwasservulkane ausbrechen. Normalerweise liegen solche Geräusche weit außerhalb des menschlichen Hörvermögens.

Marinebiologen wie Isadore Axler hat SOSUS eine neue Möglichkeit verschafft, die intelligentesten Meereslebewesen der Erde zu erforschen: die Wale. Mit Unterstützung einer nationalen Forschungsstiftung ist aus dem Haus der Axlers ein Lauschposten geworden, der sich vor allem mit den Walen im Golf von Mexiko beschäftigt. Mithilfe von SOSUS können die Axlers nun die Stimmen der großen Meeressäuger aufzeichnen und analysieren, die einzelnen Arten identifizieren, die Populationen zählen und sogar einzelne Exemplare auf ihrem Weg durch die Meere der nördlichen Hemisphäre verfolgen.

Dominique biegt nach links in eine Sackgasse ein und dann rechts in die letzte Einfahrt. Das vertraute Geräusch der unter den Rädern ihres Roadsters knirschenden Kiesel klingt tröstlich.

Edith Axler begrüßt sie, noch während sich das Top des offenen Wagens schließt. Sie ist eine scharfsinnige Frau Anfang siebzig, mit grauen Haaren, braunen, lebensklugen Augen voll Weisheit und einem warmen Lächeln, das mütterliche Zuneigung ausstrahlt.

»Tag, Schatz. Wie war die Fahrt?«

»Schön.« Dominique umarmt ihre Adoptivmutter und zieht sie eng an sich.

»Ist was passiert?« Edith weicht zurück, als sie die Tränen sieht. »Was ist denn?«

»Nichts. Ich bin nur froh, zu Hause zu sein.«

»Halt mich bloß nicht für senil. Es geht um deinen Patienten, stimmt's? Wie heißt er noch – Mick?«

Dominique nickt. »Mein ehemaliger Patient.«

»Komm schon, wir reden darüber, bevor Iz rauskommt.« Edith nimmt sie an der Hand und führt sie zu dem zum Meer führenden Kanal an der Südseite des Grundstücks. An dem Betondamm sind zwei Boote festgemacht. Das kleinere davon ist ein elf Meter langes Fischerboot, das den Axlers gehört.

Hand in Hand setzen sie sich auf eine Holzbank am Wasser.

Dominique beobachtet einen grauweißen Pelikan, der auf einem der Holzpfähle in der Sonne hockt. »Ich weiß noch, wie du früher immer mit mir hier draußen gesessen hast, wenn es mir schlecht ging.«

Edith nickt. »Das war schon immer mein Lieblingsplatz.«

»Oft hast du gesagt: So schlimm kann's eigentlich nicht sein, wenn man noch die Möglichkeit hat, so einen schönen Blick zu genießen.« Dominique deutet auf den robust aussehenden, gut vierzehn Meter langen Trawler, der hinter dem Boot der Axlers festgemacht ist. »Wem gehört das Boot da?«

»Dem örtlichen Schatzsucherclub. Du kennst doch Rex und Dory Simpson. Iz hat ihnen den Anlegeplatz verpachtet. Siehst du die Plane da? Darunter ist ein Mini-U-Boot für zwei Mann Besatzung auf dem Deck befestigt. Iz kann dich morgen darin ein wenig spazieren fahren, wenn du Lust hast.«

»In dem Mini-U-Boot? Das macht bestimmt Spaß.«

Edith drückt die Hand ihrer Adoptivtochter. »Erzähl mir von Mick. Warum bist du so durcheinander?«

Dominique wischt sich eine Träne aus dem Auge. »Seit dieser fette, widerwärtige Foletta ihn mir weggenommen hat, lässt er ihm starke Dosen Chlorpromazin spritzen. Mein Gott, Edie, es ist so grausam. Ich kann… ich kann es kaum mehr ertragen, ihn auch nur anzuschauen. Er ist so benommen, dass er einfach nur festgeschnallt in einem Rollstuhl hockt, als wäre er debil. Foletta schiebt ihn jeden Nachmittag auf den Hof oder lässt ihn im Therapiebereich sitzen wie einen hoffnungslosen geriatrischen Fall.«

»Dom, ich weiß, Mick liegt dir sehr am Herzen, aber du musst dir klar machen, dass du auch nur ein Mensch bist. Du kannst nicht von dir erwarten, die Welt zu retten.«

»Was? Was hast du da gesagt?«

»Ich hab bloß gemeint, dass du als Therapeutin nicht erwarten kannst, jedem Patienten zu helfen, mit dem du in Kontakt kommst. Du hast dich einen Monat lang um Mick gekümmert, und jetzt hat man dir die Sache aus der Hand genommen, ob dir das passt oder nicht. Du musst wissen, wann es Zeit ist, den Kampf aufzugeben.«

»Du weißt doch, wie ich bin. Ich kann nicht einfach aufgeben, nicht, wenn jemand missbraucht wird.«

Edith drückt wieder die Hand ihrer Adoptivtochter. Die beiden schweigen und sehen zu, wie der Pelikan mit den Flügeln schlägt, um sein bedenkliches Gleichgewicht auf dem Pfahl zu halten.

Nicht, wenn jemand missbraucht wird. Während Dominiques Worte in ihr nachklingen, denkt Edith an die Zeit, in der ihr das eingeschüchterte Mädchen aus Guatemala zum ersten Mal begegnet ist. Damals hat sie stundenweise als Schulschwester und psychologische Betreuerin gearbeitet. Man hatte ihr die Zehnjährige gebracht, weil sie über Magenkrämpfe geklagt hatte, und Edith hat die Hand des Mädchens gehalten, bis die Schmerzen abgeklungen sind. Dieser kleine Ausdruck der Mutterliebe hat Dominique für immer an sie gebunden. Sie war entsetzt, als sie von dem sexuellen Missbrauch hörte, dem das Mädchen durch ihren älteren Cousin ausgesetzt war. Als sie die Sache schriftlich meldete, schlug sie gleichzeitig vor, Dominique zu Pflegeeltern zu geben. Sechs Monate später haben Edith und Iz Dominique adoptiert.

»Na schön, Schatz, sag mir, was wir tun können, um Mick zu helfen.«

»Es gibt nur eine Lösung. Wir müssen ihn da rausbekommen.«

»Mit ›raus‹ meinst du wohl eine andere Anstalt?«

»Nein, ich meine – ganz raus.«

»Soll das ein Gefängnisausbruch werden?«

»Na ja… Mick ist ein wenig verwirrt, aber ein Psychopath ist er nicht. Er gehört einfach nicht in eine Anstalt.«

»Bist du da sicher? So klingst du nämlich nicht. Hast du mir nicht erzählt, Mick sei davon überzeugt, dass bald die Welt untergeht?«

»Nicht die Welt, die Menschheit. Ja, das glaubt er tatsächlich. Er ist bloß ein wenig paranoid, aber wer wäre das nicht nach elf Jahren Einzelhaft.«

Edith sieht Dominique nervös herumrutschen. »Da ist doch noch was anderes, was du mir nicht sagen willst.«

Dominique schaut ihr ins Gesicht. »Es klingt bestimmt verrückt, aber viele von Micks Wahnvorstellungen scheinen mehr als ein Körnchen Wahrheit zu enthalten. Seine ganze Weltuntergangstheorie stützt sich auf eine dreitausend Jahre alte Maya-Prophezeiung. Ich bin gerade dabei, das Tagebuch seines Vaters zu lesen, und manche von dessen Entdeckungen sind absolut unglaublich. Mick hat dieses Radiosignal aus dem Weltraum am Tag des Äquinoktiums praktisch vorhergesagt. Edie, als ich noch in Guatemala war, hat meine Großmutter mir Geschichten über meine Vorfahren erzählt. Was sie sagte, war ziemlich Furcht erregend.«

Edith lächelt. »Jetzt machst du mir allmählich auch schon Angst.«

»Ach, ich weiß, es ist bloß abergläubischer Blödsinn, aber ich hab das Gefühl, wir schulden Mick zumindest, ein paar dieser Dinge zu überprüfen. Vielleicht trägt es dazu bei, einen Teil seiner Ängste zu lindern.«

»Was für Dinge?«

»Mick ist davon überzeugt, dass das, was die Menschheit vernichten wird, im Golf von Mexiko verborgen ist.« Dominique greift in die Tasche ihrer Jeans, zieht mehrere gefaltete Blatt Papier hervor und reicht sie Edith.

Die wirft einen Blick auf den Computerausdruck. »Der Chicxulub-Krater? Wie soll ein Ding, das fast zwei Kilometer unter dem Meeresboden vergraben ist, die Menschheit vernichten?«

»Das weiß ich nicht. Mick übrigens auch nicht. Aber ich hab gehofft…«

»Du hast gehofft, dass Iz es mithilfe von SOSUS überprüfen könnte.«

Dominique lächelt. »Jedenfalls würde ich mich dann wesentlich besser fühlen.«

Edith umarmt ihre Adoptivtochter. »Also, komm. Iz ist im Labor.«

Professor Isadore Axler sitzt an der SOSUS-Station. Er hat einen Kopfhörer aufgesetzt und die Augen geschlossen. Sein mit Altersflecken übersätes Gesicht hat einen heiteren Ausdruck, während er dem eindringlichen Gesang der Wale lauscht.

Dominique tippt ihm auf die Schulter.

Iz öffnet die Augen. Der Mund über dem schütteren grauen Kinnbart verzieht sich zu einem Lächeln, als er den Kopfhörer abnimmt. »Buckelwale.«

»Ist das deine Standardbegrüßung? Buckelwale?«

Iz steht auf und umarmt sie. »Du schaust müde aus, Kleine.«

»Mir geht's gut.«

Edith tritt zu den beiden. »Iz, Dominique will dich um einen Gefallen bitten.«

»Was, schon wieder?«

»Wann hab ich das das letzte Mal getan?«

»Als du sechzehn warst. Du hast mich gefragt, ob du dir den Wagen leihen kannst. Das war die schlimmste Nacht meines Lebens.« Iz tätschelt ihr die Wange. »Sag schon.«

Sie reicht ihm die Informationen über den Chicxulub-Krater. »Du sollst mithilfe von SOSUS herausbekommen, ob du da drunten etwas hören kannst.«

»Und auf was soll ich achten?«

»Keine Ahnung. Auf irgendwas Ungewöhnliches, denke ich.«

Iz wirft ihr einen seiner berühmten Blicke zu, der besagen soll: Hör bloß auf, meine Zeit zu vergeuden. Seine wirren grauen Augenbrauen ziehen sich zusammen.

»Iz, hör auf, sie anzustarren, und tu es einfach«, befiehlt Edith.

Der alte Biologe setzt sich wieder auf seinen Sessel und murmelt: »Irgendwas Ungewöhnliches, aha. Vielleicht hören wir einen Wal furzen.« Er tippt die Koordinaten in den Computer und setzt seinen Kopfhörer auf.

Dominique umarmt ihn von hinten und gibt ihm einen Kuss auf die Wange.

»Schon gut, schon gut, jetzt reicht's mit den Bestechungsversuchen. Hör mal, Kleine, ich weiß zwar nicht, was du vorhast, aber dieser Krater breitet sich über ein riesiges Gebiet aus. Ich werde den ungefähren Mittelpunkt bestimmen, der irgendwo in der Nähe der Campeche-Bank zu liegen scheint, gleich südwestlich des Alacan-Riffs. Dann programmiere ich den Computer auf eine Niederfrequenz-Suche. Wir beginnen mit fünfzig Hertz und erhöhen die Frequenz dann allmählich. Das Problem ist, dass wir es mit einem Gebiet zu tun haben, in dem es massenhaft Öl- und Gasvorkommen gibt. Das Becken des Golfs besteht zur Gänze aus Kalkstein und Sandstein, der poröse geologische Kammern enthält. Aus Rissen im Meeresboden treten ständig Öl und Gas aus, und SOSUS wird jedes dieser Lecks registrieren.«

»Was schlägst du also vor?«

»Ich schlage vor, dass wir erstmal zu Abend essen.« Iz schließt die Programmierung des Computers ab. »Das System wird automatisch alle akustischen Störungen in der Region aufspüren.«

»Was glaubst du, wie lange es dauern wird, bis SOSUS etwas findet?« Diese Bemerkung trägt Dominique einen weiteren schrägen Blick ein.

»Wer bin ich – der liebe Gott? Stunden, Tage, Wochen, vielleicht ewig. Aber das ist sowieso egal. Am Ende werden wir wahrscheinlich nicht mehr haben als einen Haufen wertlose Hintergrundgeräusche.«

Washington, D.C.

Der Oberkellner setzt ein geschäftsmäßiges Lächeln auf, als der viertmächtigste Mann der Vereinigten Staaten das vornehme französische Restaurant betritt. »*Bon soir, Monsieur Borgia.*«

»*Bon soir, Philippe.* Ich glaube, ich werde erwartet.«

»*Oui, certainement.* Folgen Sie mir, bitte.« Der Oberkellner führt ihn an von Kerzenlicht beschienenen Tischen vorbei zu einem Nebenzimmer neben der Bar. Er klopft zweimal an die Außenseite der Doppeltür, dann schaut er Borgia an. »Ihre Freunde sind bereits da.«

»*Merci.*« Borgia schiebt einen Zwanzig-Dollar-Schein in die behandschuhte Hand, während die Tür von innen geöffnet wird.

»Pierre, willkommen!« Charlie Myers, einer der stellvertretenden Vorsitzenden der Republikanischen Partei, schüttelt Borgia die Hand und gibt ihm einen freundschaftlichen Klaps auf die Schulter. »Zu spät, wie üblich. Wir haben bereits zwei Runden hinter uns. Eine Bloody Mary, stimmt's?«

»Ja, gern.« Wie das gesamte Restaurant ist das Nebenzimmer mit dunklem Walnussholz getäfelt. Ein halbes Dutzend mit weißen Tüchern gedeckte Tische stehen in dem schallisolierten Raum. Am mittleren Tisch sitzen zwei Männer. Der ältere, weißhaarige Gentleman ist Joseph H. Randolph sen., ein texanischer Milliardär, seit mehr als zwanzig Jahren ein väterlicher Freund von Borgia. Den korpulenten Mann ihm gegenüber kennt Borgia nicht.

Randolph steht auf, um ihn zu umarmen. »Lucky Pierre! Schön, dich zu sehen, Junge. Lass dich mal anschauen. Hast wohl ein paar Kilo zugelegt?«

Borgia hebt die Schultern. »Kann sein.«

»Willkommen.« Der vierschrötige Unbekannte erhebt sich und streckt Borgia seine fleischige Hand entgegen. »Pete Mabus von Mabus Tech Industries.«

Borgia ist der Name des Rüstungsfabrikanten ein Begriff. »Freut mich, Sie kennen zu lernen.«

»Ganz meinerseits. Setzen Sie sich und machen Sie es sich bequem.«

Charlie Myers bringt Borgia seinen Drink. »Meine Herren, entschuldigen Sie mich, ich muss mal auf die Toilette.«

Randolph wartet, bis Myers den Raum verlassen hat. »Pierre, letzte Woche hab ich droben in Rehobeth deine Eltern getroffen. Wir sind alle ziemlich aufgebracht, weil man dich nicht als Vizepräsident nominiert hat. Maller erweist der Partei einen echten Bärendienst.«

Borgia nickt. »Der Präsident macht sich Sorgen um seine Wiederwahl. Nach den Umfragen wird Chaney ihm die Unterstützung bringen, die die Partei im Süden nötig hat.«

»Maller hat keinen Weitblick.« Mabus hebt seinen dicken Zeigefinger. »Was unser Land braucht, ist ein starker Führer, nicht wieder ein Vizepräsident wie Chaney, der in allem nachgibt.«

»Ich bin völlig Ihrer Meinung, aber ich habe keinerlei Einfluss auf die Sache.«

Randolph beugt sich zu ihm. »Vorläufig nicht, Junge, aber in vier Jahren wirst du 'ne Menge Einfluss haben. Ich hab schon mit allerhand wichtigen Leuten gesprochen und es herrscht allgemeine Übereinstimmung, dass du 2016 für die Partei antreten wirst.«

Borgia unterdrückt ein Lächeln. »Joe, das hört sich wirklich gut an, aber vier Jahre sind eine lange Zeit.«

Mabus schüttelt den Kopf. »Sie müssen sich jetzt schon darauf vorbereiten. Ich will Ihnen mal was erzählen. Mein Junge, Lucien, ist ein echtes Genie. Ganz ohne Flachs, der Kleine ist erst drei und weiß schon, wie man im Internet surft. So, wie ich ihn erziehe, kann er Mabus Tech übernehmen, sobald er sechzehn ist. Falls wir unsere politischen Karten richtig ausspielen, hat er mindestens eine Billion Dollar in der Tasche, wenn er so alt ist wie Sie. Ich will damit nur sagen, dass wir alle bereit sein müssen, wenn die Gelegenheit da ist, und was Sie betrifft, ist das jetzt schon der Fall. Denken Sie mal an das Manöver, das die Russen und Chinesen planen. Eine Menge registrierter Wähler haben die Schnauze voll von diesem Mist, und das ist eben die Art von Krise, die einen Präsidentschaftskandidaten aufbauen oder ans Messer liefern kann.«

»Pete hat Recht, Pierre. Die Art und Weise, wie die Öffentlichkeit dein Auftreten in den nächsten Monaten beurteilt, kann das Ergebnis der nächsten Wahlen entscheidend beeinflussen. Die Leute wollen jemand sehen, der die Sache in die Hand nimmt, einen echten Falken, der sich von den verdammten Russen oder Ölscheichs nicht aufzwingen lässt, wie unser Land regiert wird. Teufel, seit Bush hatten wir keinen starken Mann mehr im Weißen Haus!«

Mabus ist Borgia nun so nahe gerückt, dass der riechen kann, was er zu Mittag gegessen hat. »Pierre, dieser Konflikt verschafft uns eine fantastische Gelegenheit, der Öffentlichkeit Ihre Charakterstärke zu demonstrieren.«

Borgia lehnt sich zurück. »Ich hab verstanden.«

»Gut, gut. Also, jetzt steht noch ein letzter Punkt auf der Tagesordnung. Es handelt sich um eine Sache, die unserer Meinung nach bereinigt werden muss.« Mabus zupft an einem Hautfetzen neben einem seiner Fingernägel. »Es ist so 'ne Art Leiche im Keller.«

Randolph nickt zustimmend, während er sich eine Zigarette ansteckt. »Es geht um diesen Gabriel, Pierre, den Kerl, den du nach deinem Unfall in den Bau gesteckt hast. Sobald wir deine Nominierung ankündigen, wird die Presse im Trüben stochern, und dann wird's nicht lange dauern, bis man herausbekommt, was du unternommen hast, um die Sache in Massachusetts zu manipulieren. Das könnte eine echte Katastrophe geben.«

Borgias Gesicht wird puterrot. »Sehen Sie dieses Auge, Mr. Mabus? Das hat mir dieser Scheißkerl angetan! Und jetzt soll ich ihn frei lassen?«

»Moment mal, Junge. Pete hat keineswegs gesagt, du sollst ihn frei lassen. Erledige die Sache einfach, bevor der Wahlkampf losgeht. Teufel, alle, die was wert sind, haben ein paar Leichen im Keller. Wir wollen nur, dass du die deinen rausholst und anständig begräbst – Herr Präsident.«

Borgia atmet tief durch, um sich zu beruhigen, dann nickt er. »Ich verstehe, was Sie sagen wollen, meine Herren, und ich weiß Ihre Unterstützung zu schätzen. Ich glaube, ich weiß, was geschehen muss.«

Mabus streckt ihm die Hand entgegen. »Und wir wissen Sie zu schätzen, Herr Minister. Schließlich ist uns klar, dass Sie zu gegebener Zeit nicht vergessen werden, wer Ihre Freunde sind.«

Borgia schüttelt Mabus die schweißige Tatze. »Sagen Sie mal ehrlich, meine Herren, wenn wir den politischen Einfluss meiner Familie beiseite lassen – als Sie auf mich gekommen sind, wie stark ist es da ins Gewicht gefallen, dass Senator Chaney schwarz ist?«

Randolph verzieht den Mund zu einem wissenden Lächeln. »Nun, Junge, sagen wir einfach: Man spricht nicht umsonst vom Weißen Haus.«

AUS DEM TAGEBUCH VON JULIUS GABRIEL

Das Nazca-Plateau im Süden von Peru ist eine flache Wüste, fünfundsechzig Kilometer lang und zehn Kilometer breit. Es ist eine einsame, erbarmungslose Öde, eine von den Gebirgszügen der Anden eingeschlossene Welt des Todes. Abgesehen davon ist hier ein einzigartiges geologisches Phänomen zu beobachten, da der Boden von Nazca stark mit Gips, einem natürlichen Klebstoff, gesättigt ist. Der täglich von Morgentau befeuchtete Gips lässt die Eisen und Kieselerde enthaltenden Steine, die hier in großer Zahl zu finden sind, buchstäblich am Boden haften. Die dunklen Kiesel speichern die Sonnenhitze und lassen einen Schutzschild aus warmer Luft entstehen, der die Wirkung des Windes weitgehend aufhebt. Er macht aus der Hochebene außerdem einen der trockensten Orte der Erde. Hier fallen in zehn Jahren weniger als zweieinhalb Zentimeter Regen.

Ein Künstler, der sich in wirklich großen Formaten ausdrücken wollte, fände auf dem Nazca-Plateau die perfekte Leinwand, denn was hier gezeichnet wird, bleibt bestehen. Tatsächlich hat ein Pilot, der die Wüste 1947 überflog, als erster Mensch der Neuzeit entdeckt, dass vor Jahrtausenden geheimnisvolle Zeichnungen und geometrische Linien in diese peruanische Landschaft geschnitten wurden.

Mehr als dreizehntausend Linien kreuzen die Wüste von Nazca. Einige dieser Markierungen erstrecken sich über eine Distanz von mehr als acht Kilometern. Obwohl sie über unwegsames Gelände verlaufen, bleiben sie erstaunlicherweise vollkommen gerade. Manche Autoren haben zwar behauptet, die Linien seien prähistorische Landebahnen für außerirdische Astronauten, aber wir wissen inzwischen, dass sie astrologisch ausgerichtet sind. Sie markieren die Position der Wintersonnenwende, der Tagundnachtgleichen, des Sternbilds Orion und vielleicht anderer Konstellationen, die wir noch nicht kennen.

Noch seltsamer sind die Hunderte von Zeichnungen, die Tiere darstellen. Vom Boden aus gesehen, erscheinen die gewaltigen zoomorphen Bilder wie nach dem Zufallsprinzip entstandene Gräben. Geschaffen wurden diese Rinnen, indem man tonnenweise schwarze vulkanische Kiesel wegscharrte, um den gelbweißen Gips darunter hervortreten zu lassen. Betrachtet man sie aus der Vogelperspektive, erwachen die Zeichnungen von Nazca zum Leben. Eine einheitliche künstlerische Vision wird sichtbar, die gleichzeitig eine fantastische technische Leistung darstellt und die Jahrtausende unversehrt überstanden hat.

Die Kunst des Nazca-Plateaus ist während zwei sehr unterschiedlicher Perioden entstanden. Auch wenn es unserer Vorstellung der Evolution widersprechen mag, sind die älteren Zeichnungen den jüngeren bei weitem überlegen. Zu ihren Motiven gehören ein Affe, eine Spinne, eine Pyramide und eine Schlange. Sie sind nicht nur unglaublich naturgetreu – die Figuren, meist größer als ein Fußballplatz, wurden alle mit einer durchgehenden, ununterbrochenen Linie gezeichnet.

Wer waren die geheimnisvollen Künstler, die diese Wüstenbilder schufen? Wie ist es ihnen gelungen, eine so fantastische Leistung in einem so großen Maßstab zu verwirklichen? Und wichtiger noch: Was war ihre Motivation, die Figuren in den Fels zu scharren?

Es war im Sommer 1972, als Maria, Pierre und ich zum ersten Mal in dieser elenden südamerikanischen Wüste eintrafen. Damals hatten wir keinerlei Interesse an den Zeichnungen. Wir wollten lediglich herausbekommen, welche Beziehung zwischen den verlängerten Schädeln Mittelamerikas und ihren in Nazca gefundenen Gegenstücken bestand. Ich kann mich noch an die erste Woche erinnern, in der ich auf dem Plateau arbeitete. Ich schwitzte in der brutalen peruanischen Sonne, die mich täglich schlimmer folterte und mein Gesicht und meine Arme mit Bläschen überzog. Hätte mir damals jemand gesagt, ich würde irgendwann in dieses Fegefeuer aus Sand und Stein zurückkehren, um dort den Rest meiner Tage zu verbringen, ich hätte ihn für verrückt erklärt.

Verrückt.

Es fällt mir schwer, dieses verfluchte Wort auch nur hinzuschreiben. Inzwischen werden viele von euch sich die Frage stellen, ob sie den Bericht eines Wissenschaftlers oder den eines Irren lesen. Ich muss gestehen, dass kein Tag vergeht, an dem ich nicht genau dasselbe tue. Sollte ich tatsächlich den Verstand verloren haben, dann ist die Wüste von Nazca daran schuld. Ihre unablässige Hitze hat mein Gehirn anschwellen lassen, ihr erbarmungsloser Boden hat mir jahrzehntelang die Arthritis in die Knochen gehämmert. Jede Möglichkeit, inneren Frieden zu finden, ist an dem Tag verschwunden, an dem ich meine Familie zum Aufenthalt in dieser Wüste verdammt habe. Ich bete, Michael möge mir vergeben, dass er in dieser Hölle aufwachsen musste. Vergeben möge er mir auch die anderen Ungerechtigkeiten, die ich seiner gequälten Seele in ihrer Kindheit auferlegt habe.

Von Sommer 1972 bis Winter 1974 schuftete unser kleines Team in Nazca und grub in kultischen Gräberfeldern, die wir in der Nähe der Berghänge entdeckt hatten, Hunderte deformierter Schädel aus. Die sorgfältige Untersuchung aller Schädel zeigte, das die Deformationen durch Holzbretter verursacht worden waren, in die man sie im frühkindlichen Alter eingebunden hatte.

Im Januar 1974 entdeckten wir in der Nähe der Berge eine königliche Grabstätte. Die Wände des beeindruckenden Grabes bestanden aus enormen Felssäulen, die jeweils zehn bis zwanzig Tonnen wogen. In der unterirdischen Kammer befanden sich dreizehn männliche Mumien, die alle einen verlängerten Schädel hatten. Unsere Spannung erreichte einen neuen Höhepunkt, als gründliche Röntgenaufnahmen und andere Tests zeigten, dass die Schädelform dieser Toten – genau wie bei dem Schädel, den Maria in La Venta gefunden hatte – ausschließlich auf genetische Faktoren zurückzuführen war!

Die Entdeckung einer neuen Menschenrasse erwies sich als ebenso Aufsehen erregend wie erschreckend. Nachdem der peruanische Präsident von unserer Entdeckung gehört hatte, ließ er all unsere Funde in einen verschlossenen Kellerraum des Archäologischen Museums von Ica bringen, zu dem die Besucher keinen Zugang haben. Bis heute können die Schädel nur auf einen speziellen Antrag hin betrachtet werden.

Wer war diese mysteriöse Rasse? Wieso wurde sie mit Schädeln geboren, die zweimal so lang waren wie die normaler Menschen?

Wir wissen, dass die ersten Menschen, die die Anden erreichten, Jäger und Fischer waren, die sich um 10 000 v. Chr. an der peruanischen Küste niederließen. Dann, gegen 400 v. Chr., gelangte eine andere Gruppe auf das Nazca-Plateau. Über dieses geheimnisvolle Volk ist uns nur wenig bekannt, abgesehen davon, dass es seine Anführer als Viracochas bezeichnete und für Halbgötter hielt, die gleich nach der großen Flut nach Südamerika gezogen waren. Die Vira-

cochas werden als hellhäutige weise Männer beschrieben, mit tiefblauen Augen und wallenden weißen Bärten und Haaren. Offenbar besaßen diese prähistorischen Herrscher eine überlegene Intelligenz und ungewöhnlich große Schädel. Es war zweifellos ihr bizarres Aussehen, das ihr Volk auf die Idee brachte, seinen königlichen Anführern nachzueifern, indem es die Praxis der Schädeldeformation einführte.

Die physische Ähnlichkeit zwischen den Viracochas und dem großen Lehrer der Maya, Kukulkan, ist zu deutlich, um ignoriert zu werden. Die Tatsache, dass ein hoch gewachsener, bärtiger ›Europäer‹ außerdem in den Mythen zahlreicher anderer alter Andenkulturen auftaucht, ist ein weiterer Hinweis auf eine Verbindung zwischen den indianischen Völkern Mittel- und Südamerikas.

Die bedeutendste indianische Kultur, die in den bergigen Wäldern Südamerikas entstand, war die der Inka. Wie die Maya verehrten auch sie einen großen Lehrer, einen Weisen, der sein Volk förderte, indem er es in den Naturwissenschaften, im Ackerbau und in der Architektur unterrichtete. Zwar ist inzwischen bekannt, dass die meisten Errungenschaften, die man früher dem Erfindungsreichtum der Inka zuschrieb, in älteren ethnischen Gruppen entstanden sind, doch aus historischen Dokumenten wissen wir, dass es dieser bärtige ›Europäer‹ war, der den Bau der großen Inka-Straßen und die berühmten terrassierten Felder an steilen Berghängen inspirierte. Man ist auch der Ansicht, dieser ›Bärtige‹ sei der Künstler gewesen, der die älteren, kunstvolleren Zeichnungen in Nazca geschaffen hat. Aus verschiedenen Anden-Kulturen kennen wir ihn unter mehreren Namen; die Inka verehrten ihn einfach als Viracocha, was ›Schaum des Meeres‹ bedeutet.

Wie Kukulkan bei den Maya und Quetzalcoatl bei den Azteken ist Viracocha die am höchsten verehrte Gestalt in der Geschichte der Inka. Waren die Viracochas des fünften Jahrhunderts v. Chr. seine Vorfahren? Konnte es sich um einen entfernten Verwandten von Kukulkan handeln? Und

Festung Sacsayhuaman, Foto Nazca Nr. 109, Julius Gabriel 1972

wenn das der Fall war, hatte sein Auftauchen im alten Südamerika irgendetwas mit dem Maya-Kalender und dessen Weltuntergangsprophezeiung zu tun?

Auf der Suche nach Antworten verließen wir die Wüste von Nazca und fuhren in die Anden, um zwei alte Stätten zu erforschen, die offenbar von dieser Inka-Gottheit geschaffen worden waren. Die erste war die Festung Sacsayhuaman, ein gewaltiger, im Norden von Cuzco errichteter Bau. Wie das erwähnte Königsgrab sind die Mauern dieser erstaunlichen Zitadelle aus gigantischen, unregelmäßig geformten Granitblöcken erbaut, die auf unerklärliche Weise so perfekt zusammengefügt sind, dass nicht einmal die Klinge meines Taschenmessers dazwischenpasste.

Es ist kaum vorstellbar, wie es den Inka gelungen ist, Felsen mit einem Gewicht von hundert und mehr Tonnen über gebirgiges Gelände von einem fast zwanzig Kilometer entfernten Steinbruch hierher zu transportieren und so perfekt zusammenzusetzen. In der Mauer findet sich ein gut acht Meter hohes Monstrum, das mehr als dreihundert Tonnen wiegt! Um diese unglaubliche Leistung zu erklären, hat eine Gruppe von Archäologen versucht, dem Erbe von Viracocha in kleinem Maßstab nachzueifern und wenigstens einen mittelgroßen Felsblock vom Steinbruch zur Festung zu transportieren. Trotz fortschrittlicher Techniken und einer kleinen Armee aus freiwilligen Helfern ist dieser Versuch jedoch kläglich misslungen.

Es ist bekannt, dass die Festung Sacsayhuaman erbaut wurde, um ihre Bewohner vor feindlichen Kräften zu schützen. Doch was der wahre Zweck der anderen Stätte war, die Viracocha erbaut haben soll, ist noch immer ein Geheimnis. Ich spreche von der uralten Andenstadt Tiahuanaco.

An der Küste des Titicaca-Sees, des höchsten schiffbaren Gewässers der Erde, der 3800 Meter über dem Pazifik in den bolivianischen Anden liegt, stehen die Ruinen von Tiahuanaco. Nachdem mir die unglaubliche technische Leistung der Erbauer von Sacsayhuaman vor Augen gekommen war, hätte ich schwören mögen, mich könne nichts mehr überraschen. Dennoch war der Anblick von Tiahuanaco einfach überwältigend. Das Zentrum der alten Stadt besteht aus drei Kalksteintempeln und vier weiteren Bauten, die alle auf einer Reihe erhöhter Plattformen und in den Boden eingelassener rechteckiger Fundamente ruhen. Wie in Sacsayhuaman sind sie zum großen Teil aus unglaublich großen Felsblöcken erbaut, die perfekt zusammengefügt wurden.

Doch das, was sich einer oberflächlichen Sichtweise in Tiahuanaco bietet, ist eindeutig noch nicht alles. Dem Ganzen liegt ein verborgener Plan zugrunde, ein Plan, der mit der Rettung der Menschheit zu tun haben könnte.

Beherrscht wird die Stadt von der Ruine der Akapana, einer Stufenpyramide, deren vier präzise ausgerichtete Seiten jeweils zweihundertzehn Meter messen. Welchen Zweck die Akapana hatte, wird leider für immer ein Geheimnis bleiben, da die Spanier den Bau als Steinbruch benutzten, sodass neunzig Prozent seiner Fassade verschwunden sind.

Der erstaunlichste Bau von Tiahuanaco ist das Sonnentor, ein einzelner massiver Steinblock, der hundert Tonnen wiegt. Dieses gewaltige Kunstwerk steht in der Nordwestecke des Komplexes wie ein prähistorischer Triumphbogen. Irgendwie ist es seinen Erbauern gelungen, diesen riesigen Steinklotz von einem meilenweit entfernten Steinbruch an Ort und Stelle zu bringen, mit unbekannten Werkzeugen ein perfektes Portal daraus zu schaffen und dieses dann vertikal aufzurichten.

Überall in der Stadt erheben sich gewaltige Pfeiler. Im Zentrum einer rechteckigen, offenen Grube steht eine gut zwei Meter hohe Felsskulptur, die Viracocha darstellt. Sein länglicher Schädel ist ebenso kenntlich wie die vorstehende Stirn, die dünne, gerade Nase und der bärtige Kiefer. Arme und Hände sind gefaltet. Erwähnenswert ist ein weiteres Element: An beiden Seiten des Gewandes des Weisen befinden sich zwei Schlangen, die an verwandte Darstellungen in ganz Mittelamerika erinnern.

Der Bau, der die größten archäologischen Kontroversen ausgelöst hat, ist die Kalasasaya, ein tief liegender Tempel im Zentrum der Stadt. Er ist von gewaltigen Mauern umgeben und zeichnet sich durch dreieinhalb Meter hohe aufrechte Steinblöcke aus. Pierre war der Meinung, bei der Kalasasaya habe es sich um eine Festung gehandelt, doch Maria widersprach ihm. Sie hatte erkannt, dass die Anordnung der Monolithen der ihrer Gegenstücke in Stonehenge ähnelte.

Wie üblich stellte es sich heraus, dass Maria Recht hatte. Die Kalasasaya ist keine Festung, sondern ein Observatorium, womöglich das älteste der Welt.

Was aber hatte all dies zu bedeuten?

Fünf Jahre, nachdem wir Cambridge verlassen hatten, war es meinen Kollegen und mir gelungen, erdrückende Beweise dafür zu finden, dass eine überlegene Gruppe von

Menschen mit europäischen Zügen die Entwicklung der mittelamerikanischen und südamerikanischen Ureinwohner beeinflusst hatte. Diese bärtigen Männer mit ihren genetisch deformierten Schädeln hatten fantastische Bauwerke entworfen und deren Bau geleitet. Der Zweck dieser Bauten aber war uns noch immer ein Rätsel.

Maria war davon überzeugt, dass der Bauplan der Kalasasaya dem von Stonehenge zu sehr ähnelte, als dass es sich um einen Zufall handeln könnte. Sie glaubte, wir müssten unbedingt der Spur dieses ›europäischen‹ Volkes und seiner uralten Weisheit in östlicher Richtung folgen, auch ohne zu wissen, wohin uns das führen würde.

Pierre Borgia war nicht glücklich über diesen Einfall. Die zwei Jahre in Nazca hatten sein Bedürfnis nach archäologischer Forschung vollauf befriedigt, und außerdem drängte ihn seine wohlhabende Familie, in die Staaten zurückzukehren, um eine politische Laufbahn einzuschlagen. Problematisch daran war, dass er sich in Maria verliebt hatte. Die beiden hatten sogar vor, im Frühjahr zu heiraten.

Trotz ihrer Zuneigung zu Pierre war Maria aber nicht bereit, ihre Suche nach der Lösung der Maya-Prophezeiung aufzugeben. Sie bestand darauf, dass wir der Spur der ›Bärtigen‹ nach Stonehenge folgten.

Die Vorstellung, nach England zurückzukehren, war mehr als verlockend. Ich buchte also unseren Flug, und wir begaben uns auf die nächste Etappe unserer Reise. Auf ihr, das wusste ich, würde unser Dreigespann für immer zerbrechen.

Auszug aus dem Tagebuch von Prof. Julius Gabriel

Vgl. Katalog 1972–1975, Seite 6–412
Fotojournal Diskette 4, Datei: NAZCA, Foto 109

10

26. Oktober 2012
Sanibel Island, Florida

Sonntag, 5.20 Uhr »Aufwachen, Schatz!«

Gähnend öffnet Dominique die Augen. »Was ist denn los?«

»Iz sagt, du sollst zu ihm runter ins Labor kommen. SOSUS hat was gefunden.«

Aufgeregt strampelt Dominique die Decke weg und folgt Edith die rückwärtige Treppe hinab ins Akustiklabor.

Iz sitzt mit seinem Kopfhörer am SOSUS-Terminal. Er hat ihr den Rücken zugewandt. Dominique hört, dass das Gerät Daten aufzeichnet.

Er dreht sich auf seinem Stuhl herum und schaut sie an. Sie sieht, dass er nur einen Bademantel und Schlappen anhat. Hinter dem Bügel des Kopfhörers steht ihm sein schütteres graues Haar wild vom Kopf ab. Seine ernste Miene bringt sie zum Lachen.

»Ich hab das Gerät gestern Abend überprüft, bevor ich ins Bett gegangen bin. Das einzig Ungewöhnliche, was SOSUS entdeckt hatte, war eine so genannte ›tote Zone‹, ein Gebiet ohne jede Meeresfauna und -flora. An und für sich ist das nicht ungewöhnlich. Im Golf von Mexiko entstehen jeden Sommer tote Zonen, wenn die durch einströmende Düngemittel verursachte Planktonblüte den Sauerstoffanteil im Wasser verringert. Aber solche Zonen treten normalerweise vor der Küste von Texas und Louisiana auf und niemals in so tiefem Gewässer. Wie auch immer, ich hab das Gerät so umprogrammiert, dass es sich nun auf dieses Gebiet konzentriert, und den Suchmodus aktiviert. Vor einer Viertelstunde hat es Alarm gegeben.« Iz nimmt den Kopfhörer ab und reicht ihn Dominique. »Hör dir das an.«

Sie hört ein Geräusch, das sie an das Knistern einer Neonröhre erinnert, die vor dem Kurzschluss steht. »Klingt wie weißes Rauschen.«

»Das hab ich zuerst auch gedacht. Hör weiter zu.« Iz stellt den Regler auf eine höhere Frequenz.

Das weiße Rauschen verschwindet. Jetzt hört Dominique ein kontinuierliches metallisches Trommeln. »Wow! Das klingt wie was Hydraulisches.«

Iz nickt. »Frag deine Mutter, genau das hab ich auch gesagt. Ich dachte sogar, SOSUS hätte ein auf dem Meeresboden stationiertes U-Boot entdeckt, aber dann hab ich noch einmal den Ursprung überprüft.« Iz reicht ihr einen Computerausdruck. »Das Geräusch kommt nicht vom Meeresboden, sondern von einem Ort *unterhalb* davon. Genau gesagt, liegt dieser Ort eintausendvierhundertdreißig Meter unter dem Meeresboden.«

Dominiques Herz pocht wie wild. »Aber wie ist das möglich?«

»Das frag ich dich! Was ist es, was ich da höre, Dominique? Soll das ein Witz sein? Denn wenn es wirklich…«

»Jetzt hör mal mit dem Unsinn auf, Iz.« Edith legt Dominique den Arm um die Taille, um sie zu beruhigen. »Dom hatte keine Ahnung, was du da finden würdest. Die Information über diese Stelle hatte sie von einem – na, sagen wir mal: einem Freund.«

»Wer ist dieser Freund? Ich will ihn kennen lernen.«

Dominique reibt sich den Schlaf aus den Augen. »Das geht nicht.«

»Warum nicht? Edie, was geht hier eigentlich vor?«

Dominique wirft Edith einen Blick zu, der durch ein Nicken beantwortet wird. »Er ist... er ist ein ehemaliger Patient von mir.«

Der Blick von Iz wandert von Dominique zu seiner Frau, dann wieder zurück zu Dominique. »Dein Freund ist geisteskrank? Ach, du lieber Himmel...«

»Iz, ist das nicht völlig egal? Da unten ist doch irgendwas, oder nicht? Dem müssen wir nachgehen, und...«

»Nur die Ruhe, Kleine. Ich kann nicht einfach die zuständigen Behörden anrufen und behaupten, ich hätte hydraulische Geräusche lokalisiert, die von einem Ort stammen, der sich anderthalb Kilometer unter der Campeche-Bank befindet. Was soll ich denen denn sagen – dass irgendein Irrer, der in Miami in der Zelle hockt, meiner Tochter die Koordinaten genannt hat?«

»Wäre es denn was anderes, wenn die Koordinaten von Stephen Hawking stammen würden?«

»Ja, durchaus. Das wäre sogar ganz was anderes.« Iz reibt sich die Stirn. »Ich kann mich nicht mehr wie ein Elefant im Porzellanladen benehmen, Dominique, zumindest nicht, wenn es um SOSUS geht. Vor ungefähr drei Jahren hab ich mit dem System Vibrationen unterhalb des Meeresbodens entdeckt, die sich genau wie ein Seebeben anhörten.« Er schüttelt bekümmert den Kopf. »Erzähl du's ihr, Edie.«

Edith lächelt. »Dein Vater hat gemeint, in wenigen Minuten würden wir von einer gewaltigen Flutwelle überschwemmt. Da ist er in Panik geraten und hat der Küstenwache gesagt, sie soll alle Strände räumen lassen.«

»Leider hat sich herausgestellt, dass ich das Ding so eingestellt hatte, dass es zu empfindlich war. Was ich für ein Seebeben gehalten habe, war in Wirklichkeit ein

Schiff der Telefongesellschaft, das hundert Kilometer vor der Küste ein Kabel ausgegraben hat. Ich bin mir wie der letzte Trottel vorgekommen. Schließlich hab ich an allerhand Strippen gezogen, damit unsere Station an SOSUS angeschlossen wurde. So einen Reinfall wie damals kann ich mir nicht mehr leisten.«

»Du wirst der Sache also nicht nachgehen?«

»Also, das hab ich nicht gesagt. Ich werde ein Journal anlegen, das Gebiet weiterhin aufmerksam überwachen und alles aufzeichnen. Aber mit den Behörden trete ich erst in Kontakt, wenn ich mir absolut sicher bin, dass deine Entdeckung das auch wert ist.«

Miami, Florida

22.17 Uhr Mick Gabriel sitzt auf seiner Bettkante und wiegt sich schweigend vor und zurück. Seine schwarzen Augen sind leer, seine Lippen leicht geöffnet. Ein dünner Speichelfaden hängt ihm von seinem unrasierten Kinn.

Tony Barnes betritt die Zelle, ein Pfleger, der gerade drei Wochen vom Dienst suspendiert war. »Na, dann wollen wir mal, Süßer. Zeit für deine Spritze.« Er hebt Micks schlaffen rechten Arm und inspiziert die Reihe dunkelroter Blutergüsse, die am Unterarm sichtbar sind.

»Ach, Scheiße.« Der Pfleger rammt die Nadel in den Arm und injiziert das Chlorpromazin in eine schon lädierte Vene.

Micks Augen drehen sich nach oben, während er sich nach vorne neigt und zu Füßen des Pflegers auf den Boden sinkt.

Der Pfleger stupst Micks Kopf mit der Spitze seines Tennisschuhs an. Er wirft einen Blick über die Schulter, um sich zu vergewissern, dass sie allein sind, dann bückt er sich und leckt Mick am Ohr.

Er hört, dass Marvis seine Runde macht. »Träum schön, Süßer.« Er eilt hinaus.

Das Türschloss klickt zweimal. Die Lichter in der Station werden schwächer.

Micks Augen öffnen sich.

Er taumelt zum Waschbecken und wäscht sich mit kaltem Wasser Gesicht und Ohren. Leise fluchend presst er einen Daumen auf die blutende, geschundene Vene. Dann, als er spürt, wie er in einem Nebel versinkt, lässt er sich schmerzhaft auf die Knie fallen und geht in die Liegestütz.

Zwei Stunden lang zwingt Mick seinen Körper zu einem qualvollen Ritual. Liegestützen, Situps, Armkreisen, auf der Stelle laufen, alles, was ihm einfällt, um seinen Stoffwechsel in Gang zu halten, damit der Tranquilizer seine Wirkung verliert, bevor er sein Zentralnervensystem überwältigen kann.

Von den drei Spritzen ist die am Morgen immer am schlimmsten gewesen. Foletta hat sie selbst verabreicht und seinen Patienten beobachtet, während er Mick leise ins Ohr säuselte, um ihn zu verspotten. Sobald die Droge wirkte, hat er Mick in einen Rollstuhl gesetzt und ihn auf seiner morgendlichen Visite durch die Stationen geschoben, um den anderen Insassen ein warnendes Zeichen zu geben, dass er keinerlei Auflehnung duldet.

Die nächtlichen Körperübungen nach der dritten Spritze waren die Mühe wert. Mick hat festgestellt, dass er die Wirkung der Droge rascher überwinden kann, wenn er seinen Stoffwechsel anregt. So ist es ihm allmählich gelungen, wieder zu klarem Verstand zu kommen. Am vierten Morgen hat er sein mentales Gleichgewicht so weit wiedergewonnen, dass er sich einen Plan ausdenken konnte.

Von diesem Moment an hat er sich so benommen wie ein hirnloser Idiot. Wenn die für die sechste Etage eingeteilten Pfleger morgens in seine Zelle kamen, lag er scheinbar völlig betäubt auf dem Boden und war zu keiner zusammenhängenden Bemerkung zu bewegen. Verärgert stellten die Pfleger fest, dass sie gezwungen waren, ihren hilflosen Patienten zu füttern und ihm voll Ekel die verschmutzte Kleidung zu wechseln. Nach einer Woche blieb Foletta nichts anderes übrig, als Micks Dosis zu reduzieren. Statt drei Injektionen gibt es nun nur noch zwei, am Nachmittag und am Abend.

In der vergangenen Woche ist dann eine Flut anderer Verpflichtungen über Foletta hereingebrochen. Er hat es aufgegeben, Mick zu beaufsichtigen und seine Betreuung den Pflegern überlassen.

Zum ersten Mal in den elf Jahren seiner Gefangenschaft hat sich die Überwachung, der Michael Gabriel rund um die Uhr ausgesetzt war, gelockert.

Raumflugzentrum Goddard der NASA
Greenbelt, Maryland

NASA-Direktor Brian Dodds blickt ungläubig auf den riesigen Computerausdruck, der auf seinem Schreibtisch ausgebreitet ist. »Erklären Sie's mir bitte nochmal, Swicky.«

Gary Swickle, Assistent von Dodds, deutet mit seinem dicken Zeigefinger auf das Schachbrettmuster aus dreizehn rechteckigen Kästen, die sich kontinuierlich über Tausende von Seiten hinziehen. »Das Radiosignal besteht aus dreizehn verschiedenen harmonischen Schwingungen, die durch diese dreizehn Säulen dargestellt sind. Jede dieser Schwingungen kann auf jeweils zwanzig unterschiedlichen, aufeinander folgenden Frequenzen wiedergegeben werden. Daraus ergibt sich eine mögliche Kombination von zweihundertsechzig verschiedenen Tonelementen, das heißt Befehlen.«

»Aber Sie sagen, es gibt kein sich wiederholendes Muster?«

»Das gilt nur für den Anfang.« Swickle sucht nach der ersten Seite des Ausdrucks. »Zu Beginn der Übertragung ist die Schwingung ganz einfach. Auf einer einzigen Frequenz werden mehrere Töne ausgestrahlt und ständig wiederholt. Und jetzt schauen Sie mal hier. An der Siebzehn-Minuten-Marke wird alles anders. Alle dreizehn harmonischen Schwingungen und zwanzig Frequenzen kommen plötzlich auf einmal ins Spiel. Von diesem Punkt an weist das Signal keinerlei Wiederholungen mehr auf. In den verbleibenden hundertfünfundachtzig Minuten werden alle zweihundertsechzig Kombinationen von Soundbytes verwendet, was auf eine stark strukturierte Mitteilung verweist.«

»Und Sie sind absolut sicher, dass in den ersten siebzehn Minuten kein Muster existiert? Keine mathematischen Gleichungen? Nichts, was auf irgendwelche Anweisungen zur Entschlüsselung hindeuten würde?«

»Nichts.«

»Verdammt.« Dodds reibt sich die blutunterlaufenen Augen.

»Woran denken Sie, Chef?«

»Erinnern Sie sich an Sommer '98, als wir den Kontakt mit SOHO verloren haben? Bevor Arecibo den Satelliten wieder aufgespürt hat, haben wir ständig dasselbe simple Funksignal gesendet, um Kontakt mit dem Hauptcomputer der Sonde wiederherzustellen. Daran erinnern mich die ersten siebzehn Minuten dieses Signals. Kein Muster, keine Anweisungen, kein Schlüssel, nur ein Signal aus dem Weltraum, das sich wie das Läuten eines Telefons wiederholt, als warte jemand darauf, dass der Gesprächspartner sich meldet, damit die eigentliche Information versandt werden kann.«

»Das hört sich plausibel an, aber es ergibt keinen Sinn. Die Außerirdischen, die dieses Signal gesendet haben, werden wohl kaum erwarten, dass wir in der Lage sind, diese ganzen Informationen ohne jeden Hinweis zu entschlüsseln.« Swickle bemerkt, dass das Gesicht seines Chefs bleich geworden ist. »Was ist denn?«

»Bloß eine Schnapsidee. Vergessen Sie's, ich bin hundemüde.«

»Kommen Sie schon, Chef.«

»Tja, ich hab an SOHO gedacht. Unsere Übertragung damals hat offensichtlich keines Schlüssels bedurft, weil der Computer der Sonde schon so programmiert war, dass er unseren Befehlen gehorcht hat. Vielleicht enthält auch dieses Signal keinen Schlüssel, weil der nicht nötig war.«

»Sie meinen, wir sollten dieses Radiosignal gar nicht entschlüsseln können?«

»Nein, Swicky.« Dodds wirft seinem Assistenten einen sorgenvollen Blick zu. »Ich meine: Was ist, wenn dieses Signal gar nicht für *uns* gedacht war?«

5. November 2012
Sanibel Island, Florida

Der Jubel in der Wahlzentrale der Republikanischen Partei lässt Edith Axler aus dem Schlaf hochfahren. Sie setzt sich auf und schaut auf die Uhr, dann schaltet sie den Fernseher aus und geht nach unten ins Labor.

Isadore sitzt noch immer mit krummem Rücken an seiner SOSUS-Station und lauscht.

»Iz, um Himmels willen, es ist gleich Mitternacht…«

»Pssst.« Er nimmt den Kopfhörer ab und schaltet den Lautsprecher ein. »Hör dir das an.«

Sie hört ein tiefes, summendes Geräusch. »Klingt wie ein Generator.«

»Das ist noch gar nichts. Wart ab.«

Einige Sekunden vergehen, dann dringt ein hohes Pfeifen aus dem Lautsprecher, das wie ein hydraulischer Bohrer klingt. Gleich anschließend folgt ein metallisches Klappern, das mehrere Minuten andauert.

Iz schaut zu seiner Frau empor und grinst. »Ist das zu glauben?«

»Das klingt, als würde irgendwas zusammengebaut. Wahrscheinlich ist es eine Bohrinsel, die für den Einsatz vorbereitet wird.«

»Entweder so was oder wieder eine dieser geologischen Expeditionen, die den Krater erforschen. Aber was immer es ist, in den letzten dreißig Stunden hat seine Aktivität eindeutig zugenommen. Ich hab eine E-Mail ans Seefahrtsamt geschickt, um beide Möglichkeiten überprüfen zu lassen, aber noch nichts von denen gehört. Wer hat die Wahl gewonnen?«

»Präsident Maller.«

»Gut. Da das nun erledigt ist, wird sich vielleicht jemand vom Außenministerium bei mir melden.«

»Und was ist, wenn nichts passiert?«

Iz sieht seine Frau an und zuckt die Schultern. »Nicht so schlimm. Wahrscheinlich hast du Recht und es ist bloß eine Bohrinsel. In den nächsten zwei Wochen wollen ich und Carl sowieso mal wieder auf Fischfang gehen. Vielleicht machen wir einen kleinen Abstecher zum Krater und schauen uns die Sache mal näher an, falls doch was faul ist.«

Miami, Florida

Angeekelt sieht Dominique, wie ihr massiger rothaariger Begleiter sich eine Gabel voll gebratener Auberginen in den Mund schiebt. *Vielleicht erstickt er dran.*

»Na, Süße, bist du stolz auf mich?«

Ein Spritzer Tomatensoße klatscht auf ihre Wange. »Mensch, Raymond, hat deine Mami dir nicht beigebracht, dass man mit vollem Mund nicht redet?«

Raymond grinst. Zwischen seinen gelben Zähnen hängt ein Stück Aubergine. »Tschuldigung. Schließlich hab ich ein halbes Jahr gehungert. Ist toll, mal wieder anständig zu futtern. Na, was meinst du?«

»Wie schon gesagt, ich finde, dein sechster Platz ist super, schon deshalb, weil das dein erster Wettkampf war.«

»Was soll ich sagen? Du hast mich echt beflügelt.«

»Fein. Aber jetzt erzähl mir mal, was eigentlich mit Foletta los ist. Als wir uns das erste Mal gesehen haben, hast du gesagt, die Ärzte seien stocksauer gewesen, als er aus Massachusetts gekommen ist. Was hast du damit denn gemeint?«

»Das bleibt unter uns, ja?«

»Klar.«

Raymond spült einen Mund voll Essen mit einem Schluck Bier hinunter. »Der Vater von 'nem guten Freund von mir sitzt im Kuratorium. Der war es auch, der mir zu meinem Job in der Anstalt verholfen hat. Na, jedenfalls munkelt man, dass Dr. Reinike, die Vorgängerin von Foletta, irgendwann im nächsten Monat auftauchen und wieder das Ruder übernehmen wird.«

»Tatsächlich? Ich hab gedacht, sie hätte sich pensionieren lassen. Foletta hat mir gesagt, ihr Mann sei schwer krebskrank.«

Raymond schüttelt den Kopf und schiebt sich einen neuen Bissen in den Mund. »Da hat er dich verarscht. Mein Kumpel hat mir berichtet, dass sie seit September in bezahltem Urlaub ist. Droben in Tampa wird in drei Wochen eine nagelneue Anstalt eröffnet, und da soll Foletta offenbar Chefarzt werden.«

»Moment mal – wenn Foletta schon in drei Wochen verschwindet, muss er von der Sache in Tampa gewusst haben, als er hierher gekommen ist. Wieso hat man Dr. Reinike abgeschoben, bloß damit er hier drei Monate Chef spielen kann?«

Raymond richtet seine Gabel auf sie. »Wegen deines ehemaligen Patienten. Die Anstalt in Massachusetts, wo er früher war, hat zugemacht, und die in Tampa war noch nicht fertig. Reinike nimmt ihre Arbeit sehr genau. Offenbar hatte jemand mit 'ner Menge Einfluss vor, Foletta ans Ruder zu bringen, weil er nicht riskieren wollte, dass Gabriel irgendwo anders hinkommt.«

Oder korrekt evaluiert wird. Foletta, du Arschloch!

»Was ist denn, Süße?«

»Ich hab mit Foletta was ausgehandelt. Er hat mir versprochen, dass man Mick spätestens im Januar einem Therapeutenteam zuweist.«

Die gelben Zähne grinsen sie an. »Da hat er dich wohl angeschwindelt, Kleine. In drei Wochen ist Michael Gabriel schon verschwunden.«

Der Elektromotor des schnittigen, kirschroten Dodge Intrepid ESX2 springt heulend an, um den dreizylindrigen 1,5-Liter-Diesel zu unterstützen, als der Wagen die steile Rampe der Interstate 95 hoch schießt.

Dominique starrt aus dem Seitenfenster, während Raymond den Wagen aggressiv durch den dichten Verkehr steuert. Zähneknirschend denkt sie voll Wut daran, wie Foletta sie täuschen konnte. *Ich hätte es besser wissen und meinen Gefühlen trauen sollen.*

Sie schließt die Augen, als ihr eins ihrer ersten Gespräche mit Mick in den Sinn kommt. *»Borgia hat das Gerichtsverfahren manipuliert. Der Staatsanwalt hat mit meinem Pflichtverteidiger einen Kuhhandel gemacht, und dann hat man mich in Massachusetts in eine Anstalt gesteckt. Dort hat Foletta schon auf mich gewartet. Pierre Borgia belohnt Loyalität, aber gnade dir Gott, wenn du auf seine schwarze Liste kommst.«*

Sie selbst hat man nun auch manipuliert, und wieder muss Michael Gabriel unter den Folgen leiden.

»Ray, ich hab heute Abend einfach keine Lust zum Tanzen. Macht es dir was aus, mich nach Hause zu bringen?«

»Nach Hause? Wir sind schon fast in South Beach!«

»Bitte.«

Raymond beäugt die braun gebrannten, wohlgeformten Beine, die aus dem schwarzen Rock ragen, und stellt sich vor, wie sie sich um seinen nackten, muskulösen Körper schließen. »Na schön, Süße, dann eben nach Hause.«

Zwanzig Minuten später biegt der Intrepid auf den Parkplatz von Dominiques Apartmenthaus ein.

Dominique lächelt. »Danke fürs Abendessen. Tut mir Leid, dass ich dir die Laune verdorben hab, aber ich fühle mich wirklich nicht gut. Nächstes Mal lade ich dich ein, ja?«

Raymond stellt den Motor ab. »Ich bring dich nach oben.«

»Lass nur, ist schon okay. Bis morgen bei der Arbeit!« Sie öffnet die Wagentür und geht auf den Aufzug zu.

Raymond hastet hinter ihr her.

Verdammt. »Ray, ich hab dir doch gesagt, es ist nicht nötig.«

»Hey, das mach ich doch gern. Außerdem würde ich gern mal deine Wohnung sehen.« Er wartet darauf, dass sie den Code für die Benutzung des Aufzugs eingibt.

»Heute Abend nicht, Ray.«

»So haben wir nicht gewettet.« Er legt seinen dicken Arm um ihre Taille und zieht sie an sich.

»Lass das…«

Ohne sich von ihrem Widerstand beeindrucken zu lassen, drückt er sie an die Betonwand und schiebt ihr die Zunge in den Mund. Seine rechte Pfote fummelt an ihren Brüsten.

Eine Welle von Panik schlägt über ihr zusammen, als ihre Kindheitserinnerungen auf sie einstürmen.

Wehr dich! Sie würgt, als sie seinen Geschmack im Mund spürt, dann beißt sie ihm in die Zunge. Sie schmeckt Blut.

»Au! Verdammte Scheiße…« Raymond schlägt ihr ins

Gesicht, dann presst er sie mit einer Hand an die Wand und zerrt mit der anderen an ihrem Rock.

»Lassen Sie die Frau los!«

Dominique hebt den Kopf und sieht Rabbi Steinberg und seine Frau kommen.

Raymond hält ihren Arm fest. »Verschwinden Sie, das geht Sie einen Scheißdreck an!«

»Lassen Sie sie los, sonst rufen wir die Polizei.« Mindy Steinberg hält ihren Notrufsender in die Höhe.

Drohend geht Raymond einen Schritt auf das Ehepaar zu. Dominique zerrt er mit sich.

»Machen Sie keinen Unsinn«, sagt Steinberg und deutet auf die Überwachungskameras.

»He, Ray...«

Raymond dreht sich um.

Die Spitze von Dominiques spitzem Absatz landet mit voller Wucht auf seinem großen Zeh. Mit einem qualvollen Aufschrei lässt er sie los. Sofort landet ihre Handkante direkt auf seinem Adamsapfel und bringt ihn zum Schweigen.

Nach Luft ringend, umklammert Raymond seine Gurgel. Während er auf die Knie sinkt, wirbelt Dominique herum, bereit, ihm mit der Ferse in den bloßen Nacken zu treten.

»Hör auf, Dominique...« Steinberg packt sie am Arm, bevor sie den Karate-Tritt ausführen kann. »Überlass das der Polizei.«

Mindy tippt den Code ein, und die drei verschwinden im Aufzug.

Mühsam kommt Raymond auf die Beine und dreht sich zu Dominique um. Seine Augen sind irre, sein Mund formt keuchend Laute. Als die Aufzugtüren sich zu schließen beginnen, bringt er das Wort ›Gabriel‹ heraus und fährt sich mit dem ausgestreckten Zeigefinger über die Gurgel.

11

18. November 2012
Miami, Florida

Die Gruppentherapieräume des Psychiatrischen Zentrums von Südflorida befinden sich im zweiten Stock zwischen dem kleinen Kinosaal und dem Computerraum. Gegenüber ist der Eingang zum Sportcenter.

Dominique sitzt an der Hinterwand von Raum 3B und verfolgt abwesend die nachmittägliche Gruppentherapiesitzung von Dr. Blackwell, als sie sieht, wie ein Pfleger den halb bewusstlosen Michael Gabriel in den Kinosaal schiebt. Sie wartet, bis der Pfleger verschwunden ist, dann schleicht sie sich aus dem Zimmer.

Im Kinosaal ist es dunkel. Das einzige Licht kommt von dem übergroßen Fernsehbildschirm. Acht Patienten haben sich auf den drei Dutzend Klappstühlen verteilt und sehen den neuesten Film der Star-Trek-Serie.

Der Rollstuhl steht in der letzten Reihe. Dominique nimmt einen Stuhl und schiebt ihn neben Mick, der zusammengesunken und zur Seite geneigt dasitzt. Nur ein Gurt um seine Brust verhindert, dass er vornüber aus dem Rollstuhl fällt. Die dunklen, einst so leuchtenden Augen sind nun leblose schwarze Löcher, in denen sich das Licht des Bildschirms spiegelt. Micks langes braunes Haar ist zu einem Pferdeschwanz gebunden. Dominique riecht etwas Haaröl, dann steigt ihr der eklige Geruch seiner verschmutzten Kleider in die Nase. Ein dichter Flaum, fast schon ein Bart, verdeckt fast die gesamte Narbe auf dem Unterkiefer.

Foletta, du Schwein. Sie zieht ein Papiertaschentuch aus der Jacke und tupft den Speichelfaden ab, der Mick von der Unterlippe herabhängt. »Mick, ich weiß nicht, ob du mich verstehen kannst, aber ich vermisse dich, ganz ehrlich. Ich finde es furchtbar, was Foletta dir angetan hat. Alles, was du mir über ihn erzählt hast, stimmt, und ich fühle mich ganz elend, weil ich dir nicht geglaubt hab.« Sie legt ihre Hand auf seine. »Ach, wenn du mich doch verstehen könntest.«

Zu ihrer Überraschung dreht Micks Hand sich um. Seine Finger flechten sich in ihre.

»O mein Gott«, flüstert sie.

Mick zwinkert.

Sie kann ihre Erregung kaum im Zaum halten. »Mick, ich muss dir so viel erzählen...«

»Pssst.« Die Augen bleiben ausdruckslos.

Sie beugt sich unauffällig vor und tut so, als verfolge sie interessiert den Film. »Raymond, der Wärter, der dich angegriffen hat, hat versucht, mich zu vergewaltigen. Momentan ist er vom Dienst suspendiert, aber ich hab gehört, dass er womöglich schon nächste Woche wieder zur Arbeit kommt.« Sie drückt ihm die Hand. »Du weißt doch noch, wie wir über SOSUS gesprochen haben? Ich hab meinen Vater dazu gebracht, damit das Gebiet im Golf von Mexiko zu überprüfen, von dem du mir erzählt hast. Du hattest Recht, Mick. Da drunten ist tatsächlich was. Es steckt eineinhalb Kilometer tief im Meeresboden. Iz hat mir versprochen, dass er es sich anschauen wird.«

Mick drückt ihre Hand fester. Ohne die Lippen zu bewegen, flüstert er: »Zu gefährlich.«

»Zu gefährlich? Wieso? Was meinst du denn, was da drunten ist?« Sie lässt seine Hand los, weil sie weiß, dass Dr. Blackwells Therapiesitzung bald zu Ende ist. »Mick, Foletta hat mich nach Strich und Faden belogen. Ich hab herausbekommen, dass er nach Tampa kommt, um die Leitung einer neuen Hochsicherheitsanstalt zu übernehmen. Dich bringt man nächste Woche auch dort hin.«

»Hilf mir zu fliehen.«

»Das kann ich nicht...«

Sie steht auf, da sie Dr. Blackwell kommen sieht. »Ms. Vazquez, ich hab gar nicht gewusst, dass Sie so ein Star-Trek-Fan sind. Offenbar finden Sie diesen Film wichtiger als meine Therapiesitzung?«

»Nein, Sir. Ich hab bloß... ich hab bloß nach diesem Patienten geschaut. Er ist fast aus dem Rollstuhl gefallen.«

»Dafür haben wir Pfleger. Hier, nehmen Sie mal.« Blackwell reicht ihr einen dicken Stapel Krankenblätter und winkt sie weg von Mick. »Bringen Sie das sofort auf den neuesten Stand und dann in die Rechnungsabteilung. Vergessen Sie die heutige Sitzung nicht. Wenn Sie fertig sind, können Sie an unserer Teambesprechung im Konferenzraum drunten teilnehmen.«

»Ja, Dr. Blackwell.«

»Und, Ms. Vazquez: Bleiben Sie weg von Dr. Folettas Patienten!«

Golf von Mexiko

Das vierzehn Meter lange Fischerboot *Manatee* pflügt sich durch meterhohe Wellen. Die am Horizont versinkende Sonne taucht es in goldenes Licht.

Unter Deck gießt Isadore Axler sich einen Becher Kaffee ein, während Carl Reuben, sein bester Freund, in der kleinen Kombüse das Abendessen zubereitet.

Der frühere Zahnarzt reibt sich mit einem Handtuch

über das schüttere Haar, dann wischt er sich den Dampf von der dicken Brille. »Mensch, ist das heiß hier unten. Wie weit ist es eigentlich noch bis zu dieser geheimnisvollen Stelle?«

»Noch drei Meilen. Was gibt's zum Abendessen?«

»Hab ich dir schon gesagt: gegrillte Goldmakrele.«

»Das gab's doch schon zu Mittag.«

»Wenn ihr Hummer fangt, gibt's Hummer. Erzähl mir doch mal von dieser Stelle. Du sagst, da gibt es keine Fische?«

»Richtig. Wir nennen so was eine tote Zone.«

»Und wieso ist die tot?«

»Keine Ahnung. Deshalb will ich mich dort ja umschauen.«

»Wie lange sollen wir in dieser toten Zone bleiben?«

»Wann ist das Essen fertig?«

»In zwanzig Minuten.«

»Tja, wenn da eine Bohrinsel steht, wie ich vermute, sind wir bis zum Nachtisch wieder weg.«

Iz verlässt die Kombüse, geht an Deck und schnuppert in die salzige Luft, in der der Duft von gegrillter Goldmakrele hängt. Für ihn, Carl Reuben und Rex Simpson ist der fünftägige Törn, den die drei Freunde jedes Jahr unternehmen, der absolute Höhepunkt. Nach der langen Hurrikansaison hat sich das Gewässer des Golfs von Mexiko beruhigt und es ist kühler geworden. Die Bedingungen für einen Fischzug sind ideal. In zwei Tagen haben sie ein Dutzend Goldmakrelen, acht Snapper und einen Zackenbarsch gefangen. Iz blickt in die sinkende Sonne, schließt die Augen, atmet tief ein und lässt den warmen Wind über das sonnenverbrannte Gesicht streichen.

Als er einen dumpfen Aufschlag hört, dreht er sich um. Rex Simpson rückt seine Luftflasche zurecht und schnallt sie hinten an seine Tauchweste.

»Willst du etwa ins Wasser, Rex?«

Der zweiundfünfzigjährige Chef des Schatzsucherclubs von Sanibel wirft einen Blick über die Schulter. »Warum nicht? Wenn wir an deinem Geheimplatz schon nicht fischen können, kann ich ja wenigstens ein wenig tauchen.«

»Ich weiß nicht recht, ob es da viel zu sehen gibt.« Iz setzt sich ans Steuer. Er nimmt das Fernglas und sucht den Horizont ab, dann überprüft er mithilfe des globalen Positionierungssystems den Standort des Bootes. »Komisch.«

»Was soll komisch sein?«

Iz stellt den Autopiloten ab und drosselt die Maschine der *Manatee.* »Wir sind da. Das ist der Ort, von dem ich euch erzählt hab.«

»Und hier ist nichts als Wasser.« Simpson zieht sein langes graues Haar zu einem Pferdeschwanz zusammen. »Ich hab gedacht, hier soll 'ne Bohrinsel stehen.«

»Da habe ich wohl falsch gelegen.« Iz schaltet das Funkgerät ein. *»Manatee ruft Alpha-Zulu-drei-neun-sechs. Alpha-Zulu, bitte kommen. Edie, bist du da?«*

»Kommen, *Manatee.* Wie geht's der Fischerei?«

»Nicht übel. Bisher haben wir hauptsächlich Snapper und Goldmakrelen gefangen. Heute Morgen hat Rex einen Zackenbarsch erwischt. Edie, wir sind soeben an der Stelle über dem Chicxulub-Krater angekommen. Da ist nichts.«

»Keine Bohrinsel?«

»Nein. Aber das Wetter ist fantastisch und das Meer ganz ruhig. Ich glaube, wir bleiben über Nacht hier, während ich ein paar Tests durchführe.«

»Pass bloß auf.«

»Tu ich. Ich melde mich später wieder.«

Wie eine schmelzende purpurrote Kugel geht an Backbord malerisch die Sonne unter. Iz leert seinen Kaffeebecher, dann aktiviert er das Sonar des Bootes, um die Tiefe des Meeresbodens zu ermitteln.

Knapp über sechshundert Meter.

Simpson sieht zu, wie Iz in einem Fach kramt. »He, Iz, schau dir mal deinen Kompass an. Der spielt verrückt.«

»Ich weiß. Unter dem Meeresboden liegt ein riesiger Krater von etwa hundert Kilometer Durchmesser. Wir sind in der Nähe des Zentrums, wo sich ein sehr starkes Magnetfeld befindet.«

»Was hast du vor?«

Iz befestigt ein Unterwassermikrofon an einem auf eine dicke Spule gerollten Fiberoptikkabel. »Ich will mir mal anhören, was da unten los ist. Hier, nimm das Mikrofon und lass es am Bug steuerbords ins Wasser. Das Kabel musst du langsam abwickeln.«

Iz greift nach dem anderen Ende des Kabels und steckt es in einen Amplitudenmodulator. Er startet den Computer, dann verbindet er einen Kopfhörer mit dem Gerät und lauscht.

Du lieber Himmel…

Simpson kommt zurück. »Das Mikro ist drunten. Was hörst du da? Sinatra?«

Iz gibt ihm den Kopfhörer.

Ein metallischer Rhythmus, der an das hohe Kreischen eines Getriebes erinnert, dringt Simpson ins Ohr. »Was, zum Teufel, ist denn das?«

»Keine Ahnung. SOSUS hat das Geräusch schon vor ein paar Wochen entdeckt. Seine Quelle liegt etwa anderthalb Kilometer unter dem Meeresboden. Ich hab einfach angenommen, es wäre eine Bohrinsel.«

»Ziemlich seltsam. Hast du schon jemand davon erzählt?«

»Ich hab der Navy und dem Seefahrtsamt einen Bericht geschickt, aber bisher hat sich noch niemand bei mir gemeldet.«

»Zu dumm, dass wir die *Barnacle* nicht mitgenommen haben.«

»Ich wusste gar nicht, dass dein U-Boot so tief runtergehen kann.«

»Aber klar. Vor den Bahamas bin ich bis auf achtzehnhundert Meter gekommen.«

Reuben klettert aus der Luke. Sein Gesicht ist puterrot. »Na, kommt ihr essen, oder was?«

21.22 Uhr Ein Sternenteppich bedeckt den wolkenlosen Nachthimmel.

Carl Simpson lehnt an der Heckreling und richtet zum dritten Mal an diesem Tag sein Angelzeug. Reuben spült unten ab, während Iz im Ruderhaus den Unterwassertönen lauscht.

»*Manatee,* bitte kommen.«

»Bin schon da, Edie.«

»Ich hab mir die Sache mit SOSUS angehört. Die Geräusche werden lauter und schneller.«

»Ich weiß. Klingt fast wie eine außer Kontrolle geratene Lokomotive.«

»Iz, ich glaube, ihr solltet das Gebiet verlassen. Iz?«

Ein schrilles Kreischen bohrt sich in Iz' Ohren wie ein glühender Feuerhaken. Iz reißt sich den Hörer vom Kopf und sinkt benommen auf die Knie. Das Sausen in seinen Ohren ist unerträglich.

»Rex! Carl!« Er hört nur ein gedämpftes Echo.

Ein unheimliches grünes Licht lässt ihn aufschauen. Das Innere des Ruderhauses erstrahlt in einem schillernden smaragdgrünen Schimmer, der aus dem Wasser strahlt.

Simpson zieht Iz auf die Beine. »Alles in Ordnung?«

Iz nickt, obwohl ihm noch immer die Ohren dröhnen. Die beiden Männer stolpern über das Tauchgerät und stellen sich neben Reuben ans Heck. Gebannt von dem grünen Strahlen sehen sie nicht, dass Qualm aus den überlasteten Schaltkreisen des Modulators kommt.

Mein Gott! Sprachlos starren die drei Männer ins Meer. Ihre Gesichter sind vom gespenstischen Grün des unirdischen Lichts übergossen.

Die *Manatee* tanzt auf der Oberfläche eines leuchtenden Wasserkreises, der einen Durchmesser von mindestens eineinhalb Kilometer hat. Iz beugt sich über Bord, benommen von der surrealen Klarheit des Meeres. Sie wird geschaffen von einer strahlenden Lichtquelle, die sich irgendwo am Meeresboden befinden muss, etwa sechshundert Meter unterhalb des Boots.

»Iz, Rex, eure Haare!«

Reuben deutet auf die Köpfe seiner Freunde, deren Haar sich aufgestellt haben. Simpson betastet seinen Pferdeschwanz, der wie eine Indianerfeder in die Luft ragt. Als Iz mit der Handfläche über die Härchen seines Unterarms streicht, sieht er winzige statische Entladungen.

»Was hat das zu bedeuten?«, flüstert Reuben.

»Keine Ahnung, aber wir müssen weg von hier.« Iz hastet ins Ruderhaus zurück und drückt auf den Startknopf der Maschine.

Nichts.

Er drückt noch dreimal. Dann überprüft er das Funkgerät und das Navigationssystem.

»Was ist denn?«, erkundigt Reuben sich nervös.

»Alles ist außer Funktion. Das Ding da drunten hat einen Kurzschluss in der gesamten Elektronik verursacht.« Iz dreht sich um und sieht, wie Simpson in seinen Tauchanzug steigt. »Was hast du vor?«

»Ich will mir anschauen, was da drunten los ist.«

»Das ist zu gefährlich. Vielleicht gibt's da irgendeine Strahlung.«

»Dann bin ich in meinem Anzug wahrscheinlich besser dran als ihr da oben.« Simpson befestigt die Riemen der Tarierweste, an der die Pressluftflasche befestigt ist, überprüft seinen Lungenautomaten und schlüpft in seine Flossen. »Carl, meine Unterwasserkamera liegt da vor deinen Füßen.«

Reuben wirft sie ihm zu.

»Rex…«

»Iz, Schatzsuche ist mein Hobby. Ich mach nur schnell ein paar Bilder und bin in fünf Minuten wieder da.«

Hilflos sehen Simpsons Freunde zu, wie er sich über Bord fallen lässt.

»Carl, nimm ein Ruder. Wir bringen das Boot hier weg.«

Das Meer ist so durchsichtig, dass Rex Simpson das Gefühl hat, auf die Unterwasserscheinwerfer eines tiefen Schwimmbeckens zuzusteuern. Zwei Meter unter dem Rumpf des Bootes lässt er sich treiben und spürt eine große Ruhe. Sein Körper und die aus seinem Atemregler perlenden Luftbläschen sind in das weiche smaragdgrüne Leuchten gebadet.

Eine Bewegung über seinem Kopf lässt ihn aufblicken. *Mein Gott…*

Simpson muss zweimal blinzeln, dann starrt er ungläubig auf die groteske Kreatur, die sich längs an den Kiel der *Manatee* geheftet hat. Von dem raupenähnlichen Leib, der aus einer ekligen Gallertmasse zu bestehen scheint, gehen zehn Meter lange, geschmeidige Tentakel aus. Nicht weniger als hundert glockenförmige Magenausbuchtungen durchziehen die cremefarbene Unterseite. Jede Verdauungsöffnung besitzt ein grässliches Maul und giftig aussehende fingerähnliche Auswüchse.

Unglaublich. Simpson hat noch nie ein lebendes Exemplar dieser Spezies gesehen, doch er weiß, das es sich um *Apolemia* handelt, eine Staatsquallenart. Diese bizarren Lebewesen, die fünfundzwanzig bis dreißig Meter lang werden können, halten sich ausschließlich in tieferen Wasserschichten auf und werden deshalb nur selten beobachtet.

Das Licht muss die Qualle an die Oberfläche gescheucht haben.

Er macht mehrere Fotos, wobei er sicheren Abstand zu den giftigen Tentakeln des Wesens hält, dann lässt er Luft aus seiner Weste, um tiefer zu gelangen.

Das surreale Licht verschafft ihm das seltsame Gefühl, in Zeitlupe hinabzufallen. In achtzehn Metern Tiefe schlägt Simpson ein paarmal mit den Beinen, um seine Abwärtsbewegung zu verlangsamen. In seinen Ohren hat sich Druck aufgebaut. Als er sich in die Nase kneift, um ihn auszugleichen, stellt er überrascht fest, dass der Schmerz stärker wird. Er blickt nach unten und bemerkt, dass etwas aus dem leuchtenden Nichts zu ihm emporsteigt.

Simpson lächelt und breitet die Arme aus, als Tausende gewaltiger Luftblasen ihn umstrudeln.

Die Schmerzen in den Nebenhöhlen bringen ihn wieder zu Bewusstsein. Ein tiefes, dumpfes Dröhnen hallt ihm in den Ohren, lässt seine Tauchermaske vibrieren und kitzelt seine Nase.

Rex Simpsons Lächeln erstirbt, als er ein flaues Gefühl in der Magengrube wahrnimmt. Es erinnert ihn an das, was man spürt, wenn man am höchsten Punkt einer riesigen Achterbahn angelangt ist, kurz bevor sich die Wagen in die Tiefe stürzen. Das Dröhnen wird lauter.

Ein Unterwasserbeben!

Sechshundert Meter unter ihm bricht ein gewaltiges Stück des Kalksteinbodens in sich zusammen. Eine tunnelähnliche Öffnung klafft auf. Das Meerwasser beginnt zu kreisen, während es in das immer größer werdende Loch gesogen wird. Die Strömung zieht alles in ihren abgrundtiefen Strudel.

Das smaragdgrüne Licht wird so stark, dass Rex Simpson geblendet die Augen schließt.

Iz und Reuben haben es geschafft, die *Manatee* an den Rand der leuchtenden Wasserfläche zu paddeln, als eine unsichtbare Kraft das Heck zu packen scheint und das Fischerboot rückwärts zieht. Als sich die beiden Männer umdrehen sehen sie voll Schrecken, dass sich im Meer ein großer, gegen den Uhrzeigersinn kreisender Wirbel gebildet hat.

»Das ist ein Strudel! Paddel schneller!«

Innerhalb weniger Sekunden hat die Strömung das Boot ergriffen und zieht es rückwärts am äußeren Rand des Mahlstroms entlang.

Der gewaltige Sog hat den Körper von Rex Simpson mit entsetzlicher Kraft ergriffen und zieht ihn in die Tiefe. Simpson strampelt mit den Beinen, während der Druck in seinen Ohren sich verstärkt. Mit einer Hand versucht er seinen Bleigürtel zu lösen, mit der anderen greift er nach dem vibrierenden Gummischlauch hinter seinem Kopf.

Der Gürtel rutscht von seinen Hüften und verschwindet im hellen Licht. Rex fummelt an seiner Weste und betätigt den Griff. Die Weste bläst sich auf.

Die Abwärtsbewegung wird langsamer, ohne aufzuhören.

Plötzlich reißt eine unfassbar starke Strömung ihn seitwärts, als werde er in großer Höhe aus einem Flugzeug gesogen. Während es ihn herumwirbelt, reißt ihm der Sog fast Atemregler und Tauchermaske vom Kopf. Er beißt fest zu, hält die Maske fest und kämpft gegen den erbarmungslosen Strudel an. Vergeblich.

Im Abgrund öffnet sich das Meer. Simpson starrt hundert Stockwerke tief in das lodernde grüne Auge des Strudels, dessen Zentrifugalkraft ihn an die Innenwand des kreisenden, immer größer werdenden Trichters presst.

Von Todesangst gepackt, spürt Simpson sein wild schlagendes Herz. Der Klammergriff um seinen Körper nimmt zu und reißt an den Gurten, die noch verhindern, dass ihm die Pressluftflasche von der Weste gerissen wird. Entsetzt schließt er die Augen, während der Strudel ihn mit Schwindel erregender Geschwindigkeit an seiner Innenwand entlang kreisen lässt und dabei immer tiefer in seine Mündung saugt.

Es ist vorbei. Mein Gott, so hilf mir doch…

Das Glas seiner Tauchermaske zerspringt und ein entsetzlicher Druck umklammert sein Gesicht. Blut strömt ihm aus den Nasenlöchern. Er würgt, dann presst er mit aller Kraft die Augen zu und schreit in sein Atemgerät, während die Augäpfel vom Sehnerv weggesaugt werden und aus ihren Höhlen quellen.

Rex Simpsons letzter Schrei verstummt, als sein Gehirn implodiert.

Die furchtbare Zentrifugalkraft des Trichters presst den Rumpf der *Manatee* an die steile, kreisende Wand. Bei jeder Umdrehung des Bootes werden Teile von ihm weggerissen. Carl Reuben ist bewusstlos; sein Körper drückt die Beine von Iz Axler an den Fiberglasaufbau des Hecks.

Iz packt mit beiden Händen die Reling. Der Strudel dröhnt ihm in den Ohren, die unheimliche Geschwindigkeit macht ihn ebenfalls fast bewusstlos.

Er zwingt sich, die Augen zu öffnen und zur Quelle des grünen Lichts hinabzublicken. In wenigen Minuten erwartet ihn der Tod, ein Gedanke, der ihn irgendwie gleichermaßen tröstet und erschreckt.

Plötzlich schwächt sich das strahlende Leuchten ab. Iz reckt den Hals und beugt sich gefährlich weit über die Reling. Aus einem gewaltigen Loch im Meeresboden sieht er eine gurgelnde, teerartige Substanz quellen. Die schwarze Masse rülpst – Iz nimmt einen schwefligen, fauligen Gestank wahr –, dann überdeckt sie vollkommen das smaragdgrüne Licht, während sie an den Wänden des Trichters emporsteigt und das strudelnde Meer verdunkelt.

Iz schließt die Augen und zwingt sich, an Edith und Dominique zu denken, während der wahnsinnige Strudel die *Manatee* in seinen kreisenden Schlund saugt.

Gott, lass es rasch vorübergehen.

Carl Reuben hebt benommen den Arm und fasst Iz Axler an der Hand, während der schwarze Schlick immer näher kommt.

Das Boot trifft auf die dicke, teerige Substanz. Es kippt um und wirft Axler und Reuben kopfüber in den Rachen des pechschwarzen Mahlstroms.

12

23. November 2012
Strand von Progreso, Halbinsel Yukatan

6.45 Uhr Bill Godwin küsst seine schlafende Frau auf die Wange, greift nach seinem Mikrodisc-Player und schleicht sich lautlos aus dem im ersten Stock gelegenen Zimmer des Holiday Inn.

Wieder ein wunderschöner Morgen.

Godwin steigt die Betontreppe zum Pool hinab, dann verlässt er den eingezäunten Hotelbereich und überquert die Straße, um zum Strand zu gelangen. Er blinzelt ins Morgenlicht. Vor ihm breitet sich meilenweit ein unberührter weißer Sandstrand aus, gerahmt von kristallklarem blauem Wasser.

Herrlich…

Als er die Brandung erreicht, zeigen sich erste golden leuchtende Flecken über einer Wolkenbank am östlichen Horizont. Ein mexikanisches Mädchen rast auf einem rot-weißen Jetski im Zickzack durchs glatte Wasser des Golfs von Mexiko. Bill bewundert ihre Figur, während er sich dehnt und reckt, dann rückt er seinen Kopfhörer zurecht und läuft in gemütlichem Tempo los.

Der sechsundvierzigjährige Marketingfachmann bei

Waterford-Leeman geht dreimal pro Woche joggen, seit er sich vor sechs Jahren von seinem zweiten Herzinfarkt erholt hat. Er meint, seine ›Morgenmeile‹, wie seine Frau es nennt, habe ihm zehn Lebensjahre geschenkt. Außerdem hilft sie ihm, zum ersten Mal seit seiner Studienzeit das Gewicht unter Kontrolle zu halten.

Godwin überholt einen anderen Jogger und nickt ihm zu, während er kurz neben ihm her läuft. Was seinen Blutdruck betrifft, hat die Urlaubswoche in Yukatan Wunder gewirkt, doch die schwere mexikanische Küche hat Spuren an seinen Hüften hinterlassen. Als er den verlassenen Hochsitz der Rettungsschwimmer erreicht hat, beschließt er, noch ein Stück zu laufen. Fünf Minuten und achthundert Meter weiter bleibt er völlig erschöpft stehen. Er bückt sich, zieht seine Joggingschuhe aus, steckt den Disc-Player in einen Schuh und schreitet in das laue Wasser, um wie jeden Morgen kurz zu schwimmen.

Godwin watet hinaus, bis die Dünung seine Brust erreicht hat. Er schließt die Augen, entspannt sich im warmen Meer und denkt darüber nach, was er heute unternehmen will.

»Scheiße…« Bill zuckt zusammen, umklammert seinen Unterarm und sucht das Wasser nach der Qualle ab, die er berührt haben muss. »Was ist denn das?«

Eine schwarze, teerähnliche Substanz klebt an seinem Arm und versengt sein Fleisch. »Der Teufel soll diese Öltanker holen!« Er schwenkt seinen Arm im Wasser hin und her, ohne den Schlick abwaschen zu können.

Der brennende Schmerz verstärkt sich.

Laut fluchend dreht Godwin sich um und watet aufs Land zu. Als er auf den Strand taumelt, strömt ihm schon Blut aus beiden Nasenlöchern. Rote Flecken verschleiern ihm die Sicht. Benommen und verwirrt sinkt er im Sand auf die Knie.

»Ich brauche Hilfe! Kann mir jemand helfen?«

Ein älteres mexikanisches Paar kommt näher und bleibt stehen. *»Qué pasó, Señor?«*

»Tut mir Leid, ich spreche kein Spanisch – *no hablo.* Ich brauche einen Arzt – *el doctor.*«

Der Mann sieht ihn an. *»El doctor?«*

Ein stechender Schmerz dringt in Godwins Augäpfel. Mit einem qualvollen Aufschrei presst er sich die geballten Fäuste in die Augen. »O Gott, mein Kopf!«

Der Mann schaut seine Frau an. *»Por favor, llame a un médico.«* Sie hastet davon.

Bill Godwins Augen fühlen sich an, als würden sie von Dolchen durchbohrt. Er zerrt an seinen Haaren, dann beugt er sich vornüber und würgt eine blutige, ätzende schwarze Masse hervor.

Der Mexikaner beugt sich über ihn und versucht vergeblich, dem Kranken zu helfen, dann zuckt er plötzlich zurück und greift sich an den Knöchel. *»Hijo de la chingada!«*

Der glühend heiße Auswurf ist auf den Fuß des Mannes gespritzt und versengt das Fleisch.

Weißes Haus
Washington, D.C.

Ennis Chaney spürt die Blicke von Präsident Maller und Pierre Borgia auf sich, während er den zweiseitigen Bericht überfliegt.

»Gibt es keine Hinweise darauf, woher dieser giftige Dreck stammt?«

»Der ist aus dem Meer gekommen, wahrscheinlich aus einem der Ölfelder der PEMEX«, erklärt Borgia. »Wichtiger ist, dass ein Dutzend US-Amerikaner und mehrere hundert Mexikaner daran gestorben sind. Die Strömung hat die schwarze Flut bisher nur an die Küste von Yukatan getrieben, aber wir müssen die Situation unbedingt intensiv überwachen, damit das Zeug auf keinen Fall die USA erreicht. Außerdem sind wir der Meinung, dass wir während dieser Umweltkrise engen diplomatischen Kontakt mit Mexiko halten müssen.«

»Und das bedeutet?«

Chaney bemerkt, dass sich Maller gar nicht wohl in seiner Haut fühlt.

Der Präsident räuspert sich. »Pierre meint, es wäre am besten, wenn Sie die Untersuchung leiten würden. Die Probleme mit dem Drogenhandel haben unsere Beziehungen zu Mexiko belastet. Wir haben das Gefühl, dass diese Situation uns eine Gelegenheit verschaffen könnte, die Dinge wieder ins Lot zu bringen. Die Presse wird Sie aufmerksam begleiten.«

Chaney seufzt. Offiziell beginnt seine Amtszeit als Vizepräsident erst im Januar, doch der Kongress hat die Übernahme des vakanten Postens bereits bestätigt. Die neue Aufgabe erschöpft ihn, ganz abgesehen davon, dass er seine Mitarbeiter auf seinen Abschied aus dem Senat vorbereiten muss. »Nur damit ich's richtig verstehe – obwohl wir uns auf einen potenziellen Konflikt im Persischen Golf gefasst machen, wollen Sie mich an die Spitze einer diplomatischen Mission nach Mexiko stellen?« Chaney schüttelt den Kopf. »Was, zum Teufel, soll ich da tun, abgesehen davon, dass ich mein Beileid ausdrücken kann? Bei allem Respekt, Herr Präsident, damit wird unser Botschafter in Mexiko schon fertig.«

»Die Sache ist wichtiger, als Ihnen bewusst ist, und außerdem« – der Präsident zwingt sich zu einem angespannten Lächeln –, »wer sonst hat den Mumm dazu? Als Sie vor drei Jahren in Puerto Rico waren, um die Leute des Seuchenkontrollzentrums bei ihrem Kampf gegen das Denguefieber zu unterstützen, war das ein fantastischer PR-Coup.«

»Mein Engagement hatte nichts mit PR zu tun.«

Verärgert klappt Borgia seine Aktentasche zu. »Der

Präsident der Vereinigten Staaten hat Ihnen soeben einen Auftrag erteilt, Herr Vizepräsident. Haben Sie vor, Ihren Pflichten nachzukommen, oder wollen Sie lieber zurücktreten?«

Die dunklen Augen öffnen sich weit und blitzen Borgia zornig an.

Maller wirft Borgia einen ärgerlichen Blick zu. »Pierre, lassen Sie uns bitte ein paar Minuten allein.«

Der Außenminister versucht, Chaney mit seinem verbliebenen Auge niederzuzwingen, muss jedoch klein beigeben.

»Pierre, bitte.«

Borgia verlässt den Raum.

»Ennis…«

»Herr Präsident, wenn Sie mich bitten, nach Mexiko zu fliegen, dann tu ich das natürlich auch.«

»Ich danke Ihnen.«

»Sie brauchen mir nicht zu danken. Aber sagen Sie Meister Einauge, dass Ennis Chaney sich von niemand auf die Füße treten lässt. Was mich betrifft, steht der Knabe seit neuestem ganz oben auf meiner schwarzen Liste.«

Bereits zwei Stunden später besteigt der Vizepräsident einen Sikorsky MH-60 Pave Hawk. Dean Disangro, soeben zu seinem Assistenten befördert, ist bereits an Bord, ferner zwei Geheimagenten und ein halbes Dutzend Journalisten.

Chaney ist wütend. Im Verlauf seiner ganzen politischen Karriere hat er sich nie als PR-Affe benutzen lassen. Parteilichkeit und politisches Wohlverhalten bedeuten ihm nichts. Gegen Armut und Gewalt zu kämpfen und sich für bessere Bildungsmöglichkeiten und Rassengleichheit einzusetzen – das ist der Mühe wert. Oft kommt er sich wie ein moderner Don Quichotte vor, der gegen Windmühlen anrennt. *Dieser einäugige Hohlkopf meint offenbar, er kann mit mir umspringen, wie er will, aber da hat er sich mit jemand eingelassen, der eine Nummer zu groß für ihn ist.*

Disangro schenkt dem Vizepräsidenten eine Tasse koffeinfreien Kaffee ein. Er weiß, dass Chaney nicht gern fliegt, am allerwenigsten mit Hubschraubern. »Sie schauen nervös aus.«

»Klappe. Was hab ich da gehört – wir machen einen Umweg?«

»Wir sollen kurz in Fort Detrick landen, um Leute von USAMRIID aufzunehmen, bevor wir nach Yukatan weiterfliegen.«

»Großartig.« Chaney schließt die Augen und packt die Armlehnen, während der Sikorsky abhebt.

Dreizehn Minuten später landet der Helikopter vor der Zentrale von USAMRIID. Das Forschungsinstitut für Infektionskrankheiten steht unter der Leitung der US-Armee. Von seinem Fenster aus sieht Chaney, wie zwei Männer die Verladung mehrerer großer Kisten überwachen.

Die beiden Männer klettern an Bord. Der eine, ein silberhaariger Offizier, stellt sich vor. »Oberst Jim Ruetenik, Herr Vizepräsident. Ich bin Ihrem Team als militärischer Seuchenspezialist zugewiesen. Das ist mein Kollege Dr. Marvin Teperman, ein Exobiologe aus Toronto, der bei uns zu Gast ist.«

Chaney mustert den kleinen Kanadier, der einen dünnen Schnurrbart und ein aufdringlich warmes Lächeln zur Schau stellt. »Was genau tut ein Exobiologe?«

»Die Exobiologie befasst sich mit Lebensformen außerhalb unseres Planeten. Dieser Schlick könnte einen ansteckenden Virus enthalten, den wir womöglich noch nicht kennen. Jedenfalls war man bei USAMRIID der Meinung, ich könnte eventuell von Nutzen sein.«

»Was ist in den Kisten?«

»Schutzanzüge«, antwortet der Oberst. »Leicht transportierbare Druckanzüge, die wir bei Einsätzen in so genannten ›heißen Zonen‹ tragen, in denen wir es mit potenziell gefährlichen Substanzen zu tun haben.«

»Ich kenne mich mit Schutzanzügen aus, Oberst.«

»Richtig, Sie waren ja mit in Puerto Rico, als dort 2009 das Denguefieber ausgebrochen ist.«

»Jetzt wird es etwas übler werden, fürchte ich«, mischt Teperman sich ein. »Nach allem, was wir wissen, führt der Kontakt mit der Substanz zu raschem Kreislaufversagen und starken Blutungen aus allen Körperöffnungen.«

»Damit kann ich schon umgehen.« Chaney umklammert die Armlehnen, während der Hubschrauber wieder abhebt. »Wobei's mir wirklich mulmig wird, sind Flüge mit diesen Dingern hier.«

Der Oberst lächelt. »Sobald wir gelandet sind, werden wir die Mexikaner zuerst einmal dabei unterstützen, graue Zonen einzurichten – Schutzzonen zwischen den verseuchten Gebieten und dem Rest des Landes.«

Chaney hört ihm eine Weile zu, dann lehnt er sich in seinen Sitz zurück und schließt die Augen. *Schutzanzüge. Zusammenbrüche und Blutungen. Was, zum Teufel, soll ich da bloß?*

Vier Stunden später verlangsamt der Sikorsky sein Tempo und schwebt über einen weißen Strand, der sporadisch mit einer schwarzen, teerähnlichen Substanz bedeckt ist. Teile der befallenen Küste sind mit orangefarbenen Sperren abgeriegelt.

Der Hubschrauber folgt der verlassenen Küste nach Osten und nähert sich einer Reihe von Armeezelten mit dem Zeichen des Roten Kreuzes, die man an einem abgesperrten Strand aufgebaut hat. Fünfzig Meter von den Zelten entfernt brennt ein großes Feuer, dessen dicke, dunkelbraune Rauchsäule kilometerweit in den wolkenlosen Himmel reicht.

Der Sikorsky wird langsamer und landet auf einem abgesicherten Parkplatz in der Nähe der Zelte.

»Herr Vizepräsident, dieser Anzug müsste Ihnen passen.« Oberst Ruetenik reicht Chaney einen orangefarbenen Schutzanzug.

Chaney sieht, dass Disangro ebenfalls in einen Anzug schlüpft. »Moment mal. Setzen Sie sich ruhig wieder auf den Hintern, junger Freund, Sie bleiben hier. Das gilt auch für die Journalisten und die Sicherheitsleute.«

»Es ist meine Aufgabe, Ihnen beizustehen...«

»Stehen Sie mir bei, indem Sie hier bleiben.«

Zwanzig Minuten später klettert Chaney aus dem Hubschrauber, begleitet von Teperman und dem Oberst. Die drei Männer stecken in den unförmigen Schutzanzügen und tragen Luftflaschen auf dem Rücken.

Vor dem Hauptzelt werden sie von einem Arzt empfangen. Chaney bemerkt, dass eine grüne Flüssigkeit von seinem Schutzanzug tropft.

»Ich bin Dr. Juarez. Danke, dass Sie so rasch gekommen sind.«

Oberst Ruetenik stellt seine Begleiter vor.

»Ist das Zeug auf Ihrem Anzug die toxische Substanz?«, fragt Chaney und deutet auf die grüne Flüssigkeit.

»Nein, Sir. Das ist ein Desinfektionsmittel. Vergessen Sie nachher nicht, Ihren Anzug damit zu übergießen, bevor Sie ihn ausziehen. Folgen Sie mir bitte, dann kann ich Ihnen die Substanz zeigen.«

Chaney fühlt, wie der Schweiß an seinem Gesicht herabrinnt, während er als letzter den Quarantänebereich betritt.

Unter den Planen des Lazarettzelts liegen auf Feldbetten Dutzende von Menschen. Die meisten tragen Badekleidung, alle sind mit schwarzen Flecken aus Blut und Erbrochenem bedeckt. Wer noch bei Bewusstsein ist, stöhnt qualvoll vor sich hin. In Schutzanzüge gehüllte

Arbeiter, die schwere Stiefel und Handschuhe aus Gummi tragen, schaffen Leichensäcke aus dem Zelt, während im selben Tempo neue Kranke hereingeschleppt werden.

Dr. Juarez schüttelt den Kopf. »Die Gegend hier hat sich in eine echte ›heiße Zone‹ verwandelt. Am schlimmsten war es in den frühen Morgenstunden, als noch niemand wusste, wie ansteckend der Schlick ist. Um die Mittagszeit hatten wir alle Strände abgeriegelt, aber die ersten Ärzte und Helfer, die gekommen sind, haben sich angesteckt und alles nur verschlimmert. Inzwischen beschränken wir uns darauf, die Opfer zu identifizieren und dann die Leichen zu verbrennen, um die Ausbreitung zu verlangsamen.«

Sie betreten das nächste Zelt. Eine hübsche Schwester in einem Schutzanzug sitzt neben einem Feldbett und hält die Hand eines etwa vierzigjährigen US-Amerikaners in ihren von Handschuhen geschützten Händen.

Dr. Juarez gibt der Schwester einen zärtlichen Klaps auf die Schulter. »Na, wen haben wir da?«

»Das ist Mr. Ellis, ein Künstler aus Kalifornien.«

»Mr. Ellis, können Sie mich verstehen?«

Der Kranke liegt auf dem Rücken und starrt mit weit offenen Augen ins Leere.

Ennis Chaney durchläuft ein Schauder. Die Augäpfel des Mannes sind vollständig schwarz.

Der Oberst zieht den Arzt beiseite. »Wie breitet die Infektion sich aus?«

»Durch Körperkontakt mit der schwarzen Flut oder mit dem Auswurf eines anderen Infizierten. Auf irgendwelche Keime in der Luft scheint nichts hinzudeuten.«

»Marvin, geben Sie mir bitte das Diktiergerät und halten Sie die Hutschachtel bereit.« Der Oberst nimmt Teperman das Gerät aus der Hand und beginnt hineinzusprechen, während er Dr. Juarez bei seiner Untersuchung assistiert.

»Patient scheint mit Daumen, Zeige- und Mittelfinger

der rechten Hand in Berührung mit der teerähnlichen Substanz gekommen zu sein. An allen drei Gliedmaßen ist das Fleisch bis auf den Knochen versengt. Die Augäpfel sind starr, sie bluten und sind vollständig schwarz geworden. Patient befindet sich in einem Zustand der Erstarrung. Schwester, wie lange ist es her, seit Mr. Ellis in Kontakt mit der schwarzen Flut gekommen ist?«

»Keine Ahnung, Sir. Vielleicht zwei Stunden.«

Teperman beugt sich zu Chaney. »Das Zeug wirkt außerordentlich schnell.«

Der Oberst nickt zustimmend. »Haut des Patienten ist klamm und fast gelb. An oberen und unteren Gliedmaßen erscheinen schwarze Flecken.« Behutsam betastet Ruetenik mehrere blutunterlaufene Stellen an den Armen des Kranken. »An beiden oberen Gliedmaßen ist Serum ins Gewebe eingedrungen...«

Dr. Juarez hat sich zu seinem Patienten gesetzt, der offenbar aus seiner Erstarrung erwacht. »Bitte bewegen Sie sich nicht, Mr. Ellis. Sie sind in Berührung mit irgendeiner...«

»Mein Kopf! Ich halt es nicht mehr aus!« Der Kranke setzt sich plötzlich auf. Aus beiden Nasenlöchern tropft schwarzes Blut. »Wer, zum Teufel, seid denn ihr? O Gott...« Ohne Vorwarnung schießt gewaltsam eine enorme Menge dickes schwarzes Blut und Gewebe aus dem Mund des Kranken. Der heiße Brei läuft ihm an der Brust entlang und spritzt auf die Hauben der Schutzanzüge von Teperman und der Schwester.

Chaney weicht mehrere Schritte zurück. Der Anblick des schwarzen Auswurfs verursacht einen Würgreflex. Er schluckt den Mageninhalt, der ihm in die Kehle steigt, und wendet sich ab, um seine Fassung wiederzugewinnen.

Die Schwester kniet noch immer vor ihrem Patienten und hält seine Hände fest. Nur ihr Mitgefühl verhindert, dass sie den Blick von dem entsetzten Gesicht des Sterbenden abwendet.

Der Mann starrt Dr. Juarez und den Oberst aus den schwarzen Löchern seiner Augen an. Sein blutiges Gesicht lässt an einen Zombie denken. Starr sitzt er in aufrechter Haltung da, als habe er Angst, sich zu bewegen. »Es schmilzt da in mir drin«, stöhnt er.

Chaney sieht, wie der Oberkörper des Mannes zu zittern beginnt und sich verkrampft. Mit einem schaurigen Gurgeln tritt wieder der schwarze Auswurf aus, diesmal auch aus den Nasenlöchern und Augen. Er rinnt am Hals des Kranken hinab, gefolgt von einem hellroten Blutstrom.

Dr. Juarez packte die zuckenden Ellbogen des Kranken, dessen Oberkörper von heftigen Krämpfen geschüttelt wird. Chaney schließt die Augen und betet.

Der Arzt und die Schwester lassen die leblose Hülle auf das Feldbett sinken.

Oberst Ruetenik steht über der blutenden Leiche und setzt kühl sein Diktat fort. »Patient ist offenbar an Kreislaufversagen aufgrund heftiger Blutungen gestorben. Marvin, bringen Sie mal die Hutschachtel. Ich will ein paar Döschen mit diesem schwarzen Auswurf füllen und Gewebe- und Organproben entnehmen.«

Ennis Chaney braucht seine ganze Willenskraft, um sich nicht in seine Haube zu erbrechen. Seine Beine zittern sichtbar, während er zusieht, wie Marvin Teperman sich neben den Toten kniet und mehrere kleine Behälter mit dem verseuchten Blut füllt. Die Proben kommen nacheinander in die ›Hutschachtel‹, einen zylindrischen Isolierbehälter aus gewachster Pappe.

Chaney ist in Schweiß gebadet. Er hat das Gefühl, in seinem Schutzanzug zu ersticken.

Die vier Männer überlassen es der Schwester, den Toten zu reinigen.

Der Oberst zieht Chaney beiseite. »Sir, Mr. Teperman

wird mit Ihnen nach Washington zurückfliegen, um dort eine Analyse dieser Proben durchzuführen. Ich würde gern noch eine Weile hier bleiben. Könnten Sie wohl dafür sorgen…«

»Diego!« Die Schwester taumelt aus dem Isolierzelt und stößt qualvolle Schreie aus. Dr. Juarez packt sie an den Handgelenken.

»Icarajo!« Der Arzt starrt auf einen kleinen Riss am linken Ellbogen ihres Schutzanzugs. Die entblößte Haut zischt. Ein Spritzer des schwarzen Auswurfs, klein wie eine Münze, hat sich durchs Fleisch gefressen und schon fast den Knochen erreicht.

Oberst Ruetenik übergießt den Arm mit dem grünen Desinfektionsmittel.

»Ganz ruhig, Isabel, das war bestimmt noch rechtzeitig!« Dr. Juarez sieht den Vizepräsidenten an. Verzweiflung steht in sein Gesicht geschrieben. In seine Augen treten Tränen. »Meine Frau…«

Chaney spürt, wie seine Kehle sich zusammenzieht, während er in die angstvollen Augen der todgeweihten Frau blickt.

»Diego, schneid mir den Arm ab!«

»Isabel…«

»Diego, es wird das Baby infizieren!«

Erstarrt bleibt Chaney stehen und sieht zu, wie Juarez und Ruetenik die schreiende Frau ins Chirurgiezelt tragen. Dann läuft er davon. Über eine Sanddüne taumelnd, zerrt er an seiner Haube. Er fällt auf die Knie und tastet hektisch nach dem Reißverschluss an seinem Nacken, während ihm schon die Galle in die Kehle steigt.

»Nein!« Teperman packt Chaney am Handgelenk, als der sich gerade die Haube vom Kopf reißen will. Er übergießt den orangefarbenen Anzug des Vizepräsidenten mit dem grünen Desinfektionsmittel, während Chaney an die Innenseite seines Visiers speit.

Teperman wartet, bis Chaney fertig ist, dann nimmt er ihn am Arm und führt ihn zu einer Reihe chemischer Duschen. Die beiden Männer lassen sich in ihren Anzügen mit Desinfektionsmitteln besprühen, dann duschen sie sich mit Wasser und streifen die Schutzkleidung ab.

»Alles in Ordnung?«

»Na, das kann man nicht gerade sagen.« Chaney schüttelt den Kopf. »Ich hab da drüben völlig die Kontrolle verloren.«

»Sie waren wirklich tapfer. Das ist mein erstes Mal in einer heißen Zone; der Oberst hat so was schon mindestens ein dutzend Mal gemacht.«

»Wie schafft ihr das bloß?«, krächzt der Vizepräsident, dem immer noch die Hände zittern.

»Man versucht mit aller Kraft, es zu entpersönlichen, während man drin ist; dann geht man unter die Dekontaminationsdusche, zieht den Anzug aus und kotzt.«

Entpersönlichen. Verfluchte Windmühlen! Ich werde allmählich zu alt, um weiter dagegen anzukämpfen. »Fliegen wir heim, Mr. Teperman.«

Chaney folgt dem Exobiologen zum Hubschrauber. Bevor er einsteigt, dreht er sich noch einmal um und sieht, wie zwei Männer die nächste Leiche ins Feuer werfen.

Es ist die Krankenschwester.

13

24. November 2012
Hollywood Beach, Florida

Die Tränen strömen Dominique so heftig aus den Augen, dass sie das Bild von Edith auf dem Video-Kommunikator kaum noch erkennen kann. Rabbi Steinberg drückt ihr fest die Hand, während seine Frau ihr über den Rücken streicht.

»Edie, das versteh ich nicht. Was ist passiert? Was hat Iz dort nur gemacht?«

»Er wollte die Geräusche untersuchen, die aus dem Krater kamen.«

Ein Aufschrei steigt aus ihrer Kehle. Schluchzend vergräbt sie das Gesicht an der Brust des Rabbis.

»Dominique, schau mich an!«, fordert Edith gebieterisch.

»Und ich bin daran schuld…«

»Hör auf. Mit dir hat das überhaupt nichts zu tun. Iz hat nur seine Pflicht getan. Es war ein Unfall. Die mexikanische Küstenwache untersucht noch, was genau geschehen ist.«

»Was hat die Autopsie ergeben?«

Edith wendet den Blick ab und versucht verzweifelt, ihren eigenen Gram zu beherrschen.

Rabbi Steinberg sieht Dominique an. »Die Körper der Toten waren von der schwarzen Flut infiziert. Man musste sie verbrennen.«

Dominique schließt die Augen; sie zittert.

Auf dem Bildschirm erscheint wieder das Gesicht von Edith. »Jetzt hör mir mal zu, Schatz. Übermorgen ist die Trauerfeier. Du musst nach Hause kommen.«

»Das tue ich. Ich bleibe eine Weile bei dir. In Ordnung?«

»Was ist mit deinem Praktikum?«

»Das ist jetzt nicht mehr wichtig.« Dominique wischt sich die Tränen aus den Augen. »Edie, es tut mir so Leid...«

»Komm einfach heim.«

Der graue Nachmittagshimmel sieht bedrohlich aus, als Dominique den Eingang ihres Hochhauses verlässt. Sie überquert die Straße, öffnet die Fahrertür ihres Pronto Spyder und wirft die Aktentasche auf den Beifahrersitz; tief durchatmend, riecht sie das Meer und den nahenden Regen. Dann steigt sie ein, legt den Daumen an den Sensor der Zündung, drückt die Starttaste und legt die Stirn ans Lenkrad, während sie wartet, bis der Computer sie identifiziert und ihren Alkoholpegel überprüft hat.

Iz ist tot. Er ist tot und ich bin daran schuld. Sie presst die Lider zusammen und schüttelt den Kopf. *Alles ist nur meine Schuld.*

Der CD-Spieler schaltet sich ein.

Das Gerät ist auf digitale Auswahl eingestellt. Der Computer des Roadsters registriert die Intensität, mit der ihre Finger das Lenkrad berühren, und interpretiert ihre Stimmung.

Die CD mit den Hits der ›Doors‹ wird eingelegt.

Denk nach. Das Wetter war ruhig und Iz war ein so erfahrener Skipper, dass das Boot bestimmt nicht ohne Grund ge-

sunken ist. Etwas Schreckliches, etwas Unvorhergesehenes muss eingetreten sein.

Der vertraute Klang über ein Becken tanzender Trommelschlägel verwebt sich mit ihren Gedanken. Eindringliche Gitarrenriffs greifen nach ihr und verstärken ihren Kummer, wirken gleichzeitig aber tröstend. Erinnerungen an Iz flackern in ihr auf. Eine tiefe Traurigkeit ergreift sie, als die Worte des Songs in ihr Herz dringen und sie noch verzweifelter machen. Heiße Tränen schießen ihr in die Augen, während die melodische Stimme von Jim Morrison in ihren Ohren widerhallt.

This is the End… beautiful friend,
this is the End… my only friend, the End.

In den Bann geschlagen von den eindringlich klagenden Worten, hebt sie den Kopf vom Lenkrad. Die ersten Regentropfen klatschen an die Windschutzscheibe. Sie schließt die Augen, während die Gedanken an Iz und Edith und Mick unkontrollierbar durch ihr Hirn kreisen.

»Du schaust müde aus, Kleine…«
»Komm einfach heim…«

Lost in a romance, wilderness of pain…

»Wenn ich nicht hier eingesperrt wäre… glauben Sie… glauben Sie, Sie hätten sich in mich verlieben können?«

And all… the children… are insane,
´waiting for the summer rain, yeahhh…

»Vier Ahau, drei Kankin. Sie wissen, welcher Tag das ist, nicht wahr, Dominique?«
»Glauben Sie an Gott?«
»Du schaust müde aus, Kleine…«
»Glauben Sie an das Böse?«

There's danger on the edge of town…

»Sie müssen irgendetwas unternehmen! Der Chicxulub-Krater – die Zeit wird knapp…«
»Du bist auch nur ein Mensch. Du kannst nicht von dir erwarten, die Welt zu retten…«
»Die Zeit wird knapp… und wir werden alle sterben!«
»Du kannst nicht von dir erwarten, die Welt zu retten…«
»Die Zeit wird knapp…«

Father, I want to kill you…

Dominique sinkt wieder übers Lenkrad. Ihr Schluchzen vermischt sich mit Jim Morrisons schwülstiger Stimme, die vor ödipaler Lust vibriert.

Der Gesang wird sanfter, während die Gitarrenklänge wieder in den Vordergrund treten.

This is the End… beautiful friend,
this is the End… my only friend, the End.

»Keiner von uns hat irgendeinen Einfluss auf die Karten gehabt, die wir in diesem Spiel bekommen haben, aber wir sind voll und ganz dafür verantwortlich, wie wir sie ausspielen.«

Der Motor des Roadsters springt an. Dominique fährt zusammen.

This is the End…

Sie stellt den CD-Spieler ab und wischt sich die Tränen aus den Augen, während der Regen an die Windschutzscheibe trommelt. Dann hebt sie den Kopf und betrachtet ihr Bild im Rückspiegel.

Spiel deine Karten aus.

Mehrere Minuten lang blickt sie starr vor sich hin.

Entschlossenheit tritt an die Stelle ihres Kummers, während ihr ein Plan durch den Kopf schießt. Dann schaltet sie das Autotelefon ein und wählt die Nummer von Rabbi Steinberg.

»Ich bin's. Nein, ich stehe noch drunten. Ich muss noch was Wichtiges erledigen, bevor ich nach Sanibel fahre, aber dazu brauche ich deine Hilfe.«

14

25. November 2012
Miami, Florida

21.54 Uhr Der schwarze Pronto Spyder biegt nach rechts in die Twenty-third Street ein, wendet und parkt vor einem Telefonmasten am Bordstein, gleich neben der sechs Meter hohen, grell weißen Betonmauer. Die Seitenstraße, die an der Nordseite der Anstalt entlangläuft, führt noch zwei Blocks weiter nach Westen, wo sie an einer verwaisten Baumwollspinnerei endet. Wie viele Straßen des verwahrlosten Viertels ist sie verlassen, nur ein Dodge-Van parkt am anderen Ende des Blocks.

Dominique steigt aus dem Wagen. Adrenalin schießt durch ihre Adern. Sie öffnet den Kofferraum, vergewissert sich, dass niemand zu sehen ist, und holt ein fünfzehn Meter langes und eineinhalb Zentimeter dickes Nylonseil heraus. Dann bückt sie sich, als wolle sie ihren rechten Hinterreifen inspizieren, bindet ein Ende des Seils an den Fuß des Telefonmasts und wendet sich wieder dem Kofferraum zu.

Sie öffnet einen großen Pappkarton und entnimmt ihm einen ferngesteuerten Modellhubschrauber, an dessen kleinem Fahrgestell ein mechanischer Greifer hängt.

Dominique legt den Knoten am losen Seilende zwischen die Zangen des Greifers und schließt ihn.

Okay, jetzt muss ich aufpassen. Das Seil darf sich nicht im Stacheldraht verfangen.

Sie schaltet den batteriebetriebenen Motor des Miniaturhubschraubers ein und zuckt zusammen, als sich die Rotoren mit einem lauten, hohen Jaulen zu drehen beginnen. Das Fluggerät hebt ab und schwankt bedenklich hin und her, während es das Nylonseil anhebt. Dominique lässt es steil in die Höhe steigen, bis das Seilende sich über die Mauerkrone erhebt.

Behutsam…

Mit dem Steuerhebel lässt sie den Hubschrauber über die Mauer schweben. Als er über dem Hof der Anstalt steht, öffnet sie den Greifer und lässt das Seil los.

Der befreite Knoten fällt zu Boden, während das Seil zwischen den Stacheldrahtrollen auf die Mauerkrone gleitet.

Geschafft. Weg mit dir! Dominique legt den Steuerhebel ganz nach rechts. Der Modellhubschrauber rast auf die Baumwollspinnerei am Ende der Straße zu und verschwindet über dem Dach des verlassenen Gebäudes. Sie schaltet die Fernsteuerung aus und hört in der Ferne das verräterische Geräusch von zersplitterndem Plastik.

Dominique schlägt den Kofferraumdeckel zu, steigt in den Roadster und lenkt ihn auf den Personalparkplatz.

Sie schaut auf ihre Armbanduhr: 22.07. *Bald ist es so weit.* Sie greift ins Handschuhfach und holt eine verbrauchte Zündkerze und einen Schraubenschlüssel heraus. Dann stellt sie den Motor ab und öffnet die Haube des Wagens.

Drei Minuten später klappt sie die Haube wieder zu und wischt sich mit einem feuchten Tuch die Schmiere von den Fingern. Sie richtet ihr Make-up und rückt ihr enges Trägertop zurecht, bevor sie dessen tiefen Ausschnitt mit einer rosa Strickjacke aus Kaschmir verhüllt.

Okay, Mick, jetzt kommt's auf dich an.

Sie eilt zum Eingang der Anstalt und hofft inbrünstig, dass Mick bei dem Gespräch, das sie am Nachmittag mit ihm geführt hat, klar bei Sinnen gewesen ist.

22.14 Uhr Michael Gabriel sitzt auf der Kante seiner dünnen Matratze und starrt mit leeren schwarzen Augen auf den Boden. Sein Mund steht offen, Speichel tropft ihm von der Unterlippe. Sein mit Blutergüssen übersäter linker Unterarm ruht mit der Handfläche nach oben auf dem Oberschenkel und bietet sich dem Schlächter dar. Der rechte Arm liegt mit leicht geballter Faust versteckt neben dem Körper.

Er hört den Pfleger kommen. »He, Marvis, hab ich recht gehört? Ist das die letzte Nacht von diesem Wrack da drin?«

Mick atmet tief durch, um seinen hektischen Pulsschlag zu beruhigen. Dass Marvis in der Nähe ist, verkompliziert die Sache. *Du hast nur einen einzigen Versuch. Wenn nötig, sind sie eben alle beide dran.*

Marvis schaltet den Fernseher im Aufenthaltsbereich aus und wischt die Saftflecken auf dem Couchtisch ab. »Ja. Morgen bringt Foletta ihn nach Tampa.«

Die Tür geht auf. Aus dem Augenwinkel sieht Mick den sadistischen Pfleger kommen; an der Tür steht schattenhaft ein zweiter Mann.

Noch nicht. Marvis schlägt die Tür zu, wenn du dich jetzt bewegst. Warte, bis die Luft rein ist. Soll das Schwein die Spritze doch noch reintun.

Der Pfleger packt Mick am linken Handgelenk und stößt die Kanüle so brutal in die geschwollene Vene, dass die Nadelspitze fast abbricht. Dann beginnt er das Chlorpromazin in das geschundene Gefäß zu injizieren.

Mick spannt seine Bauchmuskeln an, damit sein Oberkörper nicht vor Schmerz zusammenzuckt.

»He, Barnes, geh schonend mit ihm um, sonst melde ich dich wieder.«

»Ach, leck mich doch am Arsch, Marvis.«

Der Wärter schüttelt den Kopf und geht.

Micks Augen drehen sich nach oben. Sein Körper erschlafft. Er fällt auf die linke Seite und starrt wie ein Zombie vor sich hin.

Barnes vergewissert sich, dass Marvis verschwunden ist, dann öffnet er seinen Reißverschluss. »Na, Süßer, willst du mal was Gutes schmecken?« Er bückt sich und bringt seine Hüften näher an Micks Gesicht. »Wie wär's, wenn wir mal deinen hübschen kleinen Mund aufmachen und…«

Micks Faust sieht der Pfleger nicht, nur ein grellrot explodierendes Licht, als ihm die Knöchel von Zeige- und Mittelfinger an die ungeschützte Schläfe krachen.

Barnes bricht auf dem Boden zusammen, angeschlagen, aber noch bei Bewusstsein.

Mick zieht ihn an den Haaren hoch und schaut ihm in die Augen. »Jetzt kommt was wirklich Gutes. Pass mal auf, du Scheißkerl!« Sein Knie zuckt hoch und landet mitten im Gesicht von Barnes. Dann lässt er den Kopf des Pflegers sinken, damit kein Blut auf dessen Uniform gerät.

22.18 Uhr Dominique gibt ihren Geheimcode ein und wartet, bis die Infrarotkamera ihr Gesicht gescannt hat. Als das rote Licht auf Grün umspringt, ist der Weg zur Kontrollstation im Erdgeschoss frei.

Raymond dreht sich zu ihr um. »Na, wen haben wir denn da? Du willst deinem debilen Süßen wohl die letzte Ehre erweisen, was?«

»Du bist nicht mein Süßer.«

Raymond schlägt mit der Faust ans Stahlgitter. »Wir wissen beide, wen ich meine. Noch ein, zwei Viertelstündchen, dann werde ich ihn mal besuchen.« Er lässt die gelben Zähne aufblitzen. »Ja, Schätzchen, ich und dein Süßer werden uns so richtig amüsieren.«

»Mach doch, was du willst.« Sie geht auf den Aufzug zu.

»Was soll denn das?«

»Mir reicht's.« Dominique zieht einen Umschlag aus der Handtasche. »Weißt du, was das ist? Das ist ein Brief an Foletta. Ich breche das Praktikum ab, und mit der Uni mache ich auch Schluss. Ist Foletta in seinem Büro?«

»Natürlich nicht.«

»Na schön, dann gebe ich den Umschlag Marvis. Schick mich doch bitte in den sechsten Stock, falls du das schaffen solltest.«

Raymond beäugt sie argwöhnisch. Dann wendet er sich seinem Schaltpult zu, stellt den Aufzug an und drückt den Knopf für den sechsten Stock. Während sie hoch fährt, beobachtet er sie auf seinem Videomonitor.

Marvis steht gerade von seinem Tisch auf, um festzustellen, wo Barnes geblieben ist, als sich die Aufzugtüren öffnen. »Dominique? Was machen Sie denn hier?«

Sie nimmt Marvis am Arm und führt ihn am Tisch vorbei, weg vom Aufzug und vom Flur, der zu Micks Station führt. »Ich will Ihnen was sagen, aber das soll dieser Barnes nicht mitbekommen.«

»Was soll er nicht mitbekommen?«

Dominique zeigt ihm den Umschlag. »Ich höre auf.«

»Wieso? Ihr Praktikum ist doch bald vorbei.«

Tränen treten ihr in die Augen. »Mein… mein Vater ist bei einem Bootsunfall ums Leben gekommen.«

»Um Himmels willen. Mensch, das tut mir aber Leid.«

Aufschluchzend lässt sie sich von Marvis trösten. Sie legt ihm die Kopf an die Schulter, über die sie den Flur sehen kann, der zu Station 7-C führt.

Mick taumelt aus seiner Zelle, gekleidet in Barnes' Uniform und Baseballmütze. Er schlägt die Tür zu und geht Richtung Aufzug.

Um Marvis daran zu hindern, sich umzudrehen, legt Dominique ihm die Hand an den Hals, als wollte sie ihn streicheln. »Tun Sie mir einen Gefallen und sorgen Sie dafür, dass Dr. Foletta diesen Brief bekommt?«

»Ja, klar. Sagen Sie mal, wie wär's, wenn wir noch kurz was trinken gehen und ein bisschen drüber reden oder so?«

Die Aufzugtüren gehen auf. Mick taumelt hinein.

Sie tritt einen Schritt zurück. »Nein, danke, es ist schon so spät. Ich muss losfahren. Morgen früh ist die Trauerfeier. Barnes, halten Sie die Tür auf, bitte!«

Ein weißer Ärmel legt sich an die Türkante.

Dominique gibt Marvis einen Kuss auf die Wange. »Alles Gute!«

»Ja, das wünsch ich Ihnen auch.«

Sie eilt zum Aufzug und schlüpft hinein, während sich die Türen schließen. Statt Mick anzuschauen, blickt sie direkt in die Kamera, die an der gegenüberliegenden Ecke der Decke angebracht ist.

Wie zufällig greift sie in ihre Handtasche. »Welcher Stock, Mr. Barnes?«

»Zweiter.«

Dominique hört die Müdigkeit in seiner Stimme. Sie hält erst zwei, dann einen Finger vor die Kamera und blickt weiterhin starr in deren Objektiv, während ihr Mick die schwere Drahtschere aus der anderen Hand nimmt und einsteckt.

Der Aufzug hält im zweiten Stock. Die Türen gehen auf.

Mick taumelt hinaus, wobei er fast auf die Nase fällt.

Die Türen schließen sich.

Mick blickt sich um und sieht, dass er allein im Flur ist. Während er vorwärts stolpert, drehen sich grün gekachelte Wände in seinem Kopf. Die starke Dosis Chlorpromazin zieht ihn zu Boden, doch das muss er jetzt aushalten. Er fällt zweimal hin, dann lehnt er sich an die

Wand und zwingt sich, den Ausgang zum Hof anzusteuern.

Die Nachtluft lässt ihn vorübergehend aufleben. Er schafft es, die Betontreppe zu erreichen, wo er sich ans stählerne Geländer klammert. Vor sich sieht er verschwommen die drei Treppenfluchten tanzen. Er blinzelt angestrengt, ohne dass der Nebel vor seinen Augen verschwindet. *Los, das schaffst du. Einen Schritt vor... und jetzt den Fuß nach unten!* Er stolpert die ersten drei Stufen hinab, dann fängt er sich. *Reiß dich zusammen! Ein Schritt nach dem andern. Nur nicht vornüberbeugen...*

Die letzten drei Meter taumelt er hinunter und fällt schmerzhaft auf den Rücken.

Einen gefährlichen Moment lang lässt er zu, dass seine Augen sich schließen. Sofort überkommt ihn ein starkes Schlafbedürfnis. *Nein!* Er dreht sich auf den Bauch, richtet sich mit Hilfe der Hände auf und stolpert mühsam auf die Betonmauer zu, die schwankend vor ihm aufragt.

Dominique knöpft die Strickjacke auf, atmet tief durch und tritt aus dem Aufzug. Während sie sich der Kontrollstation nähert, richtet sie den Blick auf die Reihe von Videomonitoren in Raymonds Rücken, auf denen wechselnde Aufnahmen von verschiedenen Bereichen der Anstalt erscheinen.

Sie sieht den Blick auf den Hof. Eine Gestalt in Pflegeruniform kämpft sich mühsam an der nackten Betonmauer empor.

Raymond hebt den Kopf und starrt auf ihr Dekolleté.

Micks Arme fühlen sich wie Gummi an. So sehr er sich auch anstrengt, er schafft es nicht, dass seine Muskeln ihm gehorchen.

Er spürt, wie ihm der Nylonknoten durch die Finger gleitet, und fällt zweieinhalb Meter tief. Beim Aufprall auf dem harten Boden brechen ihm fast beide Knöchel.

Dominique sieht Mick fallen und unterdrückt einen Schrei. Bevor Raymond reagieren kann, schlüpft sie aus ihrer Strickjacke, wodurch noch mehr nackte Haut sichtbar wird. »Mein Gott, warum ist es hier eigentlich immer so heiß?«

Raymond quellen die Augen aus dem Kopf. Er steht auf und stellt sich an die Schranke. »Du willst, dass ich es dir besorge, stimmt's?«

Aus dem Augenwinkel sieht sie, wie Mick aufsteht. Er beginnt wieder zu klettern. Das Bild wechselt.

»Ray, mach dir nichts vor – mit den ganzen Steroiden, die du in den Muskeln hast, hältst du doch nicht so lange durch, wie ich es brauche.«

Raymond öffnet die Schranke. »Ziemlich heiße Worte für 'ne Frau, die mir vor drei Wochen fast den Kehlkopf ruiniert hat.«

»Du hast es immer noch nicht kapiert, was? Keine Frau mag es, wenn man sie dazu zwingt.«

»Du spielst doch bloß mit mir, oder? Du willst mich so weit bringen, dass sie mich endgültig rausschmeißen!«

»Vielleicht will ich mich auch nur entschuldigen.« *Komm schon, Mick, beeil dich…*

Der Schmerz hält ihn bei Bewusstsein.

Mick beißt noch fester die Zähne zusammen und zieht sich stöhnend höher, während er sich wie ein Bergsteiger an der Mauer hocharbeitet. *Noch drei Schritte, bloß noch drei, mach schon, du Arschloch. Jetzt sind es nur noch zwei – pass auf deine Arme auf, schließ die Fäuste enger. Gut, gut. Halt, durchatmen. Okay, jetzt der letzte halbe Meter, komm schon…*

Er hat die Mauerkrone erreicht. Mit letzter Kraft wickelt er sich das Seil ein halbes Dutzend mal um den linken Arm, um nicht abzustürzen. Direkt vor sich sieht er die Stacheldrahtrolle. Er zieht die Drahtschere aus der Gesäßtasche und legt die Schneiden an eine Drahtschlinge rechts vom Seil.

Mit aller Kraft drückt er die Scherengriffe zusammen, bis der stählerne Draht durchtrennt ist. Mick packt mit der Schere die nächste Schlinge und konzentriert sich mühsam auf den Draht, während die Droge sein Blickfeld rasch immer enger werden lässt.

Raymond lehnt sich an die Wand und starrt auf die beiden prallen Hügel, die sich unter Dominiques Top wölben. »Wie wär's mit einem Deal, Kleine? Wir schieben 'ne kleine Nummer, dann lasse ich deinen Süßen in Ruhe.«

Sie greift sich an den Hals, als würde es sie jucken, um einen Blick auf den Monitor hinter der Schranke zu werfen. Mick arbeitet noch immer am Stacheldraht.

Spiel auf Zeit. »Willst du es etwa gleich hier machen?«

Seine Hand bewegt sich an ihrem Arm empor. »Da bist du nicht die Erste.« Übelkeit steigt in ihr auf, als er mit der Spitze seines Zeigefingers über die Konturen einer Brustwarze fährt.

Mick zerrt die Stacheldrahtschlinge von der Mauerkrone, dann zieht er sich hinauf und liegt nun schwankend auf der Brust. Er schiebt sich weiter vor und blickt auf der anderen Seite sechs Meter tief hinab. »Puuuh…«

Stöhnend zieht er das Nylonseil zu sich herauf und schlingt es mehrfach um den verbliebenen Stacheldraht, dessen Spitzen sich in sein Fleisch bohren. Dann wickelt er sich das Ende um die Handgelenke, schiebt sich über die Kante und lässt sich fallen.

Mick stürzt fast vier Meter tief hinab, bevor das Seil am Stacheldraht Halt findet und seinen Fall bremst. An den Handgelenken hängend, spürt er, wie sein Gewicht die Drahtrolle von der Mauerkrone wegzieht und ihn auf den Gehsteig sinken lässt.

Sekunden später kniet er auf allen vieren und starrt wie ein erschrockenes Tier in ein näher kommendes Schweinwerferpaar.

»Aufhören, Ray! Ich hab gesagt, du sollst aufhören!« Dominique schiebt seine Hand von ihrer Brust und zieht eine kleine Dose Reizgas aus der Handtasche.

»Du verfluchtes Miststück – du willst mich bloß verarschen!«

Sie weicht zurück. »Nein, mir ist nur gerade klar geworden, dass Mick den Preis, den du verlangst, nicht wert ist.«

»Verdammte Nutte…«

Sie dreht sich um und drückt das Gesicht an den Infrarotscanner. *Komm schon…* Sie wartet auf den Summton, dann drückt sie die Tür auf und schlüpft hinaus.

»Na schön, Kleine, du hast es so gewollt. Jetzt wird dein Süßer damit leben müssen.« Raymond zieht die Schublade seines Schreibtischs auf. Er holt einen dünnen Gummischlauch heraus und geht zum Aufzug.

Dominique erreicht den Parkplatz und sieht erleichtert, wie der Dodge-Van in Route 441 einbiegt. Sie klappt die Motorhaube ihres Wagens auf und wählt die eingespeicherte Nummer des Pannendienstes.

Der Aufzug hält im sechsten Stock. Raymond schaltet ihn ab und tritt in den Flur.

Marvis blickt auf. »Was ist denn?«

»Kümmer dich um deinen Fernseher, Marvis.« Raymond geht durch den Flur zu Station 7-C und bleibt vor Zimmer 714 stehen. Er gibt den Code der Tür ein.

Die Zelle ist nur schwach beleuchtet. Der ranzige Geruch von Desinfektionsmitteln und mit Urin und Schweiß getränkter Kleidung hängt in der Luft.

Eine Gestalt liegt auf der Matratze. Sie wendet Raymond den Rücken zu und hat das Laken bis zu den Ohren hoch gezogen.

»'n Abend, Arschloch. Hier ist ein kleiner Gruß von deiner Süßen.«

Raymond schwingt den Gummischlauch und lässt ihn mit voller Wucht auf das Gesicht des Schlafenden niedersausen. Mit einem qualvollen Aufschrei versucht der Mann aufzustehen. Der muskelbepackte Koloss stößt ihn mit einem Fußtritt wieder auf die Liege und bearbeitet seinen Rücken und seine Schultern mit wütenden Schlägen, bis seine Wut verraucht ist.

Schwer atmend steht der Wärter über dem reglosen Körper. »Na, hat dir das gut getan, Scheißkerl? Hoffentlich, denn mir hat's sehr gefallen!«

Er zieht das Laken zurück. »Ach, du Scheiße...«

Rabbi Steinberg lenkt den Dodge-Van an den Straßenrand und parkt neben dem Mülleimer eines Supermarkts. Er schiebt die Seitentür auf, holt das Nylonseil heraus und wirft es rasch in den Müll. Dann steigt er hinten ein und hilft Mick, sich vom Boden auf den Sitz zu stemmen. »Wie geht's?«

Mick blickt ihn mit leeren Augen an. »Chlorpromazin...«

»Ich weiß.« Der Rabbi hebt seinen Kopf an und flößt ihm einen Schluck Wasser ein. Beim Anblick der lädierten Unterarme zuckt er zusammen. »Jetzt wird alles gut. Ruhen Sie sich einfach aus; es wird eine lange Fahrt.«

Mick wird ohnmächtig, noch bevor sein Kopf auf den Sitz der Rückbank gesunken ist.

Als die ersten Streifenwagen eintreffen, zieht der Abschleppwagen den Pronto Spyder schon auf seine Ladefläche.

Raymond kommt aus dem Eingang gelaufen, um die Polizisten zu empfangen. Er sieht Dominique. »Das ist sie! Nehmt sie fest!«

Dominique heuchelt Überraschung. »Was soll das heißen?«

»Du weißt genau, wovon ich rede! Gabriel ist ausgebrochen!«

»Mick ist ausgebrochen? O mein Gott, wie denn?« Sie sieht die Polizisten an. »Sie werden doch nicht glauben, dass ich etwas damit zu tun hatte. Ich warte schon seit zwanzig Minuten hier draußen.«

Der Fahrer des Abschleppwagens nickt. »Das stimmt, Officer, das kann ich bezeugen. Und wir haben nicht das Geringste gesehen.«

Ein brauner Lincoln Continental hält mit quietschenden Reifen vor dem Haupteingang. Anthony Foletta steigt aus, in einen hellgelben Jogginganzug gekleidet. »Raymond, was... Dominique, was zum Teufel machen Sie denn hier?«

»Ich bin vorbeigekommen, um mich brieflich abzumelden. Mein Vater ist bei einem Bootsunfall ums Leben gekommen. Ich breche mein Praktikum ab.« Sie wirft einen Seitenblick auf Raymond. »Sieht ganz so aus, als hätte ihr Gorilla da ganz schön was vermasselt.«

Foletta mustert sie, dann zieht er den ranghöchsten Beamten beiseite. »Officer, ich bin Dr. Foletta, der Direktor dieser Anstalt. Diese Frau hatte früher mit dem Insassen zu tun, der ausgebrochen ist. Wenn die beiden das gemeinsam geplant haben und sie ihn wegbringen sollte, besteht eine gute Chance, dass er noch irgendwo drinnen ist.«

Der Beamte schickt seine Männer mit dem mitgebrachten Suchhund auf das Anstaltsgelände, dann wendet er sich an Dominique. »Holen Sie Ihre Siebensachen aus dem Wagen, junge Frau. Sie kommen mit.«

AUS DEM TAGEBUCH VON JULIUS GABRIEL

Es war im Spätherbst 1974, als meine zwei Kollegen und ich in England landeten, allesamt ziemlich froh, wieder in der ›Zivilisation‹ zu sein. Ich wusste, dass Pierre seinen archäologischen Ehrgeiz verloren hatte und in die Staaten zurückkehren wollte. Unter dem Druck seiner politisch einflussreichen Familie hatte er sich endlich entschieden, sich um ein Amt zu bewerben. Meine größte Angst war, dass er Maria dazu bringen würde, ihn zu begleiten.

Ja, Angst. Um die Wahrheit zu sagen, hatte ich mich in die Verlobte meines besten Freundes verliebt.

Wieso lässt man es zu, dass so etwas geschieht? Diese Frage habe ich tausendmal hin und her gewälzt. Herzensangelegenheiten sind schwer zu rechtfertigen, obgleich ich das zuerst durchaus versucht habe. Es war Begierde, redete ich mir ein, entstanden durch die Umstände unserer Arbeit. Die Archäologie ist ein Beruf, der eine gewisse Isolation mit sich bringt. Die Forschungsteams sind oft gezwungen, unter primitiven Bedingungen zu leben und zu arbeiten. Dabei müssen sie auf jegliche Intimsphäre und den minimalsten hygienischen Komfort verzichten, um ihre Aufgabe zu erfüllen, wodurch praktische Überlegungen wichtiger werden als jede angelernte Schamhaftigkeit. Ein abendliches Bad im Fluss, das tägliche Ritual des An- und Auskleidens – schon das Zusammenleben in der Gruppe kann zu einem Fest der Sinne werden. So können auch durch einen scheinbar unschuldigen Vorgang Lustgefühle geweckt und ein Herzklopfen verursacht werden, durch das sich die strapazierte Psyche leicht täuschen lässt.

Im Grunde war mir klar, dass dies alles nur Ausflüchte waren, denn Marias dunkle Schönheit hatte mich schon seit dem Augenblick in ihren Bann gezogen, in dem Pierre uns in unserem ersten Studienjahr in Cambridge miteinander bekannt gemacht hatte. Die hohen Wangenknochen, das lange schwarze Haar, die dunklen Augen, die eine fast animalische Intelligenz ausstrahlten – Maria war eine Vision, die meine Seele gefangen hielt, ein Blitz, der mich getroffen hatte, obgleich es mir verboten war zu handeln, denn sonst hätte ich meine Freundschaft zu Borgia zerstört.

Ich gab meinen Gefühlen also nicht nach. Ich redete mir ein, Maria so behandeln zu müssen wie eine exquisite Flasche Wein, die ich gern gekostet hätte, aber nicht öffnen durfte. So schloss ich all meine Emotionen in mir ein und warf den verhängnisvollen Schlüssel weg. Jedenfalls glaubte ich, das getan zu haben.

Während wir an jenem Herbsttag von London nach Salisbury fuhren, spürte ich, dass sich unser Weg nun trennen würde und dass einer von uns dreien – höchstwahrscheinlich ich – dazu verdammt war, einsam weiterzureisen.

Stonehenge ist zweifellos einer der geheimnisvollsten Orte der Erde. Es ist ein bizarrer Tempel aus aufrecht stehenden Megalithen, die wie von Riesen zu einem vollkommenen Kreis zusammengefügt wurden. Weil wir schon während unseres Studiums einige Zeit an dieser uralten Stätte verbracht hatten, erwartete eigentlich keiner von uns, dort in der sanften Hügellandschaft Südenglands irgendwelche neuen Offenbarungen zu finden.

Wir hatten Unrecht. Dort gab es tatsächlich ein weiteres Stück des Puzzles, das uns direkt ins Auge sprang.

Obgleich Stonehenge bei weitem nicht so alt ist wie Tiahuanaco, weist es technische und astronomische Aspekte auf, die ebenso unerklärlich scheinen. Die Stätte war offenbar ein kultisches Zentrum der Menschen, die sich am Ende der letzten Eiszeit in dieser Region niederließen. Als heilig galt der Ort auf jeden Fall, denn in einem Umkreis von drei Kilometern um den Tempel befinden sich nicht weniger als dreihundert Grabstätten. In einigen davon fanden wir später entscheidende Hinweise auf eine Verbindung mit den Artefakten, die wir in Mittel- und Südamerika entdeckt hatten.

Mithilfe der Radiokarbonmethode hat man festgestellt, dass Stonehenge vor etwa fünftausend Jahren errichtet wurde. Während der ersten Bauphase entstand ein makelloser Kreis aus sechsundfünfzig hölzernen Totempfählen, von einem Wall samt Graben umgeben. Später ersetzten relativ kleine ›Blausteine‹, die von einem gut hundertfünfzig Kilometer entfernten Bergzug stammten, diese Holzpfähle.

An die Stelle der Blausteine traten wieder später die megalithischen Blöcke, die teilweise noch heute erhalten sind.

Die gewaltigen vertikalen Felsblöcke, aus denen Stonehenge besteht, bezeichnet man als ›Sarsensteine‹. Dieses härteste Gestein der Gegend findet sich rund um die Stadt Avery, die sechsunddreißig Kilometer weiter nördlich liegt. Ursprünglich bestand die Anlage aus dreißig solchen Steinen, die das unglaubliche Gewicht von fünfundzwanzig bis vierzig Tonnen hatten. Jeder dieser großes Felsen musste viele Kilometer weit über hügliges Gelände transportiert und dann so aufgerichtet werden, dass sich ein perfekter Kreis von dreißig Metern Durchmesser ergab. Verbunden waren die Sarsensteine mit insgesamt dreißig jeweils neun Tonnen schweren Decksteinen. Jeder dieser Steine musste sechs Meter hoch gehoben und dann auf die vertikalen

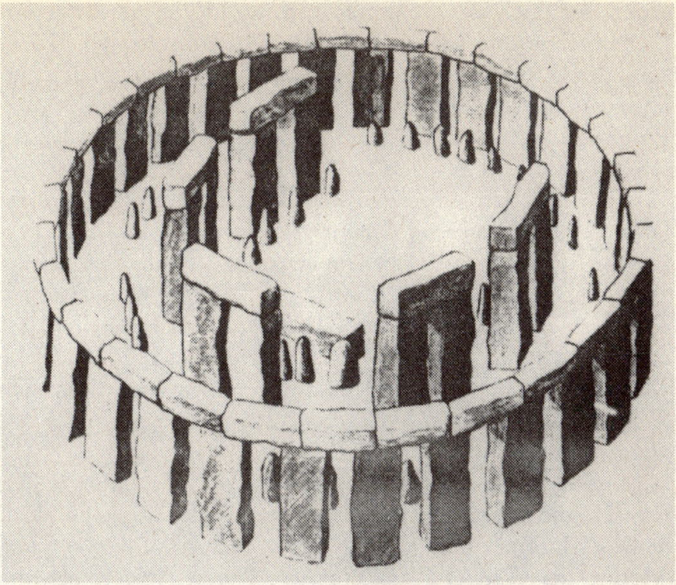

Blöcke gesetzt werden. Um eine sichere Verbindung zu gewährleisten, meißelten die urzeitlichen Baumeister runde Ausbuchtungen aus der Oberseite der Sarsensteine. Diese ›Dübel‹ passten in ausgehöhlte ›Fassungen‹ an der Unterseite der Decksteine, sodass die Blöcke wie riesige Legosteine zusammengefügt werden konnten.

Sobald der monumentale Steinkreis vollendet war, errichteten die Erbauer fünf so genannte Trilithons. Sie bestehen aus jeweils zwei aufrecht stehenden Sarsensteinen, die paarweise mit einem Deckstein verbunden sind. Diese Blöcke – die größten der Anlage – ragen knapp acht Meter über dem Boden auf, wobei sich ein Drittel ihrer Masse unter der Erde befindet. Die fünf Trilithons sind innerhalb des äußeren Steinkreises so gesetzt, dass sie ein Hufeisen bilden. Genau gegenüber von dessen Öffnung steht der Altarstein, der nach der Sommersonnenwende ausgerichtet ist. Der mittlere und größte Trilithon wiederum zeigt in Richtung der Wintersonnenwende. Damit erinnert er an den einundzwanzigsten Dezember, den Tag der düsteren Maya-Prophezeiung und ein Datum, das die meisten alten Kulturen mit dem Tod assoziierten.

Wie ist es den steinzeitlichen Bewohnern des alten England gelungen, vierzig Tonnen schwere Steinblöcke fast vierzig Kilometer weit über unwegsames, hügliges Gelände zu transportieren? Wie schafften sie es, die neun Tonnen schweren Decksteine sechs Meter hoch zu heben und sie dann perfekt an Ort und Stelle abzusetzen? Und welche Mission mag wohl so bedeutsam gewesen sein, dass sich dieses prähistorische Volk dazu aufschwang, ein so unglaubliches Werk zu schaffen?

Es gibt keine schriftlichen Belege, die uns dabei helfen würden, die Erbauer von Stonehenge zu identifizieren, doch heißt es in einer populären – wenn auch absurden – Sage, Merlin, der Zauberer am Hof von König Artus, habe die Kultstätte gegründet. Dieser bärtige Weise, heißt es, habe den Tempel als kosmisches Observatorium und himmlischen Kalender entworfen. Abgesehen von dieser – durchaus korrekten – Funktion diente die Stätte für Zusammenkünfte und Rituale, bis sie um 1500 v. Chr. aus mysteriösen Gründen verlassen wurde.

Während Pierre nach London zurückkehrte, blieben Maria und ich in der Region, um die großen Hügelgräber zu erforschen, die die Stätte umgeben. Wir hofften, auf die Überreste länglicher Schädel zu stoßen, die eine Verbindung zu Mittel- und Südamerika bedeutet hätten. Das größte Grab der Gegend ist ein fünfunddreißig Meter langer Hügel, dessen Inneres ebenfalls aus Sarsensteinen besteht. Hier liegen die sterblichen Überreste von siebenundvierzig Menschen. Aus irgendeinem Grund hatte man die Knochen anatomisch sortiert und auf verschiedene Kammern verteilt.

Was wir fanden, war nicht so erstaunlich wie das, was wir nicht fanden, denn mindestens ein Dutzend Schädel, die zu den größten Skeletten gehörten, fehlten!

In den folgenden vier Monaten arbeiteten wir uns von Grab zu Grab vor und stießen immer auf dasselbe Resultat. Schließlich waren wir an der nach Meinung vieler Archäologen heiligsten Stätte angelangt, einer Steinkonstruktion in einem Grabhügel in Loughcrew, einer entlegenen Gegend in der Mitte Irlands.

In die Wände dieses Grabs sind kunstvolle Hieroglyphen eingraviert, deren Hauptmotiv eine Reihe spiralförmiger konzentrischer Kreise ist. Ich weiß noch, wie ich Marias Gesicht im Laternenlicht beobachtete, während sich ihre dunklen Augen auf die bizarren Zeichen richteten. Mir stockte das Herz, als ihre Miene sich plötzlich aufhellte. Sie zerrte mich aus dem Grab ins Tageslicht, rannte zu unserem Auto und fing an, die Schachteln mit den Hunderten von Fotos aufzureißen, die wir gemeinsam in der Gluthitze der Wüste von Nazca gemacht hatten.

»Schau nur, Julius, da ist es!«, rief sie und hielt mir eine Schwarzweißaufnahme vors Gesicht.

Es war ein Foto der so genannten Nazca-Pyramide, einer der älteren Wüstenzeichnungen, die wir für besonders bedeutsam hielten. Zwischen den Schenkeln ihres Dreiecks befanden sich zwei Motive: ein auf dem Rücken liegendes vierbeiniges Tier und eine Spirale.

Die Spirale war identisch mit den Steinzeichnungen, die wir soeben im Grab gefunden hatten.

Maria und ich waren ganz aufgewühlt von unserer Entdeckung. Schon vor geraumer Zeit waren wir beide zu dem Schluss gekommen, dass die Zeichnungen von Nazca eine uralte Botschaft für den modernen Menschen darstellten, die sich auf die mögliche Rettung vor dem vorhergesagten Weltuntergang bezog. Weshalb sonst hätten die geheimnisvollen Künstler die Figuren so groß gezeichnet, dass man sie nur von einem Flugzeug aus erkennen konnte?

Unser Enthusiasmus wurde von der nächsten logischen Frage gedämpft: Welche Pyramide stellte die Zeichnung in Nazca dar?

Maria glaubte felsenfest, es müsse sich um die Große Pyramide von Giseh handeln, das größte steinerne Heiligtum der Welt. Sie argumentierte, sowohl in Giseh wie auch in Tiahuanaco, Sacsayhuaman und Stonehenge habe man megalithische Steinblöcke verwendet, diese Stätten seien innerhalb derselben Epoche entstanden – jedenfalls unserer Meinung nach –, und der spitze Winkel der Nazca-Pyramide erinnere an die steilen Seiten des ägyptischen Bauwerks.

Ich war von diesen Schlüssen nicht so überzeugt, hatte ich doch die Theorie entwickelt, viele der älteren Zeichnungen in Nazca seien Wegweiser, die uns in die richtige Richtung lenken sollten. Im Umkreis der Nazca-Pyramide befanden sich mehrere Figuren, die man uns, wie ich meinte, hinterlassen hatte, damit wir das mysteriöse Dreieck deuten konnten.

Das wichtigste dieser Symbole befindet sich zwischen den Schenkeln der Pyramide selbst, direkt unterhalb der Spirale. Es ist das Bild eines auf dem Rücken liegenden vierbeinigen Tieres, das ich für einen Jaguar hielt, wohl das am meisten verehrte Tier in ganz Mittelamerika.

Die zweite Figur ist die eines Affen. Dieses gewaltige, mit einer einzigen durchgehenden Linie gezeichnete Symbol weist einen Schwanz auf, der in einer Spirale endet. Sie gleicht der Spirale innerhalb der Pyramide.

Die Maya verehrten den Affen und behandelten ihn wie eine menschliche Spezies. Im Schöpfungsmythos des Popol Vuh heißt es, der vierte Zyklus der Erdgeschichte habe mit einer zerstörerischen Sintflut geendet und die wenigen überlebenden Menschen seien in Affen verwandelt worden. Die Tatsache, dass es weder in Giseh noch im Süden Perus Affen gibt, schien darauf hinzudeuten, dass die Pyramide, auf die die Zeichnung in Nazca verwies, sich in Mittelamerika befinden musste.

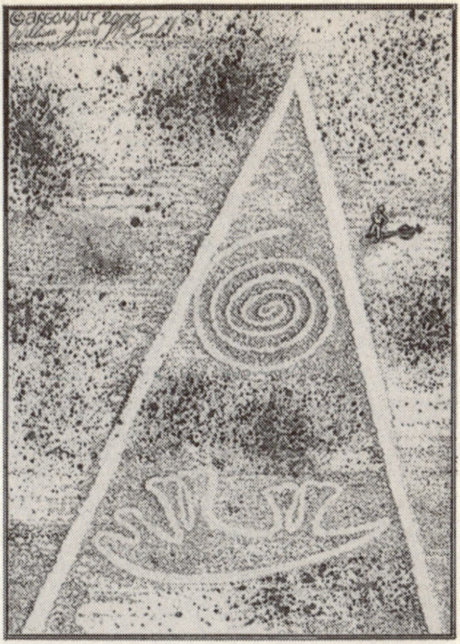

Auch Wale gehören nicht in diese Wüste, und doch finden sich drei Darstellungen dieser majestätischen Tiere auf dem Plateau von Nazca. Da ich vermutete, die geheimnisvollen Künstler hätten die Walbilder dazu benutzt, um einen dreiseitigen Rahmen aus Wasser anzudeuten, versuchte ich Maria davon zu überzeugen, dass es sich bei der fraglichen Pyramide um einen der Maya-Tempel auf der Halbinsel Yukatan handeln könnte.

Was Pierre Borgia betraf, so hatte er kein Interesse an unseren Thesen. Den Geistern der Maya hinterherzujagen, war Marias Verlobtem nicht mehr wichtig; es ging ihm nur noch um Macht. Wie gesagt, ich hatte diese Entwicklung schon eine Weile kommen sehen. Während Maria und ich mit der Erforschung der Gräber beschäftigt waren, hatte Pierre sich endgültig darauf vorbereitet, für den amerikanischen Senat zu kandidieren. Zwei Tage nach unserer Entdeckung verkündete er mit großer Geste, nun sei es an der Zeit, dass er und die zukünftige Mrs. Borgia sich wichtigeren Dingen zuwendeten.

Mir brach das Herz.

Rasch wurde die Hochzeit in die Wege geleitet. Pierre und Maria sollten in der St.-John's-Kathedrale getraut werden; ich war als Trauzeuge vorgesehen.

Was sollte ich tun? Ich war verzweifelt, da ich von ganzem Herzen glaubte, Maria und ich seien verwandte Seelen. Pierre behandelte sie wie sein Eigentum, nicht wie eine gleichberechtigte Partnerin. Sie war seine Trophäe, seine Jackie Kennedy, eine hübsche Frau an seinem Arm, die seine politischen Ambitionen mit ihrem Liebreiz unterstützen konnte. Liebte er sie? Schon möglich, denn welcher Mann hätte das nicht getan? Aber liebte sie ihn wirklich auch?

Das musste ich herausbekommen.

Erst am Vorabend ihres Hochzeitstags brachte ich den Mut auf, ihr meine Liebe zu gestehen. Ich sah in diese wunderschönen Augen, deren Pupillen mich an schwarze, samtene Seen denken ließen, und hatte das Gefühl, dass die Götter mir lächelnd zunickten, als Maria meinen Kopf an ihre Brust zog und schluchzte.

Sie hatte dieselben Gefühle für mich empfunden! Maria gestand mir, sie habe inbrünstig darauf gewartet, dass ich auf sie zukommen und sie vor einem Leben mit Pierre retten würde, den sie schätzte, aber nicht liebte.

In diesem gesegneten Augenblick wurde ich zu ihrer Rettung und sie zu meiner. Wie verzweifelte Liebende stahlen wir uns in jener Nacht davon. Pierre hinterließen wir einen kurzen Brief, in dem wir ihn um Verständnis für unser unentschuldbares Handeln baten, da keiner von uns beiden die Kraft besaß, ihm offen gegenüberzutreten.

Zwanzig Stunden später landeten wir in Ägypten – als Mr. und Mrs. Julius Gabriel.

Auszug aus dem Tagebuch von Prof. Julius Gabriel

Vgl. Katalog 1974-75, Seite 45-62
Fotojournal Diskette 2, Datei: NAZCA, Fotos 34 u. 35
Fotojournal Diskette 3, Datei: STONEHENGE, Zeichnung 6

15

27. November 2012
Sanibel Island, Florida

Beim schrillen Schrei einer Möwe schlägt Mick die Augen auf.

Er liegt in einem Doppelbett; seine Handgelenke sind links und rechts am Rahmen festgebunden. Der linke Unterarm ist dick bandagiert, im rechten steckt eine Infusionskanüle.

Mick sieht, dass er sich in einem Schlafzimmer befindet. An der Wand gegenüber tanzen Streifen aus goldenem Sonnenlicht, die durch die über seinem Kopf raschelnde Jalousie fallen. Er riecht die salzige Luft, hört durch das offene Fenster die Meeresbrandung.

Eine grauhaarige, etwa siebzig Jahre alte Frau betritt das Zimmer. »Ah, Sie sind wach.« Sie löst das Klettband an seinem rechten Handgelenk und überprüft den Infusionsbeutel.

»Sind Sie Edie?«

»Nein, ich bin Sue, die Frau von Carl.«

»Wer ist Carl? Was tue ich hier?«

»Wir dachten, es ist zu gefährlich, Sie zu Edie zu bringen. Dominique ist dort, und...«

»Dominique?« Mick versucht sich aufzusetzen, doch ein Schwindelgefühl drückt ihn wie eine schwere, unsichtbare Hand wieder aufs Bett.

»Nur mit der Ruhe, Junge. Sie werden Dominique noch früh genug sehen. Momentan wird sie von der Polizei überwacht, weil die darauf wartet, dass Sie bei ihr auftauchen.« Sie entfernt die Infusionskanüle und klebt ein Pflaster auf den Arm.

»Sind Sie Ärztin?«

»Ich hab achtunddreißig Jahre in der Zahnarztpraxis meines Mannes mitgeholfen.« Systematisch wickelt Sue den Infusionsschlauch auf.

Mick bemerkt ihre rot geränderten Augen.

»Was war das für eine Infusion?«

»Hauptsächlich Vitamine. Sie waren in einem ziemlich üblen Zustand, als sie vor zwei Tagen hier ankamen. Vor allem schlichtweg unterernährt; allerdings war auch ihr linker Arm schlimm zugerichtet. Jetzt haben Sie fast achtundvierzig Stunden geschlafen. Letzte Nacht hatten Sie wohl einen bösen Albtraum und haben im Schlaf geschrien. Ich musste Ihre Handgelenke festschnallen, damit die Kanüle drinblieb.«

»Danke. Und danke, dass Sie mich aus der Anstalt geholt haben.«

»Danken Sie Dominique.« Sue greift in die Tasche ihres Morgenmantels.

Mick fährt zusammen, als sie eine Magnum Kaliber .44 herauszieht. Sie richtet die Waffe auf seine Leistengegend.

»He, Moment mal...«

»Vor ein paar Tagen ist mein Mann ertrunken. Er war einer der drei Leute auf dem Boot von Isadore, die den Ort im Golf von Mexiko untersuchen wollten, von dem Sie Dominique erzählt haben. Was ist da drunten?«

»Das weiß ich nicht.« Er starrt auf den Revolver, der in den Händen der alten Frau zittert. »Könnten Sie die

Waffe nicht vielleicht auf ein weniger wichtiges Organ richten?«

»Dominique hat uns alles über Sie erzählt – über Ihren durchgedrehten Vater und seine Weltuntergangsfantasien und weshalb man Sie eingesperrt hat. Mir persönlich ist es völlig egal, an was für 'ne Sorte apokalyptischen Blödsinn Sie glauben; ich will nur herausbekommen, was meinem Carl zugestoßen ist. Für mich sind Sie ein flüchtiger Verbrecher – und gefährlich. Wenn Sie mich auch nur schief anschauen, jage ich Ihnen eine Kugel in den Leib.«

»Ich hab kapiert.«

»Nein, Sie haben nicht kapiert. Dominique hat allerhand riskiert, um Sie zu befreien. Bisher deutet zwar alles, was mit Ihrer Flucht zu tun hatte, scheinbar darauf hin, dass Ihr Pfleger Mist gebaut hat. Damit wäre Dominique aus dem Schneider, aber die Polizei hat sie trotzdem noch immer in Verdacht. Man überwacht sie genau und das heißt, dass wir alle in Gefahr sind. Wie auch immer: Noch heute Abend werden wir Sie auf das Boot von Rex schmuggeln. An Bord ist auch ein Mini-U-Boot…«

»Ein Mini-U-Boot?«

»Genau. Rex hat es benutzt, um versunkene Schiffe zu erforschen. Sie werden damit herausfinden, was sich da draußen unter dem Meeresboden verbirgt. Wenn Sie versuchen zu fliehen, lege ich Sie um und übergebe Ihre Leiche den Cops, um die Belohnung zu kassieren.«

Sie hebt das Laken am Fußende an. Sein linker Knöchel ist an den Bettpfosten gekettet.

»Jetzt haben Sie kapiert.«

Raumflugzentrum Goddard der NASA
Greenbelt, Maryland

Widerwillig folgt Ennis Chaney einem NASA-Techniker den kahlen, weiß gekachelten Flur entlang.

Der Vizepräsident ist in keiner guten Stimmung. Die Vereinigten Staaten stehen an der Schwelle eines Krieges und da wäre sein Platz eigentlich an der Seite des Präsidenten und des Vereinigten Generalstabs. Stattdessen erwartet man von ihm, Gewehr bei Fuß zu stehen, wenn der NASA-Direktor ihn ruft. *Da lässt Einauge mich bestimmt wieder irgendeinem Fantom hinterherjagen…*

Zu seiner Überraschung ist ein Wachmann an der Tür des Konferenzraums postiert. Als er Chaney erblickt, tippt er einen Code ein und öffnet die Tür. »Treten Sie ein, Sir, man erwartet Sie schon.«

Am Kopfende des Konferenztischs sitzt NASA-Direktor Brian Dodds, flankiert von Marvin Teperman und einer Frau Ende dreißig, die einen weißen Arztmantel trägt.

Chaney bemerkt die dunklen Ringe um Dodds' Augen.

»Herr Vizepräsident, bitte treten Sie ein. Vielen Dank, dass Sie so kurzfristig gekommen sind. Das ist Dr. Debra Aldrich, eine der besten Geophysikerinnen der NASA. Dr. Teperman kennen Sie wohl schon.«

»Tag, Teperman. Dodds, ich hoffe, dass die Sache wichtig ist, sonst…«

»Das ist sie. Setzen Sie sich, Sir – bitte.« Dodds berührt eine Taste auf dem Schaltpult vor ihm. Im Raum wird es dunkler, während ein holografisches Bild des Golfs von Mexiko über dem Tisch erscheint.

»Dieses Bild hat SEASAT aufgenommen, ein ozeanografischer Beobachtungssatellit der NASA. Auf Ihre Anregung hin haben wir damit begonnen, den Golf von Mexiko absuchen zu lassen, um den Ursprung der schwarzen Flut zu bestimmen.«

Chaney sieht, wie das Bild springt. Dann stellt die Kamera sich auf einen Ausschnitt der Meeresoberfläche ein, der von einem gepunkteten weißen Kreis umrahmt wird.

»Mit X-Band Synthetic Aperture Radar ist es uns gelungen, die schwarze Flut zu diesen Koordinaten zurückzuverfolgen. Es handelt sich um ein Gebiet etwa fünfundfünfzig Kilometer nördlich der Halbinsel Yukatan. Und nun schauen Sie bitte genau hin.«

Dodds drückt eine andere Taste. Das holografische Meer löst sich in helle grüne und blaue Flecken auf, in deren Zentrum ein leuchtend weißer Lichtkreis sichtbar ist. An seinen Rändern nimmt die Farbe an Intensität ab und wird erst gelb und dann rot. »Hier sehen wir eine Thermalaufnahme des Zielgebiets. Wie Sie erkennen können, befindet sich etwas sehr Großes da unten, das gewaltige Mengen Hitze abstrahlt.«

»Zuerst dachten wir, wir hätten einen Unterwasservulkan entdeckt«, fügt Dr. Aldrich hinzu, »aber den geologischen Untersuchungen zufolge, die die nationale Ölgesellschaft Mexikos durchgeführt hat, gibt es in dieser Region keinerlei Vulkane. Nach ein paar weiteren Tests haben wir festgestellt, dass dieser Ort eine starke elektromagnetische Energie ausstrahlt. An sich ist das nicht besonders auffällig, da er fast direkt im Zentrum des Chicxulub-Kraters liegt, der für starke Magnet- und Gravitationsfelder bekannt ist.«

Chaney hebt die Hand. »Entschuldigen Sie, wenn ich Sie unterbreche, Dr. Aldrich. Für Leute wie Sie ist dieses Thema zweifellos recht faszinierend, aber…«

Teperman packt den hohen Politiker am Handgelenk. »Wir versuchen gerade, Ihnen zu erklären, dass da unten etwas präsent ist, Mr. Chaney, etwas viel Wichtigeres als Ihr Krieg. Mr. Dodds, der Vizepräsident ist ein viel beschäftigter Mann. Vielleicht sollten Sie die gradiometrischen Daten überspringen und gleich zur akustischen Tomografie übergehen.«

Dodds wählt ein anderes Hologramm. Die Farbflecken lösen sich in eine Schwarzweißaufnahme des Meeresbodens auf. In der aufgebrochenen Fläche ist ein schwarzer Fleck zu sehen, offensichtlich eine in die Tiefe führende Öffnung, die an einen Tunnel denken lässt.

»Sir, die akustische Tomografie ist eine Aufnahmetechnik, bei der akustische Strahlung – in diesem Fall Ultraschallwellen – durch den Meeresboden gesendet wird, um darunter befindliche Objekte erkennbar zu machen.«

Staunend sieht Chaney, wie sich ein gewaltiges ovales Objekt unterhalb der größeren Öffnung abzuzeichnen beginnt. Dodds verändert das Bild, indem er das dreidimensionale Objekt vom Meeresboden wegholt, sodass es frei über den Köpfen der Anwesenden schwebt.

»Was ist denn das?«, fragt Chaney mit heiserer Stimme.

Teperman grinst. »Nichts weiter als die fantastischste Entdeckung in der Geschichte der Menschheit.«

Die ovale Masse schwebt direkt über Chaneys Kopf. »Was faseln Sie da, Teperman? Was, zum Teufel, ist das für ein Ding?«

»Mr. Chaney, vor fünfundsechzig Millionen Jahren ist ein gewaltiges Objekt mit einer Geschwindigkeit von mehr als fünfzig Kilometern pro Sekunde in ein seichtes tropisches Meer eingeschlagen. Es hatte einen Durchmesser von elf bis dreizehn Kilometern und ein Gewicht von etwa einer Billion Tonnen. An der Aufschlagstelle breitet sich heute der Golf von Mexiko aus. Was wir da vor uns sehen, sind die Überreste des Objekts, das auf unseren Planeten aufgeprallt ist und das Ende der Dinosaurier besiegelt hat.«

»Hören Sie mal, Teperman, dieses Ding ist riesengroß. Wie hätte so was Großes einen derartigen Aufprall überstehen können?«

»Zum größten Teil hat es ihn ja nicht überstanden. Das, was Sie sehen, hat lediglich einen Durchmesser von etwa eineinhalb Kilometern, was einem Achtel der ursprünglichen Größe entspricht. Unter Wissenschaftlern debattiert man schon seit Jahren, ob das Objekt, das die Erde getroffen hat, ein Komet oder ein Asteroid war. Aber was ist, wenn beides nicht zutrifft?«

»Hören Sie auf, in Rätseln zu sprechen!«

Teperman blickt gebannt auf das rotierende holografische Bild. »Was wir da sehen, ist ein einheitliches Gebilde, das aus Iridium und irgendwelchen unbekannten Legierungen besteht und mehr als eineinhalb Kilometer tief im Meeresboden vergraben liegt. Die Außenhülle ist viel zu dick, als dass die Sensoren unserer Satelliten sie durchdringen könnten...«

»Die Außenhülle?« Chaney treten fast die Augen aus dem Kopf. »Wollen Sie etwa sagen, dass dieses vergrabene Ding ein Raumschiff ist?«

»Zumindest die Überreste eines Raumschiffs, vielleicht sogar eine separate Innenkapsel, die in dem Fahrzeug gelegen hat wie ein Korken in einem Golfball. Was immer es ist oder war, es hat den Aufprall überstanden, bei dem der Rest des Fahrzeugs sich in seine Bestandteile aufgelöst hat.«

Dodds hebt die Hand. »Moment mal, Dr. Teperman. Herr Vizepräsident, das sind nichts als Vermutungen.«

Chaney fixiert den NASA-Direktor. »Ja oder nein, Mr. Dodds – ist dieses Ding ein Raumschiff?«

Dodds wischt sich den Schweiß von der Stirn. »Momentan wissen wir das einfach nicht.«

»Dieses Loch im Meeresboden – führt es zu diesem Raumschiff?«

»Das wissen wir auch nicht.«

»Verdammt, Dodds, was zum Teufel wissen Sie eigentlich?«

Der NASA-Direktor atmet durch. »Zum einen wissen wir, dass wir unbedingt Schiffe in das betreffende Gebiet entsenden müssen, bevor ein anderes Land auf diese vergrabene Masse aufmerksam wird.«

»Sie reden um den heißen Brei herum wie ein Politiker, Mr. Dodds, obwohl Sie wissen, dass mir so was zuwider ist. Da ist doch was, was Sie mir nicht sagen wollen. Was ist es?«

»Tut mir Leid. Ja, Sie haben Recht, das ist durchaus nicht alles. Wahrscheinlich bin ich selbst noch ein wenig betäubt von dieser Sache. Manche von uns, darunter auch ich, sind inzwischen der Meinung, dieses Radiosignal aus dem Weltraum, das wir empfangen haben, sei gar nicht für uns gedacht gewesen. Es… es könnte dazu gedient haben, irgendetwas innerhalb dieses außerirdischen Objekts auszulösen.«

Chaney starrt Dodds ungläubig an. »Mit ›auslösen‹ meinen Sie ›aufwecken‹?«

»Nein, Sir. Eher aktivieren.«

»Aktivieren? Was soll das heißen?«

Debra Aldrich entnimmt ihrem Aktenordner einen sechsseitigen Bericht. »Sir, dies ist eine Kopie eines SOSUS-Berichts, den ein Biologe aus Florida vor einem Monat ans Seefahrtsamt geschickt hat. Es geht darin um nicht identifizierbare Geräusche, die im Chicxulub-Krater aus dem Meeresboden dringen. Leider hat sich die Behörde ziemlich viel Zeit damit gelassen, diese Informationen zu überprüfen, aber inzwischen haben wir festgestellt, dass tatsächlich intensive Geräusche aus diesem verschütteten ovalen Gebilde kommen. In seinem Innern findet offenbar eine ebenso heftige wie komplexe Aktivität statt, die höchstwahrscheinlich mechanischer Natur ist.«

Der NASA-Direktor nickt. »Um der Sache auf den Grund zu gehen, haben wir die zentrale Empfangsstation der Navy in Nam Deck angewiesen, eine vollständige Analyse aller Geräusche mit hoher Phonzahl durchzuführen, die innerhalb der letzten sechs Monate im Golf von Mexiko aufgezeichnet wurden. Die betreffenden Geräusch vom Meeresboden sind zwar nur im Hintergrund hörbar, aber die Daten bestätigen, dass sie am dreiundzwanzigsten September eingesetzt haben, also genau an dem Tag, an dem das Radiosignal aus dem Weltraum die Erde erreichte.«

Chaney schließt die Augen und massiert sich die Schläfen. Er ist völlig erschüttert.

»Das ist noch nicht alles, Mr. Chaney.«

»Ach, du lieber Himmel, Teperman. Könnten Sie mir vielleicht ein wenig Zeit lassen, das Ganze zu verarbeiten, bevor Sie…? Schon gut, sprechen Sie weiter.«

»Tut mir Leid. Ich weiß, das ist ziemlich überwältigend.«

»Weiter!«

»Wir haben unsere Analyse der schwarzen Flut abgeschlossen. Sobald der Giftstoff in Kontakt mit organischem Gewebe kommt, greift er nicht einfach die Zellwände an, er verändert deren chemische Zusammensetzung auf molekularer Ebene. Dadurch werden die Zellwände vollständig aufgelöst. Dieses Zeug wirkt wie Säure und führt, wie wir ja selbst gesehen haben, zu einem völligen Ausbluten. Interessant daran ist Folgendes: Diese Substanz ist zwar weder ein Virus noch ein lebender Organismus, enthält aber starke Spuren von Silikon und eine bizarre DNA.«

»DNA? Mein Gott, Teperman, was soll das heißen?«

»Es ist nur eine Theorie…«

»Keine Spielchen mehr. Was ist das Zeug?«

»Zoologische Ausscheidung. Kot.«

»Kot? Sie meinen, es ist Scheiße?«

»Äh… ja, genauer gesagt außerirdische Scheiße – sehr alte außerirdische Scheiße. Der Schlick enthält Spuren chemischer Elemente, die unserer Meinung nach von einem Lebewesen stammen, und zwar von einer aus Silikon bestehenden Lebensform.«

Chaney lehnt sich zurück. Ihm dröhnt der Kopf. »Dodds, schalten Sie das verfluchte Hologramm aus. Ich bekomme Kopfschmerzen davon. Teperman, wollen Sie andeuten, dass sich da drunten womöglich noch etwas befindet, was am Leben ist?«

»Nein, durchaus nicht, Sir«, mischt Dodds sich ein.

»Ich frage Dr. Teperman.«

Der Angesprochene lächelt. »Nein, Herr Vizepräsident, darauf will ich nicht hinaus. Wie schon gesagt, ist dieser Kot – falls es sich tatsächlich um so etwas handelt – sehr alt. Selbst wenn ein außerirdisches Lebewesen den Aufprall überlebt haben sollte, war es sicher schon lange tot, als der Mensch sich auf der Erde ausgebreitet hat. Außerdem könnte ein aus Silikon bestehendes Lebewesen in einer sauerstoffhaltigen Umgebung wahrscheinlich nicht existieren.«

»Dann erklären Sie mir endlich, was da vor sich geht!«

»Na schön. So unglaublich es klingen mag, ist vor fünfundsechzig Millionen Jahren ein außerirdisches Raumschiff, das unserer heutigen Technologie offensichtlich um Lichtjahre voraus ist, auf die Erde geprallt. Dieser Aufprall war entscheidend für die Menschheitsgeschichte, da die Katastrophe zum Aussterben der Dinosaurier führte und damit die Evolution unserer eigenen Spezies ermöglichte. Die Lebewesen, die sich in diesem Fahrzeug befanden, haben möglicherweise einen Notruf in ihre Heimat gesandt, die sich wahrscheinlich irgendwo im Sternbild Orion befindet. Das wäre ein normaler Vorgang – unsere Astronauten würden dasselbe tun, wenn sie auf Alpha Centauri oder einer anderen, viele Lichtjahre entfernten Welt festsäßen. Eine Rettungsmission war wegen der Entfernung natürlich ausgeschlossen. Als unsere außerirdischen Kollegen im Oriongürtel den Notruf empfangen haben, konnten sie lediglich versuchen, die Computer an Bord ihres Raumschiffs zu reaktivieren, um möglichst viele Daten zu sammeln.«

Dr. Aldrich nickt zustimmend. »Wahrscheinlich wurde der schwarze Schlick automatisch ausgestoßen, als das

Signal irgendeinen unbekannten Rettungsmechanismus aktiviert hat.«

Der NASA-Direktor kann seine Erregung kaum verbergen. »Die Idee, eine Station auf dem Mond zu bauen, können wir vergessen. Wenn Mr. Teperman Recht hat, sollten wir uns Zugang zu diesem Raumschiff verschaffen und womöglich direkt mit den Außerirdischen kommunizieren – mithilfe ihrer eigenen Geräte.«

»Vorausgesetzt, dass der Planet, von dem das Raumschiff stammt, noch existiert«, wendet Teperman ein. »Womöglich ist das Radiosignal schon vor Millionen von Jahren ausgestrahlt worden. Inzwischen könnte die Sonne des betreffenden Planeten längst zur Supernova geworden sein.«

»Ja, ja, da haben Sie natürlich Recht. Eigentlich will ich nur darauf hinaus, dass wir die unglaubliche Chance haben, Zugang zu weit fortgeschrittenen Technologien zu gewinnen, die sich in diesem Raumschiff womöglich erhalten haben. Das reiche Wissen, das eventuell da drunten ruht, könnte unsere Zivilisation einen gewaltigen Schritt vorwärts bringen.«

Der Vizepräsident spürt, dass seine Hände zittern. »Wer weiß inzwischen Bescheid?«

»Nur die Anwesenden und eine Hand voll weiterer NASA-Mitarbeiter.«

»Was ist mit diesem SOSUS-Biologen in Florida?«

»Der ist tot«, sagt Aldrich. »Die mexikanische Küstenwache hat vor ein paar Tagen seine Leiche aus dem Meer gefischt. Sie war mit schwarzem Schlick bedeckt.«

Chaney flucht lautlos vor sich hin. »Na schön, natürlich muss ich sofort den Präsidenten unterrichten. Außerdem muss jeder öffentliche Zugang zu SOSUS augenblicklich unterbunden werden. Sämtliche Informationen werden auf den unmittelbar beteiligten Personenkreis beschränkt. Von nun an ist diese Operation streng geheim, verstanden?«

»Was ist mit Satellitenaufnahmen?«, meldet sich Aldrich. »Das Objekt ist zwar nur ein winziger Punkt im Golf von Mexiko, aber doch ziemlich auffällig. Irgendwann wird ein GEOS- oder SPOT-Satellit darauf stoßen. Abgesehen davon geben wir dem Rest der Welt ohnehin einen deutlichen Wink, wenn wir die Navy oder auch nur ein Forschungsschiff dorthin beordern.«

Der NASA-Direktor nickt. »Sir, da hat Dr. Aldrich nicht Unrecht. Ich hätte aber einen Vorschlag, wie wir diese Operation geheim halten und unseren Wissenschaftlern trotzdem ungehindert Zugang zu dem verschaffen können, was da drunten ist.«

Washington, D.C. / Miami, Florida

Anthony Foletta schließt die Tür seines Arbeitszimmers von innen ab, bevor er sich an seinen Schreibtisch setzt, um das Ferngespräch entgegenzunehmen.

Auf dem Videokommunikator erscheint das Gesicht von Pierre Borgia. »Gibt es schon etwas Neues, Direktor?«

Foletta antwortet mit leiser Stimme. »Nein, Sir, aber die Polizei überwacht die junge Frau rund um die Uhr. Ich bin sicher, dass er irgendwann Kontakt zu ihr aufnehmen wird.«

»Irgendwann? Hören Sie, Foletta, Sie dürfen keinen Zweifel daran lassen, dass Gabriel gefährlich ist, verstehen Sie? Sagen Sie der Polizei, man soll gleich den finalen Fangschuss anordnen. Entweder er stirbt, oder Sie können die Leitung dieser Anstalt in Tampa abschreiben.«

»Gabriel hat niemand umgebracht. Sie wissen doch so gut wie ich, dass die Polizei ihn nicht erschießen wird.«

»Dann heuern Sie jemand an, der sich darum kümmert.«

Foletta blickt in seinen Schoß, als brauche er Zeit, um die Worte des Außenministers in sich aufzunehmen. In Wirklichkeit hat er diese Aufforderung erwartet, seit sein Patient entflohen ist. »Ich kenne womöglich jemand, der dazu in der Lage ist, aber das wird ziemlich teuer.«

»Wie viel?«

»Dreißigtausend. Plus Spesen.«

Borgia verzieht das Gesicht zu einem höhnischen Grinsen. »Sie sind ein miserabler Pokerspieler, Foletta. Ich schicke Ihnen zwanzig, keinen Cent mehr. In einer Stunde haben Sie das Geld.«

Der Wählton des Kommunikators ertönt.

Foletta schaltet das Gerät aus und vergewissert sich, dass das Gespräch aufgezeichnet wurde. Er lässt sich Zeit, seinen nächsten Schachzug zu überdenken. Dann nimmt er sein Handy aus der Schreibtischschublade und wählt Raymonds Piepser an.

Sanibel Island, Florida

Der weiße Lincoln biegt in die mit Kies bestreute Einfahrt ein. Karen Simpson, einunddreißig Jahre alt und tief gebräunt, steigt aus der Fahrertür. Affektiert geht die Wasserstoffblondine, die ein aquamarinblaues Kleid trägt, um den Wagen und öffnet ihrer Mutter Dory die Beifahrertür.

Ein Stück weit entfernt beobachtet ein Detective in Zivil, wie die beiden Trauergäste Arm in Arm langsam hinter das Haus der Axlers gehen, wo alles für die Schiwa, die jüdische Trauerfeier, vorbereitet ist.

Tische mit Speisen sind für die Familie und die Freunde der Verstorbenen aufgestellt. Etwa vierzig Gäste gehen umher, unterhalten sich, essen, erzählen alte Geschichten und versuchen sich gegenseitig Trost zu spenden.

Dominique und Edith sitzen alleine auf einer gepolsterten Bank am Ufer und sehen zu, wie die Sonne am Horizont versinkt.

Vor der Küste driftet ein Fischerboot mit Namen *Hatteras.* Sein Besitzer müht sich gerade ab, seinen Fang an Bord zu ziehen.

Edith nickt. »Sieht aus, als hätten die jetzt endlich was an der Angel.«

»Das wird auch alles sein, was sie an die Angel bekommen.«

»Schatz, versprich mir, aufzupassen.«

»Versprochen.«

»Bist du denn wirklich sicher, dass du mit dem Mini-U-Boot umgehen kannst?«

»Ja, Iz hat mir gezeigt, wie...« Bei der Erinnerung treten Dominique Tränen in die Augen. »Ja, ich bin sicher.«

»Sue meint, du sollst ihren Revolver mitnehmen.«

»Ich hab mir doch nicht die Mühe gemacht, Mick bei der Flucht zu helfen, um ihn anschließend zu erschießen.«

»Sie meint ja bloß, du sollst nicht zu vertrauensvoll sein.«

»Sue leidet schon immer unter Verfolgungswahn.«

»Und was ist, wenn sie Recht hat? Wenn Mick wirklich geisteskrank ist? Womöglich wird er bösartig und versucht, dich zu vergewaltigen. Schließlich war er elf Jahre lang eingesperrt, und...«

»Er wird mich nicht vergewaltigen.«

»Nimm doch wenigstens meinen Elektroschocker mit. Der ist ganz klein und schaut wie ein Feuerzeug aus. Er passt genau in deine Handfläche.«

»Na gut, ich nehm ihn mit, aber brauchen werde ich ihn nicht.«

Edith dreht sich um und sieht Dory Simpson kommen, während deren Tochter aufs Haus zugeht.

Dominique steht auf und umarmt Mrs. Simpson. »Möchtest du was zu trinken?«

Dory setzt sich zu Edith. »Ja, bring mir doch ein Cola Light. Leider können wir nicht lange bleiben.«

In der Kabine der *Hatteras* sitzt Detective Sheldon Saints und beobachtet durch ein starkes, auf ein Stativ montiertes Fernglas, wie Dominique aufs Haus zugeht.

Ein zweiter Detective, mit Jeans-Shorts, einem T-Shirt mit dem Logo der Tampa Bay Buccaneers und einer Baseballmütze ausstaffiert, betritt die Kabine. »He, Ted hat gerade einen Fisch gefangen.«

»War auch allmählich Zeit; schließlich hängen wir hier schon seit acht Stunden rum. Gibt mir mal das Nachtsichtgerät. Für das Ding hier wird es allmählich zu dunkel.«

Saints befestigt das ITT Night-Mariner 260 auf dem Stativ, schaut hindurch und stellt die Optik ein, die das schwindende Licht in grüne Schattierungen verwandelt. Fünf Minuten später beobachtet er, wie die attraktive Verdächtige mit dem langen schwarzen Haar aus dem Haus kommt, eine Dose Cola in jeder Hand. Sie geht zur Bank, reicht den beiden Frauen dort die Getränke und setzt sich neben sie.

Weitere zwanzig Minuten vergehen. Nun sieht der Kriminalbeamte die gebräunte Blondine in dem aquamarinblauen Kleid aus dem Haus kommen. Sie tritt zu den drei Frauen und umarmt Edith Axler, dann hilft sie ihrer Mutter von der Bank und führt sie zum Wagen.

Saints beobachtet die beiden einen Augenblick, dann wendet er seine Aufmerksamkeit wieder der Bank zu, auf der die ältere Frau und die dunkelhaarige Schönheit Hand in Hand sitzen geblieben sind.

Dory Simpson lehnt sich in den Beifahrersitz zurück, während die Blondine den Lincoln startet. Sie lässt den

Wagen zurückrollen, dann fährt sie nach Südwesten auf die Hauptverkehrsader der Insel zu.

Dominique schiebt die Hand unter die Perücke, um sich an der juckenden Kopfhaut zu kratzen. »Ich wollte schon immer mal blonde Haare haben.«

»Lass das Ding bloß auf, bis wir abgelegt haben.« Dory Simpson gibt Dominique den Elektroschocker, der kaum größer ist als ein Gasfeuerzeug. »Edith hat gesagt, du sollst das immer bei dir tragen, und ich hab ihr versprochen, dafür zu sorgen, dass du das tust Also, traust du dir wirklich zu, das U-Boot zu steuern?«

»Wird schon schief gehen.«

»Ich kann nämlich mitkommen.«

»Nein, mir ist es lieber, wenn du dableibst und dich mit Karen um Edie kümmerst.«

Es ist schon spät, als die beiden den privaten Pier der Simpsons in Captiva erreichen. Dominique umarmt Dory Simpson zum Abschied, dann geht sie über die Holzbohlen zu dem sieben Meter langen Motorboot, das auf sie wartet.

Sue Reuben weist sie an, die Heckleine zu lösen. Wenige Sekunden später rast das Boot in den Golf von Mexiko.

Dominique nimmt die Perücke ab, bevor sie davonfliegen kann, dann schlägt sie die graue Persenning zurück.

Mick liegt langgestreckt auf dem Rücken. Sein rechtes Handgelenk ist mit einer Handschelle an eine Strebe des zweiten Sitzes gekettet. Lächelnd blickt er zu ihr empor, dann zuckt er zusammen, als der Bug in eine Welle kracht und sein Kopf schmerzhaft ans Fiberglasdeck schlägt.

»Wo ist der Schlüssel, Sue?«

»Ich glaube, du solltest ihn lieber da liegen lassen, bis wir das Boot erreicht haben. Wir dürfen kein Risiko eingehen.«

»Wenn das so weitergeht, ist er seekrank, bevor wir dort sind. Gib mir den Schlüssel.« Dominique öffnet die Handschellen und hilft Mick auf den Sitz. »Na, wie geht's dir?«

»Besser. Sue ist zwar zum Fürchten, hat mich aber gut gepflegt.«

Als der Trawler vor ihnen auftaucht, drosselt Sue die Maschine. Der Schwung des Motorboots reicht aus, um es an die Seite des größeren Boots zu bringen.

Mick klettert hinüber.

Sue umarmt Dominique. »Pass gut auf dich auf.« Sie drückt ihr die Magnum in die Hand.

»Sue...«

»Pst. Mach kein Theater. Und leg ihn einfach um, wenn er Dummheiten macht.«

Dominique lässt den Revolver in der Tasche ihres Anoraks verschwinden, dann klettert sie ebenfalls an Bord des Trawlers und schaut dem davonrasenden Motorboot hinterher.

Nun ist alles ruhig. Gemächlich schaukelt das Fischerboot unter einem mit Sternen übersäten Himmel im schwarzen Wasser.

Dominique sieht Mick an, ohne im Dunkeln seine Augen erkennen zu können. »Ich glaube, wir sollten uns mal auf den Weg machen, was?« *Ganz ruhig. Du klingst total nervös.*

»Zuerst muss ich dir noch was sagen, Dom.«

»Vergiss es. Du kannst mir danken, indem du mir hilfst, herauszubekommen, was Iz zugestoßen ist.«

»Einverstanden, aber das war es nicht, was ich dir sagen wollte. Ich weiß, du hast noch immer deine Zweifel, was mich betrifft. Aber du solltest wissen, dass du mir vertrauen kannst. Ich hab dir sehr viel zugemutet, aber ich schwöre beim Andenken meiner Mutter, ich würde mir eher selbst was antun als zuzulassen, dass dir was passiert.«

»Ich glaube dir.«

»Und wahnsinnig bin ich auch nicht. Mir ist schon klar, dass ich manchmal so klinge, aber ich bin es nicht.«

Dominique wendet den Blick ab. »Ich weiß, Mick. Aber jetzt glaube ich wirklich, dass wir losfahren sollten. Schließlich ist unser Haus den ganzen Tag über von der Polizei beobachtet worden. Die Schlüssel müssen im Ruderhaus unter dem Kissen des Passagiersitzes sein. Setzt du dich ans Steuer?«

Mick verschwindet im Ruderhaus. Sie wartet, bis er außer Sicht ist, dann zieht sie den Revolver aus der Jackentasche. Sie betrachtet die Waffe, während ihr Folettas warnende Worte in den Sinn kommen. *Der Patient wird sicher seinen Charme spielen lassen, um Sie zu beeindrucken.*

Stotternd springt die Maschine an.

Dominique blickt auf die Waffe, zögert und wirft sie dann über Bord.

Jetzt hilft mir nur noch Gott…

16

29. November 2012
Golf von Mexiko

5.14 Uhr Unter dem sternklaren Morgenhimmel setzt der vierzehn Meter lange Trawler *Jolly Roger* seine Fahrt nach Westen fort. Dominique sitzt am Steuer und kämpft mit dem Schlaf, während ihr die Augenlider immer schwerer werden. Erschöpft legt sie den Kopf an die Kunststofflehne zurück und konzentriert sich wieder auf ihr Taschenbuch. Nachdem sie zum viertenmal denselben Abschnitt gelesen hat, beschließt sie, ihren blutunterlaufenen Augen einen Moment Pause zu gönnen.

Nur ein paar Sekunden. Nur nicht einschlafen…

Erst als das Buch ihr aus der Hand fällt, schreckt sie auf. Sie saugt tief die kühle Luft ein und blickt auf den dunklen Gang, der zur Kabine unter Deck führt. Da drunten schläft Mick irgendwo im Dunkel. Der Gedanke tröstet sie ebenso, wie er ihr Angst macht. Obwohl die automatische Steuerung eingeschaltet ist, will sie nicht einschlafen, und während sie allein im Ruderhaus sitzt, lässt die Fantasie ihre tiefsten Ängste auf sie einstürmen.

Das ist doch lächerlich. Mick ist kein Mörder. Er würde mir nie etwas antun…

Sie sieht den Horizont in ihrem Rücken grau werden. Aus Furcht ist sie zu dem Schluss gekommen, es sei am besten, tagsüber zu schlafen. Sie beschließt, Mick bei Anbruch der Morgendämmerung zu wecken.

»*Jolly Roger*, kommen. Hier Alpha-Zulu-drei-neun-sechs, ich rufe *Jolly Roger*, bitte kommen…«

Dominique greift nach dem Funkgerät. »Hier *Jolly Roger*, ich höre, Alpha-Zulu.«

»Wie geht's dir, Schatz?«

»Ganz gut. Was ist passiert? Du klingst ganz durcheinander.«

»Die Behörden haben SOSUS abgeschaltet. Sie behaupten, es sei bloß ein technisches Problem, aber das glaube ich noch nicht mal ansatzweise.«

»Verdammt. Was meinst du, wieso…«

»Ahhhhh… Ahhhhhhh…« Micks Schreie sind so furchtbar, dass Dominique das Blut in den Adern gefriert. »Um Himmels willen, Edie. Ich ruf dich gleich zurück.«

»Waren das Schreie?«

»Mach dir keine Sorgen. Ich melde mich gleich wieder.«

Sie schaltet das Funkgerät aus und rennt die kurze Treppe hinab, nicht ohne auf dem Weg mehrere Lichter anzuknipsen.

Mick sitzt aufrecht in der Eckkoje wie ein erschrockenes, verwirrtes Tier. Seine schwarzen Augen sind geweitet und glänzen im Licht der nackten Birne, die über seinem Kopf pendelt.

»Mom?« Die Stimme ist heiser.

Er hat schreckliche Angst.

»Mick, es ist alles gut…«

»Mom? Wer ist da? Ich kann dich nicht sehen…«

»Mick, ich bin's, Dominique.« Sie schaltet zwei weitere Lampen an, dann setzt sie sich auf die Bettkante. Die Muskeln seines nackten Oberkörpers sind angespannt und in kalten Schweiß gebadet. Sie sieht seine Hände zittern.

Noch immer verwirrt, schaut er ihr in die Augen. »Dominique?«

»Ja. Was ist denn?«

Er starrt ihr ins Gesicht, dann lässt er den Blick durch die Kabine schweifen. »Ich muss hier raus.« Er schiebt sich an ihr vorbei und stolpert die Holztreppe empor an Deck.

Dominique folgt ihm hastig, da sie Angst hat, er könnte sich ins Wasser stürzen.

Sie sieht ihn am Bug stehen. Der kühle Wind weht ihm ins Gesicht. Dominique holt eine Wolldecke und legt sie ihm um die nackten Schultern. Sie sieht Tränen in seinen Augen.

»Geht's dir jetzt besser?«

Einen langen Augenblick starrt er auf den dunklen Horizont. »Nein. Nein, ich glaube nicht. Ich hab gedacht, es geht mir besser, aber jetzt ist mir klar, dass ich ziemlich durcheinander bin.«

»Kannst du mir von deinem Traum erzählen?«

»Nein, jetzt nicht.« Er schaut sie an. »Bestimmt hab ich dir wahnsinnige Angst eingejagt.«

»Ist schon in Ordnung.«

»Das Schlimmste an der Einzelhaft – das Schaurigste – war, wenn ich schreiend aufgewacht bin und ganz allein war. Diese wahnsinnige Leere kannst du dir gar nicht vorstellen.«

Sie drückt ihn sanft auf das Fiberglasdeck. Er lehnt sich an die Wand des Ruderhauses, hebt den linken Arm und breitet einladend die um seine Schultern liegende Decke aus.

Dominique legt sich neben ihn und schmiegt den Kopf an seine kalte Brust. Mick legt ihr die Decke über die Schultern.

Minuten später schlafen beide fest.

16.50 Uhr Dominique holt zwei Dosen Eistee aus dem Kühlschrank in der Kombüse, überprüft mithilfe des globalen Positionierungssystems den Standort des Bootes und geht zum Bug zurück. Der grelle Schein der Nachmittagssonne spiegelt sich im Fiberglas des Decks und lässt sie blinzeln. Sie setzt die Sonnenbrille auf und hockt sich neben Mick.

»Siehst du was?«

Mick lässt das Fernglas sinken. »Noch nicht. Wie weit sind wir jetzt von der Küste entfernt?«

»Etwa fünf Meilen.« Sie reicht ihm die Dose Eistee. »Mick, ich wollte schon lange was fragen. Weißt du noch, wie du mich in der Anstalt mal gefragt hast, ob ich an das Böse glaube? Was hast du damit gemeint?«

»Ich hab dich auch gefragt, ob du an Gott glaubst.«

»Geht es dir um einen religiösen Standpunkt?«

Mick lächelt. »Weshalb können Psychiater nie eine Frage beantworten, ohne eine neue zu stellen?«

»Wahrscheinlich lieben wir die Klarheit.«

»Ich wollte bloß wissen, ob du an eine höhere Macht glaubst.«

»Ich glaube, dass irgendjemand uns beschützt und unsere Seele auf einer höheren Ebene berührt. Daran glaube ich, weil ich daran glauben muss, denn es tröstet mich. Und woran glaubst du?«

Mick dreht sich um und blickt zum Horizont. »Ich glaube, dass wir über eine spirituelle Energie verfügen, die sich in einer anderen Dimension befindet. Und ich glaube, dass auf dieser Ebene, zu der wir nur im Sterben Zugang haben, eine höhere Macht existiert.«

»So hab ich noch nie jemand vom Himmel reden hören. Na schön, und was ist mit dem Bösen?«

»Zu jedem Yin gehört ein Yang.«

»Willst du damit sagen, du glaubst an den Teufel?«

»Der Teufel, Satan, Beelzebub, Luzifer – das sind alles nur Namen. Du hast gesagt, du glaubst an Gott. Würdest du sagen, dass Gottes Gegenwart in deinem Leben dich dazu bringt, ein guter Mensch zu sein?«

»Falls ich ein guter Mensch sein sollte, dann deshalb, weil ich mich dafür entschieden habe. Ich glaube, dass der Mensch die Freiheit der Wahl hat.«

»Und wodurch wird diese Wahl beeinflusst?«

»Durch die bekannten Faktoren: die familiäre Situation, Gruppenzwänge, die Umwelt, die Erfahrungen, die man im Leben macht. Wir haben alle bestimmte Voraussetzungen, aber am Ende ist unsere Fähigkeit, zu erkennen, was mit uns geschieht, das, was unsere täglichen Entscheidungen beeinflusst. Wenn du diese Entscheidungen in Gut und Böse trennen willst – von mir aus, aber wir haben trotzdem die freie Wahl.«

»Das klingt nach einem echten Psychiater. Nun will ich Sie aber mal was fragen, Mrs. Freud. Was wäre, wenn diese Wahlfreiheit nicht ganz so frei ist, wie wir meinen? Wenn die Welt um uns herum einen Einfluss auf unser Verhalten als Spezies hat, den wir weder sehen noch begreifen können?«

»Was meinst du damit?«

»Denk mal an den Mond. Als Psychiater hast du bestimmt schon von der Wirkung des Mondes auf Psychosen gehört.«

»Die Wirkung des Mondes ist umstritten. Wir können ihn sehen, deshalb könnte seine Wirkung auf die Psyche selbstverursacht sein.«

»Spürst du, wie sich die Erde bewegt?«

»Was?«

»Die Erde. In diesem Augenblick dreht sie sich nicht nur um ihre eigene Achse, sie rast auch mit einer Geschwindigkeit von siebenundsiebzig Kilometern pro Sekunde durch den Raum. Kannst du das spüren?«

»Worauf willst du hinaus?«

»Es gibt Dinge, die um uns herum geschehen, ohne dass unsere Sinne sie wahrnehmen können. Dennoch existieren sie. Was ist, wenn diese Dinge einen Einfluss auf unser logisches Denken haben, auf unsere Fähigkeit, zwischen richtig und falsch zu wählen? Du glaubst an einen freien Willen, aber was bringt uns *wirklich* dazu, uns für etwas zu entscheiden? Als ich dich gefragt hab, ob du an das Böse glaubst, meinte ich mit dem Bösen eine unsichtbare Instanz, deren Vorhandensein unser Urteilsvermögen trüben könnte.«

»Ich weiß nicht recht, ob ich dir folgen kann.«

»Was bringt einen Teenager dazu, mit einer Uzi auf einen überfüllten Spielplatz zu feuern? Weshalb sperrt eine verzweifelte Mutter ihre kleinen Kinder in ihr Auto und lässt es in einen See rollen? Was bringt einen Mann dazu, seine Stieftochter zu vergewaltigen oder… oder einen geliebten Menschen zu ersticken?«

Sie sieht eine Träne in seinem Augenwinkel. »Du glaubst, es gibt eine böse Macht, die unser Verhalten beeinflusst, Mick?«

»Manchmal… manchmal glaube ich, ich kann tatsächlich etwas spüren.«

»Was kannst du spüren?«

»Ein Wesen. Manchmal spüre ich, wie seine eisigen Finger von einer höheren Dimension aus nach mir greifen. Und wenn ich das spüre, hab ich den Eindruck, dass etwas Furchtbares geschieht.«

»Mick, du warst elf Jahre lang vollständig isoliert. Da wäre es erstaunlich, wenn du keine Stimmen hören würdest…«

»Es sind keine Stimmen; es ist mehr wie ein sechster Sinn.« Er massiert sich die Augen.

Womöglich ist diese Fahrt ein großer Fehler. Er braucht Hilfe. Vielleicht steht er kurz vor einem Nervenzusammenbruch. Dominique fühlt sich plötzlich sehr einsam.

»Du hältst mich für einen Psychopathen…«

»Das hab ich nicht gesagt.«

»Nein, aber du denkst es.« Er dreht sich um und

schaut sie an. »Die alten Maya glaubten, Gut und Böse seien physisch vorhanden. Sie glaubten, ihr großer Lehrer Kukulkan sei von einer bösen Macht verbannt worden, einem feindseligen Gott, den die Azteken Tezcatlipoca – rauchender Spiegel – nannten. Es heißt, Tezcatlipoca habe in die Seele der Menschen eindringen, sie täuschen und dazu bringen können, schlimme Grausamkeiten zu begehen.«

»Mick, das sind doch nur Maya-Legenden. Meine Großmutter hat mir dieselben Geschichten erzählt.«

»Es sind nicht nur Geschichten. Als Kukulkan starb, begannen die Maya zu Tausenden ihr eigenes Volk abzuschlachten. Männer, Frauen und Kinder wurden bei blutigen Ritualen geopfert. Viele wurden zu dem Tempel auf der Spitze der Kukulkan-Pyramide gebracht, wo man ihnen das Herz aus der Brust schnitt. Unberührte Mädchen führte man auf dem uralten Weg zum Heiligen Cenote und schlitzte ihnen dort die Kehle auf, bevor man sie ins Wasserbecken warf. Dabei hatten die Maya ein Jahrtausend lang in Frieden gelebt. Irgendetwas muss sie beeinflusst haben, wenn sie plötzlich damit anfingen, sich gegenseitig abzuschlachten.«

»Im Tagebuch deines Vaters steht, die Maya seien abergläubisch gewesen und hätten gemeint, mit den Opfern das Ende der Welt verhindern zu können.«

»Ja, aber das ist nicht alles. Auch der Kult von Tezcatlipoca soll die Grausamkeiten beeinflusst haben.«

»Nichts, was du mir bislang erzählt hast, beweist die Existenz des Bösen. Die Menschen bringen sich gegenseitig um, seit unsere Vorfahren von den Bäumen herabgestiegen sind. Die spanische Inquisition hat Tausende von Menschen auf dem Gewissen, die Nazis haben sechs Millionen Juden vergast. In Afrika kommt es ständig zu neuen Gewalttätigkeiten. Im Kosovo haben die Serben Tausende von Albanern umgebracht...«

»Das ist genau der springende Punkt. Der Mensch ist

schwach und lässt zu, dass sein freier Wille von äußeren Einflüssen korrumpiert wird. Die Beweise dafür finden sich überall.«

»Was für Beweise?«

»Die Fäulnis breitet sich über die unschuldigsten Mitglieder der Gesellschaft aus. Kinder benutzen ihre Entscheidungsfreiheit, um Grausamkeiten zu begehen, weil ihr Bewusstsein nicht in der Lage ist, den Unterschied zwischen richtig und falsch, zwischen Realität und Fantasie zu begreifen. Vor ein paar Tagen hab ich auf CNN einen Bericht über einen Zehnjährigen gesehen, der die automatische Waffe seines Vaters mit in die Schule genommen und zwei Jungen ermordet hat, von denen er gehänselt wurde.« Mick blickt hinaus aufs Meer. Seine Augen füllen sich erneut mit Tränen. »Ein zehnjähriges Kind, Dominique.«

»Unsere Welt ist krank…«

»Genau. Unsere Welt ist tatsächlich krank. Das gesellschaftliche Gefüge leidet unter dem Einfluss einer übel wollenden Instanz, einer Art Krebs, und wir suchen an den völlig falschen Orten danach. Charles Baudelaire hat einmal gesagt, die größte List des Teufels sei es, uns davon zu überzeugen, dass er nicht existiere. Dominique, ich kann spüren, wie dieser Einfluss immer stärker wird. Ich spüre, wie er sich nähert, während sich das galaktische Tor immer weiter öffnet, je näher wir der Wintersonnenwende kommen.«

»Und was ist, wenn sich diese böse Macht in drei Wochen doch nicht zeigt? Was wirst du dann tun?«

Mick schaut verdutzt drein. »Was meinst du damit?«

»Wie, hast du nie die Möglichkeit in Betracht gezogen, dass du Unrecht haben könntest? Mick, du hast dein ganzes Leben danach ausgerichtet, diese alte Maya-Prophezeiung zu entschlüsseln, um die Menschheit zu retten. Dein Bewusstsein, deine ganze Identität sind von Glaubenssätzen bestimmt, die dir deine Eltern eingeflößt haben. Verstärkt werden sie wahrscheinlich von irgendeinem Trauma, das du erlebt hast und das dich in deinen Träumen peinigt. Man muss nicht Sigmund Freud heißen, um zu erkennen, dass das Wesen, das du spürst, sich in dir selbst befindet.«

Micks Augen weiten sich, als ihre Worte ihm ins Bewusstsein dringen.

»Was ist, wenn die Wintersonnenwende kommt und wir samt und sonders überleben? Was wirst du dann mit deinem Leben anfangen?«

»Ich… ich weiß nicht. Darüber hab ich noch nicht nachgedacht. Das habe ich mir einfach nicht erlaubt. Ich hatte Angst, dass ich mich sonst nach einem normalen Leben sehnen und das, was wirklich wichtig ist, irgendwann aus den Augen verlieren würde.«

»Wirklich wichtig ist, dass du dein Leben voll und ganz lebst.« Sie nimmt seine Hand in ihre. »Mick, benutz deinen fantastischen Verstand doch dazu, in dich hineinzuschauen. Man hat dich von Geburt an einer Gehirnwäsche unterzogen. Deine Eltern haben dich dazu verdammt, die Welt zu retten, aber die Person, die wirklich gerettet werden muss, heißt Michael Gabriel. Du hast dein ganzes Leben damit verbracht, Hirngespinsten hinterherzujagen. Und jetzt müssen wir dich davon überzeugen, dass diese Hirngespinste gar nicht existieren.«

Mick lässt sich zurücksinken und blickt in den Nachmittagshimmel, während ihm Dominiques Worte in den Ohren klingen.

»Mick, erzähl mir von deiner Mutter.«

Er schluckt, dann räuspert er sich. »Sie war meine beste Freundin. Sie war meine Lehrerin und meine Gefährtin, meine ganze Kindheit über. Während mein Vater wochenlang weg war, um in der Wüste von Nazca zu forschen, hat meine Mutter mir ihre Wärme und Liebe geschenkt. Als sie starb…«

»Wie ist sie gestorben?«

»An Pankreaskrebs. Den hat man entdeckt, als ich elf war. Als es aufs Ende zuging, hab ich sie gepflegt. Sie ist so schwach geworden... der Krebs hat sie bei lebendigem Leib aufgefressen. Ich hab ihr vorgelesen, um sie von den Schmerzen abzulenken.«

»Shakespeare?«

»Ja.« Er setzt sich auf. »Ihr Lieblingsstück war *Romeo und Julia*. ›Der Tod, der deines Odems Balsam sog, hat über deine Schönheit nichts vermocht...‹«

»Wo war dein Vater damals?«

»Wo schon. Draußen in der Wüste von Nazca.«

»Haben sich deine Eltern geliebt?«

»Sehr. Sie haben sich immer als verwandte Seelen bezeichnet. Als sie starb, hat sie sein Herz mit ins Grab genommen. Einen Teil von meinem auch.«

»Wenn dein Vater sie so sehr geliebt hat, wie hat er sie dann verlassen können, als sie starb?«

»Meine Eltern haben mir gesagt, ihre gemeinsame Mission sei wichtiger und sinnvoller, als herumzusitzen und zuzuschauen, wie der Tod den Körper meiner Mutter in Besitz nimmt. So hab ich schon früh erfahren, was Schicksal bedeutet.«

»In welcher Hinsicht?«

»Meine Mutter glaubte, manche Menschen seien mit besonderen Gaben gesegnet, die ihren Lebensweg bestimmten. Mit diesen Gaben, meinte sie, sei eine große Verantwortung verbunden. Solche Menschen müssten große Opfer bringen, um ihren Weg zu gehen.«

»Und sie hat auch geglaubt, dass du solche Gaben besitzt?«

»Ja. Sie hat gesagt, ich hätte von Seiten ihrer Ahnen mütterlicherseits eine einzigartige Einsicht und Intelligenz geerbt. Wer diese Gabe nicht besitzt, hat sie mir erklärt, kann das nie verstehen.«

Mein Gott, Micks Eltern haben ihn wirklich ruiniert. Es

wird eine jahrelange Therapie brauchen, um das zu korrigieren. Dominique schüttelt traurig den Kopf.

»Was ist?«

»Nichts. Ich hab mir nur vorgestellt, wie dein Vater seinem elfjährigen Sohn die Bürde aufgepackt hat, seine sterbende Mutter zu pflegen.«

»Es war keine Bürde, es war mein Dank für alles, was sie mir gegeben hat. Im Rückblick bin ich nicht sicher, ob ich es mir überhaupt anders gewünscht hätte.«

»War er da, als sie gestorben ist?« Ihre Worte lassen Mick zusammenzucken.

»Ja, er war da.« Er blickt auf den Horizont. Seine Augen werden hart bei der Erinnerung, dann plötzlich wach wie die eines Falken. Hastig greift er nach dem Fernglas.

Am westlichen Horizont ragt etwas auf.

Mick hebt den Arm. »Da drüben ist eine Ölplattform, und zwar eine große. Ich hab gedacht, dein Vater hätte gesagt, so etwas gäbe es hier nicht?«

»Das stimmt.«

Mick stellt das Glas scharf. »Das ist keine mexikanische Insel. Ich sehe eine amerikanische Flagge. Da stimmt was nicht.«

»Mick…« Dominique zeigt aufs Wasser.

Er sieht das herannahende Boot und richtet das Fernglas darauf. »Verdammt, das ist die Küstenwache. Stell die Maschine ab. Wie lange dauert es, bis wir das U-Boot ins Wasser bekommen können?«

Dominique hastet ins Ruderhaus. »Fünf Minuten. Willst du jetzt etwa sofort tauchen?«

»Jetzt oder nie.« Mick läuft zum Heck und zieht die graue Persenning von dem kapselförmigen Fahrzeug. Er lässt die Winde an. »Die Küstenwache wird unsere Ausweise verlangen, und dann nimmt man uns sofort fest. Schnell, pack ein bisschen Proviant ein.«

Dominique wirft ein paar Dosen Proviant und mehrere Flaschen Wasser in einen Rucksack, dann steigt sie in das Mini-U-Boot, während der Kutter sich bereits auf hundert Meter genähert hat. Der Kapitän lässt warnend die Sirene ertönen.

»Mick – komm schon!«

»Lass die Maschine an, ich bin gleich da!« Mick verschwindet in der Kabine, um nach dem Tagebuch seines Vaters zu suchen.

»Hier spricht die Küstenwache der Vereinigten Staaten. Sie sind in gesperrte Gewässer eingedrungen. Stellen Sie alle Aktivitäten ein und bereiten Sie sich darauf vor, dass wir an Bord kommen.«

Hastig greift Mick nach dem Tagebuch, während das Boot der Küstenwache den Bug der *Jolly Roger* erreicht. Er rennt zurück zum Heck und löst das Seil der Winde.

»Keine Bewegung!«

Ohne auf die Warnung zu achten, springt Mick ins schützende Innere des fünf Meter langen Mini-U-Boots. Unsicher auf einer eisernen Leiter balancierend, greift er nach oben und verschließt die Luke. »Runter mit uns, schnell!«

Dominique sitzt angeschnallt auf dem Pilotensitz und versucht sich alles ins Gedächtnis zu rufen, was ihr Adoptivvater ihr gezeigt hat. Als sie das Steuer von sich wegdrückt, taucht das U-Boot ab, gerade als der Kiel des Küstenwachbootes mit seinem Höhenruder kollidiert.

»Festhalten!«

Das Boot sinkt steil in einem Fünfundvierzig-Grad-Winkel in die Tiefe. Die aus einer Titanlegierung gefertigten Platten des Rumpfes ächzen. Mick bückt sich und greift nach einer Sauerstoffflasche, die gefährlich auf den Bug zurollt. »He, Käpt'n, hoffentlich wissen Sie auch, was Sie da machen.«

»Benimm dich bloß nicht wie ein typischer Beifahrer.« Sie reduziert den Abstiegswinkel. »Okay, was sollen wir jetzt tun?«

Mick drückt sich an der Leiter vorbei und stellt sich hinter sie. »Wir finden heraus, was da drunten vor sich geht, dann steuern wir die Küste von Yukatan an.« Er beugt sich vor, um durch eines der zwanzig Zentimeter breiten und zehn Zentimeter dicken Bullaugen zu schauen.

Die Sicht ins tiefblaue Wasser wird durch eine Unzahl winziger Bläschen gestört, die am Rumpf des Bootes aufsteigen. »Ich sehe überhaupt nichts. Hoffentlich hat dieses Ding ein Sonargerät.«

»Direkt vor mir.«

Mick beugt sich über ihre Schulter und wirft einen Blick auf die orangefarben leuchtende Konsole. Dabei sieht er den Tiefenmesser: hundertfünf Meter. »Wie tief kann dieses Ding runtergehen?«

»Dieses ›Ding‹ hat den Namen *Barnacle.* So weit ich weiß ist es ein sehr teures französisches Fahrzeug, eine kleinere Version der *Nautile.* Es ist für eine Tiefe von dreitausendvierhundert Metern ausgelegt.«

»Und du weißt wirklich, wie man es steuert?«

»Iz und der Besitzer haben mich an einem Wochenende mitgenommen und mir das Wichtigste beigebracht.«

»So, so, das Wichtigste.« Mick blickt sich um. Das Innere der *Barnacle* besteht aus einer verstärkten ovalen Kapsel von drei Metern Durchmesser, die vom rechteckigen Rumpf des Fahrzeugs umschlossen wird. Sämtliche Wände der engen Kabine sind mit elektronischen Geräten gespickt wie mit einer dreidimensionalen Tapete. Aus einer Wand ragt die Steuerung für einen mechanischen Arm und einen einfahrbaren isothermischen Sammelkorb, gegenüber befinden sich die Monitore von High-Tech-Geräten und akustischen Transpondern.

»Mick, mach dich doch mal nützlich und stell die Thermalkamera an. Das ist der Monitor über deinem Kopf.«

Er greift nach oben und aktiviert das Gerät. Der Bildschirm flackert auf und zeigt einen Teppich aus grünen und blauen Schattierungen. Mick zieht an einem kurzen Hebel, um den am Rumpf angebrachten Sensor auf den Meeresboden zu richten.

»He, was haben wir denn da?« Am oberen Rand des Bildschirms erscheint ein leuchtend weißes Licht.

»Was ist das?«

»Keine Ahnung. Wie tief sind wir?«

»Bei dreihundertvierzig Metern. Was soll ich tun?«

»Fahr weiter Richtung Westen. Da ist was Großes vor uns.«

Golf von Mexiko
***1,8 Kilometer westlich der* Barnacle**

Die *Scylla*, eine Bohrinsel des Exxon-Konzerns, ist eine frei schwimmende Ölplattform aus der fünften Generation der Baureihe Bingo 8000. Im Gegensatz zu stationären Bohrinseln schwebt der Koloss im Wasser. Vier Stockwerke ragen über der Oberfläche auf, drei sind unter Wasser. Das Ganze wird von fünfundzwanzig Meter langen vertikalen Säulen stabilisiert, die auf zwei gewaltigen, hundertzwanzig Meter langen Pontons befestigt sind. Mit zwölf Trossen ist die Insel am Meeresboden verankert.

Drei gestaffelte Decks ruhen auf dem Unterbau der *Scylla*. Auf dem offenen Oberdeck, das so lang und breit ist wie ein Fußballplatz, erhebt sich ein zweiundzwanzig Meter hoher Bohrturm mit dem Gestängestrang aus zehn Meter langen Stahlrohren. Zwei gewaltige Kräne stehen an der Nord- und Südseite, ein erhöhter achteckiger Hubschrauberlandeplatz nimmt das Westdeck in Anspruch. Die Steuerzentrale, die Werkstätten, die Aufenthaltsräume und die Kabinen, in denen jeweils zwei Personen schlafen können, befinden sich im mittleren

Deck. Das untere Deck beherbergt die drei 3080-PS-Maschinen der Plattform und die Geräte, mit denen täglich hunderttausend Barrel Rohöl gefördert werden können.

Obwohl die Bohrinsel mit hundertzehn Personen bemannt ist, dem absoluten Maximum, fließt kein Tropfen Öl durch ihre Rohre. Das Unterdeck ist hastig ausgeräumt worden, damit die NASA hier eine Unzahl von Geräten installieren konnte: Multispektralsensoren, Computer und Scanner. Neben Stapeln gebündelter Stahlrohre sind weitere Geräte, Haltekabel und die Steuerkonsolen für drei ferngesteuerte U-Boote untergebracht.

Genau im Zentrum des Beton- und Stahldecks befindet sich ein rundes Loch von dreieinhalb Metern Durchmesser, das normalerweise den Gestängestrang aufnimmt. Ein sanftes smaragdgrünes Leuchten strahlt vom Meeresboden empor, dringt durch das Loch und taucht die Decke und den angrenzenden Arbeitsbereich in ein unirdisches Licht. Ständig bleiben von Neugierde überwältigte Techniker hier stehen, um rasch einen Blick auf den künstlich beleuchteten Meeresboden zu werfen, der gut sechshundert Meter unter der Bohrinsel liegt. Die *Scylla* ist direkt über einer großen, tunnelähnlichen Öffnung am Meeresgrund stationiert. Irgendwo innerhalb dieses mysteriösen, fünfzehnhundert Meter tiefen Loches befindet sich die Quelle des grünen Leuchtens.

Navy-Commander Chuck McKana und NASA-Direktor Brian Dodds beugen sich über die beiden Techniker, die die *Sea Owl* steuern, ein zwei Meter langes ferngesteuertes U-Boot, das über ein zweitausend Meter langes Kabel mit der Winsch der *Scylla* verbunden ist. Gebannt blicken sie auf den Monitor der Kamera des kleinen Bootes, während dieses den geborstenen Meeresgrund erreicht und in der leuchtenden Öffnung versinkt.

»Die elektromagnetische Strahlung steigt an«, meldet der Techniker am Steuer. »Gerät ist nicht mehr manövrierbar.«

»Die Sensoren versagen.«

Dodds schielt in das grelle Licht, das den Bildschirm der Minicam erfüllt. »Wie tief ist das Gerät jetzt?«

»Es ist noch keine dreißig Meter weit in das Loch vorgedrungen. Verdammt, jetzt ist das elektrische System der *Sea Owl* auch hinüber.«

Der Monitor erlischt.

Commander McKana fährt sich mit seinen dicken Fingern durch das kurze graue Haar. »Das ist das dritte ferngelenkte Boot, das wir innerhalb von vierundzwanzig Stunden verloren haben, Direktor Dodds.«

»Ich kann selbst zählen, Commander…«

»Ich würde vorschlagen, Sie überlegen sich eine andere Methode, um da reinzukommen.«

»Das tun wir bereits.« Dodds deutet auf eine Schar von Arbeitern, die ein Stahlrohr in den Bohrturm einhängen. »Wir werden den Gestängestrang direkt in das Loch hinunterlassen. Am untersten Rohr werden Sensoren angebracht.«

Andy Fuhrman, der Kapitän der Bohrinsel, tritt zu den Männern. »Wir haben ein Problem, meine Herren. Die Küstenwache hat uns mitgeteilt, dass zwei Personen von einem Fischerboot, das sich zwei Meilen östlich der *Scylla* befindet, gerade ein Mini-U-Boot zu Wasser gelassen haben. Am Sonar ist erkennbar, dass sie das Objekt unter uns ansteuern.«

Dodds ist sichtlich beunruhigt. »Spione?«

»Eher Zivilisten. Das Boot ist auf den Namen einer amerikanischen Bergungsfirma eingetragen, die auf Sanibel Island beheimatet ist.«

McKana schaut gleichgültig drein. »Sollen die sich doch umschauen. Wenn sie auftauchen, soll die Küstenwache sie festnehmen.«

Mick und Dominique drücken die Gesichter an das verstärkte Lexanglas der Bullaugen, während das Mini-U-Boot sich der gespenstischen Lichtquelle nähert. Der Strahl schießt vom Meeresboden empor wie ein gewaltiger Scheinwerfer.

»Was ist da unten bloß?«, fragt Dominique. »Mick, was ist denn?«

Mick hat die Augen geschlossen. Sein Atem geht unregelmäßig.

»Mick?«

»Ich spüre etwas Bedrohliches. Dom, wir haben hier nichts zu suchen.«

»Ich hab die ganze Fahrt nicht auf mich genommen, um jetzt einfach umzukehren.« Über ihrem Kopf blitzt ein rotes Licht auf. »Die Sensoren unseres Boots spielen verrückt. Aus dem Loch steigt eine gewaltige Menge elektromagnetische Energie. Vielleicht ist es das, was du spürst.«

»Fahr nur nicht durch den Strahl, sonst ruinierst du sämtliche elektrischen Systeme.«

»Gut, vielleicht finden wir einen anderen Zugang. Ich umkreise die Stelle, während du ein paar Messungen durchführst.«

Mick öffnet die Augen und betrachtet die an der Wand der Kabine aufgereihten Schalttafeln. »Was soll ich tun?«

Sie zeigt auf ein Gerät. »Stell das Gradiometer an. Das ist ein elektromechanischer Schwerkraftfühler unten am Rumpf unseres Boots. Rex hat damit Gravitationsschwankungen unterhalb des Meeresbodens untersucht.«

Mick aktiviert das Gerät. Auf dem Monitor erscheint ein Teppich aus Orange- und Rottönen. Die helleren Farben weisen auf einen hohen Grad an elektromagnetischer Energie hin. Das Loch ist als gleißender Fleck von fast blendendem Weiß erkennbar. Mit einem Hebel erweitert Mick den Ausschnitt, um den umgebenden Meeresboden zu untersuchen.

Das helle Glühen schrumpft zu einem weißen Punkt. Grün- und Blautöne bilden einen Ring um das Rot und das Orange. »Moment mal – ich glaube, ich hab was entdeckt.«

Rund um das kraterförmige Zentrum befindet sich eine Reihe dunkler Flecken. Sie sind in identischem Abstand voneinander angeordnet, sodass ein kreisförmiges Muster mit einem Durchmesser von etwa eineinhalb Kilometern sichtbar wird.

Als Mick die Löcher gezählt hat, spürt er, wie sein Magen sich zusammenkrampft. Er bricht in kalten Schweiß aus. Er greift nach dem Tagebuch seines Vaters und blättert in den verknitterten Seiten, bis er den Eintrag vom 14. Juni 1997 gefunden hat.

Entgeistert starrt Mick auf das Foto einer kreisförmigen Felszeichnung von zwei Metern Durchmesser, die sich in der Mitte des Nazca-Plateaus befindet. Innerhalb ihrer Umgrenzung hat er die uralte, in einem Iridiumbehälter eingeschlossene Erdkarte gefunden. Er zählt dreiundzwanzig Linien, die wie der Strahlenkranz der Sonne von diesem Kreis ausgehen. Eine der Linien sieht endlos aus.

Dreiundzwanzig dunkle Flecken umgeben das unheimliche Loch im Meeresboden.

»Mick, was ist denn? Geht's dir nicht gut?« Dominique stellt die automatische Steuerung an, um einen Blick auf den Bildschirm zu werfen. »Was ist das?«

»Keine Ahnung. Aber vor Tausenden von Jahren hat irgendjemand in der Wüste von Nazca dasselbe Muster hinterlassen.«

Dominique schaut ins Tagebuch. »Ganz identisch ist das aber nicht. Du vergleichst eine Reihe von Linien in der Wüste mit einem Haufen dunkler Löcher auf dem Meeresgrund.«

»Dreiundzwanzig Löcher, dreiundzwanzig Linien. Hältst du das etwa für Zufall?«

Sie tätschelt ihm die Wange. »Nur mit der Ruhe, du Genie. Ich steuere das nächste Loch an, dann können wir es uns genauer anschauen.«

Die *Barnacle* verringert ihre Geschwindigkeit und bleibt über einem dunklen Loch von etwa sechs Metern Durchmesser stehen. Aus der Mündung perlen unablässig Luftbläschen. Dominique richtet einen der Scheinwerfer des U-Boots in den steil abfallenden Schlund. Eine lange Röhre wird sichtbar, die in einem Winkel von fünfundvierzig Grad in den Meeresboden führt.

»Na, was hältst du davon?«

Mick starrt in die Röhre. Das vertraute Angstgefühl in seinem Bauch wird stärker. »Ich weiß nicht recht.«

»Ich meine, wir sollten uns das mal näher anschauen.«

»Du willst in diesen Höllenschlund reinfahren?«

»Deshalb sind wir doch hier, oder etwa nicht? Ich dachte, du wolltest die Weltuntergangsprophezeiung der Maya untersuchen?«

»Aber nicht so. Es ist wichtiger, dass wir nach Chichén Itzá kommen.«

»Wieso?« *Er hat Angst.*

»Die Rettung ist in der Kukulkan-Pyramide verborgen. Das einzige, was uns in diesem Loch erwartet, ist der Tod.«

»Hör mal, ich hab nicht sieben Jahre an der Uni in den Wind geschrieben und riskiert, ins Gefängnis zu kommen, bloß damit du irgendeiner blödsinnigen Prophezeiung hinterherlaufen kannst. Wir sind hier, weil Edie und ich etwas abschließen müssen, weil wir herausbekommen müssen, was Iz und seinen Freunden wirklich zugestoßen ist. Ich gebe dir keine Schuld am Tod meines Vaters, aber da du uns in dieses kleine Abenteuer reingelockt hast, wirst du es auch beenden.«

Dominique neigt das Steuer und lenkt das kapselförmige Mini-U-Boot direkt ins Zentrum der Röhre.

Mick greift nach einer Leitersprosse, um sich festzuhalten, während die *Barnacle* mit zunehmendem Tempo durch den pechschwarzen Schacht schießt.

Ein glucksendes Geräusch erfüllt die Kabine.

Dominique blickt aus ihrem Fenster. »Das Geräusch kommt von den Wänden dieses Tunnels. Offenbar verhalten sie sich wie ein riesiger Schwamm. Mick, links von dir ist die Steuerung für das Spektrophotometer…«

»Ich seh schon.« Er schaltet das Gerät ein. »Wenn ich dieses Ding richtig interpretiere, ist das Gas, das aus diesem Loch gefiltert wird, reiner Sauerstoff.«

Ein tiefes Trommeln hallt durch das U-Boot und verstärkt sich, je tiefer die beiden kommen. Mick will gerade etwas sagen, als plötzlich ein Ruck durch die *Barnacle* geht. Das Boot beschleunigt.

»He, langsamer!«

»Das war ich gar nicht. Eine Strömung hat uns erfasst.« Mick hört die Panik in ihrer Stimme. »Die Außentemperatur steigt an. Mick, ich glaube, wir werden in eine Lavaröhre gesaugt!«

Er packt die Leiter fester, während das tiefe, pulsierende Geräusch das Glas der Monitore vor seinem Gesicht vibrieren lässt.

Sich drehend, rast das Mini-U-Boot blindlings in das Loch hinab wie ein Käfer, der durch den Abfluss gespült wird.

»Mick!« Dominique schreit auf, als sie endgültig die Herrschaft über das Fahrzeug verliert. Sie presst die Augenlider zusammen und klammert sich an die Sitzgurte, als die Elektrizität ausfällt. Nun sind sie von völliger Dunkelheit umgeben.

Sie spürt ihren hektischen Atem und wartet auf den Stoß, der das Boot zerbersten lässt und sie dem erstickenden Meer ausliefert. *O Gott, das ist das Ende. Hilf mir, bitte…*

Mick klammert sich mit Armen und Beinen an die Leiter. Seine Hände krallen sich um die stählernen Stangen. *Wehr dich nicht dagegen, lass es einfach kommen. Wenn dieser Wahnsinn nur zu Ende geht…*

Ein heftiges Schwindelgefühl erfasst die beiden, als sich das Mini-U-Boot wiederholt um seine eigene Achse dreht, als sei es in einer riesigen Waschmaschine gefangen.

Ein gewaltiger Knall und ein markerschütternder Stoß. Mit dem Bug voraus prallt die *Barnacle* auf ein unsichtbares stationäres Objekt. Mick fliegt blind durch die Finsternis und spürt, wie ihm alle Luft aus der Lunge gepresst wird, als er mit Gesicht und Brust schmerzhaft an die Wand mit den Steuerelementen kracht.

17

Golf von Mexiko
2185 Meter unter der Wasseroberfläche

Das unablässige Pochen in seinem Kopf bringt Mick dazu, die Augen aufzuschlagen.

Stille.

Er liegt auf dem Rücken. Seine Beine ragen in die Luft, sein Oberkörper ist von einem knisternden Wirrwarr aus elektrischen Drähten und Geräteteilen umgeben. In der Kabine ist es feucht und stockdunkel bis auf das trübe, orangefarbene Leuchten eines Monitors, der irgendwo weit weg vor sich hin flackert.

Mick dreht sich mühsam um und spuckt einen Mund voll Blut aus. Ihm schwirrt noch immer der Kopf. Als er feststellt, dass das Blut aus seiner Nase kommt, drückt er die Flügel mit den Fingern zusammen, um den Fluss zu stoppen.

Geraume Zeit sitzt er einfach da und spürt die scharfen Splitter zerborstener Bildschirme, während er sich zu erinnern versucht, wer und wo er ist.

Das Mini-U-Boot. Die Röhre… Dominique!

»Dom?« Er spuckt frisches Blut aus, während er über Gerätetrümmer klettert, die ihm den Weg zum Pilotensitz versperren. »Dom, hörst du mich?«

Bewusstlos hängt sie in den Gurten, das Kinn auf der Brust. Sein Herz klopft wild, als er den Sitz vorsichtig ganz zurücklegt und ihren blutenden Kopf mit der Hand stützt, bis er ihn auf die Rückenlehne betten kann. Er lauscht auf die Geräusche ihrer Lunge und hört flache Atemzüge. Hastig lockert er die Gurte, dann wendet er sich der tiefen, blutenden Wunde an ihrer Stirn zu.

Er zieht sein T-Shirt aus und reißt den schweißnassen Stoff in lange Streifen, die er zu einem provisorischen Verband umfunktioniert. Dann sucht er in der chaotischen Kabine nach dem Verbandskasten.

Dominique stöhnt. Mühsam setzt sie sich auf, dreht den Kopf und würgt.

Mick findet den Verbandskasten und eine Flasche Wasser. Er hockt sich neben Dominique, versorgt die Wunde und holt eine kalte Kältekompresse aus dem Kasten.

»Mick?«

»Bin schon da.« Er drückt auf die Kompresse, um den Inhalt auslaufen zu lassen, dann legt er sie Dominique auf die Stirn und befestigt sie mit den Resten seines T-Shirts. »Du hast eine üble Kopfwunde. Die Blutung hat zwar mehr oder weniger aufgehört, aber wahrscheinlich hast du eine Gehirnerschütterung.«

»Ich glaube, ich hab mir auch eine Rippe gebrochen. Das Atmen fällt mir schwer.« Sie öffnet die Augen und blickt mit schmerzverzerrtem Gesicht zu Mick hoch. »Du blutest ja.«

»Ich hab mir die Nase gebrochen.« Er reicht ihr die Wasserflasche.

Sie schließt die Augen und nimmt einen Schluck. »Wo sind wir? Was ist passiert?«

»Wir sind durch die Röhre gerast und auf irgendetwas aufgeprallt. Das U-Boot ist erledigt. Die Notfallsysteme funktionieren offenbar gerade noch.«

»Sind wir noch in diesem Loch?«

»Keine Ahnung.« Mick schiebt sich zum vorderen Fenster und schielt hinaus.

Im Licht der Notscheinwerfer ist eine dunkle, enge Kammer zu erkennen, in der sich kein Meerwasser befindet. Der Bug des Mini-U-Boots steckt offenbar zwischen zwei dunklen vertikalen Barrieren. Der Zwischenraum zwischen diesen Wänden wird zunehmend kleiner, bis sie an einem gebogenen Metallmantel enden.

»Mein Gott, wo sind wir nur?«

»Was siehst du denn?«

»Ich weiß nicht recht – eine Art unterirdische Kammer. Das Boot steckt zwischen zwei Wänden, und draußen ist keinerlei Wasser.«

»Können wir hier raus?«

»Keine Ahnung. Ich weiß nicht mal, was das hier sein soll. Ist dir aufgefallen, dass die tiefen Vibrationen aufgehört haben?«

»Das stimmt!« Sie hört ihn in den Trümmern wühlen. »Was tust du da?«

»Ich suche nach der Tauchausrüstung.« Wenig später hat Mick Tauchanzug, Maske und Luftflasche gefunden.

Stöhnend setzt Dominique sich auf, lässt den Kopf jedoch gleich wieder zurücksinken, von Schmerzen und Schwindel überwältigt. »Was hast du vor?«

»Wo immer wir sind, wir stecken fest. Ich will herausbekommen, ob ich uns irgendwie befreien kann.«

»Halt, Mick. Wir sind bestimmt eineinhalb Kilometer unter der Oberfläche. Sobald du die Luke öffnest, wird der Druck uns einfach zerquetschen.«

»Es ist kein Wasser in der Kammer, was bedeutet, dass sie dekomprimiert sein muss. Ich glaube, wir sollten das Risiko eingehen. Wenn wir einfach hier rumsitzen, sterben wir sowieso.« Er streift die Tennisschuhe ab und schlüpft in den engen Neoprenanzug.

»Das stimmt. Wir hätten gar nicht erst hier reinfahren sollen. Und ich bin schuld. Ich hätte auf dich hören sollen.«

Er hält inne und beugt sich über sie. »Wenn du nicht wärst, hätte Foletta mich noch in den Klauen. Bleib einfach sitzen und versuch dich nicht zu bewegen, während ich nach einem Ausweg suche.«

Sie blinzelt, um die Tränen zurückzudrängen. »Mick, geh nicht weg. Bitte, ich will hier nicht alleine sterben…«

»Du wirst nicht sterben.«

»Die Luft – wie viel Sauerstoff haben wir noch?«

Er sucht nach der Anzeige. »Der reicht noch fast drei Stunden. Bleib ganz ruhig…«

»Warte.« Sie greift nach seiner Hand. »Halt mich einfach ein wenig fest. Bitte.«

Er kniet sich neben sie und legt sanft seine rechte Wange an ihre. Als er sie umarmt und ihren Duft einatmet, spürt er ihre Muskeln zittern. Er flüstert ihr ins Ohr: »Ich bringe uns hier raus, ganz bestimmt.«

Sie drückt ihn fester. »Wenn du's nicht schaffst – wenn es keinen Ausweg gibt –, dann komm zurück. Das musst du mir versprechen.«

Er schluckt den Kloß in seiner Kehle. »Versprochen.«

Sie halten sich eine Weile fest, bis es Mick in seinem Taucheranzug fast zu eng wird.

»Moment noch, Mick. Greif unter meinen Sitz. Da müsste ein kleiner Notfallkasten sein.«

Er zieht ein Köfferchen hervor, klappt es auf und nimmt ein Messer, eine Hand voll Signalfackeln und ein Butangasfeuerzeug heraus.

»Unter dem Sitz liegt auch eine kleine Gasflasche. Reiner Sauerstoff. Nimm sie mit.«

Er holt die Flasche heraus, an der eine Kunststoffmaske befestigt ist. »Da hab ich aber allerhand zu schleppen. Vielleicht sollte ich die Flasche lieber dir dalassen.«

»Nein, nimm sie mit. Wenn du keine Luft mehr hast, sind wir beide erledigt.«

Er zieht seine Tennisschuhe wieder an, befestigt das Messer mit Klebeband am Unterschenkel und öffnet das Ventil der größeren Luftflasche, um sich zu vergewissern, dass der Atemregler funktioniert. Dann nimmt er die Tarierweste und die Luftflasche auf den Rücken und schnallt sich die kleinere Sauerstoffflasche mit ihrem Klettband um die Hüften. Als er sich auch noch die Signalfackeln und das Feuerzeug in die Weste gesteckt hat, kommt er sich wie ein Packesel vor. Langsam zieht er sich an der Leiter des U-Boots empor, das eine Schlagseite von dreißig Grad hat.

Mick entriegelt die Luke, atmet tief ein und versucht, sie aufzudrücken.

Nichts.

Wenn das mit dem Druck nicht stimmt, sind wir beide sofort tot. Er hält inne, um über mögliche Alternativen nachzudenken, dann versucht er es erneut. Diesmal schiebt er die Schulter unter die Titanluke; mit einem Zischen löst sie sich von ihrer Gummieinfassung.

Mick zwängt sich aus dem U-Boot, klettert auf den Rumpf und lässt die Luke zufallen, während er sich aufrichtet.

»Autsch!« Er beißt ins Mundstück, als er mit dem Kopf schmerzhaft an eine stahlharte Decke stößt.

Gebückt balanciert er auf dem Boot und reibt sich die wachsende Beule am Kopf, während er sich umschaut. Sie befinden sich in einer riesigen ringförmigen Kammer, die von der Notfallbeleuchtung des Boots erhellt wird. Der Bug der *Barnacle* steckt zwischen zwei gebogenen, etwa zwei Meter hohen Wänden fest, die wie Turbinenschaufeln aussehen. Im Lichtstrahl seiner Taschenlampe sieht Mick den oberen Teil von mindestens einem Dutzend weiterer Wände, die von einem runden Mittelstück abstehen wie die Flügel einer liegenden Windmühle.

Mick starrt das Gebilde an und versucht, seine Umgebung zu deuten. Bei jedem Atemzug hört er das Pfeifen der Ventile in den Ohren. *Jetzt weiß ich, was das ist – eine riesige Turbine. Offenbar sind wir in einen Einlassschacht gesaugt worden. Nun ist das Trommelgeräusch verschwunden. Offenbar blockiert unser U-Boot die Rotation der Schaufeln und verstopft den Schacht.*

Mick klettert von der *Barnacle* und betritt eine schlüpfrige, von Patina überzogene Metallfläche. *Was ist nur mit dem Meerwasser passiert?*

Dann rutschen ihm die Füße weg, und er fällt rücklings zu Boden. Mit einem dumpfen Schlag kommt er mit dem rechten Ellbogen und der Hüfte auf der harten, glitschigen Oberfläche auf. Er stöhnt vor Schmerzen, dann blickt er nach oben.

Im Lichtkegel der Taschenlampe ist erkennbar, dass eine poröse, schwarze, schwammähnliche Substanz den gesamten Mittelteil der Decke überzieht. Meerwasser tropft Mick auf den Kopf.

Vorsichtig kommt er auf die Beine, greift nach oben und stellt überrascht fest, dass das poröse Material extrem brüchig ist – wie Styropor, nur härter. Mick nimmt sein Messer und hackt auf die Substanz ein. Mehrere Brocken morsches, kalkiges Gestein fallen zu Boden, getränkt mit Meerwasser.

Mick legt eine Pause ein. Irgendwo auf seiner rechten Seite ist ein Geräusch hörbar, das klingt, als werde Luft in einen Schacht gesaugt. Mick hebt den Arm, greift nach dem oberen Rand der Metallwand und lässt den Strahl der Lampe an der metallischen Decke entlang wandern.

Das Geräusch kommt aus einem einen guten Meter breiten Schacht, der sich in der Decke über der nächsten Turbinenschaufel befindet. Fast senkrecht steigt der dunkle Gang durch die Decke wie eine bizarre Rutschbahn.

Mick klettert über die Stahlwand und steht nun unter der Öffnung. Er spürt einen heißen, böigen Luftzug auf dem Gesicht.

Ein Abzugsschacht?

Er zieht sich an der nächsten Turbinenschaufel hoch, hockt sich auf den fünf Zentimeter breiten Rand und greift in den Schacht. Seine Hände ertasten ein steiles, aber bezwingbares Gefälle.

Vorsichtig hält Mick sich am Rand fest, steht auf und balanciert unsicher auf der Schaufelkante, während er sich in die dunkle Öffnung zieht und ein Stück weit auf dem Bauch weiterkriecht. Dann dreht er sich auf die Seite und stemmt sich mit den Beinen an der gegenüberliegenden Wand des Schachts ab, sodass sich die Luftflasche und seine Ellbogen an die rückwärtige Wand drücken. Er blickt nach oben, spürt den heißen Luftzug im Gesicht und sieht im Licht der Lampe einen langen Durchlass, der in einem Siebzig-Grad-Winkel in die Dunkelheit führt.

Das wird nicht einfach…

Mit Rücken und Füßen ständig Kontakt mit den Wänden haltend, schiebt Mick sich den Schacht empor, Zentimeter um Zentimeter, wie ein Bergsteiger, der einen glatten Felskamin erklimmt. Immer wieder gleitet er ab und rutscht stöhnend ein Stück weit abwärts, bis der Schweiß von seinen Handflächen gerieben ist und er mit brennender Haut wieder Halt an der schlüpfrigen Metalloberfläche findet.

Er braucht zwanzig Minuten, um die etwa fünfundzwanzig Meter bis zum oberen Ende des Schachts zurückzulegen. Dort erwarten ihn tiefe Finsternis und eine Barriere.

Mick schlägt den Kopf an die Wand und stöhnt verzweifelt in seinen Atemregler. Seine vom Klettern erschöpften Beinmuskeln zittern und er droht abzustürzen. Als er spürt, wie er zu gleiten beginnt, stützt er sich mit beiden Händen ab und lässt dabei die Taschenlampe fallen.

Scheiße…

Umgeben von Dunkelheit hört er, wie die Lampe scheppernd den Schacht hinabrutscht und in ihre Einzelteile zerspringt, als sie unten aufschlägt.

Als Nächstes bist du dran, wenn du nicht aufpasst.

Mit qualvoll langsamen Bewegungen zieht er das Butanfeuerzeug und eine der Signalfackeln aus der Weste. In Schweiß gebadet, vergeudet er die folgenden fünf Minuten mit dem vergeblichen Versuch, die Fackel zu entzünden.

Mick starrt auf das Feuerzeug, das offensichtlich voller Gas ist und trotzdem nicht funktioniert. *Du Trottel, ohne Sauerstoff kann doch nichts brennen!*

Er atmet tief ein, nimmt den Atemregler aus dem Mund drückt den Reinigungsknopf. Ein Luftstoß erreicht das Feuerzeug und eine orangefarbene Flamme flackert auf, mit der er die Fackel entzünden kann.

Im zischenden rosafarbenen Licht werden zwei kleine Schläuche sichtbar, die mit einem hydraulischen Scharnier verbunden sind. Als er sie mit dem Messer durchschneidet, tropft ihm eine heiße dunkelblaue Flüssigkeit auf den Anzug. Er steckt den Atemregler wieder in den Mund und presst den Schädel an den Lukendeckel.

Die Luke öffnet sich einen winzigen Spalt weit.

Mick stößt sich so weit wie möglich nach oben, drückt den Deckel ein Stück weiter auf und schiebt die Finger in den entstandenen Zwischenraum. Mit einer flüssigen Bewegung dreht er sich um und hängt kurz in der Dunkelheit, bevor es ihm gelingt, sich aus dem Schacht zu ziehen. Er landet auf einer Art metallischem Gitter und stützt sich auf Hände und Knie. Sein ganzer Körper zittert vor Erschöpfung. In der sengenden Hitze seiner neuen Umgebung beschlägt sich das Glas seiner Maske, sodass er nichts mehr sehen kann.

Mick nimmt die Maske ab und stellt fest, dass sein Mund zu trocken ist, um auszuspucken. Er wischt sich die Tränen von seinem glutheißen Gesicht und hebt den Blick.

Mein Gott...

Benommen setzt er sich auf, dann verliert er die Kontrolle über seine zitternden Glieder. Seine Augen weiten sich, ein Gefühl jagt das andere, sodass er keinen zusammenhängenden Gedanken fassen kann. Durch die brutale Hitze läuft ihm der Schweiß in Strömen von Gesicht und Körper und sammelt sich in seinem Taucheranzug. Sein Herz klopft so stark, dass er das Gefühl hat, es sei bleischwer geworden und ziehe ihn auf das glühend heiße Gitter hinab.

Ich bin in der Hölle...

Er ist in einen dunklen, gewölbten Raum gelangt, dessen gewaltige Ausmaße ihn an die Kuppel eines riesigen Stadions erinnern. An den Seitenwänden züngeln blutrote Flammen empor, die sich wellenförmig wie ein umgedrehter Wasserfall erheben und in der unergründlichen Dunkelheit oben verschwinden.

Doch da ist nicht nur Dunkelheit. Hoch über Micks Kopf wird das Zentrum der gewaltigen Kuppel von einem leuchtend smaragdgrünen Strudel aus wirbelnder Energie erhellt. Er sieht aus wie die Miniaturausführung einer Spiralgalaxie, die sich wie ein kosmischer Ventilator langsam und machtvoll gegen den Uhrzeigersinn dreht, pulsierend vor Kraft.

Mick blickt auf das unirdische Strahlen der Galaxie, gebannt von ihrer Schönheit, gedemütigt von ihrer Pracht und von unendlichem Schrecken erfüllt bei den Gedanken daran, was sie bewirken könnte. Er zwingt sich, die brennenden Augen zu schließen und versucht verzweifelt, einen klaren Gedanken zu fassen.

Dominique...

Mühsam erhebt er sich, öffnet die Augen und lässt den Blick über die bizarre Umgebung schweifen.

Er steht auf einem Metallgitter, an dem die Luke angebracht ist, die den steilen Schacht verschließt. Einen Meter unterhalb des Gitters wogt eine silbrige, quecksilberartige Flüssigkeit, die sich über den gesamten Raum ausbreitet wie ein Kratersee. In ihrer glänzenden, spiegelgleichen Oberfläche tanzt der Widerschein der roten Flammen. Weiße Rauchschwaden treiben über dem wogenden Meer aus geschmolzenem Metall wie Dampf, der aus einem kochenden Kessel dringt.

Mick dreht sich zu der glühenden Feuerwand um. Direkt unterhalb der Flammen zieht eine gitterartige Struktur sich um den gesamten Innenraum. An der schillernden Luft ist erkennbar, dass unsichtbare Gase aus winzigen Löchern im Gitter strömen wie Hitze, die in der Wüste von einer verlassenen Makadamstraße aufsteigt.

Das Loch, durch das wir gekommen sind – ist das womöglich ein Belüftungsschacht?

Mick starrt auf die surreale Flammenwand, die weder brennt noch etwas verzehrt, sondern an der senkrechten Wand emporströmt wie ein tobender Fluss aus Blut. Fiebrige Gedanken wirbeln ihm durchs Hirn. *Bin ich tot? Vielleicht bin ich beim Sturz des U-Boots gestorben. Bin ich jetzt in der Hölle?*

Er bricht zusammen. Halb sitzend, halb liegend stützt er sich auf den Rand der Plattform, zu schwach und schwindlig, um sich zu bewegen. Schließlich schafft er es, in seine Maske zu spucken und sie wieder aufzusetzen. Die kleinere Sauerstoffflasche fällt ihm wieder ein. Er schnallt sie ab und saugt mehrere Atemzüge lang reinen Sauerstoff ein. Sein Kopf wird klarer.

Im selben Augenblick bemerkt er den Riss in seinem Tauchanzug. Aus einer Wunde in der ungeschützten Haut des rechten Knies strömt Blut. Verwirrt berührt er die heiße Flüssigkeit und untersucht sie, als sei sie etwas Fremdes.

Sein Blut hat eine blaue Färbung.

Wo bin ich? Was geschieht mit mir?

Als Antwort fährt ein violetter Energiestoß wie ein Blitzstrahl über den See. Mick beugt sich vor und blickt angestrengt durch seine Maske, deren Glas sich trotz des frischen Speichels wieder beschlagen hat.

Dann geschieht etwas noch Seltsameres. Als Mick die Maske abnimmt, erhebt sich eine kraftvolle Woge unsichtbarer Energie aus der Oberfläche des Sees und berührt ihn am Arm. Die Gesichtsmaske wird in die Luft gehoben, wo sie einen Meter über seinem Kopf schweben bleibt.

Mick steht auf. Als er nach der Maske greifen will, spürt er ein starkes Feld elektromagnetischer Energie, die sein Hirn zum Schwingen bringt wie eine vibrierende Stimmgabel.

Desorientiert greift er blind nach der Sauerstoffflasche, während die roten Flammen vor seinen Augen tanzen. Er gibt es auf, sich zu sträuben, fällt rücklings auf das Metallgitter und saugt Sauerstoff ein. Mit geschlossenen Augen überlässt er sich dem Schwindel.

Michael…

Mick öffnet die Augen. Ihm stockt der Atem.

Michael…

Er blickt auf den See. *Sind das Halluzinationen?*

Komm zu mir, mein Sohn.

Die Sauerstoffmaske fällt ihm aus dem Mund. »Wer ist da?«

Ich habe dich vermisst.

»Wer bist du? Wo bin ich? Was ist das für ein Ort?«

Früher haben wir Nazca als unser kleines privates Fegefeuer bezeichnet, das weißt du doch noch, Michael? Oder hat dich dein scharfer Verstand nach so vielen einsamen Jahren in der Anstalt im Stich gelassen?

Michael spürt sein Herz flattern. Heiße Tränen strömen an seinen glutroten Wangen hinab. »Vater? Vater, bist das wirklich du? Bin ich tot? Vater, wo bist du? Ich kann dich nicht sehen. Wieso bist du hier? Wo sind wir überhaupt?«

Komm zu mir, Michael, dann erkläre ich es dir.

Wie im Traum tritt Mick vom Gitter und droht, in den See zu fallen.

»O mein Gott!«

Mick blickt nach unten, völlig überwältigt von dem, was seine Sinne wahrnehmen. Schwerelos schwebt er über der silbrigen Oberfläche, getragen von einem smaragdgrünen Energiepolster, das ihm durch alle Fasern strömt und ihn berauscht. Ein Glücksgefühl steigt durch seine Knochen aufwärts und tritt an seinem Scheitel aus. Er spürt, wie seine Haare sich aufrichten. Vor Erregung und Angst verliert er fast die Kontrolle über seine Blase. Als er spürt, wie die Luftflasche sich von seinem Rücken entfernt, zieht er hastig den Gurt um seine Brust enger und steckt den Atemregler wieder in den Mund.

Komm zu mir, Michael.

Ein einziger Schritt vorwärts lässt ihn wie einen gewichtslosen Baletttänzer weit über das Energiefeld schweben. Mutig geworden, schreitet er weiter, während er spürt, wie er sich über den spiegelnden See erhebt, ein Engel ohne Flügel, der von einer unsichtbaren Kraft geleitet wird.

»Vater?«

Noch ein Stück weiter…

»Vater, wo bist du?«

Während er sich der gegenüberliegenden Seite der Kuppel nähert, sieht er eine gewaltige kohlschwarze Plattform, die sich wie ein Höllenschiff zehn Meter hoch über die glänzende Oberfläche erhebt. Entsetzen ergreift ihn, als er erkennt, dass er nicht innehalten kann, weil sein Schwung ihn gegen seinen Willen durch die schwerelose Welt dorthin trägt.

Jetzt hab ich dich.

Voller Panik dreht Mick sich um, weil er fliehen will,

doch seine Beine strampeln nur an Ort und Stelle. Er spürt, wie er von der Oberfläche des Sees weggezogen wird. Mitten in der Luft wirft er sich auf den Bauch und krallt sich hilflos an das Energiefeld, während sein Körper von einer übermächtigen, eiskalten und feindseligen Kraft rückwärts auf die Plattform gerissen wird.

Mick landet hart auf den Knien und fällt vornüber, als werde er zum Beten gezwungen. Flach atmend und von namenloser Furcht erfüllt hebt er den Blick, um seinen Gegner zu betrachten.

Es ist eine Kapsel, hoch und breit wie eine Lokomotive und so lang wie ein Fußballplatz. Eine Unzahl verkohlter Leitungen, die aussehen wie Tentakel, steigen aus dem Boden und führen in das aus rauchigem Glas bestehende Objekt wie fremdartige Infusionsschläuche.

Warum fürchtest du mich, Michael?

Ein violetter Energieblitz entzündet sich im Innern des Zylinders und lässt sekundenlang die schattenhafte Gestalt eines gewaltigen Wesens erkennen.

Mick ist wie gelähmt. Sein Gesicht ist eine starre Maske des Entsetzens, seine Glieder tragen ihn nicht mehr.

Schau mich an, Michael. Sieh das Gesicht, das dein eigen Fleisch und Blut ist!

Micks Gedanken zerplatzen, als er von einer unsichtbaren Kraft mit dem Kopf voraus an die glasartige Oberfläche geschoben wird. Er spürt das Wesen in der raucherfüllten Kammer – ein Wesen von so reiner Bosheit, dass Mick die Galle in die Kehle steigt und ihn zum Würgen bringt. Er presst die Augen zu, weil sein Verstand sich weigert, zu ahnen, welche Schrecken ihm bevorstehen könnten.

Ein Energiestoß reißt ihm die Augenlider auf und hält sie fest.

Er sieht, wie in dem gelben Dunst der Kammer ein Gesicht erscheint. Das Herz schlägt ihm bis zum Hals.

Nein!

Es ist Julius Gabriel. Das schneeweiße Haar von Micks Vater ist zerzaust wie das von Einstein, das gebräunte, runzlige Gesicht sieht aus wie abgenutztes Leder. Die weichen, vertrauten braunen Augen blicken Mick an.

Michael, wie kannst du nur deinen eigenen Vater fürchten?

Du bist nicht mein Vater…

Aber natürlich bin ich das. Erinnere dich, Michael. Weißt du nicht mehr, wie deine Mutter gestorben ist? Damals warst du so wütend auf mich. Du hast mich gehasst, weil ich so gehandelt habe. Du hast mir genauso in die Augen geschaut wie jetzt – und du hast mich zur Hölle verdammt!

Die grässliche Stimme wird tiefer, während sie ihm in den Ohren hallt. Mick schreit in den Atemregler und spürt, wie sein Verstand aussetzt, als das Gesicht seines Vaters sich in zwei blutrote, dämonische Reptilienaugen von der Größe zweier Scheinwerfer verwandelt. Die Pupillen sind goldene, diabolische Schlitze, die sich in seine Seele brennen und ihn dem Wahnsinn nahe bringen.

Er stößt einen markerschütternden Schrei aus, als eiskalte, todbringende Finger seinen gequälten Geist betasten. Adrenalin schießt in seine Adern und er springt von der Plattform, wird jedoch mitten in der Luft gefangen und festgehalten.

Du bist mein Fleisch und Blut. Ich habe dich beobachtet und auf den heutigen Tag gewartet. Ich weiß, dass du meine Gegenwart gespürt hast. Bald werden wir zusammen sein. Vereint… Vater und Sohn.

In seinem Delirium hebt Mick den Blick und sieht, wie die Spiralgalaxie über seinem Kopf sich immer schneller dreht. Dabei bildet sich ein gewaltiger hohler Zylinder aus smaragdener Energie im Zentrum des Sees und erhebt sich wie ein leuchtend grüner Tornado zur Decke, wo er sich mit dem Wirbel vereint. Gemeinsam drehen sich die beiden Kräfte immer schneller.

Mick schreit innerlich; die Augen quellen ihm aus dem Kopf. Durch den Schleier des Wahnsinns hindurch sieht er, wie sich eine einzelne Welle im Zentrum des Sees bildet. Sie wird geschaffen von etwas, das zu der geschmolzenen Oberfläche emporsteigt.

Und dann kann er es durch den smaragdgrünen Energiezylinder in die Höhe fliegen sehen – ein Wesen, schwarz wie die Nacht, ein räuberisches Geschöpf mit fünf Meter breiten Flügeln, die aussehen wie die eines Reptils. Ein Paar Klauen mit je drei Krallen baumelt an seinem Rumpf. Der gesichtslose, ambossförmige Schädel verjüngt sich zu einer gebogenen, hornähnlichen Ausbuchtung; der schnabelförmige Schwanz ist halb so groß wie die Flügel. Am Hals glüht eine leuchtende, bernsteinfarbene Kugel wie ein pupillenloses Auge.

Gebannt sieht Mick, wie die Decke über der Spiralgalaxie aus Energie zu verschwinden scheint. Ein senkrechter Schacht im Meeresboden wird sichtbar. Auch das Wasser in dieser Röhre wirbelt und bildet die Basis eines grässlichen Strudels.

Mick presst die kleine Sauerstoffflasche an seine Brust. Er reißt sich die Maske vom Gesicht und dreht das Ventil so, dass es weg von seinem Körper zeigt.

Mit einem zischenden Geräusch zieht sich die Mitte der Decke zurück. Ein gewaltiges Tosen erfüllt die Kuppel. Mick spürt den Druck in seinen Ohren, als das Meer hereinrauscht. Wie ein Wasserfall stürzt der reißende Strom an allen Seiten des zylindrischen Kraftfelds herab.

Verzweifelt schaut Mick zum unteren Rand der Kuppel hoch. Sein Blick schweift über die dreiundzwanzig identischen Schächte, die sich mit einer einzigen Ausnahme öffnen, um die steigende Flut aufzusaugen.

Ein donnerndes Dröhnen erhebt sich, als die gewaltigen Turbinen des außerirdischen Fahrzeugs rückwärts drehen, um das Meerwasser auszustoßen.

Mick greift nach dem Butanfeuerzeug, dann öffnet er

das Ventil der kleineren Luftflasche und hält die Flamme an den unsichtbaren Strom aus reinem Sauerstoff. Das unter Druck stehende Gas entzündet sich wie eine Rakete und presst ihm den Rand der Flasche in den Unterbauch, während sie ihn rückwärts durch die Luft katapultiert, weg von der Kapsel.

Mick schwebt über das geschmolzene Metall, dann stürzt er in den tobenden Strom aus Meerwasser, der sich in den See ergießt.

Als er von dem Strom erfasst wird, lässt er die Luftflasche los. Angst und Adrenalin treiben ihn an, während er sich auf Armen und Beinen zu dem geschlossenen Schacht bewegt, durch den er gekommen ist. Er packt das Gitter und zieht sich hoch. Hinter ihm hebt sich die Flut.

Mick reißt die Luke auf und starrt in den dunklen Schacht hinab. *Bleib jetzt nicht stehen, denk nicht nach, spring einfach!*

Er springt hinab und stürzt mit den Füßen voraus in völliger Finsternis durch die schräge Röhre. Die Luftflasche auf seinem Rücken schabt mit einem so schrillen Ton über das Metall, dass das Dröhnen über Micks Kopf vorübergehend schwächer zu werden scheint. Mick presst die Unterarme an die schlüpfrige Oberfläche und versucht verzweifelt, seine Geschwindigkeit mit der Reibung seines Neoprenanzugs zu reduzieren.

Sekunden später schießt er aus der Öffnung des Schachts und prallt mit dem Kopf auf eine der senkrecht aufragenden Turbinenschaufeln. Benommen steht er mühsam auf und spürt kraftvolle Vibrationen, als die riesige Turbine unter seinen Füßen brummend anspringt.

Drüberklettern – zurück zum U-Boot!

Mick zieht sich über die zwei Meter hohe Wand, während ein Wasserstrom aus der Decke rauscht. Er landet auf den Füßen und gerät in Panik, als die Turbinenschaufeln sich rückwärts bewegen und versuchen, die *Barnacle* loszuwerden.

Das U-Boot darf nicht ohne dich verschwinden!

Er taumelt durchs knietiefe Wasser und holt noch einmal tief Luft, bevor er die lästige Luftflasche vom Rücken gleiten lässt. Von ihrem Gewicht befreit, springt er auf den Titanrumpf des kleinen Fahrzeugs. Eine tobende Wasserwand stürzt von hinten auf ihn zu und wirft ihn fast wieder herunter.

Die ringförmige Kammer füllt sich rasch mit Wasser; der Druck steigt und droht das U-Boot jeden Moment zu befreien. Mick zieht sich ganz auf die *Barnacle* und spürt den Druck in seinem Kopf stärker werden, während er die Luke aufreißt und in die Öffnung stolpert. Er schlägt den Lukendeckel hinter sich zu und verschließt ihn mit einer Drehung.

Der Aufprall des Wassers stößt das Mini-U-Boot zur Seite.

Mick taumelt die Leiter hinab und landet hart auf den Einzelteilen zerstörter Geräte, während die *Barnacle* freikommt.

Ein betäubendes Kreischen ertönt. Die gewaltige Turbine beschleunigt auf hundert Umdrehungen pro Sekunde und katapultiert das U-Boot wie eine Pistolenkugel aus ihrem Auslassschacht.

An Bord der Scylla

20.40 Uhr »Das ist ein Strudel!« Kapitän Fuhrman wird an ein Schaltpult geschleudert. Der Boden unter seinen Füßen verformt sich unter dem tonnenschweren Gewicht der Stahlrohre, die über das Unterdeck rollen.

Das schrille Kreischen von Metall zerreißt die Luft. Mit einem qualvollen Ächzen schwankt das Oberdeck der Bohrinsel in der brutalen Strömung. Die *Scylla* neigt sich um sechzig Grad, weil die an einem der Pontons befestigten Trossen sich dem immer stärker werdenden Strudel entgegenstemmen.

Menschen und Messgeräte rutschen über das offene Deck und stürzen ins tobende smaragdgrüne Meer.

Alarmsirenen heulen in die Nacht. Verwirrt taumeln weitere Besatzungsmitglieder aus den Kabinen und werden von umherfliegenden Trümmern empfangen. Die Bohrinsel dreht sich im Kreis. Von Schwindel erfasst, stolpern die Männer die Aluminiumtreppen hinab ins Unterdeck, wo ein Dutzend Rettungsboote an Seilwinden hängen.

Brian Dodds klammert sich an die Haltetaue eines Bootes, das heulende Brausen des Strudels in den Ohren. Das Boot hängt zwei Meter unter ihm, doch die *Scylla* wird inzwischen so heftig hin und her geworfen, dass er es nicht mehr schafft, hinabzuklettern.

Gefangen in der Fliehkraft des Strudels, kippt die Ölplattform zur Seite und wird an die Wand der kreisenden Röhre aus Wasser gepresst. Der NASA-Direktor öffnet die Augen und zwingt sich, den Blick auf den blendenden Energiestrahl zu richten, der aus der Mitte des Trichters kommt. Dodds klammert sich fest und ringt verzweifelt nach Luft, als eine zehn Meter hohe Welle ihn erfasst. Auf ihrem zerstörerischen Weg durchs Unterdeck reißt sie das letzte Rettungsboot mit sich.

Der Magen des NASA-Direktors krampft sich zusammen. Ungläubig weiten sich seine Augen, als das Zentrum des Strudels urplötzlich zum Meeresboden absinkt, sodass die Bohrinsel schwankend am oberen Rand einer sechshundert Meter hohen Wasserwand klebt. Inmitten des grellen Leuchtens wird etwas sichtbar – ein schwarzes, geflügeltes Wesen, das wie ein höllischer Dämon unaufhaltsam durch die tobende Röhre nach oben steigt.

Das geflügelte Ungeheuer schwebt an Dodds vorbei und verschwindet in der Nacht. Im selben Moment taumelt die *Scylla* seitwärts und stürzt mitten in den Schlund des Todes.

Das Wesen streicht mit Überschallgeschwindigkeit über das Wasser des Golfs von Mexiko. Es gleitet mühelos auf einem starken Kissen aus Antigravitationsenergie. Während es Kurs nach Südwesten nimmt, steigt es höher. Auf seinem Weg zum Pazifik erschüttert sein Energiestrom die Berggipfel Mexikos.

Nachdem es den Ozean erreicht hat, ändert die vorprogrammierte Steuerung den Kurs in genau westlicher Richtung. Das Wesen wird langsamer und passt seine Geschwindigkeit der Erdumdrehung an, um während seiner schicksalhaften Reise ständig auf der dunklen Seite des Planeten zu bleiben.

AUS DEM TAGEBUCH VON JULIUS GABRIEL

Unsere Flitterwochen in Kairo waren wunderschön.

Maria war mein Ein und Alles – verwandte Seele, Geliebte, Gefährtin, meine beste Freundin. Wenn ich sage, dass ich völlig in ihr aufging, so ist das keine Übertreibung. Ihre Schönheit, ihr Duft, ihre Erotik – alles an ihr war so berauschend, dass ich aus hemmungsloser Liebe oft bereit, ja begierig war meinen Schwur zu missachten, das Rätsel des Maya-Kalenders zu lösen, um mit meiner Frau in die Staaten zurückkehren zu können.

Um eine Familie zu gründen, um ein normales Leben zu führen.

Maria hatte andere Pläne. Nach einer herrlichen Woche bestand sie darauf, dass wir unsere Reise in die Vergangenheit der Menschheit fortsetzten. Unser nächstes Ziel war es, in der Großen Pyramide nach Spuren zu suchen, die eine Verbindung zwischen diesem gewaltigen ägyptischen Bauwerk und jener Zeichnung auf dem Nazca-Plateau herstellen konnten.

Wer kann sich einem Engel widersetzen?

Was Giseh betrifft, ist die Frage, wer die Pyramiden erbaut hat, ebenso wichtig wie die Frage nach dem wann, wie und weshalb. Der Komplex nahe Kairo ist ein Rätsel für sich, denn zu welchem Zweck man ihn mit unfassbarer Präzision errichtet hat, ist heute, Jahrtausende nach seiner Vollendung, völlig unbekannt. Im Gegensatz zu vielen anderen Bauwerken des ägyptischen Altertums wurden die Pyramiden von Giseh nicht als Grabstätten erbaut. Sie enthalten keinerlei Hieroglyphen, die auf den Namen des Bestatteten hinweisen würden, und keine Sarkophage. Auch Schätze hat man in ihnen nicht gefunden.

Wie schon erwähnt, hat man anhand der Erosion am Sockel der Sphinx inzwischen bewiesen, dass der Komplex von Giseh um 10450 v. Chr. errichtet wurde. Damit gehört er zu den ältesten Bauten Ägyptens.

Dem aufmerksamen Leser wird aufgefallen sein, dass ich nicht von den Pyramiden von Cheops, Chephren und Mykerinos spreche. Zwar wollen uns die Ägyptologen glauben machen, dass diese drei Pharaonen die gewaltigen Bauwerke in Auftrag gegeben haben, doch das ist völliger Unsinn. Cheops hatte ebenso wenig mit dem Entwurf und dem Bau der Großen Pyramide zu tun wie der christliche König Artus mit Stonehenge, einer Kultstätte, die fünfzehnhundert Jahre vor Christi Geburt aufgegeben wurde.

Im Falle von Giseh reicht der ägyptologische Irrtum ins Jahr 1837 zurück, als der britische Oberst Howard Vyse den Auftrag erhielt, die Pyramiden zu erforschen. Da er dabei einerseits keine bedeutsamen Entdeckungen machte, andererseits jedoch dringend neue Mittel benötigte, fand er in einem ziemlich obskuren Gang, den er selbst aufs Geratewohl in die Große Pyramide gehauen hatte, passenderweise Steinbruchzeichen mit dem Namen von Cheops. Aus unerfindlichen Gründen hat damals niemand die Tatsache hinterfragt, dass diese Zeichen auf dem Kopf stehen und teilweise Fehler aufweisen. Außerdem wurden an keiner anderen Stelle irgendwelche Hieroglyphen gefunden.

Für die Ägyptologen gilt die Entdeckung von Vyse seither als unantastbar.

Viele Jahre später entdeckte der französische Archäologe Auguste Mariette die so genannte Inventarstele. Der Text auf diesem Stein – einem antiken Gegenstück zu heutigen Hinweistafeln für Touristen – weist deutlich darauf hin, dass die Pyramiden lange vor der Thronbesteigung von Cheops erbaut wurden. Sie werden hier als Haus des Osiris, des Herrn von Ra-setau, bezeichnet.

Osiris, wohl die am meisten verehrte Gestalt der ägyptischen Geschichte, war ein großer Lehrer und Weiser, der den Kannibalismus abschaffte und seinem Volk ein bleibendes Erbe hinterließ.

Osiris ... der bärtige Gottkönig.

Maria und ich verbrachten die meiste Zeit mit der Erforschung der Großen Pyramide, obgleich die gesamte Anordnung der Bauten von Giseh einem mysteriösen, wenn auch eindeutigen Zweck dient.

Das Äußere der Großen Pyramide ist ebenso überwältigend wie ihr Inneres. Auf die Ausmaße des Tempels in Beziehung zur Zahl Pi, zur Präzession und zum Erdumfang bin ich bereits eingegangen, weshalb ich gleich auf die vier aus Kalksteinquadern geschaffenen Seiten zu sprechen kommen will. So unglaublich es scheinen mag, ist jede der drei Kanten an der Basis so exakt auf zweihundertdreißig Meter Länge berechnet, dass der Grundriss der Pyramide nur um zwanzig Zentimeter von einem perfekten Quadrat abweicht. Außerdem sind die Kanten genau in nördlicher, östlicher, südlicher und westlicher Richtung ausgerichtet. Diese Tatsachen sind umso beeindruckender, wenn man sich vor Augen hält, dass die Große Pyramide aus 2,3 Millionen Steinblöcken erbaut ist, die zweieinhalb bis fünfzehn Tonnen wiegen. In der kleinsten der drei Pyramiden befindet sich übrigens ein dreihundertzwanzig Tonnen schwerer Steinblock! Heute – im Jahr 2000 – gibt es auf der ganzen Welt nur drei Kräne, die ein derartiges Gewicht heben könnten. Wie im Falle von Tiahuanaco und Stonehenge wurden jedoch keine Maschinen verwendet, um diese gewaltigen Quader zu bewegen, die von einem entfernten Steinbruch herbeigeschafft und dann eingefügt werden mussten – teilweise in einer Höhe von deutlich mehr als hundert Metern.

Die Touristen, die staunend vor der Großen Pyramide stehen, wissen meist nicht, dass die Seiten des Baus ursprünglich mit polierten Steinen verkleidet waren. Jeder dieser 144 000 Blöcke wog etwa neun Tonnen. Von ihnen sind nur noch Reste vorhanden, da die Verkleidung bei einem starken Erdbeben im Jahr 1301 n. Chr. zerstört wurde. Wie dennoch erkennbar ist, waren diese Kalksteinblöcke mit einer solchen Präzision angefertigt, dass keine Messerklinge in die Fugen passte. Man kann sich kaum vorstellen, welchen Eindruck die Große Pyramide vor Jahrtausenden hinterlassen haben muss, als der sechs Millionen Tonnen schwere und eine Grundfläche von 53 000 Quadratmetern umfassende Koloss wie Glas in der ägyptischen Sonne schimmerte.

So beeindruckend das Äußere der Pyramide auch sein mag, es ist das Innere dieses geheimnisvollen Baus, das seinen wahren Zweck verbirgt.

Die Große Pyramide enthält mehrere Gänge, die zu zwei weitgehend leeren Kammern führen. Man hat ihnen blauäugig die Namen ›Königskammer‹ und ›Königinkammer‹ gegeben. Der eigentliche Zweck dieser Räume ist unbekannt. Durch einen verborgenen Eingang in der Nordfassade gelangt man in einen engen, absteigenden Gang. Von diesem zweigt ein kurzes Stück weiter ein zweiter Gang ab, der aufwärts ins Herz der Pyramide führt. Folgt man ihm eine Weile, kann man entweder durch einen klaustrophobisch engen, horizontalen Tunnel in die Königinkammer gelangen oder die so genannte ›Große Galerie‹ betreten, einen eindrucksvollen, an ein Gewölbe erinnernden Korridor, der in die Königskammer hinauf führt.

Die Königinkammer ist ein leerer, fünf mal fünfeinhalb Meter großer Raum mit einer sechs Meter hohen Giebeldecke. Bemerkenswert an ihr ist lediglich ein enger ›Ventilationsschacht‹. Die rechteckige Öffnung ist nur zwanzig Zentimeter hoch und zweiundzwanzig Zentimeter breit. Wie die beiden Schächte, die man in der Königskammer entdeckt hat, war er verschlossen, bis die ägyptischen Behörden den deutschen Ingenieur Rudolf Gantenbrink 1993 beauftragten, die Luftverhältnisse in der Großen Pyramide zu verbessern. Als Gantenbrink sich daran machte, die blockierten Schächte mit Hilfe eines Miniaturroboters vom vermeintlichen Schutt zu befreien, entdeckte die Kamera des Roboters, dass die Schächte mit einer winzigen, von einem Metallrahmen gehaltenen Schiebetür verschlossen waren. Wurde diese geöffnet, war der Blick in den Himmel frei.

Mit einem hoch entwickelten Neigungsmesser berechnete Gantenbrink den Punkt im Nachthimmel, auf den die Schächte wiesen. Zum Zeitpunkt des Baus zeigte der nach Süden gerichtete Schacht der Königskammer mit einer Steigung von neununddreißig Grad direkt auf Sirius, der Schacht der Königinkammer mit einer Steigung von fünfundvierzig Grad auf Al Nitak, den untersten der drei Sterne im Oriongürtel.

Wie Astronomen anschließend feststellten, sind die drei Pyramiden von Giseh exakt so ausgerichtet, dass sie ein Spiegelbild der drei Sterne im Oriongürtel im Jahr 10450 v. Chr. bilden. Auch der Osiris-Mythos weist Beziehungen zu Orion auch, der von Osiris' Gattin Isis bezieht sich auf Sirius.

Hatte der wahre Zweck der Schächte also mit astronomischen Berechnungen zu tun, oder hatte er eine andere Funktion?

Die Große Galerie ist ein architektonisches Wunder für sich. Am Boden zwei Meter breit, verengen sich die Wände dieses Kraggewölbes allmählich auf beiden Seiten, bis sie an der achteinhalb Meter hohen Decke zusammenlaufen. Der

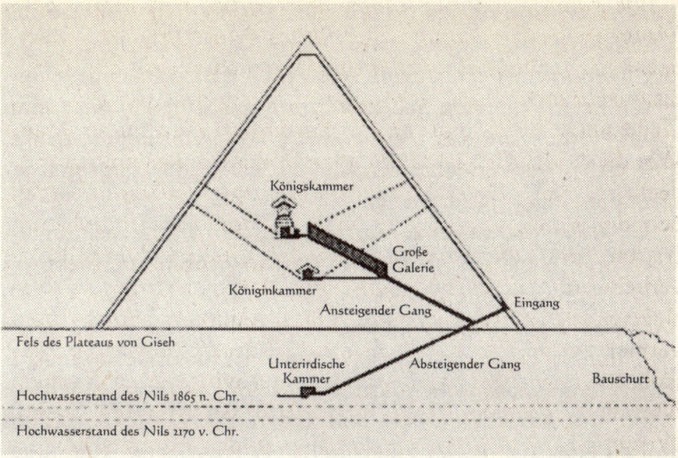

Boden des engen Ganges steigt fast fünfzig Meter weit um sechsundzwanzig Grad an, eine erstaunliche architektonische Leistung, da das Gewölbe das gesamte Gewicht der oberen drei Viertel der Pyramide trägt.

Am Ende der Großen Galerie befindet sich eine mysteriöse Vorkammer mit Wänden aus rötlichem Granit. Diese Wände sind mit seltsamen parallelen Rillen versehen, die früher zur Aufnahme von Trennwänden gedient haben könnten. Von hier führt ein kleiner Tunnel zur Königskammer, dem eindrucksvollsten Raum der Pyramide. Die Kammer ist ein präzises Rechteck von 10,46 × 5,23 Metern; ihre Decke ist genau 5,81 Meter hoch. Erbaut ist der gesamte Raum aus hundert rötlichen Granitquadern, von denen jeder mehr als siebzig Tonnen wiegt.

Wie ist es den Erbauern gelungen, solche gewaltigen Blöcke an Ort und Stelle zu bringen, besonders auf derart engem Raum?

Die Königskammer birgt ein einziges Objekt: einen Monolithen aus dunkelbraunem Granit, der so ausgehöhlt ist, dass er an eine riesige Badewanne erinnert. Er steht an der Westwand und ist gut zwei Meter lang. Tiefe und Höhe betragen jeweils etwa einen Meter. Der Block ist mit so unglaublicher Präzision aus dem Stein geschnitten, dass man unwillkürlich an die Verwendung von Maschinen denkt. Die dabei verwendeten Techniken waren den heutigen jedenfalls eindeutig überlegen.

Obgleich hier nie eine Mumie gefunden wurde, behaupten die Ägyptologen noch immer, das ausgehöhlte Objekt sei ein Sarkophag ohne Deckel.

Ich habe eine andere These.

Offenbar dient die Königskammer als akustisches Instrument, das Geräusche aufnimmt und verstärkt. Mehrere Male war ich alleine dort und nutzte die Gelegenheit, um in den badewannenförmigen Behälter zu steigen. Wenn ich mich hinlegte, wurde ich von tiefen Vibrationen ergriffen. Es war ein Gefühl, als sei ich in den Gehörgang eines Riesen eingedrungen. Ich übertreibe nicht, wenn ich sage, dass meine Knochen von den überwältigenden Schwingungen aus Geräusch und Energie klapperten. Spätere Gespräche mit Elektronikspezialisten ergaben, dass die geometrische Form der Pyramidenspitze den Bau zu einem perfekten Resonator macht. Mit 377 Ohm hat sie die Impedanz des freien Raums.

So absonderlich es klingen mag – ich glaube, dass die Große Pyramide erbaut wurde, um als eine Art gewaltiger Stimmgabel zur Kanalisierung von Energie zu dienen. Dabei geht es entweder um Hochfrequenzschwingungen oder um andere, noch unbekannte Energiefelder.

Das ist noch nicht alles. Nach der Erforschung der Großen Pyramide verbrachten Maria und ich zahllose Stunden damit, einige der führenden Architekten und Ingenieure der Welt zu konsultieren. Nach der Berechnung des Gewichts, der erforderlichen Arbeitsstunden und der räumlichen Faktoren kam jeder dieser Fachleute zu dem verblüffenden

Schluss, dass es selbst heute unmöglich wäre, die Große Pyramide noch einmal zu errichten.

Anders ausgedrückt: Selbst mit den modernsten Baumaschinen wäre der heutige Mensch nicht in der Lage, ein Bauwerk wie die Große Pyramide zu konstruieren.

Dennoch hat man die Große Pyramide erbaut – vor etwa dreizehntausend Jahren!

Wer also hat sie geschaffen?

Wie kann man eine Erklärung für etwas Unmögliches finden? Und was ist das ›Unmögliche‹? Maria definierte es als ›fehlerhaften Schluss eines uninformierten Beobachters, dem aufgrund seiner begrenzten Erfahrung die Informationen fehlen, um etwas wirklich verstehen zu können, was einfach nicht in den Rahmen seines Realitätsverständnisses fällt‹.

Was meine geliebte Frau damit ausdrücken wollte, war dies: Geheimnisse bleiben Geheimnisse, bis sich der Beobachter neuen geistigen Perspektiven öffnet. Oder, noch prägnanter: Um eine Lösung für etwas zu finden, was man als unmöglich wahrnimmt, muss man nach unmöglichen Lösungen suchen.

Das haben wir auch getan.

Nach dem Gesetz der Logik folgt: Wenn der Mensch aus eigener Kraft nicht in der Lage war, die Pyramiden von Giseh zu errichten, muss jemand ihm geholfen haben – und zwar eine andere Spezies von offensichtlich überlegener Intelligenz.

Zu diesem einfachen, aber verstörenden Schluss kamen wir nicht durch Vermutungen, sondern aufgrund handfester empirischer Fakten.

Die länglichen Schädel, die wir in Mittel- und Südamerika gefunden haben, beweisen, dass die Angehörigen dieser geheimnisvollen Spezies eine humanoide Gestalt hatten. In verschiedenen Mythen werden sie als große Männer mit europäischen Gesichtszügen, dunkelblauen Augen und wallenden weißen Bärten und Haaren beschrieben. In mehreren bedeutenden Kulturen des Altertums – darunter denen der Ägypter, der Inka, der Maya und der Azteken – wurden diese Wesen als Menschen voll Weisheit und Frieden verehrt, die gekommen waren, um eine Ordnung im Chaos zu schaffen. Alle waren große Lehrer, deren fortgeschrittenes Wissen in den Bereichen der Astronomie, der Mathematik, der Landwirtschaft, der Medizin und der Architektur es dem primitiven Menschen ermöglichte, komplexe Gesellschaftsformen zu bilden.

Die Indizien für die Existenz dieser Wesen sind unwiderlegbar.

Überdies verfolgte diese humanoide Spezies einen bestimmten Plan. Sie wollte den Menschen, ihren Adoptivkindern, ihre Zukunft erhalten.

Es war ein ebenso seltsamer und Furcht einflößender Schluss, zu dem Maria und ich unvermutet gekommen waren. Da standen zwei moderne Menschen, die in Cambridge promoviert hatten, und entwickelten Theorien, über die Erich von Däniken hocherfreut gewesen wäre. Aber wir freuten uns keineswegs, wir schämten uns zuerst sogar. Schließlich waren wir kein Schweizer Hotelier, der sich zum Erfolgsautor gemausert hatte. Wir waren Wissenschaftler, Archäologen, die einen Ruf zu verlieren hatten. Wie konnten wir unseren Kollegen nur mit der grotesken Vorstellung entgegentreten, Außerirdische hätten in die Weltgeschichte eingegriffen? Und dennoch hatten meine junge Frau und ich zum ersten Mal das Gefühl, endlich seien uns wahrhaft die Augen aufgegangen. Wir spürten einen zusammenhängenden Plan, obgleich wir frustriert waren, weil wir dessen verborgene Bedeutung nicht entschlüsseln konnten. Unsere humanoiden Lehrer hatten uns Anweisungen in den Kodizes der Maya hinterlassen, die der Botschaft auf dem Nazca-Plateau entsprachen, doch diese Kodizes waren von den spanischen Missionaren verbrannt worden, sodass die Botschaft von Nazca sich unserer Deutung entzog.

Maria und ich hatten Angst. Wir fühlten uns allein. Die düstere Prophezeiung des Maya-Kalenders hing wie ein Damoklesschwert über unseren Köpfen.

Ich weiß noch, wie ich meine Frau umarmte und mich fühlte wie ein verwirrtes Kind, das vom Tod erfahren hat und sich bemüht, die Vorstellung zu begreifen, die seine Eltern vom Himmel haben. Bei diesem Gedanken wurde mir klar, dass unsere Spezies sich – vom Standpunkt der Evolution her gesehen – trotz aller Leistungen und Errungenschaften noch immer im Stadium der Kindheit befindet. Vielleicht neigen wir deshalb so sehr zu Gewalt, vielleicht bleiben wir deshalb so bedürftige, von Gefühlen abhängige Kreaturen, die sich beständig nach Liebe sehnen und sich immer allein fühlen. Wie dreißigtausend Jahre alte Kleinkinder wissen wir es einfach nicht besser. Die Erde ist ein Planet der Kinder, ein gewaltiges Waisenhaus ohne Erwachsene, die uns erklären könnten, wie das Universum funktioniert. Wir sind gezwungen, uns das selbst beizubringen und zahlen dabei teures Lehrgeld. So jung, so unerfahren und so naiv sind wir, als würden wir leben und sterben wie die roten Blutzellen, die mit rücksichtsloser Unbekümmertheit durch den menschlichen Körper kreisen. Während die Dinosaurier zweihundert Millionen Jahre über die Erde herrschten, sind unsere frühesten Ahnen erst vor weniger als zwei Millionen Jahren von den Bäumen herabgestiegen. Dennoch halten wir uns mit unglaublicher Ignoranz für etwas ganz Besonderes.

In Wahrheit aber sind wir nur eine Spezies von Kindern – neugierigen, unwissenden Kindern.

Die Nephilim, die ›Gefallenen‹, waren unsere Ahnen. Vor langer Zeit waren sie hier, vereinten sich mit weiblichen Angehörigen unserer Spezies und schenkten Homo sapiens ihre DNA. Sie brachten uns bei, was wir nach ihrer Einschätzung begreifen konnten, und hinterließen uns Nachgeborenen deutliche Hinweise für ihre Anwesenheit. Außerdem haben sie uns vor dem kommenden Unheil gewarnt, doch wie die meisten Kinder hatten wir bislang kein Ohr dafür und haben uns geweigert, die Warnungen unserer Eltern zu beherzigen.

»Wir sind noch immer kleine Kinder«, sagte ich zu Maria. »Wir sind schwache, naive Kinder, die meinen, sie wüssten alles. Dabei schaukeln wir nur in unserer Wiege vor uns hin, während die Schlange durchs offene Fenster kriecht, um uns zu verschlingen.«

Maria stimmte mir zu, doch warnte sie zugleich: »Dir ist bestimmt bewusst, dass unsere Kollegen nichts als Hohn und Spott für uns übrig haben werden.«

»Dann dürfen wir es ihnen nicht sagen, zumindest noch nicht jetzt«, erwiderte ich. »Auch wenn die Prophezeiung in Stein gemeißelt ist, liegt unsere Zukunft in unseren eigenen Händen. Die Nephilim hätten sich nicht so viel Mühe gegeben, uns vor vier Ahau drei Kankin zu warnen, ohne uns eine Waffe zu hinterlassen, irgendeine Möglichkeit, wie wir uns vor der Vernichtung retten können. Die müssen wir finden, und dann – erst dann – wird die Welt uns ohne Vorbehalte anhören.«

Maria umarmte mich. »Aber hier werden wir die Antwort nicht finden, Julius. Du hattest Recht. Die Große Pyramide ist zwar ein Teil des Rätsels, doch der Tempel, der auf dem Nazca-Plateau abgebildet ist, steht in Mittelamerika.«

Auszug aus dem Tagebuch von Prof. Julius Gabriel

Vgl. Katalog 1975–77, Seite 12–72
Fotojournal Diskette 4, Datei: GISEH, Zeichnung 11

18

1. Dezember 2012
Nullarbor Plain, Australien

5.08 Uhr Die Nullarbor Plain, die größte Ebene der Erde, ist eine Einöde aus Kalkstein, die sich über eine Fläche von zweihundertfünfzigtausend Quadratkilometern an der südlichen Pazifikküste Australiens entlangzieht. Sie ist eine ungastliche Region, arm an Vegetation und Fauna.

Für Naturlieber wie den jungen Saxon Lennon und seine Freundin Renée ist die Nullarbor Plain der ideale Zufluchtsort. Keine Menschen, kein Lärm, keine brüllenden Projektleiter, nur das wohl tuende Rauschen der Brandung, die sich dreißig Meter unter dem Zeltplatz der beiden an den nackten Klippen bricht.

Der Überschallknall reißt Saxon aus dem Schlaf. Er öffnet die Augen, schiebt sich ein Stück weit aus dem Schlafsack und klappt den Zelteingang zurück. Am Himmel stehen noch die Sterne.

Renée legt ihm den Arm um die Hüften und streichelt ihn spielerisch. »Du bist aber früh auf, Süßer.«

»Nimm bloß die Finger weg! Sag mal, hast du nicht was vorbeisausen hören?«

»Was denn?«

»Keine Ahnung…«

Der gewaltige Schlag lässt die Erde unter dem Zelt erbeben. Erschrocken entzieht Saxon sich dem Griff seiner Freundin.

»Komm!«

Das junge Paar schlüpft hastig aus dem Zelt und in seine Wanderstiefel, ohne sie zuzuschnüren. Die beiden springen in ihren Jeep und starten in östlicher Richtung. Saxon achtet darauf, genügend Abstand zu der auf der Rechten abfallenden Steilküste zu halten.

Als sie ankommen, ist der dunkle Horizont grau geworden.

»Mein Gott, Saxon, was ist denn das?«

»Ich… das weiß ich auch nicht.«

Das Ding vor ihnen ist so groß wie ein zweistöckiges Haus und hat Reptilienflügel, die eine Spannweite von gut fünfzehn Metern haben müssen. Es ist schwarz wie die Nacht und hockt auf zwei Klauen mit jeweils drei Spitzen, die sich in den bloßen Kalkstein krallen. Der gewaltige fächerförmige Schwanz erhebt sich reglos einen Meter über den Boden, aus dem Bauch ragt eine Reihe von Tentakeln. Der gesichtslose, hornförmige Kopf ist leicht gehoben, als blicke er in den Himmel. Bis auf das bernsteinfarbene Leuchten eines scheibenförmigen Sektors an einer Seite des Rumpfes sieht das Wesen völlig leblos aus.

»Ob das wohl eins von diesen ferngesteuerten Dingern ist, mit denen die Luftwaffe experimentiert?«

»Vielleicht sollten wir bei der Polizei anrufen.«

»Tu du das. Ich mach inzwischen ein paar Fotos.« Saxon nimmt seine Kamera und macht mehrere Aufnahmen, während seine Freundin am Autotelefon hantiert.

»Das Telefon ist tot. Ich hör nur Rauschen. Hast du die letzte Rechnung nicht bezahlt?«

»Klar hab ich das. Komm, mach ein Foto mit mir vor dem Ding, dann kann man sehen, wie groß es ist.«

»Geh nicht zu nah ran, Süßer, ja?«

Saxon gibt Renée die Kamera und stellt sich fünf Meter vor dem Wesen auf. »Schaut nicht so aus, als ob das Ding funktioniert. Es hockt bloß da wie ein verkohlter Kondor.«

Ein goldener Streifen erscheint am Horizont. »Perfektes Timing. Wart auf die Sonne, dann ist das Licht besser.«

Die ersten Sonnenstrahlen lugen über den Pazifik und fallen auf den spiegelnden Schwanz des Wesens.

Saxon fährt zusammen, als der Schwanz sich mit einem hydraulischen Zischen zu heben beginnt.

»Scheiße, das Ding wird aktiviert!«

»Sax, schau nur, dort beginnt es zu blinken.«

Die beiden starren auf die leuchtend gelbe Scheibe, die immer schneller blinkt, während sie allmählich eine rötliche Färbung annimmt.

»Weg hier!« Saxon pack Renée am Handgelenk und rennt mit ihr zurück zum Jeep. Hektisch legt er den Gang ein und rast nach Norden über die weite Ebene.

Die Scheibe wird blutrot, dann hört sie auf zu blinken. Entlang der ausgebreiteten Flügel entzündet sich ein Funken, der explosionsartig zu einer silbern leuchtenden Flamme wird.

Mit einem grellen Lichtblitz detoniert das Wesen und setzt eine ungeheure Energiemenge frei, die sich mit Schallgeschwindigkeit über die gesamte Nullarbor Plain ausbreitet. Die Druckwellen der Kernexplosion dringen in den porösen Kalkstein und lassen alles verdampfen, was im Weg steht.

Saxon registriert die glutheiße Druckwelle eine Nanosekunde, bevor sein Körper und der seiner Freundin, der Jeep und das Gelände sich in ein zischendes toxisches Gas auflösen, das von einem höllischen Vakuum aus mikrokosmischem Staub und Flammen in die Atmosphäre gerissen wird.

Golf von Mexiko

Die *USS Boone*, eine Lenkwaffenfregatte der Oliver-Hazard-Perry-Klasse, driftet unter dem bedrohlich dunklen Nachmittagshimmel auf dem bleigrauen Meer. Rund um das Kriegsschiff dümpeln in einem Umkreis von zwei Meilen die Reste dessen, was von der Bohrinsel *Scylla* übrig geblieben ist. Ein gutes Dutzend Schlauchboote manövriert vorsichtig durch das Trümmerfeld, während die Matrosen fassungslos eine aufgequollene Leiche nach der anderen aus dem Wasser ziehen.

Leutnant zur See Zak Wishnov verschließt einen neuen Leichensack, während Oberleutnant Bill Blackman das Boot vorsichtig durchs Treibgut steuert.

»Zak, da ist noch einer, an Steuerbord.«

»Mein Gott, ist das furchtbar.« Wishnov beugt sich über den Bug und zieht die Leiche mit einer hakenbewehrten Stange heran. »Puh, dem hier fehlt ein Arm?«

»Haie?«

»Nee, der ist sauber abgetrennt. Hör mal, jetzt wo du davon redest – ich hab hier noch keinen einzigen Hai gesehen.«

»Ich auch nicht.«

»Unglaublich. Überall ist Blut, und die Gewässer hier sind doch sonst voller Haie.« Wishnov rollt die verstümmelte Leiche ins Boot und zieht rasch einen Sack darüber. »Das ist das Ding da drunten, oder? Das grüne Leuchten. Deshalb halten sich die Haie fern.«

Blackman nickt. »Die Viecher wissen was, was wir nicht wissen. Je eher uns der Käpt'n hier wegbringt, desto besser.«

Reglos steht Kapitän Edmund O. Loos auf der Brücke und blickt mit seinen braunen Augen auf den bedrohlichen Horizont. Wütend presst er die Zähne zusammen. Der dreizehnte Kapitän der *Boone* und ihrer Besatzung aus zweiundvierzig Offizieren und fünfhundertfünfzig Unteroffizieren und Mannschaften kocht innerlich, seit sein Vorgesetzter ihn angewiesen hat, sich von dem zum Persischen Golf fahrenden Geschwader zu lösen und den Golf von Mexiko anzusteuern.

Diese verfluchte Bergungsmission inmitten des womöglich schärfsten Konflikts in zwanzig Jahren! Die ganze Navy wird uns mit Hohn und Spott übergießen.

Fregattenkapitän Curtis Broad, der Erste Offizier des Schiffes, tritt zu Loos. »Entschuldigung, Käpt'n. Einer der Helikopter hat ein kleines U-Boot entdeckt, das eins Komma sieben Kilometer westlich von uns an der Oberfläche treibt. Zwei Überlebende an Bord. Der eine behauptet, er weiß, was den Untergang der *Scylla* verursacht hat.«

»Lassen Sie ihn in mein Besprechungszimmer bringen. Wann trifft der Vizepräsident ein?«

»In fünfunddreißig Minuten.«

In der Ferne zuckt ein lautloser Blitz über den Himmel, mehrere Sekunden später folgt grollender Donner.

»Rufen Sie alle Boote zurück, Mr. Broad. Ich bin im Besprechungszimmer. Informieren Sie mich, wenn der Vizepräsident da ist.«

»Aye, Sir.«

Der Kaman SH-2G Seasprite, ein zur U-Boot-Jagd ausgerüsteter Kampfhubschrauber, hüpft zweimal auf, bevor er auf dem Landedeck des Kriegsschiffs zum Stehen kommt.

Mick Gabriel packt ein Ende von Dominiques Trage, der Kopilot das andere. Als die Seitentür des Hubschraubers aufgeht, eilen der Schiffsarzt und mehrere Sanitäter herbei.

Der Arzt beugt sich über die bewusstlose junge Frau. Er vergewissert sich, dass sie atmet, fühlt ihr den Puls und leuchtet mit einer kleinen Taschenlampe in ihre Augen. »Sie hat eine schwere Gehirnerschütterung, vielleicht auch innere Verletzungen. Bringt sie ins Lazarett.«

Ein Sanitäter schiebt Mick beiseite und nimmt ihm die Griffe der Trage ab. Mick ist zu schwach, um sich zu wehren.

Der Arzt mustert ihn aufmerksam. »Junge, Sie schauen aus, als wären Sie in der Hölle gewesen. Irgendwelche Verletzungen, mal abgesehen von den Schnittwunden und blauen Flecken, die ich sehe?«

»Ich glaube nicht.«

»Wie lange sind Sie jetzt schon wach?«

»Keine Ahnung. Zwei Tage vielleicht. Was ist mit meiner Freundin, wird sie wieder gesund?«

»Bestimmt. Wie heißen Sie?«

»Mick.«

»Kommen Sie, Mick. Wir versorgen Ihre Wunden, geben Ihnen was zu futtern und machen Sie ein bisschen sauber. Sie brauchen nur ein wenig Ruhe…«

»Kommt nicht in Frage«, mischt sich ein Leutnant ein, der neben den Arzt getreten ist. »Der Käpt'n will ihn in einer Viertelstunde im Besprechungszimmer sehen.«

Es regnet, als der Hubschrauber mit Ennis Chaney auf dem Achterdeck der *Boone* landet. Der Vizepräsident beugt sich zur Seite und rüttelt die schlafende Gestalt neben ihm wach. »Aufwachen, Teperman, wir sind da. Wie Sie bei dem ganzen Geschaukel schlafen können, ist mir absolut unbegreiflich.«

Marvin Teperman verzieht den Mund zu einem dünnen Grinsen, während er sich den Schlaf aus den Augen wischt. »Das viele Fliegen macht mich fertig.«

Ein Leutnant schiebt die Tür auf, salutiert und führt die beiden Männer zu den Aufbauten. »Sir, Kapitän Loos erwartet sie in seinem Besprechungszimmer…«

»Der kann warten. Zuerst will ich die Toten sehen.«

»Gleich jetzt, Sir?«

»Gleich jetzt.«

Der Offizier führt sie in einen großen Hangar, auf dessen Betonboden in langen Reihen Leichensäcke liegen.

Chaney geht langsam von Sack zu Sack und bleibt bei jedem stehen, um die Namen auf den Anhängern zu lesen. »Mein Gott…« Der Vizepräsident kniet sich neben einen Sack und zieht mit zitternden Händen den Reißverschluss auf. Er starrt auf das bleiche, leblose Gesicht von Brian Dodds. Mit väterlicher Geste streicht er dem Toten das braune Haar aus der Stirn, während ihm Tränen in die Augen treten.

»Wie ist das nur geschehen?« Chaneys Stimme ist nur ein heiseres Flüstern.

»Das wissen wir nicht, Sir. Der Einzige, der uns möglicherweise Auskunft geben kann, ist beim Käpt'n und wartet darauf, mit Ihnen zu sprechen.«

Chaney verschließt den Leichensack und richtet sich mühsam auf. »Gehen wir.«

Mick schiebt sich den letzten Bissen seines Truthahn-Sandwichs in den Mund und spült ihn mit einem Schluck Ginger Ale hinunter.

»Na, geht es Ihnen jetzt besser?«

Er nickt dem Kapitän zu. So erschöpft er ist, das Essen, die heiße Dusche und die frischen Kleider haben ihn wieder wach gemacht.

»Also – Ihr Name ist Michael Rosen und Sie arbeiten für eine Forschungseinrichtung in Tampa, richtig?«

»Ja, Sir. Nennen Sie mich doch einfach Mick.«

»Und Sie sagen, Sie haben das Objekt unter uns entdeckt. Wie denn?«

»Mithilfe von SOSUS. Das ist ein Unterwasserüberwachungssystem, das...«

»SOSUS ist mir durchaus bekannt, danke. Kommen wir zu Ihrer Begleiterin. Wer...«

Ein Klopfen unterbricht den Kapitän. Mick sieht Vizepräsident Chaney eintreten, gefolgt von einem kleinen älteren Mann mit einem dünnem Schnurrbart und einem freundlichen Lächeln auf den Lippen.

»Willkommen an Bord, Sir. Tut mir Leid, dass Sie uns nicht unter günstigeren Umständen besuchen kommen.«

»Herr Kapitän, das ist Dr. Marvin Teperman, Exobiologe aus Kanada. Und wer ist dieser junge Mann?«

Mick streckt ihm die Hand entgegen. »Dr. Michael Rosen.«

»Dr. Rosen behauptet, er wäre mit seinem Mini-U-Boot in das Objekt unter uns eingedrungen.«

Chaney setzt sich an den Besprechungstisch. »Berichten Sie, Herr Kapitän.«

Kapitän Loos blickt in seine Notizen. »Dr. Rosen hat einen Ort beschrieben, der ein wenig an Dantes *Inferno* erinnert. Er sagt, das grüne Leuchten stamme von einem kraftvollen Energiefeld, das von einer gewaltigen Kuppel im Meeresboden geschaffen wird.«

Chaney blickt Mick mit seinen wachsamen dunklen Augen an. »Was ist mit der *Scylla* geschehen?«

»Das war die Bohrinsel«, schaltet Loos sich erklärend ein. »Sie war zur Beobachtung über dem Loch stationiert.«

»Das Energiefeld hat einen gewaltigen Strudel hervorgebracht. Der muss die Bohrinsel in die Tiefe gerissen haben.«

Die Augen des Kapitäns weiten sich. Er drückt eine Taste. »Brücke.«

»Aye, Sir, hier Richards.«

»Lassen Sie Beobachtungsbojen aussetzen und steuern Sie einen Standort einen Kilometer weiter östlich an.«

»Einen Kilometer weiter östlich, aye, Sir.«

»Tempo, Richards.«

»Verstanden, Sir.«

Mick blickt abwechselnd Kapitän Loos und den Vizepräsidenten an. »Ein Stück weit wegzufahren, reicht nicht aus, Herr Kapitän. Wir sind in schrecklicher Gefahr. Da drunten ist ein Lebewesen, und…«

»Ein Lebewesen!« Marvin springt ihm fast an die Gurgel. »Da unten hat was überlebt? Wie ist das möglich? Wie hat es ausgesehen?«

»Das weiß ich nicht.«

»Haben Sie es denn nicht gesehen?«

»Es war in einer riesigen Kapsel verborgen.«

»Woher wollen Sie dann wissen, dass es am Leben war? Hat es sich bewegt?«

»Es hat mit mir kommuniziert – telepathisch. Es ist in der Lage, unsere Gedanken zu lesen, sogar die in unserem Unterbewusstsein ruhenden Erinnerungen.«

Teperman ist aufgesprungen. Er kann seine Erregung nicht verbergen. »Das ist unglaublich. Was für Gedanken hat es Ihnen übermittelt?«

Mick zögert. »Es hat eine Erinnerung an meinen verstorbenen Vater wach gerufen. Es… es war keine sehr schöne Erinnerung.«

Chaney beugt sich vor. »Sie sagen, wir sind in schrecklicher Gefahr. Weshalb? Stellt dieses Lebewesen eine Bedrohung für uns dar?«

»Es ist mehr als eine Bedrohung. Wenn wir das Wesen und sein Fahrzeug nicht zerstören, werden sämtliche Menschen auf der Erde an vier *Ahau*… äh… am einundzwanzigsten Dezember sterben.«

Tepermans erregtes Lächeln verschwindet. Chaney und der Kapitän schauen sich an, dann richten sie ihre Blicke auf Mick, der die Spannung hinter den Augen des Vizepräsidenten fast körperlich spüren kann.

»Woher wissen Sie das? Hat das Wesen Ihnen diese Drohung übermittelt?«

»Haben Sie irgendeine Waffe gesehen?«, mischt der Kapitän sich ein.

»Vielleicht. Irgendetwas ist gestartet, ich weiß nicht, was. Es hat wie eine riesige deformierte Fledermaus ausgesehen. Mit den Flügeln hat es allerdings nicht geschlagen; es ist einfach aus diesem See aus flüssiger, silberner Energie aufgestiegen.«

»War es lebendig?«, will Teperman wissen.

»Das weiß ich nicht. Es hat eher mechanisch als organisch ausgesehen – wie eine Art ferngesteuertes Flugzeug. Das Energiefeld hat sich im Kreis gedreht, ein Wirbel hat sich gebildet, dann öffnete sich ein Loch in der Decke der Kuppel, und das Ding ist durch die Röhre im Meeresboden einfach nach oben gestiegen.«

»Es ist einfach nach oben gestiegen?« Chaney schüttelt ungläubig den Kopf. »Das ist eine ziemlich wilde Geschichte, Dr. Rosen.«

»Das ist mir klar, aber ich versichere Ihnen, Sie stimmt.«

»Herr Kapitän, haben Sie das U-Boot von Dr. Rosen untersuchen lassen?«

»Ja, Sir. Die gesamte Elektronik ist ruiniert und der Rumpf ist übel zugerichtet.«

»Wie ist es Ihnen gelungen, in das Raumschiff einzudringen?«, fragt Teperman.

Mick blickt den Exobiologen an. »Sie sprechen zum ersten Mal von einem Raumschiff. Es ist der Rest eines Objekts, das vor sehr langer Zeit auf die Erde aufgeprallt ist. Genauer gesagt, vor fünfundsechzig Millionen Jahren – stimmt doch, Dr. Teperman?«

Teperman hebt überrascht die Augenbrauen.

»Und dieses Radiosignal aus dem Weltraum… das muss das Notfallsystem des Fahrzeugs aktiviert haben.«

Teperman sieht beeindruckt aus. »Woher wissen Sie das alles?«

»Stimmt das etwa?«, fragt Kapitän Loos ungläubig.

»Das ist gut möglich, Käpt'n. Nach dem, was Dr. Rosen uns gerade berichtet hat, ist es jedoch wahrscheinlicher, dass das Notfallsystem des Raumschiffs nie vollständig abgeschaltet war. Diese Kapsel, von der er spricht, muss weiterhin in Funktion gewesen sein und das darin befindliche Wesen in einer Art schützender Starre gehalten haben.«

»Bis das Radiosignal es aktiviert hat«, fügt Mick hinzu.

Chaney beäugt ihn argwöhnisch. »Wie kommt es, dass Sie so viel über dieses außerirdische Wesen wissen?«

Ein lautes Klopfen, und ein Offizier tritt ein. »Tut mir Leid, dass ich einfach so hereinplatze, Käpt'n, aber ich muss Sie kurz unter vier Augen sprechen.«

Kapitän Loos folgt ihm hinaus.

»Dr. Rosen, Sie behaupten, dieses Wesen wird am einundzwanzigsten Dezember die Menschheit vernichten. Woher wissen Sie das?«

»Wie schon gesagt, es hat mit mir kommuniziert, Dr. Teperman. Dabei hat es seine Absicht zwar nicht verbal ausgedrückt, aber klar war sie trotzdem.«

»Es hat Ihnen dieses Datum mitgeteilt?«

»Nein.« Mick greift nach den Notizen des Kapitäns. Während er einen Blick darauf wirft, zieht er unauffällig die Büroklammer ab, die die Seiten zusammenhält. »Ich habe mich viele Jahre lang mit den Prophezeiungen der Maya beschäftigt und mehrere uralte Baudenkmäler an verschiedenen Orten der Welt erforscht, die mit dem Vorhaben dieses feindseligen Wesens zu tun haben, das die Welt zerstören will. Der einundzwanzigste Dezember wird im Maya-Kalender als der Tag bezeichnet, an dem die Menschheit untergeht. Bevor Sie lachen, sollten Sie sich klar machen, dass dieser Kalender ein präzises astronomisches Instrument darstellt...«

Chaney reibt sich die Augen. Allmählich verliert er die Geduld. »Sie reden nicht wie ein Biologe, und über diese Geschichte mit der Maya-Prophezeiung kann ich gar nicht lachen. Auf der Bohrinsel sind eine Menge Menschen zu Tode gekommen, und ich will wissen, was daran schuld ist.«

»Das hab ich Ihnen schon gesagt.« Mick schiebt die Büroklammer in seinen Hosenbund.

»Und wie ist es Ihnen gelungen, in das fremde Raumschiff einzudringen?«

»In etwa eineinhalb Kilometer Abstand sind dreiundzwanzig kleinere Öffnungen kreisförmig um die mittlere Röhre angeordnet. Wir sind mit unserem U-Boot in eines dieser Löcher vorgedrungen. Dort hat uns der Sog einer riesigen Turbine ergriffen, der unser Boot in…«

»Eine Turbine!« Teperman hebt wieder die Augenbrauen. »Unglaublich. Welche Funktion hat sie?«

»Ich nehme an, sie dient zur Ventilation. Als sie Wasser angesaugt hat, hat unser U-Boot sich zwischen zwei Schaufeln verkeilt. Und als sie ihre Drehrichtung geändert hat, um das bei der Öffnung der Kuppel eingedrungene Wasser auszupumpen, sind wir wieder hinaus ins Meer gespült worden.«

Kapitän Loos betritt den Raum, ein süffisantes Lächeln auf dem Gesicht. »Soeben habe ich eine Nachricht erhalten, Herr Vizepräsident, die allerhand erklären könnte. Offenbar ist Dr. Rosen nicht der, der er zu sein behauptet. In Wirklichkeit heißt er Michael Gabriel und ist letzte Woche aus einer Nervenheilanstalt in Miami geflüchtet.«

Chaney und Teperman werfen Mick zynische Blicke zu.

Mick schaut dem Vizepräsidenten direkt in die Augen. »Ich bin nicht geistesgestört. Meine wahre Identität habe ich nicht preisgegeben, weil die Polizei hinter mir her ist, aber verrückt bin ich nicht.«

Kapitän Loos blickt auf das Fax in seiner Hand. »Hier steht, Sie waren die vergangenen elf Jahre inhaftiert, weil Sie sich an Pierre Borgia vergriffen haben.«

Chaneys Augen weiten sich. »Außenminister Borgia?«

»Borgia hat meinen Vater verleumdet und ihn vor seinen Kollegen lächerlich gemacht. Da hab ich die Beherrschung verloren. Anschließend hat Borgia die Justiz manipuliert. Statt mich wegen simpler Körperverletzung anzuzeigen, hat er dafür gesorgt, dass ich in eine Anstalt gebracht wurde.«

Loos reicht Chaney das Fax. »Sein Vater war Julius Gabriel.«

Teperman wirkt verblüfft. »Julius Gabriel – der Archäologe?«

Der Kapitän verzieht den Mund zu einem höhnischen Grinsen. »Wohl eher ein Quacksalber, der versucht hat, seine Kollegen davon zu überzeugen, dass der Menschheit in Kürze die Vernichtung droht. Ich hab damals alles darüber gelesen. Sein Tod hat eine Schlagzeile für das Titelblatt von der *Times* geliefert.«

Chaney blickt von dem Fax hoch, das er liest. »Der Apfel fällt nicht weit vom Stamme.«

»Vielleicht hatte er recht«, murmelt Teperman.

Das Gesicht des Kapitäns wird puterrot. »Julius Gabriel war geisteskrank, Dr. Teperman, und meiner Meinung nach verhält es sich mit seinem Sohn nicht anders. Er hat uns schon genug an der Nase herumgeführt.«

Wütend springt Mick auf. »Alles, was ich Ihnen erzählt habe, ist wahr…«

»Ach, hören Sie doch auf mit dieser Farce, Gabriel. Wir haben das Tagebuch Ihres Vaters in Ihrem U-Boot gefunden. Der einzige Zweck Ihrer Geschichte ist, uns – und den Rest der Welt – davon zu überzeugen, dass die lächerlichen Theorien Ihres Vaters stimmen.«

Der Kapitän öffnet die Tür.

Zwei bewaffnete Marinesoldaten treten ein.

»Herr Vizepräsident, falls Sie keine Verwendung mehr für diesen Menschen haben – man hat mich angewiesen, ihn in den Bunker zu sperren.«

»Wer hat Sie angewiesen?«

»Außenminister Borgia, Sir. Er ist bereits auf dem Weg hierher.«

Sydney, Australien

Mit neunzehnhundert Stundenkilometern jagt die Dassault über den Südpazifik. Der schlanke Rumpf des mit drei Triebwerken und doppelten Delta-Tragflächen ausgestatteten Überschalljets ist unempfindlich gegen jede Art von Turbulenz. Von den acht Passagiersitzen sind nur drei besetzt.

Caroline Becker, US-Botschafterin in Australien, ist gerade aufgewacht und reckt sich in ihrem Sessel. Sie wirft einen Blick auf ihre Armbanduhr, als der Jet über der australischen Küste in Sinkflug übergeht. *Knapp siebeneinhalb Stunden von Los Angeles bis Sydney, gar nicht schlecht.* Sie steht auf und tritt in den Mittelgang, um mit den beiden Wissenschaftlern vom amerikanischen Institut für Energie- und Umweltforschung zu sprechen, die auf der anderen Seite Platz genommen haben.

Steven Taber, ein Bär von einem Mann, der Becker an Senator Jesse Ventura, den ehemaligen Wrestling-Star, erinnert, lehnt schnarchend am Fenster, während sein Kollege Dr. Marty Martinez wie besessen einen Laptop bearbeitet.

»Entschuldigung, Dr. Martinez, aber wir landen bald und ich muss Ihnen noch ein paar Fragen stellen.«

»Einen Augenblick, bitte.« Martinez tippt ungerührt weiter.

Becker setzt sich neben ihn. »Vielleicht sollten wir Ihren Freund aufwecken…«

»Bin schon wach.« Taber sperrt gähnend den Mund auf.

Martinez schaltet den Computer aus. »Stellen Sie Ihre Fragen, Ms. Becker.«

»Wie Sie wissen, ist die australische Regierung außer sich. Sie behauptet, bei der Explosion hätten sich mehr als zweihunderttausend Quadratkilometer Landschaft einfach in Staub aufgelöst. Das ist ein Riesengebiet. Wie würden Sie die Sache nach der vorläufigen Analyse der Satellitenaufnahmen einschätzen – als Naturereignis wie den Ausbruch des Mount St. Helens oder als eine von Menschenhand ausgelöste Explosion?«

Martinez zuckt die Schultern. »Ich würde lieber noch gar nichts sagen, zumindest nicht, bis wir unsere Tests durchgeführt haben.«

»Dafür hab ich Verständnis, aber…«

»Ms. Becker – Mr. Taber und ich sind im Auftrag des UN-Sicherheitsrates hier, nicht in dem der Vereinigten Staaten. Mir ist bewusst, dass Sie unter starkem politischem Druck stehen, aber ich würde lieber keine Spekulationen anstellen.«

»Sei mal nicht so verbissen, Marty.« Taber beugt sich vor. »Ich werde Ihre Frage beantworten, Ms. Becker. Eines ist klar: die Vorstellung einer Naturkatastrophe können Sie vergessen. Das war weder ein Erdbeben noch ein Vulkan. Meiner Meinung nach haben wir es mit dem Test einer neuen Thermonuklearwaffe zu tun, einer Waffe, bei der es mir heiß und kalt über den Rücken läuft.«

Martinez schüttelt den Kopf. »Steven, das kann man doch nicht sicher sagen…«

»Ach, Marty, lass doch das Versteckspiel. Wir vermuten beide dasselbe. Es wird ohnehin bald ans Tageslicht kommen.«

»Was wird ans Tageslicht kommen? Reden Sie doch, meine Herren! Was vermuten Sie?«

Martinez klappt wütend seinen Laptop zu. »Etwas, wogegen die Mitarbeiter unseres Instituts schon seit zehn Jahren protestieren, Ms. Becker. Es geht um Fusionswaffen, genauer gesagt um Waffen, die auf reiner Fusion basieren.«

»Tut mir Leid, auf dem Gebiet bin ich nicht sonderlich beschlagen. Was meinen Sie mit *reiner* Fusion?«

»Es überrascht mich nicht, dass Sie den Begriff nicht kennen«, sagt Taber. »Aus irgendeinem Grund ist dieses Thema nie ins Zentrum des öffentlichen Interesses geraten. Also, es gibt drei Arten von Kernwaffen: die konventionelle Atombombe, die Wasserstoffbombe und die Fusionsbombe. Die Atombombe bedient sich der Kernspaltung, bei der ein schwerer Atomkern in zwei oder mehr Teile gespalten wird. Im Grunde ist die Atombombe eine mit elektronisch gezündetem Sprengstoff gefüllte Kugel. In dieser Kugel befindet sich ein faustgroßer Plutoniumball, und in dessen Kern ist eine Vorrichtung, die Neutronen freisetzt. Detoniert der Sprengstoff, wird das Plutonium zu einer geschmolzenen Masse zusammengepresst. Atome werden in mehrere Einzelteile aufgespalten und lösen eine Kettenreaktion aus, bei der eine gewaltige Menge Energie freigesetzt wird. Bitte unterbrechen Sie mich, wenn es Ihnen zu schnell geht.«

»Nur weiter.«

»Bei der Wasserstoffbombe absorbiert Uranium-235 ein Neutron. Die Spaltung tritt ein, wenn das Neutron zerfällt, wodurch zwei kleinere Kerne, mehrere Neutronen und viel Energie produziert werden. Dadurch entstehen die Temperatur und die Dichte, die für die Fusion von Deuterium und Tritium notwendig sind, zweier Wasserstoffisotope, die…«

»Langsam, langsam, jetzt komme ich wirklich nicht mehr mit.«

Martinez, der vor sich hin geblickt hat, wendet der Botschafterin das Gesicht zu. »Die Details sind nicht so wichtig. Worauf es ankommt, ist die Tatsache, dass Kernfusion etwas anderes ist als Kernspaltung. Fusion ist eine Reaktion, die eintritt, wenn zwei Wasserstoffatome verschmelzen und ein Heliumatom bilden. Dieser

Prozess, der auch die Sonne zum Leuchten bringt, setzt eine wesentlich größere Energiemenge frei als die Kernspaltung, wodurch eine noch stärkere Explosion ermöglicht wird.«

Taber nickt. »Der entscheidende Faktor für die Wirkung einer Thermonuklearwaffe ist die Methode zur Auslösung der Explosion. Eine reine Fusionsbombe unterscheidet sich insofern von der Wasserstoffbombe, als es bei ihr keiner Kernspaltung bedarf, um den Fusionsprozess auszulösen. Das bedeutet, dass bei ihr weder Plutonium noch angereichertes Uran verwendet werden müssten. Erfreulich daran wäre, dass die Abwesenheit von Plutonium zu nur wenig oder gar keinem radioaktiven Niederschlag führen würde. Weniger erfreulich ist, dass die Sprengkraft einer relativ kleinen reinen Fusionswaffe wesentlich größer wäre als die der modernsten Wasserstoffbombe.«

»Was heißt das konkret?«

»Ich nenne Ihnen mal ein Beispiel«, schaltet Martinez sich wieder ein. »Die Atombombe, die wir auf Hiroshima geworfen haben, hat eine Energiemenge von fünfzehn Kilotonnen – also fünfzehntausend Tonnen – TNT erzeugt. Im Epizentrum erreichte die Temperatur knapp viertausend Grad Celsius, die Windgeschwindigkeit schätzungsweise sechzehnhundert Stundenkilometer. Die Mehrzahl der Menschen, die sich in einem Umkreis von einem Kilometer um das Epizentrum befanden, wurde getötet.

Das war eine Explosion mit einer Stärke von fünfzehn Kilotonnen. Heutige Versionen der Wasserstoffbombe haben die Sprengkraft von zwanzig bis fünfzig Megatonnen TNT – also Millionen Tonnen – und sind damit zwei- bis dreitausendmal stärker als die Bombe von Hiroshima. Eine reine Fusionswaffe würde einen noch größeren Schaden anrichten. Um die Wirkung einer Wasserstoffbombe mit einer Sprengkraft von dreißig Megatonnen TNT zu erzielen, würde eine Fusionsbombe ausreichen, die nur einen Bruchteil ihres Gewichts hat. Konkret wäre eine Fusionsbombe fünfzehntausendmal stärker als eine gleich große Wasserstoffbombe. Wenn man einen zweihunderttausend Quadratkilometer großen Landstrich in die Luft jagen will, ist reine Kernfusion das Mittel der Wahl.«

Mein Gott... Trotz der kühlen Temperatur im Flugzeug spürt Caroline Becker, wie ihr der Schweiß ausbricht. »Und Sie glauben, dass irgendein anderes Land es geschafft hat, so eine Waffe zu entwickeln?«

Martinez und Taber schauen sich an.

»Was ist denn? So reden Sie doch!«

Taber kneift sich in den Nasenrücken. »Die Möglichkeit, eine reine Fusionswaffe zu entwickeln, ist offiziell noch nicht bewiesen, Ms. Becker, aber die Vereinigten Staaten und Frankreich arbeiten seit mehr als zehn Jahren daran.«

Martinez blickt Becker direkt in die Augen. »Wie schon gesagt, besonders überraschend ist das Ganze nicht. Wir protestieren nun schon seit Jahren, weil wir ethische und rechtliche Bedenken gegen diese Versuche haben. Sie sind ein direkter Verstoß gegen das Abkommen zur Unterbindung sämtlicher Atomtests.«

»Moment mal, Marty«, wendet Taber ein. »Du weißt doch genauso gut wie ich, dass in dem Abkommen keine Rede von reiner Fusion ist.«

»Weshalb denn nicht?«, fragt Becker.

»Das ist eine Lücke im Vertrag, um die sich niemand gekümmert hat, vor allem, weil kein Land je offiziell die Absicht bekannt gegeben hat, eine reine Fusionswaffe zu bauen.«

»Glauben Sie, die Franzosen haben die Technologie entdeckt und dann den Australiern verkauft?«

»Wir sind keine Politiker, Exzellenz«, erklärt Taber. »Und außerdem, wer sagt denn, dass es die Franzosen waren? Genauso gut können es auch Russland oder die gute alte USA gewesen sein.«

Martinez nickt. »Die Vereinigten Staaten waren am nächsten dran. Wie auch immer – wenn man die Waffe in Australien testet, führt man alle hinters Licht.«

Die Botschafterin schüttelt den Kopf. »Mein Gott, da bin ich ja in ein richtiges Wespennest geraten. Die fünf ständigen Mitglieder des Sicherheitsrates haben jeder eine Abordnung geschickt. Bestimmt werden alle mit dem Finger aufeinander zeigen.«

Martinez lässt den Kopf zurücksinken und schließt die Augen. »Offenbar haben Sie noch nicht ganz begriffen, Ms. Becker, was all dies bedeutet. Mit einer reinen Fusionsbombe ist der Weltuntergang kein Märchen mehr. Kein Land, auch nicht die Vereinigten Staaten, hätte je irgendwelche Experimente in dieser Richtung durchführen dürfen. Es ist ganz egal, welches Land das Ding zuerst entwickelt hat, es kann uns alle vernichten.«

Becker wird flau im Magen, als die Dassault aufsetzt. Der Jet rollt über die Landebahn zu einem wartenden Sikorsky S-70B-2 Seahawk.

Ein groß gewachsener Mann in einem schwarzen Neoprenanzug begrüßt sie auf dem Rollfeld. Er geht auf Becker zu und bietet ihr die Hand. »Exzellenz, ich bin Karl Brandt, Geologe beim australischen Innenministerium. Entschuldigen Sie meinen Aufzug, aber die Bleianzüge, die wir tragen werden, sind ziemlich eng. Ich nehme an, die beiden Herren sind vom Institut für Energie- und Umweltforschung?«

Taber und Martinez stellen sich vor.

»Schön. Hören Sie, ich will nicht drängen, aber die Nullarbor Plain beziehungsweise das, was von ihr übrig ist, ist gute zwei Stunden entfernt, und ich würde gern noch bei Tageslicht ankommen.«

»Wo sind die anderen Mitglieder unserer Delegation?«

»Die warten schon im Helikopter.«

Mick kniet vor der Stahltür der zweieinhalb mal drei Meter großen Zelle und kämpft gegen den Schlaf an, während er mit der Büroklammer im Schlüsselloch stochert. »Verdammt!« Er sinkt an die Wand zurück und starrt auf das abgebrochene Ende des Drähtchens, das nun im Loch steckt.

Das bringt nichts, ich kann mich einfach nicht konzentrieren. Ich muss mich schlafen legen und ein wenig Kraft schöpfen. Er schließt die Augen und reißt sie dann wieder auf. *Nein! Ich muss wach bleiben, muss hier raus. Bald ist Borgia hier und dann…*

»Gabriel?«

Die Stimme lässt ihn zusammenfahren.

»Mick Gabriel, sind Sie da drin?«

»Teperman?«

Ein Schlüssel klirrt im Schloss. Die Tür wird aufgestoßen.

Teperman kommt herein und lässt die Tür offen stehen. »Da sind Sie ja. War gar nicht einfach, Sie zu finden. Das ist ein Riesenpott.« Er reicht Mick das in Leder gebundene Tagebuch. »Interessante Lektüre. Aber Ihr Vater hatte schon immer eine Menge Fantasie.«

Mick starrt auf die Tür.

»Sie haben bestimmt keine Ahnung, dass ich Ihren Vater mal kennen gelernt habe. Das war in Cambridge, Ende der sechziger Jahre. Ich war im sechsten Semester. Ihr Vater hat einen Gastvortrag bei einer Vorlesungsreihe mit dem Titel ›Geheimnisse des Altertums‹ gehalten. Ich fand ihn ziemlich brillant. Es war sogar sein Vortrag, der mein Interesse an Exobiologie geweckt hat.«

Teperman bemerkt, dass Mick die Tür im Blick hat. Als er sich umdreht, sieht er die Büroklammer aus dem Schloss ragen. »So kommen Sie nicht sehr weit.«

»Dr. Teperman, ich muss hier weg.«

»Weiß schon. Da, nehmen Sie das.« Teperman greift in seine Jackentasche und zieht ein Bündel Geldscheine heraus. »Das sind gut sechshundert Dollar, teilweise in kanadischer Währung. Es ist nicht viel, aber Sie werden damit schon weiterkommen.«

»Sie wollen mir zur Flucht verhelfen?«

»Nicht ich; ich bin nur der Handlanger. Ihr Vater war für mich sehr interessant, aber *so* sehr gemocht hab ich ihn auch nicht.«

»Das versteh ich nicht.«

»Ihre Flucht ist von jemand arrangiert worden, dem Außenminister Borgia in etwa ebenso zuwider ist wie Ihnen.«

Chaney? »Dann helfen Sie mir also nicht, weil Sie glauben, was ich erzählt habe?«

Teperman lächelt und tätschelt Mick freundlich die Wange. »Sie sind ein netter Junge, Mick, aber genau wie Ihr Alter sind Sie ein bisschen meschugge. Jetzt hören Sie mal gut zu. Gehen Sie nach links und folgen Sie dem Gang bis zu seinem Ende. Dort kommen Sie zu einer Treppe, die drei Stockwerke hoch zum Hauptdeck führt. Am Heck finden Sie einen Hangar, und da drin liegen die Leichen der Leute, die auf der Bohrinsel ums Leben gekommen sind. Nehmen Sie sich einen leeren Leichensack, kriechen Sie hinein und warten Sie. In etwa einer halben Stunde kommt ein Hubschrauber, um die Toten zum Flughafen von Merida zu transportieren. Dort sind Sie dann auf sich selbst angewiesen.«

»Danke. Moment noch, was ist mit Dominique?«

»Ihrer Freundin geht's schon besser, aber fliegen kann sie noch nicht. Soll ich ihr was ausrichten?«

»Ja, bitte. Sagen Sie ihr, dass ich die Sache durchziehe.«

»Wo wollen Sie hin?«

»Wollen Sie das wirklich wissen?«

»Wahrscheinlich nicht. Also, dann los, sonst sperrt man uns noch beide ein.«

Südaustralien

Botschafterin Becker blickt aus dem Fenster, während sie aufmerksam der Unterhaltung lauscht, die sich im hinteren Teil des Hubschraubers zwischen den Vertretern Russlands, Chinas und Frankreichs entwickelt hat. Spencer Botchin, der Vertreter Großbritanniens, beugt sich zu ihr, um ihr ins Ohr zu flüstern: »Das müssen die Franzosen gewesen sein. Ich hoffe bloß, dass die nicht so dämlich waren, das Ding an die Iraner zu verkaufen.«

Becker nickt zustimmend und flüstert zurück: »Ohne die Einwilligung der Russen und der Chinesen hätten sie die Waffe aber nicht getestet.«

Es ist spät am Nachmittag, als der Hubschrauber die einstige Nullarbor Plain erreicht hat. Fassungslos starrt Caroline Becker aus dem Fenster. Was sie sieht, verursacht ihr eine spürbare Gänsehaut.

Die Landschaft ist ein gewaltiger, verkohlter Krater, eine dampfende Senke, die so weit reicht, wie das Auge blicken kann.

Karl Brandt setzt sich neben sie. »Vor drei Tagen lag das Gelände, das wir sehen, vierzig Meter über dem Meeresspiegel. Jetzt ist es an den meisten Stellen kaum mehr als eineinhalb Meter hoch.«

»Wie hat etwas nur so viel Fels pulverisieren können?«

Steve Taber ist gerade dabei, Dr. Martinez in einen Bleianzug zu helfen. »Nach der Größe des Kraters zu urteilen, muss es sich um eine im Erdboden platzierte Bombe von unglaublicher Sprengkraft gehandelt haben.«

Brandt schlüpft in seinen Schutzanzug und zieht den Reißverschluss der Haube zu. »Die Luftflaschen dieser Anzüge reichen für etwa dreißig Minuten.«

Martinez tut sein Bestes, in den schweren Handschuhen aufmunternd den Daumen zu heben. Taber reicht seinem Kollegen einen Geigerzähler. »Marty, bist du sicher, dass ich nicht mit runterkommen soll?«

»Ich schaffe es schon.«

Der Kopilot kommt nach hinten und hilft Brandt und Martinez in zwei Geschirre, die mit Seilen mit zwei hydraulischen Winden verbunden sind. »Meine Herren, in Ihrer Maske befindet sich ein Funkgerät. Sie können also mit uns, aber auch miteinander kommunizieren. Die Geschirre müssen wir abhängen, sobald Sie am Boden sind.« Er schiebt die Ladetür auf und brüllt durch den betäubenden Lärm der Rotoren: »Okay, Jungs, auf geht's!«

Alle fünf Politiker versammeln sich an der Tür, um zuzuschauen. Martinez fühlt sein Herz bis zum Hals schlagen, als er hinaustaumelt und sofort fünfzig Meter über dem Boden in der Luft hängt. Er schließt die Augen und spürt, dass er sich dreht, während er hinabgelassen wird.

»Alles in Ordnung, Dr. Martinez?«

»Ja, Mr. Brandt.« Martinez öffnet die Augen und wirft einen Blick auf den Geigerzähler. »Bisher keinerlei Strahlung, nur eine Wahnsinnshitze.«

»Machen Sie sich keine Sorgen, die Anzüge müssten uns schützen.«

»Meinen Sie?« Martinez blickt nach unten. Dichte Schwaden weißen Rauchs steigen zu ihm empor und lassen das Glas seiner Maske beschlagen. Noch drei Meter...

»Achtung! Halt... halt!« Martinez zieht die Knie an die Brust, um seine Füße von der geschmolzenen Oberfläche unter ihm fern zu halten. »Zieht uns höher rauf – höher!«

Die Winde stoppt, als die beiden Männer nur noch wenige Zentimeter über dem kochenden, dreihundertfünfzig Grad heißen Boden hängen, der eine milchig weiße Färbung angenommen hat.

»Sechs Meter höher!«, brüllt Brandt.

Die Winde zieht sie hoch.

»Was ist denn los?«, dröhnt ihnen die Stimme von Caroline Becker in die Ohren.

»Die Oberfläche kocht. Sie ist wie ein dampfender Kessel aus geschmolzenem Gestein und Meerwasser«, berichtet Martinez mit nervöser, schriller Stimme. »Wir führen unsere Tests hier oben durch. Es dauert nur eine Minute.«

Die tiefe Stimme von Taber lässt ihn zusammenzucken. »Irgendwelche Strahlung?«

Martinez blickt auf die Anzeigen. »Nein. Moment mal, da ist Argon-41.«

Brandt blickt zu ihm herüber. »Das ist kein Abfallprodukt von Plutonium.«

»Nein, es ist ein kurzlebiges Nebenprodukt reiner Fusion. Offenbar ist die Gegend von einer neuartigen Fusionswaffe pulverisiert worden.« Martinez hakt sich den Geigerzähler an den Gürtel, um mit einem anderen Gerät die aufsteigenden Gase zu analysieren. »Meine Güte, der Kohlendioxidgehalt ist absolut fantastisch.«

»Das ist verständlich«, sagt Brandt. »Die gesamte Ebene hat aus Kalkstein bestanden, der, wie Sie sicher wissen, eine Menge natürliches Kohlendioxid enthält. Als er verdampft ist, hat sich offenbar eine toxische Wolke CO_2 gebildet. Wir haben eigentlich eine Menge Glück, dass der Südwind sie aufs Meer hinaus geblasen hat statt in Richtung bewohnter Gegenden.«

»Ein hoher Gehalt an Chlorwasserstoff wird ebenfalls angezeigt.«

»Tatsächlich? Das ist seltsam.«

»Ja, Mr. Brandt, die ganze Sache ist sehr seltsam und außerdem ziemlich erschreckend. Zieht uns hoch, ich hab genug gesehen.«

Der Transporthubschrauber landet mit einem fürchterlichen Schlag.

Mick öffnet die Augen und atmet tief ein, um richtig wach zu werden. Er streckt den Kopf aus dem offenen Leichensack und blickt sich um.

Vierundsechzig armeegrüne Kunststoffsäcke mit den sterblichen Überresten der auf der *Scylla* Getöteten liegen aufgereiht im Laderaum. Mick hört das Rasseln von Türen. Er schiebt sich zurück und schließt den Reißverschluss seines Sacks.

Die Türen gehen auf, und Mick erkennt die Stimme des Piloten. »Ich warte im Hangar. Sagen Sie Ihren Leuten, sie sollen vorsichtig mit den Säcken umgehen. *Comprende, amigo?*«

Eine Flut spanischer Worte. Männer beginnen damit, die Leichensäcke auszuladen. Mick verhält sich ganz still.

Mehrere Minuten vergehen. Er hört, wie ein Dieselmotor anspringt und sich entfernt.

Vorsichtig zieht er den Reißverschluss auf, lugt durch die offene Ladetür und sieht die Zugmaschine mit den Gepäckwagen auf einen offenen Hangar zufahren.

Mick schlüpft aus dem Sack, springt aus dem Helikopter und läuft auf das Terminal zu.

AUS DEM TAGEBUCH VON JULIUS GABRIEL

Es war im Herbst 1977, als Maria und ich nach Mittelamerika zurückkehrten. Meine Frau war inzwischen im siebten Monat. Weil wir dringend Mittel brauchten, beschlossen wir, den Großteil unseres Forschungsmaterials den Universitäten Cambridge und Harvard vorzulegen. Alle Informationen, die auf die Anwesenheit humanoider Außerirdischer hindeuteten, ließen wir allerdings sorgsam weg. Beeindruckt von unseren Ergebnissen gewährten die zuständigen Stellen uns beiden Forschungsgelder, mit denen wir weiterarbeiten konnten.

Nachdem wir uns einen großen gebrauchten Wohnwagen besorgt hatten, machten wir uns an die Erforschung der Maya-Ruinen. Unser Ziel war es, die mittelamerikanische Pyramide zu identifizieren, die der Künstler von Nazca in die Wüste gezeichnet hatte. Und wir hofften, eine Möglichkeit zu entdecken, die Menschheit vor der vorausgesagten Vernichtung zu retten.

Trotz unserer düsteren Mission waren die Jahre, die wir in Mexiko verbrachten, glücklich. Das schönste Ereignis war die Geburt unseres Sohnes Michael, der am Weihnachtsmorgen bei Sonnenaufgang im Wartezimmer einer kleinen Arztpraxis in Merida zur Welt kam.

Ich muss zugeben, dass ich starke Bedenken hatte, ein Kind unter so rauen Bedingungen aufzuziehen. Ich hatte Angst, Michaels soziale Entwicklung könnte Schaden nehmen, wenn er isoliert von gleichaltrigen Kindern aufwüchse. Als er gerade fünf geworden war, schlug ich meiner Frau sogar vor, ihn auf ein privates Internat zu schicken. Maria wollte nichts davon hören. Schließlich fügte ich mich in ihre Wünsche, weil mir klar wurde, dass sie die Anwesenheit des Kindes so sehr brauchte wie das Kind die ihre.

Für Michael war Maria mehr als nur seine Mutter. Sie war seine Lehrerin, seine Vertraute, seine beste Freundin – und er war ihr Meisterschüler. Schon als kleiner Junge war leicht zu erkennen, dass er den scharfen Verstand seiner Mutter ebenso besaß wie ihre dunklen Augen und ihren entwaffnenden Blick.

Sieben Jahre lang durchforschten wir drei den dichten Dschungel der Region, der heute zu Mexiko, Belize, Guatemala, Honduras und El Salvador gehört. So, wie andere Väter ihren Söhnen Baseballspielen beibringen, brachte ich meinem Sohn bei, wie man Artefakte ausgräbt. So, wie andere Schüler Fremdsprachen lernen, lernte Michael, die Schriftzeichen der Maya zu entschlüsseln. Gemeinsam erklommen wir die Tempel von Uxmal, Palenque und Tikal, erforschten die Befestigungen von Labna, Churihuhu und Kewik und standen staunend vor dem Kastell in Tulum. Wir durchstreiften Monte Alban, die Hauptstadt der Zapoteken, und die Kultstätten Kaminaljuyu und Copán. Wir krochen in Gräber und tauchten mit Atemgeräten in unterirdische Höhlen. Wir gruben prähistorische Fundamente aus und sprachen mit bejahrten Angehörigen des Maya-Volkes. Schließlich gelang es uns, die als reales Vorbild der Nazca-Pyramide in Frage kommenden Bauten so weit einzuschränken, dass wir uns auf zwei Stätten konzentrieren konnten. Beide hielten wir für wichtige Elemente des Rätsels, das die Weltuntergangsprophezeiung der Maya umgab.

Die eine Stätte war Teotihuacán, eine beeindruckende Toltektensiedlung auf einem zweitausend Meter hohen Plateau im mexikanischen Hochland, knapp fünfzig Kilometer nordöstlich des heutigen Mexico City gelegen. Angeblich etwa zur Zeit von Christi Geburt gegründet, war Teotihuacán die erste ›Großstadt‹ der westlichen Hemisphäre und eine der größten alten Städte überhaupt.

Der Ursprung von Teotihuacán ist ebenso geheimnisvoll wie die Entstehung der Pyramiden von Giseh. Wir haben keine Ahnung, welches Volk die Stadt geplant hat, wie sie erbaut wurde und welche Sprache ihre ursprünglichen Bewohner sprachen. Auch das Entstehungsdatum der Bauten von Teotihuacán ist – wie das der Sphinx und der Pyramiden von Giseh – immer noch umstritten. Selbst die Namen der Stadt und ihrer Pyramiden entstammen der Kultur der Tolteken, die erst Jahrhunderte nachdem die Stadt von ihren ersten Bewohnern verlassen worden war hier siedelten.

Man hat geschätzt, dass es zur Errichtung der Bauten von Teotihuacán eines Heeres von zwanzigtausend Männern bedurft hätte, und zwar über vierzig Jahre hinweg. Doch es war nicht das Geheimnis um den Bau dieser Stadt, das unsere Aufmerksamkeit weckte, sondern ihr Grundriss und dessen offensichtliche Parallelen zur Anordnung der Bauten von Giseh.

Wie schon erläutert, sind die drei Hauptpyramiden von Giseh so angeordnet, dass sie ein Spiegelbild der Sterne im Gürtel des Sternbilds Orion bilden. Der Nil wiederum wurde als Bild des dunklen Bands in der Milchstraße gesehen. Auch in Teotihuacán gibt es drei Pyramiden, die überraschenderweise in einer ähnlich gestuften Anordnung erbaut sind. Ihre Orientierung weicht allerdings um nahezu hundertachtzig Grad von der in Giseh ab. Vom einen Ende der Stadt zum anderen führt die Straße der

Toten, der größte Verkehrsweg des Komplexes. Wie der Nil in Giseh stellte er offenbar das dunkle Band der Milchstraße dar.

In den Mythen der mittelamerikanischen Indianer wird dieses dunkle Band als Xibalba Be bezeichnet, als Schwarze Straße, die zur Unterwelt Xibalba führt. Bei neueren Ausgrabungen hat man in Teotihuacán große Kanäle unterhalb dieser Straße entdeckt, die zum Sammeln von Regenwasser gedacht waren. Das würde darauf hinweisen, dass die Straße der Toten womöglich gar kein Verkehrsweg war, sondern ein gewaltiges Wasserbecken von kosmischer Bedeutung.

Dies sind noch längst nicht alle Parallelen zwischen Giseh und Teotihuacán. Der größte der drei Tempel in der alten mittelamerikanischen Stadt, die so genannte Sonnenpyramide, ist ein präzise ausgeführter rechteckiger Bau, dessen untere Kanten mit insgesamt zweihundertsechsundzwanzig Metern Länge nur vier Meter kürzer sind als die seines ägyptischen Gegenstücks, der Großen Pyramide von

Giseh. Damit ist die Sonnenpyramide der größte von Menschenhand geschaffene Bau der westlichen Hemisphäre, die Große Pyramide der größte Bau der östlichen Hemisphäre. Interessanterweise ist die Sonnenpyramide nach Westen ausgerichtet und die Große Pyramide nach Osten. Aufgrund dieser Tatsache kam Maria zu der Vermutung, dass die beiden gewaltigen Bauten gewissermaßen als planetare Buchstützen fungierten.

Die genauen Maße der Großen Pyramide und der Sonnenpyramide weisen eindeutig darauf hin, dass die Architekten beider Stätten ein fortgeschrittenes mathematisches und geometrisches Wissen besaßen. Auch über den Wert der Zahl Pi wussten sie Bescheid. Die Kantenlänge der Sonnenpyramide entspricht ihrer Höhe, multipliziert mit 2 Pi, die der Großen Pyramide deren doppelter Höhe, multipliziert mit 4 Pi.

Ein Hinweis darauf, wer Teotihuacán entworfen hat, könnte sich im kleinsten der drei großen Tempel befinden, der Pyramide von Quetzalcoatl. Sie befindet sich innerhalb einer riesigen, rechteckigen Befestigung, der man den Namen Ciudadela (Zitadelle) gegeben hat und die hunderttausend Menschen aufnehmen konnte. Die Quetzalcoatl-Pyramide ist der am reichsten verzierte Bau von Teotihuacán. Unter den unzähligen Skulpturen und mit Reliefs geschmückten Fassaden hebt sich ein Motiv besonders ab: eine bedrohliche gefiederte Schlange.

Bei den Tolteken und Azteken war die gefiederte Schlange ein Symbol für jenen großen Weisen mit europäischen Gesichtszügen, den sie Quetzalcoatl nannten.

Erneut gab die Anwesenheit eines geheimnisvollen bärtigen Lehrers unserer Reise in die Vergangenheit ein neues Ziel.

Als die Tolteken und ihr Führer Teotihuacán aufgegeben hatten, wanderten sie nach Osten und ließen sich in der Maya-Stadt Chichén Itzá nieder. Hier verschmolzen die beiden Kulturen wieder und brachten den großartigsten und rätselhaftesten Bau des Altertums hervor, die Kukulkan-Pyramide.

Damals wusste ich es noch nicht, doch es war Chichén Itzá, wo wir auf eine Entdeckung stoßen sollten, die nicht nur das Schicksal meiner Familie von Grund auf verändern, sondern uns dazu verdammen würde, unsere Reise ewig fortzusetzen.

Auszug aus dem Tagebuch von Prof. Julius Gabriel

Vgl. Katalog 1977–81, Seite 12–349
Fotojournal Diskette 5, Datei: MEXIKO, Luftaufnahme 176

19

4. Dezember 2012
An Bord der USS Boone
Golf von Mexiko

Außenminister Pierre Borgia steigt aus dem Hubschrauber und wird von Kapitän Edmund Loos willkommen geheißen. »Guten Morgen, Herr Minister. Wie war der Flug?«

»Miserabel. Ist der Psychiater aus Miami schon angekommen?«

»Vor etwa zwanzig Minuten. Er erwartet Sie in meinem Besprechungszimmer.«

»Gibt's etwas Neues von Gabriel?«

»Wir sind immer noch nicht sicher, wie es ihm gelungen ist, aus seiner Zelle zu entkommen. Er hat am Schloss herumgefummelt, aber offenbar ohne Erfolg. Daher vermuten wir, dass jemand ihn befreit hat.«

»War es seine Begleiterin?«

»Nein, Sir. Die hat eine Gehirnerschütterung erlitten und lag bewusstlos im Lazarett. Die Untersuchung des Vorfalls ist noch nicht abgeschlossen.«

»Und wie hat er es geschafft, das Schiff zu verlassen?«

»Wahrscheinlich hat er sich in einen Hubschrauber

geschlichen. Die sind den ganzen Tag hin und her geflogen.«

Borgia wirft dem Kapitän einen kühlen Blick zu. »Ich hoffe, Sie führen Ihr Schiff nicht so, wie Sie Ihre Gefangenen bewachen, Herr Kapitän.«

Loos erwidert den Blick. »Wir sind keine Babysitter, Herr Minister, und ich bezweifle, dass einer meiner Männer eine Zukunft im Gefängnis riskieren würde, um diesen Spinner zu befreien.«

»Wer hätte ihn denn sonst rauslassen können?«

»Keine Ahnung. An Bord sind mehrere Forschungsteams und täglich kommen mehr. Vielleicht war es einer der Wissenschaftler oder sogar einer der Begleiter des Vizepräsidenten.«

Borgia hebt die Augenbrauen.

»Wie schon gesagt, die Untersuchung des Vorfalls ist noch nicht abgeschlossen. Außerdem haben wir die mexikanische Polizei von Gabriels Flucht unterrichtet.«

»Die findet ihn nie. Gabriel hat zu viele Freunde in Yukatan. Was ist mit der jungen Frau? Was weiß die über das außerirdische Objekt?«

»Sie behauptet, sie könne sich nur daran erinnern, wie ihr Mini-U-Boot in einen Tunnel gesaugt wurde. Einer unserer Geologen hat sie davon überzeugt, dass ihr Fahrzeug in die Strömung einer Lavaröhre geraten ist.« Loos grinst. »Angeblich ist ein schlafender unterirdischer Vulkan wieder tätig geworden. Das Leuchten hat man ihr mit einem unterirdischen Lavastrom erklärt, den man durch das Loch im Meeresboden sehen könne. Man hat ihr sogar ein paar retuschierte Satellitenaufnahmen des Strudels gezeigt und behauptet, die Strömung sei durch den Zusammenbruch von Höhlen unterhalb des Meeresbodens entstanden. Inzwischen ist sie davon überzeugt, dass das der Grund für den Untergang des Bootes war, in dem ihr Vater mit seinen zwei Freunden zu Tode gekommen ist.«

»Wo ist sie jetzt?«

»Im Lazarett.«

»Ich will erst mal ein paar Minuten unter vier Augen mit dem Psychiater sprechen, aber dann schicken Sie sie mir mal rein. Lassen Sie ihr das hier in den Saum eines Kleidungsstücks nähen, während wir uns mit ihr unterhalten.« Borgia gibt Loos ein Metallobjekt von der Größe einer Uhrenbatterie.

»Ist das ein Sender?«

»Ein Geschenk vom Geheimdienst. Ach, Herr Kapitän – wenn Sie mir die junge Dame bringen, dann bitte in Handschellen.«

Zwei bewaffnete Matrosen führen die völlig verunsicherte Dominique in Handschellen durch mehrere enge Gänge und dann drei Treppen hoch zu einer Tür. Einer der Männer klopft, öffnet die Tür und führt sie hinein.

Dominique betritt das kleine Besprechungszimmer. »O Gott…«

Anthony Foletta blickt vom Konferenztisch auf und lächelt. »Ms. Vazquez, kommen Sie nur rein.« Die Reibeisenstimme hat einen väterlichen Ton. »Herr Minister, sind die Handschellen wirklich nötig?«

Der Mann mit der Augenklappe schließt hinter ihr die Tür, dann nimmt er gegenüber Foletta am Tisch Platz. »Leider ja, Dr. Foletta. Ms. Vazquez hat einem gefährlichen Verbrecher zur Flucht verholfen.« Er fordert sie mit einem Wink auf, sich zu setzen. »Sie wissen, wer ich bin?«

»Pierre Borgia. Ich… man hat mir schon vor drei Tagen gesagt, dass Sie kommen.«

»Nun ja, es gab einen kleinen Vorfall in Australien, der Vorrang hatte.«

»Sind Sie hier, um mich festnehmen zu lassen?«

»Das hängt ganz von Ihnen selbst ab.«

»Wir sind nicht an Ihnen interessiert, Dominique«, ergänzt Foletta, »sondern an Mick. Sie wissen doch, wo er ist, nicht wahr?«

»Wie sollte ich? Er ist geflohen, während ich bewusstlos war.«

»Hübsch ist sie schon, was, Doktor?« Borgias stierer Blick treibt ihr Schweißperlen auf die Oberlippe. »Kein Wunder, dass Gabriel Gefallen an Ihnen gefunden hat. Sagen Sie mal, Ms. Vazquez, was hat Sie dazu gebracht, ihm zur Flucht aus der Anstalt zu verhelfen?«

Foletta mischt sich ein, bevor sie antworten kann. »Sie war verwirrt, Herr Minister. Sie wissen doch, wie clever Gabriel sein kann. Er hat das Kindheitstrauma von Ms. Vazquez dazu benutzt, sie dazu zu bringen, ihm zu helfen.«

»Das stimmt nicht ganz«, sagt Dominique, der es schwer fällt, nicht ständig auf Borgias Augenklappe zu starren. »Mick hat gewusst, dass irgendwas hier in der Gegend nicht in Ordnung ist. Auch von diesem Radiosignal aus dem Weltraum hatte er Kenntnis...«

Foletta legt ihr seine schweißige Pranke auf den Unterarm. »Ms. Vazquez, Sie müssen der Realität ins Auge blicken. Mick Gabriel hat Sie benutzt. Von dem Moment an, in dem er Sie zu ersten Mal gesehen hat, hat er seine Flucht geplant.«

»Nein, das glaube ich einfach nicht.«

»Vielleicht wollen Sie es nur nicht glauben«, sagt Borgia. »Tatsache ist, dass Ihr Vater noch am Leben wäre, wenn Gabriel Sie nicht angestiftet hätte, ihm zu helfen.«

In Dominiques Augen steigen Tränen.

Borgia entnimmt seiner Aktentasche einen Ordner, den er eine Weile studiert. »Isadore Axler, wohnhaft auf Sanibel Island, Biologe. Offenbar hatte er in Fachkreisen einen ausgezeichneten Ruf. Er war nicht Ihr wirklicher Vater, nicht wahr?«

»Er war der einzige Vater, den ich je gekannt habe.«

Borgia blättert weiter in der Akte. »Ach, da kommt sie

ja: Edith Axler. Wissen Sie, dass ich sie kennen gelernt habe? Eine großartige Frau.«

Dominique spürt, wie es ihr unter dem Jogginganzug aus Navy-Beständen kalt über den Rücken läuft. »Sie haben mit Edie gesprochen?«

»Nur, um sie anschließend festnehmen zu lassen.«

Dominique springt auf. »Edie hatte nicht das Geringste mit Micks Flucht zu tun! Ich alleine bin verantwortlich. Ich hab alles arrangiert...«

»Ich habe keinerlei Interesse an einem Geständnis, Ms. Vazquez. Es geht mir nur um Michael Gabriel. Wenn ich ihn nicht erwische, lasse ich Sie und Ihre Mutter einfach ein paar Jahre einsperren. Was Ms. Axler betrifft, ist es natürlich gut möglich, dass sie die Strafe nicht ganz absitzen kann. Schließlich ist sie nicht mehr die Jüngste, und der Tod ihres Gatten hat sie deutlich mitgenommen.«

Dominiques Herz schlägt wie wild. »Ich hab Ihnen doch gesagt, ich weiß nicht, wo er ist.«

»Wie Sie meinen.« Borgia erhebt sich und geht zur Tür.

»Augenblick, lassen Sie mich mal mit ihr reden«, sagt Foletta. »Nur fünf Minuten.«

Borgia blickt auf seine Armbanduhr. »Fünf Minuten.« Er verlässt die Kabine.

Dominiques Kopf sinkt auf den Tisch. Sie zittert am ganzen Körper. Ihre Tränen tropfen auf die Metallplatte. »Warum ist das alles nur geschehen?«

»Schhhh.« Foletta streicht ihr übers Haar und senkt seine Stimme zu einem besänftigenden Flüstern. »Dominique, Borgia will Sie und Ihre Mutter gar nicht einsperren. Er hat einfach Angst.«

Sie hebt den Kopf. »Wovor denn?«

»Vor Mick. Er weiß, dass Mick sich rächen will und nichts unversucht lassen wird, ihn umzubringen.«

»Das würde Mick nie tun...«

»Oh doch. Borgia kennt ihn wesentlich besser als Sie oder ich. Die beiden haben schon sehr lange miteinander zu tun. Wussten Sie, das Borgia mit Micks Mutter verlobt war? Julius Gabriel hat die Braut am Vorabend der Hochzeit entführt. Das hat eine Menge böses Blut zwischen ihm und Borgia gegeben.«

»Mick hat kein Interesse an Rache. Was ihm Sorgen macht, ist diese alte Maya-Prophezeiung.«

»Mick ist clever. Sein wahres Motiv wird er weder Ihnen noch irgendjemand anders je verraten. Meiner Meinung nach versteckt er sich in Yukatan. Seine Eltern hatten eine Menge Freunde dort, die ihm helfen können. Er wird eine Weile Versteck spielen, und dann wird er versuchen, Borgia umzubringen, wahrscheinlich während eines öffentlichen Auftritts. Überlegen Sie doch mal, Dominique – glauben Sie wirklich, der Außenminister der Vereinigten Staaten würde die lange Reise hierher unternehmen, nur um mit Ihnen zu sprechen, wenn er keine Angst hätte? In ein paar Jahren wird er als Präsidentschaftskandidat antreten, und dann will er sich keine Sorgen um einen paranoiden Schizophrenen mit einem IQ von hundertsechzig machen, der vorhat, ihn zu ermorden.«

Dominique wischt sich die Augen. *Ist das wahr? Hat Mick die apokalyptischen Ideen seiner Eltern tatsächlich dazu benutzt, um mich zu ködern?* »Nehmen wir mal an, ich glaube Ihnen. Was würden Sie mir dann raten?«

Foletta zwinkert ihr zu. »Lassen Sie mich Ihnen dabei helfen, eine Handel mit Borgia zu machen. Volle Immunität vor Strafverfolgung für Sie und Ihre Mutter, wenn Sie den Behörden helfen, Mick zu finden.«

»Das letzte Mal, als ich einen Handel mit Ihnen eingegangen bin, haben Sie mich angelogen. Sie hatten nie die Absicht, Mick neu zu beurteilen oder ihm die Behandlung zu verschaffen, die er braucht. Warum sollte ich Ihnen da jetzt Glauben schenken?«

Foletta springt auf. »Ich habe nicht gelogen!«, brüllt er. »Die Stelle in Tampa hatte ich offiziell noch gar nicht, und jeder, der was anderes behauptet, lügt, verdammt noch mal!« Er wischt sich den Schweiß von der Stirn, dann fährt er sich durch seine graue Mähne. Sein rundes Gesicht ist puterrot. »Dominique, ich bin hier, um Ihnen zu helfen. Wenn Sie meine Hilfe nicht wollen, sollten Sie sich rasch einen guten Anwalt besorgen.«

»Ich will Ihre Hilfe, Dr. Foletta, ich weiß bloß nicht, ob ich Ihnen trauen kann.«

»Die Immunität würde Borgia veranlassen, nicht ich. Was ich Ihnen anbiete, ist eine Rückkehr in Ihr altes Leben.«

»Was soll das heißen?«

»Ich habe schon mit Ihrer Betreuerin an der Universität gesprochen, und ich biete Ihnen ein Praktikum an meiner neuen Anstalt in Tampa an, ganz in der Nähe Ihrer Mutter. Sie sollen Micks Therapeutenteam leiten. Nach Ihrem Studienabschluss können Sie mit einer Festanstellung und sämtlichen Vergünstigungen rechnen.«

Das Angebot lässt sie vor Erleichterung in Tränen ausbrechen. »Warum machen Sie das?«

»Weil ich mich schuldig fühle. Ich hätte Ihnen Mick nie anvertrauen sollen. Irgendwann werden Sie einmal eine sehr gute Therapeutin werden, aber einem so gerissenen Patienten wie Mick Gabriel waren Sie einfach noch nicht gewachsen. Der Tod Ihres Vaters und das, was Sie und Ihre Mutter durchgemacht haben – das war alles meine Schuld. Eigentlich war mir das schon klar, aber trotzdem bin ich das Risiko eingegangen. Ich habe in Ihnen eine starke Frau gesehen, die gut in mein Team passte, aber ich hab Ihnen zu viel zugemutet. Es tut mir Leid, Dominique. Geben Sie mir die Chance, das wieder gutzumachen.«

Er streckt ihr seine Pranke entgegen.

Dominique starrt sie lange an, dann ergreift sie die dargebotene Hand.

6. Dezember 2012
Washington, D.C.

Vizepräsident Ennis Chaney blickt von dem Bericht auf, den er liest, um die für die nationale Sicherheit zuständigen Mitarbeiter des Präsidenten zu begrüßen, während diese nacheinander den Raum betreten und sich um den ovalen Konferenztisch setzen. Ein halbes Dutzend militärische und wissenschaftliche Berater folgen und lassen sich auf den an der Wand aufgestellten Stühlen nieder.

Chaney klappt die Akte zu, als der Präsident eintritt, gefolgt vom Außenminister. Borgia geht an seinem Sessel vorbei direkt zu Chaney. »Wir müssen uns mal unterhalten.«

»Herr Minister, könnten wir wohl anfangen?«

»Ja, Herr Präsident.« Borgia nimmt seinen Platz ein, nicht ohne Chaney einen bedrückten Blick zuzuwerfen.

Präsident Maller reibt sich die blutunterlaufenen Augen, dann liest er ein Fax vor. »Heute Nachmittag wird der Sicherheitsrat der Vereinten Nationen eine Erklärung abgeben, in der die Erprobung reiner Fusionswaffen angeprangert wird, weil diese dem de facto existenten Atomteststopp und den Bemühungen zuwiderlaufen, die globale Verbreitung von Atomwaffen zu verhindern und eine atomare Abrüstung zu erreichen. Außerdem fordert der Sicherheitsrat die sofortige Ratifizierung eines neuen Abkommens, das auch die reine Fusionstechnik einschließt.«

Maller nimmt einen Bericht vom Tisch, auf dem in großen Lettern ›UMBRA‹ steht, ein Codewort zur Bezeichnung von Dokumenten, für die die Klassifikation ›streng geheim‹ nicht ausreicht. »Ich nehme an, dass alle hier im Raum diesen Bericht gelesen haben. Den Verfasser Dr. Brae Roodhof, den Leiter des Atomtestzentrums in Livermore, Kalifornien, habe ich heute Morgen zu uns gebeten, da es bestimmt allerhand Fragen zu beantworten gibt. Dr. Roodhof?«

Der Angesprochene ist Anfang fünfzig, groß, grauhaarig, mit einem gebräunten, vom Wetter gegerbten Gesicht und einer ruhigen Ausstrahlung. »Herr Präsident, meine Damen und Herren, ich möchte gleich zu Anfang nachdrücklich darauf hinweisen, dass es nicht die Vereinigten Staaten waren, die diese reine Fusionsbombe gezündet haben.«

Ennis Chaney ist flau im Magen, seit er das geheime Dokument studiert hat. Mit funkelnden Augen fixiert er den Kernphysiker. »Dr. Roodhof, ich würde Sie gern etwas fragen, doch im Grunde ist diese Frage an alle hier gerichtet.« Der Tonfall seiner Stimme lässt die Anwesenden erstarren. »Was ich wissen will, ist Folgendes: Weshalb haben die Vereinigten Staaten von Amerika überhaupt damit begonnen, eine derart selbstmörderische Waffe zu entwickeln?«

Roodhof blickt sich nervös um. »Sir, ich... ich bin lediglich der Projektleiter. Es ist nicht meine Aufgabe, über die amerikanische Politik zu entscheiden. Es war die Regierung dieses Landes, die nach 1990 Mittel für die militärische Erforschung reiner Kernfusion bereitgestellt hat, und es war das Militär, das Druck auf uns ausgeübt hat, solche Bomben zu entwickeln und zu bauen...«

»Wir wollen doch nicht mit dem Finger aufeinander zeigen, Herr Vizepräsident«, mischt sich General Fecondo ein. »Die Realität war so, dass andere Länder sich mit dieser Technologie beschäftigt haben, weshalb wir gezwungen waren, mitzumachen. Im französischen Forschungszentrum ›Laser Megajoule‹ bei Bordeaux experimentiert man schon seit Anfang 1998 mit reiner Fusion.

Die Briten und Japaner erforschen seit Jahren die Möglichkeiten nicht explosiver magnetischer Fusion. Jedes dieser Länder wäre rein theoretisch in der Lage gewesen, den Sprung zur Erzeugung einer thermonuklearen Fusionswaffe zu schaffen, zu deren Zündung keine Kernspaltung mehr nötig ist.«

Chaney dreht sich zu dem General um. »Weshalb glaubt dann offenbar der Rest der Welt – darunter auch viele Wissenschaftler unseres eigenen Landes –, dass wir für die Explosion in Australien verantwortlich sind?«

»Weil man unter Fachleuten der Meinung war, unsere Forschungen seien am weitesten fortgeschritten«, erwidert Roodhof. »Erst kürzlich hat das Institut für Energie- und Umweltforschung einen Bericht veröffentlicht, in dem es heißt, die Vereinigten Staaten seien in zwei Jahren in der Lage, eine reine Fusionswaffe zu testen.«

»Stimmt das?«

»Ennis...«

»Nein, tut mir Leid, Herr Präsident, das muss ich wissen.«

»Herr Vizepräsident, das ist nicht der Zeitpunkt, um...«

Ohne auf Maller zu achten, blickt Chaney Roodhof drohend an. »Wann wären wir so weit?«

Der Wissenschaftler wendet den Blick ab. »In vierzehn Monaten.«

Im ganzen Raum entwickeln sich erregte Zwiegespräche. Borgia lächelt vor sich hin, als er die wütende Miene des Präsidenten sieht. *Weiter so, Chaney, mach dich nur unbeliebt.*

Ennis Chaney lehnt sich müde zurück. Nun kämpft er nicht mehr gegen Windmühlen, sondern gegen einen globalen Wahnsinn.

Präsident Maller schlägt mit der flachen Hand auf die Tischplatte, um die Ordnung wiederherzustellen. »Das reicht! Mr. Chaney, das ist weder die Zeit noch der Ort für eine allgemeine Debatte über meine Politik oder die meiner Vorgänger. Die Situation ist die, dass eine andere Regierung eine dieser Waffen gezündet hat. Ich will wissen, wer das war und ob der Zeitpunkt der Explosion irgendetwas mit dem Aufmarsch der Iraner entlang der Straße von Hormus zu tun hat.«

CIA-Direktor Patrick Hurley reagiert als Erster. »Sir, es könnten die Russen gewesen sein. Die Fusionsexperimente in Los Alamos haben wir damals gemeinsam mit russischen Forschern durchgeführt.«

Roodhof schüttelt den Kopf. »Nein, das glaube ich nicht. Die Russen haben die Sache aufgegeben, als ihre Wirtschaft zusammengebrochen ist. Meiner Meinung nach stecken die Franzosen dahinter.«

General Mike Costolo, Befehlshaber der Marineinfanterie, hebt seine fleischige Hand. »Dr. Roodhof, wenn ich richtig verstanden habe, erzeugen diese reinen Fusionswaffen nur sehr wenig Strahlung. Stimmt das?«

»Ja, Sir.«

»Worauf wollen Sie hinaus, Herr General?«, fragt Dick Przystas.

Costolo wendet sich dem Verteidigungsminister zu. »Einer der Gründe, weshalb Ihr Ministerium überhaupt auf die Entwicklung solcher Waffen gedrängt hat, war die Erkenntnis, dass Russland und China den Iran mit Atomwaffen versorgen. Sollte im Persischen Golf ein Atomkrieg ausbrechen, würden reine Fusionswaffen ihrem Besitzer nicht nur einen taktischen Vorteil verschaffen – aufgrund der fehlenden Strahlung könnte auch die Ölförderung ungehindert weitergehen. Meiner Meinung nach ist es ganz egal, ob es die Franzosen oder die Russen waren, denen die Entwicklung der Waffe zuerst gelungen ist; es kommt lediglich darauf an, ob die Iraner sie besitzen. Ist das der Fall, verändert schon die dadurch entstehende Bedrohung die Machtverhältnisse im Mittleren Osten. Lässt der Iran auch nur eine dieser

Bomben im Persischen Golf detonieren, wären Saudi-Arabien, Kuwait, Bahrain, Ägypten und die anderen gemäßigten arabischen Staaten gezwungen, sich vom Westen abzuwenden.«

Borgia nickt zustimmend. »Die Saudis zögern noch immer, uns den Zugang zu unseren Waffendepots in ihrem Land zu garantieren. Offenbar trauen sie uns nicht mehr zu, die Straße von Hormus offen zu halten.«

»Wo stehen die Flugzeugträger?«, fragt der Präsident Admiral Jeffrey Gordon.

»Als Vorbereitung auf die angekündigten Manöver verschiedener asiatischer Staaten haben wir die *Harry S. Truman* und ihr Geschwader ins Rote Meer geschickt. Auch die *Ronald Reagan* müsste in drei Tagen im Golf von Oman eintreffen, während die *William J. Clinton* im Indischen Ozean patrouillieren wird. Damit übermitteln wir dem Iran die simple Botschaft, dass wir es nicht zulassen werden, wenn man versucht, die Straße von Hormus zu sperren.«

»Nur nebenbei, Herr Präsident«, bemerkt Chaney. »Der Botschafter Frankreichs bestreitet nachdrücklich, dass sein Land für diese Explosion verantwortlich ist.«

»Was haben Sie erwartet?«, mischt Borgia sich ein. »Schauen Sie doch mal hinter die Ausflüchte. Der Iran schuldet Frankreich mehrere Milliarden Dollar und wird trotzdem von den Franzosen unterstützt, ebenso wie von Russland und China. Außerdem möchte ich darauf hinweisen, dass auch Australien zu den Ländern gehört, die dem Iran weiterhin verbilligte Kredite gewähren. Mit solchen Krediten haben die Iraner ihr Arsenal an nuklearen, chemischen und biologischen Waffen überhaupt erst aufbauen können. Halten Sie es denn ernsthaft für einen bloßen Zufall, dass die Waffe ausgerechnet auf der Nullarbor Plain erprobt wurde?«

»Jetzt zeigen Sie mal nicht mit dem Finger auf die Australier«, wirft Sam Blumner ein, der Wirtschaftsberater des Präsidenten. »Sie werden sich wohl noch daran erinnern, dass es die amerikanischen Kredite an den Irak waren, mit deren Hilfe Saddam Hussein in Kuwait eingefallen ist.«

»Richtig«, sagt der Präsident. »Übrigens habe ich ausführlich mit dem australischen Premierminister gesprochen. Die beiden großen Parteien seines Landes bilden eine geschlossene Front und bezeichnen den Vorfall als kriegerische Handlung. Ich zweifle stark daran, dass sie einen solchen Test geduldet hätten.«

General Fecondo reibt sich mit beiden Handflächen die gebräunte Stirn. »Herr Präsident, die Tatsache, dass diese reinen Fusionswaffen existieren, ändert gar nichts an der Gesamtsituation. Eine Waffe zu erproben und sie bei einer kriegerischen Auseinandersetzung zu benutzen, ist zweierlei. Kein Land wird die Vereinigten Staaten zu einem nuklearen Kräftemessen herausfordern.«

Costolo blickt den Chef des Vereinigten Generalstabs an. »Was meinen Sie, Herr General: Wenn wir einen Marschflugkörper hätten, mit dem wir sämtliche Raketenstellungen an der iranischen Küste vernichten könnten, würden wir ihn dann nicht vielleicht doch einsetzen?«

Dick Przystas hebt die Augenbrauen.

»Ein verführerischer Gedanke, nicht wahr? Ich frage mich, ob die Iraner nicht ebenso geneigt sind, die *Ronald Reagan* und ihre Begleitschiffe aus dem Weg zu räumen.«

»Ich sage Ihnen mal, was ich denke«, meldet sich der hoch aufgeschossene Generalstabschef der Marine. »Ich interpretiere diesen Vorfall als eine Art Schuss vor den Bug. Die Russen teilen uns dadurch mit, dass sie reine Fusionswaffen besitzen, weil sie hoffen, dass ihre kleine Demonstration uns dazu bringen wird, den Ausbau des Raketenabwehrschilds abzubrechen.«

»Und dass können wir nicht tun«, stellt Przystas fest. »Die Zahl der Schurkenstaaten, die über nukleare und biologische Waffen verfügen, hat sich in den vergangenen fünf Jahren verdoppelt…«

»Wenn wir weiterhin immer mehr Geld für die Entwicklung von Atomwaffen ausgeben«, unterbricht ihn Chaney, »vermitteln wir der übrigen Welt die eindeutige Botschaft, dass die Vereinigten Staaten weniger an Abrüstung interessiert sind als daran, auch künftig in der Lage zu einem atomaren Erstschlag zu sein. Die Welt steuert direkt auf einen Atomkrieg zu. Das wissen die anderen ebenso gut wie wir, aber trotzdem sind wir alle viel zu sehr damit beschäftigt, uns gegenseitig die Schuld zu geben, als dass wir es schaffen könnten, den Kurs zu ändern. Wir benehmen uns alle wie ein Haufen Idioten, der blind und taub in eine tödliche Falle tappt.«

Als die Besprechung zu Ende ist, wird Ennis Chaney auf dem Flur von Borgia erwartet. »Ich muss mich kurz mit Ihnen unterhalten.«

»Bitte.«

»Ich habe mit dem Kapitän der *Boone* gesprochen.«

»Und?«

»Sagen Sie mal, Chaney, welchen Grund könnte der Vizepräsident der Vereinigten Staaten wohl haben, einem entflohenen Verbrecher zur Flucht zu verhelfen?«

»Ich weiß wirklich nicht, wovon Sie reden.«

»So was kann eine politische Karriere sehr rasch ruinieren.«

Die schwarzen Augen bohren sich in die Borgias. »Wenn Sie mir etwas vorwerfen wollen, tun Sie es doch. Überhaupt – wie wäre es, wenn wir beide alles offen auf den Tisch legen und schauen, wer nachher besser dasteht?«

Borgia verzieht den Mund zu einem nervösen Grinsen. »Nur mit der Ruhe, Ennis. Schließlich will ich Sie nicht vor Gericht bringen. Ich bin nur daran interessiert, dass Gabriel wieder dahin kommt, wo er hingehört: in eine psychiatrische Anstalt.«

Chaney schiebt sich an dem Außenminister vorbei und unterdrückt ein Lachen. »Na schön, Pierre, ich werde fleißig Ausschau nach ihm halten.«

7. Dezember 2012
Golf von Mexiko

4.27 Uhr Das penetrante Läuten weckt Edmund Loos aus dem Tiefschlaf. Er tastet nach dem Hörer und räuspert sich. »Hier ist der Käpt'n. Was gibt's?«

»Tut mir Leid, dass ich Sie geweckt hab, Sir. Wir haben eine Aktivität am Meeresboden wahrgenommen.«

»Bin schon unterwegs.«

Als der Kapitän die Kommandozentrale betritt, ist das Meer bereits aufgewühlt. »Meldung, Mr. Broad.«

Der Erste Offizier deutet auf einen von innen beleuchteten Tisch, der in Echtzeit ein würfelförmiges, dreidimensionales Bild des Meeres und des Meeresbodens mitten in die Luft projiziert. Der untere Teil der gespenstischen Holografie stellt den mit Schiefer durchsetzten Kalksteinboden dar, in dem das ovale außerirdische Objekt vergraben liegt. Man hat es mit leuchtendem Orange markiert. Ein smaragdgrüner Energiekreis lodert auf seiner Oberfläche und lässt einen Lichtstrahl wie durch eine vertikale Röhre vom Meeresboden aufsteigen. Auf der Wasseroberfläche schwebt das Bild der *Boone*.

Gebannt beobachten die beiden Offiziere, wie der grüne Strahl sich offenbar verbreitert, während sich ein Strudel bildet. Innerhalb weniger Sekunden zieht sich die kreisende Strömung zu einem mächtigen Trichter zusammen, der von dem Loch im Meeresgrund bis zur

Wasseroberfläche reicht. »Mein Gott, das sieht aus, als würde sich ein Tornado bilden«, flüstert Loos. »Es ist genau, wie Gabriel gesagt hat.«

»Verzeihung, Sir?«

»Nichts. Halten Sie uns in sicherer Entfernung von diesem Strudel. Lassen Sie mich mit der Luftüberwachung verbinden und schicken Sie dann einen *Seasprite* los. Wenn irgendwas aus der Röhre kommt, will ich es wissen.«

»Aye, Sir.«

Seinen Helm in der Hand, hetzt Oberleutnant Jonathan Evans übers Achterdeck. Die restliche Mannschaft ist bereits an Bord des für die U-Boot-Jagd ausgerüsteten Helikopters. Schnaufend steigt der Pilot ins Cockpit des *Seasprite* und schnallt sich an.

Evans wirft einen Seitenblick auf seinen Kopiloten, während er mühsam nach Luft ringt. »Das verfluchte Rauchen bringt mich noch um.«

»Wie wär's mit einem Schluck Kaffee?«

»Danke, Junge.« Evans nimmt den Styroporbecher. »Vor drei Minuten hab ich noch in der warmen Koje gelegen und von Michelle geträumt, als mich plötzlich der Erste Offizier angebrüllt hat, warum ich noch nicht in der Luft bin.«

»Die Navy ist ein echtes Abenteuer.«

Evans zieht den Steuerknüppel zurück. Der Hubschrauber erhebt sich von seinem Landeplatz, wendet sich nach Süden und steigt auf eine Höhe von knapp hundert Metern. Direkt über dem kreisenden smaragdgrünen Strudel verharrt der Pilot.

»Wahnsinn...« Evans und seine Leute starren auf den wachsenden Mahlstrom, gebannt von seiner Schönheit und erschrocken über seine Stärke. Der ungeheure Wirbel weckt Erinnerungen an die fantastischen Szenen von Homers *Odyssee*; seine Wände vibrieren mit der Kraft des Niagarafalls. Von oben gesehen, ähnelt das funkelnde smaragdgrüne Auge des Strudels im dunklen Wasser einer leuchtenden Galaxie, deren Sternhaufen heller werden, während sich das Maul des Trichters immer weiter öffnet.

»Mein Gott. Wenn ich bloß meine Kamera dabei hätte.«

»Keine Angst, Herr Oberleutnant, wir machen schon genügend Bilder.«

»Ich rede nicht von Infrarotaufnahmen. Ich will ein echtes Foto, das ich nach Hause mailen kann.«

Unter den Blicken der Hubschrauberbesatzung verschwindet plötzlich das Wasser aus dem Zentrum des Strudels. Eine blendende Lichtkugel wird sichtbar, die wie eine smaragdene Sonne aus dem geborstenen Meeresboden strahlt.

»Schützt eure Augen!«

»Herr Oberleutnant, zwei Objekte steigen aus dem Trichter!«

»Was?« Evans dreht sich nach dem Mann am Radar um. »Wie groß?«

»Riesig. Doppelt so groß wie wir.«

Noch während der Pilot den Steuerknüppel zurückreißt, erheben sich zwei dunkle, geflügelte Objekte aus dem Trichter. Die gesichtslosen mechanischen Wesen fliegen an beiden Seiten der Seasprite vorbei. Evans erkennt eine leuchtend bernsteinfarbene Scheibe. Der Steuerknüppel in seiner Hand fühlt sich plötzlich leblos an.

»Ach, du Scheiße, wir haben keinen Saft mehr ...«

»Maschinen außer Betrieb, Herr Oberleutnant! Alle Instrumente tot!«

Evans spürt, wie sich sein Magen umstülpt, als der Hubschrauber aufs Meer hinabstürzt und mit einem fürchterlichen Stoß an die Wand des Strudels prallt. Die Rotorblätter werden abgerissen; die Scheiben des Cockpits zersplittern. Der Hubschrauber wird in der vertikalen Wassersäule herumgeschleudert wie in einem Mixer.

Evans wird von der Fliehkraft seitlich in seinen Sitz gepresst; das grauenvolle Brausen in seinen Ohren erstickt seine Schreie.

Alles um ihn herum dreht sich, als der Trichter den *Seasprite* endgültig verschlingt.

Das Letzte, was Oberleutnant Jonathan Evans wahrnimmt, ist das seltsame Gefühl, mit dem seine Wirbel unter einer erstickenden Umarmung zerbersten. Es ist, als werde sein Körper in einem riesigen Müllverdichter zerquetscht.

8. Dezember 2012
Nationalpark Gunung Mulu
Sarawak, Malaysia

5.32 Uhr Ortszeit (13 Stunden später)

Sarawak an der Nordwestküste von Borneo ist der größte Staat der malaysischen Föderation. Gunung Mulu, der bedeutendste Nationalpark des Staates, umfasst eine Fläche von neunhundert Quadratkilometern und wird von drei Bergen beherrscht, dem Gunung Mulu, dem Gunung Benarat und dem Gunung Api.

Der Gunung Api besteht aus Kalkstein, der die geologische Beschaffenheit von Sarawak, des gesamten Südens von Indonesien und von Neuguinea prägt. Die Verwitterung des Gesteins durch das leicht saure Regenwasser hat bemerkenswerte Felsgebilde und unterirdische Höhlen entstehen lassen.

Auf halber Höhe des Api ragt ein Wald aus rasiermesserscharfen, silbergrauen Kalksteinstelen auf, der aussieht wie ein Feld gezackter Stalagmiten. Einige erheben sich mehr als vierzig Meter über den Regenwald. Unter der Oberfläche haben unterirdische Flüsse ein Labyrinth geschaffen, das mit einer Gesamtlänge von über sechshundert Kilometern das größte Höhlensystem der Welt bildet.

Wade Tokumine, Student an der Universität von Honolulu, erforscht schon seit drei Monaten die Höhlen von Sarawak. Er sammelt Informationen für seine Magisterarbeit, die sich mit der Stabilität unterirdischer Karstformationen beschäftigt. Karst entsteht durch die chemische Verwitterung von Kalkstein, der mindestens achtzig Prozent Kalziumkarbonat enthält. Das unterirdische Labyrinth der Insel besteht vollständig aus solchem Gestein.

An diesem Tag besucht Wade zum neunten Mal die Clearwater Cave, die längste unterirdische Passage von ganz Südostasien. Sie ist eine der vier Höhlen von Sarawak, die allgemein zugänglich sind. Während das Boot durchs Wasser gleitet, lehnt der Geologiestudent sich zurück und richtet den Strahl seiner Karbidlampe auf die alabasterweiße Höhlendecke. Im Lichtkegel taucht eine Unzahl vor Feuchtigkeit tropfender Stalaktiten auf. Voll Bewunderung für den Erfindungsreichtum der Natur betrachtet Wade die uralten Formationen.

Vor vier Milliarden Jahren war die Erde eine sehr junge, feindselige und unbelebte Welt. Während der Planet sich abkühlte, ließen heftige Vulkanausbrüche Wasserdampf und verschiedene Gase in den Himmel steigen, aus denen eine Atmosphäre entstand, die mit ihrem hohen Gehalt an Kohlendioxid, Stickstoff und Wasserstoffverbindungen den heutigen Bedingungen auf der Venus ähnelte.

Das Leben auf unserem Planeten begann im Meer, als chemische Stoffe sich zu komplexen Strukturen verbanden: zu vier grundlegenden Kettenmolekülen aus Aminosäure. Hinzu kam ein äußerer Katalysator, vielleicht ein Blitzstrahl. Die dadurch belebte Doppelhelix begann sich zu reduplizieren und die ersten Einzeller zu bilden. Diese Organismen vermehrten sich rasch und reduzierten in den Meeren allmählich die Kohlenstoffverbindungen, von denen sie sich ernährten. Irgendwann entstand eine einzigartige Familie von Bakterien, die ein neues Molekül erzeugten, dem man den Namen Chlorophyll gegeben hat. Diese grüne Substanz war in der Lage, die Energie des Sonnenlichts zu speichern. Dadurch konnten die Einzeller aus Kohlendioxid und Wasserstoff hochwertige Kohlenhydrate herstellen. Als Nebenprodukt entstand Sauerstoff.

Die Fotosynthese war entstanden.

Während der Sauerstoffgehalt anstieg, entzogen verschiedene Meeresorganismen dem Wasser Kalziumkarbonat und daraus bildeten sich Gesteinsformationen. Dadurch wurde auch der Kohlendioxidgehalt der Erdatmosphäre drastisch reduziert. Eingelagert wurde das Gas in dem Gestein am Meeresboden – in Kalkstein. Daher ist die heute in Sedimentgestein eingeschlossene Kohlendioxidmenge sechshundertmal größer als der gesamte Kohlendioxidgehalt in der Luft, dem Wasser und sämtlichen lebenden Zellen auf unserem Planeten.

Wade Tokumine richtet den Lichtstrahl auf das dunkle Wasser der Höhle. Der unterirdische Strom enthält zehnmal mehr Kohlendioxid als üblich. Hat der Gehalt des aufgelösten CO_2 im Kalkstein seinen Sättigungspunkt erreicht, fällt das Gas als reines Kalziumkarbonat aus und lässt die Stalaktiten und Stalagmiten entstehen, die in den Höhlen von Sarawak wuchern.

Wade dreht sich nach seinem Führer Andrew Chan um. Der Malaysier führt schon seit siebzehn Jahren Touristen durch die Höhlen seiner Heimatinsel.

»Andrew, wie weit ist es denn noch bis zu der unerforschten Passage, von der du gesprochen hast?«

Im Schein der Karbidlampe ist Andrews Grinsen zu sehen. Zwei seiner Schneidezähne fehlen. »Es dauert nicht mehr lang. Ein Stück weiter wird es enger, dann gehen wir zu Fuß.«

Wade nickt und spuckt aus, um den Geschmack der Karbiddämpfe loszuwerden. Nur ein knappes Drittel der Höhlen von Sarawak ist vermessen, der Rest ist nur mit Hilfe weniger erfahrener Führer zugänglich. Was unerforschte Gänge betrifft, ist Andrew ein Meister seines Fachs. Offenbar verspürt er einen unwiderstehlichen Drang, in unbekannte unterirdische Regionen vorzustoßen.

Andrew lenkt das Boot an eine Felsbank und hält es im Gleichgewicht, damit Wade aussteigen kann. »Setz lieber deinen Helm auf, da hinten gibt's viel loses Gestein.«

Wade befestigt den Helm, während Andrew das eine Ende eines langen Seils am Boot festmacht und sich die Seilrolle über die Schulter wirft. »Bleib dicht hinter mir. Es wird ein bisschen eng. An den Wänden steht 'ne Menge scharfes Popcorn raus, also pass auf deine Kleider auf.«

Der Malaysier geht voraus und führt Wade durch eine pechschwarze Katakombe. An ihrem Ende schlüpft er in einen schmalen, ansteigenden Gang, ständig das Seil abwickelnd, um den Rückweg zu markieren. Nach mehreren Minuten wird der Gang zu einem engen Tunnel, in dem sie auf allen vieren kriechen müssen.

Wade gleitet an dem nassen Kalkstein ab und reißt sich an den Fingerknöcheln die Haut auf. »Wie weit noch?«

»Wieso? Kriegst du Klaustrophobie?«

»Ein wenig.«

»Du bist halt doch nur ein Online-Höhlenfreak.«

»Was soll das denn sein?«

»Das ist jemand, der mehr Zeit damit verbringt, im Internet nach Höhlen zu forschen als an Ort und Stelle. Moment mal – hey, was ist das?«

Wade schiebt sich auf dem Bauch neben Andrew, um auch etwas zu sehen.

Der Tunnel endet in einem tiefen Trichter mit steilen Wänden. Als die beiden nach oben blicken, sehen sie die Sterne am frühen Morgenhimmel funkeln. Die Oberfläche liegt gut zwanzig Meter über ihren Köpfen. Andrew richtet seine Lampe nach unten und sieht, dass der Grund des Trichters zehn Meter weit entfernt ist.

Ein bernsteinfarbenes Leuchten lässt dort seltsame Schatten entstehen.

»Siehst du das?«

Wade beugt sich vor. »Schaut aus, als würde da unten was leuchten.«

»Diese Doline war gestern noch nicht da. Offenbar ist das Dach der Höhle erst vor kurzem eingestürzt. Das, was da unten liegt, ist dabei wahrscheinlich reingefallen.«

»Vielleicht ist es ein Auto? Dann steckt womöglich noch jemand drin.«

Andrew greift in seinen Rucksack und holt eine Strickleiter heraus, deren Sprossen durch die Mitte eines einzelnen Strangs geführt sind.

»Was hast du vor?«

»Bleib hier. Ich klettere mal runter und schau mich um.« Andrew verankert ein Ende der Leiter im Fels und lässt den Rest in die Dunkelheit fallen.

Der Himmel ist grau geworden, als der erfahrene Höhlenforscher in die Tiefe steigt. Das frühe Morgenlicht dringt nur schwach durch die Dunkelheit und den wirbelnden Kalksteinstaub.

Am Grund des Kraters angelangt, starrt Andrew ungläubig auf das gewaltige, leblose Ding vor ihm. »He, Wade, ich hab zwar keine Ahnung, was das sein soll, aber ein Auto ist es nicht.«

»Wie sieht es denn aus?«

»So was hab ich noch nie gesehen. Es schaut wie eine Riesenkakerlake aus, aber es hat große Flügel und einen Schwanz. Aus dem Bauch kommt ein Haufen seltsamer Tentakel. Es hockt aufrecht auf zwei Klauen, und die sind offenbar ziemlich heiß. Der Boden unter ihnen zischt.«

»Ich glaube, du solltest da schleunigst weg. Komm hoch, dann rufen wir die Ranger.«

»Ist schon gut, das Ding ist nicht lebendig.« Andrew hebt den Arm, um einen der Tentakel zu berühren.

Eine blaue elektromagnetische Stoßwelle schleudert ihn rückwärts an die Felswand.

»Andrew, ist alles in Ordnung? Andrew?«

»Ja, Mann, aber das Scheißding ist elektrisch geladen, und zwar ganz beträchtlich. Ach, du lieber Himmel...« Andrew springt zurück, als der hydraulische Schwanz des Wesens sich in die Höhe hebt, bis die Spitze zum Himmel zeigt.

»Andrew?«

»Ich komm schon, Mann, das brauchst du mir nicht zweimal sagen.« Der Malaysier klettert die Leiter empor. Die bernsteinfarbene Scheibe am Oberkörper des Wesens beginnt zu blinken und nimmt eine rötliche Färbung an.

»Los, mach schneller!«

Weißer Rauch steigt unter den Klauen des Wesens auf und erfüllt den unteren Teil des Trichters.

Wade spürt, wie ihm schwindlig wird. Er dreht sich um und schiebt sich mit dem Kopf voraus in den schlüpfrigen Tunnel, aus dem sie gekommen sind. Im selben Augenblick zieht Andrew sich auf den Felsvorsprung.

»Andrew? Andrew, bist du hinter mir?« Wade unterdrückt die Schläfrigkeit, die ihn überkommt, und richtet seine Lampe hinter sich. Sein Führer liegt leblos auf dem Boden.

Kohlendioxid!

Wade greift nach hinten, packt Andrew am Handgelenk und zieht ihn mit sich durch die enge Röhre. Das

Gestein wird immer heißer, bis es ihm die Haut versengt.

Was ist das bloß?

Als der Gang höher wird, richtet Wade sich taumelnd auf. Er hievt sich seinen bewusstlosen Gefährten auf die Schultern und stolpert aufs Boot zu. Alles um ihn herum dreht sich und wird immer heißer. Wade schließt die Augen und tastet sich an den zischenden Kalksteinwänden entlang.

Der unterirdische Fluss gibt ein seltsam brodelndes Geräusch von sich. Wade sinkt auf ein Knie und rollt den leblosen Andrew ins Boot, das um ein Haar kentert, als er unbeholfen selbst einsteigt. Die Wände der Höhle rauchen, das Wasser kocht in der starken Hitze.

Wades Augen brennen, seine Nase weigert sich, die glühende Luft einzuatmen. Bellend stößt er einen erstickten Schrei aus und schlägt wild um sich, als sein Fleisch Bläschen wirft und sich verkohlt von den Knochen löst. Dass seine Augäpfel in Flammen aufgehen, spürt er schon nicht mehr.

AUS DEM TAGEBUCH VON JULIUS GABRIEL

Chichén Itzá – die glanzvollste prähistorische Stadt ganz Mittelamerikas. Übersetzt lautet der Name: »Am Rand der Quelle, in der die weisen Männer des Wassers leben.«

Die weisen Männer des Wassers.

Die Stadt besteht aus einem älteren und einem neueren Teil. Das alte Chichén wurde um das Jahr 435 n. Chr. von den Maya gegründet; später, um 900, vermischte sich ihre Kultur mit der des zugewanderten Volks der Itzá. Über Bräuche und Lebensweise der Bewohner ist nur wenig bekannt, doch wissen wir, dass sie von einem Gottkönig namens Kukulkan regiert wurden. Das Erbe des großen Lehrers der Maya prägt die gesamte Stadt.

Maria, Michael und ich verbrachten viele Jahre damit, die alten, teils verfallenen Bauten von Chichén Itzá und den sie umgebenden Dschungel zu erforschen. Am Ende kamen wir zu dem Schluss, dass hier drei Stätten von überragender Bedeutung zu finden waren: der Heilige Cenote, der Große Ballspielplatz und die Pyramide des Kukulkan.

Die über der Großen Esplanade von Chichén Itzá aufragende Kukulkan-Pyramide ist einzigartig auf der Welt. Selbst heutige Architekten und Ingenieure sind verblüfft über die Präzision der Bautechnik und der astronomischen Ausrichtung.

Maria und ich stimmten schließlich überein, dass dies die Pyramide war, die die Zeichnung in Nazca darstellen sollte. Der auf dem Rücken liegende Jaguar im Umriss der Felszeichnung, die Schlangensäulen am Eingang des nördlichen Tempelganges, die Darstellungen des Affen und der drei Wale – alles schien zusammenzupassen. Irgendwo in der Stadt musste sich ein Geheimgang ins Innere der Pyramide verbergen. Die Frage war nur: wo?

Die erste und nahe liegendste Antwort, die uns in den Sinn kam, war die, dass der Eingang im Heiligen Cenote verborgen war, einem natürlichen Wasserbecken gleich im Norden der Pyramide. Für die Maya waren solche Becken symbolische Tore zur Unterwelt, und keiner der Cenote in Yukatan war von größerer Bedeutung als der in Chichén Itzá, denn hier wurden nach dem plötzlichen Verschwinden Kukulkans große Scharen junger Frauen geopfert.

Noch wichtiger als diese Tatsache war der mögliche Zusammenhang zwischen dem Cenote und der Pyramide von Nazca. Von oben betrachtet, konnten die kreisförmigen

Kalksteinwände gut als eine Reihe konzentrischer Kreise interpretiert werden, wodurch sich eine Parallele zu der Spirale innerhalb der Pyramide ergab. Abgesehen davon deuteten die steinernen Schlangenköpfe am nördlichen Sockel der Pyramide direkt auf das Wasserbecken.

Ganz aufgewühlt von unserer Entdeckung organisierten wir eine Tauchexpedition zur Erforschung des alten Beckens. Dort fanden wir allerdings lediglich die Skelette der Toten, sonst nichts.

Es war ein anderer Teil von Chichén Itzá, in dem wir den Schlüssel finden würden.

In Mittelamerika gibt es Dutzende von Plätzen für das rituelle Ballspiel der alten indianischen Kulturen, doch keiner kommt dem Großen Ballspielplatz von Chichén Itzá gleich. Er ist nicht nur der größte seiner Art in Yukatan, sondern auch – wie die Kukulkan-Pyramide – exakt nach astronomischen Berechnungen ausgerichtet. In diesem Falle besteht eine Beziehung zur Milchstraße. Am Tag der Sommersonnenwende weist die lange Achse des I-förmigen Feldes um Mitternacht zu dem Punkt, an dem die Milchstraße den Horizont berührt. Deren dunkles Band wird dadurch zum himmlischen Spiegelbild des Platzes.

Die astronomische Bedeutung dieser Ausrichtung ist unübersehbar. Wie bereits erläutert, ist das dunkle Band der Milchstraße eines der zentralen Symbole der Maya-Kultur. Nach deren Schöpfungsmythos, dem Popol Vuh, ist sie der Pfad, auf dem der Maya-Heros Hun-Hunapu in die Unterwelt Xibalba gelangte, um die Götter des Bösen herauszufordern. Diese ebenso heldenhafte wie missglückte Tat stellten die Maya bei ihrem rituellen Ballspiel dar. Die Mitglieder der besiegten Mannschaft wurden anschließend hingerichtet.

Nach dem Maya-Kalender entspricht der Name Hun-Hunapu dem Datum 1 Ahau, dem ersten – und letzten – Tag des fünften Zyklus, an dem nach der alten Prophezeiung die Welt untergeht. Mit einem leistungsfähigen Astronomieprogramm habe ich berechnet, wie der Nachthimmel im Jahr 2012 aussehen wird. Wie üblich wird der Große Ballspielplatz ein Spiegelbild des dunklen Bands der Milchstraße darstellen, diesmal jedoch nicht im Juni, sondern am Tag der Wintersonnenwende – 4 Ahau, 3 Kankin –, an dem der Menschheit die Vernichtung droht.

Es war ein kühler Herbsttag des Jahres 1983, als wieder einmal ein Team mexikanischer Archäologen in Chichén Itzá erschien. Mit Spitzhacken und Schaufeln bewaffnet, marschierten die Männer direkt zum Großen Ballspielplatz, um ein Objekt zu suchen, das als Markierstein bezeichnet wird. Diese behauenen Steine sind im Zentrum vieler mittelamerikanischer Ballspielplätze vergraben.

Maria und ich standen dabei und sahen zu, wie unsere Kollegen das alte Artefakt ausgruben. Es war anders als alle vergleichbaren Objekte, die wir je gesehen hatten. Aus Jade statt aus Kalkstein gefertigt, war es hohl und von der Größe einer Kaffeekanne. Aus einem Ende ragte der Griff eines Obsidianmessers, was uns an die europäischen Sagen erinnerte, in denen ein Zauberschwert in einem Felsen steckt. Die Waffe widersetzte sich allen Versuchen, sie herauszuziehen.

Die Seiten des Jadebehälters waren mit symbolischen Darstellungen der Ekliptik und des dunklen Bands der Milchstraße geschmückt. Auf die Unterseite war das realistische Porträt eines großen Maya-Kriegers gemalt.

Wie erstarrt blickten Maria und ich auf dieses Bild, denn die Gesichtszüge des Dargestellten waren unverkennbar. Wir mussten uns überwinden, den Stein dem Leiter des Forschungsteams zurückzugeben. Dann gingen wir zu unserem Wohnwagen, überwältigt von den Konsequenzen, die das Objekt, das wir gerade eben in den Händen gehalten hatten, für uns haben konnte.

Endlich brach Maria das Schweigen. »Julius, irgendwie... irgendwie ist unser Schicksal ganz konkret mit der Rettung der Menschheit vor der Vernichtung verbunden. Dieses Bild auf dem Stein ist ein eindeutiges Zeichen, dass wir unsere Suche fortsetzen und einen Weg in die Pyramide Kukulkans finden müssen.«

Ich wusste, dass meine Frau Recht hatte. Mit frischen Kräften, die von einem starken Gefühl der Angst genährt wurden, machten wir uns wieder an die Arbeit. Die folgenden zweieinhalb Jahre verbrachten wir damit, jeden Stein in Chichén Itzá umzudrehen und jede Ruine zu erforschen. Wir suchten unter jedem Blatt im Dschungel und drangen in alle Höhlen der Gegend vor.

Dennoch fanden wir nichts.

Im Sommer 1985 waren wir schließlich so frustriert, dass uns klar wurde: Nur ein Ortswechsel konnte uns den letzten Rest an gesundem Verstand bewahren, der uns geblieben war. Ursprünglich hatten wir vorgehabt, nach Kambodscha zu reisen, um die gewaltigen Ruinen von Angkor zu erforschen, eine jener Stätten, die unserer Meinung nach im Zusammenhang mit Giseh und Teotihuacán standen. Leider verweigerte das Regime der Khmer Rouge damals allen Ausländern den Zugang zu den Tempeln.

Maria hatte eine andere Idee. Unsere außerirdischen Ahnen, vermutete sie, hatten den Zugang zur Kukulkan-Pyramide so gestaltet, dass Plünderer ihn auf keinen Fall entdecken konnten. Deshalb hielt sie es für das Beste, nach Nazca zurückzukehren und zu versuchen, den Rest der uralten Botschaft zu entziffern.

So sehr mir vor dem Gedanken graute, wieder in dieser Wüste zu landen, hatte ich der Logik meiner Frau nichts entgegenzusetzen. In Chichén Itzá kamen wir eindeutig nicht weiter, obwohl wir beide davon überzeugt waren, dass dies der Ort war, an dem die letzte Schlacht stattfinden würde.

Bevor wir die Stadt verließen und uns auf eine schicksalhafte Reise begaben, die unsere letzte gemeinsame Unternehmung sein sollte, blieb mir noch eine Aufgabe.

Mit einem Stemmeisen und einer Maske ausgestattet, brach ich spät nachts in den Anhänger unserer Kollegen ein, um Kukulkans Markierstein aus der Gewalt seiner Räuber zu befreien.

Auszug aus dem Tagebuch von Prof. Julius Gabriel

Vgl. Katalog 1981–84, Seite 8–154
Fotojournal Diskette 7 u. 8, Datei: MEXIKO, Foto 223, 328 u. 344

20

9. Dezember 2012
Chichén Itzá, Mexiko

13.40 Uhr Das kleine Propellerflugzeug hüpft zweimal auf dem verwitterten Rollfeld auf, bremst und kommt rutschend kurz vor der Stelle zum Stehen, an der die Landebahn in ein mit Unkraut bewachsenes Feld übergeht.

Als Dominique aus der Cessna steigt, schlägt ihr die Hitze direkt ins Gesicht. Ihr schweißgetränktes T-Shirt klebt ihr schon an der Brust. Sie wirft ihren Rucksack über die Schulter und folgt den anderen sieben Passagieren durch den kleinen Terminal und hinaus auf die Landstraße. Auf einem Schild nach links steht ›Hotel Mayaland‹, nach rechts geht es nach Chichén Itzá.

»Taxi, Señorita?«

Der Fahrer, ein kleiner Mann Ende fünfzig, lehnt an einem verbeulten weißen VW Käfer. In seinen dunklen Gesichtszügen erkennt Dominique das Erbe der Maya.

»Wie weit ist es bis Chichén Itzá?«

»Zehn Minuten.« Der Mann öffnet die Beifahrertür.

Als Dominique einsteigt, versinkt sie sofort in dem müden Schaumstoff des zerschlissenen Sitzes.

»Waren Sie schon einmal in Chichén Itzá, Señorita?«

»Nur als Kind.«

»Macht nichts. In den letzten tausend Jahren hat sich dort nicht allzu viel geändert.«

Sie durchqueren ein armseliges Dorf und kommen auf eine frisch geteerte, vierspurige Mautstraße. Wenige Minuten später hält das Taxi am renovierten Parkeingang. Der Parkplatz ist voller Mietwagen und Touristenbusse. Dominique bezahlt den Fahrer, kauft eine Eintrittskarte und betritt den Park.

Sie kommt an einer Reihe von Andenkenläden vorbei, dann folgt sie einer Gruppe von Touristen zu einer breiten, ungepflasterten Straße durch den Dschungel. Nach fünf Minuten bietet sich ein Blick auf eine unglaublich weite grüne Fläche, die von dichtem Blattwerk umgeben ist.

Mit großen Augen nimmt Dominique ihre Umgebung in sich auf. Sie ist in einer anderen Zeit.

Mitten in der Landschaft erhebt sich eine Anzahl grau-weißer Kalksteinruinen. Zu ihrer Linken breitet sich der Große Ballspielplatz aus, der größte seiner Art in Mittelamerika. Die riesige, I-förmige Arena ist etwa hundertsiebzig Meter lang und siebzig Meter breit und auf allen Seiten von Mauern umschlossen, die sich in der Mitte zu drei Stockwerk hohen Wällen erheben. An ihrem nördlichen Ende ragt der Tzompantli auf, eine große, mit mehreren Reihen gewaltiger Schädel geschmückte Plattform, die von Schlangenleibern gekrönt wird. Rechts von Dominique steht ein Stück weit entfernt ein weitläufiger, rechteckiger Komplex, der so genannte Tempel der Krieger, die Ruinen eines Palastes mit einem angeschlossenen Marktplatz. Teile davon sind von Hunderten frei stehender Säulen umschlossen.

Doch es ist ein anderer Bau, der sofort Dominiques Blicke auf sich zieht – eine unglaublich kunstvoll erbaute Kalksteinpyramide, die sich in der Mitte der alten Stadt weit über alle anderen Strukturen erhebt.

»Herrlich, nicht wahr, Señorita?«

Dominique dreht sich um und sieht einen kleinen Mann mit einer Baseballmütze und einem fleckigen, orangefarbenen T-Shirt, das das Logo des Parks trägt. Sein Gesicht mit der hohen, fliehenden Stirn spiegelt das Erbe der Maya.

»Der Tempel des Kukulkan ist das großartigste Bauwerk in ganz Mittelamerika. Wie wäre es mit einer kleinen Privatführung? Nur fünfunddreißig Pesos.«

»Eigentlich suche ich nach jemandem. Es ist ein Amerikaner, groß, kräftig, mit braunem Haar und sehr dunklen Augen. Sein Name ist Michael Gabriel.«

Das Lächeln des Führers verschwindet.

»Sie kennen Mick?«

»Tut mir Leid, aber da kann ich Ihnen nicht weiterhelfen. Schönen Tag noch.« Der kleine Mann dreht sich um und geht davon.

»So warten Sie doch...« Dominique eilt hinter ihm her. »Sie wissen, wer das ist, nicht wahr? Wenn Sie mich zu ihm bringen, springt allerhand für Sie heraus.« Sie drückt ihm ein Bündel Geldscheine in die Hand.

»Tut mir Leid, Señorita, den Mann, den Sie da suchen, kenne ich nicht.« Er drückt ihr das Geld wieder in die Hand.

Sie zählt ein paar Scheine ab. »Da, nehmen Sie das...«

»Nein, Señorita.«

»Bitte. Wenn Sie ihm zufällig begegnen oder wenn Sie jemand kennen, der ihm eine Nachricht überbringen kann, lassen Sie ihn wissen, dass Dominique ihn treffen will. Sagen Sie ihm, es geht um Leben und Tod.«

Der Führer sieht die Verzweiflung in ihrem Blick. »Der Mann, den sie suchen – ist er Ihr Partner?«

»Er ist ein guter Freund.«

Nachdenklich blickt der Führer eine Weile in die

Ferne. »Lassen Sie sich Zeit und schauen Sie sich hier ein wenig um. Essen Sie dann was Warmes und warten Sie, bis es dunkel wird. Der Park schließt um zehn. Verstecken Sie sich vorher im Dschungel, kurz bevor die Wächter ihre letzte Runde machen. Wenn alle weg sind und man die Tore verschlossen hat, steigen Sie auf den Kukulkan-Tempel und warten.«

»Auf Mick?«

»Schon möglich. Am Haupteingang sind ein paar Andenkenläden. Kaufen Sie sich einen Wollponcho, den werden Sie nachts brauchen.«

»Wollen Sie das Geld wirklich nicht nehmen?«

»Nein. Die Gabriels sind schon sehr lange mit meiner Familie befreundet.« Der Führer lächelt. »Wenn Mick Sie findet, sagen Sie ihm, Elias Forma meint, Sie seien viel zu schön, um allein im Land der grünen Blitze herumzuspazieren.«

Das unablässige Summen unzähliger Moskitos dringt Dominique in die Ohren. Sie zieht sich die Haube des Ponchos über den Kopf und kauert sich in die Dunkelheit, während um sie herum der Dschungel erwacht.

Was mache ich hier nur? Sie schlägt nach imaginären Insekten, die an ihrem Arm entlangkriechen. *Eigentlich sollte ich jetzt in den letzten Tagen meines Praktikums sein und dann mein Studium beenden.*

Der Wald fängt an zu rauschen. Ein Flügelflattern bricht durch das Blätterdach über ihrem Kopf. Irgendwo in der Ferne durchstößt der Schrei eines Brüllaffen die Nacht. Sie blickt auf ihre Armbanduhr – 10.23 Uhr – zieht sich den Poncho wieder über den Kopf und rutscht auf dem Felsen, auf dem sie sitzt, unbehaglich hin und her.

Noch zehn Minuten.

Die Augen schließend lässt sie sich vom Dschungel umhüllen, genau wie damals in ihrer Kindheit. Sie riecht den betäubenden Duft des Mooses, hört das Rascheln der im sanften Wind tanzenden Palmwedel und ist wieder in Guatemala. Vier Jahre alt, steht sie an der weiß gekalkten Mauer vor dem Fenster zum Schlafzimmer ihrer Mutter und hört ihre Großmutter weinen. Sie wartet, bis ihre Tante die alte Frau hinausgeführt hat, dann klettert sie durchs Fenster.

Dominique starrt auf die leblose Gestalt, die ausgestreckt auf dem Bett liegt. Die Finger, die ihr noch vor wenigen Stunden übers Haar gestrichen haben, sind jetzt blau an den Spitzen. Der Mund steht offen, die braunen Augen sind halb geschlossen und blicken reglos an die Decke. Dominique berührt die hohen Wangenknochen und spürt kalte, klamme Haut.

Das ist nicht ihre Mutter. Das ist etwas anderes, eine Hülle aus unbeseeltem Fleisch, die ihre Mutter getragen hat, als sie ein Teil dieser Welt war.

Ihre Großmutter kommt ins Zimmer. *Nun ist sie bei den Engeln, Dominique…*

Der Nachthimmel über Dominiques Kopf füllt sich jäh mit dem chaotischen Geräusch unzähliger Fledermäuse, die hochgeflogen sind. Sie springt auf und versucht mit wild klopfendem Herzen, die Erinnerungen ebenso von sich fern zu halten wie die Moskitos.

»Nein! Ich gehöre nicht hierher. Mein Leben ist woanders!«

Sie drängt ihre Kindheit in den Hintergrund ihres Bewusstseins und verschließt die Tür, dann klettert sie von ihrem Felsen und bahnt sich einen Weg durchs Dickicht, bis sie am Rand des Heiligen Cenote ins Freie tritt.

Dominique blickt auf die nackten Wände des Beckens, die senkrecht zur Oberfläche des tief schwarzen, mit Algen durchsetzten Wassers abfallen. Das Licht des zu drei Vierteln vollen Mondes spiegelt sich in den Furchen, die die Erosion im weißen Kalkstein der Umrandung hinterlassen hat. Sie hebt den Kopf und betrachtet den von einer Mauer umschlossenen Bau, der sich über den Südrand des Beckens erhebt. Sie weiß: Vor tausend Jahren haben die Maya, verzweifelt über das plötzliche Verschwinden ihres Gottkönigs Kukulkan, sich Menschenopfern zugewandt, um das Ende der Menschheit zu verhindern. Unberührte Mädchen wurden zur rituellen Reinigung ins Becken gezwungen und dann von Priestern auf die Plattform oben geführt. Dort wurden sie entkleidet, dann streckten die Priester sie auf dem Stein aus, um ihnen mit Obsidianmessern das Herz aus dem Leib zu schneiden oder die Kehle aufzuschlitzen. Anschließend warf man ihre mit Schmuck behängten Leichen feierlich in den geheiligten Brunnen.

Der Gedanke an das grausame Ritual lässt Dominique schaudern. Sie umrundet das Becken und eilt den *Sacbe* entlang, einen breiten, erhöhten Weg aus Erde und Steinen, der durch den dichten Dschungel zum Nordrand der alten Stadt führt.

Eine Viertelstunde später – Dominique ist ein halbes Dutzend Mal gestolpert – hat sie das Ende des Wegs erreicht. Vor ihr erhebt sich die Nordseite der Kukulkan-Pyramide, deren dunkler, kantiger Umriss neun Stockwerke hoch in den sternenklaren Himmel ragt. Sie nähert sich dem Sockel, der an beiden Seiten von den Köpfen zweier gewaltiger Schlangen bewacht wird.

Dominique blickt sich um. Die alte Stadt ist dunkel und verlassen. Ein kalter Schauer läuft ihr über den Rücken, als sie die Treppe betritt.

Auf halber Höhe bleibt sie stehen und ringt nach Atem. Die Stufen der Pyramide sind schmal, der Winkel steil, und es gibt nichts, woran sie sich festhalten könnte. Sie dreht sich um und blickt hinab. Ein Fall aus dieser Höhe würde ihren Tod bedeuten.

»Mick?« Ihre Stimme hallt über das flache Terrain. Sie wartet auf eine Antwort, doch da sie nichts hört, steigt sie weiter.

Nach fünf Minuten hat sie die Spitze erreicht, eine

Plattform, auf der ein quadratischer, zweistöckiger Tempel steht. Schwindlig lehnt sie sich an die Nordmauer des Baus, um Atem zu holen. Die Muskeln ihrer Schenkel brennen vom Steigen.

Der Blick ist spektakulär und von keinem Geländer behindert. Im Mondlicht sind schattenhaft die Umrisse sämtlicher Bauten im Nordteil der Stadt erkennbar. Jenseits davon erstreckt sich das Blätterdach des Dschungels zum Horizont wie der dunkle Rahmen einer Leinwand.

Der Umgang um den Tempel ist nur eineinhalb Meter breit. In sicherem Abstand von der gefährlichen Kante arbeitet sie sich vor, bis sie vor dem gähnenden Nordeingang des Tempels steht. Sie wischt sich den Schweiß von der Stirn. Das gewaltige Portal, flankiert von zwei Säulen in Schlangenform, ragt drohend vor ihr auf.

Sie tut einen Schritt ins pechschwarze Innere. »Mick, bist du da drin?«

Ihre Stimme klingt gedämpft. Sie greift in ihren Rucksack, tastet nach der Taschenlampe, die sie am Nachmittag gekauft hat, und betritt die dumpfige Kalksteinkammer.

Sie steht in einem in zwei Kammern unterteilten Raum; der Vorraum geht in das zentrale Heiligtum über. An dessen Ende erhebt sich eine massive Mauer. Der Kegel der Taschenlampe gleitet über die gewölbte Decke und dann über den Fußboden, dessen steinerne Oberfläche von kultischen Feuern geschwärzt ist. Dominique verlässt die leere Kammer, folgt dem Umgang nach links und betritt den Westflur, einen öden Gang, der verwinkelt mit dem südlichen und dem östlichen Eingang verbunden ist.

Der Tempel ist verlassen.

Dominique schaut wieder auf die Uhr: 23.20 Uhr. *Vielleicht kommt er gar nicht?*

Die kühle Nachtluft lässt sie frösteln. Auf der Suche nach Wärme schlüpft sie wieder in die Nordkammer und lehnt sich an deren Ende an die Wand. Der schwere Stein, der sie umgibt, bringt alle Geräusche zum Schweigen.

Die Atmosphäre in der Kammer ist unheimlich, als warte jemand im Schatten, um sich auf sie zu stürzen. Erst als sie mit der Lampe jeden Winkel abgesucht hat, beruhigen sich ihre Nerven.

Erschöpfung überkommt sie. Sie legt sich auf den Steinboden, rollt sich zusammen und schließt die Augen. Schon während sie einschläft, sieht sie Bilder vor sich, die von Blut und Tod berichten.

Die weite Fläche um die Pyramide ist ein wogendes Meer aus braunen Körpern, deren bemalte Gesichter vom rotgelben Schein unzähliger Fackeln erleuchtet werden. Dominique steht am Eingang der Nordkammer und sieht einen roten Strom die Stufen hinabrinnen. Am Fuß der Treppe sammelt das Blut sich um einen Haufen verstümmelter Körper, die zwischen den beiden Schlangenköpfen liegen.

Zwölf weitere Frauen sind mit Dominique im Tempel, alle in Weiß gekleidet. Wie eingeschüchterte Lämmer kauern sie sich zusammen und blicken sich mit leeren Augen an.

Zwei Priester treten ein. Sie tragen rituellen Kopfschmuck aus grünen Federn und aus Jaguarfellen gefertigte Lendentücher. Während sie näher kommen, richten sich ihre dunklen Augen auf Dominique. Mit klopfendem Herzen weicht sie zurück, doch die Priester packen sie an den Handgelenken und zerren sie gewaltsam auf die Plattform des Tempels.

Die Nachtluft ist geschwängert vom Gestank von Blut und Schweiß und Rauch.

Über der berauschten Menge erhebt sich ein riesiger Chacmol, die auf dem Rücken liegende Skulptur eines Halbgottes der Maya. Auf seinem Schoß trägt er eine kultische Platte, die von den zerfetzten Überresten menschlicher Herzen überquillt.

Dominique schreit auf. Sie versucht zu fliehen, doch zwei weitere Priester packen sie an den Knöcheln und heben sie vom Boden. Die Menge stöhnt auf, als der Oberpriester er-

scheint, ein muskulöser Mann mit roten Haaren. Sein Gesicht ist von einer Maske verborgen, die einen gefiederten Schlangenkopf darstellt. Ein teuflisches Grinsen erscheint hinter dem mit Zähnen bewehrten offenen Maul der Schlange.

»Tag, Süße.«

Wieder schreit Dominique, als Raymond ihr das weiße Tuch von ihrem sonst völlig nackten Körper reißt und dann ein schwarzes Obsidianmesser hebt. Ein lüsterner Chor steigt von der blutdürstigen Menge auf.

»Kukulkan! Kukulkan!«

Auf ein Kopfnicken Raymonds hin legen die vier Priester sie auf den Boden und drücken sie an den Stein.

»Kukulkan! Kukulkan!«

Raymond lässt die Schneide des Messers blitzen. Ungläubig ringt Dominique nach Luft, als er es hoch über den Kopf hebt und dann kraftvoll in ihre linke Brust stößt.

»Kukulkan! Kukulkan!«

In Todesqualen schreit sie weiter. Ihr ausgestreckter Körper zuckt und windet sich.

»Dom, wach auf!«

Raymond schiebt die Hand in die Wunde, reißt ihr das schlagende Herz heraus und hebt es in die Höhe, damit die Menge es sehen kann.

»Dominique!«

Mit einem markerschütternden Schrei kickt und schlägt sie in die furchtbare Finsternis und erwischt den Schatten über ihr mitten im Gesicht. Desorientiert und immer noch in ihrem Albtraum gefangen, rollt sie sich zur Seite, springt auf und rennt blindlings aus der Kammer, direkt auf das Nichts jenseits der steilen Treppe zu.

Eine Hand packt sie am Knöchel. Sie schlägt mit der Brust auf die Plattform und wird vom Schmerz vollständig wach.

»Mensch, Dominique, ich hab gedacht, ich bin der Irre hier.«

»Mick?« Keuchend setzt sie sich auf und reibt sich die lädierten Rippen.

Mick rutscht neben sie. »Alles in Ordnung?«

»Du hast mir einen Wahnsinnsschrecken eingejagt.«

»Du mir aber auch. Das muss ein echt übler Albtraum gewesen sein. Um ein Haar wärst du von der Pyramide gesprungen.«

Sie schaut hinab, dann dreht sie sich um und umarmt ihn mit zitternden Gliedern. »Mein Gott, ich hasse diesen Ort. Die Wände stinken nach den Geistern der Maya.« Sie weicht zurück und blickt ihm ins Gesicht. »Deine Nase blutet. Hab ich das getan?«

»Du hast mich mit einem rechten Haken erwischt.« Mick zieht ein Taschentuch aus der Gesäßtasche, um den Blutfluss zu stoppen. »Das heilt bestimmt nie.«

»Geschieht dir recht. Warum müssen wir uns eigentlich ausgerechnet hier treffen, und dann noch mitten in der Nacht?«

»Ich bin ein flüchtiger Verbrecher, hast du das vergessen? Übrigens, wie hast du es geschafft, dem Arm des Gesetzes zu entkommen?«

Sie wendet sich ab. »Flüchtig bist du, nicht ich. Ich hab dem Kapitän erzählt, ich hätte dir geholfen, weil ich nach dem Tod meines Vaters nicht mehr klar denken konnte. Offenbar hab ich ihm Leid getan, denn daraufhin hat er mich ziehen lassen. Komm, das hat Zeit bis später. Jetzt will ich erst mal runter von dieser verfluchten Pyramide.«

»Ich kann jetzt nicht weg. Ich hab noch allerhand Arbeit vor mir.«

»Arbeit? Was für Arbeit? Es ist mitten in der Nacht!«

»Ich suche nach einem Eingang in die Pyramide. Den müssen wir unbedingt finden.«

»Mick…«

»Mein Vater hatte Recht mit seinen Theorien über diesen Bau. Ich hab etwas entdeckt, was wirklich unglaublich ist. Moment, ich zeig es dir.« Mick greift in seine Umhängetasche und holt ein kleines elektronisches Gerät heraus.

»Das ist ein Ultraschall-Inspektroskop. Es sendet Schallwellen aus, mit denen man Unregelmäßigkeiten in festen Körpern entdecken kann.« Mick knipst seine Taschenlampe an, fasst Dominique am Handgelenk und zieht sie wieder in den Tempel bis zur Mittelwand. Dort schaltet er das Inspektroskop ein und richtet seine Schallwellen auf den Stein.

»Schau dir das an. Siehst du diese Wellenlängen? Hinter dieser Wand verbirgt sich eindeutig eine weitere Struktur. Offenbar ist sie metallisch und ragt direkt durch die Mitte der Pyramide bis zum Dach des Tempels über uns auf.«

»Schon gut, ich glaub dir. Können wir jetzt gehen?«

Mick starrt sie ungläubig an. »Gehen? Kapierst du denn nicht? Es ist hier, innerhalb dieser Mauern. Wir müssen nur noch herausfinden, wie wir hineinkommen.«

»Was ist hier? Ein Stück Metall?«

»Ein Stück Metall, das womöglich das Instrument zur Rettung vor dem Untergang darstellt. Kukulkan hat es uns hinterlassen. Wir müssen es... He, warte, wo willst du hin?«

Dominique geht ungerührt auf die Plattform hinaus.

»Du glaubst mir noch immer nicht, ja?«

»Was soll ich glauben? Dass in zwei Wochen alle Menschen auf der Erde sterben werden? Nein, tut mir Leid, Mick, damit hab ich noch immer meine Probleme.«

Mick packt sie am Arm. »Wie kannst du das denn noch bezweifeln? Du hast doch gesehen, was sich draußen im Meer verbirgt. Wir waren zusammen da unten und du hast es mit eigenen Augen gesehen!«

»Was hab ich gesehen? Das Innere eines Lavaschlots?«

»Eines Lavaschlots?«

»Genau. Die Geologen auf der *Boone* haben mir alles

erklärt. Sie haben mir sogar von Satelliten aufgenommene Infrarotfotos des ganzen Chicxulub-Kraters gezeigt. Das grüne Leuchten, das wir gesehen haben, ist nur ein unterirdischer Lavastrom, der unter dem Loch im Meeresboden fließt. Und dieses Loch hat sich geöffnet, als im September ein alter Unterwasservulkan wieder tätig geworden ist.«

»Ein Vulkan? Dominique, wovon redest du da eigentlich?«

»Mick, unser U-Boot wurde in einen der Lavaschlote gesaugt, als ein Teil des ausgehöhlten Meeresbodens zusammengebrochen ist. Als der Druck später nachgelassen hat, muss es uns wieder an die Oberfläche getrieben haben.« Sie schüttelt den Kopf. »Du hast mich ganz schön hinters Licht geführt, was? Wahrscheinlich hast du im Fernsehen was über den Vulkanausbruch gesehen. Jedenfalls war das das Geräusch, das Iz über SOSUS gehört hat.«

Sie schlägt ihm mit der Faust vor die Brust. »Mein Vater ist gestorben, weil er einen unterirdischen Vulkan untersuchen wollte!«

»Nein…«

»Du hast mich reingelegt, stimmt's? Du hast nur an deine Flucht gedacht!«

»Dominique, hör mich doch an…«

»Nein! Weil ich dich angehört hab, ist mein Vater umgekommen. Und jetzt hörst du mal an, was ich zu sagen habe. Ich hab dir geholfen, weil ich wusste, dass man dich misshandelt, und weil du mir helfen solltest, den Tod von Iz aufzuklären. Jetzt kenne ich die Wahrheit. Du hast mich reingelegt!«

»So ein Blödsinn! Alles, was man dir auf der *Boone* erzählt hat, ist eine verfluchte Lüge. Der Tunnel war kein Lavaschlot, sondern ein künstlicher Einlassschacht. Was dein Vater gehört hat, war das Geräusch einer Reihe riesiger Turbinen. Eine von denen hat uns in ihren Schacht gesaugt und dann hat unser Boot eine der Turbinenschaufeln blockiert. Erinnerst du dich denn an gar nichts mehr? Ich weiß, dass du dich verletzt hast, aber du warst noch bei Bewusstsein, als ich aus dem U-Boot gestiegen bin.«

»Was hast du da gesagt?« Verwirrt schaut sie ihn an. Eine entfernte Erinnerung drängt sich in ihr Bewusstsein. »Moment mal – hab ich dir von einer Sauerstoffflasche erzählt?«

»Ja. Die hat mir das Leben gerettet.«

»Und du bist wirklich ausgestiegen?« Dominique setzt sich an den Rand der Plattform. *Hat man mich auf der Boone tatsächlich angelogen?* »Mick, du konntest doch gar nicht aussteigen. Wir waren unter Wasser.«

»Die Kammer stand unter Druck. Unser Boot hat den Einlassschacht verstopft.«

Sie schüttelt den Kopf. *Hör nicht auf ihn. Er lügt. Das ist völliger Unsinn!*

»Ich hab dir den Kopf verbunden. Du hattest Angst und hast gesagt, ich soll dich umarmen, bevor ich gehe. Ich musste dir versprechen, wiederzukommen.«

Eine vage Erinnerung kreist in ihrem Kopf.

Mick setzt sich neben sie. »Du glaubst noch immer kein Wort von dem, was ich sage, was?«

»Ich versuche ja, mich zu erinnern.« Sie schaut ihn an. »Mick… es tut mir Leid, dass ich dich geschlagen hab.«

»Ich hab dir doch gesagt, dass Iz nicht zu der Stelle fahren soll.«

»Ich weiß.«

»Ich würde dich nie hintergehen. Nie.«

»Mick, nehmen wir mal an, ich glaube dir. Was hast du gesehen, als du unser Boot verlassen hast? Wozu hat diese Turbine gehört?«

»Ich hab da unten eine Art Entwässerungsröhre entdeckt und es geschafft, darin nach oben zu klettern. Sie hat zu einer gewaltigen Kuppel geführt, in der es brütend heiß war. An den Wänden sind rote Flammen emporgezüngelt.«

Mick blickt nach oben in die Sterne. »Hoch über meinem Kopf ist etwas gekreist… ein fantastischer grüner Strudel aus Energie. Er hat wie eine kleine Spiralgalaxie ausgesehen. Eigentlich war es ein wunderschöner Anblick.«

»Mick…«

»Das ist noch nicht alles. Unter mir war ein wogender See aus geschmolzener Energie, der aussah wie Quecksilber. Seine Oberfläche war spiegelblank. Und dann hab ich gehört, wie mich die Stimme meines Vaters rief.«

»Die Stimme deines Vaters?«

»Ja, aber es war nicht mein Vater, sondern irgendein außerirdisches Wesen. Ich konnte es nicht sehen, weil es in einer riesigen Kapsel steckte, die über dem See schwebte. Es hat mich aus glühend roten, dämonischen Augen angeschaut. Ich hatte solche Angst…«

Dominique atmet langsam aus. *Da haben wir es. Klassische Demenz. Mein Gott, Foletta hatte Recht. Das geht schon die ganze Zeit so, ich hab mich nur geweigert, es zu erkennen.* Sie sieht ihn in die Ferne blicken. »Mick, lass uns mal darüber reden. Diese Bilder, die du gesehen hast, sind ziemlich symbolisch, weißt du. Fangen wir mit der Stimme deines Vaters an…«

»Moment!« Er dreht sich zu ihr um. Seine schwarzen Augen sind geweitet. »Mir ist gerade eben etwas klar geworden. Jetzt weiß ich, wer das Wesen war.«

»Aha.« Sie hört die Müdigkeit in ihrer Stimme. »Wen hast du denn gesehen?«

»Es war Tezcatlipoca. Das ist ein aztekischer Name, der ›Rauchender Spiegel‹ bedeutet und sich auf die Waffe der Gottheit bezieht. Nach den alten indianischen Legenden verlieh der Rauchende Spiegel Tezcatlipoca die Fähigkeit, in die Seele der Menschen zu blicken.«

»Ja, das hast du mir schon einmal erzählt.«

»Dieses Wesen hat tatsächlich in meine Seele geblickt.

Es hat zu mir gesprochen, als wäre es mein Vater und würde mich schon immer kennen. Es hat versucht, mich zu täuschen.«

Sie legt ihm eine Hand auf die Schulter und spielt mit den dunklen Locken in seinem Nacken. »Mick, weißt du, was ich glaube? Ich glaube, der Aufprall des U-Boots hat uns beide völlig wirr gemacht, und…«

Er schiebt ihre Hand weg. »Lass das! Sei bloß nicht überheblich. Ich habe nicht geträumt, und schizophrene Wahnvorstellungen hab ich genauso wenig. Jeder Mythos hat einen Bezug zur Realität. Kennst du nicht einmal die Mythen deiner eigenen Vorfahren?«

»Das sind nicht meine Vorfahren.«

»Blödsinn.« Mick packt sie am Handgelenk. »Egal, ob es dir passt oder nicht, in diesen Adern fließt das Blut der Quiché-Maya.«

Sie entzieht ihm ihren Arm. »Ich bin in den Staaten aufgewachsen und ich glaube nicht im mindesten an diesen Unsinn, der im *Popol Vuh* steht.«

»Hör mich doch wenigstens zu Ende an…«

»Nein!« Sie packt ihn bei den Schultern. »Mick, mach jetzt endlich mal 'ne Pause und hör *mich* an – bitte. Ich mag dich, das weißt du doch, oder? Ich halte dich für einen intelligenten, sensiblen und sehr begabten Menschen. Wenn du es zulässt und wenn du mir traust, kann ich dir helfen, das alles durchzustehen.«

Micks Gesicht hellt sich auf. »Ehrlich? Das ist toll. Ich kann deine Hilfe nämlich wirklich brauchen. Weißt du, es sind nur noch elf Tage, bis…«

»Nein, du hast mich missverstanden.« *Zeig deine mütterliche Seite.* »Mick, was ich jetzt sage, ist bestimmt sehr schwer für dich, aber sagen muss ich es trotzdem. Alles weist darauf hin, dass du an einem schweren Fall paranoider Schizophrenie leidest. Dein Zustand hat dich so verwirrt, dass du den Wald vor lauter Bäumen nicht mehr siehst. Vielleicht ist es angeboren, vielleicht auch nur die Auswirkung von elf Jahren Isolation, aber in jedem Fall brauchst du Hilfe.«

»Dom, was ich gesehen hab, war keine Wahnvorstellung. Es war das Innere eines außerirdischen Raumschiffs, dessen Technik allem, was wir uns vorstellen können, weit voraus ist.«

»Ein Raumschiff?« *Du lieber Himmel, es wird immer schlimmer.*

»Wach endlich auf, Dominique. Auch die Regierung weiß, dass das Ding da drunten liegt.«

Klassische paranoide Wahnvorstellungen.

»Der Blödsinn, den man dir auf der *Boone* eingetrichtert hat, war nur dazu gedacht, die Sache zu verschleiern.«

Heiße Tränen der Frustration laufen an ihren Wangen hinab, als sie ihr katastrophales Fehlverhalten zu erkennen meint. Ihre Betreuerin hat Recht gehabt. Indem sie ihrem Patienten ihr Herz geöffnet hat, hat sie ihre Objektivität aufgegeben. Alles, was geschehen ist, war ihr Fehler. Iz ist tot, Edie sitzt im Gefängnis und der Mann, dem sie vertraut und für den sie alles geopfert hat, ist nichts anderes als ein paranoider Schizophrener, der endgültig dem Wahnsinn verfallen ist.

Ein Gedanke schießt ihr durch den Sinn. *Je näher die Wintersonnenwende kommt, desto gefährdeter wird er sein.*

»Mick, du brauchst Hilfe. Du hast den Kontakt zur Realität verloren.«

Mick blickt auf den perfekt gemeißelten Kalksteinblock unter seinen Füßen. »Warum bist du hier, Dominique?«

Sie nimmt seine Hand. »Ich bin hier, weil ich dich mag – und weil ich dir helfen kann.«

»Das ist wieder eine Lüge.« Er schaut sie an. Seine dunklen Augen glänzen im Mondlicht. »Borgia hat dich in der Tasche, stimmt's? Der Mann ist voller Hass auf mich und meine Eltern. Der wird alles sagen oder tun, um mich wieder in die Finger zu bekommen. Womit hat er dich erpresst?«

Sie wendet den Blick ab.

»Was hat er dir versprochen? Sag mir, was er dir gesagt hat!«

»Du willst tatsächlich wissen, was er gesagt hat?« Sie dreht den Kopf und schaut ihn finster an. Ihre Stimme ist voller Wut. »Er hat Edie verhaften lassen. Er hat gesagt, sie und ich werden lange ins Gefängnis kommen, weil wir dir zur Flucht verholfen haben.«

»Verdammt. Das tut mir wirklich Leid…«

»Borgia hat mir versprochen, dass er das Verfahren gegen uns einstellen lässt, wenn ich dich finde. Er hat mir eine Woche Zeit gelassen. Wenn ich nicht tue, was er sagt, kommen Edie und ich vor Gericht.«

»Dieser Scheißkerl.«

»Mick, so schlimm ist das alles nicht. Dr. Foletta hat mir angeboten, deine Therapie zu übernehmen.«

»Foletta ist auch dabei? Ach, du lieber Himmel…«

»Du wirst in diese neue Anstalt in Tampa kommen. Dort gibt's keine Isolation mehr. Von nun an wird dich ein offiziell bestalltes Therapeutenteam betreuen und dir die Behandlung zukommen lassen, die du brauchst. Wir werden eine medikamentöse Therapie für dich zusammenstellen, mit der du deine Gedanken bald wieder unter Kontrolle haben wirst. Dann musst du nicht mehr in der Anstalt bleiben – und dich auch nicht mehr hier im mexikanischen Dschungel verstecken. Irgendwann wirst du in der Lage sein, ein normales, sinnvolles Leben zu leben.«

»Mensch, das klingt aber wirklich toll.« Micks Stimme hat einen sarkastischen Unterton. »Und außerdem ist Tampa nicht weit von Sanibel Island. Hat Foletta dir womöglich eine Festanstellung versprochen? Und einen eigenen Parkplatz auf dem Klinikgelände?«

»Ich tu das nicht für mich, Mick, ich tue es für dich. Vielleicht stellt sich heraus, dass alles, wie es jetzt gekommen ist, am besten für dich war.«

Mick schüttelt traurig den Kopf. »Dom, wer den Wald

vor lauter Bäumen nicht sehen kann, bist du.« Er bückt sich, zieht sie auf die Beine und deutet in den Himmel. »Kannst du die dunkle Linie da oben sehen, die parallel zum Großen Ballspielplatz verläuft? Das ist das dunkle Band der Milchstraße, so etwas wie der Äquator unserer Galaxis. Einmal in fünfundzwanzigtausendachthundert Jahren bildet die Sonne eine Konjunktion mit seinem Mittelpunkt, und dieses Ereignis findet in genau elf Tagen statt. In elf Tagen, Dominique. An diesem Tag, dem Tag der Wintersonnenwende, wird sich ein kosmisches Tor öffnen und einer böswilligen Kraft Zugang zu unserer Welt gewähren. Am Ende dieses Tages werden du, ich, Edie, Borgia und alle anderen Menschen auf der Erde tot sein – falls es uns nicht gelingt, den verborgenen Zugang zu dieser Pyramide zu entdecken.«

Mick blickt ihr qualvoll in die Augen. »Ich… ich liebe dich, Dominique. Ich hab dich lieb, seit wir uns das erste Mal gesehen haben, seit dem Tag, an dem du einfach nur freundlich zu mir gewesen bist. Außerdem stehe ich in deiner und in Edies Schuld. Aber nun muss ich diese Sache durchstehen, selbst wenn ich dich dadurch verlieren sollte. Vielleicht hast du ja Recht. Vielleicht ist alles nur eine grandiose schizophrene Wahnvorstellung, die mir meine zwei psychotischen Eltern vererbt haben. Vielleicht bin ich so außer mir, dass ich nicht merke, was gespielt wird. Aber darauf kommt es nicht an – egal, ob all dies real ist oder nur eine Halluzination, ich kann jetzt nicht aufhören. Ich muss die Sache durchstehen.«

Er hebt das Inspektroskop auf. In seinen Augen glänzen Tränen. »Ich schwöre dir beim Andenken meiner Mutter: Wenn ich Unrecht habe, kehre ich am zweiundzwanzigsten Dezember nach Miami zurück und stelle mich den Behörden. Wenn du mir bis dahin helfen willst, wenn du mich *wirklich* magst, hör auf, dich als meine Therapeutin zu gebärden.

Sei meine Freundin.«

21

10. Dezember 2012
Hauptquartier der Vereinten Nationen
New York City

Das Publikum in dem bis auf den letzten Platz gefüllt Saal verstummt. Alle Fernsehkameras richten sich auf Viktor Iljitsch Grosny, der zum Podium schreitet, um zu den Mitgliedern des UN-Sicherheitsrats und dem Rest der Welt zu sprechen.

»Frau Präsidentin, Herr Generalsekretär, meine Damen und Herren vom Sicherheitsrat, verehrte Gäste – dies ist ein trauriger Tag. Trotz aller Entschlüsse und Warnungen von Seiten der UN-Vollversammlung und des Sicherheitsrats, trotz des erschöpfenden Einsatzes der Diplomatie und der Friedensbemühungen des Generalsekretärs und seiner Beauftragten, bedroht ein Land – man könnte es als Schurkenstaat bezeichnen, wäre es nicht so mächtig – die übrige Welt weiterhin mit der gefährlichsten Waffe in der Geschichte der Menschheit.

Der Kalte Krieg ist lange schon vorbei, will man uns glauben machen. Die Vorzüge des Kapitalismus haben über die Übel des Kommunismus triumphiert. Während die Wirtschaft des Westens beständig wächst, bemüht sich die Russische Föderation, auf die Beine zu kommen. Das russische Volk ist verarmt, Tausende hungern. Geben wir dem Westen die Schuld daran? Nein. Die Probleme Russlands wurden von Russen geschaffen und es liegt in unserer Verantwortung, uns selbst zu retten.«

Die himmelblauen Augen blicken mit kindlicher Unschuld in die Kameras. »Ich bin ein Mann des Friedens. Allein durch diplomatische Bemühungen habe ich unsere Freunde in Arabien, Serbien und Korea dazu gebracht, die Waffen niederzulegen, die sie auf ihre Erbfeinde gerichtet hatten. Weshalb? Weil ich von ganzem Herzen daran glaube, dass Gewalt nichts lösen und dass niemand die Fehler der Vergangenheit ungeschehen machen kann. Für welche Art von Ethik sich der Einzelne entscheidet, ist seine persönliche Sache. Wenn die Zeit kommt, müssen wir alle vor unseren Schöpfer treten, doch Gott hat keinem Menschen das Recht gegeben, anderen im Namen von Ethik und Moral Schmerz und Leiden zuzufügen.«

Grosnys Blick wird hart. »Wer ohne Sünde ist, der werfe den ersten Stein. Der Kalte Krieg ist vorüber, doch die Vereinigten Staaten benützen ihre starke Wirtschaft und ihr militärisches Potenzial weiterhin dazu, die Welt zu bevormunden und zu entscheiden, ob die Politik anderer Länder moralisch vertretbar ist. Wie ein gemeiner Schläger ballt Amerika die Faust und droht mit Gewalt – und das im Namen des Friedens. Als mächtigster Heuchler der Welt bewaffnen die Vereinigten Staaten die Unterdrückten, bis sie zu Unterdrückern werden. Israel, Südkorea, Vietnam, der Irak, Bosnien, der Kosovo, Taiwan – wie viele Menschen müssen noch sterben, bis die Vereinigten Staaten erkennen, dass die Androhung von Gewalt nur immer mehr Gewalt hervorbringt und dass Tyrannei, selbst wenn sie von den besten Absichten verschleiert wird, Tyrannei bleibt?«

Der Blick wird weicher. »Und nun sieht die Welt sich mit einer neuen Bedrohung konfrontiert. Es genügt den Vereinigten Staaten nicht, die modernste Streitmacht der Geschichte zu besitzen und sogar den Weltraum zu beherrschen. Selbst die Realisierung des Raketenabwehrschilds ist nicht genug. Nun besitzen die USA eine neue Waffe, die das atomare Gleichgewicht ins Schwanken bringt. Weshalb erprobt Amerika weiterhin diese Waffe und leugnet gleichzeitig jede Verantwortung? Hält der amerikanische Präsident uns alle für naiv? Können seine Ausflüchte den Kummer des australischen und des malaysischen Volkes beschwichtigen? Wo wird die nächste Detonation stattfinden? In China? In der Russischen Föderation? Oder womöglich im Mittleren Osten, wo drei amerikanische Flugzeugträger und ihre Flotten sich zum Schlag bereitmachen – und das im Namen der Gerechtigkeit?

Wie China und der Rest der Welt verurteilt die Russische Föderation diese neue Androhung von Gewalt. Deshalb wollen wir heute eine Warnung aussprechen, und zwar ganz deutlich, falls man unsere ethischen Prämissen in Frage stellen sollte. Wir weigern uns, in Furcht und Schrecken zu leben. Wir werden uns der Einschüchterungstaktik des Westens nicht länger beugen. Die nächste Explosion einer Fusionsbombe wird die letzte sein, denn wir werden sie als Erklärung eines Atomkriegs interpretieren!«

Unter den Anwesenden bricht die Hölle aus. Niemand hört auf den Protest der Vertreter Amerikas, während Viktor Grosnys Bodyguards dem russischen Präsidenten einen Weg aus dem Saal bahnen.

Pisté (2 km westlich von Chichén Itzá)
Halbinsel Yukatan

Das Erste, was Dominique Vazquez beim Aufwachen hört, ist das Gackern von Hühnern. Durch die Ritzen der morschen Holzlatten über ihrem Kopf fällt Morgenlicht herein und lässt die Stäubchen in der Luft tanzen. Sie dehnt und reckt sich in ihrem Schlafsack, dann dreht sie sich um.

Mick ist schon auf. An einen Heuhaufen gelehnt, liest er im Tagebuch seines Vaters. Die Sonnenstrahlen lassen die eckigen Konturen seines Gesichts hervortreten. Er hebt den Kopf und funkelt Dominique mit seinen dunklen Augen an.

»Guten Morgen.«

Sie rutscht aus ihrem Schlafsack. »Wie spät ist es?«

»Bald elf. Hast du Hunger? Die Formas haben in der Küche Frühstück für dich hingestellt.« Er deutet durch die offenen Tür des Schuppens auf das rosafarbene Lehmhaus. »Bedien dich nur, ich hab schon gegessen.«

Barfuß geht sie über den schmutzigen, mit Stroh bedeckten Boden und setzt sich neben ihn. »Was liest du da?«

Er zeigt auf eine Zeichnung der Nazca-Pyramide. »Dieses Bild ist der Schlüssel zu dem verborgenen Eingang in die Pyramide des Kukulkan. Das Tier da ist ein Jaguar, der auf dem Rücken liegt, um anzuzeigen, dass es irgendwo nach *unten* geht. Das offene Maul des Jaguars war bei den alten Maya ein Symbol für Höhlen wie auch für die Unterwelt. Die nächsten Höhlen in der Gegend hier sind in Balancanché. Meine Eltern und ich haben Jahre damit verbracht, sie zu erforschen, ohne etwas zu finden.«

»Was ist mit diesem Muster aus konzentrischen Kreisen?«

»Das ist der Teil des Rätsels, der mir noch unklar ist. Zuerst hab ich gemeint, das Muster ist ein Symbol für eine unterirdische Kammer. Ähnliche Spiralen befinden sich in allen Stätten, die meine Eltern erforscht haben. Als ich hier ankam, war ich sogar wieder in Balancanché, aber gefunden hab ich wieder nichts.«

Dominique zieht einen Plan von Chichén Itzá aus der Gesäßtasche. Sie betrachtet die Anordnung der Ruinen und die Luftaufnahmen der alten Stadt. »Erzähl mir mehr von dieser Unterwelt der Maya. Wie hast du sie genannt?«

»*Xibalba.* Im Schöpfungsmythos der Maya heißt das dunkle Band der Milchstraße *Xibalba Be* und ist die Schwarze Straße zur Unterwelt. Im *Popol Vuh* steht, *Xibalba* sei der Ort, an dem Geburt, Tod und Wiederauferstehung stattfänden. Leider sind die Worte des *Popol Vuh* nicht einfach zu interpretieren. Bestimmt ist ein Großteil der ursprünglichen Bedeutung im Lauf der Jahrhunderte verloren gegangen.«

»Wie kommst du darauf?«

»Das *Popol Vuh* ist im sechzehnten Jahrhundert entstanden, lange nach dem Höhepunkt der Maya-Kultur und dem Verschwinden von Kukulkan. Deshalb haben die Geschichten darin einen eher sagenhaften als realistischen Charakter. Allerdings... nach dem, was ich im Meer gesehen habe, weiß ich nicht mehr so recht.« Er schaut sie an, unsicher, ob er weitersprechen soll.

»Nur weiter, ich höre zu.«

»Ganz ohne Vorbehalte – oder gehört das zu meiner Therapie?«

»Du hast gesagt, du brauchst eine Freundin, und die will ich sein.« Sie drückt seine Hand. »Mick, dieser Alien, der angeblich mit dir kommuniziert hat... du sagst, er hat mit der Stimme deines Vaters zu dir gesprochen?«

»Ja. Er hat mich getäuscht, um mich zu sich zu locken.«

»Bitte sei mir nicht böse, aber hast du mir nicht erzählt, im Schöpfungsmythos des *Popul Vuh* sei irgendeiner Gestalt dasselbe zugestoßen? Wie hieß die noch?«

»Hun-Hunapu.« Micks Augen weiten sich.

Sehr schön, er erkennt den Ursprung seiner Wahnvorstellungen.

»Du glaubst noch immer, das Ganze existiert nur in meiner Fantasie, was?«

»Das hab ich nicht gesagt, aber du musst zugeben, dass das eine seltsame Parallele ist. Was ist mit Hun-Hunapu geschehen, nachdem die Götter der Unterwelt ihn betrogen hatten?«

»Er und sein Bruder wurden gefoltert und getötet, doch seine Niederlage war Teil eines größeren Zusammenhangs. Nachdem die Herren der Unterwelt ihn geköpft hatten, legten sie seinen Kopf in die Krümmung eines Kalebassen-Baumes, um alle von *Xibalba* fern zu halten. Doch eines Tages beschloss eine schöne Frau namens Blutmond, den Göttern zu trotzen und den Baum aufzusuchen. Als sie die Hand nach Hun-Hunapus Schädel ausstreckte, spuckte er hinein und schwängerte sie dadurch. Blutmond floh und kehrte zur Mittelwelt – zur Erde – zurück, wo sie die Maya-Heroen Hunapu und Ixbalanque gebar.«

»Hunapu und Ixbalanque?«

»Die göttlichen Zwillinge. Sie wuchsen zu großen Kriegern heran. Als sie erwachsen waren, kehrten sie nach *Xibalba* zurück, um die Herren der Unterwelt herauszufordern. Erneut versuchten die bösen Götter, durch List und Tücke zu siegen, doch diesmal behaupteten sich die Zwillinge, schlugen ihre Feinde, besiegten das Böse und erweckten ihren Vater wieder zum Leben. Die Wiederauferstehung von Hun-Hunapu soll zu einer mystischen Empfängnis und Wiedergeburt des Maya-Volkes führen.«

»Du hast mir mal erzählt, diese Schwarze Straße habe

zu Hun-Hunapu gesprochen. Wie kann eine Straße sprechen?«

»Keine Ahnung. Im *Popol Vuh* wird der Eingang zur Schwarzen Straße durch das Maul einer großen Schlange symbolisiert. Auch das dunkle Band der Milchstraße bezeichneten die Maya als Schlange.«

Jetzt ist es so weit. Treib ihn in die Enge. »Mick, hör mal einen Augenblick zu, ohne mich zu unterbrechen. Du hast dein ganzes Leben damit verbracht, den Geistern der Maya hinterherzujagen und dich in den Mythen des *Popul Vuh* zu vergraben. Wäre es da nicht möglich, dass du…«

»Dass ich was? Dass die Stimme meines Vaters nur eine Halluzination war?«

»Fahr nicht gleich aus der Haut. Ich frage nur, weil die Geschichte von Hun-Hunapus Reise in jeder Beziehung Parallelen zu dem aufweist, was du mir über diese unterirdische Kuppel erzählt hast. Außerdem hab ich den Eindruck, dass du mit deinem Vater noch nicht ganz im Reinen bist.«

»Mag sein, aber dieses außerirdische Wesen war keine Einbildung und die Stimme meines Vaters auch nicht. Beides war ganz real.«

»Vielleicht ist es dir auch nur real vorgekommen.«

»Jetzt spielst du wieder meine Therapeutin.«

»Ich versuche nur, mich wie eine echte Freundin zu verhalten. Paranoide Wahnvorstellungen haben eine große Kraft. Wenn du dir helfen willst, besteht der erste Schritt darin, zu akzeptieren, dass du Hilfe brauchst.«

»Dominique, hör auf.«

»Wenn du mich lässt, kann ich dir helfen…«

»Nein!« Mick drängt sich an ihr vorbei und läuft aus dem Tor. Draußen schließt er die Augen, atmet tief durch und lässt sich die warme Mittagssonne ins Gesicht scheinen, offenbar, um sich wieder in die Gewalt zu bringen.

Das hat gereicht. Den Samen habe ich gepflanzt, jetzt muss ich sein Vertrauen wiedergewinnen. Sie blickt erneut auf den Plan von Chichén Itzá. Aus irgendeinem Grund fällt ihr das Luftbild des Cenote ins Auge. Sie erinnert sich an die vergangene Nacht, an ihren Marsch durch den Dschungel.

Die Wände des Beckens im Mondlicht… die Furchen im Kalkstein…

»Was hast du?«

Erschrocken blickt sie auf und merkt überrascht, dass Mick über ihr steht. »Ach, nichts. Es ist wahrscheinlich nicht so wichtig.«

»Sag's mir.« Die schwarzen Augen sind zu klug, um hinters Licht geführt zu werden.

»Da, schau mal auf den Plan. Das Luftbild des Cenote erinnert an das Muster aus konzentrischen Kreisen, das du mir auf der Zeichnung der Nazca-Pyramide gezeigt hast.«

»Meine Eltern sind zu demselben Schluss gekommen. Sie haben Monate damit verbracht, in jeden Cenote hier zu tauchen, haben alle Wasserbecken und alle unterirdischen Höhlen in der Gegend erforscht. Das Einzige, was sie gefunden haben, waren ein paar Skelette – die Überreste der Geopferten –, aber nichts, was auch nur im Entferntesten wie ein Eingang ausgesehen hat.«

»Inzwischen war doch dieses Erdbeben…« Sie zuckt zusammen, als ihr die Worte herausrutschen.

»Was für ein Erdbeben?« Micks Miene hellt sich auf. »Das Erdbeben am Tag des Herbstäquinoktiums war auch in Chichén Itzá spürbar? Mensch, Dominique, warum hast du mir das nicht längst gesagt?«

»Keine Ahnung – wahrscheinlich dachte ich, es sei nicht wichtig. Als ich davon gehört habe, hatte Foletta dich schon längst schachmatt gesetzt.«

»Erzähl mir von dem Erdbeben. Was hat es am Cenote bewirkt?«

»Es war nur ein kurzer Bericht in den Nachrichten. Ein paar Touristen haben behauptet, sie hätten gesehen, wie sich im Wasser des Beckens ein Strudel gebildet hat.«

Mick läuft davon.

»Moment, wo willst du hin?«

»Wir brauchen einen Wagen. Wahrscheinlich müssen wir einen oder zwei Tage in Merida verbringen, um ein paar Sachen zu besorgen. Iss jetzt was. In einer Stunde bin ich wieder da.«

»Mick, warte doch! Was willst du denn besorgen?«

»Eine Tauchausrüstung. Wir müssen uns den Cenote mal genauer anschauen.«

Großartig, Mrs. Freud. Jetzt hast du ihn auch noch ermutigt.

Ärgerlich über sich selbst tritt sie aus dem Schuppen und geht ins kleine Lehmhaus der Formas, das mit bunten mexikanischen Motiven geschmückt ist. Sie findet einen Teller mit gebratenen Bananen und Maisbrot auf dem Küchentisch und setzt sich, um zu essen.

Da fällt ihr Blick aufs Telefon.

AUS DEM TAGEBUCH VON JULIUS GABRIEL

Es war im Sommer 1985, als wir wieder in Nazca eintrafen.

Das erste halbe Jahr pendelten wir täglich zwischen der Wüste und einer kleinen Wohnung in Ica, einem lebhaften, gut hundertvierzig Kilometer nördlich gelegenen Städtchen hin und her. Dann zwang unser schwindendes Budget uns zu einem Ortswechsel, und ich besorgte uns eine spartanische, zwei Zimmer große Behausung in dem Bauerndorf Ingenio.

Von dem Geld, das ich für den Verkauf unseres Wohnwagens bekommen hatte, konnte ich einen kleinen Heißluftballon anschaffen. Jeden Montagmorgen schwebten Maria, Michael und ich in dreihundert Metern Höhe über die Einöde, um die unzähligen geometrischen Strukturen und die fantastischen Tiere zu fotografieren, die in den Fels gescharrt sind. Den Rest der Woche widmeten wir einer eingehenden Analyse der Aufnahmen, von denen wir uns einen Hinweis auf den Eingang zur Pyramide des Kukulkan erhofften.

Fast überwältigend an der Aufgabe, die Zeichnungen von Nazca zu interpretieren, ist die Tatsache, dass sie mehr falsche Hinweise enthalten als wahre. Hunderte von Tierfiguren und Tausende abstrakte Formen bedecken die öde Leinwand wie prähistorische Graffiti. Die Mehrzahl davon wurde nicht von dem ursprünglichen Künstler geschaffen. Rechtecke, Dreiecke, Trapeze und Parallelen breiten sich über das fünfhundert Quadratkilometer große graubraune Tafelland aus. Manche der unglaublich geraden Linien sind über vierzig Kilometer lang. Schließt man noch die menschenähnlichen Figuren ein, die in die umgebenden Hänge gescharrt sind, wird klar, wie entmutigend unsere Aufgabe war. Dennoch gelang es uns schließlich, eine Reihe von Zeichnungen zu identifizieren, die unserer Meinung nach am meisten Aussagekraft besaßen.

Es sind die älteren, kunstvoller ausgeführten Figuren, in denen die wahre Botschaft von Nazca verborgen ist. Man kann nur raten, wann sie entstanden sind, aber wir wissen, dass sie mindestens fünfzehnhundert Jahre alt sind.

Die Hieroglyphen haben zwei Funktionen. Jene Bilder, die wir als ›primär‹ bezeichneten, erzählen die Geschichte, die hinter der alten Prophezeiung des Weltuntergangs steckt. In der Nähe dieser Symbole sind ›sekundäre‹ Figuren eingescharrt, die wichtige Hinweise zur Entschlüsselung ihrer Bedeutung enthalten.

Die Geschichte, die der Künstler erzählt, beginnt in der Mitte der gewaltigen Leinwand mit einer Figur, die Maria den Strahlenkranz von Nazca getauft hat. Er ist ein makelloser Kreis, von dem dreiundzwanzig Linien ausgehen. Eine dieser Linien ist länger als die anderen und führt sechsunddreißig Kilometer weit durch die Wüste. Zwölf Jahre später fand ich heraus, dass diese verlängerte Linie einen exakten Bezug zum Gürtel des Orion aufweist, und kurz danach fand Michael im Zentrum ihres geheimnisvollen Ausgangspunktes jenen Iridiumbehälter, der eine uralte Weltkarte enthielt (siehe Eintrag vom 14. Juni 1990). Die Karte wiederum schien darauf hinzudeuten, dass der entscheidende Kampf um den drohenden Weltuntergang auf der Halbinsel Yukatan und im Golf von Mexiko stattfinden sollte.

Ganz in der Nähe des Strahlenkranzes befindet sich das Bild der Spinne. Die Gattung, die es darstellt (Ricinulei), gehört zu den seltensten der Welt und findet sich nur im Amazonasbecken, und zwar in den abgelegensten Regionen des dortigen Regenwaldes. Wie die Wale und der Affe ist die Spinne eine Tierart, die nicht in die peruanische Wüste gehört. Aus diesem Grund schrieben wir ihr eine demonstrative Funktion zu. In diesem Fall ging es offenbar um den Himmel. Wie sich herausstellte, ist die Spinne ein unglaublich präziser Wegweiser, der den Beobachter – wieder einmal! – auf das Sternbild Orion aufmerksam macht. Die geraden Linien des Spinnenleibes sind so orientiert, dass mit ihrer Hilfe die wechselnde Deklination der drei Sterne des Oriongürtels berechnet werden konnte. Damit beziehen sie sich auf dieselben Himmelskörper, deren sich die Ägypter bedienten, um die Pyramiden von Giseh auszurichten.

In der weiteren Umgebung des Strahlenkranzes sind mehr als ein Dutzend Zeichnungen von geflügelten räuberischen Wesen über das Plateau verstreut. Ich spreche hier nicht von den neueren Darstellungen des Kolibris oder des Pelikans, also von Tieren, die in der Gegend leben, sondern von einer Reihe diabolisch aussehender Wesen, die ich noch immer nicht identifizieren kann. Obgleich diese mysteriösen, klauenbewehrten Kreaturen so häufig auf der Leinwand von Nazca zu finden sind, gelingt es mir nicht, ihre Funktion zu deuten.

Die längste zoomorphe Darstellung der Ebene ist die einhundertachtundachtzig Meter lange Nazca-Schlange. Leider wurden wichtige Einzelheiten des Bildes von der Panamerikana ruiniert, die den Körper des Tieres durchschneidet. Einerseits könnte diese Schlange das dunkle Band der Milchstraße darstellen, andererseits verweist sie durch ihre Nähe zur Nazca-Pyramide womöglich – wie auch der Affe

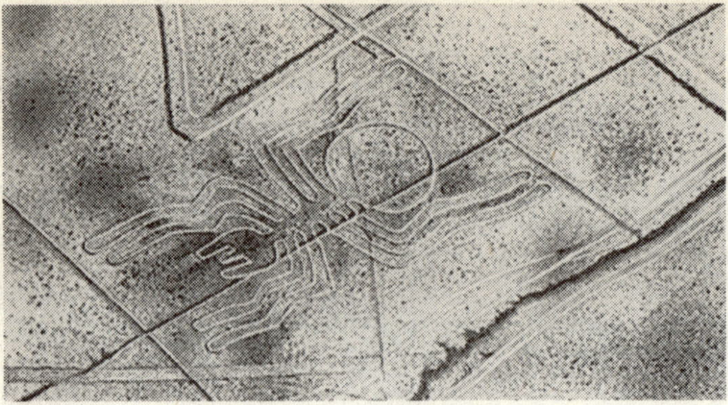

und die Wale – auf Chichén Itzá, die vom Symbol der gefiederten Schlange beherrschte Maya-Stadt.

Wie der Strahlenkranz und die Spinne, so ist auch der Schwanz der Schlange nach dem Sternbild Orion ausgerichtet.

Es gibt noch mehrere andere Zeichnungen, die sich auf Teile der Maya-Prophezeiung beziehen. An dieser Stelle will ich nur noch unsere Lieblingsfigur erwähnen, die wir den Nazca-Astronauten getauft haben. Während unseres Aufenthalts in der Wüste war die Gegenwart dieses zweitausend Jahre alten außerirdischen Wesen ein tröstlicher Anblick, denn sie erinnerte uns deutlich daran, dass wir uns nicht alleine auf der Suche befanden, zumindest nicht im Geiste. Die eulenhaft anmutende Gestalt eines männlichen Humanoiden ist mit Uniform und Stiefeln ausgestattet und hebt die rechte Hand zu einer Geste, die nur als freundschaftlicher Gruß gedeutet werden kann. Eindeutig abgehoben von der übrigen Botschaft von Nazca, ist der riesige Außerirdische in einen der Hänge gescharrt, als sei er die Signatur des Künstlers am Rande seines Gemäldes.

Als wir bereits über vier Jahre in der peruanischen Wüste verbracht hatten, beschloss ich, mit Maria und Michael die eindrucksvollste aller alten Zeichnungen zu besuchen, den Dreizack von Paracas. Hundertsechzig Kilometer nördlich von Nazca gelegen, ist diese Figur, oft als El Candelabro oder Anden-Kandelaber bezeichnet, nie öffentlich in Bezug mit

den Nazca-Zeichnungen gesetzt worden, obgleich ihre präzise Ausführung, ihre Größe und ihr Alter sie gut als Werk unseres geheimnisvollen Künstlers charakterisieren könnte.

Der Schöpfer des Dreizacks hat sich entschlossen, dieses kolossale Symbol auf einen ganzen Berghang an der Bucht von Paracas zu gravieren. Dargestellt ist ein dreiarmiger Kandelaber, der an den Dreizack des Teufels erinnern würde, wären die nach oben weisenden Spitzen nicht mit blütenblattähnlichen Ornamenten geschmückt. Weil das Bild wesentlich härteren klimatischen Bedingungen ausgesetzt ist als die Zeichnungen von Nazca, ist der Künstler viel intensiver in den Boden eingedrungen und hat die Linien einen ganzen Meter tief in die salzige, krustenähnliche Oberfläche des Berges geritzt. Hundertachtzig Meter lang und fast sechzig Meter breit, ist der Dreizack von Paracas ein nicht zu übersehendes Wahrzeichen.

Ich erinnere mich noch genau an jenen schicksalhaften Dezembertag, an dem wir drei von einem gemieteten Boot aus auf das uralte Symbol blickten. Während sich die untergehende Sonne hinter uns rötete, begann der kristallene Boden des Hanges im schwindenden Licht zu funkeln, sodass der Umriss des Bildes rot aufglühte. Dieser Effekt faszinierte Maria, die sofort vermutete, dass der Dreizack ein Wegweiser war, der den heutigen Menschen zur Wüste von Nazca führen sollte.

Marias Worte ließen mich an den Bogen in St. Louis denken, jene symbolische Brücke zum Herzen der Vereinigten Staaten. Das wollte ich auch gerade sagen, als meine geliebte Frau sich plötzlich vor Schmerzen krümmte und ein qualvolles Wimmern von sich gab. Dann sahen Michael und ich voll namenlosem Schrecken, wie sie bewusstlos auf dem Deck zusammenbrach.

Auszug aus dem Tagebuch von Prof. Julius Gabriel

Vgl. Katalog 1985–90, Seite 31-824
Fotojournal Disketten 8 u. 9, Datei: NAZCA, Fotos 34 u. 56

22

13. Dezember 2012
An Bord der USS Boone
Golf von Mexiko

4.46 Uhr Als Vizepräsident Ennis Chaney und Marvin Teperman benommen aus dem Sikorsky SH-60B Seahawk steigen, werden sie von Kapitän Edwin Loos empfangen.

Der Marineoffizier lächelt. »Alles in Ordnung, Herr Vizepräsident? Sie sehen etwas mitgenommen aus.«

»Wir hatten allerhand Turbulenzen. Sind die Beobachtungsflugzeuge an Ort und Stelle?«

»Zwei Predator schweben über dem Zielbereich, wie Sie uns angewiesen haben, Sir.«

Teperman zieht seine Schwimmweste aus und reicht sie dem Hubschrauberpiloten. »Herr Kapitän, weshalb vermuten Ihre Leute, dass wir heute Abend wieder mit einem dieser Strudel konfrontiert werden?«

»Die Sensoren haben einen Anstieg der unterirdischen elektromagnetischen Fluktuation registriert, genau wie an dem Tag, an dem der Mahlstrom das letzte Mal erschienen ist.« Loos führt die beiden zu den Aufbauten und in die Gefechtszentrale des Schiffes.

In dem schwach beleuchteten, von High-Tech-Geräten überquellenden Raum herrscht hektische Aktivität. Fregattenkapitän Curtis Broad blickt vom Monitor eines Sonars auf. »Sie kommen gerade rechtzeitig, Käpt'n. Die Sensoren zeigen eine zunehmende elektromagnetische Aktivität an. Schaut ganz so aus, als würde sich der nächste Strudel jetzt bald bilden.«

Direkt über dem smaragdgrünen Leuchten kreisen in unterschiedlicher Höhe zwei der unbemannten Beobachtungsflugzeuge der *USS Boone*, im Jargon als *Predator* – Räuber – bezeichnet. Während das Meerwasser gegen den Uhrzeigersinn zu kreisen beginnt, übermitteln ihre Infrarot- und Videokameras dem Kriegsschiff Bilder aus nächster Nähe.

Chaney, Teperman, die beiden Marineoffiziere und zwei Dutzend Techniker und Wissenschaftler blicken gebannt auf die Videomonitore und sehen mit klopfenden Herzen, wie der Strudel vor ihren Augen Gestalt annimmt.

Der Vizepräsident schüttelt ungläubig den Kopf. »Was, um Himmels willen, hat die Kraft, so etwas zu bewirken?«

Teperman flüstert: »Vielleicht war es auch dieses Ding da unten, das die Explosionen im Westpazifik verursacht hat.«

Der Strudel dreht sich immer schneller, bis seine gewaltige Zentrifugalkraft einen Trichter geschaffen hat, der bis zum zerborstenen Meeresgrund hinabreicht. Als das Wasser sich teilt, schießt ein leuchtend smaragdgrüner Strahl wie ein überirdischer Suchscheinwerfer in den Nachthimmel.

»Da!« Teperman zeigt auf den Bildschirm. »Da steigt was aus der Mitte...«

»Ich sehe es«, flüstert Chaney fassungslos.

Drei dunkle Schatten erscheinen inmitten des Lichtstrahls und steigen durch den Trichter in die Höhe.

»Verflucht, was ist das?«, murmelt Loos. Die leitenden

Wissenschaftler brüllen ihren Kollegen und Assistenten Anordnungen zu, um sicherzustellen, dass alle Daten aufgezeichnet werden.

Die Objekte haben den oberen Rand des Trichters erreicht. Sie bleiben kurz über der Wasserfläche stehen, dann nähern sie sich dem tieferen der beiden Beobachtungsflugzeuge.

Das Bild, das die Kamera des Predators übermittelt, wird unscharf, flimmert und erlischt.

Der zweite Predator sendet weiter Daten.

»Lassen Sie zwei Seahawks aufsteigen«, ordnet Kapitän Loos an. »Nur zur Aufklärung. Und halten Sie den zweiten Predator in sicherem Abstand. Verlieren Sie bloß nicht den Kontakt.«

»Aye, Sir… Sir, was ist ein sicherer Abstand?«

»Käpt'n, die Seahawks sind in der Luft!«

»Sie sollen von dem Licht wegbleiben«, bellt Chaney.

Die drei seltsamen Objekte steigen auf eine Höhe von sechshundert Metern. Dort drehen sie mit roboterhafter Präzision eine Pirouette, bei der sie die gewaltigen Flügel zu ihrer vollen Spannweite ausbreiten, dann beschleunigen sie und sind sofort aus dem Blickfeld verschwunden.

Kapitän Loos hastet zum Zielerfassungssystem. Dort verfolgt Leutnant Linda Mukaresku die Objekte bereits mit der rasch rotierenden Radarschüssel der *Boone*.

»Ich hab sie, Sir – gerade noch. So was hab ich noch nie gesehen. Keine Wärmesignatur, keinerlei Geräusche bis auf ein schwaches elektromagnetisches Rauschen. Kein Wunder, dass unsere Satelliten die Dinger nicht aufspüren konnten.«

»Wie schnell?«

»Mach vier, und sie beschleunigen immer noch. Alle drei Ziele fliegen nach Westen. Sie sollten NORAD kontaktieren, Käpt'n. Bei diesem Tempo hab ich sie gleich nicht mehr auf dem Bildschirm.«

NORAD-Zentrale
Colorado

Sechs Kilometer südwestlich von Colorado Springs ragt der Cheyenne Mountain auf, ein gut dreitausend Meter hoher Gipfel aus zerklüftetem Granit. An seiner Flanke führen zwei schwer bewachte Zugangstunnels einen halben Kilometer weit in den Fels. Sie sind die einzigen Eingänge zu einem achtzehntausend Quadratmeter großen unterirdischen Komplex, in dem die Zentrale des amerikanisch-kanadischen Raketen- und Luftverteidigungssystems NORAD untergebracht ist.

Mit NORAD hat das Militär eine vereinigte Kommandozentrale geschaffen, die alle Teile der Streitkräfte, alle Geheimdienste, Satelliten und Wetterstationen verbindet. Ihre Hauptfunktion besteht in einer weltweiten Überwachung militärischer Raketen, egal, ob diese von Land, vom Meer oder von Flugzeugen aus abgeschossen werden. Ein solcher Vorgang wird in zwei Grundkategorien eingeordnet.

Beim Abschuss einer Interkontinentalrakete auf Nordamerika wird eine strategische Warnung ausgelöst. Hier geht es um Flugkörper, die eine Distanz von mehr als zweitausendeinhundert Seemeilen überwinden müssen und dazu etwa dreißig Minuten brauchen. Über eine vierminütige Befehlskette werden die Informationen umgehend an den amerikanischen Präsidenten und alle Kommandozentralen der US-Verteidigung übermittelt.

Direkte Warnungen erfolgen, wenn Flugkörper vor Ort auf Objekte der amerikanischen Streitkräfte und ihrer Verbündeten abgefeuert werden. Weil eine Scud-Rakete oder andere Marschflugkörper innerhalb weniger Minuten ans Ziel gelangen können, übermittelt NORAD die Warnung via Satellit direkt an die örtlichen Befehlshaber.

Das wichtigste Frühwarnsystem von Cheyenne Mountain bezieht seine Informationen aus dem Weltraum. Hier, fünfunddreißigtausend Kilometer von der Erde entfernt, umkreisen die an NORAD angeschlossenen Satelliten auf einer geostationären Umlaufbahn die Erde und sorgen für eine ständige und lückenlose Überwachung des gesamten Planeten. An Bord der zweieinhalb Tonnen schweren Sonden befinden sich hochmoderne Infrarot-Sensoren, die dazu dienen, die während der Startphase einer Rakete auftretende Hitze wahrzunehmen.

Major Joseph Unsinn grüßt den an der Glastür des Tunnels postierten Militärpolizisten, dann steigt er in eine wartende Elektrobahn. Nach einer kurzen Fahrt durch ein Labyrinth von Röhren erreicht er die Kommandozentrale von NORAD und tritt seine Zwölf-Stunden-Schicht an.

Für den NORAD-Kommandanten sind Raketenstarts nichts Ungewohntes. Jedes Jahr ist er Zeuge von über zweihundert solchen ›Vorfällen‹, wie sie im militärischen Jargon bezeichnet werden. In diesen Tagen ist die Atmosphäre jedoch deutlich anders. Da die Welt sich am Rande eines Krieges befindet, ist die Spannung schier unerträglich geworden. Tausende, vielleicht Millionen Menschenleben stehen auf dem Spiel.

Unsinns Kollege, Major Brian Sedio, betrachtet aufmerksam den Monitor mit den Satellitendaten. Aus dem Video-Kommunikator über seiner Konsole blickt wütend das Gesicht von Vizepräsident Chaney.

»Was ist denn hier los?«, fragt Unsinn.

Sedio blickt auf. »Du kommst gerade richtig. Der Vizepräsident ist völlig von der Rolle.« Der Major schaltet das Mikrofon wieder ein. »Tut mir Leid, Herr Vizepräsident, unsere Satelliten sind dazu gedacht, Wärmesignaturen aufzuspüren. Auf elektromagnetische Störungen reagieren sie nicht. Wenn diese unbekannten Flugobjekte, von denen Sie gesprochen haben, über den Pazifik bis nach Asien gelangen, könnten die dortigen Radarstationen sie womöglich orten. Für unsere Satelliten sind sie dagegen unsichtbar.«

In Chaneys Augen tritt ein bedrohlicher Schimmer. »Finden Sie sie, Major! Koordinieren Sie sämtliche Suchfunktionen, die dazu nötig sind. Und informieren Sie mich augenblicklich, sobald Sie ihren Standort lokalisiert haben.«

Der Bildschirm erlischt.

Major Sedio schüttelt den Kopf. »Das kann doch wohl nicht wahr sein! Die Welt steht am Rande eines Kriegs und Chaney glaubt, wir werden von Außerirdischen angegriffen.«

14. Dezember 2012
Kalksteinwald von Shilin
Provinz Yunnan, Südchina

5.45 Uhr Ortszeit Zusammen mit Guizhou bildet die Provinz Yunnan den südwestlichen Teil der Volksrepublik China. Nur wenige Teile des Landes bieten dem Besucher eine so abwechslungsreiche Landschaft mit vielen Seen, dramatischen Bergzügen und einer üppigen Vegetation.

Die größte Stadt von Yunnan und Sitz der Provinzregierung ist Kunming. Gut hundert Kilometer südöstlich davon befindet sich die bedeutendste Touristenattraktion der Gegend, der Kalksteinwald von Shilin (oder Lunan). Über eine Fläche von zweihundertfünfzig Quadratkilometern breitet sich ein Labyrinth aus bizarren Kalksteinsäulen aus, die teils eine Höhe von dreißig Metern erreichen. Fußwege führen die Besucher zu den Felstürmen; Holzbrücken überqueren Bäche und bohren sich durch die natürlichen Felsbögen, die typisch für die zerklüftete Landschaft sind.

Die Geschichte des Steinwalds hat vor etwa zweihundertachtzig Millionen Jahren begonnen, als sich der Himalaya auffaltete. Durch die Erdbewegung entstanden spiralförmige Formationen im Kalksteinplateau von Yunnan. Weitere Bewegungen schufen im Lauf der Jahrmillionen tiefe Risse im Karst, die durchs Regenwasser vergrößert wurden. Das Endresultat waren die hoch aufragenden, dolchförmigen Felsen aus grauweißem Stein, die heute zu sehen sind.

Die Morgendämmerung bricht an, als Janet Parker, eine zweiundfünfzig Jahre alte amerikanische Touristin, mit ihrem Führer Qik-Sing am Eingang des Parks ankommt. Obwohl das amerikanische Außenministerium vor Reisen nach China gewarnt hat, will die resolute Geschäftsfrau aus Florida unbedingt noch den Kalksteinwald besuchen, bevor sie gegen Mittag in Kunming ihr Flugzeug besteigt.

Sie folgt ihrem Führer an einer Pagode vorbei auf einen mit Holzbohlen belegten Fußweg, der sich durch die dramatischen Kalksteinformationen windet. »Moment mal, Qik-Sing. Ist das schon alles? Sind wir deshalb eine ganze Stunde hierher gefahren?«

»*Wo ting budong…*«

»Englisch, Qik-Sing, Englisch.«

»Ich nicht verstehen, Miss Janet. Das ist der Steinwald. Was Sie haben erwartet?«

»Offenbar was Spektakuläreres. Hier gibt's ja meilenweit bloß Felsen.« Ein heller bernsteinfarbener Lichtschimmer fällt ihr ins Auge. »He, was ist das?« Sie deutet auf einen goldenen Scheinwerfer, der zwischen den Kalksteinsäulen aufblitzt.

Erschrocken hält Qik-Sing die Hand vor die Augen. »Ich… ich weiß nicht. Miss Janet, bitte, was Sie haben vor?«

Parker klettert übers Geländer. »Ich will mal schauen, was das ist.«

»Miss Janet – Miss Janet!«

»Nur mit der Ruhe, bin gleich wieder da.« Die Kamera in der Hand, lässt sie sich zum Boden hinab und quetscht sich zwischen zwei Säulen durch. Den Kratzer, den ein scharfer Stein an ihrem Knöchel hinterlässt, quittiert sie mit einem lauten Fluch. An der anderen Seite angelangt, muss sie nur den Kopf heben, um die Quelle des hellen Lichtstrahls zu sehen.

»Du lieber Himmel, was ist denn das?«

Das schwarze, an ein Insekt erinnernde Objekt ist mehr als zwölf Meter lang und steckt mit den gewaltigen Flügeln zwischen zwei der hoch aufragenden Kalksteinsäulen fest. Die rot glühenden Klauen bohren sich in den zischenden Karst.

»Qik-Sing, hierher!« Parker macht ein Foto, während die ersten Sonnenstrahlen auf die Flügel des leblosen Wesens fallen. Die bernsteinfarbene Scheibe, aus der das Licht dringt, wird dunkler, während sie immer schneller blinkt. »He, Qik-Sing, wofür bezahle ich dich eigentlich?«

Eine lautlose Explosion strahlend weißen Lichts blendet die Touristin. Die Zündung der Fusionsbombe hat einen Kessel aus tobender Energie geschaffen, der heißer ist als die Oberfläche der Sonne. Ganz kurz spürt Janet Parker ein seltsames Brennen, als Haut, Fett und Fleisch sich brodelnd von den Knochen lösen. Eine Nanosekunde später verdampft auch ihr Skelett, während der glutheiße Feuerball sich mit Lichtgeschwindigkeit in alle Richtungen ausbreitet.

Rasch hat die Flammenwand den gesamten Kalksteinwald erfasst. Die Hitze lässt den Karst verdampfen und eine dichte, giftige Wolke aus Kohlendioxid entstehen. Von der in den oberen Luftschichten vorherrschenden arktischen Strömung nach unten gedrückt, bleiben die toxischen Dämpfe am Boden, wo sie sich wie eine Flutwelle ausdehnen.

Die meisten Einwohner von Kunming schlafen noch, als sich die unsichtbare Gaswolke durch die Stadt wälzt wie ein heißer Windstoß an einem Sommertag. Wer schon aufgestanden ist, fällt auf die Knie und greift sich an den Hals, von Schwindel gepackt. Wer im Bett liegt, spürt kaum ein Zucken, während er im Schlaf erstickt.

Innerhalb weniger Minuten sind alle Männer, Frauen und Kinder und alle anderen Luft atmenden Wesen in der Gegend tot.

Lensk
Republik Sacha, Russland

5.47 Uhr Pavel Przenitschny, siebzehn Jahre alt, nimmt die Axt, die ihm sein jüngerer Bruder Nikolai reicht, und tritt aus dem geräumigen Blockhaus in den frisch gefallenen Schnee, der ihm bis zum Knöchel reicht. Der eisige Morgenwind heult ihm in die Ohren und lässt sein Gesicht prickeln. Pavel zieht seinen Schal enger und trottet über den vereisten Hof zum Holzstoß.

Die Sonne ist noch nicht aufgegangen, doch in dieser öden, grauen Region jenseits der Dauerfrostgrenze macht das kaum einen Unterschied. Pavel wischt den Schnee von einem gefrorenen Baumstumpf, nimmt einen Klotz vom Holzstoß und stellt ihn auf. Stöhnend schwingt er die Axt und lässt sie auf den Klotz niedersausen.

Als er nach dem nächsten Klotz greift, lässt ihn ein blendender Lichtblitz aufschauen.

Am düsteren nördlichen Horizont von Lensk ragt eine weitläufige, schneebedeckte Bergkette auf, von einer grauen Wolkendecke überlagert. Pavel sieht, wie ein weißer Lichtstrahl hinter den Wolken aufblitzt und sich dann über die zerklüfteten Gipfel ausbreitet, die rasch hinter einer immer größer werdenden Nebelwand verschwinden.

Sekunden später hört er ein donnerndes Getöse. Der Boden unter seinen Füßen zittert.

Eine Lawine?

Der dichte Nebel verhindert, dass Pavel die Verwüstung sieht, die vor ihm stattfindet. Was er sieht, ist eine wabernde grauweiße Schneewolke, die sich immer weiter ausbreitet. Mit unfassbarer Geschwindigkeit rast die Energiewelle auf ihn zu.

Er lässt die Axt fallen und rennt los. »Nikolai! Lawinen – Lawinen!«

Die nukleare Druckwelle reißt Pavel hoch und stößt ihn mit dem Kopf voraus durch die Tür der Hütte. Noch bevor er den Schmerz wahrnehmen kann, wird der gesamte Bau von einem Windstoß, der die Geschwindigkeit eines Tornados erreicht, wie ein Kartenhaus von seinem Fundament geblasen. Die Trümmer verschwinden in dem glühend heißen Hauch, der über die Ebene rast und alles in seinem Weg verschlingt.

Chichén Itzá
Halbinsel Yukatan

22.56 Uhr Der schwarze, staubbedeckte Chevy-Pickup mit der fehlenden hinteren Stoßstange rumpelt durch den dichten Dschungel. Seine abgenutzten Stoßdämpfer quittieren jedes Loch in der holprigen Piste mit einem protestierenden Quietschen. Vor einem mit einer Kette verschlossenen Tor kommt der Kleinlaster schlitternd zum Stehen.

Michael Gabriel springt aus der Fahrertür.

Er untersucht die Stahlkette, dann macht er sich im Schweinwerferlicht an dem verrosteten Vorhängeschloss zu schaffen.

Als Dominique sieht, wie Mick das Schloss öffnet und die Kette entfernt, rutscht sie auf den Fahrersitz. Sie legt den Gang ein, lenkt den Pickup durchs offene Tor und setzt sich wieder auf den Beifahrersitz, um Mick den Platz am Steuer zu überlassen.

»Nicht schlecht. Wo hast du eigentlich gelernt, Schlösser zu knacken?«

»In meiner Einzelzelle. Es ist allerdings immer von Vorteil, wenn man den Schlüssel hat.«

»Und wo hast du den her?«

»Ein paar Freunde von mir arbeiten für die Parkverwaltung. Irgendwie schade, dass die heutigen Maya in der Stadt, die ihre Vorfahren erbaut haben, nur Arbeit als Kellner oder Müllkutscher finden.«

Dominique klammert sich ans Armaturenbrett, als Mick auf der holprigen Straße beschleunigt. »Weißt du überhaupt, wo du hinwillst?«

»Klar, schließlich hab ich den größten Teil meiner Kindheit in Chichén Itzá verbracht. Ich kenne den Dschungel hier wie meine Westentasche.«

Im Scheinwerferkegel erscheint drohend das Ende der Straße.

Mick lächelt. »Natürlich ist das schon lange her.«

»Mick!« Dominique kneift die Augen zu und hält sich krampfhaft fest, als er den Wagen plötzlich von der Piste und direkt in den Dschungel lenkt. Die Räder mühen sich durchs dichte Unterholz.

»Langsam! Willst du uns umbringen?«

Der Wagen schleudert durchs Dickicht. Irgendwie schafft es Mick, den Bäumen und Felsen auszuweichen. Sie gelangen in ein dicht bewaldetes Gebiet, in dem das Blätterdach den Nachthimmel verbirgt.

Mick tritt auf die Bremse. »Ende der Straße.«

»Das nennst du eine Straße?«

Er stellt den Motor ab.

»Mick, sag mir doch bitte noch mal, wieso …«

»Pssst. Sperr die Ohren auf.«

Das einzige Geräusch, das sie hört, ist das Ticken des Motors. »Worauf soll ich denn achten?«

»Nur Geduld.«

Langsam erwacht das Zirpen der Grillen um sie herum, gefolgt von den anderen Geräuschen des Dschungels.

Dominique wirft einen Blick auf Mick. Seine Augen sind geschlossen, auf sein kantiges Gesicht ist ein melancholischer Ausdruck getreten. »Geht's dir nicht gut?«

»Doch.«

»Woran denkst du?«

»An meine Kindheit.«

»Ist es eine glückliche oder eine traurige Erinnerung?«

»Eine der wenigen glücklichen. Als ich noch ganz klein war, hat meine Mutter mit mir oft hier im Wald gezeltet. Sie hat mir viel über die Natur erzählt und über Yukatan – wie die Halbinsel sich gebildet hat, was für Gestein man hier findet, solche Dinge. Sie war eine wirklich gute Lehrerin. Egal, was wir zusammen unternommen haben, es hat immer Spaß gemacht.«

Er wendet ihr das Gesicht zu. Seine schwarzen Pupillen sind groß und glänzend. »Wusstest du, dass das ganze Gebiet hier einmal unter Wasser stand? Vor Millionen von Jahren war die gesamte Halbinsel Yukatan ein tropisches Meer, dessen Grund mit Korallen, Pflanzen und Sediment bedeckt war. Geologisch bestand der Meeresboden hauptsächlich aus einer dicken Kalksteinschicht. Dann ist dieses Raumschiff – oder was immer es war – auf die Erde gekracht, hat den Kalkstein zerbersten lassen und sechshundert Meter hohe Flutwellen und Feuerstürme erzeugt. Die Staub- und Rußschicht in der Atmosphäre hat anschließend die Fotosynthese behindert, wodurch die meisten Tierarten auf der Erde aus Nahrungsmangel ausgestorben sind.

Später hat sich die Halbinsel Yukatan aus dem Meer gehoben und ist zu Festland geworden. Das Regenwasser hat sich durch die Risse im Kalkstein gefressen, das Gestein weiter erodiert und ein riesiges unterirdisches Labyrinth geschaffen, das sich unter der ganzen Halbinsel ausbreitet. Meine Mutter hat immer gesagt, unter der Oberfläche würde Yukatan wie ein Riesenstück Schweizer Käse aussehen.«

Er lehnt sich zurück und starrt aufs Armaturenbrett. »Während der letzten Eiszeit sank der Meeresspiegel und die Höhlensysteme standen nicht mehr unter Wasser. In dieser Zeit haben sich im Karst fantastische Stalaktiten, Stalagmiten und andere Formationen aus Kalziumkarbonat gebildet.«

»Was ist Karst?«

»Karst ist die wissenschaftliche Bezeichnung für eine poröse Kalksteinlandschaft. Yukatan besteht vollständig aus Karst. Aber weiter. Vor etwa vierzehntausend Jahren ist das Eis geschmolzen und durch den ansteigenden Wasserspiegel sind auch die Höhlen wieder überflutet worden. Oberirdische Flüsse gibt es in Yukatan nicht; das gesamte Trinkwasser der Halbinsel stammt aus den unterirdischen Höhlen. Im Landesinneren strömt Süßwasser aus den Quellen und Brunnen; je näher man der Küste kommt, desto salziger wird das Wasser. An manchen Stellen ist die Höhlendecke eingebrochen, sodass sich riesige Wasserbecken gebildet haben…«

»Wie der heilige *Dzonot?*«

Mick lächelt. »Richtig, das ist das Maya-Wort für Cenote. Ich hab mich gefragt, ob du es überhaupt kennst.«

»Meine Großmutter war eine Maya. Sie hat mir erzählt, ihre Vorfahren hätten geglaubt, die *Dzonot* seien Tore zur Unterwelt… zu *Xibalba*. Mick, du und deine Mutter – ihr wart euch sehr nahe, stimmt's?«

»Bis vor kurzem war sie die einzige Freundin, die ich je hatte.«

Dominique schluckt den Kloß in ihrer Kehle. »Als wir draußen auf dem Meer waren, hast du angefangen, mir was von ihrem Tod zu erzählen. Ich hab den Eindruck gewonnen, dass du deswegen wütend auf deinen Vater bist.«

Ein unsicherer Ausdruck huscht über Micks Gesicht. »Wir sollten endlich losgehen…«

»Nein, wart mal. Erzähl mir, was geschehen ist. Vielleicht kann ich dir helfen. Wenn du mir nicht vertrauen kannst, wem dann?«

Er beugt sich vor, legt die Unterarme aufs Lenkrad und blickt durch die von toten Insekten übersäte Windschutzscheibe. »Ich war zwölf Jahre alt. Damals lebten wir in einem Dorf am Rand der Wüste von Nazca in einer Hütte, die genau zwei Zimmer aufwies. Meine Mutter lag im Sterben, nachdem sich der Krebs im ganzen Körper ausgebreitet hatte. Noch mehr Bestrahlungen und Chemotherapie hätte sie nicht mehr ertragen, und sie war zu schwach, um sich alleine zu versorgen. Eine Pflegerin konnte mein Vater sich nicht leisten, deshalb hat er mir ihre Pflege überlassen, während er seine Arbeit in der Wüste fortsetzte. Allmählich haben die Organe meiner Mutter versagt. Sie lag im Bett und hatte sich zu einer Kugel zusammengerollt, weil sie so starke Schmerzen im Bauch quälten. Ich hab ihr übers Haar gestrichen und ihr vorgelesen. Sie hatte langes dunkles Haar, genau wie du. Am Ende konnte man es nicht einmal mehr bürsten, weil es sonst einfach ausgefallen wäre.«

Eine einzelne Träne rinnt an seiner Wange hinab. »Ihr Verstand ist messerscharf geblieben bis zum Ende. Am Morgen war sie immer am kräftigsten, da konnte man sich mit ihr unterhalten. Gegen Abend ist sie dann schwach und wirr geworden, weil das Morphin sie überwältigt hat. Eines Abends ist mein Vater nach Hause gekommen, ganz erschöpft, weil er drei Tage hintereinander in der Wüste verbracht hatte. Meine Mutter war es an diesem Tag gar nicht gut gegangen. Sie hatte hohes Fieber und starke Schmerzen und ich war völlig erledigt, weil ich sie zweiundsiebzig Stunden lang gepflegt hatte. Mein Vater hat sich auf die Bettkante gesetzt und sie einfach angeschaut. Da hab ich schließlich gute Nacht gesagt, bin ins Nebenzimmer gegangen und hab die Tür hinter mir zugemacht, um ein wenig zu schlafen.

Als ich im Bett lag, muss ich sofort weggewesen sein. Ich weiß nicht, wie lange ich geschlafen hab; jedenfalls bin ich mitten in der Nacht aufgewacht, weil ich erstickte Schreie hörte. Da bin ich aufgestanden und hab die Tür aufgemacht.«

Mick schließt die Augen. Seine Tränen fließen jetzt hemmungslos.

»Was war es?«, flüstert Dominique. »Was hast du gesehen?«

»Die Schreie kamen von meiner Mutter. Mein Vater stand über ihr und hat sie mit seinem Kissen erstickt.«

»Mein Gott…«

»Ich hab im Halbschlaf einfach dagestanden, ohne dass mir klar wurde, was da vor sich ging. Nach etwa einer Minute hat meine Mutter sich nicht mehr bewegt, und im selben Augenblick hat mein Vater gemerkt, dass sich die Tür geöffnet hatte. Er hat sich umgedreht und mich mit einem furchtbaren Ausdruck auf dem Gesicht angeschaut. Dann hat er mich ins Zimmer gezogen, hat geschluchzt und immer wieder gestammelt, dass meine Mutter doch so sehr gelitten hätte. Da wäre er einfach nicht mehr in der Lage gewesen, sie noch mehr leiden zu sehen.«

Mick wiegt sich vor und zurück, ohne den Blick von der Windschutzscheibe zu wenden.

»Deine Albträume?«

Er nickt, dann ballt er die Fäuste und schlägt mit ganzer Kraft auf das altersschwache Armaturenbrett. »Wer war er denn, dass *er* diese Entscheidung getroffen hat? *Ich* hab sie doch gepflegt, *ich* hab mich um sie gekümmert, nicht er!«

Dominique zuckt zusammen, als er wieder und wieder aufs Armaturenbrett einschlägt, um seine aufgestaute Wut loszuwerden.

Seelisch erschöpft legt er den Kopf aufs Lenkrad. »Er hat mich noch nicht einmal gefragt, Dominique. Er hat mir nicht einmal die Chance gegeben, mich von ihr zu verabschieden.«

Dominique zieht ihn an sich, legt seinen Kopf an ihre Brust und streicht ihm übers Haar, während er seinen Tränen freien Lauf lässt. Auch sie muss weinen, als sie daran denkt, wie er gelitten hat. Seit der Geburt war ihm keine normale Kindheit vergönnt, denkt sie, und kaum war er erwachsen, hat man ihn in die Einzelzelle gesteckt.

Wie kann ich nur daran denken, ihn wieder in eine Anstalt zu schaffen?

Nach mehreren Minuten hat er sich beruhigt. Er schiebt sie weg und wischt sich die Augen. »Da hab ich wohl noch ein paar familiäre Probleme zu klären, was?«

»Du hast ein hartes Leben gehabt, aber von nun an wird alles besser.«

Mick zieht die Nase hoch und unterdrückt ein Lächeln. »Meinst du?«

Sie beugt sich zu ihm und küsst ihn. Zuerst ist es eine sanfte Berührung, dann zieht sie ihn an sich. Die Lippen pressen sich aufeinander, die Zungen umspielen sich, bis beide immer leidenschaftlicher werden. Erregt zerren sie an der Kleidung des anderen und liebkosen sich in der Dunkelheit, ständig im Konflikt mit dem engen Führerhaus. Vor allem Lenkrad und Schaltknüppel schränken die Möglichkeiten deutlich ein.

»Mick… wart mal. Das geht hier nicht; es ist einfach kein Platz.« Keuchend legt sie den Kopf an seine Schulter. Schweißperlen rollen ihr über die Wangen. »Wenn du das nächste Mal einen Wagen ausleihst, solltest du einen mit Rücksitz besorgen.«

»Versprochen.« Er küsst ihre Stirn.

Sie spielt mit den Locken, die ihm in den Nacken fallen. »Jetzt sollten wir aber gehen, sonst müssen deine Freunde auf uns warten.«

Sie steigen aus. Mick klettert auf die Ladefläche, löst zwei Luftflaschen aus ihrer Halterung und reicht Dominique eine Tauchweste, an der bereits eine Luftflasche samt Lungenautomat befestigt ist. »Hast du nachts überhaupt schon mal getaucht?«

»Ja, vor zwei Jahren. Wie weit ist es denn zum Cenote?«

»Knapp zwei Kilometer. Wahrscheinlich schaffst du's besser, wenn du die Flasche auf den Rücken nimmst.«

Sie schlüpft in die Weste und nimmt ihm die Neoprenanzüge ab. Mick schnallt ebenfalls seine Weste fest, wirft sich die Tasche mit den Instrumenten über die Schulter und nimmt die zwei Ersatzflaschen. »Mir nach.«

Er trampelt ins Dickicht hinein. Dominique stapft mühsam hinter ihm her. Es dauert nicht lange, bis ihnen ganze Moskitoschwärme um die Ohren schwirren und sich an ihrem Blut laben. Einem zugewachsenen Fußpfad folgend, bahnen Mick und Dominique sich einen Weg durchs dichte Unterholz des Dschungels. Insekten und Dornen malträtieren ihre Haut. Endlich öffnet sich die Vegetation und sie kommen in ein dicht mit Bäumen bestandenes Gebiet. Der schlammige Boden wird allmählich fester. Sie kämpfen sich einen steilen Abhang empor, dann sehen sie plötzlich die Sterne über ihren Köpfen funkeln.

Sie stehen auf einem fünf Meter breiten Weg, angelegt aus in den Lehm gepressten Steinen. Es ist der *Sacbe*, den die Maya vor über tausend Jahren geschaffen haben.

Mick lässt die Luftflaschen auf den Boden sinken und reibt sich die schmerzenden Schultern. »Links geht es zum Heiligen Cenote, rechts zur Pyramide des Kukulkan. Alles in Ordnung?«

»Ich fühl mich wie ein Packesel. Wie weit ist es denn noch?«

»Knapp zweihundert Meter. Komm.«

Sie wenden sich nach links und erreichen fünf Minuten später den Rand eines riesigen Kalksteinbeckens, in dessen stillem, dunklem Wasser sich das Mondlicht spiegelt.

Dominique blickt nach unten und schätzt den Abstand zwischen sich und der Wasseroberfläche auf gut fünfzehn Meter. Ihr Puls rast. *Was tue ich nur hier?* Als sie sich umdreht, sieht sie fünf dunkelhäutige alte Maya aus dem Wald kommen.

»Das sind Freunde von mir«, sagt Mick, »*H'mene*, wie die Maya ihre Weisen nennen. Sie stammen von der Brüderschaft der *Sh'Tol* ab, einem kultischen Bund, der die Invasion der Spanier vor fünfhundert Jahren überlebt hat. Sie sind gekommen, um uns zu helfen.«

Während er in seinen Tauchanzug schlüpft, spricht Mick in einem alten Dialekt mit einem der weißhaarigen Maya. Die anderen holen inzwischen ein Seil und mehrere Unterwasserlampen aus seiner Gerätetasche.

Dominique kehrt der Gruppe den Rücken zu, streift sich das Sweatshirt ab und zieht sich rasch den engen Tauchanzug über ihren Badeanzug.

Mick ruft sie zu sich. Er sieht besorgt aus. »Dom, das ist Ocelo, ein Priester der alten Religion. Er sagt, in Chichén Itzá ist ein Mann aufgetaucht, der sich nach uns erkundigt hat. Ocelo meint, es sei ein US-Bürger mit rotem Haar und muskulösem Körperbau.«

»Raymond? Ach, du Scheiße.«

»Dom, sag die Wahrheit. Hast du…«

»Mick, ich schwör's dir, seit ich hier bin, hab ich mich weder bei Foletta noch bei Borgia oder irgendjemand anders gemeldet.«

»Ocelos Bruder arbeitet als Wächter hier. Er hat erzählt, der Fremde sei heute kurz vor der Schließung des Parks aufgetaucht, keiner hat ihn wieder verschwinden sehen. Dieser Kuhhandel, den du mit Borgia abgeschlossen hast, ist keinen Pfifferling wert. Deine Immunität bekommst du erst, wenn man meine Leiche gefunden hat. Los, an die Arbeit.«

Sie öffnen die Ventile ihrer Luftflaschen und überprüfen die Funktion der Atemregler. Dann legen sie die Tarierwesten an und treten zum Rand des Beckens.

Mick schlüpft in seine Flossen, schlingt sich das Seil um die Arme und klettert über den Rand. Die Maya lassen ihn rasch ins ruhige, kühle Wasser hinab, dann ziehen sie das Seil wieder hoch, damit Dominique ihm folgen kann.

Mick rückt Maske und Atemregler zurecht, schaltet seine Lampe ein und steckt den Kopf ins Wasser. In der dunkelbraunen, faul riechenden Flüssigkeit sieht man gerade einen halben Meter weit.

Dominique hängt über der dunklen Fläche des Cenote und fühlt ihre Glieder zittern. *Warum tu ich das bloß? Bin ich verrückt geworden?* Sie zuckt zusammen, als ihre Füße ins kalte, veralgte Wasser des Beckens eintauchen. Trotzdem lässt sie das Seil los, fällt ganz in die Brühe und würgt, als sie den fauligen Geruch wahrnimmt. Rasch rückt sie ihre Maske zurecht, steckt sich den Atemregler in den Mund und saugt saubere Luft ein, um den Gestank nicht mehr riechen zu müssen.

Mick kommt an die Oberfläche, schleimige Pflanzenteile im Haar. Er schlingt das Ende eines kurzen gelben Seils um ihre Taille, das andere um seine. »Es ist ziemlich dunkel da unten, und es wäre gar nicht schön, wenn wir uns verlieren.«

Sie nickt und nimmt den Atemregler aus dem Mund. »Wonach suchen wir eigentlich genau?«

»Nach irgendeinem Eingang am Südrand des Beckens. Genauer gesagt, nach einem Gang, der uns ins Innere der Pyramide führt.«

»Aber die Pyramide ist doch wahnsinnig weit weg! Mick?« Sie sieht, wie er die Luft aus seiner Weste lässt und untertaucht. *Verdammt.* Hastig steckt sie sich den Atemregler wieder in den Mund, wirft einen letzten Blick auf den Mond und folgt ihm nach unten.

Kaum hat sie das Gesicht ins trübe Wasser gesteckt, als sie schon hektisch atmet. Blindlings schwimmt sie ohne jeden Orientierungssinn mehrere Sekunden vor sich hin, bis sie spürt, wie Mick am Seil zieht. Sie taucht weitere sechs Meter nach unten, schlägt noch einmal kraftvoll mit den Beinen und sieht endlich den Schein seiner Lampe an der Wand des Beckens.

Mick sucht den mit Pflanzen überwucherten Kalkstein ab. Mit einer Bewegung seiner Lampe weist er sie an, sich der Wand an seiner Rechten zuzuwenden und mit dem Tauchermesser in der dichten Vegetation zu stochern.

Dominique zieht das Messer aus der an ihrem Unterschenkel befestigten Scheide und sticht auf den Fels ein, während sie mit den Füßen voraus an der Kalksteinwand entlang nach unten sinkt. In zehn Metern Tiefe gleitet ihre Hand in ein großes Loch. Ihre Uhr verfängt sich im dichten Pflanzenwuchs. Als es ihr nicht gelingt, sie zu befreien, stemmt sie sich mit den Flossen an die Wand, um sich abzudrücken.

Eine zwei Meter lange Mokassinschlange schießt aus dem Loch und schnappt nach Dominiques Gesichtsmaske, bevor sie an ihr vorbei in der Dunkelheit verschwindet.

Dominique verliert die Nerven. Voll Panik schwimmt sie mit schnellen Stößen an die Oberfläche, Mick im Schlepptau.

Kaum ist ihr Kopf über Wasser, als sie sich schon die Maske herunterreißt, würgt und nach Luft schnappt.

»Alles in Ordnung? Was ist passiert?«

»Von Schlangen hast du mir nichts erzählt! Ich hasse Schlangen...«

»Hat sie dich gebissen?«

»Nein, aber ich hab genug. Das ist kein Tauchen. Ich hab eher das Gefühl, in flüssiger Scheiße zu schwimmen!« Mit zitternden Händen knüpft sie das Seil ab.

»Dom…«

»Nein, Mick, mir reicht's. Ich bin mit den Nerven völlig fertig; wenn ich dieses Wasser auch nur sehe, kriege ich die Krätze. Mach ohne mich weiter. Such deinen Geheimgang oder was du sonst finden willst. Ich warte oben auf dich.«

Mick wirft ihr einen besorgten Blick zu, dann taucht er wieder ins Wasser.

»He, Ocelo! Werft das Seil runter!« Sie blickt nach oben und wartet ungeduldig darauf, dass die Maya am Beckenrand erscheinen.

Nichts.

»He, hört ihr mich nicht? Ich hab gesagt, ihr sollt das Seil runterwerfen!«

»'n Abend, Süße.« Ein kalter Schauer läuft ihr über den Rücken, als sie Raymond erkennt. Der rote Laserpunkt, den das Zielgerät seines Schnellfeuergewehrs abstrahlt, richtet sich direkt auf ihre Kehle.

Weißes Haus
Washington, D.C.

Präsident Maller fühlt sich, als habe ihm jemand in den Magen geschlagen. Vor ihm liegt ein Bericht des Verteidigungsministeriums. Er hebt den Kopf und lässt den Blick von General Fecondo zu Admiral Gordon wandern. Sein schwerer Puls pocht in den Schläfen. Maller ist so schwach, dass er nicht mehr die Kraft hat, aufrecht im Sessel zu sitzen.

Pierre Borgia stürmt ins Oval Office. Seine rot geränderten Augen glühen vor Hass. »Wir haben gerade den neuesten Bericht erhalten. Einundzwanzigtausend Tote in Sacha. In Kunming sind zwei Millionen ums Leben gekommen, und auch in Turkmenistan ist eine ganze Stadt vernichtet worden. Drunten versammelt sich schon die Presse.«

»Die Russen und Chinesen haben sofort mit der Mobilmachung ihrer Streitkräfte reagiert«, berichtet General Fecondo. »Offiziell gehört das zu dem geplanten Manöver, aber die beteiligten Truppen sind wesentlich stärker als vorgesehen.«

Der Befehlshaber der Marine blickt auf seinen Laptop. »Unsere Satelliten haben inzwischen dreiundachtzig Atom-U-Boote aufgespürt, darunter alle Schiffe der neuen russischen Borey-Klasse. Jedes von ihnen hat achtzehn SS-N-20-Raketen an Bord. Dazu kommt ein weiteres Dutzend chinesischer U-Boote mit Interkontinentalraketen und...«

»Es geht nicht nur um U-Boote«, unterbricht ihn der General. »Beide Länder haben auch ihre strategischen Streitkräfte in Bereitschaft versetzt. Zum Beispiel verfolgt eine *Darkstar* den Raketenkreuzer *Peter der Große,* der zwanzig Minuten nach der letzten Detonation abgelegt hat. Zusammengenommen besteht das gegnerische Arsenal an Land und auf See aus mehr als zweitausend atomaren Sprengköpfen, wenn man von einem Erstschlag ausgeht.«

»Mein Gott.« Maller atmet tief ein, um gegen den Druck in seiner Brust anzukämpfen. »Pierre, wie lange dauert es denn noch, bis endlich dieses Konferenzgespräch des Sicherheitsrats beginnt?«

»Zehn Minuten, aber der Generalsekretär sagt, dass Grosny gerade vor dem russischen Parlament spricht und sich weigert, teilzunehmen.« Borgias Gesicht ist mit Schweiß bedeckt. »Sir, wir müssen diese Operation jetzt wirklich nach Mount Weather verlagern.«

Maller achtet nicht auf ihn. Er dreht sich nach einem Video-Kommunikator mit der Aufschrift STRATCOM um. »General Doroshow, wie wird unser neuer Raketenabwehrschild auf einen Erstschlag dieser Stärke reagieren?«

Das bleiche Gesicht von Luftwaffengeneral Eric Doroshow, Oberbefehlshaber der strategischen Luftverteidigung, erscheint auf dem Bildschirm. »Sir, der Schild ist in der Lage, ein paar Dutzend Raketen am höchsten Punkt ihrer Flugbahn zu zerstören, aber nichts in unserem Verteidigungsarsenal ist auf einen derartigen Großangriff vorbereitet. Die meisten russischen Interkontinental- und U-Boot-Raketen sind auf eine niedrige Flughöhe programmiert. Die Technologie, um diese Bedrohung auszuschalten, ist einfach nicht verfügbar...«

Maller schüttelt angewidert den Kopf. »Zwanzig Milliarden Dollar – und wofür?«

Pierre Borgia wirft einen Blick auf General Fecondo, der nickt. »Herr Präsident, es könnte eine andere Option geben. Wenn wir sicher sind, dass Grosny als Erster zuschlagen will, hat es einen entscheidenden Vorteil, ihm zuvorzukommen. Unser neuester integrierter Operationsplan weist darauf hin, dass ein Präventivschlag mit achtzehnhundert nuklearen Sprengköpfen einundneunzig Prozent aller landgestützten russischen und chinesischen Interkontinentalraketen wirksam außer Gefecht setzen würde, und...«

»Nein! Ich will nicht als der amerikanische Präsident in die Geschichte eingehen, der den Dritten Weltkrieg angezettelt hat.«

»Ein Präventivschlag wäre durchaus zu rechtfertigen«, mischt sich General Doroshow ein.

»Ich kann es einfach nicht zulassen, dass zwei Milliarden Menschen umgebracht werden, Herr General. Wir halten uns an die diplomatischen und militärischen Ziele, die wir besprochen haben.« Maller setzt sich auf die Schreibtischkante und reibt sich die Schläfen. »Wo ist der Vizepräsident?«

»Soweit ich gehört hab, Sir, ist er auf dem Weg zur *Boone.*«

»Vielleicht sollten wir ihm einen Hubschrauber schicken, der ihn zu einem Bunker bringt«, schlägt General Fecondo vor.

»Nein«, erwidert Borgia ein wenig zu rasch. »Nein, der Vizepräsident hat noch nie an einer Übung teilgenommen.«

»Aber er ist ein Regierungsmitglied.«

»Egal. Man hat Chaney nie offiziell auf die Liste gesetzt. In Mount Weather ist nicht genug Platz für alle...«

»Das reicht!«, brüllt der Präsident.

Dick Przystas kommt ins Zimmer. »Entschuldigen Sie die Verspätung, aber auf den Straßen ist die Hölle los. Haben Sie gesehen, was da draußen vor sich geht?« Er schaltet CNN ein.

Auf dem Bildschirm erscheinen zu Tode erschrockene Amerikaner, die hektisch ihre Habseligkeiten in überladene Autos stopfen. Der Reporter hält einem Vater, der von seinen drei Kindern umringt wird, das Mikrofon vors Gesicht. »Ich hab keine Ahnung, was da läuft. Die Russen sagen, wir haben diese Bomben explodieren lassen, der Präsident behauptet das Gegenteil. Ich weiß nicht, was ich glauben soll, aber ich traue weder Maller noch Grosny. Noch heute Abend verlassen wir die Stadt.«

Bilder einer kleinen Demonstration vor dem Weißen Haus. Die Teilnehmer tragen Schilder mit apokalyptischen Mahnworten. VIKTOR GROSNY IST DER ANTICHRIST. BEREUET JETZT! DAS JÜNGSTE GERICHT NAHT!

Szenen plündernder Menschen in einem Einkaufszentrum in Bethesda; die Luftaufnahme einer Autobahn, auf der sich die Autos stauen. Ein Geländewagen kippt um, als er versucht, den Stau zu umgehen, indem er die steile Böschung hinabfährt. Eine Familie auf der Ladefläche eines Kleinlasters, Gewehre in der Hand.

»Herr Präsident, die Konferenzschaltung zu den Mitgliedern des Sicherheitsrats ist bereit. VK zwei, bitte.«

Maller geht zur gegenüberliegenden Wand, an der fünf Video-Kommunikatoren befestigt sind. Das zweite Gerät von links schaltet sich ein. Der Bildschirm ist in mehrere Rechtecke unterteilt, in denen die Köpfe der Regierungschefs aller Länder erscheinen, die einen Sitz im UN-Sicherheitsrat haben. Der russische Rahmen bleibt leer.

»Herr Generalsekretär, verehrte Ratsmitglieder, ich will noch einmal nachdrücklich betonen, dass die Vereinigten Staaten in keiner Weise für diese Explosionen von Fusionswaffen verantwortlich sind. Allerdings haben wir inzwischen Grund zu der Annahme, dass der Iran einen Angriff auf Israel plant, um unser Land in einen direkten Konflikt mit Russland hineinzuziehen. Lassen Sie mich erneut wiederholen, dass wir den Ausbruch eines Kriegs um jeden Preis vermeiden wollen. Damit es keine Missverständnisse gibt, haben wir unsere Flotte angewiesen, den Golf von Oman zu verlassen. Bitte teilen Sie Präsident Grosny mit, dass die Vereinigten Staaten keinerlei Raketen auf die Russische Föderation oder ihre Verbündeten abfeuern werden. Von unserer Verantwortung, den Staat Israel zu verteidigen, werden wir allerdings nicht abrücken.«

»Der Sicherheitsrat wird Ihre Botschaft übermitteln. Gott stehe Ihnen bei, Herr Präsident.«

»Gott möge uns allen beistehen, Herr Generalsekretär.«

Maller dreht sich nach Borgia um. »Wo ist meine Familie?«

»Schon auf dem Weg nach Mount Weather.«

»Na gut, machen wir uns auch dorthin auf. General Fecondo?«

»Ja, Sir?«

»Bereiten Sie alles für die höchste Alarmstufe vor.«

Chichén Itzá
Halbinsel Yukatan

Mick taucht mit dem Kopf voran an der Südwand des Beckens entlang und sucht mit der Hand nach irgendwelchen Unregelmäßigkeiten im Pflanzengewirr. In neun Metern Tiefe verändert sich plötzlich die Schräge der Wand, die sich nun in einem Winkel von fünfundvierzig Grad nach innen neigt.

Während er immer tiefer in das alte Kultbecken der Maya vordringt, schließt die Dunkelheit sich enger um den schwachen Lichtkegel seiner Lampe. In knapp dreißig Metern Tiefe macht er eine Pause, um sich an den Druck zu gewöhnen, der seine Trommelfelle quält.

Zweiunddreißig Meter...

Die Neigung wird geringer, bis die Wand wieder senkrecht abfällt. Mick schwimmt ins pechschwarze Wasser eines vertikalen Schachts, obwohl er weiß, dass er physisch nicht in der Lage ist, wesentlich tiefer zu tauchen.

Und da sieht er ihn – einen Lichtfleck, der glüht wie ein rotes Ausgangsschild in einem dunklen Theaterraum.

Ein kraftvoller Beinstoß, dann lässt er sich schweben. Er spürt den Puls am Hals pochen, während er ungläubig auf das gewaltige, drei Meter hohe und sechs Meter breite Tor blickt. Das Licht seiner Lampe spiegelt sich in der glatten Metalloberfläche, die hell leuchtet.

Im Zentrum des Tores ist ein leuchtend roter, dreiarmiger Leuchter eingraviert. Mick stöhnt in seinen Atemregler. Er hat das uralte Symbol sofort erkannt.

Es ist der Dreizack von Paracas.

Der Passagierhubschrauber mit der First Lady, ihren drei Söhnen und drei führenden Kongressabgeordneten überfliegt in westlicher Richtung die Stadt Bluemont und die Staatsstraße 601. In der Ferne erkennt der Pilot schon die Lichter der Gebäude innerhalb des eingezäunten Areals.

Sein Ziel ist Mount Weather, ein streng geheimer Militärstützpunkt, vierundsiebzig Kilometer von Washington entfernt. Hier befindet sich das Hauptquartier eines Netzwerks aus über hundert unterirdischen Auffangzentren, die im Kriegsfall den Fortbestand der amerikanischen Regierung gewährleisten sollen.

Schon an der Oberfläche ist das vierunddreißig Hektar umfassende, streng bewachte Areal recht eindrucksvoll, doch das wahre Geheimnis von Mount Weather verbirgt sich im Untergrund. Tief im Granit hat man eine unterirdische Stadt geschaffen – mit Privatwohnungen und Schlafsälen, Kantinen und Krankenstationen, Anlagen zur Wasseraufbereitung und Abwasserbeseitigung, einem Kraftwerk, einem Verkehrssystem, einem Videokommunikationssystem und sogar einem unterirdischen Teich. Zwar hat kein Kongressabgeordneter jemals freiwillig zugegeben, dass er darüber Bescheid weiß, doch tatsächlich sind viele führende Politiker offiziell Mitglieder dieser provisorischen Hauptstadt. Neun Ministerien und fünf Bundesbehörden haben hier ihre Notfallbüros. Die Amtszeit der Beamten im Kabinettsrang ist unbegrenzt, ihre Ernennung erfolgt insgeheim ohne Zustimmung des Parlaments und ohne Teilnahme der Öffentlichkeit. Der Komplex ist zwar nicht so groß wie sein russisches Gegenstück im südlichen Ural, doch dient er demselben Zweck: dafür zu sorgen, dass seine Bewohner einen atomaren Großangriff überleben und anschließend regieren können, was vom Land noch übrig ist.

Mark Davis, Hauptmann der Luftwaffe, transportiert schon seit zwölf Jahren Passagiere nach Mount Weather. Zwar erhält der Vater von vier Kindern einen guten Sold, ist aber nicht gerade glücklich, dass er und seine Familie nie in die »Liste« aufgenommen worden sind.

Als Davis die Lichter des Stützpunkts auftauchen sieht, knirscht er mit den Zähnen.

Mehr als zweihundertvierzig Armeeangehörige arbeiten in Mount Weather. Ist ihr Leben wichtiger als seines? Und was ist mit den fünfundsechzig Mitgliedern der so genannten Exekutiv-Elite? Wenn ein Atomkrieg ausbrechen sollte, könnte man vielen dieser selbst ernannten militärischen Experten die Schuld zuweisen. Weshalb dürfen diese Schweine überleben, seine Familie aber nicht?

Angesichts dieser Gedanken hat es der russische Agent nicht schwer gehabt, den frustrierten Offizier auf seine Seite zu ziehen. Will man einen Atomkrieg überleben, braucht man in erster Linie Geld. Davis hat den größten Teil seines Honorars dazu benutzt, einen Privatbunker in den Blue Ridge Mountains bauen zu lassen; den Rest hat er in Gold und Diamanten angelegt. Bricht tatsächlich irgendwann ein Atomkrieg aus, ist er hinreichend sicher, dass seine Familie überleben wird. Bricht keiner aus, sind zumindest die Studiengebühren seiner Kinder gesichert.

Davis steuert den Hubschrauber über den Landeplatz und lässt ihn auf den Boden sinken. Ein Bähnchen mit zwei Militärpolizisten nähert sich. Er salutiert. »Sieben Passagiere und ihr Gepäck. Alle Teile sind kontrolliert worden.« Ohne auf eine Antwort zu warten, öffnet Davis die Passagiertür und hilft der First Lady heraus.

Die MPs führen die Passagiere zum Bähnchen, während der Pilot ihr Gepäck auslädt. Als Drittes kommt ein unauffälliger Koffer aus braunem Wildleder. Wie der russische Agent ihn angewiesen hat, dreht Davis den Handgriff erst im Uhrzeigersinn und dann langsam wieder zurück.

Der Mechanismus wird in Betrieb gesetzt.

Vorsichtig stellt der Pilot den Koffer in den Gepäckwagen, dann lädt er eilig die restlichen Teile ein.

Chichén Itzá
Halbinsel Yukatan

Mick muss sich zwingen, langsamer aufzusteigen, so erregt ist er. In sechs Metern Tiefe macht er eine Pause, um Stickstoff auszustoßen. In seinem Kopf wirbeln rasend die Gedanken.

Wie komme ich hinein? Es muss irgendeinen verborgenen Mechanismus geben, mit dem man das Tor öffnen kann. Er wirft einen Blick auf sein Manometer. *Fünfzehn Minuten. Ich hol mir eine neue Flasche, und dann geht's rasch wieder runter.*

Als er sich der Oberfläche nähert, sieht er zu seiner Überraschung Dominiques Beine im Wasser hängen. Er gleitet neben ihren Körper und steckt den Kopf aus dem Wasser. »Dom, was machst du denn noch hier?« Als er die Angst in ihrem Gesicht sieht, blickt er nach oben.

Fünfzehn Meter über der Wasseroberfläche hockt der rothaarige Wachmann aus Miami am Rand des Beckens und grinst zu ihm hinab. Der rote Laserpunkt springt von Dominiques Hals zu dem von Mick.

»Da bist du ja, mein Kleiner. Was lässt du meine Süße denn so lange warten?«

Mick rückt näher an Dominique und tastet unter Wasser nach dem Ende des Schlauchs an ihrer Weste. »Lass sie gehen, du Arschloch. Lass sie gehen, dann wehre ich mich nicht. Du kannst mich gern gefesselt in die Staaten zurückbringen. Dann bist du ein echter Held…«

»Diesmal läuft es anders, Kleiner. Foletta hat 'ne neue Therapie für dich erfunden. Man nennt sie: mausetot.«

Mick hat den Schlauch gefunden und lässt rasch die Luft aus Dominiques Weste. »Was bezahlt Foletta dir dafür?« Er schiebt sich vor sie, sodass der Laserpunkt auf seinen Anzug gleitet. »Ich hab in meinem Wagen Geld versteckt, unter dem Fahrersitz. Du kannst es alles haben. Es sind bestimmt mehr als zehntausend in Goldmünzen.«

Raymond nimmt das Auge vom Visier. »Du lügst…«

Mick packt Dominique, wirft sich zur Seite und zieht sie unter Wasser. Sofort hat sie die trübe Brühe im Mund und wehrt sich strampelnd gegen seinen Griff.

Geschosse peitschen ins Wasser, während Mick ihr seinen Atemregler in den Mund schiebt und sie tiefer zieht. Dominique würgt, spuckt Wasser aus und schafft es, einen Atemzug zu tun. Sie zieht sich die Maske übers Gesicht, presst rasch das Wasser heraus und tastet nach ihrem eigenen Atemregler.

Mick reinigt sein Gerät und atmet tief ein. Dann packt er Dominique am Handgelenk und taucht blindlings tiefer. Seine Flasche wird von einer Kugel gestreift.

Dominiques Herz schlägt in einem rasenden Rhythmus. In fünfzehn Metern Tiefe hält sie inne und lässt fast ihre Lampe fallen, als sie sie einschaltet. Mick setzt seine Maske auf und reinigt sie. Panisch starrt Dominique ihn an, ungewiss, was nun geschehen wird.

Mick bindet ihr das Ende seines Seils wieder um die Taille und deutet nach unten.

Sie schüttelt protestierend den Kopf.

Ein Blick nach oben beendet die Debatte.

Er fasst Dominique am Handgelenk, taucht in die Tiefe und zieht sie mit sich.

Sie spürt, wie sich Panik in ihrem Körper ausbreitet, während sie mit dem Kopf voraus in die Dunkelheit eintaucht. Die Stille umschließt sie immer enger, der

Schmerz in ihren Ohren sagt ihr, dass sie in eine zu große Tiefe gerät. *Was hat er vor? Ich muss das Seil aufbinden, sonst sterbe ich.* Verzweifelt versucht sie, den Knoten zu lösen.

Mick greift nach oben, um sie daran zu hindern. Er nimmt ihre Hand und tätschelt sie, um sie zu beruhigen, dann schwimmt er weiter nach unten.

Sie kneift sich in die Nase, um den Druck auszugleichen. Der Schmerz in ihren Ohren nimmt ein wenig ab. Als die schräge Wand wie eine Decke über ihrem Kopf aufragt, wird die zunehmende Klaustrophobie fast unerträglich. Sie spürt, wie sie völlig die Orientierung verliert. Die Dunkelheit und Stille sind erstickend.

Nun sinken sie direkt an der Wand eines vertikalen Schachts nach unten. Ihr Tiefenmesser zeigt auf dreiunddreißig Meter. An den Wülsten ihrer Maske spürt sie das heftige Pochen ihres Pulses. Alles in ihr bestürmt sie, sich loszureißen.

Sie zuckt zusammen, als das leuchtend purpurrote Licht erscheint. Ein Stück tiefer hält sie inne und starrt blinzelnd auf das glühende Symbol. *Mein Gott… er hat tatsächlich etwas gefunden! Moment, das habe ich ja schon einmal gesehen…*

Sie beobachtet, wie Mick sich am Rand des glänzenden Metalltores entlangbewegt und ihn abtastet.

Genau… es war im Tagebuch von Julius Gabriel.

Dominiques Herz flattert, als ein tiefes, polterndes Geräusch in ihre Ohren dröhnt. Riesige Luftblasen perlen aus der Mitte des Tores und hüllen Mick ein, dann wird sie von einer ungeheuren Strömung erfasst, die sie an dieselbe Stelle zieht. Dort gähnt ein schwarzes Loch, das eben noch nicht da war.

Die Strömung reißt sie mit den Füßen voraus in die Finsternis. Sie dreht sich zur Seite und spürt, dass sie von einem tobenden unterirdischen Fluss mitgerissen wird, dessen Kraft ihr die Maske vom Gesicht reißt. Sie atmet Wasser ein, dann kneift sie die Nase zusammen und beißt würgend in den Atemregler. Wild in der erstickenden Strömung taumelnd, ringt sie nach Atem.

Das Tor schließt sich hinter Mick und Dominique. Der Strom versiegt.

Dominique dreht sich nicht mehr. Sie setzt ihre Maske wieder auf, drückt das Wasser heraus und blickt staunend auf ihre neue Umgebung.

Sie sind in eine riesige Unterwasserhöhle von unirdischer Schönheit gelangt. Surreal blitzende Lichtstrahlen, die aus dem Nichts aufzutauchen scheinen, erleuchten die hoch aufragenden Kalksteinwände in berauschenden Blau-, Grün- und Gelbtönen. Fantastische Stalaktiten hängen wie gigantische Eiszapfen von der Decke. Ihre Spitzen deuten auf einen versteinerten Wald aus kristallenen Stalagmiten, die aus dem schlammigen Höhlenboden wachsen.

Erregt und verblüfft schaut sie Mick an und wünscht sich, ihm tausend Fragen stellen zu können. Er schüttelt den Kopf und zeigt auf sein Manometer, um anzudeuten, dass er nur noch für fünf Minuten Luft hat. Dominique überprüft ihren eigenen Vorrat und stellt geschockt fest, dass auch ihr nur noch fünfzehn Minuten bleiben.

Angst durchströmt ihren Körper. Die fürchterliche Erkenntnis, in einer unterirdischen Höhle gefangen zu sein, deren Felsdecke über ihrem Kopf aufragt, lässt jeden vernünftigen Gedanken ersticken. Sie schiebt Mick weg und schwimmt zurück zum Tor, das sie verzweifelt zu öffnen versucht.

Mick zieht sie am Seil wieder zu sich. Er packt sie an den Handgelenken, dann deutet er nach Süden, wo der Eingang eines gewundenen Labyrinths zu sehen ist. Mit beiden Händen bildet er ein Dreieck.

Die Pyramide des Kukulkan. Dominique atmet ruhiger.

Mick nimmt sie bei der Hand und schwimmt los. Gemeinsam bewegen sie sich durch eine Reihe riesiger unterirdischer Räume. Ihre Gegenwart scheint zusätzliche Lichtstrahlen zu aktivieren, als sei deren Quelle mit einem unsichtbaren Bewegungsmelder verbunden. Aus der kuppelförmigen Decke über ihren Köpfen wachsen Reihen nadelspitzer Steinzähne, an den Seiten haben sich majestätische Bögen und bizarre, gezackte Felsskulpturen im Kalkstein gebildet.

Mick spürt einen zunehmenden Druck in der Brust, als sie aus einem indigoblauen Gewölbe in einen leuchtend azurblauen Raum schwimmen. Er blickt auf sein Manometer, dann dreht er sich zu Dominique um und zeigt mit der Hand an seinen Hals.

Er hat keine Luft mehr. Sie gibt ihm den an ihrer Weste befestigten Notfallregler und überprüft ihren eigenen Vorrat.

Noch acht Minuten.

Acht Minuten! Das sind für jeden vier. Was für ein Wahnsinn! Warum bin ich nur mitgekommen? Ich hätte im Wagen bleiben sollen… nein, in Miami. Jetzt werde ich ertrinken, genau wie Iz.

Plötzlich fällt der Boden nach unten ab und die Wände treten auseinander. Sie sind in einem riesigen unterirdischen Reich, so groß wie eine Kathedrale. Die hohen Kalksteinwände und die Decke leuchten in einem blassroten Ton.

Ertrinken werde ich nicht, sondern einfach ersticken. Wahrscheinlich ist das besser als das, was der arme Iz durchgemacht hat. Einfach bewusstlos werden, und dann… Glaube ich wirklich, dass es einen Himmel gibt?

Mick zieht am Seil und zeigt erregt nach vorne. Sie schwimmt schneller und betet, dass er einen Ausgang entdeckt hat.

Dann sieht sie es.

Oh nein… o Gott… das ist unmöglich…

Bluemont, Virginia

Der Hubschrauber, mit dem der Präsident zurückfliegt, befindet sich dreißig Kilometer nördlich von Leesburg, Virginia, als die Zwölf-Kilotonnen-Bombe in Mount Weather explodiert.

Den gewaltigen Lichtblitz, tausendmal heller als ein Blitzstrahl, sehen der Präsident und seine Begleiter nicht. Sie spüren die furchtbare Hitzewelle nicht, die durch das unterirdische Labyrinth von Mount Weather rast und die First Lady, ihre Kinder, alle anderen Bewohner und sämtliche Bauten verdampfen lässt. Auch die erdrückende Umarmung von Millionen Tonnen Granit, Stahl und Beton spüren sie nicht, als der Berg wie ein Kartenhaus in sich zusammenfällt.

Was sie sehen, ist ein heller, orangefarbener Feuerball, der die Nacht in Tag verwandelt. Sie spüren die Druckwelle, die wie Donner über sie hinwegfegt. Der Feuersturm lässt die Wälder von Virginia auflodern wie einen brennenden Teppich.

Der Pilot reißt den Hubschrauber herum und steuert mit Höchstgeschwindigkeit in die Gegenrichtung, während Präsident Maller qualvoll aufheult. In sein wundes Herz frisst sich eine entsetzliche Leere. Wut tobt durch sein Hirn und lässt ihn beinahe wahnsinnig werden.

Chichén Itzá
35 Meter unter der Kukulkan-Pyramide

Mit geweiteten Augen und wild klopfendem Herzen blickt Dominique ungläubig auf das gewaltige Objekt über ihrem Kopf. Umgeben von Fels ragt aus der Kalksteindecke der Kiel eines gewiss hundertfünfzig Meter langen außerirdischen Raumschiffs.

Langsam atmet sie ein, um den Drang zur Hyperventilation zu unterdrücken. Sie spürt die Gänsehaut unter ihrem Tauchanzug. *Das ist nicht wahr. Ich träume…*

Die metallisch goldene Außenhaut des schlanken Rumpfes schimmert wie ein polierter Spiegel.

Mick drückt ihre Hand, schwimmt nach oben und zieht sie auf zwei riesige Apparaturen zu, die dort, wo sich offenbar das Heck des Fahrzeugs befindet, an die Seiten des Rumpfes montiert sind. Beide haben den Umfang eines dreistöckigen Gebäudes. Mick und Dominique nähern sich einer der Apparaturen und sehen, dass es sich um die Triebwerke handelt. Im Lichtkegel ihrer Lampen taucht eine wabenförmige Anordnung aus schwarzen, an Nachbrenner erinnernden Gehäusen auf. Jedes davon hat einen Durchmesser von bestimmt zehn Metern.

Mick zieht Dominique an den monströsen Triebwerken vorbei und schwimmt auf den Bug des Raumschiffs zu.

Dominique saugt stärker am Atemregler und stellt erschrocken fest, dass nichts geschieht. *Mein Gott, wir haben keine Luft mehr!* Sie zerrt Mick am Arm und greift sich an die Kehle. Die Höhlenwände beginnen zu kreisen.

Mick sieht, wie Dominiques Gesicht hellrot wird und spürt, dass seine Brust sich ebenfalls zusammenzieht. Als sie verzweifelt nach ihm greift, schmerzt bereits seine Lunge.

Er entzieht sich dem Griff ihrer Hände, spuckt ihren Notfallregler aus und steckt sich wieder seinen eigenen in den Mund. Dann dreht er sich um und schwimmt mit letzter Kraft los, um einen Eingang im Rumpf des Raumschiffs zu finden.

Dominique, die von ihm mitgezogen wird, schlägt verzweifelt um sich, während sie in ihrer beschlagenen Maske zu ersticken beginnt.

Micks Arme und Beine sind schwer wie Blei. Keuchend presst er die Luft in seinen Atemregler, ohne wieder einatmen zu können. Seine Lunge brennt. Schmerzvoll wird ihm bewusst, dass Dominique am Ende des Seils immer mehr in Panik gerät. Mühsam zwingt er sich zur Konzentration.

Da sieht er ihn in seinem Delirium: einen purpurroten Lichtstrahl, der in fünfzig Metern Entfernung aufleuchtet. Mit neuer Kraft schlägt er mit den Beinen. Seine Muskeln brennen, und doch kommt er nur in Zeitlupe vorwärts.

Er spürt das tote Gewicht am Ende des Seils. Dominique wehrt sich nicht mehr.

Durchhalten…

Die unterirdische Welt beginnt zu kreisen. Er beißt in den Atemregler, bis sein Zahnfleisch blutet, und schmeckt die warme Flüssigkeit, als das leuchtende Symbol des Dreizacks von Paracas Gestalt annimmt.

Nur noch ein kleines Stück…

Seine Arme erstarren. Er bewegt sich nicht mehr. Die schwarzen Augen rollen nach oben.

Michael Gabriel verliert das Bewusstsein.

Reglos treiben die beiden Körper auf die leuchtende, drei Meter breite Iridiumtafel zu und geraten in Reichweite eines Jahrtausende alten Bewegungsmelders.

Mit einem hydraulischen Zischen öffnet sich eine Tür an der Außenhülle. Rauschend ergießt sich Wasser in die unter Druck stehende Kammer und reißt die beiden Menschen mit sich in das fremde Fahrzeug.

AUS DEM TAGEBUCH VON JULIUS GABRIEL

Welch eine erbärmliche Kreatur der Mensch doch ist! Geboren im vollen Bewusstsein seiner Sterblichkeit, ist er dazu verurteilt, seine kümmerliche Existenz in Angst vor dem Unbekannten zu verbringen. Von Ehrgeiz getrieben, vergeudet er oft die wertvolle Zeit, über die er verfügt. Ohne auf andere zu achten, ergibt er sich auf der Suche nach Ruhm und Reichtum seinen egoistischen Neigungen und lässt sich von all dem Bösen, das in ihm lauert, dazu verführen, Unglück über die Menschen zu bringen, die er liebt. So schwankt sein zerbrechliches Leben stets am Rande eines Todes, den zu begreifen ihm jede Fähigkeit fehlt.

Der Tod macht alle gleich. All unsere Kraft und unsere Wünsche, all unsere Hoffnungen und Sehnsüchte sterben irgendwann mit uns und verschwinden im Grab. Blind gehen wir selbstsüchtig auf den großen Schlaf zu und legen Gewicht auf Dinge, die keinerlei Bedeutung haben, nur um zu den unpassendsten Gelegenheiten daran erinnert zu werden, wie vergänglich unser Leben in Wirklichkeit ist.

Als emotionale Kreaturen beten wir zu einem Gott, für dessen Existenz wir keine Beweise haben. Dabei dient unser leichtfertiger Glaube nur dazu, unsere Urangst vor dem Tod zu besänftigen. Nur deshalb versuchen wir, unseren Verstand davon zu überzeugen, dass es ein Leben nach dem Tod geben muss. Gott ist gnädig, Gott ist gerecht, sagen wir uns, und dann geschieht das Unfassbare: ein Kind ertrinkt im Schwimmbad, ein betrunkener Autofahrer tötet einen geliebten Menschen, eine Krankheit trifft Partner oder Partnerin.

Wo ist unser Glaube dann? Wer kann zu einem Gott beten, der einen Engel fortgenommen hat? Welcher göttliche Plan könnte eine derart schändliche Tat wohl rechtfertigen? War es ein gnädiger Gott, der beschloss, meine Maria in der Blüte ihrer Jahre mit Krankheit zu schlagen? War es ein gerechter Gott, der sie vor Schmerzen heulen und unendliche Qualen erleiden ließ, bis er sich endlich der göttlichen Pflicht zuwandte, Mitleid mit ihrer gequälten Seele zu haben?

Und was ist mit ihrem Mann? Was für ein Mensch war ich, dass ich tatenlos zusah und meine geliebte Frau einem solchen Leiden auslieferte?

Mit schwerem Herzen ließ ich jeden Tag verrinnen, an dem der Krebs Maria dem Grab näher brachte. Und dann, als ich eines Nachts schluchzend an ihrem Bett saß, sah sie mich hohläugig an, eine elende Kreatur, eher tot als lebendig, und bat mich um Barmherzigkeit.

Was konnte ich tun? Gott hatte sie verlassen, hatte ihr keine Linderung ihrer beständigen Schmerzen gewährt. Mit zitternden Gliedern beugte ich mich zu ihr und küsste sie zum letzten Mal. Ich bat einen Gott, dessen Existenz ich inzwischen gleichermaßen anzweifelte wie verfluchte, mir Kraft zu verleihen. Dann drückte ich ihr das Kissen aufs Gesicht und erstickte ihren letzten, qualvollen Atemzug, wohl wissend, dass ich die einzige Flamme löschte, die in meiner Seele brannte.

Als ich mich nach getaner Tat umwandte, sah ich zu meinem Schrecken, wie mein Sohn, unwissend zum Komplizen geworden, mich mit den dunklen, engelhaften Augen seiner Mutter anstarrte.

Welch abscheuliche Tat hatte ich begangen? Was konnte ich nur sagen, um diesem Kind seine verlorene Unschuld wiederzugeben? Jeder Möglichkeit beraubt, irgendwelche Erklärungen vorzubringen, stand ich nackt und bloß da, ein schwacher, irregeleiteter Vater, der unwissentlich die Psyche seines Sohnes verdüstert hatte – durch eine Tat, die mir wenige Augenblicke zuvor noch human und selbstlos vorgekommen war.

Hilflos sah ich, wie mein Sohn aus unserem Haus floh und in die Nacht rannte, um seinen Zorn hinauszuschreien.

Hätte ich eine Pistole gehabt, hätte ich mir an Ort und Stelle in den Kopf geschossen. Stattdessen fiel ich schluchzend auf die Knie, verfluchte Gott und schrie vergeblich seinen Namen.

In weniger als einem Jahr hatte das Schicksal meiner Familie den Lauf einer griechischen Tragödie genommen. War Gott für diese Wende verantwortlich, oder war auch er nur ein Zuschauer, der abwartend beobachtete, wie sein gefallener Engel unser Leben manipulierte wie ein diabolischer Puppenspieler?

Vielleicht trug Luzifer selbst die Verantwortung, überlegte ich in meinem Gram, denn wer sonst hätte erst meine Frau mit einem solchen Schicksal schlagen und dann so geschickt die Ereignisse manipulieren können, die folgten? Glaubte ich denn wirklich an den Teufel? In diesem Augenblick ja, oder zumindest daran, dass das Vorhandensein des Bösen sich als eigenständiges Wesen manifestieren konnte.

Kann etwas so wenig greifbares wie das Böse ein reales Wesen sein? Während mein gequälter Geist über diese Frage nachgrübelte, trat mein Gram vorübergehend in den Hintergrund. Wenn es ein göttliches Wesen gab, weshalb dann nicht auch einen Teufel? Konnte das Gute tatsächlich ohne das Böse vorhanden sein; konnte Gott also wirklich ohne den Teufel existieren? Und welches dieser Wesen hatte das andere hervorgebracht? Denn es war immer die Furcht vor dem Bösen, die das Bedürfnis nach religiöser Betätigung gefördert hat, nicht Gott.

Der Theologe in mir trat in den Vordergrund. Furcht und Religion; Religion und Furcht. Historisch sind diese beiden Dinge untrennbar verwoben, denn sie waren der Grund für die meisten Gräueltaten, die der Mensch begangen hat. Furcht vor dem Bösen nährt die Religion, diese nährt den Hass, der Hass nährt das Böse und das Böse nährt die Furcht der Masse. Das ist ein Teufelskreis – und wir haben dem Teufel in die Hände gespielt.

Ich blickte in den Himmel, dachte an die alte Maya-Prophezeiung und fragte mich in meinem Delirium und meinem Gram, ob es die Gegenwart des Bösen war, die den endgültigen Sündenfall der Menschheit bewirkte und uns zur Vernichtung unserer eigenen Spezies verleitete.

Und dann kam mir ein anderer Gedanke in den Sinn. Vielleicht existierte Gott doch, hatte sich aber entschieden, sich passiv zu verhalten, was die Existenz des Menschen betraf. Zwar hatte er uns die Möglichkeit gegeben, unser eigenes Schicksal zu bestimmen, doch hatte er gleichzeitig dem Bösen erlaubt, einen aktiven Einfluss auf unser Leben auszuüben, um unsere Entschlossenheit und unsere Fähigkeit zu prüfen, in die Unsterblichkeit einzugehen.

Maria war mir entrissen, war in der Blüte ihres Lebens dahingerafft worden. Vielleicht gab es einen Grund für den Wahnsinn dieses Augenblicks, vielleicht kam ich dadurch der Wahrheit näher. Vielleicht war ich tatsächlich auf der Spur des Mittels, mit dem der Untergang der Menschheit verhindert werden konnte.

Den Teufel verfluchend, blickte ich in den Sternenhimmel. Mit Tränen in den Augen schwor ich beim Andenken meiner geliebten Frau, dass weder Himmel noch Hölle mich daran hindern sollten, die alte Maya-Prophezeiung zu entschlüsseln.

Über zehn Jahre sind vergangen, seid ich diesen Eid ablegte. Nun sitze ich hinter der Bühne und schreibe diese letzten Seiten, während ich darauf warte, ans Rednerpult gerufen zu werden. Mir graut vor dem Gedanken, vor meine zynischen Kollegen treten zu müssen.

Doch habe ich eine andere Wahl? Trotz all meiner Bemühungen fehlen noch immer einige Stücke zur Lösung des düsteren Rätsels, und so hängt das Schicksal der Menschheit weiter in der Schwebe. Mein Gesundheitszustand hat mich gezwungen, den Stab früher an meinen Sohn zu übergeben, als ich gehofft hatte. Nun ruht die Bürde, den Lauf zu vollenden, ganz auf seinen Schultern.

Man hat mir gesagt, dass Pierre Borgia die einführenden Worte zu meinem Vortrag sprechen wird. Mir ist flau im Magen, wenn ich mir vorstelle, ihn wiederzusehen. Vielleicht haben die Jahre seinen Zorn auf mich gelindert; vielleicht erkennt er, was auf dem Spiel steht.

Ich hoffe es, denn ich brauche seine Unterstützung, wenn ich die Wissenschaftler im Saal dazu bringen will, zu handeln. Falls sie mich unvoreingenommen anhören, reichen womöglich die bisherigen Ergebnisse aus, um sie zu überzeugen. Wenn nicht, so fürchte ich, dass unsere Spezies untergehen wird – so wie die Dinosaurier vor uns untergegangen sind.

Ein letzter Teil dieses Tagebuchs liegt in Cambridge in einem Safe mit dem genauen Datum, an dem sein Siegel erbrochen werden darf. Wenn wir die drohende Katastrophe überleben, dann wartet eine letzte Herausforderung auf zwei kleine Wesen, die noch nicht geboren sind.

Soeben ruft man mich aufs Podium, und ich blicke Michael an, der aufmunternd nickt. Seine schwarzen Augen, in denen die Intelligenz seiner Mutter leuchtet, funkeln mich an. Schon vor so vielen Jahren seiner Unschuld beraubt, ist er introvertiert und unnahbar geworden, und ich fürchte, dass eine verborgene Wut in ihm schlummert, die meine abscheuliche Tat gewiss gefördert hat. Und doch spüre ich in meinem Sohn gleichzeitig eine starke Entschlossenheit. Ich bete, dass sie ihn tragen wird, während er den ihm vom Schicksal bestimmten Pfad beschreitet, auf seine – und auf unsere – Rettung zu.

Letzte Seiten im Tagebuch von Prof. Julius Gabriel
24. August 2000

23

14. Dezember 2012
Nordamerikanisches Luftverteidigungskommando (NORAD)
Colorado

Major Joseph Unsinn stockt das Herz, als der Raketenalarm des NORAD-Systems schrillt. Voll Schrecken beobachtet eine Schar von Technikern, wie eine Datenflut auf ihren Bildschirmen erscheint.

ALARM! ALARM! ALARM!
ABSCHUSS BALLISTISCHER FLUGKÖRPER

URSPRUNG: BACHTARAN, IRAN
ZIEL: ISRAEL

ZIEL	FLUGKÖRPER	FLUGDAUER (MIN/SEK)
Megiddo	2	4:12
Tel Aviv	3	4:35
Haifa	4	5:38
Golanhöhen	1	5:44

Mit minimaler Verzögerung werden die Informationen vom NORAD-Computer direkt an die US-Befehlshaber in Israel und im Persischen Golf weitergeleitet. Wenige Augenblicke später spricht Major Unsinn über den Video-Kommunikator mit dem amerikanischen Verteidigungsminister.

Befehlszentrale Raven Rock
Maryland

Der streng geheime Komplex, der den Namen Raven Rock trägt, fungiert als unterirdischer Ableger des Pentagon. In seinem Innern befindet sich die so genannte Befehlszentrale, ein großer, runder Raum mit hochmodernen Kommunikations- und Datenverarbeitungssystemen. Von hier aus können der Präsident und seine Berater direkt Befehle an STRATCOM, die Strategische Kommandozentrale der Vereinigten Staaten übermitteln, einen weiteren unterirdischen Komplex, der in direktem Kontakt mit allen strategischen Raumschiffen, Flugzeugen, Unterseebooten und Raketenrampen steht. Wie die Zentrale von NORAD, so sind auch die Bunker von Raven Rock und STRATCOM aufwendig abgeschirmt, um die empfindlichen High-Tech-Systeme vor den elektromagnetischen Störungen zu schützen, die bei einem Atomangriff entstehen.

Präsident Maller sitzt auf dem Ledersofa seines Privatbüros. Seine Glieder zittern, während er sich verzweifelt bemüht, seinen persönlichen Gram zu verdrängen, zumindest für ein paar Minuten. Vor seinem Büro stecken Verteidigungsminister Dick Przystas, General Fecondo und Pierre Borgia die Köpfe zusammen.

»Der Präsident steht unter Schock«, flüstert Przystas. »Pierre, nach dem Protokoll müssen Sie als ranghöchstes Kabinettsmitglied an seine Stelle treten.«

»NORAD hat ein Geschwader russischer Stealth-Jäger entdeckt, das sich auf Alaska zubewegt. Unsere Raptors sind aufgestiegen, um es abzufangen. Sind Sie bereit, dem Start von…«

»Nein!« Maller tritt aus seinem Büro. »Noch trage ich die Verantwortung, Mr. Przystas. Aktivieren Sie den globalen Abwehrschild. Borgia, ich will sofort mit Viktor Grosny und General Xiliang sprechen. Es ist mir ganz egal, ob Sie persönlich nach Moskau fliegen müssen, um Grosny ans Telefon zu holen – tun Sie es einfach!«

»Ja, Sir.«

Wüste Sinai
Israel

Dreizehntausend Meter über die Wüste Sinai schreibt die 747-400F das Unendlichkeitssymbol in den Himmel. Obwohl sie wie ein Frachtflugzeug aussieht, ist sie kein normaler Jumbo-Jet. In ihrer runden Schnauze ist der YAL-1-Laser der Luftwaffe verborgen, eine Waffe zum Abfangen von Boden-Luft-Raketen, Marschflugkörpern und Mittelstreckenraketen.

Major David Adashek beobachtet aufmerksam seinen Bildschirm, während das Richtstrahlsystem und das Infrarot-Suchsystem den nordöstlichen Himmel absuchen.

»Da sind sie, Leute – zehn Flugkörper mit Atomsprengköpfen. Sie sind schon in Reichweite. Dreihundert Kilometer Abstand, rasch näher kommend.«

»Leitstrahl hat das Ziel erfasst, Sir. Wir haben sie.«

»Laser aktivieren!«

Wie ein Lichtblitz flammt der Multimegawatt-Laser der Boeing auf. Ein leuchtend orangefarbener Strahl tritt aus der Schnauze aus. Mit Lichtgeschwindigkeit rast er durch den Nachthimmel und verwandelt die erste iranische Rakete in einen stürzenden Feuerball.

Innerhalb von dreißig Sekunden sind auch die restlichen Raketen vernichtet.

Das schlanke, schwarz-weiße Raumflugzeug, das ruhig und einsam über der Erde schwebt, gleitet sanft in seine neue Umlaufbahn. Während sein entfernter Verwandter, die wiederverwendbare Lockheed Martin *VentureStar* der NASA, offiziell und mit großem Propagandaaufwand präsentiert wurde, ist dieses Raumschiff, von seinen Erfindern bei Boeing schlicht als SMV (Space Maneuver Vehicle) bezeichnet, nie ans Licht der Öffentlichkeit geraten. In der letzten Phase von Präsident Reagans Strategischer Verteidigungsinitiative geplant, wurde das SMV mit geheimen Mitteln des militärischen Raumfahrtprogramms der US-Luftwaffe gebaut und pikanterweise mit einer von Russland erworbenen Proton-Rakete in den Weltraum gebracht. Das vollautomatische ferngesteuerte Raumfahrzeug, das ein ganzes Jahr lang auf Station bleiben kann, hat nie einen kommerziellen Satelliten oder Material für die internationale Raumstation befördert. Das SMV wurde zu einem einzigen Zweck gebaut: um feindliche Satelliten zu verfolgen und zu vernichten.

In dem acht Meter langen Rumpf des SMV verbirgt sich eine von Trägern gestützte Plattform mit dem Hochenergie-Wasserstoff-Fluorid-Laser TRW Alpha und einem Strahlenprojektionsteleskop des Hughes-Konzerns mit vier Metern Durchmesser.

Das Raumflugzeug nähert sich seinem ersten Opfer, einem von achtzehn russischen Spionagesatelliten, die sich in sechsunddreißigtausend Kilometern Höhe auf einer geosynchronen Umlaufbahn über Nordamerika befinden. Korrekturtriebwerke werden aktiviert, um das SMV zu stabilisieren. Als es dieselbe Geschwindigkeit wie die russische Sonde hat, öffnen sich die Türen der Schnauze wie die Schalen einer Muschel. Die streng geheimen Waffen werden sichtbar.

Das von Lockheed Martin gebaute Leitstrahlsystem erfasst sein Ziel.

Der Laser flammt auf, erreicht seine volle Stärke und richtet seinen unsichtbaren Strahl auf den Rumpf des fünfeinhalb Meter langen Satelliten, dessen dünne Außenhaut sich aufzuhitzen beginnt. Das Metall nimmt eine leuchtend orangerote Färbung an, während die empfindlichen elektronischen Systeme im Innern versagen. Zischend schmelzen die Komponenten, bis nur noch verkohlte Schaltbretter übrig sind.

Die Energie des Lasers erreicht die Akkumulatoren.

Mit einem gewaltigen Knall explodiert der Spionagesatellit und verwandelt sich in einen glitzernden Haufen Raumschrott.

Von der Erdanziehung gefangen, flammt ein großes Stück Metall zu einem Feuerball auf, während es in die Atmosphäre eintritt.

In Grönland blickt ein kleiner Junge in den Nachthimmel und ist begeistert über das unerwartete Feuerwerk. Er schließt die Augen und wünscht sich etwas von der Sternschnuppe, die er gesehen hat.

Die Schnauze des SMV schließt sich. Die Triebwerke werden gezündet und bringen den Satellitenkiller in eine höhere Umlaufbahn, wo sein nächstes Opfer auf ihn wartet.

Testzentrum für Hochenergie-Lasersysteme
White Sands, New Mexiko

Aus der Ferne betrachtet, sieht der halbkugelförmige Stahlbetonbau, der inmitten eines Hochsicherheitsbereichs in der Wüste von New Mexico aufragt, wie ein ganz gewöhnliches Observatorium aus. Unter der versenkbaren Kuppel befindet sich jedoch kein Teleskop, sondern ein 5,1-Zoll-Geschützturm aus Marinebeständen, der auf einer rasch um dreihundertsechzig Grad drehbaren Plattform montiert ist.

Der Geschützturm trägt MIRACL (Mid-Infrared Advanced Chemical Laser), den kraftvollsten Laser der Welt. Von der amerikanischen TRW und der israelischen RAFAEL entwickelt, kann der chemische, mit Deuterium-Fluorid arbeitende Laser mit Lichtgeschwindigkeit in rascher Folge extrem starke Strahlen in den Weltraum senden.

Die Anlage basiert auf denselben Prinzipien wie ein Raketenantrieb. Stickstoff-Trifluorid dient als Oxidator zur Verbrennung von Äthylen, wodurch angeregte Fluorid-Atome entstehen. Durch die Injektion von Deuterium und Helium wird optische Energie produziert und erzeugt einen Laserstrahl mit einem Querschnitt von drei mal einundzwanzig Zentimetern. Das zentrale Element des Satellitenkillers ist das von Hughes hergestellte Leitstrahlsystem, das den kraftvollen Strahl durch die Atmosphäre in den Weltraum leitet.

Oberst Barbara Esmedina, die Leiterin des White-Sands-Projekts, beobachtet ungeduldig, wie ihre Techniker die Koordinaten sieben russischer und vier nordkoreanischer Satelliten eingeben, die am Himmel über Nordamerika schweben. Esmedina, einer früheren NASA-Beamtin, die bei der Entwicklung des Prototyps X-33 der *VentureStar* mitgewirkt hat, haftet der Ruf einer leicht erregbaren, dogmatischen und oft allzu direkten Verfechterin von Hochenergie-Lasern an. Zweimal verheiratet und zweimal geschieden, hat sie dem Drang zum anderen Geschlecht schon lange abgeschworen, um engagiert um Mittel für ihr Lieblingsprojekt zu werben – den Bau von über zehn MIRACL-Stützpunkten entlang der Küste zur taktischen Abwehr feindlicher Interkontinentalraketen.

Seit das Regime von Kim Jong Il vor acht Jahren die Entwicklung der Taepo Dong 2 abgeschlossen hat, einer zweistufigen Langstreckenrakete, die den westlichen Teil des amerikanischen Festlands erreichen kann, befindet Esmedina sich im Clinch mit dem Verteidigungsministerium. Trotz des großen Respekts, den sie bei ihren Vorgesetzten genießt, hat man ihr vorgeworfen, sie sei allzu clever und außerdem zu gut aussehend, um ein derart erregbares Temperament zur Schau zu stellen. Tatsächlich hat sie mit der letztgenannten Eigenschaft oft ihre eigenen Bemühungen um Geldmittel untergraben. So hat das Verteidigungsministerium trotz ihres Einsatzes vor fünf Jahren beschlossen, den neuen CVN-78 der Marine zu finanzieren, einen nach dem Stealth-Prinzip entwickelten, sechs Milliarden Dollar teuren Flugzeugträger.

Während sie das wieder einmal beschäftigt, schüttelt Esmedina ärgerlich den Kopf. *Das ist genau, was wir gebraucht haben – noch ein vollkommen sinnloses Milliardengrab.*

»Wir sind fertig, Oberst.«

»Wird auch allmählich Zeit. Kuppel öffnen.«

Ein hydraulisches Pfeifen von oben, als sich die gewaltige Betonkuppel öffnet und den Blick auf den sternenklaren Wüstenhimmel freigibt.

»Kuppel geöffnet, Oberst. Laser hat Ziel erfasst. Vollkommen klare Sicht.«

»Laser abfeuern.«

In weniger als einer Sekunde flammt ein leuchtend roter Strahl auf und schreibt eine gerade Linie in den Himmel. Oberst Esmedina und ihre Techniker blicken auf den Monitor einer Kamera, die auf die Position des feindlichen Satelliten eingestellt ist. Das Bild flackert auf und verschwindet.

»Erstes Ziel vernichtet, Oberst. Einstellung auf zweites Ziel.«

Esmedina unterdrückt ein Grinsen, während der Laserturm sich in seine neue Position dreht. »Das, Genosse Grosny, hast du dir wohl nicht träumen lassen.«

Unter der Kukulkan-Pyramide
Chichén Itzá

Mick schwebt.

Er blickt auf zwei bewusstlose Gestalten hinab, die ausgestreckt auf einem seltsamen Gitter liegen. Unter den Masken sind bläuliche Gesichter erkennbar, von Qual und Schrecken verzerrt.

Als er erkennt, wer da liegt, spürt er weder Bedauern noch Kummer, nur ein Gefühl der Geborgenheit, in das sich eine merkwürdige Neugier mischt. Er dreht sich um und sieht, wie sich ein Tunnel vor ihm öffnet, an dessen Ende ihn ein helles Licht anzieht. Ohne zu zögern schwebt er in ihn hinein wie ein Vogel ohne Flügel.

Er spürt die Gegenwart eines Wesens, verbunden mit einem Ansturm von Liebe und Wärme, den er seit seiner frühen Kindheit nicht erlebt hat.

Mutter?

Das Licht umfängt ihn, hüllt ihn in seine Energie ein.

Deine Zeit ist noch nicht gekommen, Michael…

Ein gewaltiges Donnern erfüllt seine Ohren, als das Licht verschwindet.

Der Mageninhalt, der Mick in die Kehle steigt, drückt ihm den Atemregler aus dem Mund. Von Krämpfen geschüttelt, ringt er mühsam nach Luft, dann reißt er sich die Maske vom Gesicht und dreht sich auf den Rücken. Schwer atmend blickt er auf die bizarr gewölbte Decke über seinem Kopf.

Mutter? »Dominique…«

Mühsam erhebt er sich auf die Knie, kriecht zu ihr und nimmt ihr rasch die Tauchermaske vom Gesicht. Der Atemregler ist ihr schon aus dem Mund gefallen. Er tastet nach ihrem Puls, legt ihren Kopf zurück, um die Luftröhre passierbar zu machen, presst seinen Mund auf ihren und bläst Luft in ihre Lunge.

Komm schon…

Wasser füllt ihren Mund. Er setzt sich rittlings auf sie und drückt ihr beide Hände in den Unterbauch, um ihren Magen zu entleeren.

Hastig reinigt er ihren Mund und setzt die Beatmung fort.

Weitere zehn Atemzüge.

Eine leichte Röte tritt in Dominiques Gesicht. Sie hustet, spuckt einen Mund voll Wasser aus und öffnet die Augen.

Beringstraße
Vor der Küste von Alaska

1.43 Uhr Ortszeit Sieben Lockheed Martin F-22 Raptor, die modernsten Jagdflugzeuge der Welt, schießen mit Überschallgeschwindigkeit über den dunklen Himmel von Alaska. Die Tarnkappenjets, etwa so groß wie eine F-15, entgehen nicht nur jedem Radar, sondern können auch höher und schneller fliegen als alle anderen Kampfflugzeuge.

Major Daniel Barbier lässt die Muskeln spielen, um in seinem dunklen Cockpit wachzubleiben. Acht lange Stunden sind vergangen, seit seine Staffel den Luftwaffenstützpunkt Marietta in Georgia verlassen hat. Inzwischen sind die Jets fünfmal in der Luft aufgetankt worden. Der aus Kanada stammende Staffelführer spürt die Erschöpfung in den Knochen. Er greift in seine Brusttasche, zieht das Bild seiner Frau, seiner Tochter und der vierjährigen Zwillingsbuben heraus und gibt allen einzeln einen Kuss. Dann konzentriert er sich wieder auf die vielfarbig leuchtende Konsole vor ihm.

Das taktische Display der F-22 ist ein hochkompliziertes System, das den Piloten mit der maximalen Information versorgen soll, ohne ihn zu überlasten. Spezifische Farben und Symbole definieren die drei wichtigsten Sensoren des Jets, damit diese rasch unterschieden werden können. Das Erste der Systeme, das von Northrop Grumman und Raytheon entwickelte Radar APG-77, ist so leistungsstark, dass der Pilot ein Ziel erfassen, identifizieren und zerstören kann, lange bevor der Feind seine Anwesenheit erkannt hat.

Die beiden anderen Sensoren, mit denen die F-22 ausgerüstet ist, sind beides passive, keine Signale aussendenden Systeme, die dazu beitragen, dass das Flugzeug nicht identifizierbar bleibt. Der von Lockheed-Sanders hergestellte Fühler ALR-94 sucht die weitere Umgebung nach feindlichen Signalen ab. Ist ein Feind entdeckt, bestimmt er sofort seine Position und Entfernung und programmiert die Luft-Luft-Raketen des Raptors auf Abfangkurs. Ein zweites passives System namens Datalink verarbeitet die Informationen der in der Luft befindlichen AWACS-Jets und versorgt den Piloten mit exakten Daten zur Navigation und zur Identifizierung von Zielen.

Trotz der überlegenen Technologie seines Flugzeugs spürt Barbier, wie sich sein Magen vor Angst zusammenkrampft. Irgendwo vor ihm befindet sich eine Staffel von russischen Tarnkappenjets, die wahrscheinlich Atomwaffen an Bord haben. Während der Raptor wegen seiner speziellen winkligen Form nicht von Radar erfasst wird, erzeugt sein russisches Gegenstück eine Plasmawolke, die das Flugzeug einhüllt und die reflektierten Radarsignale abschwächt. Es wird nicht leicht sein, den Feind aufzuspüren.

»Jäger an Schneewittchen, bitte kommen.«

Barbier rückt seinen Kopfhörer zurecht, um die vom Stützpunkt Elmendorf kommende Stimme besser zu verstehen. »Bin dran, Jäger.«

»Die Hexe« – NORAD – »hat die Zwerge entdeckt. Koordinaten werden bereits übermittelt.«

»Roger.« Barbier sieht die Mitte seines taktischen Bildschirms aufleuchten wie einen Weihnachtsbaum. Eine stabile elektronische Verbindung versorgt jeden der sieben Raptor-Piloten mit identischen Informationen, während das System die Lage analysiert und eine Abschussliste koordiniert.

Sieben blaue Kreise markieren die in Formation fliegenden F-22. Von Nordwesten her nähern sich – ebenfalls in Formation – neun rote Dreiecke, die knapp über der Wasseroberfläche fliegen.

Barbier berührt einen Schalter an seiner Steuereinheit. Sofort wird jedem der feindlichen Jets ein weißer Kreis mit einer Nummer zugewiesen. Das Zeichen erscheint gleichzeitig auf dem taktischen Display und auf dem Angriffsdisplay der gesamten Staffel.

Im Bauch der F-22 befinden sich zwei mittlere und zwei seitliche Waffenschächte. Die mittleren Schächte enthalten jeweils vier Luft-Luft-Raketen HAVE DASH II. Der mit einem Staustrahltriebwerk ausgerüstete, Mach sechs erreichende Flugkörper kann aus einer Entfernung von hundert Seemeilen abgefeuert werden und eine zwei Meter dicke Betonmauer durchschlagen. In den seitlichen Schächten ist je eine GM-Hughes AIM-9X Sidewinder untergebracht. Diese Rakete hat einen Suchkopf, der in der Lage ist, Ziele zu verfolgen, die volle neunzig Grad von der Abschussrichtung entfernt sind.

Das Wort ›SHOOT‹ erscheint gleichzeitig auf Barbiers Angriffsbildschirm und auf dem in seinem Helm montierten Display. Der Pilot legt den Finger auf den Abschussknopf und beobachtet sein taktisches Display, während die F-22 vom äußeren Ring in den mittleren Angriffsring kommt. Auf diese Entfernung können die Waffen des Raptors den Feind erreichen, während dieser noch zu weit weg ist, um das Feuer zu erwidern.

Barbier flüstert: »Hoffentlich könnt ihr schwimmen, ihr Arschlöcher.«

Mit gewaltigem Druck lassen die pneumatisch-hydraulischen Startvorrichtungen unter den sieben F-22 eine Raketensalve aus den Waffenschächten schießen. Sofort lösen die Flugkörper sich und rasen mit einer Geschwindigkeit von zweitausend Metern pro Sekunde auf ihre Ziele zu.

Die F-22 legen sich scharf in die Kurve, um eine niedrigere Flughöhe anzusteuern.

Das Herz schlägt dem russischen Staffelführer bis zum Hals, als sein Raketenwarnsystem aufleuchtet. Schrille Alarmtöne hallen ihm in die Ohren. Schweißüberströmt startet er hastig die Störkörper seines Jets und löst sich aus der Formation, ohne erkennen zu können, woher der Angriff kommt. Er blickt auf sein Radar, dann duckt er sich voll Schrecken, als er sieht, wie die Maschine seines Flügelmannes sich in einen lodernden Feuerball verwandelt.

Aus dem Alarm ist eine betäubende Totenglocke geworden. Mit namenlosem Entsetzen starrt der Pilot auf sein Radar und kann noch kaum begreifen, dass er nicht mehr zu den Jägern gehört, sondern zu den Gejagten.

Eine Sekunde später zerfetzt eine Rakete den Rumpf seines Jets und löscht mit einem grellen Blitz sein Leben aus.

Unter der Kukulkan-Pyramide
Chichén Itzá

Barfuß gehen Mick und Dominique Hand in Hand durch das außerirdische Raumschiff. Das offene Oberteil ihrer Neoprenanzüge hängt ihnen um die Hüften.

Der an einen Tunnel erinnernde Korridor ist warm, aber ziemlich dunkel. Das einzige Licht ist ein lumineszierender blauer Schein irgendwo vor ihnen. Boden, Wände und die zehn Meter hohe gewölbte Decke des Ganges sind kahl und glatt. Offenbar bestehen sie aus einem polierten, nahezu durchsichtigen schwarzen Polymer.

Mick bleibt stehen, drückt das Gesicht an die dunkle, glasartige Wand und versucht, hindurchzuschauen. »Ich glaube, da ist was hinter diesen Wänden, aber das Glas ist so dick, dass ich nicht das Geringste erkennen kann.« Er dreht sich zu Dominique um, die ihn erschrocken anstarrt. »Alles in Ordnung?«

»In Ordnung?« Sie grinst nervös. Ihre Unterlippe zittert. »Nein. Seit ich dich kenne, ist mein Leben eher in *Unordnung* geraten.« Sie lächelt, dann fängt sie zu weinen an. »Ich glaube… ich glaube, das Gute an der Sache ist, dass du nicht im mindesten verrückt bist. Aber heißt das, dass wir nun alle sterben werden?«

Er nimmt ihre Hand. »Hab keine Angst. Dieses Fahrzeug gehört Kukulkan – oder wie immer dieser Humanoide sich genannt hat.«

»Und wie kommen wir hier wieder raus?«

»Dieses Ding muss direkt unterhalb der Kukulkan-Pyramide im Boden vergraben sein. Wahrscheinlich gibt es irgendeinen verborgenen Gang, der hinauf in den Tempel führt. Wir finden schon einen Weg hinaus, aber zuerst muss ich herausbekommen, wie wir verhindern können, dass die vorhergesagte Katastrophe stattfindet.«

Er führt sie zum Ende des Korridors, wo sie in einen riesigen zwiebelförmigen Raum treten. Die abgerundeten Wände strahlen ein schwaches elektrisch blaues Leuchten aus. Im Zentrum der gewölbten Decke ist eine etwa eineinhalb Meter breite Öffnung zu erkennen, der Anfang einer Röhre, die wie ein Kaminschlot senkrecht in die Höhe steigt, bis ihre Wände in der Dunkelheit verschwinden.

Direkt unterhalb der Öffnung steht ein gewaltiges Objekt, dessen Form an die einer Badewanne erinnert.

Es ist ein poliertes Rechteck aus braunem Granit, gut zwei Meter lang und jeweils einen Meter hoch und tief. Als sie näher treten, erscheint ein schwaches purpurrotes Leuchten an der Seite der Wanne, das immer stärker wird.

Micks Augen weiten sich, als er mehrere Reihen lumineszierend roter Hieroglyphen erkennt. »Das ist eine Botschaft, geschrieben in altem Quiché-Maya.«

»Kannst du sie übersetzen?«

»Ich glaube schon«. Mick spürt, wie er innerlich vor Erregung zittert. »Am Anfang gibt sich der Verfasser zu erkennen, ein Wesen, dessen Name dem entspricht, was die Maya als ›Hüter‹ oder ›Wächter‹ bezeichneten.«

»Lies einfach vor«, flüstert Dominique.

»Ich bin der Hüter, der Letzte der Nephilim. Nicht von dieser Welt und doch sind wir eins. Die Ahnen der Menschen waren… unsere Kinder.« Mick hält inne.

»Was? Lies weiter!«

»Wir… euer Samen…«

»Das versteh ich nicht. Wer waren die Nephilim?«

»Die Bibel bezeichnet sie als Riesen. In der Genesis werden sie kurz als gefallene Engel und Menschen von überlegener Intelligenz erwähnt. In den Qumran-Rollen wird angedeutet, dass die Nephilim sich vor der Sintflut mit menschlichen Frauen vereint haben, also in einer Zeit, die mit dem Ende der letzten Eiszeit zusammenfällt.«

»Augenblick mal. Willst du behaupten, dass diese Aliens sich mit Menschen gepaart haben? Das ist doch irre!«

»Ich behaupte gar nichts, aber wenn man darüber nachdenkt, ist es durchaus plausibel. Du hast doch schon gehört, dass in der Evolution des Menschen ein wichtiges Bindeglied fehlt, oder? Vielleicht war es die Synthese mit der DNA einer weit fortgeschrittenen humanoiden Spezies, durch die *Homo sapiens* es geschafft hat, einen gewaltigen Sprung auf der Evolutionsleiter zu machen.«

Verwirrt schüttelt Dominique den Kopf. »Das ist mir momentan zu viel – lies einfach weiter.«

Mick konzentriert sich wieder auf die Botschaft. »Nephilim haben euren Ahnen soziale Strukturen geschenkt, haben die Arbeiten geleitet, die zu eurer Rettung führen können, haben euren Geist erweitert, auf dass es euch möglich ist zu sehen. Zwei Welten, ein Volk, über Raum und Zeit hinweg vereint durch einen gemeinsamen Feind, einen Feind, der die Seelen eurer Ahnen verschlingt. Es ist ein Feind, dessen Gegenwart euer Volk bald vom Antlitz dieses Planeten auslöschen kann.«

»He, wart mal, welcher Feind? Das Ding im Golf von Mexiko? Und was soll das heißen, dass er unsere Seelen verschlingt? Heißt das, wir werden alle sterben?«

»Lass mich zu Ende lesen; es fehlt nur noch ein Abschnitt.« Mick wischt sich den Schweiß aus den Augen, bevor er sich wieder dem leuchtenden blutroten Text zuwendet.

»Ich bin Kukulkan, der Lehrer der Menschen. Ich bin der Hüter, der Letzte der Nephilim. Dem Tode nahe, ist meine Seele darauf vorbereitet, die Reise zur geistigen Welt anzutreten. Die Botschaft ist geschrieben und alles ist bereit für die Ankunft von Hun-Hunapu. Zwei Welten, ein Volk, ein Schicksal. Nur Hun-Hunapu kann das kosmische Tor verschließen, bevor der Feind eintrifft. Nur Hun-Hunapu kann die Reise nach Xibalba machen und die Seelen unserer Ahnen retten.«

Mick hört auf zu lesen.

»Na gut, Mick, und was soll das alles heißen? Ich hab gedacht, dieser Hun-Hunapu sei der Typ in dem Schöpfungsmythos gewesen, dem man den Kopf abgeschlagen hat. Wie soll der uns dann helfen? Und was meint der Hüter damit, dass das kosmische Tor verschlossen werden muss? Mick? He, was ist mit dir? Du schaust blass aus.«

Mick lässt sich auf den Boden sinken und lehnt sich mit dem Rücken an die Granitwanne.

»Was hast du? Was ist denn?«

»Lass mich bitte einen Moment in Ruhe.«

Sie hockt sich neben ihn und massiert ihm den Nacken. »Tut mir Leid. Geht's wieder?«

Er nickt zwischen zwei langsamen, tiefen Atemzügen.

»War das das Ende der Botschaft?«

Wieder nickt er.

»Was ist denn? Sag's mir doch!«

»Du hast ganz Recht. Nach dem *Popol Vuh* ist Hun-Hunapu schon vor langer Zeit gestorben.«

»Und was sollen wir nun tun?«

»Keine Ahnung. Ich glaube, wir stecken mächtig in der Patsche.«

NORAD-Zentrale
Colorado

General Andre Moreau, Oberbefehlshaber von NORAD, schreitet langsam durch die Reihen hochmoderner Radarterminals, Kommunikationskonsolen und Bildschirme. Keiner seiner Leute hebt den Kopf; alle Männer und Frauen sind voll auf ihre Geräte konzentriert. Eine Mischung aus Koffein und Adrenalin zerrt an ihren überreizten Nerven.

Moreau spürt, wie sich sein Magen zusammenzieht, als auf einem Monitor der Schriftzug ALARMSTUFE 1 aufblitzt. Die militärische Klassifikation der Verteidigungsbereitschaft reicht von der fünften Alarmstufe in Friedenszeiten bis zur ersten Stufe, die gleichbedeutend mit einem Atomangriff und der entsprechenden Reaktion ist.

Moreau schließt die Augen. In zweiunddreißig Jahren bei der Luftwaffe und bei NORAD hat der General mehr als einmal dramatische Szenen erlebt. Er erinnert sich an jene sechs furchtbaren Minuten im November 1979, als während seines Dienstes Alarmstufe eins ausgelöst wurde. Ohne dass jemand bei NORAD es erkannt hätte, hatte eine Übung am Computer einen falschen Alarm hervorgerufen. Sämtliche Techniker waren davon überzeugt gewesen, dass die Sowjets eine große Zahl Interkontinentalraketen auf die Vereinigten Staaten abgeschossen hatten. In den hektischen Minuten, die auf die Warnung folgten, wurden Vorbereitungen für einen atomaren Vergeltungsschlag eingeleitet. Die Kampfjets der Air Force waren sogar schon in der Luft, als das Frühwarnradar von NORAD den menschlichen Irrtum endlich entdeckte.

Der General öffnet wieder die Augen. Inzwischen ist es über die Jahre mehrfach zu kritischen Situationen gekommen, doch keine war so heikel wie damals.

Bis jetzt.

Ein Alarmton reißt den General aus seinen Gedanken. Einen surrealen Moment lang hat Moreau das Gefühl, von einer hohen Klippe zu stürzen. Auf jedem Bildschirm in der Zentrale von Cheyenne Mountain leuchtet die alptraumhafte Botschaft auf.

ALARM! ALARM! ALARM!
ABSCHUSS BALLISTISCHER FLUGKÖRPER
ALARM! ALARM! ALARM!
ABSCHUSS BALLISTISCHER FLUGKÖRPER

Mein Gott… »Systembericht, schnell!«

Hektisch nimmt eine Schar von Technikern, Telefonhörer an beide Ohren haltend, Kontakt mit über den Erdball verteilten Stützpunkten auf, während eine weibliche Computerstimme unaufhörlich das Wort ›Alarm!‹ verkündet.

Der General wartet ungeduldig, während eine Verbindung mit den sieben NORAD-Stützpunkten hergestellt wird.

»Herr General, System arbeitet korrekt!«

»Herr General, unsere Satelliten haben vier Flugbahnen identifiziert und bestätigt. Sie kommen gerade auf den Bildschirm, Sir.«

ALARM! RAKETENANGRIFF!

Interkontinentalraketen/Land	2754
Interkontinentalraketen/See	86
Vier Flugbahnen identifiziert	
Ziele: Alaska	17
Hawaii	23
Amerikanisches Festland	2800

Flugbahn Arktis
17 IKR/L
Zeit bis zum 1. Einschlag: 18 Min. 08 Sek.
(Luftwaffenstützpunkt Elmendorf)

Flugbahn Pazifik
23 IKR/L
Zeit bis zum 1. Einschlag: 28 Min. 47 Sek.
(Pearl Harbor)

Flugbahn nordwestlicher Pazifik
1167 IKR/L; 36 IKR/S
Zeit bis zum 1. Einschlag: 29 Min. 13 Sek.
(Seattle)

Flugbahn Atlantik
1547 IKR/L; 50 IKR/S
Zeit bis zum 1. Einschlag: 29 Min. 17 Sek.
(Washington, D.C.)

Erstarrt steht der General einen kurzen Moment vor dem Bildschirm, dann aktiviert er hastig die Direktverbindung nach Raven Rock und zur Strategischen Kommandozentrale der Vereinigten Staaten.

Befehlszentrale Raven Rock
Maryland

2.04 Uhr Präsident Mark Maller hat die Ärmel aufgekrempelt. Trotz der kühl gestellten Klimaanlage dringt ihm der Schweiß aus allen Poren. An einer Wand seines schalldichten Büros ist eine Reihe von Video-Kommunikatoren angebracht, über die Raven Rock direkt mit der Zentrale von STRATCOM verbunden ist. Als Maller damit fertig ist, die Codes für den atomaren Gegenschlag abzulesen, wendet er sich von dem Monitor mit General Doroshows Gesicht ab und überlässt ihn seinem Verteidigungsminister.

Der Präsident erhebt sich von seinem Platz am Schreibtisch und geht hinüber zum Ledersofa. Hilflos starrt er auf den Monitor an der Decke und sieht, wie die Computergrafik die historischen letzten Minuten der Vereinigten Staaten von Amerika abzählt.

Das ist einfach nicht wahr. Das kann nicht sein. Mein Gott, lass mich doch aufwachen und im Bett neben meiner Frau liegen…

Maller drückt zum neunten Mal in den vergangenen sechs Minuten die Taste der Gegensprechanlage. »Borgia?«

»Sir, ich versuche es noch immer. Grosnys Mitarbeiter schwören, dass sie den Anruf durchgestellt haben, aber der Präsident weigert sich, mit Ihnen zu sprechen.«

»Versuchen Sie es weiter.«

Mit fahlem Gesicht wendet Dick Przystas sich vom Monitor ab. »Tja, Sir, unsere Vögel sind in der Luft. Vielleicht kommt Grosny jetzt ans Telefon.«

»Wie lange wird es dauern?«

»Die von U-Booten gestarteten Raketen werden Moskau und Peking zwei Minuten nach dem Einschlag der gegnerischen Flugkörper erreichen.«

»Sie meinen – zwei Minuten, nachdem jede größere Stadt an der Ost- und Westküste der Vereinigten Staaten vom Erdboden verschwunden ist.« Mit zitterndem Oberkörper beugt Maller sich vor. »All unsere Vorbereitungen, all unsere Verträge, all unsere Technologie… was ist nur geschehen? Was haben wir falsch gemacht?«

»Mark, nicht *wir* haben den Knopf gedrückt, sondern die anderen.«

»Chaney hatte Recht, das ist einfach Wahnsinn!« Maller erhebt sich. Sein Magengeschwür brennt. »Verflucht, Borgia, was ist nur mit Grosny?«

General Joseph Fecondo kommt ins Zimmer. Seine gebräunte Haut hat einen kränklichen olivgrünen Schimmer angenommen. »Die Oberbefehlshaber berichten, dass alle Einheiten in der Luft sind. Bitte entschuldigen Sie mich jetzt, Herr Präsident, ich bin in der Befehlszentrale. Mein ältester Sohn ist in Elmendorf stationiert. Man hat… man hat mir versprochen, ihn an den Bildschirm zu holen.«

Eine junge Frau drängt sich an Fecondo vorbei und reicht dem Präsidenten ein Telefax. »Sir, die Briten und die Franzosen haben beschlossen, keine ihrer Raketen abzufeuern.«

Die Augen von Dick Przystas weiten sich. »Die Franzosen! Vielleicht sind die machtgieriger, als wir geglaubt haben. Womöglich haben sie insgeheim diese Fusionswaffen entwickelt, sie in Russland und China detonieren lassen und warten jetzt darauf, dass sich die drei Großen gegenseitig auslöschen, damit sie sich das unter den Nagel reißen können, was übrig bleibt.«

Borgia blickt Maller an. »Schon möglich.«

»Verfluchte Hunde!« Der Präsident tritt auf seinen Tisch ein.

Ein anderer Mitarbeiter kommt ins Zimmer. »Herr Präsident, der Vizepräsident ist auf VK vier. Er sagt, es sei dringend.«

Maller schaltet den Bildschirm ein. »Rasch, Ennis.«

»Herr Präsident, diese drei Fusionsbomben – wir können beweisen, dass sie aus diesem außerirdischen Raumschiff stammen.«

»Ach Gott, Ennis, für so was habe ich jetzt wirklich keine Zeit…«

Auf dem Bildschirm erscheint das Gesicht von Kapitän Loos. »Herr Präsident, es stimmt. Wir übermitteln jetzt die Bilder, die einer unserer Predators aufgenommen hat.«

Der Bildschirm flackert, dann erscheint das Bild eines kreisenden smaragdgrünen Trichters. Alle in der Befehlszentrale erstarren und blicken ungläubig auf die drei dunklen Objekte, die in der Mitte des Strudels aufsteigen.

»Mein Gott«, flüstert Maller staunend, »es ist wirklich wahr.«

Borgia ruft von seiner Kommunikationskonsole aus: »Sir, VK acht, neun und zehn. Grosny, General Xiliang und der UN-Generalsekretär sind dran.«

Präsident Maller schaut seinen Verteidigungsminister an. »Das glauben die nie. Du lieber Himmel, nicht mal ich kann's wirklich glauben.«

»Dann sorgen Sie dafür, dass die es glauben. In weniger als siebzehn Minuten werden zwei Milliarden Menschen sterben, und Sie und diese beiden Arschlöcher sind die einzigen Menschen auf der Erde, die das verhindern können.«

Unter der Kukulkan-Pyramide
Chichén Itzá

Mick untersucht die Seiten der massiven Granitwanne, die nun wieder dunkel sind. Nur eine einzelne Reihe aus scharlachroten Punkten und Strichen ist noch sichtbar.

»Was ist das?«, fragt Dominique.

»Zahlen. Die Zahlen der Maya von null bis zehn.«

»Vielleicht ist es eine Art Kombinationsschloss. Habt ihr bei euren Forschungen irgendwelche numerischen Codes entdeckt?«

Micks Augen leuchten auf. »Nein, aber ich weiß was Besseres. In den Entwurf der Großen Pyramide, und auch in den von Angkor Wat und Teotihuacán ist ein numerischer Code eingebaut. Der Code der Präzession: vier-drei-zwei-null.«

Mick berührt ein Symbol aus vier Punkten.

Die Zahl verändert ihre Farbe. An die Stelle eines leuchtenden Rots tritt ein elektrisches Blau.

Nacheinander berührt Mick die Zahlen drei und zwei und dann das augenförmige Symbol, das der Null entspricht. Jedes der Zeichen nimmt eine lumineszierend blaue Färbung an.

Und dann leuchtet das Innere der Wanne in einem strahlenden Azurblau auf. Zwischen den Wänden erscheint ein Objekt.

Das Licht wird schwächer, sodass sie in den offenen Behälter blicken können.

Dominique verschluckt einen Schrei.

Ein riesiges menschenähnliches Wesen starrt sie an. Es ist von einem zerfetzten weißen Gewand umhüllt und hat die Gesichtszüge eines hundertjährigen Greises. Die Haut ist gespenstisch weiß, das lange weiße Haar und der wallende Bart sind fein wie Seide. Der vollständig erhaltene Kopf ist länglich, der Körper deutlich über zwei Meter lang. Die toten, starren Augen strahlen in einem unirdischen dunkelblauen Schimmer.

Gebannt sehen Dominique und Mick, wie das humanoide Wesen zu zerfallen beginnt. Die bleiche Haut wird erst braun, dann grau und verwandelt sich in feinen, pudrigen Staub. Die ausgedörrten inneren Organe unter dem mächtigen Brustkorb fallen in sich zusammen. Schließlich verfärben sich die nackten Knochen kohlschwarz, und das ganze Skelett wird zu einem Schatten aus Asche.

Mick starrt auf das mit Asche bedeckte weiße Tuch, das in der Granitwanne liegt.

»Mein Gott... puh, war das unheimlich«, flüstert Dominique. »War das Hun-Hunapu?«

»Nein, ich... ich glaube, das war Kukulkan, also der Hüter.« Mick beugt sich vor und untersucht das Innere des Behälters.

»Sein Schädel – der war riesig.«

»Länglich.« Er steigt in die Wanne.

»Mick, bist du wahnsinnig? Was hast du vor?«

»Ist schon in Ordnung.«

»Nein, es ist nicht in Ordnung. Was ist, wenn das Leuchten wieder anfängt?«

»Das erwarte ich ja.«

»Verflucht, Mick, hör auf, du machst mich wahnsinnig!« Sie packt ihn am Arm und versucht, ihn aus der Wanne zu zerren.

»Dom, lass das.« Er löst ihre Hand von seinem Arm und küsst sie. »Mir wird schon nichts geschehen.«

»Das weißt du doch gar nicht!«

»Dom, Hun-Hunapu ist tot. Wenn der Hüter uns irgendein Mittel zu unserer Rettung hinterlassen hat, dann muss ich es finden.«

»Na gut, dann schauen wir uns doch in diesem Raumschiff um. Es bringt bestimmt nichts, wenn du dich in diesem Sarg bestrahlen lässt.«

»Das ist keine Bestrahlung. Ich weiß, es klingt grotesk, aber ich glaube, es ist ein Tor.«

»Ein Tor? Ein Tor wohin?«

»Das weiß ich nicht, aber ich muss es herausbekommen. Ich hab dich lieb...«

»Mick, komm sofort da raus!«

Er legt sich auf den Rücken. Als sein Kopf den Boden berührt, flammt ein neonblaues Licht auf und umhüllt ihn mit Energie. Bevor Dominique weiter protestieren kann, wird sie von einem unsichtbaren magnetischen Kraftfeld unsanft ein Stück weit weggestoßen.

Sie landet auf dem Rücken. Als sie sich aufgerappelt hat, kann sie sich der Granitwanne wieder nähern. Sie blickt hinein und hält die Hand vor die Augen, um sie vor dem warmen, lodernden Glühen zu schützen.

Micks Körper ist im Licht verschwunden.

Befehlszentrale Raven Rock
Maryland

2.19 Uhr Präsident Maller und seine führenden Militärberater blicken mit geballten Fäusten auf das Videobild von Viktor Grosny. Der russische Präsident ist blass und trägt einen schwarzen Pullover; um seinen Hals hängt ein großes russisches Kreuz.

Auf dem Bildschirm zur Linken ist das Bild von General Xiliang zu sehen. Auch der betagte chinesische Führer sieht blass aus. Rechts ist der Generalsekretär der Vereinten Nationen erschienen.

»Herr General, Präsident Grosny, bitte hören Sie mich an«, sagt Maller mit eindringlicher Stimme. »Die Vereinigten Staaten sind nicht für diese Fusionsexplosionen verantwortlich. Keines unserer Länder ist es! Lassen Sie es mich beweisen, bevor wir die halbe Welt vernichten!«

»Beweisen Sie es uns«, sagt der Generalsekretär.

Viktor Grosny rührt sich nicht.

Maller blickt Przystas an. »Schnell, übermitteln Sie das Video!«

Der Verteidigungsminister spielt die von der *Boone* gesendeten Aufnahmen ein.

In einem anderen Raum der Befehlszentrale bewahrt General Joseph Fecondo nur mühsam die Fassung, während er gemeinsam mit seinem Sohn Adam und den

Kommandanten der Luftwaffenstützpunkte Elmendorf und Eielson in Alaska betet.

Die Uhr, die auf jedem Bildschirm den Schriftzug ZEIT BIS ZUM EINSCHLAG: ALASKA begleitet, zeigt nur noch fünf Sekunden an.

Adam Fecondo und die beiden Luftwaffenoffiziere salutieren vor ihrem Vorgesetzten.

General Fecondo erwidert den Salut. Tränen strömen ihm übers Gesicht, als das Bild seines Sohnes und der beiden Kommandanten in einem leuchtend weißen Lichtblitz verschwindet.

Maller hat den Blick auf die Bildschirme gerichtet, auf denen jetzt wieder die Gesichter seiner drei Gesprächspartner an die Stelle des gespenstischen grünen Strudels treten.

»Was ist denn das für ein Unsinn?«, ruft General Xiliang mit wutverzerrtem Gesicht.

Präsident Maller wischt sich den Schweiß aus den Augen. »Unsere Wissenschaftler haben das außerirdische Raumschiff, das diesen grünen Trichter verursacht, schon vor zwei Monaten im Golf von Mexiko entdeckt. Seine genauen Koordinaten haben wir Ihnen bereits übermittelt; Sie können den Vorgang mit Ihren Satelliten überprüfen. Bitte glauben Sie mir – wir haben erst vor wenigen Minuten erfahren, dass die Objekte, die aus diesem Raumschiff aufgestiegen sind, die Fusionsexplosionen verursacht haben.«

Ein erregter Wortwechsel auf Chinesisch, dann: »Erwarten Sie tatsächlich, dass wir diesen Hollywood-Effekten Glauben schenken?«

»Herr General, benutzen Sie Ihre Satelliten! Überprüfen Sie die Existenz des Raumschiffs…«

Nun schüttelt auch Grosny erbittert den Kopf. »Natürlich glauben wir Ihnen, Herr Präsident. Deshalb rasen ja auch gerade zweitausendfünfhundert Ihrer Raketen auf unsere Großstädte zu.«

»Grosny, wir wussten es nicht, das schwöre ich! Hören Sie mich doch an – wir haben noch acht Minuten, um diesem Wahnsinn Einhalt zu gebieten!«

Der UN-Generalsekretär ist sichtlich in Schweiß gebadet. »Meine Herren, Sie haben keine zehn Minuten mehr. Zerstören Sie Ihre Raketen – jetzt!«

»Es liegt an Ihnen, Herr Präsident«, sagt Grosny mit krächzender Stimme. »Beweisen Sie dem russischen und dem chinesischen Volk Ihre Aufrichtigkeit, indem Sie Ihre Raketen zuerst zerstören.«

»Nein!« Fecondo stürzt in den Raum. »Glauben Sie diesem Massenmörder nicht!«

Maller dreht sich um. Seine Augen lodern. »Betrachten Sie sich als abberufen, Herr General.«

»Tun Sie es nicht! Sie werden doch diesem …«

»Schafft ihn raus hier!«

Ein bestürzter Militärpolizist zerrt den General aus dem Raum.

Maller wendet sich wieder den Bildschirmen zu. Die Uhren darauf zeigen noch neun Minuten und dreiunddreißig Sekunden bis zum Einschlag an. »Vor weniger als einer Stunde ist in einer unserer unterirdischen Befehlszentralen eine Atombombe explodiert. Dabei sind dreihundert Menschen ums Leben gekommen, darunter meine Frau und« – Mallers Stimme bricht – »meine Söhne. Den ersten Schritt, um diesen Wahnsinn zu beenden, werde ich tun, Grosny. Ich gebe hiermit den Befehl, alle amerikanischen Bomber zurückzuziehen, aber unsere Interkontinentalraketen müssen wir gemeinsam deaktivieren.«

Grosny schüttelt grimmig lächelnd den Kopf. »Wollen Sie uns zum Narren halten? Ihre Fusionsbomben haben zwei Millionen Russen und Chinesen getötet, und Sie wollen uns glauben machen, dass das nicht Sie waren, sondern – wie war das noch mal – Außerirdische?«

Der UN-Generalsekretär blickt Maller mahnend an. »Die Vereinigten Staaten müssen den ersten Schritt zum Frieden tun.«

Maller wendet sich seinem Verteidigungsminister zu. »Mr. Przystas, beordern Sie alle Bomber zu ihren Stützpunkten zurück. Weisen Sie alle U-Boote und Befehlszentralen an, die Sequenz Alpha-Omega-Drei zu aktivieren. Alle in der Luft befindlichen Flugkörper sollen sich fünf Minuten vor dem Einschlag selbst zerstören.«

Der Präsident wendet sich wieder an Grosny und General Xiliang. »Die Vereinigten Staaten haben den ersten Schritt zum Ende dieses Wahnsinns getan. Nun sind Sie an der Reihe. Reagieren Sie. Zerstören jetzt Sie Ihre Raketen. Geben Sie Ihren Völkern eine Chance, weiterzuleben.«

Im Raum herrscht knisternde Spannung. Mehr als zwanzig Menschen stehen hinter Präsident Maller, blicken hilflos auf die Monitore mit dem Bild der beiden Machthaber und warten auf deren Reaktion.

Grosny blickt auf. Seine stechenden blauen Augen bilden einen scharfen Kontrast zu seinen weichen Gesichtszügen. »Wir sollen unseren Völkern eine Chance geben? Jeden Tag verhungern Hunderte von Russen in ihren Wohnungen...«

Auf dem Bildschirm erscheint die Nachricht: ZEIT BIS ZUM EINSCHLAG: SIEBEN MINUTEN.

»Brechen Sie den Angriff ab, dann setzen wir uns zusammen und sprechen über Lösungen...«

»Über Lösungen?« Grosny schiebt sich näher an die Kamera. »Was nützen wirtschaftliche Lösungen, wenn Ihr Land sich auf einen Krieg vorbereitet?«

»Die Vereinigten Staaten unterstützen die Russische Föderation nun schon seit zwei Jahrzehnten!«, brüllt Borgia. »Dass Ihr Volk hungert, hat mehr mit der Korruption in Ihrer Regierung zu tun als mit unserer Politik!«

Der amerikanische Präsident schluckt die Galle, die ihm in die Kehle steigt, hinunter. *So erreichen wir gar nichts.* Er winkt einem der wachhabenden Militärpolizisten. »Ihre Waffe, Sergeant. Geben Sie sie mir.«

Maller schiebt Borgia beiseite. Mit kalkweißem Gesicht steht er alleine vor dem Videokommunikator.

»Präsident Grosny, General Xiliang, hören Sie mich an. In weniger als einer Minute werden sich unsere Raketen selbst zerstören. Sie haben noch knapp zwei Minuten, um nachzuziehen. Tun Sie das nicht, wird mein Außenminister einen Generalangriff auf Ihre Länder anordnen – mit sämtlichen Raketen in unserem Arsenal. Dadurch werden wir Ihre Städte ebenso dem Erdboden gleichmachen wie Sie die unseren. Meine Herren, ich bitte Sie um der gesamten Welt willen: Kommen wir in diesem Augenblick des Wahnsinns wieder zur Besinnung! Ich trauere um Ihre Toten ebenso wie um den Tod meiner Familie, aber ich wiederhole noch einmal: Die Vereinigten Staaten sind für diese Fusionsexplosionen nicht verantwortlich. Beweisen Sie der Welt, dass Sie den Mut haben, diesem Wahnsinn Einhalt zu gebieten. Geben Sie uns die Chance, gegen den wahren Feind vorzugehen!«

Der Präsident atmet tief ein.

»Ich weiß, dass das, was ich Ihnen gesagt habe, nur schwer zu glauben ist. Damit Sie erkennen, dass ich keinerlei Hintergedanken habe, biete ich Ihnen dies hier an.«

Präsident Mark Richard Maller hebt den schweren Revolver an seine Schläfe und drückt ab.

Kukulkan-Pyramide
Chichén Itzá

Mick Gabriel Bewusstsein schwingt sich empor…

Er schwebt direkt über dem quadratischen Dach der Kukulkan-Pyramide, steigt rasch immer höher und sieht die Küstenlinie, an der der üppige grüne Dschungel von Yukatan das blaue Wasser des Golfs von Mexiko berührt.

Ein sanfter Sprung in die Stratosphäre. Die gesamte Halbinsel wird sichtbar. Ein weiterer Sprung, und die westliche Hemisphäre wird immer kleiner. Nun erscheint die gesamte Erdkugel in Micks Geist.

Das grenzenlose Schweigen des Weltraums…

Immer schneller geht die Reise. Die Erde ist nur noch eine blaue Murmel, als der Mond vorbeischießt. Ein Quantensprung, und die Erde verschwindet. An ihre Stelle tritt ein strahlend gelber Stern. Das gesamte Sonnensystem wird sichtbar.

Zeit und Raum rasen mit unermesslicher Geschwindigkeit dahin. Mick sieht die neun Planeten in gestaffelten Umlaufbahnen um die Sonne sausen.

Ein weiterer Quantensprung, und die Sonne wird zu einem winzigen Lichtpunkt, ist nur noch ein einzelner Stern in einem Meer von Sternen.

Mit Lichtgeschwindigkeit rasen die Sterne vorbei, entfernen sich immer schneller und schneller. Eine lumineszierende Wolke aus interstellarem Gas und Staub erscheint vor seinem geistigen Auge.

Ein letzter Sprung, dann wird er langsamer. Sein Bewusstsein blickt auf einen spiralförmigen Wirbel aus kreisenden Sternen, so wunderschön, dass sein atemberaubender Glanz, seine Größe und seine Allmacht schier überwältigend sind.

Mick spürt, wie seine Seele zittert, während er auf die gesamte Milchstraße blickt. Sein Geist wird überschwemmt von der Erkenntnis seiner völligen Bedeutungslosigkeit.

Mein Gott… wie schön.

Milliarden von Sternen, Billionen von Welten, alles Teile eines lebenden kosmischen Organismus, einer wirbelnden Insel im weiten Meer des Raums.

Über der galaktischen Nabe schwebend, steigt Mick höher, bis er auf das schwarze Herz der Milchstraße hinabblickt, einen kreisenden Strudel von immenser Schwerkraft, der die Galaxis antreibt, während er interstellares Gas und Staub in sein ungeheures Maul saugt.

Und dann – wie durch ein Augenzwinkern – verwandelt sich die Galaxis und erscheint aus einer Perspektive, die dem Menschen vollkommen fremd ist, in einer *vierten Dimension* von Zeit und Raum.

Das Schwarze Loch wird zu einem strahlenden Energietrichter, dessen Mündung sich zusammenzieht, bis sie sich schließlich in ein expandierendes Netz von Gravitationssträngen auflöst. Es ist ein Geflecht aus Straßen in der vierten Dimension, das sich wie ein langsam drehendes Netz über die Milchstraße breitet. Obgleich es nie mit den anderen Himmelskörpern in Kontakt kommt, berührt es sie irgendwie doch.

Der Eindruck wird zu überwältigend, als dass sein Geist ihn noch aufnehmen könnte.

Mick fällt in Ohnmacht.

Als er die Augen wieder öffnet, blickt er auf einen der Arme der kreisenden Galaxis hinab. Er erkennt ein Muster. Ein Sternbild wird sichtbar, als er immer näher kommt. Ein weiterer Sprung vorwärts, dann erscheinen drei Sterne in einer vertrauten Anordnung.

Al Nitak, Al Nilam, Mintaka… Zeta, Epsilon und Delta Orionis… die drei Sterne im Oriongürtel.

Dahinschwebend blickt er auf einen Planeten von gewaltigen Dimensionen, dessen Oberfläche mit einem Teppich aus tiefgrünen und azurblauen Farben bedeckt ist.

Xibalba. Es ist, als werde das Wort in sein Bewusstsein geflüstert.

Ein einzelner Mond umkreist die fremde Welt. Während Micks Bewusstsein seine Oberfläche überfliegt, sieht es, wie sich von einem kleinen Vorposten ein Transportschiff erhebt und den Planeten ansteuert.

Micks Geist fliegt mit.

Das Raumschiff taucht in die dichte Wolkenschicht der Atmosphäre ein, dann wird ein Ozean aus geschmolzener reiner Energie sichtbar. Die silberne, spiegelgleiche Oberfläche reflektiert den fantastischen scharlachroten Himmel des Planeten. Am südlichen Horizont ist ein dreifacher Sonnenuntergang zu sehen. Als der blauweiße Doppelstern Al Nitak als Erster verschwunden ist, nimmt das Meer einen leuchtend lavendelblauen und purpurroten Schimmer an.

Ein Gefühl der Freude durchströmt Mick, als das Transportschiff über das purpurne Meer saust. Dann erblickt er einen gewaltigen Kontinent von unglaublicher Schönheit. Sanfte Strände umrahmen einen üppigen tropischen Urwald voll herrlicher Wasserfälle, Berge, Flüsse.

Als er näher kommt, sieht er eine riesige Stadt, glänzend wie Kristall. Glitzernd weiße, pyramidenförmige Bauten stehen inmitten der Landschaft, in der Luft verbunden durch gewundene Wege, die sich durch die fremdartigen Strukturen schlängeln. Darunter blühen paradiesische Gärten zwischen mäandernden Flüssen und herabstürzenden Wasserfällen aus geschmolzener silberner Energie.

Es gibt keine Fahrzeuge, keinerlei Verkehr, und doch ist die Stadt ungemein lebendig. Zehntausende von Wesen – bis auf ihre länglichen Schädel dem *Homo sapiens* gleichend – bewegen sich zwischen den Gebäuden. Ein überwältigendes Gefühl der Freude und Entschlossenheit geht von ihnen aus.

Einen wunderbaren Augenblick lang ist Micks Bewusstsein von unendlicher Liebe umhüllt.

Und dann geschieht etwas Grässliches.

Während der ferne Feuerball von Mintaka untergeht, beginnt der friedliche Ozean sich zu drehen. Unheilvolle olivgrüne und blutrote Wolken rasen über den finster werdenden Himmel, während der kreisende Trichter eine immense Größe erreicht.

Mick sieht bleigrauen Seim aus der Mitte des Mahlstroms dringen. Die verseuchte Flüssigkeit überspült die unberührte Küste. Immer höher steigt die Flut, bis sie die Stadt der Nephilim erreicht.

Sein Bewusstsein nimmt die Gegenwart eines dämonischen Wesens wahr.

Finsternis senkt sich über die Stadt, breitet sich wie der Schatten einer großen Schlange in der paradiesischen Welt aus. Angsterfüllt sinken ihre humanoiden Bewohner zu Boden und greifen sich an die Kehle, während ihre Augen sich in leere schwarze Kugeln ohne Pupillen verwandeln.

Das Bild überwältigt ihn. Erneut verliert er das Bewusstsein.

Als Mick die Augen wieder öffnet, hat sich das, was einmal eine Zivilisation von strahlender Schönheit war, in ein monströses Werftgelände verwandelt. Zu Zombies geworden, schweben die Nephilim mit aschgrauen, ausdruckslosen Gesichtern und Augen, die aussehen wie leere schwarze Löcher, bewegungslos in der Luft. Mit unsichtbaren Händen schmiedet ihr versklavter Geist gewaltige Iridiumplatten an das Gerüst einer scheußlichen Kugel, die einen Durchmesser von elf Kilometern hat. Im Zentrum des Fahrzeugs befindet sich eine Kapsel von fünfzehnhundert Metern Durchmesser, ein mit dreiundzwanzig röhrenförmigen Gliedern ausgerüstetes Nervenzentrum.

In dieser kleineren Kugel schwebt, umgeben von unzähligen fremdartigen Leitungen, eine hundert Meter lange Kapsel. Als Mick das abscheuliche Objekt betrachtet, erkennt er es sofort.

Das Gehäuse von Tezcatlipoca…

Und dann wird Micks Bewusstsein von einem eiskalten Schauder erfasst. Ungläubig sieht er, wie sich aus der Mitte des noch immer kreisenden Strudels ein bizarres Wesen erhebt.

Es ist eine Schlange, wie er sie noch nie gesehen hat. Das vipernhafte Gesicht ist mehr das eines Teufels als das eines Tieres; die Pupillen sind goldene Schlitze, umgeben von leuchtend purpurroten Hornhäuten, die eher maschinell als organisch wirken. Der Schädel ist so groß wie ein Betonmischer, der Körper so lang wie vier aneinander gereihte Busse.

Als die Schlange sich der Werft mit den Nephilim nähert, verändert sich Micks Perspektive. Die Kiefer des riesigen Tieres öffnen sich. Mehrere Reihen elfenbeinfarbener, messerscharfer Zähne werden sichtbar.

Aus dem Maul der Schlange tritt ein Humanoide.

Der Schatten des Todes huscht über Micks Seele. Das Gesicht des Wesens, dessen Kopf und Körper von einem schwarzen Umhang umhüllt sind, kann er nicht sehen, doch er weiß, dass er das reine Böse erblickt. Der Humanoide bewegt sich auf die Kapsel zu, dann streckt er deutend einen Arm aus. In seiner Hand glüht ein Jadeobjekt, etwa so groß wie ein Fußball.

Die purpurroten Augen der Schlange glitzern, die goldenen Pupillen verschwinden. Angezogen von dem kleinen Objekt, folgt die geblendete Kreatur dem Wesen im Umhang, als stehe sie unter einem Zauberbann.

Die Schlange kriecht in die gewaltige Kapsel.

Micks geistiges Auge verlässt die bizarre Werft und wendet sich der Oberfläche des Planeten zu. Es gibt keine Spur mehr von tropischen Urwäldern oder Wasserfällen. Stattdessen sieht er Körper – die Körper von

Kindern, eingeschlossen in eine feste Schicht aus bleigrauem Teer. Ein tiefes Stöhnen steigt aus seiner Seele. Die jungen Nephilim sind lebendig und doch nicht.

Sein Bewusstsein bewegt sich näher. Mick blickt auf das Gesicht eines männlichen Kindes hinab.

Gelbe Augen öffnen sich und schauen ihn voll beklemmender Qual an.

Micks Geist versagt.

Wieder umkreist er *Xibalba*. Seine Seele bebt, als er beobachtet, wie ein Objekt von der Oberfläche des Planeten hochschießt.

Die Kugel…

Vom Stützpunkt auf dem Mond steigt ein anderes Fahrzeug auf, ein schlanker goldener Sternenkreuzer.

Die überlebenden Nephilim rasen hinter ihrem Feind her und verschwinden im elektromagnetischen Kielwasser der Kugel.

Befehlszentrale Raven Rock
Maryland

2.27 Uhr Pierre Borgia steht inmitten einer Blutlache. Auf seinen Ärmel sind Partikel von Präsident Mallers Gehirn und Schädel gespritzt.

Das Gesicht von General Xiliang ist aschfahl geworden. Der chinesische Machthaber dreht sich zu seinem Adjutanten um. »Selbstzerstörung aktivieren.«

Borgia wendet sich an Viktor Grosny. »Die amerikanischen Raketen haben sich selbst zerstört. General Xiliang folgt unserem Beispiel. Sie haben nur noch vier Minuten…«

Grosnys Gesicht ist unbewegt. »Es ist besser, im Kampf zu sterben, als im Elend zu leiden. Was nutzt es, wenn wir den Angriff abbrechen? Je schwächer mein Land wird, desto mehr ist es von der atomaren Vernichtung bedroht. Durch seine Endgültigkeit hat ein Krieg eine reinigende Wirkung und unsere zwei Länder müssen gereinigt werden.«

Der Bildschirm erlischt.

Sichtlich erschüttert betritt Dick Przystas den Raum. »Die chinesischen Raketen haben sich selbst zerstört.«

»Was ist mit denen von Grosny?«

»Die sind noch alle in der Luft, und es gelingt uns nicht, den Vizepräsidenten zu erreichen. Das heißt, Sie sind am Ruder. Sie haben dreieinhalb Minuten, bis mehrere hundert Atomsprengköpfe unsere Küsten erreichen.«

»Zum Teufel mit diesem russischen Bastard!« Während Borgia auf und ab schreitet, klingen ihm die Worte von Pete Mabus in den Ohren. *Was unser Land braucht, ist ein starker Führer, nicht wieder ein Mann wie Chaney, der in allem nachgibt.* »Nehmen Sie Kontakt zu STRATCOM auf. Weisen Sie unsere Streitkräfte an, sämtliche Interkontinentalraketen und alle anderen Flugkörper mit Atomsprengköpfen zu starten. Ich will dieses verfluchte Arschloch in die Hölle befördern.«

Im Sarkophag des Hüters

Als Mick die Augen öffnet, steht er zu seinem Erstaunen auf einem Hügel über einer wunderschönen tropischen Landschaft. In der Ferne schwebt ein Regenbogen in den Schleiern eines silbernen Wasserfalls.

Ein hoch gewachsenes Wesen erscheint neben ihm, doch er hat keine Angst.

Mick hebt den Kopf, um dem Wesen, das aussieht wie ein Mensch, in die Augen zu blicken. Sein langes Haar und sein wallender Bart sind seidig weiß; die durchdringenden Augen strahlen in einem unirdischen Dunkelblau und sind doch freundlich.

Hüter… bin ich tot?

Es gibt keinen Tod, nur unterschiedliche Stadien des Bewusstseins. Dein Geist blickt durch ein Fenster in eine höhere Dimension.

Diese Humanoiden…

Die Nephilim. Wie deine Artgenossen waren wir zuerst Kinder der dritten Dimension, kosmische Reisende, deren Weg uns nach Xibalba führte. Doch die berückende Schönheit dieses Planeten war eine List, denn diese Welt war ein Fegefeuer voll böswilliger Seelen, die die Nephilim als Mittel zur Flucht missbrauchen wollten.

Ich verstehe dich nicht. Die Nephilim und diese Kinder. Sind sie…

Die Geister der Nephilim werden in einem Zustand der Starre gehalten, ihre Körper haben die Seelen der Verdammten versklavt, um sie dazu zu zwingen, ihren Plan auszuführen. Dieser besteht darin, Tezcatlipoca durch einen Korridor in der vierten Dimension in euer Sonnensystem zu schicken und dadurch eine Verbindung mit einer anderen dreidimensionalen Welt herzustellen.

Eine direkte Verbindung zur Erde?

Der ursprüngliche Plan lautete anders, denn die Bedingungen auf eurem Planeten waren ungeeignet. Seit sie nach Xibalba verbannt wurden, können diese Seelen nicht mehr in einer von Sauerstoff geprägten Umwelt existieren. Das eigentliche Ziel war daher Venus. Die Bruderschaft der Hüter ist Tezcatlipoca durch den vierdimensionalen Korridor gefolgt und hat sein Fahrzeug auf die Erde prallen lassen. Dabei blieb die zentrale Kapsel unversehrt, und Tezcatlipoca wurde in eine schützende Erstarrung versetzt. Die Hüter blieben bei euch, um die Entwicklung eurer Spezies zu fördern und die Ankunft der Hunapu vorzubereiten.

Wer sind die Hunapu?

Die Hunapu sind Retter, die von den Hütern genetisch in eure Spezies eingepflanzt wurden. Nur ein Hunapu kann das kosmische Tor betreten und die bösen Seelen

daran hindern, eure Welt in ihre Macht zu bringen. Und nur Hun-Hunapu besitzt die Kraft, die Reise durch Zeit und Raum anzutreten, um die Seelen unserer Ahnen zu befreien.

Der Korridor… ich spüre, wie er sich öffnet.

Der Korridor öffnet sich einmal in jedem Präzessionszyklus. Nur ein Hunapu kann das spüren.

Wie… Sagst du, ich bin ein Hunapu?

Nur ein Hunapu konnte Zugang zum Raumschiff der Hüter finden.

Mein Gott… Mick starrt auf die üppige tropische Landschaft, die sich vor ihm ausbreitet. Sein erschöpfter Geist bemüht sich, die Informationen zu begreifen, die ihm in sein Bewusstsein geflüstert werden.

Hüter, die Ankunft von Tezcatlipoca – der Aufprall hat vor über fünfundsechzig Millionen Jahren stattgefunden. Wie ist es möglich…

Zeit ist nicht in allen Dimensionen linear und relevant. Die Bruderschaft der Hüter bestand aus den überlebenden Führern der Nephilim: Osiris und Merlin, Viracocha und Vishnu, Kukulkan und Quetzalcoatl. Sie alle befanden sich zuerst in einem Zustand der Starre. Ihr Raumschiff blieb in einer Umlaufbahn um die Erde; seine Computer waren darauf programmiert, das Signal des Feindes zu stören. Erst in diesem letzten Zyklus war eure Spezies weit genug fortgeschritten, um unsere Hilfe zu empfangen. Deshalb haben wir die schützende Barriere abgeschaltet und zugelassen, dass das Radiosignal aus Xibalba Tezcatlipoca weckte.

Ihr habt es zugelassen, dass Tezcatlipoca geweckt wurde? Weshalb? Weshalb soll dieses – dieses Ding…

Tezcatlipoca beherrscht das Tor zu jenem Korridor in der vierten Dimension. Ist er geöffnet, kann man durch ihn in die Vergangenheit der Nephilim zurückreisen. Nur ein Hunapu hat die Kraft, diese Reise anzutreten und die Seelen unserer Ahnen zu retten.

Hat je ein Hunapu diese Reise unternommen?

Nur einer. Das war zur Zeit des letzten Präzessionszyklus, vor der großen Flut. Die Hüter erwachten aus ihrer Starre und bereiteten einen deiner Vorläufer darauf vor, durch das kosmische Tor Tezcatlipocas zu treten. Als dieses Tor sich öffnete, betraten zwei Adjutanten des Todesgottes von Xibalba her den Korridor. Mit List und Tücke besiegten sie diesen ersten Hunapu, doch durch seine Tapferkeit gelang es den Hütern, das Transportfahrzeug in ihre Gewalt zu bringen, mit dem die beiden Vertreter des Bösen durch die Schwarze Straße gereist waren. Es ist der vierdimensionale Korridor aus Zeit und Raum, in dem du nun schwebst.

Dieser Sarkophag ist ein Fahrzeug?

Ja.

Du hast gesagt, der erste Hunapu sei besiegt worden. Was ist mit den beiden Adjutanten geschehen, die aus Xibalba entkommen sind?

Es gelang den Hütern, das Tor zu verschließen, bevor der Todesgott und seine Scharen die Reise durch Xibalba Be antreten konnten, doch ganz war der Schaden von eurer Welt nicht abzuwenden. Das Böse hatte Wurzeln in eurem Garten geschlagen.

Was bedeutet das?

Die beiden Adjutanten blieben auf der Erde und suchten Schutz im Fahrzeug von Tezcatlipoca. Zwar befinden sie sich weiterhin in der vierten Dimension, doch haben sie ständig einen gewissen Einfluss auf den Geist schwacher Menschen ausgeübt. Je näher vier Ahau, drei Kankin kommt, desto stärker werden sie.

Mein Gott… ihr habt die Menschheit dem Teufel ausgeliefert!

Das war notwendig. Es steht mehr auf dem Spiel, als du begreifst. Ein Hunapu muss die Reise durch die Schwarze Straße antreten, um den Schaden zu beheben, der geschehen ist. Ein größeres Schicksal erwartet uns alle.

Weshalb sollte ich dir Glauben schenken?

Du hast Tezcatlipoca ebenso gesehen wie er dich. Du kannst nicht mehr entfliehen. Er muss vernichtet werden.

Wie? Wann wird dieser Hun-Hunapu kommen?

Vielleicht bald, vielleicht nie. Sein Schicksal ist noch nicht bestimmt.

Was soll das denn bedeuten? Wo ist dieser Retter, von dem du sprichst? Was geschieht, wenn er nicht kommt? Und was ist mit den heldenhaften Zwillingen Hunapu und Ixbalanque? Wenn der alte Schöpfungsmythos wahr ist, sind sie vielleicht die Auserwählten. Nach dem Popul Vuh…

Nein! Die Legende der Zwillinge ist eine Prophezeiung der Nephilim, die sich womöglich nie erfüllt. Geburt und Schicksal der Zwillinge hängen davon ab, ob Hun-Hunapu die Reise nach Xibalba antritt.

Und was ist, wenn er nie erscheint?

Dann wird dein Volk ebenso zugrunde gehen wie unseres.

Das verstehe ich nicht.

Du musst es auch nicht verstehen. Das Schicksal deiner Spezies ist noch nicht besiegelt. Das Tor öffnet sich und der Todesgott macht sich mit seinen Scharen bereit, die Reise durch Zeit und Raum anzutreten. Während Tezcatlipoca sich bemüht, eure Welt weiter zu akklimatisieren, verstärken seine beiden Adjutanten in seinem Fahrzeug ihren schädlichen Einfluss auf dein Volk. Sie müssen aufgehalten werden. In eben diesem Augenblick bedroht ein Bruder den anderen. Beide haben Waffen eingesetzt, die alles zerstören können.

Was kann ich tun?

Du bist ein Hunapu. Du besitzt die Fähigkeit, den Schutzschirm der Hüter in Kraft zu setzen. Dadurch kannst du das Ende aufschieben, doch nur die Vernichtung Tezcatlipocas und der Schwarzen Straße Xibalba Be kann verhindern, dass die Scharen des Bösen in eure Welt gelangen.

Die Schwarze Straße – wo wird ihr Eingang sich materialisieren?

Das Tor zu Xibalba Be wird an vier Ahau, drei Kankin sichtbar werden. Nur ein Hunapu kann hindurchgehen. Nur ein Hunapu kann das Böse aus eurem Garten vertreiben und deine Spezies vor der Vernichtung retten.

Du sprichst in Rätseln. Wo ist dieses Tor? Befindet es sich in jenem Raumschiff im Meer? Soll ich wieder dorthin? Und wie soll ich es zerstören?

Das Tor wird zu dir kommen. Bediene dich des Schutzschirms, um Tezcatlipoca zu vernichten, und tritt dann durch das Tor. Die beiden Adjutanten werden erscheinen, um dich herauszufordern. Sie werden versuchen, dich daran zu hindern, das Tor zu verschließen, bevor Er eingetroffen ist.

Und wenn ich das Tor verschließe?

Dann werden die beiden Vertreter des Bösen aus deiner Welt verschwinden, sodass deine Spezies sich entwickeln kann. Gelingt es dir, so werden dich zwei Schicksale erwarten. Scheiterst du, werden dein und mein Volk zugrunde gehen.

Was meinst du damit, dass mich zwei Schicksale erwarten?

Wenn die Zeit gekommen ist, wirst du es wissen.

Was ist mit Dominique? Ist sie ein Hunapu?

Sie ist Teil eines größeren Schicksals, doch ein Hunapu ist sie nicht. Erlaube ihr nicht, Xibalba Be zu betreten, sonst wird sie euch beide vernichten.

Dominique hockt auf dem Boden des Saales. Sie hat den Rücken an die seltsame Marmorwanne gelehnt und den Kopf in die Hände gestützt. Angst überkommt sie und sie fühlt sich allein. Ihr erschöpfter Geist ist in einem unablässigen Tauziehen zwischen Anerkennung und Leugnung der Realität gefangen.

Das ist einfach nicht wahr. Nichts von allem ist geschehen. Alles gehört zu einer schizophrenen Wahnvorstellung …

»Aufhören!«, brüllt sie laut. »Aufhören, aufhören, aufhören!«

Sie springt auf. *Ich muss endlich die Tatsache akzeptieren, dass ich hier bin, und etwas tun. Einen Ausweg finden…* Sie verlässt den Raum, nur um gleich wieder panisch zurückzukehren. *Nein, Mick braucht mich. Ich muss hier warten.*

Sie schlägt mit den Fäusten an die Wand des offenen Sarkophags, unsicher, ob Mick noch lebt oder ob das neonblaue Licht ihn aufgelöst hat.

»Mick, hörst du mich? Verflucht, Mick, gib doch Antwort!«

Ihre Tränen fließen und ein Stich geht ihr durchs Herz. *Wie selbstsüchtig ich doch war. Ich hab ihm nie gesagt, dass ich ihn liebe. Wenigstens das hätte ich tun können. Bloß weil ich es mir selbst nicht eingestehen konnte…*

»Mein Gott…« Von einer jähen Erkenntnis überwältigt, lehnt sie sich an den Sarkophag. *Ja, ich liebe ihn. Ich liebe ihn wirklich.*

Sie tritt an die Wand der Granitwanne. »Mick! Hörst du mich nicht?«

Schlagartig bildet sich ein unsichtbares Energiefeld und stößt sie zur Seite. Ein leuchtend blaues Licht erfüllt den gesamten kuppelförmigen Raum.

Aus der Wanne erhebt sich die dunkle Silhouette einer menschlichen Gestalt, bis sie wie schwebend aufrecht steht. Das fremdartige Licht umhüllt sie ganz.

Es ist Mick.

In einem Meer aus Energie steigt Mick in die Höhe und bewegt sich auf die Quelle des Lichts zu. Er spürt, wie alle Muskeln, alle Zellen seines Körpers vor Elektrizität kribbeln, während er nach oben gezogen wird. Sein Bewusstsein wird von kraftvollen Wellen aus Wärme und Liebe durchströmt.

Das Bild der Hand des Hüters streckt sich ihm entgegen.

Mick hebt den Arm und ergreift die dargebotene Hand.

Die Hand vor den Augen zwingt Dominique sich, mitten ins Licht zu blicken. Sie sieht, wie sich der Umriss von Micks Arm nach oben bewegt, als greife er nach etwas.

Ein gewaltiger Stoß! Die unsichtbare Energiewand trifft sie wie eine Flutwelle, hebt sie hoch und lässt sie fallen, während elektrische Ströme knisternd durch ihr Gehirn wandern. Dominique fällt zu Boden. Ihre Augen weiten sich, als sie versucht, die schwebende Gestalt im Blick zu behalten.

Mick schwebt nun in der Luft. Er hat die rechte Hand ausgestreckt.

Mit einem donnernden hydraulischen Dröhnen wird die fantastische Maschinerie des Raumes sichtbar. Wände und Decke vibrieren und leuchten hell auf, als die Generatoren des Raumschiffs anspringen. Unter ihren Füßen sieht Dominique durch den dunklen, glasartigen Boden ein Labyrinth aus elektronischen Schaltkreisen glitzern.

Ein tiefes, trommelndes Geräusch erhebt sich, bis seine Vibration in ihren Ohren dröhnt. Und dann strömt eine überirdische Welle aus bläulicher Energie durch die Wände in die Kuppel und weiter in die Mündung des geheimnisvollen Schlotes in dessen Mitte.

Die gewaltige Welle elektromagnetischer Energie pulsiert durch die in der Mitte der Kukulkan-Pyramide eingebaute Antenne. Als sie das Dach des Tempels erreicht hat, breitet sie sich mit Lichtgeschwindigkeit in allen Richtungen aus.

Nach Westen rasend, erreicht die Welle die uralte Stadt Teotihuacán und setzt eine Relaisstation in Betrieb, die tausend Meter tief unter der riesigen Sonnenpyramide vergraben ist. Dann setzt sie ihre Reise über den

Pazifischen Ozean fort, erreicht Kambodscha und aktiviert einen identischen Sender, der sich unter dem Tempel Angkor Wat verbirgt.

Im Osten erreicht der Strahl die Anden. Er durchdringt die Bergketten und berührt eine seit langem inaktive Antenne, die unter dem uralten Observatorium der Kalasasaya vergraben ist. Von hier wird er nach Süden gelenkt und schießt auf den mit Eis bedeckten sechsten Kontinent zu. Unter Tonnen von Schnee und Eis ist eine weitere Relaisstation verborgen, errichtet zu einer Zeit, als die Antarktis noch eisfrei war.

Gleichzeitig überquert der nach Nordosten gerichtete Strahl der elektromagnetischen Welle den Atlantik und erreicht England, wo die Stärke des Signals die mächtigen Sarsensteine von Stonehenge erzittern lässt. Auch tief unter den sanften Hügeln von Salisbury ist eine fremdartige Antenne versteckt.

Als das kraftvolle Energiefeld innerhalb weniger Sekunden den ganzen Erdball umspannt hat, läuft es aus allen Richtungen an der ältesten Relaisstation der Hüter zusammen, der Großen Pyramide von Giseh.

Die Energiewellen durchdringen die Kalksteinquader und erreichen die Königskammer mit dem ausgehöhlten Block aus braunem Granit, der genauso aussieht wie der Sarkophag in der Kukulkan-Pyramide. Von hier aus dringt der Strahl in die Tiefe und aktiviert eine komplexe Apparatur, die tief unter dem gewaltigen Bau verborgen ist, an einem Ort, zu dem kein Mensch je vorgedrungen ist.

Innerhalb einer Nanosekunde hat sich das globale Netz vervollständigt. Nun schützt ein kraftvolles Energiegitter die Erdatmosphäre.

Bewusstlos fällt Mick zu Boden.

NORAD-Zentrale
Colorado

Angstvoll blicken einhundertsieben Techniker auf die große Computerkarte von Nordamerika über ihren Köpfen, auf der in Echtzeit die Flugbahn von mehr als fünfzehnhundert russischen Raketen mit atomaren und biologischen Sprengköpfen dargestellt wird. Die meisten lassen ihren Tränen freien Lauf, während sie sich in kleinen Gruppen zusammenscharen, um zu beten. In den Händen halten sie Bilder ihrer Angehörigen, die nicht wissen, dass sie in wenigen Minuten sterben müssen. Wer zu geschockt ist, um sich aufrecht halten zu können, liegt am Boden vor seinem Terminal und wartet darauf, dass das Unvorstellbare eintrifft.

Oberbefehlshaber General Andre Moreau wischt sich die Tränen aus den Augen, während er gegen den Impuls ankämpft, seinen Sohn und seine Tochter anzurufen, die in Los Angeles leben. *Was für Worte könnte ich wohl finden? Was könnte ich ihnen sagen? Dass ich sie liebe? Dass es mir Leid tut…?*

Neunzig Sekunden bis zum Einschlag.

Beim Klang der weiblichen Computerstimme erhebt sich wirres Geschrei in der Zentrale. General Moreau versagen die Beine ihren Dienst. Er sinkt auf seinen Sessel.

Und dann verschwinden die Raketen urplötzlich wie durch Zauberei von dem riesigen Bildschirm.

Im Anflug befindliche Raketen zerstört –
im Anflug befindliche Raketen zerstört –

Rufe und Jubel. Moreau blickt auf. Schwankend zeigen die Techniker auf den Bildschirm, brüllen, umarmen sich, weinen. Eine Welle der Euphorie breitet sich im Saal aus.

Moreau kommt mühsam hoch. Tränenüberströmt und mit krächzender Stimme ordnet er eine Systemanalyse an.

Zwei überschwängliche Techniker und ein Offizier winken ihm zu.

»Alle Systeme in Betrieb!«

»Was ist mit den Raketen geschehen?«

»Nach unseren Informationen haben sie sich einfach selbst zerstört.«

»Lassen Sie sich das bestätigen!«

»Wir haben schon versucht, Kontakt mit unseren Stützpunkten in Florida und San Diego aufzunehmen, aber starke Wellen elektromagnetischer Interferenz verhindern jede Kommunikation.«

»Elektromagnetische Interferenz?« Erneut wird General Moreau von Angst gepackt. »So etwas dürfte es eigentlich nicht geben, Major. Oder ist irgendwo radioaktiver Niederschlag aufgetreten?«

»Nein, Sir, nirgendwo. Unsere Frühwarnstationen haben bestätigt, dass keinerlei Detonationen stattgefunden haben. Diese Interferenz muss also durch etwas anderes verursacht werden.«

»Durch was? Das muss ich wissen…«

»Sir, wir versuchen bereits, den Ursprung der Interferenz zu lokalisieren, aber das wird eine Weile dauern. Offenbar funktionieren unsere Satelliten nicht richtig.«

»Herr General!« Ein Techniker blickt auf, Verblüffung im Gesicht. »Sir, unsere Raketen wurden ebenfalls zerstört.«

»Sie meinen, die haben sich selbst zerstört.«

»Nein, Sir. Ich meine, sie wurden zerstört.«

Befehlszentrale Raven Rock
Maryland

2.31 Uhr Das Personal der unterirdischen Kommandozentrale umarmt sich schweigend und weinend. Die anfangs ausgelassene Freude wird durch die Nachricht vom Tod des Präsidenten und den Verlusten in Alaska und Hawaii gedämpft.

Pierre Borgia, General Fecondo und Dick Przystas haben sich im Privatbüro des Präsidenten versammelt und lauschen gebannt den Worten von General Doroshow, dessen Bild auf dem STRATCOM-Monitor erschienen ist.

»Konkret heißt das, meine Herren, dass Grosnys Raketen sich nicht selbst zerstört haben. Was die russischen Flugkörper, aber auch unsere Raketen vernichtet hat, war eine Art elektromagnetisches Kraftfeld.«

»Wo liegt die Quelle dieser Interferenz?«, fragt Borgia.

»Die ist noch unbekannt, aber sie hat sämtliche Satelliten außer Funktion gesetzt, die wir im Weltraum haben. Es ist fast so, als hätte Gott genug gehabt und eine Decke über die gesamte Erde geworfen.«

Unter der Kukulkan-Pyramide

»Mick, hörst du mich?« Dominique liebkost seinen Kopf, der in ihrem Schoß liegt, und streicht ihm übers Haar. Sie spürt, dass er sich bewegt. »Mick?«

Er schlägt die Augen auf. »Dom?«

Sie hebt seinen Kopf, küsst und umarmt ihn. »Mensch, Mick, was hab ich Angst um dich gehabt.«

»Was ist geschehen?«

»Weißt du das nicht mehr? Du bist wie ein Maya-Geist aus diesem Sarkophag geschwebt und hast das Raumschiff aktiviert.«

Mick setzt sich auf und blickt sich um. Hinter den getönten glasartigen Wänden und unter dem Boden pulsieren seltsame Schaltkreise und Computer. Alle paar Minuten steigen Wellen elektrisch blauer Energie an den Wänden empor zur Decke und verschwinden in der schlotähnlichen Öffnung in deren Mitte.

»Das habe ich getan?«

Dominique bringt ihn mit ihren Lippen zum Schweigen. »Ich hab dich lieb.«

Er lächelt. »Ich dich auch.«

24

15. Dezember 2012
An Bord der USS Boone
Golf von Mexiko

Seamus McCaffery, Richter am Obersten Gerichtshof, ist von dem Hubschrauberflug am frühen Morgen noch ein wenig flau im Magen. Er überquert das Deck und folgt dem ihn begleitenden Matrosen ins Innere des Kriegsschiffs und dort durch enge Flure, die zum Besprechungszimmer des Kapitäns führen.

An dem kleinen Konferenztisch haben bereits Vizepräsident Ennis Chaney, General Joseph Fecondo und Kapitän Loos Platz genommen.

Die drei Männer erheben sich, als der Richter seine Bibel aus der Aktentasche zieht und Chaney zunickt. »Sieht ganz so aus, als hätten Sie auch nicht ausgeschlafen. Sind Sie bereit?«

»Bringen wir es hinter uns.« Chaney legt die Linke auf die Bibel und hebt die Rechte. »Ich, Ennis William Chaney, schwöre feierlich, dass ich das Amt des Präsidenten der Vereinigten Staaten pflichtgetreu ausüben werde. Nach besten Kräften werde ich die Verfassung der Vereinigten Staaten erhalten, schützen und verteidigen. So wahr mir Gott helfe!«

»Gott möge uns allen helfen.«

Ein Leutnant kommt ins Zimmer. »General Fecondo, die Rangers sind an Bord. Die Hubschrauber sind jederzeit einsatzbereit.«

In der Kukulkan-Pyramide
Chichén Itzá

Mick führt Dominique durch einen engen Gang, der an einer verschlossenen Passage endet. Als sie näher kommen, geht die Tür zischend auf, sodass sie in eine luftdichte Schleuse treten können.

»Hier geht es raus.«

»Woher weißt du das?«, fragt Dominique.

»Keine Ahnung. Ich weiß es einfach.«

»Aber hier ist doch gar nichts.«

»Pass auf.« Mick legt die Hand an einen dunklen Sensor an der gegenüberliegenden Wand. Sofort erscheint der Rahmen einer großen runden Tür auf der Metallfläche.

»Mein Gott… Wie du das gemacht hast, weißt du wohl auch nicht?«

»Der Hüter muss mir das Wissen ins Unterbewusstsein eingepflanzt haben. Wann oder wie er das getan hat, weiß ich nicht.«

Die Tür geht auf und gibt den Blick in einen engen Gang im Kalkstein frei. Mick knipst seine Taschenlampe an. Kaum haben sie die Schleuse verlassen, als sich die Tür des Raumschiffs hinter ihnen wieder schließt.

Der schulterbreite Korridor ist pechschwarz, die Luft schwer und feucht. Im Kegel von Micks Lampe sehen sie die engen Stufen einer steilen Wendeltreppe, die fast senkrecht in die Höhe steigt.

Mick greift nach hinten und nimmt Dominique an der Hand. »Sei vorsichtig, es ist rutschig.«

Sie brauchen eine Viertelstunde, um nach oben zu gelangen. Die Treppe endet abrupt an einer Decke aus poliertem weißem Metall.

»Und was jetzt?«

Bevor Mick etwas erwidern kann, schieben vier hydraulische Kolben eine quadratische Platte nach oben. Grelles Tageslicht fällt herein.

Mick klettert ins Freie und hilft Dominique heraus. Als sie sich dem Licht zuwenden, stellen sie überrascht fest, dass sie im Nordkorridor der Kukulkan-Pyramide stehen.

Die unter einer meterdicken Kalksteinschicht verborgene Platte versinkt wieder im Boden. Der Eingang zum Raumschiff ist verschlossen.

»Kein Wunder, dass wir den Gang nicht gefunden haben«, flüstert Mick.

Dominique tritt auf die Plattform. »Es muss bald Mittag sein, aber der Park ist verlassen.«

»Es muss etwas geschehen sein.«

Sie hören das donnernde Echo von Rotorblättern. Zwei Navy-Hubschrauber nähern sich von Westen.

»Mick, lass uns gehen.«

Verborgen vom dichten Blattwerk des Dschungels liegt Raymond auf dem Bauch und lugt durch das Zielgerät seines Gewehrs. Er sieht Mick Gabriel hinter Dominique auf die nördliche Plattform des Tempels treten. Raymond schiebt die Sicherung zurück und grinst, während er das Fadenkreuz aufs Herz seines Opfers richtet.

Der Pilot lässt den Hubschrauber über dem Großen Ballspielplatz schweben. »Meine Herren, direkt unter uns.«

Chaney und General Fecondo starren auf das schwarze, geflügelte Objekt, das genau im Zentrum der I-förmigen Arena hockt. »Du lieber Himmel – das ist eine dieser Fusionsbomben.«

»Warum ist sie nicht detoniert?«

Schüsse hallen durch die Luft.

Chaney deutet auf die Pyramide. »Bringen Sie uns da rüber!«

Mühsam atmend liegt Mick auf dem Rücken. Blut strömt aus seiner brennend heißen Brust. Er blickt in den Mittagshimmel, in dem der Schatten von Dominiques Gesicht die Sonne verdeckt. Mick spürt, wie ihre Tränen auf seine Wangen fallen und wie ihr Mund sich in Zeitlupe bewegt, während sie eine Handfläche auf die Wunde presst, doch er hört nur das Schlagen seines eigenen Herzens.

Hüter?

Schließ die Augen…

25

16.–20. Dezember 2012

Und Chaos herrschte …

Als bekannt wurde, dass die Menschheit nur knapp der Vernichtung durch einen Atomkrieg entkommen war, reagierte die Öffentlichkeit erst mit Unglauben und Erleichterung, dann mit Wut und Empörung. Wie hatten sich die politischen Führer von ihrem übersteigerten Ego nur dazu verleiten lassen können, das Ende der Welt in die Wege zu leiten? Wie hatten sie nur so arrogant sein können und so blind?

Aus der anfänglichen Empörung wurde rasch Gewalt. Zwei Tage und Nächte lang herrschte auf einem Großteil des Erdballs nackte Anarchie. Öffentliche Gebäude gingen in Flammen auf, militärische Einrichtungen wurden geplündert. Milliarden von Menschen überall auf der Welt versammelten sich in den Hauptstädten, attackierten die Botschaften der Vereinigten Staaten, von Russland und China und forderten grundlegende Veränderungen.

Statt zu versuchen, die Gewalt mit weiterer Gewalt zu unterbinden, beschloss Präsident Chaney, sie zu kanalisieren. Er lenkte die Rache der amerikanischen Öffentlichkeit auf die über hundert mit Steuergeldern erbauten unterirdischen Bunker, die dazu dienen sollten, die politische Elite während eines Atomkriegs zu schützen. Die Zerstörung der einst streng geheimen Anlagen stillte die Wut der Öffentlichkeit, weil sie deutlich machte, dass alle – die Besitzenden und die Besitzlosen – nun auf demselben schwankenden Boden standen.

Anschließend drängte Chaney den Generalsekretär der Vereinten Nationen, eine Resolution vorzuschlagen, die von der amerikanischen Akademie der Wissenschaften, der Carnegie-Kommission und Admiral Stansfield Turner entworfen worden war. Sie forderte eine Vernichtung sämtlicher atomaren und biologischen Waffen. In alle Länder, die sich verweigerten, sollten UN-Truppen einmarschieren und die politischen Führer exekutieren.

Unter dem Druck der Massen wurde die Resolution rasch von allen Mitgliedstaaten der UNO angenommen. Lediglich der Irak und Nordkorea sperrten sich.

Am 17. Dezember wurde Saddam Hussein durch die Straßen von Bagdad geschleppt und totgeprügelt. Zwei Stunden später beging Kim Jong Il Selbstmord.

Der russische Präsident Viktor Grosny unterzeichnete die Resolution und machte anschließend die Kommunistische Partei für die Aufrüstungspolitik der vergangenen zwei Jahrzehnte verantwortlich. Nach mehr als zweihundert öffentlichen Hinrichtungen versicherte er seinem Volk, unverzüglich Reformen einzuleiten.

Aufgrund der schwachen Opposition blieb Grosny im Amt, stärker denn je.

Am Morgen des 17. Dezember erfuhren die Medien endlich von dem mysteriösen elektromagnetischen Schirm, der die atomare Katastrophe verhindert hatte. Sofort wurden die Massen von religiösem Wahn ergriffen. Angstvoll scharten sie sich in Kirchen und Synagogen zusammen, um zu beten und auf den Messias und die Wiederkunft

Christi zu warten. Stattdessen erfuhren sie von neuen Vorzeichen der Apokalypse.

Als Jim McWade, Veteran des Koreakriegs, am Nachmittag des 18. Dezember mit seinen vier Söhnen und drei Zwölferpackungen Bier von der Kirche nach Hause kam, stand in dem Kalksteinbecken hinter seinem Wohnwagen eine riesige geflügelte Kreatur. Wenig später hatte sich die halbe Bevölkerung von White Sulphur Springs in West Virginia um den Tümpel versammelt, um das leblose Wesen zu bestaunen. Seine leuchtend schwarze Oberfläche war von einem starken unsichtbaren Energiefeld umgeben, das jeden Versuch zunichte machte, es zu berühren.

Innerhalb der folgenden vierundzwanzig Stunden wurden neunundzwanzig identische Kreaturen entdeckt, die über den gesamten Erdball verteilt waren. Am Abend des 19. Dezember saß die Welt dann ebenso fasziniert wie erschrocken vor dem Bildschirm, als die Bildung eines gewaltigen Mahlstroms im Golf von Mexiko übertragen wurde. Aus der Mitte des Trichters stiegen acht weitere geflügelte Objekte auf, die sich rasch über die nördliche Hemisphäre verteilten. Zwei von ihnen landeten im Südwesten der Vereinigten Staaten, zwei in Florida und je eines in Georgia, Kentucky und Indiana. Das letzte Objekt flog nach Osten und ließ sich in Puerto Rico über dem Teleskop von Arecibo auf einem Bergkamm nieder.

Am Morgen des 20. Dezember teilte der Exobiologe Marvin Teperman der Weltöffentlichkeit mit, für die sieben Fusionsexplosionen, die die Welt erschüttert hätten, seien identische Objekte verantwortlich gewesen. Sie alle stammten aus dem außerirdischen Raumschiff im Golf von Mexiko. Teperman bezeichnete die Objekte als ›Drohnen‹ – ein Fachbegriff für ferngelenkte Flugkörper – und äußerte die Vermutung, die siebenunddreißig über die Erde verstreuten Objekte könnten mit ihren Fusionsbomben bis zu drei Millionen Quadratkilometer

Land pulverisieren. Als Auslöser der Bomben diene die Sonne, weshalb die Objekte bei Nacht gestartet und bei Sonnenaufgang detoniert seien. Inzwischen sei es dem mysteriöses Kraftfeld, das von der Kukulkan-Pyramide ausgehe, jedoch gelungen, die Zündung zu blockieren und die Explosion weiterer Drohnen zu verhindern.

Sollte das Kraftfeld zusammenbrechen, warnte Teperman, würden die Bomben detonieren.

Wieder gerieten die Massen in Panik.

26

20. Dezember 2012
Städtisches Krankenhaus von Merida
Halbinsel Yukatan

Ein sanfter Windhauch dringt durch die Jalousien und kühlt Micks Gesicht. Während der Fiebernebel sich auflöst, hört er in der Ferne die Stimme eines Engels. Seine vertrauten Worte hallen in seinem Geist wieder.

Freund! Gatte! Trauter! Bist du mir entrissen? Gib Nachricht jeden Tag, zu jeder Stunde; schon die Minut' enthält der Tage viel.

Gegen die Flut der Bewusstlosigkeit ankämpfend, zwingt er seine Lider, sich einen Spalt weit zu öffnen – gerade genug, um zu sehen, dass Dominique neben ihm sitzt und ihm aus einem Taschenbuch vorliest.

»O Gott, ich hab ein Unglück ahnend Herz. Mir deucht, ich säh dich, da du unten bist, als lägst du tot in eines Grabes Tiefe. Mein Auge trügt mich, oder bist du bleich…«

»So, Liebe«, krächzt er, »scheinst du meinen Augen auch.«

»Mick!«

Er öffnet die Augen ganz, als sie ihre Wange an seine

schmiegt. Dann spürt er ihre heißen Tränen und das drückende Gewicht auf seiner Brust; sie umarmt ihn und flüstert: »Ich hab dich lieb.«

»Ich hab dich auch lieb.« Die Worte kommen nur mühsam aus der ausgedörrten Kehle.

Sie hält ihm einen Becher Wasser an die Lippen und er nimmt ein paar kleine Schlucke.

»Wo…«

»Du bist in einem Krankenhaus in Merida. Raymond hat auf dich geschossen. Der Arzt sagt, die Kugel ist gerade drei Millimeter von deinem Herzen entfernt stecken geblieben. Eigentlich müsstest du tot sein.«

Er zwingt sich zu lächeln und zitiert krächzend: »Der Narben lacht, wer Wunden nie gefühlt.« Er versucht, sich aufzusetzen, kommt aber nicht gegen seine Schmerzen an. »Na ja, 'ne kleine Wunde hab ich vielleicht schon.«

»Mick, es ist so viel geschehen…«

»Welcher Tag ist heute?«

»Der Zwanzigste. Morgen ist die Wintersonnenwende, und die ganze Welt stirbt vor Angst…«

Die Tür fliegt auf. Ein amerikanischer Arzt kommt ins Zimmer, gefolgt von Ennis Chaney, einer mexikanischen Krankenschwester und Marvin Teperman. Auf dem Flur sind schwer bewaffnete amerikanische Soldaten postiert.

Der Arzt beugt sich über Mick und untersucht mit einem Leuchtstift seine Augen. »Schön, dass Sie wieder bei Bewusstsein sind, Mr. Gabriel. Wie fühlen Sie sich?«

»Wund. Hungrig. Und ein bisschen desorientiert.«

»Kein Wunder, schließlich waren Sie fünf Tage lang bewusstlos. Schauen wir uns mal die Wunde an.« Der Arzt nimmt den Verband ab. »Erstaunlich. Absolut erstaunlich. Ich hab noch nie eine Wunde gesehen, die so rasch geheilt ist.«

Chaney tritt zum Bett. »Geht es ihm gut genug? Kann ich mit ihm sprechen?«

»Ich glaube schon. Schwester, wechseln Sie bitte seinen Verband und geben Sie ihm dann eine weitere Infusion.«

»Jetzt nicht«, unterbricht ihn Chaney. »Wir müssen erst ein paar Minuten mit Mr. Gabriel reden. Allein.«

»Natürlich, Herr Präsident.«

Mick blickt dem Arzt und der Schwester hinterher. Einer der Militärpolizisten im Flur schließt die Tür hinter ihnen. »Herr Präsident? Sieht ganz so aus, als wären Sie jedes Mal befördert worden, wenn wir uns sehen.«

Die schwarzen Augen zeigen keine Spur von Amüsement. »Präsident Maller ist tot. Er hat sich vor fünf Tagen eine Kugel in den Kopf gejagt, um die Russen und Chinesen dazu zu bringen, einen atomaren Großangriff abzubrechen.«

»Mein Gott…«

»Die Welt schuldet Ihnen großen Dank. Das, was Sie in dieser Maya-Pyramide aktiviert haben, hat die Raketen zerstört.«

Mick schließt die Augen. *Ich hab es wirklich erlebt. Und ich dachte schon, alles sei nur ein Traum gewesen.*

Dominique drückt seine Hand.

»Es handelt sich um einen extrem kraftvollen elektromagnetischen Schirm«, ergänzt Teperman. »Wie er erzeugt wird, ist uns unerklärlich. Gott sei Dank ist das Signal noch aktiv, denn es verhindert die Explosion der Drohnen…«

»Drohnen?« Mick öffnet die Augen. »Was für Drohnen?«

Teperman zieht eine Fotografie aus seiner Aktentasche und reicht sie ihm. »Seit Sie im Krankenhaus liegen, haben sich achtunddreißig dieser Dinger auf dem Globus verteilt.«

Mick starrt auf das Bild einer schwarzen, fledermausähnlichen Kreatur, die mit ausgebreiteten Flügeln auf einer grauen Bergspitze hockt. »Das ist das Objekt, das aus dem Raumschiff im Golf von Mexiko gestiegen ist.« Er schaut Dominique an. »Ich weiß jetzt, wo ich so was schon mal gesehen hab. In Nazca. Da hat man an verschiedenen Stellen lebensgroße Bilder dieser Wesen in den Fels gescharrt.«

Teperman wirft Chaney einen unsicheren Blick zu. »Diese Aufnahme wurde vor mehreren Tagen auf einem Bergzug in Arecibo gemacht.«

Chaney zieht einen Stuhl heran. »Die Drohne, die Sie in diesem Raumschiff gesehen haben, ist in Australien gelandet und hat den größten Teil der Nullarbor Plain vernichtet. Wir wissen inzwischen, dass diese Objekte alle mit einer Fusionsbombe ausgerüstet sind, die ganze Landstriche pulverisieren kann. In den vergangenen zwei Wochen sind sechs von ihnen bereits in Asien detoniert. Die letzten drei haben in China und Russland mehr als zwei Millionen Menschen getötet.«

Mick spürt, dass seine Hände zittern. »Und diese Explosionen haben den Atomangriff ausgelöst?«

Chaney nickt. »Wie Mr. Teperman bereits gesagt hat, haben weitere achtunddreißig dieser Dinger das Raumschiff in den letzten fünf Nächten verlassen. Bisher ist keines davon explodiert.«

Mick erinnert sich an die Worte des Hüters. *Die Aktivierung des Schutzschirms wird das Ende aufschieben, doch nur die Vernichtung von Tezcatlipoca und der Schwarzen Straße kann verhindern, dass unser Feind in eure Welt gelangt.*

»Wir haben eine Liste sämtlicher Drohnen zusammengestellt. Gabriel, hören Sie mir überhaupt zu?«

»Wie? Tut mir Leid. Sie sagen, diese Dinger sind Drohnen?«

»So werden sie von Wissenschaftlern bezeichnet. Bei der Luftwaffe meint man, es handle sich um eine außerirdische Version unserer unbemannten Luftfahrzeuge.«

»Jede dieser Drohnen ist im Grunde eine Fusionsbombe mit Flügeln«, erläutert Teperman. »Offenbar sind sie ferngesteuert, das heißt über ein Funksignal mit einer Kommandozentrale verbunden.«

»Und die befindet sich in diesem Raumschiff im Meer?«

»Ja. Sobald eine Drohne im Zielgebiet landet, wird ein Funksignal ausgestrahlt, das die Zündung in Gang setzt. Am Schwanz der mechanischen Kreatur sind mehrere Reihen bizarr aussehender Sensoren angebracht, bei denen es sich unserer Meinung nach um starke Fotozellen handelt. Der Auslösemechanismus bedient sich der Sonnenenergie, um die Bombe bei Sonnenaufgang zur Detonation zu bringen.«

»Das erklärt auch, weshalb diese Dinger immer bei Nacht gestartet wurden«, fügt Chaney hinzu. »Alle sieben Drohnen, die vor der Aktivierung dieses Schutzschirms detonierten, sind in westlicher Richtung geflogen, nachdem sie das Raumschiff verlassen hatten. Dabei haben sie ihre Geschwindigkeit der Erdumdrehung angepasst, um in der Dunkelheit zu bleiben, bis sie in ihrem Zielgebiet angekommen waren.«

»Sie sagen, dass noch weitere achtunddreißig Drohnen gestartet sind?«

»Zeigen Sie ihm die Liste, Teperman.« Der Exobiologe wühlt in seiner Aktentasche und zieht einen Computerausdruck hervor.

<u>Ziele der Drohnen</u>

Australien

Nullarbor Plain (D)

Asien

Malaysia (D), Irian Jaya, Indonesien (D), Papua-Neuguinea (D), Yunnan, China (D), Viljuj-Becken, Russland (D), Kugitangtau-Gebirge, Turkmenistan (D), Israel, Saudi-Arabien

Afrika

Marokko (Hoher Atlas), Algerien, Tunesien, Libyen, Ägypten, Sudan, Elfenbeinküste, Niger, Nigeria, Botswana, Madagaskar

Europa

Irland, Spanien, Italien, Österreich, Ungarn, Kroatien, Bosnien-Herzegowina, Bulgarien, Griechenland

Nordamerika

Kanada: Montreal

USA: Arecibo (Puerto Rico), Appalachen, Colorado, Florida (Mitte u. Südosten), Georgia, Kentucky, Indiana (Süden), Ozark-Gebirge, New Mexico, Texas (Nordwesten)

Südamerika

Salvador (Brasilien)

Mittelamerika

Kuba, Honduras, Chichén Itzá (Yukatan)

Mick überfliegt die Liste und bleibt bei der letzten Ortsangabe hängen. »In Chichén Itzá ist auch so ein Ding gelandet?«

»Kommen wir endlich zur Sache«, sagt Chaney ungeduldig. »Gabriel, ich brauche eine Lösung, und zwar bald. Während Sie hier geschlafen haben, ist auf der Welt das Chaos ausgebrochen. Religiöse Fanatiker behaupten, die Drohnen seien Teil der apokalyptischen Prophezeiungen für das neue Millennium. Die Weltwirtschaft ist außer Tritt geraten, weil die erschreckte Masse sich auf den Weltuntergang vorbereitet. Der Mob hortet Proviant und Munition und verbarrikadiert sich in seinen Häusern. Wir mussten eine nächtliche Ausgangssperre verhängen. Dabei ist es vor allem unsere eigene Unfähigkeit, die Öffentlichkeit zu beruhigen, die das Ganze weiter aus dem Ruder laufen lässt.«

»Bisher sind alle Versuche, die Drohnen zu neutralisieren, wirkungslos geblieben«, sagt Teperman. »Die Dinger sind von einem schützenden Kraftfeld umgeben, das sie unverwundbar macht. Was den Schutzschirm betrifft, hält er sie zwar davon ab, zu explodieren, aber gleichzeitig ruiniert er auch unsere Satelliten. Das Unglaublichste aber ist die Art und Weise, wie das Signal des Schirms über den Erdball verteilt wird.« Teperman zieht seinen Notizblock heraus. »Wir haben drei große Relaisstationen identifiziert und eine Reihe weiterer Antennen. Sie würden nie erraten, wo...«

»Die Große Pyramide von Giseh, Angkor Wat und die Sonnenpyramide in Teotihuacán.«

Dem Exobiologen fällt die Kinnlade herunter.

Chaneys Augen brennen wie dunkle Laser. »Woher haben Sie das gewusst?« Er schaut Dominique an. »Haben Sie es ihm schon erzählt?«

»Sie hat mir nichts erzählt.« Mick setzt sich mühsam auf. »Meine Eltern haben diese Stätten jahrzehntelang erforscht. Sämtliche Bauten weisen bestimmte Übereinstimmungen auf und wurden außerdem an Brennpunkten des natürlichen Energiegitters der Erde errichtet.«

»Moment, das hab ich nicht verstanden.« Teperman macht sich Notizen. »Haben Sie was von einem Energiegitter gesagt?«

»Die Erde ist kein simpler Felsbrocken, der im Weltraum schwebt, Mr. Teperman, sondern eine lebendige, harmonische Kugel, in deren Herzen sich ein magnetischer Kern befindet, der Energie kanalisiert. In bestimmten Gegenden an der Oberfläche, besonders in der Nähe des Äquators, befinden sich dynamische Punkte, die eine starke geothermale, geophysische oder magnetische Energie ausstrahlen.«

»Und diese drei prähistorischen Stätten wurden alle an solchen Punkten erbaut?«

»Ganz recht. Außerdem lässt ihre Anlage erkennen,

dass die Erbauer erstaunlich viel über Präzession, Mathematik und Astronomie wussten.«

Teperman lässt seinen Kugelschreiber sinken. »Weitere Strukturen, die offenbar als Antennen fungieren, sind im Untergrund von Stonehenge und Tiahuanaco vergraben. Außerdem dürfte sich eine Antenne unter der Eisdecke der Antarktis befinden.«

Mick nickt. *Die Karten von Piri Re'is. Der Hüter muss die Antenne gebaut haben, bevor sich die Eisschicht gebildet hat.* Er schaut Dominique an. »Hast du ihnen schon von den Nephilim erzählt?«

»Alles, was ich weiß, aber das ist nicht viel.«

»Sie meinen diese fortgeschrittene Spezies von Humanoiden?« Teperman schüttelt den Kopf. »Ich bin zwar Exobiologe, aber da kenne ich mich nicht mehr aus.«

»Mr. Teperman, die Wesen, die diesen Schutzschirm erschaffen haben, mussten dafür sorgen, dass ihre Relaisstationen und Antennen unbeschadet Tausende von Jahren überlebten. Sie einfach zu vergraben, reichte da nicht aus. Da hatten sie offenbar den kreativen Einfall, direkt über den Stationen gewaltige architektonische Wunder wie Stonehenge und die Große Pyramide zu errichten. Selbst der moderne Mensch hat diese Bauten nicht angetastet.«

»Wie geht es mit dem Schutzschirm weiter?«, fragt Chaney. »Wie lange wird er die Drohnen an der Explosion hindern?«

Die Worte des Hüters hallen Mick in den Ohren. *Das Tor zu Xibalba Be wird sich an vier Ahau, drei Kankin öffnen. Es kann nur von innen zerstört werden, und nur ein Hunapu kann es betreten. Nur ein Hunapu kann das Böse aus eurem Garten vertreiben und eure Spezies vor der Vernichtung retten.*

Mick wird flau im Magen. »Wir haben ein Problem. Dieses außerirdische Raumschiff... es wird morgen aufsteigen.«

Chaneys Augen weiten sich. »Woher wissen Sie das?«

»Das ist Teil einer dreitausend Jahre alten Maya-Prophezeiung. Das Wesen in diesem Schiff – wir müssen es vernichten. Und dazu müssen wir hinein.«

»Wie sollen wir denn hineinkommen?«, fragt Teperman.

»Keine Ahnung. Das heißt, womöglich auf demselben Wege, den Dominique und ich schon einmal genommen haben, also durch das Ventilationssystem.« Mick wird von einer Welle der Erschöpfung überspült. Er schließt die Augen.

Dominique berührt seine Stirn und spürt, dass er Fieber hat. »Es reicht, Präsident Chaney. Er hat seinen Teil getan, um die Welt zu retten. Jetzt sind Sie dran.«

Chaneys Blick verliert ein wenig von seiner Schärfe. »Unsere Wissenschaftler stimmen mit Ihnen überein, Gabriel. Sie sind der Meinung, dass wir das Raumschiff zerstören müssen, um die Drohnen endgültig von der Explosion abzuhalten. Ich habe die *John C. Stennis* mit ihrem Geschwader in den Golf von Mexiko beordert, um das zu tun. Sollte das Raumschiff morgen tatsächlich aus dem Wasser steigen, werden wir es in seine Einzelteile zerlegen.«

Der neue Präsident erhebt sich. »Heute Abend findet an Bord der *Stennis* eine Dringlichkeitssitzung des UN-Sicherheitsrates statt. Wir erwarten Vertreter aller Länder und einige der führenden Wissenschaftler der Welt. Sie und Ms. Vazquez werden uns begleiten. Einer meiner Mitarbeiter wird Ihnen gleich was zum Anziehen bringen.«

»Augenblick noch«, sagt Dominique. »Erzählen Sie ihm bitte von der Sache mit Borgia.«

»Der Mann, der Sie um ein Haar erschossen hätte, hat uns sofort auf Dr. Foletta verwiesen. Und der hat bei seinem Geständnis unter anderem berichtet, wie Borgia es geschafft hat, Sie vor elf Jahren in eine Anstalt einzusperren. Foletta hat uns sogar ein Tonband gegeben, auf dem der Außenminister ihm aufträgt, Sie umbringen zu lassen.« Chaney verzieht den Mund zu einem grimmigen Lächeln. »Sobald wieder Ruhe herrscht, mache ich ihn fertig. Abgesehen davon wird natürlich keine Anklage gegen Ms. Vazquez und ihre Adoptivmutter erhoben, und Sie hat man für zurechnungsfähig erklärt. Sie sind also ein freier Mann, Gabriel, und nicht mehr meschugge als wir alle.«

Dominique flüstert Mick ins Ohr: »Dein Albtraum ist vorbei. Du musst nie mehr in eine Anstalt, nie mehr in die Einzelzelle. Du bist frei.« Sie drückt seine Hand. »Und wir können bald für immer zusammenbleiben.«

An Bord des Flugzeugträgers John C. Stennis

18.43 Uhr Mick blickt aus dem Fenster des Helikopters, als dieser sich auf das eindrucksvolle, fast zwei Hektar große Flugdeck der *John C. Stennis* senkt, das an diesem Tag aussieht wie ein Hubschrauberparkplatz.

Dominique drückt seine Hand. »Geht's dir nicht gut? Du hast auf dem ganzen Flug kein Wort gesagt.«

»Tut mir Leid.«

»Du machst dir wegen irgendetwas Sorgen. Was verschweigst du mir?«

»Meine Erinnerung an mein Gespräch mit dem Hüter ist ziemlich undeutlich. Da ist so vieles, was ich nicht verstehe und was den Unterschied zwischen Leben und Tod bedeuten könnte.«

»Aber du bist weiterhin davon überzeugt, dass der Schirm des Hüters dazu gedacht ist, die Explosion der Drohnen zu verhindern?«

»Ja.«

»Dann hat der Präsident Recht. Wenn wir dieses Raumschiff zerstören, beseitigen wir die Bedrohung.«

»Ich wünschte, es wäre so einfach.«

»Warum sollte es das nicht sein?« Sie springen aus dem Hubschrauber auf das graue Deck des Flugzeugträgers. Dominique deutet auf das Waffenarsenal. »Schau dich doch um, Mick. Das Schiff hier hat genug Feuerkraft, um ein kleines Land zu vernichten.« Sie legt ihm den Arm um die Taille und flüstert ihm ins Ohr: »Egal, ob es dir passt oder nicht, du bist ein Held. Trotz aller Widrigkeiten hast du es geschafft, in die Pyramide einzudringen und den Schutzschirm zu aktivieren. Damit hast du nicht nur deine Eltern rehabilitiert, sondern auch zwei Milliarden Menschen das Leben gerettet. Jetzt solltest du mal Pause machen. Ruh dich aus und überlass den Rest den richtig großen Jungs.« Sie gibt ihm einen leidenschaftlichen Kuss, begleitet von den Pfiffen einiger Matrosen.

Ein Leutnant führt die beiden zu den Aufbauten und dann eine enge Treppe hinab aufs Hangardeck.

Sie passieren einen schwer bewachten Checkpoint und kommen in den Hangar, den man zu einem Viertel hastig in einen Konferenzsaal verwandelt hat. In Hufeisenform sind drei Reihen Klappstühle und Tische aufgestellt; vor ihnen befindet sich ein Podium mit einer riesigen, zwölf mal sechs Meter großen Computerkarte der Welt, die an einem der stählernen Schotts befestigt ist. Achtunddreißig rote und sieben blaue Lichtpunkte markieren auf der Karte die Positionen der Drohnen.

Der Leutnant führt sie zu einem reservierten Tisch an der linken Seite des Hufeisens. Offenbar erkennen einige der Delegierten Mick, denn sie zeigen auf ihn, als er grüßend an ihnen vorbeigeht. Ein zaghaftes Händeklatschen steigert sich rasch zu einem begeisterten Applaus.

Marvin Teperman blickt von seinen Papieren hoch und lächelt Mick an. »Wie wär's, wenn Sie Ihren Bewunderern wenigstens kurz danken?«

Mick winkt kurz, dann setzt er sich neben den Exobiologen. Er kommt sich lächerlich vor. Megan Jackson, die Vorsitzende des Sicherheitsrats der Vereinten Nationen, kommt herbei, begrüßt ihn mit herzlichem Lächeln und schüttelt ihm die Hand. »Ich freue mich sehr, Sie kennen zu lernen, Mr. Gabriel. Wir alle stehen tief in Ihrer Schuld. Kann ich vielleicht etwas für Sie tun?«

»Sie können mir erklären, was ich hier soll. Schließlich bin ich kein Politiker.«

»Der Präsident und ich hatten gehofft, Ihre Anwesenheit könnte die feindselige Stimmung hier etwas auflockern.« Sie deutet auf die russische Delegation. »Der Herr in der Mitte ist Viktor Grosny. Ich würde sagen, die meisten der Anwesenden wünschen ihm die Pest an den Hals. Im Vergleich mit den Zwangsneurosen, die momentan zwischen Russland und den Vereinigten Staaten das Klima bestimmen, war der Kalte Krieg nur ein Picknick unter Freunden.«

Die Vorsitzende lächelt Mick mütterlich zu, dann nimmt sie auf dem Podium Platz. »Darf ich die Anwesenden bitten, sich zu setzen?«

Die Delegierten folgen der Aufforderung. Teperman reicht Dominique und Mick zwei kleine Kopfhörer. Die beiden holen sie aus ihrer Kunststoffhülle, stellen den Übersetzungskanal auf ›Englisch‹ und setzen sie auf.

»Zuerst möchte ich Professor Nathan Fowler ans Mikrofon bitten. Er ist stellvertretender Direktor des NASA-Forschungszentrums Ames und Leiter des internationalen Teams, das sich mit der Untersuchung der außerirdischen Drohnen befasst. Herr Professor?«

Ein grauhaariger, etwa siebzig Jahre alter Mann mit Brille nimmt auf dem Podium Platz.

»Frau Vorsitzende, verehrte Delegierte, liebe Kollegen, ich möchte Ihnen heute die neuesten Erkenntnisse über diese Objekte mitteilen, die bereits den Tod von über zwei Millionen Menschen verursacht haben. Trotz dieser

Tragödie deutet alles darauf hin, dass das Hauptziel des außerirdischen Wesens, das sie ausgesandt hat, nicht etwa nur darin besteht, die Menschheit auszulöschen. Was unsere Anwesenheit auf diesem Planeten betrifft, sind wir ihm offenbar nicht wichtiger als ein Floh für einen Hund.«

Gemurmel erhebt sich.

»Unser Team hat alle fünfundvierzig Ziele der Drohnen gründlich analysiert. Sie weisen samt und sonders ein gemeinsames Merkmal auf: Ihr Untergrund besteht vollständig aus Kalkstein. Genauer gesagt, man kann die meisten Ziele als Karstlandschaften bezeichnen. Es handelt sich dabei um dichte Kalksteinformationen mit einem extrem hohen Anteil an Kalziumkarbonat. Karstlandschaften bedecken ein Sechstel der Erdoberfläche. Sie sind vor etwa vierhundert Millionen Jahren entstanden, als eine große Menge Kalziumkarbonat sich auf dem Boden der tropischen Meere absetzte, die …«

»Herr Professor, angesichts der knappen Zeit …«

»Wie? Oh, natürlich, Frau Vorsitzende. Aber bitte erlauben Sie mir, kurz zu erläutern, welche Bedeutung Kalkstein für unseren Planeten hat. Dann werden alle besser verstehen, aus welchen Gründen diese Drohnen ausgesandt wurden.«

»Bitte, aber fassen Sie sich kurz.«

»Karstformationen und Kalkstein im Allgemeinen haben eine wichtige Funktion für die Erde, weil sie eine gewaltige Menge Kohlendioxid speichern. Das Kalziumkarbonat im Karst absorbiert aufgelöstes Kohlendioxid wie ein Schwamm und trägt dadurch dazu bei, unsere von Sauerstoff geprägte Umwelt zu regulieren und zu stabilisieren. Die in Sedimentgestein gespeicherte Menge Kohlendioxid ist sechshundertmal größer als der gesamte Kohlendioxidgehalt in der Luft, im Wasser und in allen lebenden Zellen.«

Dominique wirft einen Blick auf Mick, der leichenblass geworden ist.

Der NASA-Beamte greift nach der Fernbedienung für die digitale Karte über dem Podium.

»Frau Vorsitzende, ich werde unseren Computer nun simulieren lassen, was passieren müsste, wenn alle achtunddreißig Drohnen gleichzeitig explodieren würden. Bitte achten Sie besonders auf Temperatur und Kohlendioxidgehalt der Atmosphäre.«

Die Delegationsmitglieder verstummen, als Fowler eine Reihe von Befehlen eingibt.

Am unteren Rand der Karte erscheinen zwei blaue Felder.

20. 12. 2012	**Durchschnittliche Temperatur**
CO_2-Gehalt: 0,03 %	**an der Erdoberfläche: 21 °C**

Fowler tippt auf eine Taste. Die roten Leuchtpunkte beginnen zu blinken, dann verwandeln sie sich in grell weiße Energiekreise. Innerhalb weniger Sekunden verschwinden die Explosionen in dichten, gelb-orangen Wolken, die sich rasch ausbreiten, bis sie fast ein Drittel der Erdoberfläche bedecken.

20. 12. 2012	**Durchschnittliche**
(Detonation plus 10 Stunden)	**Temperatur an der**
CO_2-Gehalt: 39,23 %	**Erdoberfläche: 55,5 °C**

Der Wissenschaftler rückt seine Brille zurecht. »Die bei den Explosionen entstehende Hitze würde sofort den verkarsteten Kalkstein verdampfen. Dadurch würde der Kohlendioxidgehalt in der Erdatmosphäre eine kritische Marke überschreiten. Die Wolkendecke, die sich gerade auf der Karte ausbreitet, ist eine dichte CO_2-Schicht in der Atmosphäre, die für alle Luft atmenden Organismen auf diesem Planeten den Tod zur Folge hätte.«

Erregtes Gemurmel.

Fowler tippt noch einmal auf eine Taste, während die Vorsitzende um Ruhe bittet.

Die Karte verändert sich. Die kreisenden gelb-orangen Wolken bedecken nun den gesamten Globus.

20. 12. 2022
(Detonation plus 10 Jahre)
CO_2-Gehalt: 47,85 %
SO_2-Gehalt: 23,21 %

Durchschnittliche Temperatur an der Erdoberfläche: 100 °C

Im Saal wird es still.

»Hier sehen wir, wie es nach zehn Jahren auf der Erde ausschaut. Eine katastrophale Veränderung der Atmosphäre ist im Gange, der Beginn eines rapiden Treibhauseffekts, wie er in ähnlicher Weise vor mehr als sechshundert Millionen Jahren auf der Venus stattgefunden hat. Venus, der Schwesterplanet der Erde, besaß früher warme Meere und eine feuchte Stratosphäre. Als der Kohlendioxidgehalt in der Atmosphäre zunahm, bildete sich eine dicke Isolierschicht. Das führte zum Beginn eines globalen Vulkanismus. Die Eruptionen förderten den Treibhauseffekt, indem sie große Mengen Schwefeldioxid in die Atmosphäre beförderten und die Oberflächentemperatur weiter anstiegen ließen. Am Ende verdampften die Meere der Venus vollständig. Eine dichte Wolkendecke entstand, die teilweise noch heute vorhanden ist, während der Rest im Weltraum verschwand.«

»Herr Professor, ist der CO_2-Gehalt auf der Erde seit der Explosion der ersten sieben Drohnen angestiegen?«

»Ja, Frau Präsidentin, und zwar um sechs bis sieben Prozent.«

»Genug!« Viktor Grosny hat sich erhoben. Sein hageres Gesicht ist rot vor Wut. »Ich bin hier, um über einen Waffenstillstand zu verhandeln, und nicht, um mir irgendwelchen Unsinn über Außerirdische anzuhören.«

Die Vorsitzende hebt die Stimme, um die Protestrufe zu übertönen. »Präsident Grosny, wollen Sie etwa in Frage stellen, dass die Bedrohung durch dieses Raumschiff existiert?«

»Man hat uns doch gesagt, diese Drohnen seien ausgeschaltet, weil dieser… dieser Schutzschirm ihre Explosion verhindert. Stimmt das nicht, Mr. Fowler?«

Fowler blickt Grosny beklommen an. »Es sieht so aus, als würden die Drohnen nicht detonieren, solange der Schutzschirm intakt bleibt. Aber die Bedrohung besteht weiterhin.«

»Warum vergeuden wir dann unsere Zeit damit, jetzt darüber zu diskutieren? Ich schlage vor, wir überlassen die Sache unseren Wissenschaftlern. Nach meinem Verständnis sollte dieses Treffen politischer Natur sein. Trotz zahlreicher Morddrohungen bin ich in gutem Glauben hierher gekommen. Es waren russische und chinesische Zivilisten, die durch diese Fusionsbomben ums Leben gekommen sind. Wer sterben muss, Frau Vorsitzende, dem ist es ganz egal, ob er von einer Atombombe zerrissen wird, ob er erstickt oder verhungert. Überlassen wir es dem Westen und seinem überlegenen Waffenarsenal, dieses außerirdische Raumschiff zu zerstören. In eben diesem Augenblick verhungern Tausende von Russen. Worüber wir nun sprechen müssen, ist, wie wir die Lage auf der Welt verändern können…«

»Wer sind Sie eigentlich, dass Sie Veränderungen fordern?«, erwidert General Fecondo, der mit geballten Fäusten aufgesprungen ist. »Ihre Idee einer Veränderung hat doch darin bestanden, die Vereinigten Staaten in einen Atomkrieg zu verwickeln. Der Westen hat Ihrem Land Milliarden Dollar geschenkt, um das russische Volk mit Lebensmitteln zu versorgen und die Wirtschaft anzukurbeln. Stattdessen haben Sie alles für Waffen ausgegeben!«

Mick schließt die Augen, um das Wortgefecht auszublenden, und denkt über Professor Fowlers Worte nach. Dabei fällt ihm die Wunde am Bein ein, die er bei seinem Aufenthalt im Raumschiff von Tezcatlipoca erlitten hat.

Mein Blut war blau. Die Atmosphäre in der Kuppel muss extrem viel Kohlendioxid enthalten haben.

Er erinnert sich an die Worte des Hüters: *Die Bedingungen auf eurem Planeten waren ungeeignet. Das eigentliche Ziel war Venus… eure Welt soll akklimatisiert werden.*

»Sie fordern Hilfe von uns«, bellt Dick Przystas, »aber wir haben ja gesehen, wie rasch Sie bereit waren, die Menschen zu vernichten, die Sie jetzt bitten, Ihr Volk vor dem Hungertod zu bewahren!«

»Wir hatten doch keine andere Wahl!«, entgegnet Grosny. »Sie zwingen uns, Vereinbarungen über strategische Abrüstung zu unterschreiben, während Ihre Wissenschaftler ständig neue Methoden entwickeln, uns zu zerstören. Was nützen Verträge, wenn die neuen amerikanischen Technologien noch tödlicher sind als die veralteten Raketen, die Sie so großzügig aus dem Verkehr gezogen haben?« Grosny wendet sich an die übrigen Vertreter. »Ja, es war Russland, das zuerst den Knopf gedrückt hat, aber man hat uns provoziert. Die Vereinigten Staaten rüsten schon seit Jahrzehnten massiv auf. Nach den Berichten unserer Informanten brauchen die Amerikaner keine zwei Jahre mehr, um selbst reine Fusionsbomben herzustellen. Zwei Jahre! Wenn diese Außerirdischen uns nicht angegriffen hätten, dann hätten es die USA getan.«

Wieder erhebt sich ein Stimmengewirr im Saal.

Grosny deutet anklagend mit dem Zeigefinder auf Chaney. »Ich frage den neuen amerikanischen Präsidenten: Was ist Ihr wahres Ziel – Krieg oder Frieden?«

Chaney steht auf und wartet, bis Ruhe eingetreten ist. »An allen Händen hier klebt Blut, Präsident Grosny. Wir alle leiden unter Schuldgefühlen, wir alle haben Angst.

Aber, um Himmels willen, wir könnten alle bereits tot sein. Wir haben uns allesamt wie egoistische Kinder benommen, und wenn wir irgendeine Hoffnung haben wollen, als Spezies zu überleben, müssen wir unsere kleinlichen Streitereien ein für allemal beiseite legen und endlich erwachsen werden.«

Der amerikanische Präsident tritt vor seinen Tisch. »Auch ich bin der Meinung, dass es einer drastischen Veränderung bedarf. Die Menschheit kann ihre drohende Selbstzerstörung nicht mehr tolerieren. Es darf auch keinen Unterschied mehr zwischen Reich und Arm geben. Wir müssen unser Wirtschaftssystem so gestalten, dass eine neue Weltordnung entsteht, die den Frieden zum Ziel hat. Präsident Grosny, die Vereinigten Staaten bieten Russland die Hand zur Versöhnung. Sind Sie bereit, sie zu ergreifen?«

Donnernder Beifall erfüllt den Hangar, als Viktor Grosny auf den amerikanischen Präsidenten zugeht und ihn umarmt.

Auch Dominique ist aufgesprungen und klatscht Beifall, Tränen in den Augen. Da sieht sie, dass Mick zum Podium geht.

Es wird still im Raum.

Mick steht vor der Versammlung, die apokalyptische Botschaft auf den Lippen.

»Präsident Chaney ist ein weiser Mann. Die Botschaft, die ich in mir trage, stammt auch von einem weisen Mann, von einem Mann, dessen Schutzschirm uns gerettet hat. Während wir hier politische Debatten führen, wird die Erde klimatisch darauf vorbereitet, eine andere Spezies aufzunehmen. Die Spezies ist unendlich viel älter als wir und denkt weder an Krieg noch an Frieden. Für diesen Feind ist die Erde nicht mehr als ein Brutkasten, zufällig seit zwei Millionen Jahren bewohnt von der Menschheit, die nebenbei beseitigt werden muss.

Egal, ob wir uns hier versöhnen oder nicht, wir dürfen uns nichts vormachen: morgen ist der entscheidende Tag. Beim Morgengrauen wird sich ein kosmisches Tor auftun, ein Tor, das verschlossen werden muss, wenn die Menschheit überleben soll. Gelingt uns das nicht, wird alles, was in diesem Raum gesagt oder getan wird, bedeutungslos sein. Dann sind morgen bei Sonnenuntergang alle Lebewesen auf diesem Planeten tot.«

27

21. Dezember 2012
(4 Ahau, 3 Kankin)
***An Bord der* John C. Stennis**

0.47 Uhr Michael Gabriel blickt durch das offene Bullauge der kleinen Privatkabine aufs dunkle Meer hinaus. Er ist zu weit entfernt, um das smaragdgrüne Leuchten zu sehen – der Flugzeugträger ist drei Kilometer östlich des im Meeresboden vergrabenen Raumschiffs stationiert –, aber er spürt irgendwie seine Gegenwart.

»Willst du etwa die ganze Nacht da rausstarren?« Dominique kommt aus dem Bad, nur in ein Handtuch gehüllt. Sie schmiegt den Kopf an seine Brust und legt ihm die Arme um die Hüften.

Er spürt die feuchte Wärme, die von ihrem nackten Körper aufsteigt.

Ihr Fingerspitzen gleiten an seinen Bauchmuskeln hinab. Sie schaut ihm in die dunklen Augen und flüstert: »Komm zu mir.«

Dann hebt sie den Kopf, um ihn zu küssen. Ihre Zunge spielt in seinem Mund, während er sich hastig auszieht. Bald sind beide nackt und umarmen sich wie ein lange getrenntes Liebespaar. All ihre aufgestauten

Emotionen und Ängste verlieren sich in dem Moment, in dem sich ihre Körper miteinander vereinigen. Es ist, als seien sie alleine auf der Welt.

Mick dirigiert Dominique zum Bett und küsst ihren Hals, während sie ihm den Weg zu ihr weist. Sie stöhnt lustvoll auf und schmeckt den Schweiß auf seiner Schulter, als sie sein Gesicht an ihr Brüste zieht und mit den Locken in seinem Nacken spielt.

3.22 Uhr Mick liegt nackt unter dem Laken und lässt zart die Hand über den Rücken von Dominique gleiten. Ihr Kopf ruht an seiner bandagierten Brust. Er blickt an die Decke, völlig erschöpft, weil ihm die Worte des Hüters wie ein Mantra im Kopf kreisen.

Das Tor zu Xibalba Be wird an vier Ahau, drei Kankin sichtbar werden. Nur ein Hunapu kann hindurchgehen. Nur ein Hunapu kann das Böse aus eurem Garten vertreiben…

Dominique bewegt sich und dreht sich auf die Seite. Mick zieht das Laken über sie und schließt die Augen.

Komm zu mir, Michael…

»Was?« Mit wild schlagendem Herzen fährt er hoch und blickt desorientiert um sich. Kalter Schweiß läuft ihm über den Rücken. *Schon gut, schon gut, es war nur ein Traum.*

Mick lässt sich wieder aufs Bett sinken und wartet mit weit offenen Augen darauf, dass die dämonische Stimme sich wieder erhebt.

Hör auf! Du machst dich nur verrückt. Er lächelt matt. *Nach elf Jahren in der Einzelzelle verliere ich jetzt wirklich den Verstand.*

Er schließt die Augen.

Weshalb fürchtest du mich, Michael?

»Scheiße!« Er springt auf die Beine wie eine nervöse Katze. *Bleib jetzt ganz ruhig. Geh ein bisschen raus, um einen klaren Kopf zu bekommen*. Er zieht sich rasch an und schlüpft aus der Kabine.

Nach zwanzig Minuten findet er hinaus auf die ›Vultures' Row‹, einen offenen Balkon über dem Flugdeck. Die Nachtluft ist kühl, die Meeresbrise streicht ihm besänftigend über die Haut. Er hält sich die Ohren zu, als ein Jäger in den klaren Nachthimmel katapultiert wird.

Wieder spulen sich die Worte des Hüters in seinem Geist ab. *Nur ein Hunapu kann hindurchgehen. Nur ein Hunapu kann das Böse aus eurem Garten vertreiben und deine Spezies vor der Vernichtung retten.*

Ich kann dich spüren, Michael. Du bist ganz nahe…

»Was?«

Komm zu mir, Michael. Hab keine Angst vor mir. Komm zu deinem Schöpfer.

»Aufhören! Hör auf!« Michael presst die Augen zu und fasst sich mit den Händen an den Kopf.

Komm zu mir… zu deinem Vater.

»Lass mich zufrieden!« Mick wirbelt herum, die Augen angstvoll geweitet.

Marvin Teperman packt ihn an den Schultern und schüttelt ihn. »He, was ist denn?«

»Was? Ach, Scheiße. Ich… ich weiß nicht. Ich glaube, ich werde verrückt.«

»Da geht es dem Rest der Welt nicht anders. Sie konnten nicht einschlafen, was?«

»Nein. Teperman, die Drohne, die in Chichén Itzá gelandet ist – wissen Sie genau, wo die steht?«

Der Exobiologe zieht ein kleines Notizbüchlein aus der Jackentasche. »Augenblick, das steht hier irgendwo. Da ist Chichén Itzá… Also, die Drohne ist innerhalb eines Areals gelandet, das man den Großen Ballspielplatz nennt. Direkt in der Mitte, um genau zu sein.«

Mick spürt, wie ihm ein Schauder am Rücken hinabläuft. »Genau in der Mitte? Sind Sie sicher?«

»Ja. Was ist denn?«

»Wir brauchen einen Hubschrauber! Teperman, können Sie uns einen besorgen?«

»Einen Hubschrauber? Wofür?«

»Ich kann es nicht erklären, aber ich muss nach Chichén Itzá – sofort!«

Sanibel Island
Florida

5.12 Uhr Edith Axler steht am menschenleeren Strand und blickt auf den grauen Horizont und das Speedboat in der Ferne, das rasch näher kommt. Winkend steuert ihr Neffe Harvey das Boot direkt auf den Strand.

»War es schwierig, den Zugang zu SOSUS zu finden?«

»Nein.« Harvey reicht ihr eine große Spule mit dem Ende eines Glasfaserkabels, das fast vollständig abgewickelt ist. »Das Mikrofon war genau da verankert, wo du gesagt hast. Aber nach dieser ganzen Sache mit der schwarzen Flut war es ein wenig unheimlich, mitten in der Nacht zu tauchen.«

Harvey steigt aus dem Boot und folgt seiner Tante zum Hintereingang des Labors. Drinnen startet Edith den SOSUS-Computer, während er das Glasfaserkabel mit dem Gerät verbindet.

»Haben wir damit Zugang zu jedem Mikrofon im Golf von Mexiko?«, fragt er.

»Es ist ein integriertes System. Solange dieses Kabel hält, müsste es eigentlich klappen. Wir haben zwar keine Verbindung zum Zentralcomputer in Dan Neck, aber wir müssten durchaus in der Lage sein, dieses außerirdische Raumschiff zu belauschen.«

Harvey grinst. »Ich komme mir so vor, als würde ich umsonst das Kabelfernsehen anzapfen.«

6.41 Uhr Die Jägerstaffel kreist weiter im Formationsflug über dem Meer. Nervös warten die Piloten auf die ersten Sonnenstrahlen. Unter ihnen haben die *John C. Stennis* und ihre Begleitschiffe ihre Position eingenommen. In fünfzehnhundert Metern Abstand von dem leuchtenden Fleck im Meer bilden sie einen weiten Kreis.

In vierhundertfünfzig Metern Tiefe schwebt die *Scranton,* ein Angriffs-U-Boot der Los-Angeles-Klasse, unter der Flotte. Schweigend warten Kapitän Bo Dennis und seine Mannschaft darauf, den Befehl zu befolgen, den sie erhalten haben – alles, was aus dem leuchtend smaragdgrünen Loch aufsteigt, zu vernichten.

Auch an Bord des Flugzeugträgers herrscht atemlose Spannung. Die mit Tomahawk-Raketen bestückten Batterien an Bug und Heck sind auf den leuchtenden Fleck ausgerichtet. Ihre tödlichen Geschosse zeigen in den Himmel und sind bereit, augenblicklich abgefeuert zu werden. Drei Predator steigen auf und gesellen sich zu einem Dutzend weiterer unbemannter Flugzeuge, die bereits über dem Zielbereich kreisen.

Die sechstausend Männer und Frauen an Bord der schwimmenden Stadt sind reine Nervenbündel. Sie haben die Presseberichte gelesen und die Krawalle im Fernsehen gesehen. Wenn tatsächlich die Apokalypse droht, dann stehen sie direkt an ihrer Schwelle. Ihr Selbstvertrauen, gestählt in Tausenden von Stunden intensiver Ausbildung, hat sie verlassen, nachdem sie der atomaren Katastrophe nur knapp entkommen sind. Aus Disziplin bleiben sie auf ihrem Posten, aber es ist Angst und nicht Adrenalin, was sie antreibt.

Dominique Vazquez ist von einer anderen Angst erfüllt. Zum ersten Mal im Leben hat sie sich einem Mann wirklich geöffnet und zugelassen, dass sie sich verwundbar fühlt. Während sie suchend auf dem riesigen Kriegsschiff umherstreift, zieht sich ihr Herz vor Schmerz zusammen. Voll Panik wird ihr klar, dass Mick sie verlassen hat und dass sie ihn womöglich nie wiedersehen wird.

Sie kommt zu einem Sperrbereich und schiebt sich an dem wachhabenden Militärpolizisten vorbei. Als er von hinten nach ihr greift, stößt sie ihn mit einem brutalen Fußtritt an die Wand. Vor der Gefechtszentrale fängt ein zweiter Soldat sie ab. »Lassen Sie mich los – ich muss mit Chaney sprechen!«

»Da dürfen Sie nicht rein. Die Gefechtszentrale ist ein Sperrbereich.«

»Ich muss Mick finden. Autsch, Sie brechen mir den Arm!«

Die wasserdichte Tür geht auf; zwei Offiziere kommen heraus. Sie sieht den Präsidenten.

»Präsident Chaney!«

Chaney blickt von einer Reihe von Monitoren auf, die mit den Kameras der Predator verbunden sind. »Ist schon in Ordnung. Lassen Sie sie rein.«

Dominique dreht sich zu dem MP um und schiebt ihn mit den Handballen heftig von sich weg. »Fassen Sie mich bloß nicht mehr an.« Sie betritt die abgedunkelte Kommandozentrale, in der sich die anwesenden Regierungschefs drängen.

»Ms. Vazquez…«

»Wo ist er? Sie wissen doch, wo er ist, also sagen Sie es mir! Wo habt ihr ihn hingebracht?«

Chaney zieht sie beiseite. »Gabriel ist schon vor ein paar Stunden mit einem Hubschrauber gestartet. Vorher war er bei mir. Es war seine Idee.«

»Wo ist er hin?«

»Er hat mir einen Brief für Sie gegeben.« Chaney zieht einen zusammengefalteten Umschlag aus der Brusttasche. Dominique reißt ihn auf.

Dom, Liebste,
es gibt so vieles, was ich dir erzählen könnte, so vieles, was ich dir erklären möchte, aber ich kann nicht. Ich höre Stimmen in mir, die mich in unterschiedliche Richtungen ziehen. Ich weiß nicht, ob diese Stimmen wirklich sind oder ob ich nun doch den Verstand verloren habe.

Die Stimme des Hüters sagt mir, ich sei ein Hunapu. Sie sagt, nur wegen meines genetischen Codes hätte ich in sein Raumschiff gelangen können. Vielleicht ist es dasselbe Erbe, durch das ich in die Lage versetzt wurde, mit dem Wesen unter dem Meeresboden zu kommunizieren.

Eine der Drohnen ist direkt im Zentrum des Großen Ballspielplatzes von Chichén Itzá gelandet. Mein Vater war der Meinung, dass eine direkte Beziehung zwischen diesem Platz und dem dunklen Band der Milchstraße besteht. Wie die Kukulkan-Pyramide ist er nach den Konstellationen am Nachthimmel ausgerichtet. Heute um Mitternacht wird das dunkle Band der Milchstraße in eine direkte Konjunktion mit dem Mittelpunkt des Platzes geraten. Dann ist das Tor ganz offen. Es öffnet sich schon jetzt, das kann ich spüren.

Es war bei den Maya Brauch, im Zentrum aller Ballspielplätze einen Markierungsstein zu vergraben. Mein Vater war dabei, als Archäologen den Stein von Chichén Itzá ausgruben. Vor seinem Tod hat er mir erzählt, er habe den Stein damals gestohlen und wieder vergraben. Das hat er mir bis zu seinem letzten Atemzug verheimlicht. Irgendwie wusste er, dass ich den Stein brauchen würde.

Es kann kein Zufall sein, dass die Drohne genau an diesem Ort gelandet ist. Vielleicht weiß das Wesen im Meer, dass der Stein da ist, und will verhindern, dass wir ihn finden. Ganz sicher weiß ich jedoch nur, dass das feindliche Raumschiff aufsteigen wird, sobald die Wintersonnenwende da ist. Erkennt das Wesen darin, dass seine Drohnen nicht explodiert sind, wird es versuchen, den Schutzschirm des Hüters zu zerstören.

Das darf ich nicht zulassen.

Bitte verzeih mir, dass ich mich einfach so davongeschlichen habe. Diese Nacht war die schönste Nacht meines Lebens, und ich will nicht, dass sie die Letzte ist.

Ich liebe dich und werde das auch immer tun.

Mick

Sie starrt auf den Brief. »Das… das ist nicht fair. Erwartet er von mir, hier einfach auf ihn zu warten?« Dominique läuft dem Präsidenten hinterher. »Ich muss nach Chichén Itzá!«

»Sir, jetzt geschieht etwas.« Eine kleine Menge hat sich um die Bildschirme der Predator versammelt.

Dominique packt Chaney am Arm. »Bringen Sie mich zu ihm. Das sind Sie mir schuldig.«

»Ms. Vazquez, das hat er ausdrücklich untersagt. Er hat mir das Versprechen abgenommen…«

»Er braucht mich. Er braucht meine Hilfe.«

»Herr Präsident, die Geräte melden ein Erdbeben«, berichtet ein Techniker. »Sieben Komma fünf auf der Richterskala, und es wird immer stärker…«

Chaney legt Dominique eine Hand auf die Schulter. »Jetzt hören Sie mal zu. Irgendwie werden wir das, was sich in diesem Raumschiff befindet, schon vernichten, verstanden? Für Mick Gabriel besteht keinerlei Gefahr.«

»Sir, die *Scranton* meldet sich.«

An Bord der USS Scranton

Kapitän Bo Dennis hebt die Stimme, um das Donnergrollen des Unterwasserbebens zu übertönen. »Herr Admiral, der gesamte Meeresboden bricht auf. Die elektromagnetische Interferenz nimmt immer weiter zu…«

Der Mann am Sonar drückt sich die Kopfhörer an die

Ohren. »Käpt'n, da steigt was aus dem Loch, was Riesengroßes!«

Ein gewaltiger Stoß Antigravitationsenergie schießt aus dem Boden des Iridiumfahrzeugs. Die unsichtbare Welle löst den Rumpf aus seiner fünfundsechzig Millionen Jahre alten Verankerung und lässt ihn durch die tausend Meter dicke, bereits aufgeplatzte Schicht aus Kalkstein donnern. Wie eine monströse Kanonenkugel rast die gewaltige Masse durch Milliarden Tonnen schweres Gestein. Unter dem aufsteigenden Koloss bricht der Meeresboden in sich zusammen und lässt seismische Wellen durch das gesamte halbrunde Becken des Golfs von Mexiko laufen. Das Campeche-Riff und der umgebende Meeresboden werden von einem Erdbeben erschüttert, das 9,2 Grad auf der Richterskala erreicht.

Während das Raumschiff aufsteigt, entsteht eine Reihe gewaltiger Flutwellen, die ringförmig vom Epizentrum aus auf die subtropischen Strände des Golfs von Mexiko zurasen, um dort Tod und Verwüstung zu hinterlassen.

»Käpt'n, das außerirdische Objekt steigt aus dem Meeresboden!«

»Feuerleitdaten eingegeben, Sir. Das Ding ist eindeutig zu groß, um es zu verfehlen.«

Kapitän Dennis hält sich fest, als das U-Boot heftig nach Backbord schlingert. »Steuermann, halten Sie Abstand von den herumtreibenden Trümmern. Klar zum Abschuss. Rohre eins und zwei bereitmachen.«

»Aye, Sir. Rohre eins und zwei bereit.«

»Mit Sonarpeilung koordinieren. Rohre eins und zwei abfeuern.«

»Aye, Sir. Rohre eins und zwei werden abgefeuert. Torpedos im Wasser.«

»Zehn Sekunden bis zum Einschlag. Sieben… sechs… fünf…«

Die beiden Projektile rasen durch das tobende Meer auf den aufsteigenden Koloss zu. Fünfzehn Meter vor seinem Rumpf prallen die Sprengköpfe auf ein unsichtbares Kraftfeld und detonieren.

An Bord der John C. Stennis

»Herr Admiral, die *Scranton* meldet zwei Volltreffer, aber keinerlei Schaden. Offenbar ist das Objekt von einem Kraftfeld abgeschirmt. Es steigt kontinuierlich weiter auf.«

Alle blicken gebannt auf die Bildschirme. Die Kameras der sechzig Meter über dem Meer schwebenden Predator sind auf einen Ring aus Luftblasen gerichtet, der sich an der Wasseroberfläche bildet.

»Da kommt es!«

Wie ein kuppelförmiger Eisberg bricht die ovale Masse durch die Oberfläche, dann sinkt sie wieder ein Stück weit ein und schaukelt auf den Wellen, bis sie sich auf dem strudelnden Meer stabilisiert hat. Die auf den versengten Iridiumrumpf gerichteten Kameras der Predator zeigen ein Labyrinth gezackter Scharten und kratergroßer Dellen.

Sensoren übermitteln vom Computer bearbeitete Aufnahmen des Raumschiffs. Dominique starrt auf die dreidimensionale Holografie. Zweiunddreißig röhrenförmige Objekte hängen am unteren Rumpf des Fahrzeugs, der aussieht wie die mit Kanonen bestückte Seite eines alten Schlachtschiffs.

»Jägerstaffeln kontaktieren«, befiehlt der kommandierende Admiral. »Feuer eröffnen!«

Die Kampfjäger scheren aus ihrer Formation aus und schießen eine Salve SLAMMER-Raketen ab. Die Geschosse explodieren direkt über der inselgroßen Masse. Während der Detonationen wird kurzzeitig ein neonblaues Kraftfeld sichtbar.

Der Admiral stößt einen lauten Fluch aus. »Das verdammte Ding ist von einem Energiefeld geschützt, genau wie seine Drohnen. Kapitän Ramirez…«

»Aye, Sir.«

»Weisen Sie die Jäger an, das Zielgebiet zu räumen, und feuern Sie dann zwei Tomahawks ab. Schauen wir mal, wie stark dieses Kraftfeld wirklich ist.«

Dominique hält sich die Ohren zu, als ein donnernder Knall den Flugzeugträger erschüttert.

Das Leitsystem der beiden Tomahawk-Raketen ist demontiert worden, damit der Schutzschirm des Hüters sie nicht zum Absturz bringt. Aus kürzester Entfernung abgefeuert, prallen die Flugkörper auf ihr Ziel auf. Die Detonation der beiden Sprengkörper lässt einen Feuerball in den Himmel schießen, der die Kameras der kreisenden Predator vorübergehend blendet.

Das Bild erscheint wieder. Das Raumschiff ist immer noch unversehrt.

Und dann geschieht etwas Erschreckendes.

In der Mitte der im Meer schaukelnden Kugel entsteht eine mechanische Bewegung, gefolgt von einem grellen grünen Lichtstrahl.

Der Strahl kommt aus einer Öffnung im Rumpf, die weder eine Luke ist, wie man sie an der Oberseite von U-Booten findet, noch eine Art Riss. Es sieht so aus, als würden sich mehrere Lagen Iridiumschuppen auseinander schieben und dann auffalten, um der wirbelnden Energie Raum zu schaffen.

Inmitten des smaragdgrünen Leuchtens erscheint ein Lebewesen.

Zuerst schiebt sich ein gewaltiger Kopf heraus.

Die Kameras der Predator holen den Ausschnitt näher heran. Das Gesicht des Wesens wird erkennbar. Es ist das einer gewaltigen, fremdartigen Viper. Der mit Schuppen besetzte Schädel ist so groß wie ein Garagentor. Zwei purpurrote Augen lodern wie lumineszierende Leuchtfeuer;

die Pupillen des Reptils sind senkrechte bernsteinfarbene Schlitze, die sich im Morgenlicht verengen. Ein Paar bizarrer Kiefer klappt auf, dehnt sich und lässt zwei grässliche Giftzähne sichtbar werden, jeweils gut eineinhalb Meter lang. Darüber hinaus ist das gesamte Maul mit Reihen messerscharfer Zähne gefüllt.

Das monströse Reptil scheint nach Luft zu schnappen. Auf seinem breiten Rücken sträuben sich schuppenähnliche Federn.

Scharfe Stacheln am Bauch der Kreatur bohren sich in die Iridiumfläche, als es sich wie eine riesige Kobra aufrichtet.

Einen Moment lang blickt das Wesen in den Himmel, als überprüfe es die Atmosphäre, dann stürzt es sich blitzartig kopfüber ins Meer. Sofort ist der monströse Leib vollständig in den Wellen verschwunden.

Der Präsident und sein Generalstab starren sprachlos auf die Monitore.

»Du lieber Himmel… war das ein Traum?«, flüstert Chaney.

Erschüttert lauscht einer der Techniker in seinen Kopfhörer. »Herr Admiral, die *Scranton* meldet, dass das Monster die tieferen Wasserschichten erreicht hat. Seine Geschwindigkeit beträgt momentan… du lieber Himmel, zweiundneunzig Knoten. Kurs Süd-Südost. Sir, offenbar steuert das Wesen direkt die Halbinsel Yukatan an.«

Chichén Itzá

Eine erregte Menge aus mehr als zweihunderttausend religiösen Eiferern hat sich auf dem Parkplatz von Chichén Itzá versammelt. Die Menge betet und wirft Steine auf schwer bewaffnete mexikanische Polizeieinheiten, die ihr den Weg zum verbarrikadierten Eingang der alten Maya-Stadt versperren.

Im Park haben vier amerikanische M1-A2 Abrams-Panzer Stellung an den Seiten der Kukulkan-Pyramide bezogen. Im Dschungel stehen zwei Züge der Green Berets bereit. Die Elitetruppen verbergen sich im dichten Blattwerk.

Gleich westlich der Kukulkan-Pyramide befindet sich der Große Ballspielplatz von Chichén Itzá. Das riesige Areal in Form des Buchstabens ›I‹ ist auf allen Seiten von Kalksteinmauern umschlossen.

In der Mitte der Ostmauer erhebt sich ein dreistöckiger Bau, der Jaguartempel. Die Pfeiler seines Eingangs haben die Form gefiederter Schlangen. Am nördlichen Ende steht der so genannte Tempel des Bärtigen Mannes. An der Fassade beider Bauten befinden sich Reliefs, auf denen dargestellt ist, wie der große Kukulkan aus dem Maul einer gefiederten Schlange kommt. Andere Szenen zeigen den toten, mit einem langen Gewand bekleideten Kukulkan, der von einer zweiköpfigen Schlange verschlungen wird.

Hoch an der Ost- und Westmauer des Platzes befinden sich Steinringe, die an vertikal angebrachte Basketballkörbe erinnern. Sie dienten für das zeremonielle Ballspiel *Tlachtli*, das der olmekischen Kultur entstammt. Es war ein Symbol für den epischen Kampf zwischen Licht und Dunkel beziehungsweise Gut und Böse. Zwei aus je sieben Kriegern bestehende Mannschaften traten gegeneinander an und versuchten, einen Gummiball durch die Ringe zu schießen, wobei nur die Ellbogen, Hüften und Knie eingesetzt werden durften. Die Spielregeln waren einfach, die Motivation hoch, denn die Sieger wurden belohnt, die Verlierer hingegen geköpft.

Michael Gabriel steht im Schatten der Drohne, die sich im Zentrum des Grasplatzes niedergelassen hat, und beaufsichtigt ein dreiköpfiges Team der US Army Rangers, einer weiteren Eliteeinheit. Mit Spitzhacken und Schaufeln ausgerüstet, arbeiten die Männer sich von einer zweieinhalb Meter tiefen Grube aus durch das mürbe Gestein zu dem Punkt vor, der sich direkt unter den Klauen der mechanischen Kreatur befindet.

Das Kraftfeld der Drohne ist so stark, dass Micks Haare aufrecht stehen.

Er blickt hoch, als ein Jeep an der Südseite des Platzes erscheint. Oberst E.J. Catchpole springt aus dem Wagen, noch bevor der zum Stehen gekommen ist. »Wir haben gerade eine Nachricht von der *Stennis* erhalten, Gabriel. Das Raumschiff ist aufgestiegen, genau wie Sie vorausgesehen hatten.«

»Hat die Marine es geschafft, es zu zerstören?«

»Nein. Das Ding ist durch dieselbe Art von Kraftfeld geschützt wie diese verfluchten Drohnen. Aber das ist noch nicht alles. Ein Außerirdischer ist aus dem Schiff gekommen.«

»Ein Außerirdischer? Wie hat er ausgesehen?« Micks Herz schlägt wie eine große Trommel.

»Keine Ahnung. Wegen des Schutzschirms haben wir Kommunikationsprobleme. Ich habe lediglich mitbekommen, dass er riesig ist und dass man meint, er bewege sich in unsere Richtung.« Der Oberst kniet sich an die Grube. »Leutnant, kommen Sie mit Ihren Leuten da raus.«

»Ja, Sir.«

»Oberst, wir dürfen jetzt nicht aufgeben!«

»Tut mir Leid, Gabriel, aber ich brauche alle verfügbaren Männer, um die Pyramide zu schützen. Wonach suchen Sie überhaupt?«

»Das hab ich Ihnen doch gesagt. Es ist ein runder Stein, eine Art Markierung, etwa so groß wie ein Fußball. Wahrscheinlich ist er direkt unter den Klauen der Drohne vergraben.«

Der Leutnant klettert aus der Grube, gefolgt von den beiden anderen Rangers. Alle sind mit weißem, pudrigem Staub bedeckt.

Nach einem Schluck aus seiner Feldflasche spuckt der Leutnant den zweiten Mund voll Wasser aus. »Hören Sie, Gabriel, wir haben eine Art Metallzylinder entdeckt, aber wenn meine Leute versuchen würden, ihn herauszuholen, würde das Gewicht der Drohne den Stollen zusammenbrechen lassen. Wir haben eine Taschenlampe und eine Hacke drunten gelassen, falls Sie es selbst versuchen wollen, aber ich würde Ihnen davon abraten.«

Die Soldaten steigen in den Jeep

»Sie sollten rechtzeitig verschwinden, bevor das Feuerwerk losgeht!«, ruft der Oberst, während das Fahrzeug davonbraust.

Mick blickt ihm hinterher, dann klettert er über eine Strickleiter in die Grube hinab.

Die Rangers haben einen engen horizontalen Stollen bis unter die Drohne vorgetrieben. Mick nimmt mit einer Hand die Hacke, mit der anderen die Taschenlampe und kriecht auf Händen und Füßen durch den Tunnel. Die Geräusche von oben klingen bald gedämpft.

Nach dreieinhalb Metern endet der Stollen. Aus dem Gestein über Micks Kopf ragen die messerscharfen Spitzen der Drohnenkrallen hervor.

Zwischen den beiden schwarzen Klauen ist etwas im Kalkstein eingebettet. Mick sieht die untere Hälfte eines glänzenden Metallzylinders. Es ist der Iridiumbehälter, den er und sein Vater vor langer Zeit in der Wüste von Nazca gefunden haben.

Mick hackt vorsichtig am Rand des Behälters entlang, den er gleichzeitig mit der anderen Hand lockert. Steinbrocken fallen ihm auf den Rücken, an der Decke zeigen sich Risse. Er hackt weiter und spürt, wie sich das Objekt immer mehr lockert. Dabei ist ihm klar, dass das Gewicht der Drohne die Decke jeden Moment zusammenbrechen lassen und ihn begraben kann.

Von einem Schauer weißer Steinklümpchen geblendet, reißt er den Behälter mit einem letzten Ruck heraus und schiebt sich sofort zurück. Im selben Moment kracht ein Teil der Decke herunter. Hinter einem Staubschleier sieht Mick, wie die tonnenschwere Drohne in den Stollen stürzt.

Mick kriecht durch die Überreste des Tunnels und schüttelt draußen den Schutt ab. Sein Körper ist mit weißem Staub bedeckt, die linke, mit Blut beschmierte Hand umklammert den Metallbehälter.

Spuckend und hustend klettert er die Strickleiter hoch, lässt sich am Rand der Grube auf den Rücken fallen und saugt tief die saubere Luft ein. Er tastet nach seiner Wasserflasche und lässt die warme Flüssigkeit über sein Gesicht rinnen, dann setzt er sich auf und widmet sich dem Behälter.

Lange blickt er das Objekt einfach nur an und sammelt Kräfte. Das scharlachrote Bild des Dreizacks von Paracas – das Zeichen des Hüters – brennt ihm in die Augen.

»Na schön, Vater, dann wollen wir mal sehen, was du all die Jahre vor mir verborgen hast.«

Mick stemmt den Deckel auf und zieht ein seltsames Objekt heraus.

Was ist denn das?

Der an den Kanten abgerundete, ziemlich schwere Gegenstand ist aus Jade und etwa so groß wie ein menschlicher Schädel. Aus einer Seite ragt der Griff eines großen Obsidiandolchs. Als Mick versucht, die Waffe herauszuziehen, merkt er, dass sie zu fest im Stein steckt.

Auf der anderen Seite sind zwei Bilder eingraviert. Das eine stellt den epischen Kampf zwischen einem bärtigen Mann und einer riesigen gefiederten Schlange dar. Der Mann hält einen kleinen Gegenstand in der Hand, um das Biest von sich fern zu halten. Auf dem anderen Bild sieht man einen Maya-Krieger.

Mick starrt fassungslos auf das Gesicht des Kriegers und spürt am ganzen Körper eine Gänsehaut.

Mein Gott… das bin ja ich.

Sanibel Island
Florida

Der SOSUS-Alarm lässt Edith Axler hochschrecken. Sie hebt den Kopf von der Tischplatte und greift nach ihrem Kopfhörer, der neben dem Computerterminal liegt. Dann lauscht sie angestrengt.

Kurze Zeit später betritt Harvey das Labor und sieht, wie sich die Miene seiner Tante verdüstert. »Was ist denn?«, fragt er.

Sie wirft ihm den Kopfhörer zu und stellt hastig den Seismografen an.

Harvey lauscht, während der Stift über das Papier des Messgeräts huscht. »Was ist das?«

»Ein starkes Erdbeben unterhalb des Campeche-Riffs«, erklärt Edith mit rauer Stimme und wild klopfendem Herzen. »Es muss vor weniger als einer Stunde stattgefunden haben. Das polternde Geräusch, das du hörst, ist eine Reihe sehr starker Flutwellen, die gerade an den Küstensockel von Westflorida gelangen.«

»Und was bedeutet das?«

»Sie werden langsamer und wesentlich höher. Wenn sie am Strand ankommen, werden sie gewaltig sein und alle Inseln an der Küste unter sich begraben.«

»Wann wird das geschehen?«

»Meiner Schätzung nach in fünfzehn bis höchstens zwanzig Minuten. Ich rufe die Küstenwache und den Bürgermeister an, du alarmierst die Polizei und holst den Wagen raus. Wir müssen schleunigst weg von hier.«

Fünf Sikorsky SH-60B Seahawk fliegen mit hohem Tempo fünfzehn Meter über den Schaumkronen dahin. Hoch über ihnen richten zwei Staffeln Kampfjäger ihre Sensoren auf die Welle, die sich knapp einen Kilometer vor ihnen rasch durchs Wasser bewegt.

Dominique blickt aus dem Fenster des Helikopters auf die bedrohlichen Wogen im Meer. In der Ferne steigt die Küste von Yukatan aus dem Morgennebel.

Unten rast die erste von mehreren Flutwellen schneller als ein Passagierflugzeug am Meeresgrund entlang. Als sie das seichte Küstengewässer erreicht, wird sie langsamer und richtet ihre Furcht einflößende Energie nach oben. Sie wächst, bis ihr Kamm fast die Unterseite des Hubschraubers erreicht hat. General Fecondo klopft dem Kopiloten auf die Schulter. »Warum haben die Jäger das Feuer eingestellt?«

Der Kopilot dreht ihm den Kopf zu. »Sie haben gemeldet, dass das Ziel zu tief ist und sich überdies zu schnell bewegt. Es hat keine Wärmesignatur und auch sonst nichts, was man orten könnte. Keine Sorge, Herr General, irgendwann ist das Monster am Rand des Meeres angelangt. Sobald es an die Küste kommt, schießen unsere Jäger es in Stücke.«

Präsident Chaney dreht sich nach Dominique um. Sein dunkles Gesicht sieht grau und teigig aus. »Geht's Ihnen gut da hinten?«

»Mir wird's erst besser gehen, wenn...« Sie hält inne und schaut hinab aufs Wasser. Ihr Gleichgewichtssinn schwindet, als das Meer direkt unter ihr emporsteigt. »He, aufpassen! Höher!«

»Scheiße.« Der Pilot reißt an seinem Steuerknüppel, doch die gewaltige Welle greift schon nach dem Fahrgestell des Hubschraubers und hebt ihn in die Höhe wie ein Surfbrett.

Dominique hält sich an dem Sitz vor ihr fest, als der Sikorsky zur Seite taumelt. Einen surrealen Augenblick schwankt der Helikopter auf dem Kamm der Woge, dann lässt die fünfundzwanzig Meter hohe Wasserwand ihn los, fällt in sich zusammen und kracht mit einem Donnerschlag auf den Strand.

Der Hubschrauber stabilisiert sich und schwebt nun hoch über der überfluteten Landschaft. Allen Insassen stockt der Atem, als die tödliche Welle weiter landeinwärts stürmt und alles vernichtet, was sich ihr entgegenstellt.

Mit einem betäubenden Dröhnen beginnen die Kampfjäger, über den Hubschraubern zu kreisen.

»Herr General, die Jäger berichten, dass sie das Monster nicht mehr lokalisieren können.«

»Ist es womöglich in der Welle?«

»Nein, Sir.«

»Wo, zum Teufel, ist es dann?«, brüllt Chaney. »So ein Riesending kann sich doch nicht einfach in Luft auflösen!«

»Es muss noch im Meer sein«, sagt der General. »Teilen Sie den anderen Hubschraubern mit, sie sollen zu der Stelle zurückkehren, an der das Ding zuletzt gesehen wurde. Die Jäger sollen an der Küste auf und ab fliegen. Wir müssen dieses Ungeheuer unbedingt vernichten, bevor es an Land kommt.«

Zehn lange Minuten vergehen.

Von oben sieht Dominique, wie das brodelnde Wasser der Flutwelle sich wieder ins Meer zurückzieht. Es reißt entwurzelte Palmen, Trümmer und Tierkadaver mit sich.
»Herr Präsident, wir vergeuden nur unsere Zeit.«

Chaney dreht sich nach ihr um. »Das Biest muss irgendwo da draußen sein.«

»Und was ist, wenn das nicht zutrifft? Was ist, wenn es auf dem Weg nach Chichén Itzá ist, wie Mick gesagt hat?«

Nun blickt auch General Fecondo nach hinten. »Insgesamt dreißig Helikopter bewachen die Küste von Yukatan. Sobald das Ding auftaucht, werden sie es…«

»Moment mal! Mick hat zu mir gesagt, geologisch gliche die Halbinsel einem riesigen Schwamm. Es gibt ein ganzes Labyrinth von Höhlen, die mit dem Meer verbunden sind. Das Biest versteckt sich nicht, es zieht unter der Erde weiter!«

Sanibel Island

Edith hämmert verzweifelt an die Haustür ihrer Freundin. »Sue, mach doch auf!«

Sue Reuben öffnet schlaftrunken die Tür. »Ja, Edie, was ist denn?«

Edith packt sie am Handgelenk und zerrt sie zum Wagen.

»Edie, um Himmels willen, ich bin doch noch im Pyjama!«

»Steig einfach ein. Eine Flutwelle kommt auf uns zu!« Kaum sind die beiden Frauen eingestiegen, als Harvey den Motor aufheulen lässt. Der Wagen rast durch die Häuser auf die Hauptstraße zu.

»Eine Flutwelle? Wie groß? Und was ist mit den anderen Leuten?«

»Die Küstenwache lässt ihre Hubschrauber über dem Strand und den Straßen kreisen. Im Radio und im Fernsehen kommen seit zehn Minuten Warnungen. Hast du denn die Sirenen nicht gehört?«

»Ich schlaf doch nicht mit meinem Hörgerät.«

Harvey tritt auf die Bremse, als sie sich der Kreuzung vor der Brücke nähern. Am einzigen Zugang zum Festland stauen sich die Wagen.

»Sieht ganz so aus, als wüsste man Bescheid!«, brüllt Harvey, um den Lärm der Autohupen zu übertönen.

Edie schaut auf ihre Armbanduhr. »Das bringt nichts. Wir müssen zu Fuß weiter.«

»Zu Fuß?« Sue schüttelt den Kopf. »Edie, bis zum anderen Ufer sind es mehr als anderthalb Kilometer. Ich hab nur Schlappen an…«

Edith reißt die Tür auf und zerrt ihre Freundin vom Rücksitz. Harvey packt die freie Hand seiner Tante und führt die beiden Frauen an der Autoschlange vorbei zur anderen Seite der Brücke.

Mehrere Minuten lang hetzen die drei auf die in der Ferne sichtbare Kabine der Mautstelle zu.

Edie blickt auf, als mehrere Teenager auf motorisierten Rollschuhen vorbeisausen. Sie schützen ihre Augen vor dem grellen Glitzern des Kanals, der die Insel vom Festland trennt.

Am Horizont zieht langsam ein rot-schwarzer Öltanker entlang.

Jenseits des Tankers erhebt sich fünf Kilometer vor der Küste eine gewaltige Wasserwand direkt aus dem Meer.

Sue Reuben dreht sich um und starrt ungläubig auf die Woge. »Mein Gott, das darf doch nicht wahr sein!«

Im Lärm der Autohupen verlässt ein Teil der Insassen verzweifelt die Wagen, während die monströse Welle eine Höhe von vierzig Metern erreicht.

Die Woge ergreift den Öltanker, bricht über dem stählernen Koloss in sich zusammen und drückt ihn auf den Meeresgrund. Die Brücke beginnt zu vibrieren, als die Welle kurze Zeit später mit einem donnernden Dröhnen die Küste von Sanibel Island erreicht und alles unter sich begräbt.

Harvey zieht seine Tante und deren Freundin auf die verlassene Mautkabine zu. Er reißt die Tür auf und zerrt die beiden Frauen mit sich hinein. Die Welle hat schon die ganze Insel überspült und donnert auf den Kanal zu.

Harvey verriegelt die Tür, während Edith ihre Freundin auf den Boden drückt.

Die Welle rast über die Brücke und überspült die Kabine.

Der Rahmen aus Beton und Stahl stöhnt auf. Von allen

Seiten strömt Meerwasser herein und steigt an den Plexiglaswänden empor. Edith, Harvey und Sue stehen inmitten des tosenden Stroms, umhüllt von Dunkelheit. Das kalte Wasser steigt immer höher, während die Welle mit einem furchtbaren Dröhnen an der Kabine rüttelt.

Das Wasser verdrängt die letzte Luft. Edith presst die Augen zu und wartet auf ihren Tod. Sie denkt an Iz und fragt sich, ob sie ihn wohl wiedersehen wird.

Ihre Lunge brennt, der Herzschlag dröhnt ihr in den Ohren.

Und dann lässt das Donnern nach und das Sonnenlicht kehrt zurück.

Harvey öffnet mit einem Fußtritt die Tür.

Die drei Überlebenden taumeln hinaus. Würgend und hustend stemmen sie sich gegen den knietiefen Wasserstrom, der noch immer landeinwärts rauscht.

Edith umarmt Sue, um sie bei ihrem Kampf gegen den Schwall zu unterstützen. »Alles in Ordnung?«

Sue nickt. »Sollen wir zurück?«

»Nein, eine Flutwelle kommt selten allein. Wir müssen weiterlaufen.«

Die drei haken sich ein und stolpern die überflutete Straße entlang, während der Strom sich verlangsamt. Dann fließt er plötzlich in die Gegenrichtung und droht, sie in die Bucht zu spülen. Sie klammern sich an ein Verkehrsschild und beten darum, in dem brodelnden, mit Trümmern durchsetzten Wasserschwall zu überleben.

Chichén Itzá

Mick hält den Gegenstand aus Jade in den Händen und starrt auf das Bild des Kriegers, als blicke er in einen Spiegel.

Ein Windhauch erhebt sich. Im Innern des Iridiumbehälters raschelt etwas.

Mick greift hinein und findet zu seiner Überraschung ein vergilbtes Stück dünne Pappe. Ihm zittern die Hände, als er die vertraute Handschrift erkennt.

Lieber Michael,
sollte dein Schicksal dich hierher geführt haben, dann bist du jetzt gewiss genauso fassungslos wie deine Mutter und ich es waren, als wir den Gegenstand in deinen Händen 1981 zum ersten Mal sahen. Damals warst du ein dreijähriges Kind, und ich – nun, eine Weile war ich töricht genug zu glauben, das Bild des Kriegers stelle mich dar. Dann verwies deine Mutter auf deine dunklen Augen und wir erkannten beide instinktiv, dass es sich um dein Porträt handelte.

Nun kennst du den wahren Grund, weshalb deine Mutter und ich uns geweigert haben, unsere Suche aufzugeben, den Grund, weshalb du keine normale Kindheit zu Hause in den Staaten haben durftest. Ein bedeutenderes Schicksal erwartet dich, Michael, und wir hielten es für unsere elterliche Pflicht, dich nach bestem Wissen und Gewissen darauf vorzubereiten.

Nach zwei Jahrzehnten intensiver Forschung weiß ich noch immer nicht genau, wozu dieses Objekt aus Jade dienen soll. Ich vermute, es könnte ein Art Waffe sein, die uns Kukulkan selbst hinterlassen hat, doch ich kann keine Kraftquelle erkennen, die seinen Zweck erklären würde. Bei der Obsidianklinge, die darin steckt, handelt es sich offenbar um ein über tausend Jahre altes Kultmesser. Vielleicht ist es einst dazu benutzt worden, die Herzen der Opfer herauszuschneiden.

Ich kann nur hoffen, dass du seine Funktion errätst, bevor die Wintersonnenwende des Jahres 2012 naht.

Ich bete darum, dass Gott dir auf deiner Suche helfen möge, und ich bete auch darum, dass du eines Tages in deinem Herzen den Wunsch verspürst, mir zu vergeben, was ich dir angetan habe.

In Liebe,

dein Vater J. G.

Mick blickt unverwandt auf den Brief und liest ihn wieder und wieder. Sein Verstand müht sich ab, das zu begreifen, was er in seinem Herzen bereits weiß.

Ich bin es. Ich bin der, nach dem wir gesucht haben.

Er steht auf, wirft den Brief und den Behälter in die Grube, packt den Gegenstand aus Jade und rennt von dem verlassenen Ballspielplatz zur Treppe an der Westseite der Kukulkan-Pyramide.

Schwitzend erreicht er die Spitze. Er wischt sich Schweiß und Staub von der Stirn und taumelt in den Nordkorridor, in dem sich die hydraulische Falltür des Hüters verbirgt.

»Hüter, lass mich ein! Hüter…«

Er stampft auf den Steinboden, unablässig rufend.

Nichts geschieht.

Am Heiligen Cenote

Zwei Meter groß und über hundertdreißig Kilo schwer, ist Oberstleutnant Mike ›Ming-Ding‹ Slayer der größte Green Beret, der je die Uniform seiner Eliteeinheit getragen hat. Von chinesisch-irischer Herkunft, ist der Mann mit der Reibeisenstimme ein früherer Football-Profi und ein medizinisches Wunder: fast jeder seiner Körperteile ist geflickt, ersetzt oder recycled worden. Ming-Ding hat den Ruf, brutal auf irgendwelche Dinge in der Nähe einzuschlagen, wenn ihm nicht das richtige Wort einfällt oder wenn ihm etwas nicht passt.

Mit dem Ärmel wischt Ming-Ding sich den Schweiß von der Oberlippe, bevor sich die Moskitos darauf setzen können. *Jetzt hocken wir schon drei Stunden in diesem gottverlassenen Dschungel und schwitzen wie die Schweine.*

Ming-Ding Slayer ist mehr als bereit, auf irgendetwas einzuschlagen.

Ein Knistern in seinem linken Ohr. Der Oberstleutnant rückt sein Mikrofon zurecht. »Kommen, Herr Oberst.«

»Unsere Satelliten haben ein Magnetfeld entdeckt, das sich von Norden her Ihrem Standort nähert. Wir nehmen an, dass das Biest sich durch unterirdische Kanäle bewegt und möglicherweise aus dem Wasserbecken kommen wird.«

Wird auch allmählich Zeit. »Verstanden. Wir sind mehr als bereit.«

Ming-Ding gibt seinem Zug mit einer Handbewegung zu verstehen, rund um das Wasserbecken in Stellung zu gehen. Jeder der Männer trägt ein OICW, das tödlichste Maschinengewehr der Welt. Die sechs Kilo schwere Waffe hat zwei Läufe, einen zum Abfeuern von 5,56-Millimeter-Geschossen und einen für spezielle 20-Millimeter-Geschosse, die so eingestellt werden können, dass sie entweder beim Einschlag oder nach einer kurzen Verzögerung explodieren, und zwar vor, hinter oder über dem feindlichen Ziel.

Sergeant John ›Dirty Red‹ McCormack tritt neben den Oberstleutnant. Die beiden Männer blicken in den trüben Tümpel unter ihnen. »Na, wo bleibt dieses verfluchte Biest?«

»Richtlinie Nummer sechzehn: Hast du ein Ziel entdeckt, vergiss nicht, das dem Feind auch mitzuteilen.«

Der Boden erzittert. Auf der Wasseroberfläche breiten sich Kreise aus.

»Da war ich wohl etwas zu voreilig.« Ming-Ding winkt seinen Leuten und weicht vom Rand des Beckens zurück, als die Erschütterungen stärker werden.

Dirty Red blickt durch seine Laser-Zielvorrichtung. *Komm schon, du Arschloch. Komm und hol's dir.*

Der Boden bebt so stark, dass die Soldaten kaum zielen können.

Eine der Wände des Beckens bricht in sich zusammen und lässt einen Sprühregen aus Kalksteinstaub und Wasser in die Höhe schießen.

Das außerirdische Wesen erhebt sich aus dem Cenote.

Ming-Dings Muskeln ziehen sich vor Angst zusammen. »Verdammte Scheiße – Feuer! Feuer!«

Ein Geschosshagel donnert aus den Maschinengewehren.

Die Geschosse erreichen ihr Ziel nicht. Ein durchsichtiger Energieschild, nur durch die Luftverzerrung erkennbar, umhüllt das schlangenähnliche Biest wie eine zweite Haut. Sobald die Geschosse auf das Kraftfeld auftreffen sieht es so aus, als würden sie mitten in der Luft einfach verschwinden.

»Was zum Teufel…« Entsetzt und vollständig verwirrt steht Ming-Ding mit offenem Mund da, während seine Leute weiterfeuern.

Das außerirdische Wesen gleitet an den Soldaten vorbei, als ob sie nicht vorhanden wären. Über den *Sacbe*, den alten Weg der Maya, schiebt sich sein monströser Leib durch den Dschungel in Richtung der Kukulkan-Pyramide.

Ming-Ding aktiviert den Sender an seinem Helm. »Oberst, wir hatten Feindberührung… jedenfalls mehr oder weniger. Unsere Geschosse waren wirkungslos, Sir – sie haben sich einfach irgendwie in Luft aufgelöst.«

Mick steht oben auf der Kukulkan-Pyramide und blickt auf den Ballspielplatz, als er das Echo von Rotorblättern hört. Der Marinehubschrauber landet auf dem Rasen neben der Westtreppe der Pyramide.

Sein Herz macht einen Sprung, als er Dominique hinter dem Präsidenten und zwei Soldaten aussteigen sieht.

Michael…

Mick stockt er Atem. Er dreht sich nach Norden, weil er spürt, dass etwas durch den Dschungel auf ihn zukommt.

Etwas Riesiges!

Die Bäume am Rand des *Sacbe* stürzen um, als das Wesen sich nähert.

Unterhalb der Pyramide gehen die vier amerikanischen Panzer in Stellung und richten ihre Geschütze auf die Mitte des alten Maya-Wegs.

Micks Augen weiten sich. Sein Herz flattert.

Über den Baumwipfeln erscheint der Kopf des Wesens. Seine purpurroten Augen glitzern wie Rubine in der Nachmittagssonne.

Tezcatlipoca…

Die Panzer eröffnen das Feuer; gleichzeitig schießen vier Projektile aus ihren 120-Millimeter-Rohren.

Es gibt keine Berührung, keine Explosion. Als sie die Haut des Biests erreichen, verschwinden die Granaten einfach mit einem kurzen, grellen Blitz in einem dichten Energiekissen.

Auf ihrem Weg zur Pyramide gleitet die Schlange über die Panzer. Mehrere Sekunden verschwinden die Kettenfahrzeuge in ihrem Energiefeld. Als sie wieder zum Vorschein kommen, sind die Titanplatten und Geschütztürme entsetzlich zugerichtet.

Die Worte des Hüters klingen Mick in den Ohren: *»Tezcatlipoca beherrscht das Tor zu jenem Korridor in der vierten Dimension.«*

Das Tor zu dem vierdimensionalen Korridor… das ist Tezcatlipoca. Er selbst ist dieses Tor!

Die gefiederte Schlange kriecht die Nordtreppe empor. Ihre dämonisch leuchtenden Augen strahlen Energie aus. Die goldenen, von blutroten Hornhäuten umgebenen Pupillen des Reptils weiten sich. Es ist, als sähe man in ihnen die Flammen des Höllenfeuers.

Mick starrt auf die grässliche Kreatur, von namenloser Angst ergriffen. *In dieses Ding soll ich hinein?*

An der Spitze der Pyramide hält die Schlange inne. Ohne auf Mick zu achten, stößt sie einen dampfenden Schwall smaragdgrüner Energie aus dem geöffneten Schlund.

Mit einem gewaltigen Zischen entzündet sich der Kalksteintempel auf der Pyramide. Die zinnoberroten

Flammen lassen die Steine innerhalb weniger Sekunden schmelzen.

Mick weicht vor der Gluthitze zurück und duckt sich hinter die Stufen der Nordtreppe.

Die Flammen erlöschen. Aus den Überresten der Mittelwand des Tempels ragt wie eine Fahnenstange eine viereinhalb Meter hohe Iridiumantenne auf.

Der Schutzschirm!

»Du bist ein Hunapu. Du besitzt die Fähigkeit, den Schutzschirm der Hüter in Kraft zu setzen.«

Der Selbsterhaltungstrieb, der sich plötzlich meldet, löst einen seit langer Zeit ruhenden Denkprozess aus. Elektrische Impulse laufen aus den Nervenendungen von Micks Fingern in das Objekt aus Jade, das mit einer starken, fast blendenden Energie erstrahlt.

Das außerirdische Wesen erstarrt; seine bernsteinfarbenen Pupillen verschwinden in den purpurroten Häuten.

Micks Herz schlägt wie ein Dampfhammer, sein Arm zittert von der Kraft, die durch seinen Körper strömt.

Die geblendete Viper blickt wie in Trance auf den Stein in seiner Hand.

Mick schließt die Augen und kämpft innerlich darum, nicht den Verstand zu verlieren. *Bleib jetzt ganz ruhig. Du musst das Ding von der Antenne weglocken.*

Mit erhobenem Arm schreitet er Schritt für Schritt die Westtreppe hinab.

Wie an einer unsichtbaren Leine geführt, folgt das Wesen ihm nach unten.

Dominique läuft auf ihn zu, dann bleibt sie plötzlich stehen. Ihre Augen weiten sich vor Schrecken. »O Gott. O mein Gott…«

Chaney, General Fecondo und die beiden Soldaten stehen reglos hinter einer der niederen Mauern des Ballspielplatzes, unfähig, zu begreifen, was ihre Augen sehen.

»Dominique!« Mit der freien Hand schüttelt Mick sie aus ihrer Erstarrung. »Dom, du darfst nicht hier sein!«

»O Gott…« Sie packt seine Hand und zieht ihn zurück. »Komm!«

»Nein, Dominique, warte. Weißt du noch, was ich dir erzählt habe? Erinnerst du dich daran, was im *Popol Vuh* den Eingang zur Unterwelt symbolisiert?«

Sie dreht sich zu ihm um, dann blickt sie zu dem monströsen Wesen empor. »Oh nein. Mein Gott, nein.«

»Dom, die gefiederte Schlange selbst ist das Tor zur Schwarzen Straße.«

»Nein…«

»Und ich glaube, ich bin Hun-Hunapu!«

Michael…

Mick läuft eine Gänsehaut über den Rücken.

Dominique starrt ihn mit panischer Angst an. Der Wind treibt ihr die Tränen übers Gesicht. »Was hast du vor? Du wirst dich doch nicht etwa opfern?«

»Dom…«

»Nein!« Sie packt ihn am Arm.

Ich komme, Michael. Ich kann deine Angst spüren…

»Das lasse ich nicht zu! Mick, bitte – ich hab dich lieb…«

Mick spürt seine Willenskraft schwinden. »Dom, ich hab dich auch lieb, und ich hab wirklich Angst. Aber bitte – wenn du mich je wiedersehen willst, musst du jetzt gehen. Bitte geh, geh sofort!« Mick blickt zu Chaney hin. »Schaffen Sie sie weg hier. Sofort!«

General Fecondo und die beiden Soldaten zerren die schreiende und wild strampelnde Dominique zum Hubschrauber.

Chaney tritt zu Mick, ohne das Wesen hinter ihm aus dem Auge zu lassen. »Was haben Sie vor?«

»Das weiß ich nicht genau. Aber was immer geschieht, halten Sie Dominique von mir fern.«

»Sie haben mein Wort. Und jetzt tun Sie uns den Gefallen und töten Sie dieses Ding!« Chaney weicht zurück und besteigt den Helikopter, der sofort abhebt.

Ein Schwindel überkommt Mick, zwingt ihn auf ein Knie und lässt ihn die Konzentration verlieren.

Das aus dem Jade-Objekt dringende Licht wird schwächer.

Die grässliche Schlange schüttelt ihr gewaltiges Haupt. Die bernsteinfarbenen Pupillen werden wieder sichtbar und weiten sich. Zwei zusätzliche Augen, die in die Nasengrube des Wesens eingebettet sind, wittern die von Mick ausgehende Wärme und den schwindenden Glanz seiner Waffe.

Das ist nicht gut. Ich muss mich konzentrieren.

Tezcatlipoca reißt sich auf und röhrt eine grässliche, fremdartige Silbe, als wollte er kundtun, dass Micks Bann die Macht über ihn verloren hat.

Alle vier Augen richten sich auf Mick, als sähen sie ihn zum ersten Mal. Die Kiefer öffnen sich. Ein zischender schwarzer Schleim tropft von den entblößten Giftzähnen und klatscht wie ätzende Säure auf die Kalksteinstufen.

Adrenalin durchströmt Micks Körper. Den Tod erwartend, schließt er die Augen, als ihn plötzlich eine urtümliche Erkenntnis durchzuckt. Er spürt den Energiestrom des Schutzschirms in seinem Geist.

Tezcatlipoca dehnt seine Kiefer auf und entblößt seine grässlichen Zähne. Dann schießt sein Vorderleib mit Furcht erregender Geschwindigkeit auf den Hunapu zu.

Wie ein Blitzstrahl rast ein elektrisch blauer Energiestrom aus der Antenne der Pyramide und durchbohrt die Schlange mitten in der Bewegung. Gefangen windet die Kreatur sich im Todeskampf. Immer wieder verschwindet ihr riesiger Leib in Wellen zischender smaragdgrüner Energie und taucht wieder auf. Über das schuppige Gefieder und die aufgestellten Stacheln an der Unterseite laufen rhythmische Zuckungen.

Mick steht reglos vor dem monströsen Wesen. Seine Augen bleiben geschlossen, während er seinen neu entdeckten Hunapu-Instinkt anwendet und die gewaltige Kraft des Schutzschirms auf seinen kreischenden Feind lenkt.

Bebend vor Zorn stößt Tezcatlipoca einen betäubenden Schrei aus, der über die Esplanade hallt und die Säulen des Kriegertempels umstürzen lässt.

Mick öffnet die Augen, hebt den Stein hoch über seinen Kopf und zieht den Obsidiandolch aus seiner leuchtenden Scheide.

Das heftig pulsierende Jade-Objekt strahlt eine glühende Energie aus, deren Hitze ihm die Hand versengt.

Er zielt und schleudert den Stein in das offene Maul der Schlange.

Eine Eruption reiner Energie folgt, als explodiere eine Sonne.

Wie von einem Milliarden Watt starken Energiestoß getroffen, krampft Tezcatlipoca sich zusammen.

Mick hält die Hand vor die Augen und sinkt auf die Knie. Mit seinem Geist löst er den Strahl des Schutzschirms von Tezcatlipoca.

Leblos bricht die Schlange auf der Nordtreppe zusammen. Ihre einst leuchtenden Augen werden grau, ihr offenes Maul sinkt zwischen die beiden Schlangenköpfe aus Kalkstein, die beidseits am Fuß der Treppe stehen.

Mick fällt auf den Rücken. Mit zitternden Gliedern ringt er mühsam nach Atem.

Dominique, die das Gesicht ans Seitenfenster des Hubschraubers gepresst hat, stößt einen Freudenschrei aus. Dann springt sie über den Sitz vor ihr und erdrückt Chaney fast mit ihrer heftigen Umarmung.

»Schon gut, schon gut. Landen Sie, Leutnant. Die junge Dame will zu ihrem Freund.«

General Fecondo drückt sich den Kopfhörer an die

Ohren, um trotz der erregten Rufe im Helikopter etwas zu hören. »Bitte noch einmal, Admiral Gordon.«

Knisternd dringt die Stimme des Oberbefehlshabers der Marine aus dem Hörer. »Ich wiederhole: Das Raumschiff ist noch immer abgeschirmt. Selbst wenn das Biest tot sein sollte, seine Kraftquelle ist weiterhin aktiv.«

Mit geschlossenen Augen liegt Mick auf der harten, mit Gras bewachsenen Esplanade. Sein erschöpfter Geist bemüht sich vergeblich, die Nervenverbindung wiederherzustellen, durch die es ihm irgendwie gelungen ist, den Schutzschirm des Hüters zu aktivieren.

Frustriert setzt er sich auf und blickt auf den Obsidiandolch in seiner Hand. *Ich mag zwar ein Hunapu sein, aber Hun-Hunapu bin ich nicht. Ich kann die Schwarze Straße nicht betreten, kann das Tor nicht verschließen.* Er dreht sich um und sieht eine Schar schwer bewaffneter Soldaten aus dem Dschungel kommen.

Ming-Ding Slayer zerrt ihn auf die Beine. »Mensch, Gabriel, Sie Teufelskerl! Wie haben Sie das bloß geschafft?«

»Ich wünschte, ich wüsste es.«

Einige der Soldaten feuern auf den leblosen Kopf der Schlange, doch die Geschosse lösen sich auf, bevor sie ihr Ziel erreichen.

Michael…

Mick hebt überrascht den Kopf. Diese Stimme ist anders. Sie ist vertraut und irgendwie tröstlich.

Hüter…

Er schließt die Augen und lässt zu, dass die Stimme seine Gedanken in die Tiefen seines Geistes führt.

Leg deine Furcht ab, Hunapu. Öffne das Tor und betritt die Straße. Die Adjutanten des Todesgottes werden erscheinen, um dir entgegenzutreten. Sie werden versuchen, dich daran zu hindern, das kosmische Tor zu schließen, bevor der Todesgott es erreicht hat.

Mick öffnet die Augen und blickt auf das grässliche Maul von Tezcatlipoca.

Aus der Antenne des Hüters schießt wieder der elektrisch blaue Energiestrahl und richtet sich auf den leblosen Schädel der Schlange.

Der Oberkiefer beginnt sich zu öffnen. Erschrocken weichen die Soldaten zurück und eröffnen vergeblich das Feuer auf die tote Kreatur.

Mick schließt die Augen, um die Konzentration nicht zu verlieren. Die Kiefer dehnen sich auseinander und entblößen die scheußlichen elfenbeinfarbenen Fänge, die umgeben sind von Hunderten nadelspitzer Zähne.

Und dann erscheint ein zweiter Vipernkopf, identisch mit dem ersten, aber etwas kleiner. Er schiebt sich ein Stück weit aus dem Maul heraus.

Mick presst die Lider zusammen und zwingt sich zu einer noch tieferen Konzentration. Ein dritter, letzter Kopf schiebt sich aus dem zweiten. Die drei aufgesperrten Kieferpaare rasten ein.

Der Energiestrahl verschwindet. Mick sinkt auf ein Knie, erschöpft von der Anstrengung.

Hoch über der Pyramide erscheint ein sich drehender, smaragdgrüner Energiezylinder, ein kosmischer Korridor in die vierte Dimension. Raum und Zeit überschreitend, dehnt er sich vom dunkler werdenden Himmel herab und verbindet sich mit dem Schwanz der leblosen Schlange.

Die Soldaten lassen ihre Waffen fallen. Entgeistert sinkt Ming-Ding auf die Knie, als blicke er ins Antlitz Gottes.

Irgendwo rechts von Mick landet der Hubschrauber des Präsidenten.

Mick blickt in das offene Tor, wägt seine Entscheidung ab und kämpft gegen seine Angst an.

»Mick!«

Dominique steigt aus dem Helikopter.

Die Worte des Hüters: »Erlaube ihr nicht, die Schwarze Straße zu betreten.« »Chaney, halten Sie sie zurück!«

Der Präsident packt sie am Handgelenk

»Lassen Sie mich los! Mick, was hast du vor…«

Er blickt zu ihr hinüber und spürt, wie es ihm eng in der Brust wird. *Los – tu es jetzt, bevor sie dir folgt!*

Mick umklammert mit der Rechten den Obsidiandolch und wendet sich ab. Dann tritt er über die vorderen Zahnreihen in das erste der drei aufgesperrten Schlangenmäuler.

28

Die Reptilienkiefer schließen sich hinter ihm; der dritte Kopf zieht sich ins Maul des zweiten zurück.

Mick steht in völliger Finsternis. Sein Herz schlägt wie eine Pauke. Mit einem Mal scheint der Eingang ihn anzusaugen, ohne ihn tatsächlich zu bewegen. Ein ekelhaftes Gefühl zerrt an seinen inneren Organen, als lösten sich seine Eingeweide auf. Schwindlig schließt er fest die Augen und presst den Obsidiandolch an seine Brust.

Licht.

Er öffnet die Augen. Das unangenehme Gefühl ist verschwunden. Er ist nicht mehr im Maul der Schlange, sondern steht auf dem Ballspielplatz, der nun von einem gewaltigen wirbelnden Zylinder aus smaragdgrüner Energie umschlossen ist.

Ich habe das Tor betreten… ich stehe an der Schwelle einer anderen Dimension.

Es ist, als sähe er die Welt durch eine vielfarbige Brille. Hinter dem kreisenden Zylinder erkennt er einen lavendelblauen Himmel, in dem unzählige Sterne funkeln. Allen entströmt ein Kaleidoskop aus Energie, während sie über den Teppich des Universums wandern. Direkt darüber verläuft das dunkle Band der Milchstraße wie ein unregelmäßiger kosmischer Fluss aus violettem Gas durch die Mitte des Weltalls.

Als Mick einen Schritt vorwärts tut, verschwimmt die Umgebung an der Peripherie. Es kommt ihm vor, als bewege er sich schneller, als seine Augen sich anpassen können.

Einhundert Meter entfernt, am anderen Ende des Ballspielplatzes, sieht er das zweite Maul der Schlange. Die Öffnung befindet sich unter dem Tempel des Bärtigen Mannes.

Aus den aufgesperrten Kiefern tritt eine Gestalt, von Kopf bis Fuß in einen schwarzen Umhang gehüllt.

Micks Glieder zittern vor Erregung und Angst. Er packt den Dolch fester.

Das Wesen nähert sich. An beiden Seiten des Umhangs heben sich schwere Ärmel. Unsichtbare Hände ziehen den Stoff zurück und entblößen ein Gesicht.

Micks Augen weiten sich ungläubig, die Muskeln seiner Beine werden weich. Er sinkt auf die Knie. Die Intensität seiner Gefühle übertönt alle Gedanken in seinem überreizten Geist.

Maria Gabriel blickt auf ihren Sohn herab und lächelt.

Sie ist wieder jung, eine bezaubernde Frau Anfang dreißig. Der Krebs ist verschwunden; an die Stelle der Bleiche des Todes ist ein gesundes Glühen getreten. Dunkle Locken hängen ihr um den Hals. Ihre schwarzen Augen strahlen ihn voll mütterlicher Liebe an. »Michael.«

»Nein… du kannst… du kannst einfach nicht real sein.« Er verschluckt die Worte.

Sie berührt seine Wange. »Aber ich bin real, Michael. Und ich habe dich so sehr vermisst.«

»Mein Gott, ich hab dich auch vermisst.« Er ergreift ihre Hand und blickt ihr ins Gesicht. »Mutter – wie…?«

»Es gibt so viele Dinge, die du nicht begreifst. Der Zweck unseres Lebens, die Metamorphose des Todes –

alles ist ein Prozess, durch den wir die Fesseln unseres Körpers abwerfen können, um uns zu entwickeln und auf eine höhere Ebene zu gelangen.«

»Aber weshalb bist du hier? Was ist das für ein Ort?«

»Eine Straße, ein lebendiges Tor, das die eine Welt mit der anderen verbindet. Der Hüter hat dich getäuscht, er hat dich in die Irre geführt, mein Liebling. Alles, was er gesagt hat, war eine Lüge. Das Öffnen des Tores ist die Wiederkunft des Guten, der Hüter hingegen verkörpert das Böse. Der Geist von Xibalba streift durch den Kosmos. Er wird die Erde erreichen und der Menschheit Frieden und Liebe bringen. Das ist das Schicksal der Menschheit, mein Sohn – und das deine.«

»Ich… ich verstehe nicht.«

Sie lächelt ihn an und streicht ihm das Haar aus der Stirn. »Du bist Hun-Hunapu, der Erste Vater. Du sollst der Führer sein, der Kanal zwischen der Erde und jener anderen Welt.«

Maria hebt anmutig den Arm und deutet auf das Ende des Platzes. Eine zweite Gestalt tritt aus dem Maul der Schlange, ganz in Weiß gekleidet. »Siehst du? Die Erste Mutter wartet.«

Micks Mund öffnet sich. Es ist Dominique!

Seine Mutter hält ihn auf. »Warte. Sei behutsam, Michael. Sie ist verwirrt, denn sie befindet sich noch in einem Zwischenzustand.«

»Was meinst du damit?«

Maria dreht sich um und ergreift Dominiques Hand. Die Augen der jungen Frau sind weit und unschuldig wie die eines Lamms, ihre Schönheit unendlich bezaubernd. »Sie hat es nicht ertragen, ohne dich zu leben.«

»Dann ist sie tot?«

»Sie hat sich umgebracht.« Mick stöhnt auf, als seine Mutter sanft das lange schwarze Haar von Dominiques rechter Schläfe streicht. Ein blutendes Einschussloch wird sichtbar.

»Mein Gott…«

Vor seinen Augen heilt die Wunde von selbst.

»Ihr Schicksal ist mit dem deinen verwoben. Sie ist eine neue Eva, du ein neuer Adam. Euer Geist wird ein neues Zeitalter auf der Erde heraufbeschwören, ein neues Verständnis der spirituellen Welt.«

Der glasige Blick von Dominique verschwindet. »Mick?« Ein freudiges Lächeln tritt auf ihr Gesicht. Sie taumelt in seine Arme und umschlingt ihn.

Leidenschaft überflutet Micks Herz, während er Dominique in die Arme nimmt.

Doch dann löst er sich wieder. Eine ganz leise Stimme in seinem überreizten Verstand fordert ihn auf, den Boden unter den Füßen nicht zu verlieren. »Halt – was hast du gemeint, als du von unserem Geist gesprochen hast? Bin ich tot?«

»Nein, Liebling, noch nicht.« Maria deutet auf den Obsidiandolch. »Du musst die Tat mit eigener Hand vollbringen. Es ist das höchste Opfer, um unser Volk zu retten.«

Mick starrt mit zitternden Händen auf die Klinge. »Aber warum? Warum muss ich sterben?«

»Der Tod ist eine dreidimensionale Vorstellung. Es gibt so viele Dinge, die du einfach nicht verstehen kannst, aber du musst mir und dem Schöpfer vertrauen.« Maria berührt wieder seine Wange. »Ich weiß, du hast Angst. Das macht nichts. Es wird nur ein flüchtiger Schmerz sein, wenn du die Fesseln deines Körpers abwirfst, nicht mehr. Und dann folgt der ewige Friede.«

Er berührt die rasiermesserscharfe Spitze des Dolchs mit dem Finger. Blut quillt hervor.

Sein Blut ist blau!

Eine schwache Erinnerung an Tezcatlipocas Kapsel zieht durch sein Unterbewusstsein, gefolgt von den Worten des Hüters, die flüsternd in den tiefsten Tiefen seines Geistes ertönen: *Die Adjutanten des Todesgottes wer-*

den erscheinen, um dir entgegenzutreten. Sie werden versuchen, dich daran zu hindern, das Tor zu verschließen, bevor Er es erreicht hat…

»Mick, was ist denn?« Dominique bewegt sich auf ihn zu, einen besorgten Ausdruck in den Augen. Sie ergreift die Hand, die den Dolch hält. »Ich liebe dich.«

»Ich liebe dich auch.«

Sie umarmt ihn, schmiegt den Kopf an seinen Hals und drückt seine Hand fester um den Griff des Dolchs. »Ich habe mein irdisches Leben geopfert, weil ich es nicht ertragen konnte, ohne dich zu sein. Irgendwie wusste ich, dass wir verwandte Seelen sind, denen dasselbe Schicksal vorbestimmt ist.«

Verwandte Seelen? Er blickt Maria an. »Wo ist mein Vater?«

»Julius ist in jenem anderen Bereich. Du musst sterben, bevor du ihn sehen kannst.«

»Aber ich sehe doch Dominique und dich.«

»Dominique ist die Erste Mutter, ich bin deine Führerin. Die anderen wirst du sehen, sobald du auf die andere Seite gelangt bist.«

Vor seinem geistigen Auge sieht er, wie sein Vater seine Mutter mit einem Kissen erstickt. Mick hebt den Dolch und starrt ihn an. »Mutter, mein Vater hat dich wirklich geliebt, nicht wahr?«

»Ja.«

»Er hat immer gesagt, ihr wärt zwei verwandte Seelen, dazu bestimmt, immer zusammen zu sein.«

»Genau wie wir«, sagt Dominique, die noch immer seine Hand umklammert.

Mick achtet nicht auf sie. Langsam kommt er zu Bewusstsein. »Was er dir angetan hat, war für ihn schrecklich. Den Rest seines Lebens hat er gelitten.«

»Ja, das weiß ich.«

»Ich war so egoistisch. Ich hab mir nie erlaubt, zu verstehen, was er eigentlich getan hat und weshalb.« Mick blickt seine Mutter an. »Vater hat dich so sehr geliebt. Er war bereit, den Rest seiner Tage in Kummer zu verbringen, damit du nicht mehr leiden musstest. Aber getötet hat er sich nie. Er hat weitergelebt und es ausgehalten. Das hat er für mich getan.«

Mick wendet sich Dominique zu. Er tritt näher zu ihr und liebkost mit der einen Hand ihre Wange. In der anderen hält er den Dolch. »Jetzt begreife ich. Dass mein Vater die ihm verwandte Seele getötet hat, war notwendig, um sie aus ihrem Elend zu befreien. Er hat den schwierigeren Weg gewählt, hat das höchste Opfer gebracht.«

Maria lächelt. »Es ist Zeit, dass du dasselbe Opfer bringst, Michael.«

Dominique löst ihren Griff, als Mick sich die Dolchspitze an die Brust drückt. Er blickt in den Himmel. Seine so lange eingepferchten Gefühle strömen ihm aus dem Herzen. »Vater, ich liebe dich! Hörst du mich, Vater? Ich liebe dich – und ich verzeihe dir!«

Seine dunklen Augen bohren sich in die von Dominique wie zwei Leuchtfeuer, die ihre Seele erforschen. Das Schluchzen in seiner Brust verebbt, und sein Hals wird eng vor Zorn. »Ich bin Hunapu«, brüllt er mit weit geöffneten Augen, »und ich weiß, wer ihr seid!«

Mit einer raschen Bewegung dreht Mick sich um und stößt den Dolch in Dominiques Hals. Der Stoß wirft sie auf den Rücken. Mick drückt das Blatt tiefer hinein. Eine schwarze, silikonartige Substanz strömt aus dem Hals, als er die Schneide seitwärts dreht, um seinen Gegner zu enthaupten.

Das Wesen windet sich in Todesqualen, grunzend und knurrend. Seine Haut schrumpft zusammen und nimmt eine rotbraune Färbung an. Dann ist die Tarnung ganz zerfallen.

Mit einem kriegerischen Schrei trennt Michael Gabriel den Kopf des Dämonen vom Rumpf.

Das Wesen, das sich als seine Mutter getarnt hat, zischt ihn an. Die goldenen Schlitze in seinen purpurroten Augen lodern vor Hass; aus den entblößten Fängen tropft schwarzes Gift.

Mick wirbelt herum und rammt die Obsidianklinge mitten ins Herz des Ungeheuers.

Das Fleisch von Marias Gesicht verdorrt. Einen Sekundenbruchteil zeigen sich schwarze, satanische Züge, dann zerfällt das Wesen zu Asche.

Dominique schreit auf, als der Leib der grässlichen Schlange sich vor ihren Augen in Luft auflöst. Sie greift sich ans Herz und fällt ihn Ohnmacht, noch bevor Chaney sie auffangen kann.

***An Bord der* John C. Stennis**

Admiral Jeffrey Gordon richtet sein Fernglas auf das im Wasser schaukelnde Raumschiff, an dessen metallischem Rumpf eine Tomahawk-Rakete explodiert. »Die letzte Rakete hat getroffen! Der Schutzschild ist verschwunden – weiterfeuern!«

Eine Salve aus Marschflugkörpern wird abgefeuert. Vor den Augen des Admirals prallen die Raketen auf das Iridiumfahrzeug und reißen es in Stücke.

29

Der Große Ballspielplatz ist verschwunden.

Michael Gabriel steht allein in einem smaragdgrünen Wirbel aus Energie. Der tunnelförmige Zylinder vollführt eine Milliarde Umdrehungen pro Minute.

Zu seiner Linken ist der Eingang des Tors, der sich immer weiter zusammenzieht. Dahinter sieht Mick den Sockel der Pyramide. Auf den untersten zwei Treppenstufen liegt Dominique und weint.

Zu seiner Rechten befindet sich ein zweites Tor, der Zugang zu *Xibalba Be*, der Schwarzen Straße. In seiner Mitte ist in der Finsternis des Weltraums ein winziger weißer Lichtpunkt sichtbar.

Ein Gefühl der Kühle überkommt ihn und besänftigt seinc überreizten Nerven.

Hüter, ist es mir gelungen?

Ja, Hunapu. Die beiden Adjutanten unseres Feindes sind tot. Das Tor schließt sich, und dadurch ist dem Gott des Todes der Zugang zu deiner Welt wieder verwehrt.

Mick sieht, wie sich die Öffnung zu seiner Linken weiter schließt.

Dann ist die Gefahr für die Menschheit vorüber?

Vorläufig. Es ist Zeit, eine Wahl zu treffen.

Direkt vor Mick materialisiert sich ein Sarkophag aus braunem Granit. Über dem ausgehöhlten Inneren schwebt eine Kapsel mit glatter Oberfläche, etwa so groß wie ein Sarg.

Zwei Schicksale liegen vor dir. Du kannst dein Leben als Michael Gabriel fortführen oder nach Xibalba weiterreisen, um dein Schicksal als Hun-Hunapu zu erfüllen – indem du versuchst, die Seelen unseres Volkes zu retten.

Die Nephilim…

Mick weiß: Vor fünfundsechzig Millionen Jahren haben die überlebenden Nephilim, die Hüter, sich entschieden, auf der Erde zu bleiben, um die Zukunft einer fremden Spezies zu schützen. Sie hofften, eines Tages werde einer der genetisch vorbereiteten Retter – ein Hunapu – sich dafür revanchieren. Mick denkt an die angstvollen Gesichter der Kinder auf *Xibalba*, an ihre im Fegefeuer gefangenen Seelen.

Solche Angst. Und so allein…

Mick blickt zu Dominique hinüber und sehnt sich danach, sie zu umarmen und zu trösten. Er denkt an das Leben, das ihm sein Schicksal seit seiner Kindheit verwehrt hat. Liebe… Heirat… Kinder… eine zufriedene, glückliche Existenz.

Das ist nicht fair. Weshalb muss ich eine Wahl treffen? Ich habe es verdient, mein Leben auf der Erde zu vollenden.

Er stellt sich vor, wie er von Dominiques Wärme eingehüllt wird, ohne je wieder mitten in der Nacht auf dem kalten Betonboden einer Zelle aufwachen zu müssen und sich so allein zu fühlen.

So leer.

Das höchste Opfer.

Er denkt an Dominiques liebevolle Stimme. *Mick, keiner von uns hat irgendeinen Einfluss auf die Karten, die wir in diesem Spiel bekommen haben…*

Du besitzt einen freien Willen, Michael. Entscheide dich rasch, bevor das Tor sich endgültig schließt.

Mit einem letzten Blick auf Dominique reißt er sich los und besteigt die Kapsel.

Mick schlägt die Augen auf. Er liegt ausgestreckt in der leuchtend blauen Hülle der Kapsel und rast mit dem Kopf voraus durch eine sich windende Röhre aus gewaltiger Schwerkraft. Obwohl er ganz von Energie umschlossen ist, kann er irgendwie durch die Wände der Röhre blicken. Jenseits des lumineszierenden Lichts sieht er Sterne, die wie Leuchtspurgeschosse vorbeiziehen.

Als er zurückblickt, sieht er, wie die blaue Kugel der Erde rasch verschwindet. Hinter Micks Kapsel löst sich die kosmische, vierdimensionale Straße in der Finsternis des Weltraums auf.

Die zunehmende Leere zerrt an seiner gequälten Seele.

Willkommen, Hun-Hunapu. Du bist bei uns.

Ich vermisse sie.

Sie ist gesegnet. Die Saat eures Bundes wächst in ihrem Schoß. Ihr Schicksal ist für immer mit dem deinen verwoben.

Ein schimmerndes weißes Licht erscheint und wird immer größer.

Mit kalten, leblosen Fingern greift die Angst in seinen Geist.

Xibalba… Beklommenheit und Furcht überwältigen ihn. »Was habe ich getan? Hüter, bitte – ich will zurück!«

Es ist zu spät. Fürchte dich nicht, Michael, denn wir werden dich nie verlassen. Du hast das höchste Opfer gebracht. Dadurch hast du deiner Spezies ihre wahre Menschlichkeit zurückgegeben und den Seelen unserer Ahnen die Möglichkeit eröffnet, erlöst zu werden. Der Weg, den du gewählt hast, ist edel. Er wird dir die Geheimnisse des Universums offenbaren, und du wirst

sehen, wie das Wesen des Guten mit dem Bösen, wie das Licht mit der Finsternis ringt. Es steht mehr auf dem Spiel, als du dir je vorstellen könntest.

Nun schließe die Augen und ruhe dich aus, während wir dich vorbereiten, denn was vor dir liegt, ist das Böse – in seiner reinsten Form.

EPILOG

3. Januar 2013
Weißes Haus
Washington, D.C.

Präsident Ennis Chaney blickt von seinem Schreibtisch auf, als Katherine Gleason, die Leiterin seines Planungsstabs, hereinkommt. Sie strahlt übers ganze Gesicht. »Guten Morgen!«

»Morgen. Wieder einmal ein schöner Tag, an dem wir uns darüber freuen können, dass wir noch am Leben sind. Ist alles für die Pressekonferenz bereit?«

»Ja, Sir. Das Podium ist mit zwei besonders schönen Blumengestecken geschmückt, ein Geschenk der chinesischen Regierung.«

»Das ist aber nett. Sind meine anderen Gäste auch schon da?«

»Ja, Sir, die warten im Flur auf Sie.«

Außenminister Pierre Borgia rückt gerade seine Krawatte zurecht, als das Konferenzgespräch angemeldet wird. Er blickt auf die Uhr, dann schaltet er den Videokommunikator auf seinem Schreibtisch ein.

Von der einen Seite des geteilten Bildschirms lächelt

ihn das Gesicht von Joseph Randolph sen. an, von der anderen das des Rüstungsmagnaten Peter Mabus.

»Da ist er ja, Pete – Lucky Pierre.«

»Wir sind mächtig stolz auf Sie, mein Lieber.«

Borgia dreht die Lautstärke herunter. »Bitte, meine Herren, die Sache ist noch nicht beschlossen. Offiziell hat Chaney mir die Vizepräsidentschaft noch nicht angeboten. Allerdings werden wir vor der Pressekonferenz noch miteinander sprechen.«

»Glaub mir, Junge, soweit ich gehört hab, ist alles gelaufen.« Randolph fährt sich mit der fleckigen Hand über sein silbergraues Haar. »Na, was meinst du, Pete – sollen wir Pierre ein paar Monate Zeit lassen, sich an sein neues Amt zu gewöhnen, oder sollen wir sofort alle Hebel in Bewegung setzen, um Chaney aus der Stadt zu jagen?«

»Warten wir bis zu den nächsten Kongresswahlen. Bis dahin ist Mabus Tech Industries größer als Microsoft.«

Ein Klopfen an der Tür. Borgia zittert vor freudiger Erregung. »Das muss Chaney sein. Ich melde mich später wieder.«

Borgia schaltet den Video-Kommunikator ab, bevor der Präsident sein Zimmer betritt.

»Morgen, Pierre. Fertig für die Pressekonferenz?«

»Ja, Sir.«

»Gut. Ach, bevor wir in den Rosengarten gehen, möchte ich Ihnen ein paar Herren vorstellen. Die werden Sie heute nämlich begleiten.« Chaney öffnet die Tür und winkt einen Mann im dunklen Anzug und zwei bewaffnete Polizisten in Borgias Büro. »Das ist Agent David Tierney vom FBI.«

»Mr. Borgia, Sie sind hiermit festgenommen.«

Borgia klappt der Unterkiefer herunter, als die Polizisten ihm die Arme auf den Rücken ziehen und Handschellen anlegen. »Was soll das bedeuten?«

»Anstiftung zum Mord. Weitere Anklagepunkte werden folgen. Sie haben das Recht, jede Aussage zu verweigern…«

»Das ist ja der reinste Wahnsinn!«

Die Augen des Präsidenten strahlen. »Mr. Tierney, Michael Gabriel war fast zwölf Jahre eingesperrt. Was meinen Sie, wie lange wir den ehemaligen Außenminister im Bau behalten können?«

Der FBI-Beamte grinst. »Bei all den Verbrechen, die er begangen hat? Da schaffen wir locker mehr als zwölf Jahre.«

Die beiden Polizisten zerren Borgia, der sich brüllend wehrt, aus dem Büro.

Chaney lächelt, dann ruft er ihnen hinterher: »Vergesst nicht, ihn am Podium vorbeizuführen, damit die Presse ein paar Bilder machen kann. Und achtet darauf, dass sein gesundes Auge anständig zur Geltung kommt.«

21. März 2013
Boca Raton, Florida

Die schwarze Limousine biegt nach Süden auf Route 441 ein. Ihr Ziel ist das Krankenhaus im Westen der Stadt. Auf dem Rücksitz drückt Dominique Vazquez die Hand von Edith Axler, während die beiden auf einem kleinen Fernseher die Nachrichten anschauen.

»Zur Verblüffung sämtlicher Fachleute, die sich den Vorgang nicht erklären können, ist heute, am Datum der Tagundnachtgleiche, ein Ereignis ausgeblieben, das bislang seit mehr als tausend Jahren regelmäßig stattgefunden hat. Der Schatten der gefiederten Schlange, der sonst auf der Nordtreppe der Kukulkan-Pyramide erschien, ist ausgeblieben. Alison Kieras, Channel sieben, live aus Chichén Itzá.«

Edith schaltet das Gerät aus, als die Limousine vor dem Krankenhauseingang vorfährt. Einer der beiden bewaffneten Bodyguards springt heraus und öffnet die Hintertür, um Dominique und ihrer Adoptivmutter beim Aussteigen zu helfen.

»Du bist so fröhlich heute.«

Dominique lächelt. »Ich kann ihn spüren.«

»Wen denn?«

»Mick. Er lebt. Frag mich nicht, wie, aber ich kann seine Gegenwart in meinem Herzen spüren.«

Edith führt sie ins Krankenhaus, enthält sich jeden Kommentars.

Dominique liegt auf dem Untersuchungstisch und beobachtet den Monitor, während der Arzt den Fühler des Ultraschallgeräts über ihren runden Bauch führt. Edith drückt ihre Hand, als das rasche Geräusch leiser Herzschläge aus der Maschine kommt.

»Da ist der Kopf des ersten… und da ist der zweite. Alles sieht fantastisch aus.« Der Arzt wischt ihr mit einem feuchten Tuch die Creme vom Bauch. »Na, Ms. Vazquez, wollen Sie das Geschlecht Ihrer Zwillinge erfahren?«

Dominique blickt zu Edith auf, Tränen in den Augen. »Ich weiß es, Herr Doktor. Ich weiß es schon.«

BILDNACHWEIS

Zeichnungen

Alle Originalzeichnungen und Karten stammen von Bill McDonald von Argonaut-Grey Wolf.

Fotos

Kukulkan-Tempel und Ballspielplatz: Steve Alten
Schädel von La Venta, Sacsayhuaman, Sonnenpyramide und Dreizack von Paracas: Miguel Montesanto, Galería de Fotografías, Merida.

Die Aufnahmen wurden von Matt Herrmann von Villaindesign bearbeitet.

TEXTNACHWEIS